I0591208

ସତ୍ୟଭାମା

(ପୌରାଣିକ ଉପନ୍ୟାସ)

ସତ୍ୟଭାମା

(ପୌରାଣିକ ଉପନ୍ୟାସ)

ପ୍ରଫେସର ଯ୍ୟାର୍ଲିଗଡ଼ ଲକ୍ଷ୍ମୀପ୍ରସାଦ

ଅନୁବାଦ

କନକ ମଞ୍ଜରୀ ସାହୁ

 BLACK EAGLE BOOKS

USA address:
7464 Wisdom Lane
Dublin, OH 43016

India address:
E/312, Trident Galaxy, Kalinga Nagar,
Bhubaneswar-751003, Odisha, India

E-mail: info@blackeaglebooks.org
Website: www.blackeaglebooks.org

First International Edition Published by
BLACK EAGLE BOOKS, 2022

SATYABHAMA
by **Prof. Yarlagadda Lakshmi Prasad**

Translation by **Kanak Manjari Sahoo**

Original Copyright © Prof. Yarlagadda Lakshmi Prasad
Translation Copyright © Kanak Manjari Sahoo

All rights reserved. No part of this publication may be reproduced, stored in a retrieval system, or transmitted, in any form or by any means, electronic, mechanical, photocopying, recording or otherwise without the prior permission of the publisher.

Cover & Interior Design: Ezy's Publication

ISBN- 978-1-64560-252-1 (Paperback)

Printed in the United States of America

ଶ୍ରଦ୍ଧେୟ ଡ. କରଣ ସିଂହ ଜୀଙ୍କୁ ସାଦର ସମର୍ପିତ

– ଲେଖକ

ଉତ୍ସର୍ଗ

ମୋ ସ୍ନେହମୟୀ ବୋଉ (ସତ୍ୟଭାମା)ଙ୍କ ସ୍ମୃତିରେ...

ତୋ ଆଦରର କନକ

ଅନୁବାଦକୀୟ

ମୋତେ ଐତିହାସିକ ଏବଂ ପୌରାଣିକ କାହାଣୀ ପଢ଼ିବାକୁ ଭଲଲାଗେ। ଏହି ପରିପ୍ରେକ୍ଷୀରେ ମୁଁ ଯେତେବେଳେ ପ୍ରଫେସର ଲକ୍ଷ୍ମୀ ପ୍ରସାଦଙ୍କ ପୌରାଣିକ ଉପନ୍ୟାସ 'ସତ୍ୟଭାମା' ପଢ଼ିଲି, ଏହା ମୋ ମନକୁ ଛୁଇଁଲା। ତେଣୁ ଉପନ୍ୟାସଟିକୁ ଅନୁବାଦ କରିବାକୁ ସ୍ଥିରକଲି। ଅନୁବାଦ କରିବାକୁ ଆଉ ଗୋଟିଏ କାରଣ ମଧ୍ୟ ମୋତେ ଏହି ଦିଗରେ ଉସ୍ସାହିତ କଲା। ମୋ ବୋଉର ନାଁ ମଧ୍ୟ ସତ୍ୟଭାମା। ସେ ଦୁଇ ବର୍ଷ ତଳେ ଏହି ସଂସାରରୁ ବିଦାୟ ନେଇସାରିଛି। ତା' ସ୍ମୃତିରେ ଏହି ପୁସ୍ତକଟିକୁ ତାକୁ ଉସ୍ସର୍ଗ କରୁଛି।

'ସତ୍ୟଭାମା' ହେଉଛନ୍ତି ଶ୍ରୀକୃଷ୍ଣଙ୍କର ଅଷ୍ଟମ ପାଟରାଣୀ। ପୁରାଣ ବର୍ଣ୍ଣିତ ସତ୍ୟଭାମାଙ୍କ ଜୀବନୀକୁ ନେଇ ଉପନ୍ୟାସଟିକୁ ପ୍ରସ୍ତୁତ କରିଛନ୍ତି ପ୍ରଫେସର ଲକ୍ଷ୍ମୀ ପ୍ରସାଦ। ସତ୍ୟଭାମା ଥିଲେ ଜଣେ ବୀରା ନାରୀ। ତାଙ୍କର ପରାକ୍ରମ ଏବଂ ଶ୍ରୀକୃଷ୍ଣଙ୍କ ସହିତ ପ୍ରେମ, ପ୍ରଣୟ ଏହି ଉପନ୍ୟାସର ବିଷୟବସ୍ତୁ। ଏହି ପୌରାଣିକ ଉପନ୍ୟାସଟି ପାଠକମାନଙ୍କ ଦ୍ୱାରା ଆଦୃତ ହେବବୋଲି ଆଶାକରୁଛି। ଏହି ପାଣ୍ଡୁଲିପିକୁ ପୁସ୍ତକ ଆକାରରେ ପ୍ରକାଶ କରିବାକୁ ଆଗ୍ରହ ପ୍ରକାଶ କରିଥିବାରୁ 'ବ୍ଲାକ ଇଗଲ ବୁକ୍ସ'ର ପ୍ରକାଶକ ଶ୍ରୀଯୁକ୍ତ ସତ୍ୟ ପଟ୍ଟନାୟକଙ୍କୁ ମୁଁ ଆନ୍ତରିକ କୃତଜ୍ଞତା ଜଣାଉଛି। ପ୍ରକାଶନର ସମସ୍ତ ଭାର ସୁଚାରୁରୂପେ ତୁଲେଇଥିବାରୁ ଶ୍ରୀଯୁକ୍ତ ଅଶୋକ ପରିଡ଼ାଙ୍କୁ ମଧ୍ୟ ଆନ୍ତରିକ ଧନ୍ୟବାଦ ଜଣାଉଛି।

– କନକ ମଂଜରୀ ସାହୁ

ପ୍ରକୃତି ରୁଦ୍ର ରୂପ ଧାରଣ କଲା । ପ୍ରଚଣ୍ଡ ବେଗରେ ପବନ ବହିବାକୁ ଲାଗିଲା । କଳା ବାଦଲ ଆକାଶରେ ଭାସିବାକୁ ଲାଗିଲା । କୌଣସି ଭୀଷଣ ବିପ୍ଲାତ ହେବାର ସମ୍ଭାବନା ଦେଖାଗଲାଣି । ଏହାର ପୂର୍ବ ସୂଚନାରୁ ଜଣାପଡୁଛି ବିରାଟ ବିରାଟ ବୃକ୍ଷକୁ ଉପାଡ଼ି ଫିଙ୍ଗିଦେଲାଭଳି ପବନ ବହିବାକୁ ଲାଗିବ । ତୀବ୍ର ପବନର ଆଘାତରେ ନଇଁ ପଡ଼ିଥିବା ବୃକ୍ଷ ନିଜର କେଶ ହଲେଇ ଉଗ୍ର ରୂପ ଧାରଣ କରୁଛି । କୌଣସି ଉପଦ୍ରବର ସୂଚନା ପାଇ ପଶୁମାନଙ୍କ କ୍ରନ୍ଦନ ପର୍ବତଶ୍ରେଣୀ ପରିସରରେ ପ୍ରତିଧ୍ୱନିତ ହେଉଥିଲା ।

ଚାରିପଟ ଦୃଶ୍ୟ ଅତ୍ୟନ୍ତ ଭୟାନକ ଥିଲା । ସେଇ ଦୃଶ୍ୟ, ସେଠାକାର ରାସ୍ତା, ଅରଣ୍ୟ ଏବଂ ତା' ପଛରେ ପର୍ବତଶ୍ରେଣୀରେ ପ୍ରତିଧ୍ୱନିତ ହେଉଥିବା ପଶୁପକ୍ଷୀଙ୍କ ଚିତ୍କାର ଏହିସବୁ ଲୋକମାନଙ୍କୁ ବିଚଳିତ କରିବାକୁ ଲାଗିଲା । ଏହା ଲୋକଙ୍କ ହୃଦୟରେ ପ୍ରହାର କରୁଥିଲା । କୌଣସି ସମ୍ଭ୍ରାନ୍ତ ପରିବାରର ମହିଳାମାନଙ୍କୁ ରଥରେ ବସେଇ ଅଶ୍ୱାରୂଢ ସୈନିକମାନେ ସେଇ ମାର୍ଗରେ ଯାଉଥିଲେ । ଘୋଡ଼ାର ଟାପୁ, ହାତୀର ଗର୍ଜନ ଏବଂ ସେଇ ଅରଣ୍ୟରେ ଶୁଣାଯାଉଥିବା କର୍କଶ ଧ୍ୱନି ଓ ପଶୁମାନଙ୍କ ଚିତ୍କାରରେ ସେମାନେ ବିଚଳିତ ହେଉନଥିଲେ । ଏହା ବଡ଼ ବିଚିତ୍ର କଥା । କ୍ଷଣକୁ କ୍ଷଣ ପରିବର୍ତ୍ତିତ ପ୍ରକୃତିର ଏହି ରୂପକୁ ଦେଖି ସେ ଚକିତ ହେଇଗଲେ । ତାଙ୍କ ମନରେ ଘନ ବାଦଲ ଭଳି ବିଭିନ୍ନପ୍ରକାର ଚିନ୍ତା ଖେଳିଗଲା । ତାଙ୍କୁ ଏହା ଅନୁଭବ ହେଲାକି କଳା ବାଦଲସବୁ ତାଙ୍କୁ ଘେରିବାକୁ ଲାଗିଲେଣି । ଏହି ଯାତ୍ରାର କ'ଣ କୌଣସି ଅନ୍ତିମ ସ୍ଥଳ ଅଛି ? ଆମେ କୁଆଡ଼େ ଯାଉଛନ୍ତି ?

କଳା କଳା ବାଦଲରେ ଚମକୁଥିବା ବିଜୁଳିଭଳି ରଥରେ ବସିଥିବା ଲଳନାମାନେ ଅତ୍ୟନ୍ତ ସୁନ୍ଦର ଦିଶୁଥିଲେ । ସେମାନେ

ଅତ୍ୟନ୍ତ ସୁନ୍ଦରୀ ଥିଲେ । ସେମାନେ ଥିଲେ ରୁକ୍ମିଣୀ, ସତ୍ୟଭାମା, ଜାମ୍ବବତୀ, ଲକ୍ଷଣା, କାଳିନ୍ଦୀ, ମିତ୍ରବିନ୍ଦା, ନାଗ୍ନାଜିତୀ ଏବଂ ଭଦ୍ରା । ଏମାନେ ସମସ୍ତେ ସୌନ୍ଦର୍ଯ୍ୟର ପ୍ରତିମୂର୍ତ୍ତି । ଶ୍ରୀକୃଷ୍ଣଙ୍କ ଶୃଙ୍ଗାର ରସାସ୍ୱାଦନରେ ତଲ୍ଲୀନ ହୋଇ ଏହି ଲଳନାମାନେ ଧନ୍ୟ ହେଉଥିଲେ । ଏମାନଙ୍କ ସୁନ୍ଦରତା ଅନୁପମ ଥିଲା । ଏମାନେ ସମସ୍ତେ ପର୍ଦା ଆଢୁଆଲରେ ଥିଲେ । ଶ୍ରୀକୃଷ୍ଣ ଏବଂ ଯାଦବବଂଶର ପ୍ରମୁଖ ଯୋଦ୍ଧାମାନଙ୍କର ଏମାନେ ପ୍ରିୟ ପତ୍ନୀ ଥିଲେ ।

ଅନ୍ତଃପୁରକୁ ଏହି ମହିଳାମାନଙ୍କୁ ନେଇଯାଉଥିବା ରଥ ଆଡକୁ କିଏ ବି ଆଖି ଉଠେଇ ଚାହିଁବାକୁ ସାହସ କରିପାରୁ ନ ଥିଲେ । ଦ୍ୱାରକାରୁ ଏହି ରଥ ବାହାରିଥିଲା ଏବଂ ଅର୍ଜୁନ ଏହି ରଥମାନଙ୍କର ନେତୃତ୍ୱ ନେଉଥିଲେ । ଅର୍ଜୁନଙ୍କ ନାମ ସ୍ମରଣ କରିବାମାତ୍ରେ ଭୀଷଣ ପ୍ରକୃତି ବି ଶାନ୍ତ ହୋଇଯାଏ । ଉଚ୍ଛ୍ୱାଳ ତରଙ୍ଗ ଶାନ୍ତ ହୋଇ ସାଗରରେ ବିଲୀନ ହୋଇଯାଏ । ଅର୍ଜୁନଙ୍କ ନାମ ସ୍ମରଣ କରିବା ମାତ୍ରେ ବିଜୁଳି ଏବଂ ଘଡଘଡି ବି ଶାନ୍ତ ହୋଇଯାନ୍ତି । ଅର୍ଜୁନ, ଫାଲ୍‌ଗୁନୀ, କିରୀଟି, ଶ୍ୱେତବାହନ, ବୀଭତ୍ସ, ବିଜୟ, ସବ୍ୟସାଚୀ, ଧନଞ୍ଜୟ ଆଦି ଅର୍ଜୁନଙ୍କ ନାମ ସ୍ମରଣ କରିବା ମାତ୍ରେ ଯୋଉ ପ୍ରକୃତି ନିଜର ଭୟଙ୍କର ରୂପର ତାଣ୍ଡବ ଶାନ୍ତ ହୋଇଯାଏ, ଆଜି ସେଇ ପ୍ରକୃତିର ପ୍ରଳୟ ତାଣ୍ଡବକୁ ଦେଖିବାପରେ ସେମାନେ ଆଶ୍ଚର୍ଯ୍ୟ ହେଉଥିଲେ, କିନ୍ତୁ ଭୟଭୀତ ନୁହେଁ ।

ରଥାଶ୍ୱ ଥକି ଯାଇଥିଲେ । ଥକି ଯାଇଥିବା ହାତୀ ଧୀର ଗତିରେ ଚାଲୁଥିଲେ । ରଥ ଚକ ବି ଧୀର ହୋଇଗଲା । ରଥ ଉପରେ ବସି ଯାଉଥିବା ଆରୋହୀଙ୍କ ଚେହେରାରେ ଭୟ ଏବଂ ବିସ୍ମୟର ରେଖା ଫୁଟି ଉଠୁଥିଲା । ସେମାନେ ନିଜେ ନିଜକୁ ସାନ୍ତ୍ୱନା ଦେଉଥିଲେ । ସେମାନଙ୍କ ମନରେ ଏହି ଆଶଙ୍କା ଉତ୍ପନ୍ନ ହେବାକୁ ଲାଗିଲା କି ଆମେ କ'ଣ ପୁଣିଥରେ ଦ୍ୱାରକାର ଦର୍ଶନ ପାଇପାରିବୁ? ସେଇ ଭୂସ୍ୱର୍ଗ କ'ଣ ଆମକୁ ପୁଣି ଦେଖାଯିବ ? ଏହି ପ୍ରଶ୍ନ ଏଥିପାଇଁ ତାଙ୍କ ମନରେ ଉଠିବାକୁ ଲାଗିଲା, ସେମାନେ ଦ୍ୱାରକାରୁ ବାହାରିବା କିଛି କ୍ଷଣପରେ ସମୁଦ୍ରର ଉଚ୍ଛ୍ୱାଳ ତରଙ୍ଗ ତାଙ୍କ ଆଖି ସାମନାରେ ସେଇ ନଗରକୁ ବୁଡେଇ ଦେଇଥିଲା । ଏହି ଦୃଶ୍ୟକୁ ଦେଖି ସେମାନେ ଭୟାତୁର ହୋଇଗଲେ । କେତେ ଲୋକ ଅନାଥ ହୋଇଗଲେ । ଯାଦବ ବଂଶର କେତେ ମହିଳା ବିଧବା ହୋଇଗଲେ । ନିଜ ସନ୍ତାନଙ୍କୁ ହରେଇ କେତେ ବୃଦ୍ଧବୃଦ୍ଧା ଅନାଥ ହୋଇଗଲେ । ସେମାନେ ସମସ୍ତେ ଅର୍ଜୁନଙ୍କୁ ନିଜର ଏକମାତ୍ର ରକ୍ଷାକର୍ତ୍ତା ଭାବି ତାଙ୍କ ସାଙ୍ଗରେ ବାହାରି ପଡିଲେ ।

କିଛିଦିନ ହେଲା ତାଙ୍କ ଆଖି ସାମନାରେ ମୃତ୍ୟୁ ଭୟଙ୍କର ହୋଇ ଉଠେଇଲା ।

ମହାଭାରତ ଯୁଦ୍ଧ ପରେ ଯୁଧିଷ୍ଠିରଙ୍କ ରାଜ୍ୟାଭିଷେକ ହେବାର ସାଢେ ତିନି ଦଶକ ବିତିଗଲା। ଏବେ କେଜାଣି କାହିଁକି ପ୍ରାକୃତିକ ବିପର୍ଯ୍ୟୟ ହେବାକୁ ଲାଗିଲା? ସକାଳ ହେବାମାତ୍ରେ ଜୋରରେ ପବନ ବହିଲା ଏବଂ ବାଲି ବର୍ଷା ହେଲା। ଆକାଶ ମେଘାଚ୍ଛନ୍ନ ନଥିଲେ ବି ପ୍ରବଳ ବଜ୍ରପାତ ହେଲା। ଉଲକା ପଡିଲା। ଗ୍ରୀଷ୍ମ ଦିନରେ ବି କୁହୁଡ଼ି ଛାଇଗଲା।

କିଛିଦିନ ପୂର୍ବରୁ ଶ୍ରୀକୃଷ୍ଣଙ୍କ ଦର୍ଶନ କରିବାକୁ ଅଭିଳାଷ ନେଇ କନ୍ଦ, ଭୃଗୁ, ନାରଦ ଏବଂ ବିଶ୍ୱାମିତ୍ର ନିଜ ଶିଷ୍ୟମାନଙ୍କ ସହିତ ଦ୍ୱାରକା ଆସିଥିଲେ। ସେମାନେ ଆସିବା ପୂର୍ବରୁ ଦ୍ୱାରକା ସ୍ୱର୍ଗଧାମ ଥିଲା, କିନ୍ତୁ ସେମାନେ ସେଠାରୁ ଚାଲିଯିବାପରେ ଦ୍ୱାରକା ମୃତ୍ୟୁଲୋକ ହେଇ ଯାଇଥିଲା। ଦ୍ୱାରକାର ନାଗରିକଙ୍କ ଏହା ସ୍ୱୟଂକୃତ ଅପରାଧ। ଉପହାସରେ କହିଥିବା ଗୋଟିଏ କଥା ସମ୍ପୂର୍ଣ୍ଣ ଦ୍ୱାରକାକୁ ବିନାଶ କରିଦେଲା।

ଯେବେ ଭୃଗୁ ଇତ୍ୟାଦି ରଷିମାନେ କୃଷ୍ଣଙ୍କୁ ସାକ୍ଷାତ କରିବାକୁ ଦ୍ୱାରକା ଆସିଥିଲେ ସେତେବେଳେ ରଷିମାନଙ୍କୁ ଉପହାସ କରିବାପାଇଁ ଶ୍ରୀକୃଷ୍ଣ ଏବଂ ଜାମ୍ବବତୀଙ୍କ ପୁତ୍ର ସାମ୍ବକୁ ଗର୍ଭବତୀର ରୂପ ଧାରଣ କରେଇ ବୃଷ୍ଣି ବଂଶର କେତେକ ଯୁବକ ରଷିମାନଙ୍କ ପାଖରେ ଛିଡ଼ା କରେଇଦେଲେ। ତାଙ୍କୁ ପଚାରିଲେ ଇଏ କ'ଣ ସନ୍ତାନକୁ ଜନ୍ମଦେବ? ମୁନି ରଷିମାନେ ଅଭିଶାପ ଦେଲେ ଯେ 'ସାମ୍ବର ଗର୍ଭରୁ ମୁଷଳ ବାହାରିବ, ଯେଉଁଥିରେ ସମ୍ପୂର୍ଣ୍ଣ ଯାଦବ ବଂଶ ବିନାଶ ହେବ।' ଏହି ଅଭିଶାପ ଦେଇ ସେମାନେ ଶ୍ରୀକୃଷ୍ଣଙ୍କୁ ସାକ୍ଷାତ କରିବା ବିନା ଚାଲିଗଲେ।

ପରଦିନ ହିଁ ସାମ୍ବ ଲୁହାର ମୁଷଳକୁ ଜନ୍ମଦେଲା। ଏହା ଦେଖି ସମସ୍ତେ ଭୟଭୀତ ହୋଇଗଲେ। ରଷିମାନଙ୍କ ଅଭିଶାପଥାରୁ ବଞ୍ଚିବାପାଇଁ ସେଇ ମୁଷଳକୁ ଚୁରମାର କରି ସମୁଦ୍ରରେ ଫିଙ୍ଗି ଦିଆଗଲା। ତା'ପରେ ଲହଡ଼ି ତା'ର କଣିକାକୁ ସମୁଦ୍ର ତଟରେ ପକେଇଦେଲା। ତାହା ତଟରେ ଗଛ ହେଲା, ଯାହାକି ସମ୍ପୂର୍ଣ୍ଣ ଯାଦବ ବଂଶର ବିନାଶର କାରଣ ହେଲା। ଶୁଆ ପେଚାଭଳି ବୋବେଇଲେ। ଛେଲି କୁକୁର ଭଳି ଭୁକିଲେ। ବଲରାମ ଏବଂ ଶ୍ରୀକୃଷ୍ଣଙ୍କୁ ଛାଡ଼ି ଯାଦବ ବଂଶର ସବୁଲୋକ ପାପକାର୍ଯ୍ୟରେ ଲିପ୍ତ ରହିଲେ। ମଦିରା ପାନକରି ସମସ୍ତ ସ୍ୱାମୀମାନଙ୍କ ସହିତ ଶୃଙ୍ଗାର କରିବାକୁ ଲାଗିଲେ। ଯାଦବ ବଂଶର ମହିଲାମାନେ ନିଜ ପତିମାନଙ୍କୁ ଉପେକ୍ଷା କରି ଉଚ୍ଛୃଙ୍ଖଳ ଶୃଙ୍ଗାର କରିବାକୁ ଲାଗିଲେ। ହୋମାଗ୍ନି କେତେ ବର୍ଷରେ ପ୍ରକାଶିତ ହେବାକୁ ଲାଗିଲା। ହୋମାଗ୍ନି ପ୍ରଜ୍ୱଳିତ ହେଇ ଉଠିଲା ଏବଂ ଦୁର୍ଗନ୍ଧ ହେଲା। ଭାତରେ ପୋକଯୋକ ଦେଖାଗଲା।

ଶ୍ରୀକୃଷ୍ଣ ଏକ ଉତ୍ସବର ଆୟୋଜନ କଲେ। ଏହି ବିଭ୍ରାଟକୁ ଦେଖି ହତାଶ ହେଇ ଦ୍ୱାରକାବାସୀଙ୍କୁ ସେଥିରେ ଭାଗ ନେବାପାଇଁ ଆମନ୍ତ୍ରିତ କଲେ। ସେ ସେଇ

ରାତିରେ ଏକ ଭୟଙ୍କର ସ୍ୱପ୍ନ ଦେଖିଲେ । କଳା ରଙ୍ଗର କିଛି ସ୍ତ୍ରୀଲୋକ ଘରମାନଙ୍କରେ ପଶି ମହିଳାମାନଙ୍କୁ ବହୁତ ହଇରାଣ କଲେ । ଯାଦବ ବଂଶର ବୀରମାନଙ୍କର ଅସ୍ତ୍ରଶସ୍ତ୍ର, ଝଣ୍ଟା ଏବଂ ଅଳଙ୍କାର ଚୋରିକରି ନେଇ ଚାଲିଗଲେ । ଶ୍ରୀକୃଷ୍ଣଙ୍କ ଚକ୍ର ଅଚାନକ ଉଡ଼ି ଆକାଶରେ ଅଦୃଶ୍ୟ ହୋଇଗଲା । ଶ୍ରୀକୃଷ୍ଣଙ୍କ ଦିବ୍ୟରଥ ବି ଅଦୃଶ୍ୟ ହୋଇଗଲା । ଶ୍ରୀକୃଷ୍ଣଙ୍କ ଆଦେଶ ଅନୁସାରେ ଉତ୍ସବରେ ଭାଗ ନେଇଥିବା ଯାଦବ ବଂଶର ଲୋକେ ସମୁଦ୍ର କୂଳ ଆଡ଼କୁ ବାହାରି ପଡ଼ିଲେ । ବିଭିନ୍ନପ୍ରକାର ଖାଦ୍ୟ ତିଆରି ହେଲା । ମହିଳାମାନେ ସଜବାଜ ହେଇ ପାଲିଙ୍କିରେ ବସି ବାହାରିଲେ । ବଳରାମ ଆସିଲେନି, ତପସ୍ୟା କରିବାକୁ ଚାଲିଗଲେ ।

ସେମାନେ ସମୁଦ୍ର କୂଳରେ ନାଚ ଗୀତ କରିବାକୁ ଲାଗିଲେ, ଭୋଜନ କଲେ ଏବଂ ମଦ୍ୟପାନ ବି କଲେ । ତା'ପରେ ଠଙ୍ଗା ପରିହାସ କରି ସେମାନେ ପରସ୍ପରକୁ ଚିଡ଼େଇବାକୁ ଆରମ୍ଭ କଲେ । ସାତ୍ୟକି ଏବଂ କୃତବର୍ମା ମହାଭାରତ ଯୁଦ୍ଧକୁ ନେଇ ଉଚ୍ଚ ସ୍ୱରରେ ଯୁକ୍ତିତର୍କ କରୁଥିଲେ । ମଦ ନିଶାରେ ଚୁର ହେଇ ସାତ୍ୟକି ଏହା କହି କୃତବର୍ମାଙ୍କୁ ନିନ୍ଦା କଲେ, ସେ ଗଭୀର ନିଦରେ ଶୋଇଥିବା ଲୋକଙ୍କୁ ମାରିଥିଲେ । ସେତେବେଲେ ସାତ୍ୟକି ଏହି ପ୍ରଶ୍ନ କଲେ, ତୁମେ ନିଃସହାୟ ସ୍ଥିତିରେ ପଡ଼ିଥିବା ସୋମଦତ୍ତର ପୁତ୍ରକୁ ତାର ମୁଣ୍ଡକୁ ଦେହରୁ ଅଲଗା କରିଦେଇ ନଥିଲ ? ଦୁହିଁଙ୍କ ମଧରେ ଯୁକ୍ତିତର୍କ ହେଲା । କ୍ରୋଧିତ ହେଇ କୃତବର୍ମା ଆଡ଼କୁ କୃଷ୍ଣ ଚାହିଁଲେ । ଏହି ମଉକା ପାଇ ଶ୍ରୀକୃଷ୍ଣଙ୍କୁ ଭଡ଼କେଇବା ଉଦ୍ଦେଶ୍ୟରେ ସାତ୍ୟକି କୃତବର୍ମାଙ୍କୁ ନିନ୍ଦା କଲେ "ତୁମ ଭାଇ ଶତଧନ୍ୱା ସ୍ୟାମନ୍ତକ ମଣିପାଇଁ ସତ୍ରାଜିତ୍ଙ୍କ ହତ୍ୟା କରିନଥିଲେ ?" ପିତାଙ୍କ ନାମ ଶୁଣିବା ମାତ୍ରେ ସତ୍ୟଭାମାଙ୍କ ଆଖିରୁ ଅଶ୍ରୁ ନିଗିଡ଼ି ପଡ଼ିଲା । ସେ କାନ୍ଦି କାନ୍ଦି ଶ୍ରୀକୃଷ୍ଣଙ୍କ ପାଖକୁ ଆସିଲେ । ଦୁହିଁଙ୍କୁ ସନ୍ତୁଷ୍ଟ କରିବାପାଇଁ ସାତ୍ୟକି କୃତବର୍ମାଙ୍କୁ ବହୁତ ନିନ୍ଦା କଲେ । କୃତବର୍ମା ଉପରେ ଏହି ଆରୋପ ଲଗେଇ କହିଲେ ଯେ ତାଙ୍କ ସାହାୟ୍ୟରେ ଦ୍ରୋଣାଚାର୍ୟ୍ୟଙ୍କ ପୁତ୍ର ଭରଦ୍ୱାଜର କନ୍ୟା ଗୌତମୀ ଗର୍ଭରୁ ଉତ୍ପନ୍ନ ଅଶ୍ୱଥାମା ଦୋଷଙ୍କ ହତ୍ୟାକାରୀ । ଧୃଷ୍ଟଦ୍ୟୁମ୍ନର ଗଳା କାଟି ପ୍ରତିଶୋଧ ନେଲା ଏବଂ ତାଙ୍କ ଭାଇକୁ ବି ମାରିଦେଲା । ସାତ୍ୟକି କୃତବର୍ମା ଉପରେ ପ୍ରହାର କଲା ଏବଂ ତା' ମୁଣ୍ଡ ଦେହରୁ ଅଲଗା କରିଦେଲା । ଏହା ଦେଖି କୃତବର୍ମାର ସମସ୍ତ ବନ୍ଧୁମାନେ ସାତ୍ୟକିକୁ ଘେରିଗଲେ । ସାତ୍ୟକିକୁ ରକ୍ଷା କରିବାପାଇଁ ରୁକ୍ମିଣୀଙ୍କ ପୁତ୍ର ପ୍ରଦ୍ୟୁମ୍ନ ଆଗକୁ ବାହାରି ପଡ଼ିଲା । ସମୁଦ୍ର ତଟରୁ ପ୍ରାପ୍ତ ଲୌହ ଖଣ୍ଡ ହିଁ ତାଙ୍କର ହତିଆର ହେଲା । ପିତା, ପୁତ୍ର, ବଡ଼ଭାଇ, ସାନଭାଇ ଇତ୍ୟାଦି ଜ୍ଞାତିକୁଟୁମ୍ବକୁ ଭୁଲି ଜଣେ ଜଣଙ୍କ ଉପରେ ଆକ୍ରମଣ କଲେ । ଭୋଜବଂଶର ବୀରଙ୍କ ସଂଖ୍ୟା ବେଶୀ ଥିଲେ । ଏହି ଯୁଦ୍ଧରେ ବୃଷ୍ଟିବଂଶର

ସାତ୍ୟକି, ଅନିରୁଦ୍ଧ, ସାମ୍ବ, ପ୍ରଦ୍ୟୁମ୍ନ ଇତ୍ୟାଦି ପ୍ରାଣ ହରେଇଲେ। ଏହା ଦେଖି ଶ୍ରୀକୃଷ୍ଣ ରାଗି ସେଇ ଲୌହ ଖଣ୍ଡକୁ ଅସ୍ତ୍ରକରି ସମସ୍ତଙ୍କୁ ମାରିଦେଲେ। ବଜ୍ର, ଦାରୁକ ଏବଂ ବଭ୍ର ବ୍ୟତୀତ କେହି ବି ଜୀବିତ ରହିଲେନି।

ପିଲା, ମହିଳା ଏବଂ ବୟସ୍କମାନେ ବିଳାପ କରିବାକୁ ଲାଗିଲେ। ସେମାନଙ୍କୁ ସାଙ୍ଗରେ ନେଇ ଶ୍ରୀକୃଷ୍ଣ ଦ୍ୱାରକାରେ ପହଞ୍ଚିଲେ। ବସୁଦେବଙ୍କୁ ପ୍ରଣାମ କରି ଶ୍ରୀକୃଷ୍ଣ କହିଲେ, 'ହେ ପିତାଶ୍ରୀ... ପ୍ରଥମେ ମୁଁ କୌରବ ବଂଶର ବିନାଶ ଦେଖିଥିଲି। ଏବେ ମୋ ଆଖି ସାମନାରେ ସମସ୍ତ ଯାଦବ ବଂଶର ବିନାଶ ହୋଇଗଲା। ମୋର ସମସ୍ତ ବନ୍ଧୁ ପରିଜନ ମୃତ୍ୟୁର ଶିକାର ହେଲେ। ମୁଁ ଏହା କଳ୍ପନା କରିପାରୁନି... ମୋ ଅଗ୍ରଜ ବଲରାମ ତପସ୍ୟା କରିବାକୁ ଚାଲିଗଲେ... ମୁଁ ବି ତପସ୍ୟା କରିବାକୁ ଚାଲିଯିବି... ରାଜ୍ୟଭାର ଆପଣ ସମ୍ଭାଳନ୍ତୁ। କାଲି କିମ୍ୱା ପଅରଦିନ ଅର୍ଜୁନ ଏଠାକୁ ଆସିବେ ଏବଂ ଆପଣଙ୍କ ଆଦେଶକୁ ପାଳନ କରିବେ...' ଏହାକହି ଶ୍ରୀକୃଷ୍ଣ ତପସ୍ୟା କରିବାକୁ ବାହାରି ପଡ଼ିଲେ।

ଶ୍ରୀକୃଷ୍ଣଙ୍କ କଥା ଶୁଣି ତାଙ୍କ ପତ୍ନୀମାନେ ତଥା ଯାଦବ ମହିଳାମାନେ ହାହାକାର କରି ନିଜର ଦୁଃଖକୁ ପ୍ରକାଶ କଲେ। ଏହା କହି ଶ୍ରୀକୃଷ୍ଣ ସେମାନଙ୍କୁ ସାନ୍ତ୍ୱନା ଦେଲେ, "ଅର୍ଜୁନ ଏଠାକୁ ଆସିବେ... ତାଙ୍କ ଆଦେଶକୁ ପାଳନ କରନ୍ତୁ... ଆପଣମାନଙ୍କର ଦୁଃଖ ଦୂର ହେଇଯିବ..."

ହସ୍ତିନାପୁର ଯାଇ ଅର୍ଜୁନଙ୍କୁ ଆଣିବାପାଇଁ ଦାରୁକଙ୍କୁ ଆଦେଶ ଦେଇ ଶ୍ରୀକୃଷ୍ଣ ସେଠାରୁ ଚାଲିଗଲେ। ଏହି ସମାଚାର ଶୁଣି ଅର୍ଜୁନ ଦୁଃଖୀ ହୋଇଗଲେ ଯେ ଜଣେ ଜଣକୁ ମାରି ଯାଦବ ବଂଶର ସମସ୍ତ ଲୋକ ମରି ଯାଇଥିଲେ। ଅର୍ଜୁନ ଦ୍ୱାରକାରେ ପହଞ୍ଚିଲେ। ଶ୍ରୀକୃଷ୍ଣଙ୍କ ଅନୁପସ୍ଥିତିରେ ଦ୍ୱାରକା ଚନ୍ଦ୍ରମା ବିହୀନ ରାତ୍ରି ଭଳି ତାଙ୍କୁ ଲାଗିଲା। ନିତ୍ୟ ବସନ୍ତର ଶୋଭାରେ ମଣ୍ଡିତ, ନିରନ୍ତର ସଙ୍ଗୀତ ଓ ନୃତ୍ୟରେ ସୁଶୋଭିତ, ଶ୍ରୀକୃଷ୍ଣଙ୍କ ମୁରଲୀ ସ୍ୱନର ପ୍ରକମ୍ପିତରେ ରୋମାଂଚିତ, ଶୃଙ୍ଗାର କ୍ରୀଡ଼ାରେ ବିସ୍ତୃତ, ମନ୍ଦ୍ରଥର ଲୀଳାରେ ମୋହିତ, ଭୂସ୍ୱର୍ଗ ଭଳି ଦେଖାଯାଉଥିବା ଦ୍ୱାରକା ଆଜି ଶ୍ରୀକୃଷ୍ଣଙ୍କ ଅନୁପସ୍ଥିତିରେ ଶ୍ରୀହୀନ ମନ୍ଦିର ଭଳି ଦେଖାଯିବାକୁ ଲାଗିଲା। ତାଙ୍କୁ ଏମିତି ଲାଗିଲା କି ଶ୍ରୀକୃଷ୍ଣଙ୍କ ସହିତ ଏକ ବିରାଟ ଦିବ୍ୟଜ୍ୟୋତି ଦ୍ୱାରକାରୁ ଅଦୃଶ୍ୟ ହୋଇଯାଇଛି। ଏବେ ଦ୍ୱାରକା ନଗରୀରେ କାଉ, ଶାଗୁଣା ଉଡ଼ି ବୁଲୁଥିଲେ। ସମୁଦ୍ର ତଟରେ ଅବସ୍ଥିତ ଦ୍ୱାରକା ଶୋକାକୁଳ ପରିବେଶ ମାନେ ହେଉଥିଲା। ଅର୍ଜୁନଙ୍କୁ ଦେଖି ଶ୍ରୀକୃଷ୍ଣଙ୍କ ଧର୍ମପତ୍ନୀମାନେ ଏବଂ ଗୋପିକାମାନେ ଖୁବ୍ ବିଳାପ କରିବାକୁ ଲାଗିଲେ। ଶୋକସନ୍ତପ୍ତ ରୁକ୍ମିଣୀ ଏବଂ ସତ୍ୟଭାମାଙ୍କର ବି ଏହି ପରିସ୍ଥିତି ଥିଲା। ଅର୍ଜୁନ ସେମାନଙ୍କୁ ସାନ୍ତ୍ୱନା ଦେଇ ବସୁଦେବଙ୍କ ପାଖକୁ ଗଲେ

ଏବଂ ତାଙ୍କୁ ବି ସାନ୍ତ୍ୱନା ଦେବାକୁ ଚେଷ୍ଟା କଲେ। ବସୁଦେବଙ୍କୁ ଅର୍ଜୁନ ବଚନ ଦେଲେ ଯେ ଯାଦବ ମହିଲା, ପିଲା, ବୟସ୍କ, ରଥାଶ୍ୱ ଏବଂ ହାତୀମାନଙ୍କୁ ସେ ନିଜ ସାଙ୍ଗରେ ଇନ୍ଦ୍ରପ୍ରସ୍ଥ ନେଇଯିବେ। ଅର୍ଜୁନଙ୍କୁ ତାଙ୍କ ଦାୟିତ୍ୱ ସମର୍ପିଦେଇ ବସୁଦେବ ପ୍ରାଣତ୍ୟାଗ କଲେ। ମୃତ ଯାଦବ ବଂଶଙ୍କ ସହିତ ବସୁଦେବଙ୍କର ବି ଅର୍ଜୁନ ଅନ୍ତ୍ୟେଷ୍ଟିକ୍ରିୟା କଲେ।

କୃଷ୍ଣ ଏବଂ ବଳରାମଙ୍କ ସନ୍ଧାନରେ ଅର୍ଜୁନ ବାହାରି ପଡ଼ିଲେ। ତା'ପରେ ସେଇ ଦୁହିଁଙ୍କ ଶବକୁ ସେ ଦେଖିଲେ। ବହୁତ ଦୁଃଖରେ ଅର୍ଜୁନ ଦୁଇଭାଇଙ୍କ ଅନ୍ତିମ ସଂସ୍କାର କଲେ। ପାର୍ଥ ଏହି ତଥ୍ୟର ଅବଗତ ନଥିଲେ ଯେ ଯେଉଁଦିନ ପ୍ରଭାସ ତୀର୍ଥରେ ଶ୍ରୀକୃଷ୍ଣଙ୍କ ଅନ୍ତ୍ୟେଷ୍ଟିକ୍ରିୟା ହେଲା ସେଇଦିନ ଦ୍ୱାପର ଯୁଗର ବି ସମାପ୍ତ ହୋଇଗଲା। ଦ୍ୱାପର ଯୁଗ ଶେଷରେ ଶ୍ରୀକୃଷ୍ଣଙ୍କ ସ୍ୱର୍ଗାରୋହଣ ପରେ କଳିଯୁଗର ଆରମ୍ଭ ହେଲା। ଶ୍ରୀକୃଷ୍ଣ ହେଉଛନ୍ତି ଅର୍ଜୁନଙ୍କ ମିତ୍ର, ଗୁରୁ, ସାରଥୀ ଏବଂ ସର୍ବସ୍ୱ। ଜାରା ନାମକ ବ୍ୟାଧ ଶ୍ରୀକୃଷ୍ଣଙ୍କ ଉପରକୁ ତୀର ମାରିଥିଲା। ଦୁଃଖୀ ହେଇଥିବା ବ୍ୟାଧକୁ ସାନ୍ତ୍ୱନା ଦେଇ ଶ୍ରୀକୃଷ୍ଣ ତୀରକୁ ବାହାର କରିଦେଇ ସ୍ୱର୍ଗାରୋହଣ କରିଥିଲେ। ଏହି ସତ୍ୟକୁ ସ୍ୱୀକାର କରିବାକୁ ନିଜର ଅସମର୍ଥତା ଯୋଗୁ ଅର୍ଜୁନ ବହୁତ ମନଦୁଃଖ କଲେ। ଦ୍ୱାରକାରେ ରହୁଥିବା ଶ୍ରୀକୃଷ୍ଣଙ୍କ ପତ୍ନୀ ଏବଂ ଗୋପିକାଙ୍କୁ ସୁରକ୍ଷିତ ସ୍ଥାନକୁ ନେଇଯିବାକୁ ଶ୍ରୀକୃଷ୍ଣଙ୍କ ସନ୍ଦେଶ ପାଇ ଅର୍ଜୁନ ଆଶ୍ଚର୍ଯ୍ୟ ହେଇ ଯାଇଥିଲେ। ଶ୍ରୀକୃଷ୍ଣଙ୍କ ମୃତ୍ୟୁ ଖବର ପାଇ ବାସ୍ତବରେ ଅର୍ଜୁନ ନିଜର ପ୍ରାଣତ୍ୟାଗ କରିବାକୁ ଚାହୁଁଥିଲେ..." କୃଷ୍ଣଙ୍କ ବିନା ମୁଁ କାହିଁକି ଜୀବିତ ରହିବି ? ଯାହାଙ୍କ ସାହାଯ୍ୟରେ ମୁଁ ମହାଭାରତ ଯୁଦ୍ଧରେ ଶତ୍ରୁ ସଂହାର କଲି, ଯାହାଙ୍କ ପ୍ରେରଣାରେ ଶକ୍ତିଶାଳୀ ଶୂର ବୀର ରୂପରେ ମୁଁ ଖ୍ୟାତି ଅର୍ଜନ କଲି, ସେ ଚାଲିଯିବାପରେ ମୁଁ ଜୀବିତ ରହିବା କି ଆବଶ୍ୟକତା ଅଛି ?" ଅର୍ଜୁନଙ୍କୁ ଲାଗିଲା ସେ ଯୁଦ୍ଧରେ ଯୋଉ ଜିତିଲେ ତା'ର କୌଣସି ଅର୍ଥ ନାହିଁ।

ଅର୍ଜୁନଙ୍କ ମନରେ ଏହି ଭାବନା ଆସିଲା, ନିଜ ଧର୍ମପତ୍ନୀମାନଙ୍କର ଏବଂ ଗୋପୀମାନଙ୍କର ଦାୟିତ୍ୱକୁ ମୋତେ ସମର୍ପିଦେଇ କୃଷ୍ଣ ମୋର ଜୀବିତ ରହିବାର ଆବଶ୍ୟକତାକୁ ଜଣେଇଦେଲେ... ବସୁଦେବଙ୍କୁ ସୂଚନା ନଦେଇ କୌଣସି କାର୍ଯ୍ୟ କରିନି। ନିଜର ମୃତ୍ୟୁ ପରେ, ଜନ୍ମ ଏବଂ ମୃତ୍ୟୁର ଅତୀତ ଏକ ଦିବ୍ୟଜ୍ୟୋତିରେ ଲୀନ ହେବାର ଉପରାନ୍ତ ଶ୍ରୀକୃଷ୍ଣ ସେଇ ଉଦ୍ଦେଶ୍ୟରେ ସଂସାରରୁ ମୋତେ ନିଜ ଜୀବନର ସାର୍ଥକତା ବିଷୟରେ କେମିତି ନିର୍ଦ୍ଦେଶିତ କରିପାରିବେ ? ଏହିକଥା ଭାବି ଅର୍ଜୁନ ଦ୍ୱିଧାରେ ପଡ଼ିଗଲେ।

ମାତ୍ର 'ବିଜୟ' ଏକଥା ଜାଣିଛନ୍ତି, ଶ୍ରୀକୃଷ୍ଣ ଏବଂ ବଳରାମ ଏବେ ଆଉ

ନାହାନ୍ତି । ଆକାଶବାଣୀ ତାଙ୍କୁ ସୂଚନା ଦେଇଥିଲା କି ଶ୍ରୀକୃଷ୍ଣଙ୍କ ପିତୃଯଜ୍ଞ ସମାପ୍ତ ହେବାର ପରଦିନ ହିଁ ଦ୍ୱାରକାପୁରୀ ଜଳମଗ୍ନ ହେଇଯିବ । ଅର୍ଜୁନ ଏଥିପାଇଁ ଦ୍ୱାରକାର ସ୍ୱାମୀମାନଙ୍କୁ ଶ୍ରୀକୃଷ୍ଣ ଏବଂ ବଳରାମଙ୍କ ମୃତ୍ୟୁ ଖବର ଦେଇନଥିଲେ । ଏକଥା କହିଥିଲେ ସେମାନେ ବହୁତ ଦୁଃଖୀ ହେଇ ଯାଇଥାନ୍ତେ ଏବଂ ସେମାନଙ୍କୁ ନିଜ ସାଥିରେ ନେଇଯିବାକୁ କଷ୍ଟକର ହେଇଥାନ୍ତା । ଦ୍ୱାରକାପୁରୀର ମହିଳାମାନଙ୍କୁ ନିଜ ସାଥିରେ ନେଇ ଅର୍ଜୁନ ବାହାରି ପଡ଼ିଲେ ।

ଗୋପିକାବଲ୍ଲଭ ଶ୍ରୀକୃଷ୍ଣଙ୍କ ଷୋହଳ ହଜାର ରମଣୀ, ଆଠଜଣ ଧର୍ମପତ୍ନୀ, ବଳରାମଙ୍କ ଚାରିଜଣ ପତ୍ନୀ, ରଥ, ଅଶ୍ୱ, ହାତୀ, ସୈନିକ, ବଜ୍ର ଇତ୍ୟାଦି ଯାଦବଙ୍କୁ ନେଇ ଅର୍ଜୁନ ଦ୍ୱାରକାପୁରୀରୁ ବାହାରି ପଡ଼ିଲେ । କିଛିକ୍ଷଣ ପରେ ଆଖି ସାମନାରେ ସମୁଦ୍ରଗର୍ଭରେ ଦ୍ୱାରକାପୁରୀ ବିଲୀନ ହେବା ଦେଖି ସେମାନେ ବହୁତ ବିଚଳିତ ହୋଇପଡ଼ିଲେ । ସେଇ ସ୍ତ୍ରୀଲୋକମାନଙ୍କ ମନଭିତରେ ଭାବନା ଆସିଲା, ଶ୍ରୀକୃଷ୍ଣ ଏବଂ ବଳରାମ କୁଆଡ଼େ ଗଲେ ? ସେମାନେ ଦୁହେଁ କୋଉଠି ତପସ୍ୟା କରୁଛନ୍ତି ? ଆମେ କ'ଣ ତାଙ୍କୁ ଆଉ ଦେଖିପାରିବୁ ? ଏହିପ୍ରକାର ଆଶଙ୍କାକୁ ନେଇ ସେମାନେ ବ୍ୟଥିତ ହେଲେ । କିନ୍ତୁ ସେମାନଙ୍କ ମନଭିତରେ ଉଠୁଥିବା ପ୍ରଶ୍ନର ସମାଧାନ କରିବାପାଇଁ କେହି ବି ନଥିଲେ ।

ଶ୍ରୀକୃଷ୍ଣଙ୍କ ଦିବ୍ୟମଙ୍ଗଳ ସ୍ୱରୂପ ଏବଂ ତାଙ୍କ କଥା ସ୍ମରଣ କରି ସେମାନେ ଆଗକୁ ବଢ଼ିଲେ । ସୂର୍ଯ୍ୟାସ୍ତ ସମୟ ହେଇଯାଇଥିଲା । ପଶ୍ଚିମ ଦିଗରେ ଅସ୍ତ ହେଉଥିବା ସୂର୍ଯ୍ୟଙ୍କୁ ଦେଖି ଅର୍ଜୁନ ରଥକୁ ଅଟକେଇବାକୁ ଆଦେଶ ଦେଲେ ।

ଅର୍ଜୁନ ପଚାରିଲେ "ସାରଥୀ... ଏହି ପ୍ରଦେଶର ନାମ କ'ଣ ?"

ସାରଥୀ ଉତ୍ତର ଦେଲା, "ହେ ବୀର ପୁରୁଷ ! ଏହା ପଞ୍ଚନଦ ପ୍ରଦେଶ ।"

ଅର୍ଜୁନ କହିଲେ, "ଏହି ସବୁଜଭରା ପ୍ରାନ୍ତରରେ ଆମେ ରାତିରେ ବିଶ୍ରାମ କରିବା ।"

ସାରଥୀ କହିଲା, " ଏହି ପ୍ରଦେଶରେ ରହିବା ଆମପାଇଁ ଶ୍ରେୟସ୍କର ନୁହେଁ । ଆମ ସାଙ୍ଗରେ ମହିଳାମାନେ ବି ଅଛନ୍ତି । ମୁଁ ଶୁଣିଛି ଏଠାକାର ଲୋକମାନେ ଆତତାୟୀ ଏବଂ କାମୁକ ପ୍ରକୃତିର.... ଏହାକୁ ପାରହେଇ କୋଉଠି କୌଣସି ନଦୀ କୂଳରେ ରହିବା ଭଲ ହେବ ।

ସେଦିନ ସକାଳୁ ଅର୍ଜୁନ ବିଷଣ୍ଣ ଥିଲେ । ସାରଥିର କଥା ଶୁଣି ସେ ହସିଲେ ।

"ହେ ସାରଥୀ !... ତୁମକୁ ଜଣାଅଛି ତୁମେ କାହା ସହିତ କଥା ହେଉଛ... ବା ତୁମେ ଜାଣିନାହଁ କି ଦ୍ୱାରକାପୁରୀର ଏହି ମହିଳାମାନଙ୍କୁ ରକ୍ଷା କରିବାର

ଯୋଗ୍ୟତା ଥିବାଯୋଗୁ ମୋତେ ହିଁ ଦାୟିତ୍ୱ ଦିଆଯାଇଛି।...” ଏହା କହିବା ସମୟରେ ଅର୍ଜୁନ ଗୋଟିଏ ହାତରେ ଧନୁ ଧରିଲେ ଏବଂ ଅନ୍ୟ ହାତରେ ମୁଦ୍ଗ ଉପରେ ହାତ ମାରିଲେ।

“ହେ ମହାରଥୀ! କିଏ ନ ଜାଣିଛି ଆପଣ କେତେ ଶୂର ବୀର। ଅନାବଶ୍ୟକ ଯୁଦ୍ଧକୁ ଏଡ଼େଇବା ପାଇଁ ବିଚାର କରି ମୁଁ ଏହି ପ୍ରସ୍ତାବ ଦେଲି।” ସାରଥୀ ବିନୟତାପୂର୍ବକ ଏହି ଉତ୍ତର ଦେଲା। କିନ୍ତୁ ତା’ର କୌଣସି ଅପ୍ରତ୍ୟାଶିତ କ୍ଷତିର ଆଶଙ୍କା ଦୂର ହେଲାନି।

“ପ୍ରକୃତ ଶୂର ବୀର ଯୁଦ୍ଧକୁ ଡରନ୍ତି ନାହିଁ... କୌଣସି ଭବିଷ୍ୟତ କ୍ଷତିର ଆଶଙ୍କାକୁ ନେଇ ଆମେ ଏଠାରୁ ଚାଲିଗଲେ ଏହା ଆମର ଭୀରୁତା ହେବ... ବିଜୟ ଦୁନ୍ଦୁଭିକୁ ଶୁଣିବାକୁ ମୋ କାନ ଚାହୁଁଛି।” କହି ଅର୍ଜୁନ ରଥରୁ ଓହ୍ଲେଇ ପଡ଼ିଲେ।

କିଛି ସମୟ ମଧ୍ୟରେ ସେଠାରେ ଶିବିର ତିଆରି ହେଇଗଲା। ବିଶ୍ରାମ ନେବାପାଇଁ ସମସ୍ତେ ବ୍ୟସ୍ତ ହେଇପଡ଼ିଲେ। ଅର୍ଜୁନ ଏକଥା କଳ୍ପନା ମଧ୍ୟ କରିନଥିଲେ କି ଏହି ରାତ୍ରି ବିନାଶକାରୀ ଏବଂ ପ୍ରଳୟର ରାତ୍ରି ହେବ।

ଅର୍ଦ୍ଧରାତ୍ରି। ଅର୍ଜୁନଙ୍କୁ ନିଦ ଲାଗୁନଥିଲା। ଯାହା କିଛି ହେଲା ଏହା କ’ଣ ସତ? ନା ସ୍ୱପ୍ନ? ସେ କିଛି ବୁଝି ପାରିଲେନି। ଶ୍ରୀକୃଷ୍ଣଙ୍କ ପତ୍ନୀମାନଙ୍କୁ ଦ୍ୱାରକାପୁରୀରୁ ନେଇଆସିବା ପରିସ୍ଥିତି କାହିଁକି ଆସିଲା? ମୋର ଯୋଗ୍ୟତା ବି କ’ଣ? ଏହି ମହିଲାମାନେ ବି ଶ୍ରୀକୃଷ୍ଣଙ୍କ ଆଜ୍ଞାନୁସାରେ ମୋ ସାଥିରେ ଆସିଲେ କାହିଁକି? ଏହା ବାସ୍ତବରେ କୃଷ୍ଣଙ୍କ ହ୍ଲାଦିନୀ ଶକ୍ତି ଥିଲା। ଶ୍ରୀକୃଷ୍ଣଙ୍କ ରାସଲୀଳାରେ ନିମଗ୍ନ ମହିଲାମାନେ ଥିଲେ। ସେମାନଙ୍କର ସର୍ବସ୍ୱ ଶ୍ରୀକୃଷ୍ଣ ହିଁ ଥିଲେ। ସେମାନେ ଶ୍ରୀକୃଷ୍ଣଙ୍କୁ ନିରନ୍ତର ଧ୍ୟାନ କରୁଥିଲେ। କୃଷ୍ଣଲୀଳାରେ ବିହ୍ୱଳିତ ଏହି ମହିଲାମାନେ ନିଜ ଜୀବନସାରା ଶ୍ରୀକୃଷ୍ଣ ସାଙ୍ଗରେ ରହିବାକୁ କାମନା କରୁଥିଲେ। ତାଙ୍କୁ ଗୋଟିଏ ପରେ ଗୋଟିଏ ଦୁର୍ଘଟଣାର ସାମନା କରିବାକୁ ପଡୁଥିଲା। ଏହି ମହିଲାମାନଙ୍କ ଜୀବନ ଅନ୍ଧକାରମୟ ହୋଇଗଲା। କିଏବି କଳ୍ପନା ମଧ୍ୟ କରିନଥିଲେ ସର୍ବଦା ସ୍ନେହପୂର୍ଣ୍ଣ ବାତାବରଣରେ ଖେଳିକୁଦି ସୁଖମୟ ଜୀବନ ବିତାଉଥିବା ଯାଦବ ବଂଶ ଏହି ପ୍ରକାର ନିଜ ଲୋକଙ୍କ ଉପରେ ପ୍ରହାର କରିବେ ଏବଂ ଜଣେ ଜଣକୁ ବଧ କରିବ।

ଏହିକଥା ଭାବି ଅର୍ଜୁନଙ୍କ ମନ ବିଚଳିତ ହେଲା। ଏହି ସମୟରେ ତାଙ୍କୁ ପାଟିଗୋଲ ଶୁଣାଗଲା। ଅର୍ଜୁନ ଗାଣ୍ଡିବ ଧରି ଶିବିରରୁ ବାହାରି ଆସିଲେ। ସେତେବେଳକୁ ବହୁତ ବିଳମ୍ୱ ହେଇଯାଇଥିଲା। ପଞ୍ଚନଦ ପ୍ରଦେଶରୁ ବହୁତ ବଡ ଦଳ ଆତତାୟୀମାନେ ଅର୍ଜୁନ ଏବଂ ଅନ୍ୟମାନଙ୍କ ଶିବିରକୁ ଘେରିଗଲେ। ମଶାଲ

ଧରି ଶିବିରଗୁଡ଼ିକୁ ଜଳେଇବା ଆରମ୍ଭ କରିଦେଲେ। ମହିଳାମାନେ କ୍ରନ୍ଦନ କରି ଶିବିରରୁ ବାହାରି ଆସିଲେ। ମଶାଲର ଆଲୋକରେ ସେଇ ମହିଳାମାନଙ୍କର ଅନୁପମ ସୌନ୍ଦର୍ଯ୍ୟକୁ ଦେଖି ସେମାନେ ଆଶ୍ଚର୍ଯ୍ୟ ହୋଇଗଲେ।

"ଆରେ ବାଃ...ହେ ଅହୀର! ଆଜି ଆମର ଭାଗ୍ୟ ଖୋଲିଗଲାରେ। ଏମାନେ ଆମର ଏଠାକୁ ଆସି ଆମ ଜାଲରେ ଫସି ଯାଇଛନ୍ତି। ନା କେବଳ ମୂଲ୍ୟବାନ ଅଳଙ୍କାର ଆମକୁ ମିଳିଲା, ଅନୁପମ ସୌନ୍ଦର୍ଯ୍ୟର ଅପୂର୍ବ ସମ୍ପତ୍ତି ବି ଆମ ଅଧୀନରେ ହୋଇଗଲା... ଅନ୍ତଃପୁରର ଏହି ମହିଳାମାନେ ପର୍ଦା ଆଢୁଆଲରେ ଥିଲେ, ଯାହାକି ଆମ ପନ୍ଥାରେ ଫସିଗଲେ। କାହାକୁ ଛାଡ଼ନି, ସମସ୍ତଙ୍କୁ ଗୋଟିଏ ସ୍ଥାନକୁ ନେଇଚାଲ...।" ଜଣେ ଆତତାୟୀ କର୍କଶ ସ୍ୱରରେ ଆଦେଶ ଦେଲା।

"ରୁହ... ମୋତେ କ'ଣ ବୋଲି ଭାବୁଛ ତୁମେମାନେ... ମୁଁ ଅର୍ଜୁନ। ମହାଭାରତ ଯୁଦ୍ଧରେ ହଜାର ହଜାର ଶତ୍ରୁଙ୍କୁ ସଂହାର କରିଥିଲି। ଯଦି ତୁମମାନଙ୍କର ସାହସ ଅଛି ତ ପ୍ରଥମେ ମୋତେ ସାମନା କର...।" ଏହା କହି ଦସ୍ୟୁଙ୍କ ନେତାକୁ ଅର୍ଜୁନ ଆହ୍ୱାନ କଲେ।

"ଓହୋ! ତୁମେ ଅର୍ଜୁନ... ହେଲା ତ କ'ଣ ହେଲା? ଏହା ମହାଭାରତ ଯୁଦ୍ଧ ନୁହେଁ, ଚୋର ଏବଂ ଡକାୟତଙ୍କ ସହିତ ତୁମେ ଯୁଦ୍ଧ କରିପାରିବ? ଆମେ କାହାର ଗୋଲାମ ନୁହେଁ। ରାଜପରିବାରର ସ୍ତ୍ରୀମାନେ କାହାର ସମ୍ପତ୍ତି ନୁହେଁ। ସେମାନଙ୍କୁ ପାଇବା ଆମର ବି ଅଧିକାର ଅଛି...।"

ଦସ୍ୟୁଙ୍କ ନେତା ଚିତ୍କାର କଲା, "ଆଗକୁ ବଢ... କାହାକୁ ଭୟ କରନି...।" ଏହା କହି ସେ ତାର ଅନୁଗତମାନଙ୍କୁ ପ୍ରୋତ୍ସାହିତ କଲା ଏବଂ ସେ ନିଜେ ଆଗକୁ ବଢିଲା।

ତାଙ୍କ ସାହସକୁ ଦେଖି ଅର୍ଜୁନ ଟିକେ ଆଶ୍ଚର୍ଯ୍ୟହେଇ ରହିଗଲେ। ଗାଣ୍ଡିବକୁ ଉଠେଇବାକୁ ସେ ପ୍ରୟାସ କଲେ। କିନ୍ତୁ ଏହି ପ୍ରୟାସରେ ସେ ବିଫଳ ହେଲେ। ତାଙ୍କ ତୂଣୀର ବି ଶୂନ୍ୟ ଥିଲା। ସେଇ ତୂଣୀରରେ ଗୋଟିଏ ବି ଦିବ୍ୟାସ୍ତ ନଥିଲା... ଦେବତାମାନଙ୍କୁ ସ୍ମରଣ କରି ଦିବ୍ୟାସ୍ତ ପାଇବାକୁ ସେ ପ୍ରୟାସ କଲେ। ଯେଉଁ ଦିବ୍ୟାସ୍ତକୁ ପାଇ ଅର୍ଜୁନ ଯୁଦ୍ଧକ୍ଷେତ୍ରରେ ଶତ୍ରୁକୁ ସଂହାର କରିଥିଲେ, ସେଇ ଅସ୍ତ ଆଜି ତାଙ୍କୁ ପ୍ରାପ୍ତ ହେଲାନାହିଁ। ସେଥିପାଇଁ ପାର୍ଥ ବିଚଳିତ ହୋଇଗଲେ। ସାଧାରଣ ଅସ୍ତରେ ଦସ୍ୟୁମାନଙ୍କୁ ସାମନା କରିବାକୁ ଚେଷ୍ଟା କଲେ। ନିଜର ଢାଲ ସାହାଯ୍ୟରେ ଦସ୍ୟୁମାନେ ସେଇ ଅସ୍ତକୁ ଭାଙ୍ଗିଦେଲେ। ଖଡ଼ୁକୁ ନେଇ ସେମାନଙ୍କ ଉପରେ ପ୍ରହାର କରିବାକୁ ଅର୍ଜୁନ ବିଫଳ ପ୍ରୟାସ କଲେ। ଗୋଟିଏ ଥରରେ ଦସ୍ୟୁ ବୀରମାନେ ଅର୍ଜୁନଙ୍କୁ ଘେରିଗଲେ

ଏବଂ ତାଙ୍କ ଖଡ୍ଗକୁ ଉଡ଼େଇଦେଲେ। ଅର୍ଜୁନ ପୁଣିଥରେ ଗାଣ୍ଡିବକୁ ନେଇ ନୀତି ବିରୁଦ୍ଧ କାମ କରିବାକୁ ପ୍ରୟାସ କଲେ।

“ଅର୍ଜୁନ... ଏହା କ’ଣ ତୁମର ବୀରତା ?” ଏହା କହି ଦସ୍ୟୁଙ୍କ ନେତା ଅର୍ଜୁନଙ୍କୁ ଧକ୍କାଦେଇ ଆଗକୁ ବଢ଼ିଲେ। ଅର୍ଜୁନ ନିଜର ଆତ୍ମରକ୍ଷା କରିବାପାଇଁ ଚେଷ୍ଟାରେ ଥିଲେ। ଏହି ସମୟରେ ସେମାନେ ଯାଦବ ରମଣୀମାନଙ୍କୁ ବନ୍ଦୀ କରିବାପାଇଁ ଆଗକୁ ବଢ଼ିଲେ।

ତାଙ୍କ ଅନୁଚରମାନେ କେତେକ ଯାଦବ ରମଣୀମାନଙ୍କୁ ବନ୍ଦୀ କରି ନିଜ ନିଜ ରଥମାନଙ୍କରେ ଚଢ଼େଇବାକୁ ଲାଗିଲେ। ଭୂଲୋକରେ ଯେଉଁ ଅପସରାମାନେ ଶ୍ରୀକୃଷ୍ଣଙ୍କ ଆଲିଙ୍ଗନରେ ତନ୍ମୟତା ଅନୁଭବ କରିଥିଲେ, ସେମାନେ ଆଜି ସାଧାରଣ ଦସ୍ୟୁଙ୍କ ବାହୁପାଶରେ ରହି ଚିତ୍କାର କରୁଥିଲେ ଏବଂ ସେମାନଙ୍କ କବଲରୁ ରକ୍ଷା ପାଇବାପାଇଁ ଚେଷ୍ଟା କରୁଥିଲେ। ସେମାନେ ଦସ୍ୟୁମାନଙ୍କର କ୍ରୂର ଆଲିଙ୍ଗନରୁ ମୁକ୍ତ ହେବାପାଇଁ ବିଫଳ ଚେଷ୍ଟା କରିବାକୁ ଲାଗିଲେ।

ଦସ୍ୟୁଙ୍କ ନେତା ଅଭୀର ଯାଦବ ସୈନିକଙ୍କୁ ସଂହାର କରି ଆଗକୁ ବଢ଼ିଲା। ତା’ ଦୃଷ୍ଟି ସତ୍ୟଭାମାଙ୍କ ଉପରେ ପଡ଼ିଲା, ଯାହାଙ୍କୁ ତାଙ୍କ ସଖୀମାନେ ଦୂରକୁ ନେଇ ଯାଉଥିଲେ। “ରୁହ” କହି ସେ ତାଙ୍କ ପାଖକୁ ଗଲା। ଦସ୍ୟୁ ବୀରମାନେ ବି ତାକୁ ସହାୟତା କଲେ ଏବଂ ସେମାନଙ୍କୁ ଘେରିଗଲେ। ସତ୍ୟଭାମାଙ୍କୁ ଦେଖି ଅଭୀରର ଆଖି ଚମକି ଉଠିଲା। ସତ୍ୟଭାମା ତାକୁ ସ୍ୱର୍ଗପୁରୀରୁ ପୃଥିବୀ ଉପରକୁ ଓହ୍ଲେଇ ଆସିଥିବା ଦେବକନ୍ୟା ଭଳି ଦେଖାଗଲା।

“ତୁମେ ତାଙ୍କୁ କୁଆଡ଼େ ନେଇକି ଯାଉଛ... ତୁମେ ସମସ୍ତେ ମୋର ସମ୍ପତ୍ତି... ଆମମାନଙ୍କ ଚୁମ୍ବନ ଓ ଆଲିଙ୍ଗନରେ ତୁମମାନଙ୍କ ଜୀବନ ଧନ୍ୟ ହୋଇଯିବ।” ଏହା କହି ସେମାନଙ୍କ ପାଖକୁ ଗଲା। ସତ୍ୟଭାମାଙ୍କୁ ସଖୀମାନେ ତାଙ୍କ କ୍ରୂର ହାତରୁ ବଞ୍ଚେଇବାକୁ ଚେଷ୍ଟାକଲେ।

କିଛି ସମୟ ଯାଏ ସତ୍ୟଭାମାଙ୍କୁ ଏକଥା ଜଣାପଡ଼ିଲାନି କ’ଣ ସବୁ ଘଟିଯାଉଛି... ସେ କିଛି ସମୟ ଯାଏ ଭାବୁଥିଲେ କି ସେ ଏବେ ବି ଦ୍ୱାରକାପୁରୀରେ ଅଛନ୍ତି। ଯାଦବ ବଂଶ ହାସ୍ୟ ପରିହାସ କରି ଜଣେ ଜଣକୁ ଠଙ୍ଗା କରୁଛି। ଏହି ଦୃଶ୍ୟ ଏବେ ବି ତାଙ୍କ ମନରେ ତାଜା ହେଇ ରହିଛି। ସେ ଜାଣନ୍ତିନି ଅର୍ଜୁନ ସେମାନଙ୍କୁ କାହିଁକି ନେଇ ଯାଉଛନ୍ତି ଏବଂ କୁଆଡ଼େ ନେଇକି ଯାଉଛନ୍ତି ? ସେ ତାଙ୍କ ସାଙ୍ଗରେ ବାହାରି ପଡ଼ିଲେ।

ଦସ୍ୟୁ ବୀର ତାଙ୍କ ପାଖକୁ ଆସିବାପରେ ସତ୍ୟଭାମା ଜାଣିପାରିଲେ କ’ଣ

ସବୁ ହେଇଯାଉଅଛି। ଜଣେ ପରପୁରୁଷ ତାଙ୍କ ପାଖକୁ ଚାଲିଆସିବାରୁ ତାଙ୍କ ଶରୀର କମ୍ପି ଉଠିଲା। ଦସ୍ୟୁବୀର ଏମିତି ରୂପବତୀକୁ କେବେ ବି ଦେଖିନଥିଲା। ସେ ସୌନ୍ଦର୍ଯ୍ୟର ଅନୁପମ ପ୍ରତିମା ଥିଲେ। ନିତ୍ୟ ଯୌବନ ସୁଶୋଭିତ ସତ୍ୟଭାମାଙ୍କୁ ଦେଖିବାମାତ୍ରେ ଭୋକିଲା ବାଘଭଳି ସେ ତାଙ୍କ ଉପରେ ଝ୍ମପଟି ପଡ଼ିଲା। ଅଭୀର କେବଳ ଏହା ଜାଣିଥିଲା ସେଇ ଅଞ୍ଚଳ ଦେଇ ଯାତ୍ରା କରୁଥିବା ଲୋକଙ୍କୁ ଲୁଟିବା ତାଙ୍କର କାମ। କିନ୍ତୁ ଆଜି ତା' ଭାଗ୍ୟ ଚମକି ଉଠିଲା। ତାକୁ କେବଳ ମୂଲ୍ୟବାନ ଅଳଙ୍କାର ମିଳିଲାନି, ବରଂ ଦେବକନ୍ୟା ଭଳି ସୁଶୋଭିତ ଲଳନା ବି ମିଳିଲା। ସେ ଏହାକୁ ନିଜର ସୌଭାଗ୍ୟ ବୋଲି ଭାବିଲା। ଅତ୍ୟନ୍ତ କାମୁକତା ଯୋଗୁ ସେ ସତ୍ୟଭାମାଙ୍କୁ ନିଜ ବାହୁବନ୍ଧନରେ ଧରିବାକୁ ଚେଷ୍ଟାକଲା। ସତ୍ୟଭାମା ନିଜର ଆତ୍ମରକ୍ଷା କରିବା ସ୍ଥିତିରେ ନଥିଲେ। କାରଣ ସେ ଆଜି ବୀରବନିତା ନୁହେଁ, ଯିଏ ଶ୍ରୀକୃଷ୍ଣଙ୍କ ସାଙ୍ଗରେ ଯାଇ ନରକାସୁର ଉପରେ ଶର ନିକ୍ଷେପ କରିଥିଲେ। କିଛିଦିନଯାଏ ଦ୍ୱାରକାରେ କେତେ ସଂଘର୍ଷ ହେଲା ଏବଂ ଶ୍ରୀକୃଷ୍ଣ ବି ତାଙ୍କୁ ଛାଡ଼ି ତପସ୍ୟା କରିବାକୁ ଚାଲିଗଲେ। ସେବେଠାରୁ ସେ ଦୁଃଖ ଅବସାଦ ଏବଂ ନୈରାଶ୍ୟଜନକ ପରିସ୍ଥିତିରେ ଥିଲେ। ଏହି କାରଣରୁ ନିଜ ଉପରେ ଅତ୍ୟାଚାର ହେବା ସମ୍ପର୍କରେ ସ୍ତ୍ରୀୟୋଚିତ ଯାହା ବିରୋଧ କରିବାକୁ ସହଜରେ ଶକ୍ତି ଆସିଥାଏ, ତାକୁ ବି ସତ୍ୟଭାମା ହରେଇଦେଲେ।

ଜଣାନାହିଁ ତାଙ୍କ ଶରୀର ଉପରେ ଦସ୍ୟୁର ହାତ ରଖିବାମାତ୍ରେ ସତ୍ୟଭାମାଙ୍କର କି ପ୍ରତିକ୍ରିୟା ହେଇଥାନ୍ତା, କିନ୍ତୁ ଏହି ସମୟରେ ଅର୍ଜୁନ ଗାଣ୍ଡିବରେ ସେଇ ଦସ୍ୟୁର ମୁଣ୍ଡରେ ପ୍ରହାର କଲେ। ନିଜ ଗାଣ୍ଡିବରେ ଦସ୍ୟୁମାନଙ୍କୁ ପରାସ୍ତ କରି ସତ୍ୟଭାମାଙ୍କୁ ରକ୍ଷା କରିବାପାଇଁ ଅର୍ଜୁନ ଯେତେବେଳେ ସେଠାରେ ପହଞ୍ଚିଲେ, ସତ୍ୟଭାମାଙ୍କ ଆଡ଼କୁ ବଢୁଥିବା ଦସ୍ୟୁ ନେତା ଅଭୀରକୁ ସେ ଦେଖିବାକୁ ପାଇଲେ। ନିଜର ସମସ୍ତ ଶକ୍ତି ଲଗେଇ ଗାଣ୍ଡିବକୁ ହତିଆର କରି ତା' ଉପରେ ପ୍ରହାର କଲେ ଏବଂ ଅନ୍ୟ ଦସ୍ୟୁମାନଙ୍କୁ ମଧ ସଂହାର କରିବାକୁ ଆରମ୍ଭ କଲେ। ଗାଣ୍ଡିବର ପ୍ରହାରରେ ଘାଇଲା ହେଇଥିବା ଦସ୍ୟୁବୀର ତାଙ୍କ ସହିତ ଦ୍ୱନ୍ଦ୍ୱ ଯୁଦ୍ଧ କରିବାକୁ ଆରମ୍ଭ କଲା। ଯାଦବ ସୈନିକ ଏବଂ ସାରଥୀମାନେ ବି ଦସ୍ୟୁମାନଙ୍କ ସହିତ ଲଢେଇ କରିବାକୁ ଆରମ୍ଭ କଲେ।

ରାତିସାରା ଲଢେଇ ହେଲା। ଦସ୍ୟୁମାନଙ୍କର ହିଁ ବିଜୟ ହେଲା। ଦସ୍ୟୁଙ୍କ ପ୍ରହାରରେ ମୂର୍ଚ୍ଛିତ ସତ୍ୟଭାମାଙ୍କୁ କେତେ ଯାଦବ ମହିଲାମାନେ ସେଠାରୁ ଦୂରକୁ ନେଇଗଲେ। କିନ୍ତୁ ଅର୍ଜୁନଙ୍କ ଆଖି ସାମନାରେ କେତେକ ଯାଦବ ମହିଲାଙ୍କୁ ବନ୍ଦୀକରି ପାଟିକରି ଅହୀର ସେଠାରୁ ଚାଲିଗଲା। ଦସ୍ୟୁମାନେ ସେଇ ରୂପବତୀମାନଙ୍କୁ ବି ନିଜ ଆୟତ୍ତକୁ ନେଇଗଲେ, ଯେଉଁମାନଙ୍କୁ ଶ୍ରୀକୃଷ୍ଣ ନରକାସୁରର କାରାଗୃହରୁ ମୁକ୍ତି

ଦେଇଥିଲେ, ସେମାନଙ୍କ ଆକୁଳ କ୍ରନ୍ଦନକୁ ଅର୍ଜୁନ ନିଃସହାୟ ହୋଇ ଛିଡ଼ାହୋଇ ଶୁଣୁଥିଲେ। ବକ୍ର ଏବଂ କେତେକ ଯାଦବ କୌଶସିପ୍ରକାରେ ଶ୍ରୀକୃଷ୍ଣଙ୍କ ଆଠରାଣୀ ଏବଂ ବଲରାମଙ୍କ ପତ୍ନୀମାନଙ୍କୁ ରକ୍ଷା କରିବାରେ ସଫଳ ହେଲେ। କିନ୍ତୁ ବହୁତ ସଂଖ୍ୟାରେ ଯାଦବ ସ୍ତ୍ରୀଲୋକମାନେ ଦସ୍ୟୁମାନଙ୍କ ଅଧୀନକୁ ଚାଲି ଯାଇଥିଲେ। ତାଙ୍କ ଆଖି ସାମନାରେ କିଛି ଆତତାୟୀ କେତେକ ମହିଲାମାନଙ୍କ ପଣତକୁ ଧରି ସେମାନଙ୍କ ହାତଗୋଡ଼କୁ ବାନ୍ଧି ତାଙ୍କୁ ଉଠେଇ ନିଜ ନିଜ ରଥମାନଙ୍କରେ ପଶୁମାନଙ୍କ ଭଲି ଫିଙ୍ଗିଦେଲେ। ଅର୍ଜୁନ ନିଃସହାୟ ହୋଇ ଦେଖୁଥିଲେ। ଅଜ୍ଞାତବାସ ସମାପ୍ତ ପରେ ନିଜର ରୂପ ଧାରଣକରି ଯୁଦ୍ଧକ୍ଷେତ୍ରରେ ଶଂଖନାଦ କରି ଯେଉଁ ଅର୍ଜୁନ କୌରବ ସେନାକୁ ଭୟାତୁର କରିଥିଲେ, ସେଇ ଅର୍ଜୁନ ଆଜି ଏହି ଅବସ୍ଥାକୁ ଦେଖି ବିଲାପ କରିବାକୁ ଲାଗିଲେ। ନିଜର ଗାଣ୍ଡିବ ଏବଂ ଅସ୍ତ୍ରଶସ୍ତ୍ର କାହିଁକି ନିଷ୍ଫଳ ହେଇଗଲା ? ଏକଥା ସେ କିଛି ବୁଝି ପାରିଲେନି ।

ଦସ୍ୟୁମାନଙ୍କ କବଳରୁ ଯାଦବ ସ୍ତ୍ରୀମାନଙ୍କୁ ମୁକ୍ତି ଦେବାକୁ ନିଜର ଅସମର୍ଥତାକୁ ନେଇ ଅର୍ଜୁନ ବହୁତ ଚିନ୍ତିତ ହେଲେ। ଦସ୍ୟୁବୀରଙ୍କର ପୁଣିଥରେ ଆକ୍ରମଣର ସମ୍ଭାବନା ଥିବାରୁ ସେଥାରୁ ନିଜର ଲୋକମାନଙ୍କୁ ନେଇ ଆଗକୁ ବଢ଼ିବା ସେ ଶ୍ରେୟସ୍କର ଭାବିଲେ ଏବଂ ସମସ୍ତଙ୍କୁ ନେଇ ସେଥାରୁ ବାହାରି ଆସିଲେ। ସେ ଧୈର୍ଯ୍ୟ ହରେଇଥିଲେ। ଜଣେ ଭୀରୁ ଭଲି ପଞ୍ଚନଦ ଅଞ୍ଚଳକୁ ଛାଡ଼ି ଚାଲିଗଲେ। କେତୋଟି ନଦୀ ପାରହୋଇ ସେ ନିଜ ରଥରେ ବହୁତ ଦୂରକୁ ଚାଲିଗଲେ। ଏହି କଥାକୁ ନେଇ ଅର୍ଜୁନ ବହୁତ ଚିନ୍ତିତ ହେଲେ, ରୁକ୍ମିଣୀ, ସତ୍ୟଭାମା ଏବଂ କେତେଜଣ ମହିଲାଙ୍କୁ ରକ୍ଷା କରିପାରିଲେ, ସମସ୍ତଙ୍କୁ ରକ୍ଷା କରିବା ତାଙ୍କଦ୍ୱାରା ସମ୍ଭବ ହେଲାନି। ଏକଥା ଭାବି ତାଙ୍କ କଷ୍ଟ ଦୁଇଗୁଣା ବଢ଼ିଗଲା । ତାଙ୍କ ସାଙ୍ଗରେ ଆସିଥିବା ବୟସ୍କ ଲୋକ ଏବଂ ପିଲା ଛୁଆ ସେଇ ଦସ୍ୟୁମାନଙ୍କ ଗୋଲାମ ହୋଇଯାଇଥିବେ।

ଏକଥା ଭାବି ଅର୍ଜୁନ ନିଜକୁ ସାନ୍ତ୍ୱନା ଦେବାକୁ ଚେଷ୍ଟାକଲେ ତାଙ୍କ ନିଜର ପରାଜୟ କେବଳ ସମୟର ପ୍ରଭାବ ବ୍ୟତୀତ ଆଉକିଛି ନୁହେଁ। କିନ୍ତୁ ଏମିତି ଭାବି ପାରିଲେନି। ମୋର ଦିବ୍ୟାସ୍ତ୍ର ତୃଣପ୍ରାୟ କାହିଁକି ହେଲା ? ଅତ୍ୟନ୍ତ ପରାକ୍ରମୀ ଯାଦବ ବଂଶ ହାତରେ ମୁଷଳ ଖଣ୍ଡ ହତିଆର କେମିତି ହେଲା ଏବଂ ସେଇ ଲଢ଼େଇରେ ସମସ୍ତ ଯାଦବ କେମିତି ମରିଗଲେ ? ଯୋଉ ଶ୍ରୀକୃଷ୍ଣ ପାଞ୍ଚଜନ୍ୟ ଶଂଖ, ସୁଦର୍ଶନ ଚକ୍ର, କୌମୋଦକୀ ଗଦାୟୁଦ୍ଧ ଏବଂ ନନ୍ଦକ ମହାଖଡ୍ଗ ଧାରଣ କରନ୍ତି ତାଙ୍କ ଉପରକୁ ଜାରା ନାମକ ବ୍ୟାଧ କେମିତି ବାଣ ମାରିଲା ଏବଂ ଭଗବାନ ସ୍ୱର୍ଗାରୋହଣ କାହିଁକି କଲେ ? ସେତେବେଳେ ଅର୍ଜୁନ ଜାଣିପାରିଲେ ଶ୍ରୀକୃଷ୍ଣଙ୍କ ସାଙ୍ଗରେ ତାଙ୍କର ସବୁ

ଶକ୍ତି ଚାଲିଯାଇଛି। ଏହି ବିଷୟ ନଜାଣି ଅର୍ଜୁନ ନିଜ ସାରଥିର କଥାକୁ ଉପେକ୍ଷା କଲେ ଏବଂ ଅହଙ୍କାର ପ୍ରଦର୍ଶନ କରି ପଞ୍ଚନଦ ପ୍ରାନ୍ତରେ ହିଁ ଅଟକିବାକୁ ନିର୍ଣ୍ଣୟ ନେଲେ। ଏବେ ସେ ବୁଝି ପାରୁଥିଲେ ଏହି ନିର୍ଣ୍ଣୟ ନେବା ତାଙ୍କର ମୂର୍ଖାମି ବ୍ୟତୀତ ଆଉକିଛି ନୁହେଁ।

ରୁକ୍ମିଣୀ, ସତ୍ୟଭାମା ଇତ୍ୟାଦି ଶ୍ରୀକୃଷ୍ଣଙ୍କ ଅଷ୍ଟ ପତ୍ନୀମାନଙ୍କୁ ଏବଂ ଯାଦବ ସ୍ତ୍ରୀ ମାନଙ୍କୁ ନେଇ ଅର୍ଜୁନ କୁରୁକ୍ଷେତ୍ରରେ ପହଞ୍ଚିଗଲେ, ଯାହା ପାଣ୍ଡବଙ୍କ ଅଧୀନରେ ଥିଲା। ଯେଉଁ ଯାଦବ ବଂଶ ପାଣ୍ଡବଙ୍କୁ ବିଭିନ୍ନ ପରିସ୍ଥିତିରେ ସାହାଯ୍ୟ କରିଥିଲେ, ତାଙ୍କପ୍ରତି ନିଜର କୃତଜ୍ଞତା ଜ୍ଞାପନ କରି ଅର୍ଜୁନ ତାଙ୍କୁ ନିଜ ସାମ୍ରାଜ୍ୟର ସେଇ ପ୍ରାନ୍ତକୁ ଦେଇଦେଲେ, ଯାହାକୁ ପାଣ୍ଡବମାନେ ଜିତିକି ପ୍ରାପ୍ତ କରିଥିଲେ। କୃତବର୍ମାର ପୁତ୍ର, ତାଙ୍କ ମା' ଏବଂ ବନ୍ଧୁବାନ୍ଧବଙ୍କୁ ମୃତିକାବତପୁରକୁ ନେଇଯାଇ ତାକୁ ତାଙ୍କର ଅଧୀନରେ କରିଦେଲେ। ସାତ୍ୟକିଙ୍କ ପୁତ୍ରକୁ ସରସ୍ୱତୀ ନଗରାଧୀଶ ରୂପରେ ଅଭିଷିକ୍ତ କଲେ। ଇନ୍ଦ୍ରପ୍ରସ୍ଥ ନଗରର ରାଜା ରୂପରେ ବଜ୍ରକୁ ନିଯୁକ୍ତି ଦେଲେ। ଗୋଟିଏ ସମୟରେ ଇନ୍ଦ୍ରପ୍ରସ୍ଥ ନଗରକୁ ଯୁଧିଷ୍ଠିର ଶାସନ କଲେ, ଏବେ ଜଣେ ଯାଦବ ବଂଶଜ ସେଇ ନଗରୀର ରାଜା ହୋଇଗଲେ। ଦ୍ୱାରକାରେ ଯାଦବ ସାମ୍ରାଜ୍ୟର ପତନ ସମୁଦ୍ରରେ ସେଇ ନଗରୀ ଡୁବିଯିବାର କାରଣ ହେଲା, କିନ୍ତୁ ଉତ୍ତର ଭାରତରେ ଅନେକ ପ୍ରାନ୍ତରେ ଯାଦବ ସାମ୍ରାଜ୍ୟ ସ୍ଥାପିତ ହୋଇଗଲା। ବହୁତ ସମୟ ପରେ ସତ୍ୟଭାମାଙ୍କ ଓଠରେ ହସ ଫୁଟିଉଠିଲା। ତାଙ୍କୁ ଲାଗିଲା କି ତାଙ୍କ ଜୀବନ କାଳରେ ହିଁ ଯାଦବ ବଂଶକୁ କେତେକ ଅଞ୍ଚଳରେ ରାଜ୍ୟାଧିକାର ପ୍ରାପ୍ତ ହେଲା, ତେଣୁ ତାଙ୍କ ଜନ୍ମ ସାର୍ଥକ ହୋଇଗଲା। ସେତେବେଲେ ଏହି କଥା ସେ ବୁଝିପାରିଲେ ଯେ ଶ୍ରୀକୃଷ୍ଣ ପାଣ୍ଡବଙ୍କୁ କାହିଁକି ସମର୍ଥନ କରୁଥିଲେ... ସତ୍ୟଭାମା ଭାବିଲେ, ଯଦି ଶ୍ରୀକୃଷ୍ଣ ଏହି ପରିଣାମକୁ ଦେଖିଥାନ୍ତେ ତାହେଲେ କେତେ ପ୍ରସନ୍ନ ହୋଇଥାନ୍ତେ।

ଯାଦବ ବଂଶକୁ କେତେକ ସଂସ୍ଥା ଓ ରାଜ୍ୟକୁ ସମର୍ପି ଶ୍ରୀକୃଷ୍ଣ ଏବଂ ବଲରାମଙ୍କ ଆତ୍ମାକୁ ଶାନ୍ତି ଦେବାକୁ ଅର୍ଜୁନ ପ୍ରଚେଷ୍ଟା କଲେ। ଦିନେ ତାଙ୍କୁ ସେମାନଙ୍କ ସମ୍ମୁଖରେ ଖୁବ୍ ବିଲାପ କରୁଥିବା ଦେଖି ଶ୍ରୀକୃଷ୍ଣ ଏବଂ ବଲରାମଙ୍କ ପତ୍ନୀମାନେ ଆଶ୍ଚର୍ଯ୍ୟ ହୋଇଗଲେ... 'ହେ ଅର୍ଜୁନ... କ'ଣ ହେଲା? କାହିଁକି କାନ୍ଦୁଛ?' ସତ୍ୟଭାମା ପଚାରିଲେ।

"ହେ ମାତାମାନେ... ମୋତେ କ୍ଷମା କରନ୍ତୁ। ମୁଁ ଆପଣମାନଙ୍କ ପାଖରେ ସତ୍ୟକୁ ଗୋପନ ରଖିଛି। ଆପଣଙ୍କ ଭଳି ମୁଁ ବି ପ୍ରଥମେ ଭାବିଥିଲି, ଶ୍ରୀକୃଷ୍ଣ ଏବଂ ବଲରାମ ତପସ୍ୟା କରିବାକୁ ଯାଇଛନ୍ତି। ନାଇଁ, ସେମାନେ ଦୁହେଁ ଏହି ଲୋକରୁ

ବିଦାୟ ନେଇ ଯାଇଛନ୍ତି ।" କହି ଅର୍ଜୁନ କାନ୍ଦି ଉଠିଲେ । "ବଲରାମ ନିଜ ଶରୀରକୁ ତ୍ୟାଗ ଦେଲେ, ଏକ ବ୍ୟାଧ ଦ୍ୱାରା ମାରିଥିବା ତୀରରେ ଆହତ ହୋଇ ଶ୍ରୀକୃଷ୍ଣ ବି ପ୍ରାଣତ୍ୟାଗ କରି ସ୍ୱର୍ଗାରୋହଣ କଲେ... ସେ ଏବେ ଆଉ ନାହାନ୍ତି..." କହି ଅର୍ଜୁନ ପୁଣିଥରେ କାନ୍ଦିଉଠିଲେ । "ଶ୍ରୀକୃଷ୍ଣଙ୍କ ଆଜ୍ଞାନୁସାରେ ସମୁଦ୍ର ଗର୍ଭରେ ଦ୍ୱାରକାପୁରୀ ଡୁବିଯିବା ପୂର୍ବରୁ ଆପଣମାନଙ୍କୁ ସୁରକ୍ଷିତ ସ୍ଥାନକୁ ନେଇଯିବା ଉଦ୍ଦେଶ୍ୟରେ ସତ୍ୟକୁ ଲୁଚେଇ ରଖିଥିଲି । ଏଥିପାଇଁ ମୁଁ କ୍ଷମା ଚାହୁଁଛି ।" ଅର୍ଜୁନ ଏହାକୁ ମହା ଅପରାଧ ବୋଲି ଭାବିଲେ । ସେ କ୍ଷମା ମାଗି ତାଙ୍କ ଚରଣରେ ସାଷ୍ଟାଙ୍ଗ ପ୍ରଣିପାତ କଲେ । ଏକଥା ଶୁଣି ଶ୍ରୀକୃଷ୍ଣଙ୍କ ଧର୍ମପତ୍ନୀମାନେ ହତାଶ ହେଇଗଲେ । ସେମାନେ ସ୍ତବ୍ଧ ହେଇଗଲେ । ଏହି ସତ୍ୟକୁ ସ୍ୱୀକାର କରିବାକୁ ସେମାନେ ଅସମର୍ଥ ଥିଲେ । ଲାଗିଲା ଆକାଶ ଛିଡ଼ିପଡ଼ିଲା ଏବଂ ଚାରିଆଡ଼େ ଅନ୍ଧକାର ଛାଇଗଲା । ତାଙ୍କୁ ସାନ୍ତ୍ୱନା ଦେବାକୁ ସମସ୍ତେ ବିଫଳ ହେଲେ ।

କିଛି ସମୟପରେ ରୁକ୍ମିଣୀ ଅର୍ଜୁନଙ୍କୁ କହିଲେ, "ହେ ପୁତ୍ର.... ତୁମେ ଯାହା କଲ ତାହା ଠିକ୍ । ସମୟ ସବୁଠୁ ବଡ଼ ଶକ୍ତିଶାଳୀ । ସୃଷ୍ଟିକର୍ତ୍ତାଙ୍କର ଯାହା ଇଚ୍ଛା ତାକୁ ଟାଳି ହେବନି । ବିଧିପୂର୍ବକ ଯାହା କରିବା କଥା ତାହା ଭାବିବାକୁ ପଡ଼ିବ । ଆମେ ସତୀ ହେବାକୁ ଚାହୁଁଛୁ । ସେଥିପାଇଁ ବ୍ୟବସ୍ଥା କରାଯାଉ ।" କିଛି ନକହି ଅର୍ଜୁନ ସମ୍ମତିପ୍ରକାଶ କରି ଖୁବ୍ ଜୋରରେ କାନ୍ଦିଲେ । ରୁକ୍ମିଣୀ ଏବଂ ଜାମ୍ବବତୀ ତାଙ୍କୁ ବହୁତ ବୁଝେଇବାକୁ ଚେଷ୍ଟା କଲେ ।

ତା'ପରେ ଅର୍ଜୁନ ବିପ୍ରଙ୍କୁ ପ୍ରାର୍ଥନା କଲେ ରୁକ୍ମିଣୀ, ଜାମ୍ବବତୀ ଏବଂ କୃଷ୍ଣ ଏବଂ ବଲରାମଙ୍କ ଧର୍ମପତ୍ନୀମାନଙ୍କ ପାଇଁ ଚିତାର ବ୍ୟବସ୍ଥା କରନ୍ତୁ । ରୁକ୍ମିଣୀ, ଜାମ୍ବବତୀ ଏବଂ ତା'ପରେ ଅନ୍ତଃପୁରର ବାକି ସ୍ତ୍ରୀମାନେ ସତୀ ହୋଇଗଲେ । ବାକି ଅନ୍ୟ ରାଣୀମାନେ ଜଙ୍ଗଲରେ ନିଷ୍ଠାପୂର୍ବକ ତପସ୍ୟା କରିବାପାଇଁ ନିଜ ସଂକଳ୍ପକୁ ବ୍ୟକ୍ତ କଲେ ।

ଅର୍ଜୁନଙ୍କ ସାଙ୍ଗରେ ମହର୍ଷି ବ୍ୟାସଙ୍କ ଆଶ୍ରମକୁ ଯାଇ ସେଠାରେ ତପସ୍ୟା କରିବାକୁ ସତ୍ୟଭାମା ସ୍ଥିର କଲେ । ଅର୍ଜୁନଙ୍କ ସାଙ୍ଗରେ ସେ ଭଗୀରଥୀ କୂଳକୁ ଚାଲିଲେ । ତାଙ୍କ ସାମନାରେ ଅତ୍ୟନ୍ତ ଉଦାସ ହେଇ ଛିଡ଼ା ହେଇଥିବା ଅର୍ଜୁନ ଏବଂ ସତ୍ୟଭାମାଙ୍କୁ ବ୍ୟାସ ସାଦରପୂର୍ବକ ସ୍ୱାଗତ କଲେ । ମହର୍ଷି ବ୍ୟାସଙ୍କ ଆଶ୍ରମ ପରିସରର ସୌନ୍ଦର୍ଯ୍ୟ, ଆକାଶରେ ବାଦଲରେ ଲୁଚକାଲି ଖେଳୁଥିବା ଚାନ୍ଦ, ଥଣ୍ଡା ପବନର କୋମଳ ସ୍ପର୍ଶରେ ହଲୁଥିବା ପତ୍ର, ଗାଈମାନେ ଫେରୁଥିବା ସମୟର ମନୋହର ଦୃଶ୍ୟ... ଏହିସବୁ ଅର୍ଜୁନଙ୍କ ମନକୁ ସାନ୍ତ୍ୱନା ଦେବାକୁ ସଫଳ ହେଲାନି । ଆଶ୍ରମରେ ସେ ଦୁହିଁଙ୍କର ଅତିଥି ସତ୍କାର

ହେଲା । ତାଙ୍କ ପାଦ ପାଖରେ ବସି ବିଳାପ କରୁଥିବା ଅର୍ଜୁନଙ୍କୁ ଦେଖି ମହର୍ଷି ବ୍ୟାସ ବିସ୍ମିତ ହେଲେ ।

"ହେ ପାର୍ଥ... ତୁମ ଶରୀର ଏତେ ନିସ୍ତେଜ ହେଇଗଲା କାହିଁକି ? ତୁମେ କ'ଣ ନୀଚ ବନିତାମାନଙ୍କ ସହିତ ସମ୍ପର୍କ ରଖି ପାପ କରିଛ ? ତୁମେ କ'ଣ ବ୍ରାହ୍ମଣଙ୍କ ବଧ କରିଛ ? ତୁମେ କ'ଣ ଅତି କାମୁକ ହେବା କାରଣରୁ ତୁମର ସମସ୍ତ ଶକ୍ତି ହରେଇଛ ? ତୁମେ କ'ଣ ଗରିବଙ୍କ ପେଟରେ ଲାତ ମାରିଛ ? ଯଦି ଏସବୁ ନୁହେଁ ତାହେଲେ ତୁମଭଳି ଶୂର ବୀରଙ୍କର ଏହିଭାବେ ସାଧାରଣ ମାନବ ହେଇଯିବା ଅସମ୍ଭବ... ମୋତେ କହିଲେ ତୁମକୁ ଶାନ୍ତି ମିଳିବ..." ଏହା କହି ବ୍ୟାସ ଅର୍ଜୁନଙ୍କୁ ଶାନ୍ତ କରିବାକୁ ଚେଷ୍ଟାକଲେ ।

ପଞ୍ଚନଦ ପ୍ରଦେଶରେ ତାଙ୍କର ଯେଉଁ ପରାଜୟ ହେଲା, ସେଇ ବିଷୟରେ ଅର୍ଜୁନ କହିବାକୁ ଆରମ୍ଭ କଲେ, "ହେ ମହର୍ଷି ! ଯାହା କିଛି ହେଲା, ମୋ ଭୁଲରୁ ହେଲା । ଏହା ଜାଣିବାକୁ ମୁଁ ଅସମର୍ଥ ହେଲି ଯେ ମାଧବଙ୍କ ସ୍ୱର୍ଗାରୋହଣ ପରେ ମୋର ଶକ୍ତି ଏବଂ ଶୌର୍ଯ୍ୟ ବି କ୍ଷୀଣ ହେଇଗଲା । ଶ୍ରୀକୃଷ୍ଣ ତାଙ୍କ ଅନ୍ତିମ ସମୟରେ ମୋତେ ଯେଉଁ ଦାୟିତ୍ୱ ସମର୍ପିଥିଲେ, ତାକୁ ପାଳନ କରିବାକୁ ବି ମୁଁ ଅସଫଳ ହେଲି । ମୋ ଆଖି ସାମନାରେ ହିଁ ଦସ୍ୟୁ ଯାଦବ ମହିଳାମାନଙ୍କୁ ବନ୍ଦୀକରି ସାଙ୍ଗରେ ନେଇଗଲେ । ଶ୍ରୀକୃଷ୍ଣଙ୍କ ସ୍ୱର୍ଗାରୋହଣର ସୂଚନା ପାଇ ରୁକ୍ମିଣୀ ଏବଂ ଜାମ୍ବବତୀ ଚିତାରୋହଣ କଲେ । ସତ୍ୟଭାମା ତପସ୍ୟା କରିବାକୁ ନିର୍ଣ୍ଣୟ ନେଲେ । ଶ୍ରୀକୃଷ୍ଣଙ୍କ ଦର୍ଶନରେ ଆମର ସମସ୍ୟା ଦୂର ହେଉଥିଲା । ଏବେ ତାଙ୍କ ସ୍ମିତହାସ୍ୟ ଚେହେରାକୁ ଦର୍ଶନ କରିବା ସୌଭାଗ୍ୟରୁ ଆମେ ବଞ୍ଚିତ ହେଲୁ । ମୁଁ ଏକ କାଠ ଖଣ୍ଡ ଭଳି ଶକ୍ତିହୀନ ହେଇଗଲି । ମୋର ଅସ୍ତ୍ରଶସ୍ତ୍ର ଏବଂ ଗାଣ୍ଡିବର ଶକ୍ତି ମୋତେ ବୀର ଶୂର କରିଥିଲା । କିନ୍ତୁ ଆଜି ସେମାନେ ମୋତେ ଏକୁଟିଆ ଛାଡ଼ି ନିଜର ଅବତାର ସମାପ୍ତି କଲେ । ସେ ମୋର ପ୍ରାଣ ସଚିବ ଥିଲେ । ତାଙ୍କ ଅନୁପସ୍ଥିତିରେ କେବଳ ମୁଁ ନୁହେଁ, ସମସ୍ତ ଭୂମଣ୍ଡଳ ଅକାଳ ବାର୍ଦ୍ଧକ୍ୟର ଶିକାର ହେଲେ ଏବଂ ତେଜବିହୀନ ହେଇଗଲା । ଶ୍ରୀକୃଷ୍ଣଙ୍କ ପ୍ରତି ଅଖଣ୍ଡ ଭକ୍ତି ଏବଂ ବିଶ୍ୱାସ ରଖିବାର କାରଣରୁ ମୁଁ ମୋ ବୀରତ୍ୱ ଅଗ୍ନିରେ ଶତ୍ରୁମାନଙ୍କୁ ପତଙ୍ଗ ଭଳି ଜଳେଇ ପାଉଁଶ କରିଦେଲି । ମୋତେ ଏମିତି ଖ୍ୟାତି ମିଳିଲା ଯେ ତିନିଲୋକରେ ମୋ ଭଳି କେହି ଧନୁର୍ଦ୍ଧର ନାହିଁ । ଆଜି ତାଙ୍କ ଅବତାର ସମାପ୍ତି ପରେ ମୁଁ ଏକ ଭାରୁ ହେଇଗଲି । ଡାକୁମାନଙ୍କ ପ୍ରହାରକୁ ସାମନା କରି ପାରିଲିନି ଏବଂ ଦସ୍ୟୁମାନେ ମୋ ଆଖି ସାମନାରେ ଯାଦବ ମହିଳା ମାନଙ୍କୁ ଅପହରଣ କରିନେଲେ, ମୁଁ ନିଃସହାୟ ହେଇ ଚାହିଁ ରହିଲି । ପରାଭବବୋଧରେ ପୀଡ଼ିତ ହେଇ

ବି ମୁଁ ଲଜ୍ଜିତ ହେଇ ଏବେ ବି ବଞ୍ଚି ରହିଛି।...” ଏହା କହି ଅର୍ଜୁନ କାନ୍ଦି ଉଠିଲେ। ତାଙ୍କ ଅଶ୍ରୁରେ ମହର୍ଷି ବ୍ୟାସଙ୍କ ଚରଣ ଓଦା ହେଇଗଲା।

ଅର୍ଜୁନଙ୍କ ମନର ବେଦନାରେ ଅବଗତ ହେଇ ମହର୍ଷି ବେଦବ୍ୟାସ ତାଙ୍କୁ ଉଠେଇ ନିଜ ବାହୁପାଶରେ ଆବଦ୍ଧ କଲେ ଏବଂ ଏହା କହି ତାଙ୍କୁ ସାନ୍ତ୍ୱନା ଦେଲେ “ହେ ଅର୍ଜୁନ! ଏଥିରେ ତୁମର କିଛି ଦୋଷ ନାହିଁ। ଦୁର୍ଭାଗ୍ୟବଶତଃ ଏମିତି ହେଲା, ଏହାକୁ କିଏ ଟାଳି ପାରିବେନି... ଭୀଷ୍ମ, ଦ୍ରୋଣ, କୃପାଚାର୍ଯ୍ୟ, ଶ୍ରୀକୃଷ୍ଣ ଏବଂ ବଲରାମ ବି ଏହି ପ୍ରଭାବରୁ ମୁକ୍ତ ହେଇ ପାରିଲେନି। ସମୁଦ୍ର, ନଦୀ, ବୃକ୍ଷ, ପର୍ବତ, ପଶୁ, ପକ୍ଷୀ, ସରୀସୃପ ଇତ୍ୟାଦିଙ୍କ ସୃଜନ ଏବଂ ବିନାଶ କାଳର ଅଧୀନ ହୋଇଥାଏ। ତୁମେ ଏହା ଜାଣିବା ଦରକାର ଯେ ଯାହା ବି ବିପରୀତ ପରିଣାମ ହୁଏ ତା’ର କାରଣ ତୁମେ ନୁହେଁ, ‘କାଳ’ ହୋଇଥାଏ। ଏହା ଜାଣି ତୁମେ ବେଦନାମୁକ୍ତ ହୋଇପାର।”

“ତୁମକୁ ଏହା ଜାଣିବା ଦରକାର କି ତୁମ ସାଥିରେ ଆସିଥିବା ସତ୍ୟଭାମା ଆଉକେହି ନୁହେଁ... ସ୍ୱୟଂ ଭୂମାତା। ତାଙ୍କ ପ୍ରାର୍ଥନାରେ ଶ୍ରୀକୃଷ୍ଣ ଅଭୟ ପ୍ରଦାନ କରି ନର ରୂପରେ ଅବତୀର୍ଣ୍ଣ ହେଇଛନ୍ତି। ନିଜ ଇଚ୍ଛାନୁସାରେ ଭଗବାନ ଶ୍ରୀକୃଷ୍ଣ ଅବତାର ଗ୍ରହଣ କଲେ ଏବଂ ତା’ର ସମାପ୍ତି ବି କଲେ। ଭୀଷ୍ମ ଏବଂ କୌରବ ବଂଶର ବୀରମାନଙ୍କ ସଂହାର କରିବାର ଶକ୍ତି ତୁମକୁ ପ୍ରାପ୍ତ ହେବ, ଏହାର କଳ୍ପନା କିଏ କରିନଥିଲେ। ନିର୍ବୀର୍ଯ୍ୟ ଅହୀରର ହାତରେ ତୁମର ପରାସ୍ତ ହେବାର କଳ୍ପନା କିଏ କରିପାରିଥିଲା ? ଈଶ୍ୱର ବର ପ୍ରଦାୟିନୀ, ସୌନ୍ଦର୍ଯ୍ୟବତୀ ଦ୍ରୌପଦୀଙ୍କ ବସ୍ତ୍ରହରଣ ଭାରି ସଭାରେ ହେବା ଘଟଣା ବି ଅକଳ୍ପନୀୟ । ଏତେ କଥା ହେଲା କାହିଁକି ? ଏହି ସତ୍ୟଭାମା ନିଜ ପୁତ୍ର ନରକାସୁରର ବଧ କଲେ। ଏହିସବୁ ବିଶ୍ୱାତ୍ମା ଶ୍ରୀନାରାୟଣଙ୍କ ଲୀଳା ଅଟେ। ତୁମେ ଭାବୁଛ ତୁମର ନିଃସହାୟତା କାରଣରୁ ଅହିରୀ ଯାଦବ ମହିଳାଙ୍କୁ ବନ୍ଦୀ କରିନେଲା। କିନ୍ତୁ ଏହା ସତ୍ୟ ନୁହେଁ। ଏହି ସ୍ୱାମାନେ କେହି ନୁହେଁ, ଏମାନେ ରମ୍ଭା, ତିଲୋତ୍ତମା ଇତ୍ୟାଦି ଅପ୍ସରାମାନେ ଅଟନ୍ତି। ପୂର୍ବଜନ୍ମରେ ଅଷ୍ଟାବକ୍ର ନାମକ ମୁନିଙ୍କ ପୂଜା କରି ଏହି ଜନ୍ମରେ ଶ୍ରୀକୃଷ୍ଣଙ୍କୁ ସେ ନିଜ ପତି ରୂପରେ ପାଇଥିଲେ। ସେଇ ମୁନିଙ୍କ ଅଙ୍କାବଙ୍କା ଶରୀରକୁ ଦେଖି ସେମାନେ ହସିଲେ ଏବଂ ସେଇ ମୁନିଙ୍କ କ୍ରୋଧର ଶିକାର ହେଲେ। ଶାପଗ୍ରସ୍ତ ହେବା ଯୋଗୁ ସେମାନେ ଆଜି ସେଇ ଦସ୍ୟୁମାନଙ୍କ ଅତ୍ୟାଚାରର ଶିକାର ହେଲେ।

ଗାନ୍ଧାରୀ ଏକଥା ଭାବିଲେ ଯେ ଶ୍ରୀକୃଷ୍ଣଙ୍କ ଯୋଗୁ ଯୁଦ୍ଧରେ ତାଙ୍କର ସମସ୍ତ ପୁତ୍ର ମରିଗଲେ। ସେ ସମ୍ପୂର୍ଣ୍ଣ ଯାଦବ କୁଳର ବିନାଶ ପାଇଁ ଅଭିଶାପ ଦେଲେ, “ଏଥିରେ ତୁମର କୌଣସି ଦୋଷ ନାହିଁ। ଜଗତ୍‌ପତି ଜନାର୍ଦ୍ଦନ ହିଁ ଏହି ନାଟକର ସୃଜନ ଏବଂ

ହରଣ କରୁଛନ୍ତି । ଈଶ୍ୱରଙ୍କ ଦ୍ୱାରା ସଂରଚିତ ପାତ୍ର ତୁମେ । ତୁମେ ନିର୍ଦ୍ଦେଶିତ ଭୂମିକା ପାଳନ କରିଛ । ତୁମେ ଶୋକାକୁଳ ହେବା ଉଚିତ ନୁହେଁ । ମୋର ବି ଅବସାନ କାଳ ପାଖେଇ ଆସିଲାଣି । ସେଇ ପରମେଶ୍ୱର ଏହାର ସଙ୍କେତ ଦେଇଛନ୍ତି । ଯେବେ ତୁମେ ମୋହଗ୍ରସ୍ତ ହେଇଗଲ, ସେତେବେଳେ ଶ୍ରୀକୃଷ୍ଣ କୁରୁକ୍ଷେତ୍ର ପ୍ରାଙ୍ଗଣରେ ଭଗବତ୍‌ଗୀତାର ସମ୍ପୂର୍ଣ୍ଣ ସାରମର୍ମକୁ ତୁମକୁ କର୍ଣ୍ଣବେଧ୍ୟାନ୍ମୁଖ କରିବାପାଇଁ ଶୁଣେଇଥିଲେ । ତୁମେ କ'ଣ ଏତେ ଜଲ୍‌ଦି ଭୁଲିଗଲ ? ଜାତସ୍ୟ ମରଣଂ ଧ୍ରବମ୍ । ଏହି ତଥ୍ୟରେ ଅବଗତ ହେଇ ତୁମେ ନିଜ ଭାଇମାନଙ୍କ ସାଙ୍ଗରେ ରାଜ୍ୟତ୍ୟାଗ ପାଇଁ ପ୍ରସ୍ତୁତ ହେଇଯାଅ.. ତୁରନ୍ତ ହସ୍ତିନାପୁର ଚାଲିଯାଅ । ଯୁଧିଷ୍ଠିରଙ୍କୁ ମଧ୍ୟ ମୋର ସଦେଶ ଦିଅ । କାଲି ହିଁ ମହାପ୍ରସ୍ଥାନ ସ୍ୱୀକାର କରି ସମସ୍ତେ ତପସ୍ୟା ପାଇଁ ବ୍ରତ ଧାରଣ କରନ୍ତୁ।"

ସତ୍ୟଭାମାଙ୍କ ପ୍ରାର୍ଥନାକୁ ଶୁଣି ଶ୍ରୀମହାବିଷ୍ଣୁ ଶ୍ରୀକୃଷ୍ଣଙ୍କ ଅବତାର ଧାରଣ କରି ଏହି ପୃଥିବୀର ଭାରକୁ କମ୍ କରିଦେଲେ । ଏବେ ସତ୍ୟଭାମାଙ୍କର ବି ନିଜ ମାନବ ରୂପକୁ ତ୍ୟାଗ କରି ପରମାତ୍ମାରେ ବିଲୀନ ହେବା ସମୟ ଆସିଗଲା । "ସେ ଦିବ୍ୟାଙ୍ଗନା... ତାଙ୍କ ଉଦ୍ଦେଶ୍ୟ ପୂରଣ ହେବାପରେ ଦ୍ୱାପର ଯୁଗର ସମାପ୍ତ ହେବ । ତାଙ୍କ ଚିନ୍ତା କରନା । ଅନ୍ୟ ସ୍ୱାମୀମାନଙ୍କୁ ମଥୁରା ପଠେଇଦିଅ" ବ୍ୟାସ ଏହି ଆଦେଶ ଦେଲେ । ଏହି ସବୁକଥା ସତ୍ୟଭାମା ଶୁଣିଲେ । ତାଙ୍କୁ ଶାନ୍ତି ମିଲିଲା ।

ମହର୍ଷି ବେଦବ୍ୟାସଙ୍କ ଆଦେଶାନୁସାରେ ଅର୍ଜୁନ ହସ୍ତିନାପୁର ଆଡ଼କୁ ବାହାରି ପଡ଼ିଲେ... ପରଦିନ ପାଣ୍ଡବମାନଙ୍କର ମହାପ୍ରସ୍ଥାନ ଆରମ୍ଭ ହେଇଗଲା...

ମହର୍ଷି ବ୍ୟାସଙ୍କ ସାନ୍ନିଧ୍ୟରେ ସତ୍ୟଭାମାଙ୍କ ତପୋଦୀକ୍ଷା ବି ଆରମ୍ଭ ହେଲା...

ତାଙ୍କ ତପୋଦୀକ୍ଷାର ପ୍ରାରମ୍ଭ ହେବାକ୍ଷଣି ଭୂସୁକ୍ତବେଦ ମନ୍ତ୍ରରେ ମହର୍ଷି ବେଦବ୍ୟାସଙ୍କ ଆଶ୍ରମ ପ୍ରକମ୍ପିତ ହୋଇଉଠିଲା ।

ଦେବୀ, ହିରଣ୍ୟଗର୍ଭିଣୀ, ପ୍ରସୋଦରୀ, ସମୁଦ୍ରବତୀ, ସାବିତ୍ରୀ, ଶୃଦ୍‌ଗେ, ଯତ୍ତେୟତ୍ତେବିଭୀଷଣୀ, ବିଷ୍ଣପତ୍ନୀମ୍, ମହୀମ ଦେବୀ, ମାଧବୀ, ମାଧବପ୍ରିୟାମ୍... ଲକ୍ଷ୍ମୀମ୍ ପ୍ରିୟସଖୀମ୍, ଦେବୀମ୍ ନମାମୀ ଅଚ୍ୟୁତ ବଲ୍ଲଭମ୍...

ମହର୍ଷି ବ୍ୟାସ ଦ୍ୱାରା ଉଚ୍ଚାରିତ ସ୍ତୁତି-ମନ୍ତ୍ରକୁ ଶୁଣି ସତ୍ୟଭାମା ନିଜ ନେତ୍ରକୁ ମୁଦି ଧ୍ୟାନମଗ୍ନ ହୋଇଗଲେ...

କିନ୍ତୁ ସେ ଏହା ଭଲଭାବେ ଜାଣନ୍ତି ଯେ ଦେହ ଆଉ ମନକୁ ଏକୀକୃତ କରି ଶ୍ରୀମହାବିଷ୍ଣୁରେ ଲୀନ ହୋଇଯିବା ଏତେ ସହଜ କାମ ନୁହେଁ... ଶ୍ରୀକୃଷ୍ଣଙ୍କ ମଧୁର ସ୍ମୃତିରେ ନିମଗ୍ନ ତାଙ୍କ ମନ ପ୍ରସ୍ତୁତ ହୋଇନାହିଁ ।

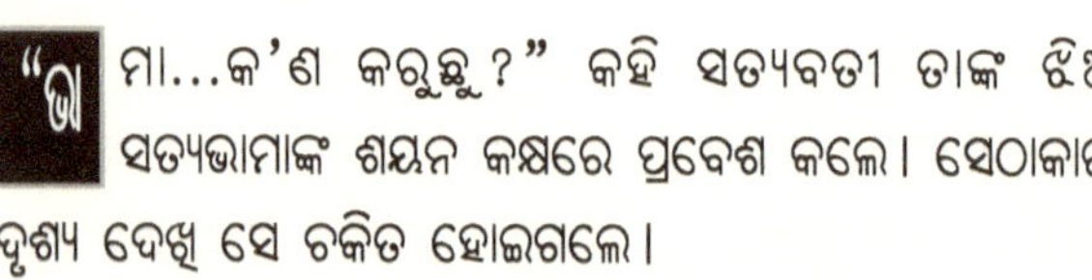 ମା...କ'ଣ କରୁଛୁ ?" କହି ସତ୍ୟବତୀ ତାଙ୍କ ଝିଅ ସତ୍ୟଭାମାଙ୍କ ଶୟନ କକ୍ଷରେ ପ୍ରବେଶ କଲେ। ସେଠାକାର ଦୃଶ୍ୟ ଦେଖି ସେ ଚକିତ ହୋଇଗଲେ।

ସତ୍ୟଭାମା ପଲଙ୍କ ଉପରେ ଲୋଟି ପଡ଼ିଥିଲେ। ପଦ୍ମଫୁଲ ମଧ୍ୟରେ ପ୍ରକାଶ ପାଉଥିବା ଚନ୍ଦ୍ରମାଭଳି ସତ୍ୟଭାମା ନିଜ ଦୁଇ ହାତରେ ଓଠକୁ ରଖି ଭାବିବାକୁ ଲାଗିଛନ୍ତି। ତାଙ୍କ ସୁନ୍ଦର ପାଦ ପଞ୍ଚପଟକୁ ଝୁଙ୍କିଯାଇ କେବେ କେବେ ଧୀରଗତିରେ ତାଙ୍କ ନିତମ୍ବକୁ ସ୍ପର୍ଶ କରୁଛି। ସେଇ ନିତମ୍ବ ମଧ୍ୟରେ ନାଗୁଣୀ ଭଳି ତାଙ୍କ ବେଣୀ ଲମ୍ବି ଦୋହଲୁଛି। ସେ ପିନ୍ଧିଥିବା ଘାଗରା ବେକ ପର୍ଯ୍ୟନ୍ତ ଉଠିଗଲା। ତାଙ୍କର ଲୟବଦ୍ଧ ଢଙ୍ଗରେ ହଲୁଥିବା ପାଦର ସୌନ୍ଦର୍ଯ୍ୟକୁ ଦେଖି ପୁରୁଷର ମନ ଲୟହୀନ ହେଇଯିବ।

'କେତେ ରୂପବତୀ ମୋ ଝିଅ' ସତ୍ୟବତୀ ଭାବିଲେ... "ତା'ର ସୌନ୍ଦର୍ଯ୍ୟକୁ ଦେଖି ମୁଁ ବି ସ୍ତବ୍ଧ ହେଇ ରହିଗଲି। ସତ୍ୟଭାମାର ମନଠାରୁ ପ୍ରଥମେ ତା' ଶରୀର ହିଁ ତାଙ୍କୁ ସ୍ମରଣ କରିଦେଉଛି ସତ୍ୟଭାମା ବିବାହଯୋଗ୍ୟା ହେଇଗଲାଣି।' ସତ୍ୟଭାମାଙ୍କ ମା' ମନଭିତରେ ଭାବିଲେ, ତାଙ୍କ ଝିଅର ହେବାକୁ ଥିବା ସ୍ୱାମୀ ଶଚିଦେବୀଙ୍କୁ ବିବାହ କରିଥିବା ଇନ୍ଦ୍ରଙ୍କଠାରୁ ବି ବେଶୀ ସୁନ୍ଦର ହୋଇଥିବ।

ପାଖକୁ ଆସି ସତ୍ୟବତୀ 'ସତ୍ୟା' କହି ଡାକିଲେ। ସତ୍ୟଭାମା ଚମକିପଡ଼ି ତା'ପରେ ତକିଆ ତଳେ ଏକ ଫଟୋ ରଖିଦେଲେ। ହଠାତ୍ ଅନ୍ୟପଟକୁ ବୁଲିଯିବାରୁ ତାଙ୍କ ପେଟ ମଝିରେ ଗଭୀର ନାଭିରୁ ଖସିଯାଇଥିବା ଘାଗରାକୁ ସତ୍ୟଭାମା ଅନ୍ୟ ହାତରେ ଖସେଇଦେଇ ଓଢଣିରେ ସୌନ୍ଦର୍ଯ୍ୟକୁ ଲୁଚେଇଦେଲେ। ତାଙ୍କ ମୁହଁରେ ଝାଳବିନ୍ଦୁ ଆଭୂଷଣ ଭଳି ଚମକିବାକୁ ଲାଗିଲା। ସେ ଘାବରେଇଯାଇ ତାଙ୍କ ଓଠ ଲାଲବର୍ଣ୍ଣ ହେଇ ଶିହରି ଉଠିଲା।

ସତ୍ୟଭାମା ପ୍ରଶ୍ନ କଲେ, "କ'ଣ ମା'... କାହିଁକି ଆସିଲ ?"

ଝିଅର ଅବସ୍ଥାକୁ ଅବଗତ ହେଇ ସତ୍ୟବତୀ ପଚାରିଲେ, "ତୁ ତକିଆ ତଳେ କ'ଣ ଲୁଚେଇଦେଲୁ ?"

ତକିଆ ତଳେ.. ମୁଁ କିଛି ଲୁଚେଇନି.. ଏମିତି ଖାଲି ଭାବୁଥିଲି। ଏହା କହି ନିଜର ନିରୀହତାକୁ ପ୍ରକାଶ କରିବାକୁ ଚେଷ୍ଟା କଲେ।

"ତୁ ମୋତେ କିଛି ଲୁଚେଇ ପାରିବୁନି, ଦେଖା" କହି ସତ୍ୟବତୀ ସେଇ ତକିଆ ତଳେ ରଖାଯାଇଥିବା ଫଟୋକୁ ନେଇ ଆସିଲେ ଏବଂ ତାହା ଦେଖି ସେ ଚମକି ପଡ଼ିଲେ। ସତ୍ୟଭାମା ତାଙ୍କ ମା'ଙ୍କୁ ଅଟକେଇବାକୁ କିମ୍ବା ଫଟୋକୁ ଛଡ଼େଇବାକୁ ଚେଷ୍ଟା କଲେନି।

ସେଇ ଫଟୋରେ ଶ୍ରୀକୃଷ୍ଣଙ୍କ ଦିବ୍ୟ ମଙ୍ଗଳ ସ୍ୱରୂପ ପ୍ରକାଶ ହେଲା। ଶ୍ରୀକୃଷ୍ଣଙ୍କ ଓଠରେ ପ୍ରକଟ ହୋଇଥିବା ସୁନ୍ଦର ହସ କୌଣସି ବି ନାରୀଙ୍କୁ ଅବଶ୍ୟ ଲୋଭନୀୟ ହେବ।

"ସତ୍ୟା ଇଏ କ'ଣ... ତୁ ଶ୍ରୀକୃଷ୍ଣଙ୍କୁ..."

ସତ୍ୟାର ଓଠରୁ କପାଳଯାଏ ଆହୁରି ରକ୍ତିମ ହୋଇଗଲା। ସେ କର-ପଲ୍ଲବରେ ସେ ନିଜ ମୁହଁକୁ ଲୁଚେଇଦେଲେ। ସେ ଜାଣନ୍ତି, ମା'ଠାରୁ ବଡ଼ ବାନ୍ଧବୀ ଆଉ କେହି ନାହିଁ। ବାପା ସବୁବେଳେ ତାଙ୍କ ପ୍ରତି ବହୁତ ସ୍ନେହ ପ୍ରକାଶ କରନ୍ତି, ଏଥିରେ କୌଣସି ସନ୍ଦେହ ନାହିଁ। କିନ୍ତୁ ସେ ତାଙ୍କ ଝିଅର ମନର କଥାକୁ ଜାଣିବା ଏବଂ ତାଙ୍କ ସହିତ ଚର୍ଚ୍ଚା କରିବାକୁ କେବେ ବି ଚେଷ୍ଟା କରିନାହାନ୍ତି। ସତ୍ୟଭାମା ଭଲଭାବେ ଜାଣନ୍ତି ତାଙ୍କ ଭାବନାକୁ ତାଙ୍କ ମା' ବୁଝିବାକୁ ଚେଷ୍ଟା କରନ୍ତି।

କିନ୍ତୁ ସେ ଯାହା ଭାବିଲେ ତାହା ନୁହେଁ। ତାଙ୍କ ଦୁଇ ହାତକୁ ମା' ଝିଙ୍କିନେଲେ। ସତ୍ୟା ଚମକିପଡ଼ିଲେ ଏବଂ ତାଙ୍କ ମା'ଙ୍କ ଆଡ଼କୁ ଚାହିଁରହିଲେ।

ସତ୍ୟବତୀ ପ୍ରଶ୍ନ କଲେ, "ସତ୍ୟା... ତୁ କ'ଣ କରୁଛୁ... ତୁ ଶ୍ରୀକୃଷ୍ଣଙ୍କୁ କେମିତି ପ୍ରେମ କରିପାରିଲୁ... ତୋ ଅକଲ କୁଆଡ଼େ ଚାଲିଗଲା ?"

ସତ୍ୟା ସ୍ତବ୍ଧହେଇ ରହିଗଲେ। ସେ ଭାବିନଥିଲେ ତାଙ୍କ ମା' ଏମିତି ପ୍ରଶ୍ନ କରିବେ। ସେ କ'ଣ କହିବାକୁ ଯାଉଥିଲେ କିନ୍ତୁ ତା'ପୂର୍ବରୁ ସତ୍ୟବତୀ କହିଲେ, "ମୁଁ ଭାବିଥିଲି ତୁ ବହୁତ ହୁସିଆର, ତୋର ସୌନ୍ଦର୍ଯ୍ୟ ଏବଂ ସଙ୍ଗୀତ ଓ ନାଟ୍ୟ-ପ୍ରଦର୍ଶନରେ ତୋର କୁଶଳତାର ପ୍ରଦର୍ଶନ ଯେମିତି କରୁଛୁ, ତୋର ବିଚାରରେ ମଧ ସେଇପ୍ରକାର ପ୍ରଦର୍ଶନ କର। କିନ୍ତୁ ମୋର ଅନୁମାନ ଭୁଲ ହେଲା। ଶାସ୍ତ୍ରସମ୍ମତ ବନ୍ଧୁବାନ୍ଧବଙ୍କୁ ନ ଜଣେଇ... ତୋର ପ୍ରେମ କରିବା..." ତାଙ୍କ କଥା ଶୁଣି ସତ୍ୟଭାମା ଆଶ୍ଚର୍ଯ୍ୟ ହେଇ ରହିଗଲେ।

ତାଙ୍କ ମା' ପୁଣିଥରେ କଠୋର ସ୍ୱରରେ ପଚାରିଲେ, "ସତ୍ୟା! ଜାଣିଛୁ ତ ତୁ କ'ଣ କରୁଛୁ?" ଶ୍ରୀକୃଷ୍ଣଙ୍କୁ ତୁ ଭଲପାଇ ପାରିବୁନି। ଏହି ସମ୍ପର୍କ ଶାସ୍ତ୍ରସମ୍ମତ ନୁହେଁ।" ସତ୍ୟବତୀ ତାଙ୍କୁ ବୁଝେଇବାକୁ ଚେଷ୍ଟାକଲେ।

"ମା'! ତୁମେ କ'ଣ କହୁଛ?" ସତ୍ୟଭାମା ବ୍ୟଗ୍ରତା ସହ ପ୍ରଶ୍ନ କଲେ।

"ହଁ ଝିଅ.. ଶ୍ରୀକୃଷ୍ଣ ତୋର ଭ୍ରାତୃତୁଲ୍ୟ ହେବେ। ସେ ଆଉ ଆମେ ଗୋଟିଏ ଗୋତ୍ର ଏବଂ ଏକା ବଂଶର" ସତ୍ୟବତୀ କହିଲେ।

ସତ୍ୟଭାମା କହିଲେ, "ମୁଁ ଏକଥା ଜାଣିନଥିଲି... ଯେବେଠୁ ମୋର ହୋସ ହେଲାଣି ମୁଁ ଶ୍ରୀକୃଷ୍ଣଙ୍କର ଆରାଧନା କରିଆସୁଛି। ଯେବେ ବି ତାଙ୍କ ଦିବ୍ୟମଙ୍ଗଳ ସ୍ୱରୂପକୁ ସ୍ମରଣ କରୁଛି ମୁଁ ତାଙ୍କ ବଶରେ ହେଇଯାଉଛି।"

ସତ୍ୟବତୀ କହିଲେ, "ଏହା କେବଳ ତୋର ଭାବନା ନୁହେଁ, ପ୍ରତ୍ୟେକ ସ୍ତ୍ରୀ ମାନଙ୍କର କୃଷ୍ଣଙ୍କ ପ୍ରତି ଏହି ସ୍ଥିତି ହେଉଛି। ମୁଁ ଭାବିଥିଲି, ତୁ ଛୋଟ ପିଲା। ଶ୍ରୀକୃଷ୍ଣ ତୋର ଭାଇ ହେବେ। ତେଣୁ ତାଙ୍କୁ ସେଇ ଦୃଷ୍ଟିରେ ଚାହିଁବା ଦରକାର ଏବଂ ତାଙ୍କୁ ବଡ଼ ଭାଇ ଡାକିବା ଦରକାର।"

ମା'ଙ୍କ କଥା ସତ୍ୟଭାମା ଆଉ ଶୁଣି ପାରିଲେନି। ନିଜର ଦୁଇ ହାତରେ କାନକୁ ବନ୍ଦ କରିଦେଲେ। "ସେ ମୋର ଭାଇ ହେବେ... ମୁଁ ବିଶ୍ୱାସ କରିପାରୁନି। ଇଏ କ'ଣ ମା'?"

"ଶ୍ରୀକୃଷ୍ଣ ଏବଂ ଆମେ ଗୋଟିଏ ବଂଶର। ସେ ଏବଂ ଆମେ ବୃଷ୍ଟି ବଂଶଜ। ଦୁହେଁ ଗୋଟିଏ ଗୋତ୍ର ବି। ତୁମ ଦୁହିଁଙ୍କ ପ୍ରପିତାମହ ଗୋଟିଏ ମା'ର ପୁତ୍ର। ବନ୍ଧୁ ବାନ୍ଧବ ପ୍ରସ୍ତାବ ରଖିବା ସମୟରେ ଏଥିପାଇଁ ଦୁହିଁଙ୍କ ତରଫରୁ ସାତ ପିଢ଼ିର ଜନ୍ମକୁଣ୍ଡଳୀକୁ ଦେଖି ଏହା ଜାଣିଯାଆନ୍ତି କି ସେମାନେ ଦୁହେଁ ଅଲଗା ଗୋତ୍ର ଏବଂ ବଂଶର ନା ନୁହେଁ। ଏହି ନିୟମ ପ୍ରଚଳନ ଅଛି, ବର ଏବଂ ବରବଧୂଙ୍କ ମୂଳ ପୁରୁଷ ଗୋଟିଏ ରଷିଙ୍କର ହେବା ବର୍ଜନୀୟ।"

"ଏସବୁ ବଡ଼ ବଡ଼ କଥା ମୁଁ ଜାଣିନି ମା'।"

"ପ୍ରେମ କରିବା ଏବଂ ସ୍ୱପ୍ନ ଦେଖିବା ତ ତୁ ଭଲଭାବେ ଜାଣିଛୁ। ଏହା କୌଣସି ଛୋଟ କଥା ନୁହେଁ। କିନ୍ତୁ ତୁ ଭଲଭାବେ ଜାଣିଛୁ ଯେ "ଶତଧନ୍ୱା ସହିତ ତୋର ବିବାହ କରେଇବାକୁ ଚାହୁଁଛୁ। ସେ ତୋପାଇଁ ଯୋଗ୍ୟ ବର ବି... ସେ ତତେ ବିବାହ କରିବାକୁ ବହୁତ ଚାହୁଁଛନ୍ତି... ବାସ୍ତବରେ ଶତଧନ୍ୱାଙ୍କ ସହିତ ବିବାହ ପାଇଁ କଥାବାର୍ତ୍ତା କରିବାକୁ ମୁଁ ତୋ କୋଠରୀକୁ ଆସିଥିଲି।"

"ଶତଧନ୍ୱାଙ୍କ ବିଷୟରେ ମୋର ଏମିତି ଭାବନା ନାହିଁ..."

"ଆମ ବିଚାର ଆମ ନିୟନ୍ତ୍ରଣରେ ରହିଥାଏ... ଶତଧନ୍ୱା କାହାଠାରୁ କମ୍ ନୁହେଁ..."

"ମୁଁ ତାଙ୍କୁ ପସନ୍ଦ କରୁନି। ସେ ମୂର୍ଖ ଭଳି ଲାଗନ୍ତି। ବାପାଙ୍କ ପାଖରେ ଯୋଉ ମଣି ଅଛି, ହୁଏତ ତାକୁ ଦେଖି ସେ ମୋତେ ବିବାହ କରିବାକୁ ଚାହୁଁଛନ୍ତି..."

ନିଜ ଝିଅର କଥା ଶୁଣି ସତ୍ୟବତୀ ହତାଶ ହୋଇଗଲେ। ସେ ଏକଥା କଳ୍ପନା ମଧ୍ୟ କରି ପାରିଲେନି। ଯେବେଠାରୁ ତାଙ୍କ ସ୍ୱାମୀ ସତ୍ରାଜିତ୍ ସୂର୍ଯ୍ୟଙ୍କୁ ପ୍ରାର୍ଥନା କରି ଏକ ଅଦ୍ଭୁତ ମଣି ପ୍ରାପ୍ତ କଲେ, ସେବେଠାରୁ ସମସ୍ତଙ୍କ ଦୃଷ୍ଟି ମଣି ଉପରେ ପଡ଼ିଲା। ଦ୍ୱାରକାଧୀଶ ଶ୍ରୀକୃଷ୍ଣ ବି ତାଙ୍କ ପ୍ରପିତାମହ ଉଗ୍ରସେନଙ୍କୁ ଦେବାପାଇଁ ଏହି ମଣି ମାଗିଥିଲେ। କିନ୍ତୁ ସତ୍ରାଜିତ୍ ଏହା କହି ମନା କରିଦେଲେ "ମୁଁ ଏହାକୁ ମୋ ଭାବି ଜୋଇଁଙ୍କୁ ଦେବାକୁ ଚାହୁଁଛି।" କଂସ ଆମ ଉପରେ କେତେ ଅତ୍ୟାଚାର କଲେ। ସେତେବେଲେ ତାଙ୍କଠାରୁ ମୁକ୍ତି ପାଇବାପାଇଁ ଆମେ ଶ୍ରୀକୃଷ୍ଣଙ୍କ ଦ୍ୱାରା ନିର୍ମିତ ଦ୍ୱାରକାପୁରୀ ଆସିଲୁ। ଶ୍ରୀକୃଷ୍ଣ ଆମକୁ ବଡ଼ ଆଦରରେ ସ୍ୱାଗତ କଲେ ଏବଂ ଆମକୁ ଆଶ୍ରୟ ଦେଲେ। ଏହା ବଦଳରେ ସତ୍ରାଜିତ୍ ଶ୍ରୀକୃଷ୍ଣଙ୍କୁ ମଣି ଦେଇ ପାରିଥାନ୍ତେ। କିନ୍ତୁ ସେ ଦେଲେନି, କାହିଁକି ନା ସେ ତାକୁ ବହୁତ ଚାହୁଁଥିଲେ... ସତ୍ୟବତୀ ଝିଅର ମନକୁ କଷ୍ଟ ଦେବାକୁ ଚାହୁଁନଥିଲେ। ମନ ଭିତରେ ଏକଥା ଭାବୁଥିଲେ ଯଦି ଶତଧନ୍ୱାଙ୍କୁ ସତ୍ୟଭାମା ଚାହୁଁନି ତାହେଲେ ଅନ୍ଧକ ବଂଶର କୃତବର୍ମା ସହିତ ତା'ର ବିବାହ କରାଯାଇ ପାରନ୍ତା... ଯଦି ତାଙ୍କୁ ବି ସତ୍ୟା ଚାହୁଁନାହିଁ ତାହେଲେ ଅକ୍ରୁରଙ୍କ ସହିତ ତା'ର ବିବାହ କରାଯାଇ ପାରନ୍ତା। ଯେବେଠାରୁ ସତ୍ରାଜିତଙ୍କ ପାଖରେ ବହୁମୂଲ୍ୟ ମଣି ରହିଲାଣି, ସେବେଠାରୁ କେବଲ ଶତଧନ୍ୱା ନୁହେଁ, କୃତବର୍ମା ଏବଂ ଅକ୍ରୁର ବି ସତ୍ୟଭାମା ସହିତ ବିବାହ କରିବାକୁ ଇଚ୍ଛୁକ ଅଛନ୍ତି।

ଏକରେ ଅପୂର୍ବ କାନ୍ତିରେ ସୁଶୋଭିତ ମଣି, ଅନ୍ୟପଟେ ସ୍ୱର୍ଗଲୋକରୁ ପୃଥିବୀ ଉପରେ ଓହ୍ଲେଇ ଆସିଥିବା ଦେବକନ୍ୟା ଭଳି ଦେଖାଯାଉଥିବା ସତ୍ୟଭାମା... ଏହି ଦୁଇଟିକୁ ପାଇବାକୁ କାମନା କିଏ ନ କରିବ ? କୃତବର୍ମା, ଅକ୍ରୁର ଏବଂ ଶତଧନ୍ୱା ଏହି ତିନିଜଣଙ୍କ ମଧ୍ୟରେ ଅକ୍ରୁର ମୃଦୁ ସ୍ୱଭାବୀ। ସମସ୍ତେ ତାଙ୍କୁ ଚାହାଁନ୍ତି। ଶତଧନ୍ୱା ଏବଂ କୃତବର୍ମାକୁ ଯଦି ସେ ପସନ୍ଦ ନକରିବ ତ ଅକ୍ରୁରଙ୍କ ପ୍ରସ୍ତାବ ରଖାଯାଇ ପାରବ... ସତ୍ୟବତୀ ମନ ଭିତରେ ଏକଥା ଭାବିବାକୁ ଲାଗିଲେ।

ସେ ଝିଅକୁ ଏକଥା କହିଲେ, "ଭାମା... ଆମେ ତୁମ ବିବାହ ତାଙ୍କ ସହିତ କରିବାକୁ ଚାହୁଁଛୁ ଯିଏ ତୋର ପସନ୍ଦ ନୁହେଁ ? ଶ୍ରୀକୃଷ୍ଣ ତୋର ବନ୍ଧୁ ତୁଲ୍ୟ... ତାଙ୍କ ବିଷୟରେ ଭାବିବା ବନ୍ଦକର। ଶତଧନ୍ୱା ନହେଲେ ଆଉ କୋଉ ପରାକ୍ରମୀ ସହିତ,

ଯିଏ ତତେ ପସନ୍ଦ କରୁଛି, ତାଙ୍କ ସହିତ ତୋର ବିବାହ କରିଦେବୁ...” ଏହା କହି ସତ୍ୟବତୀ ସେଠାରୁ ଚାଲିଗଲେ ।

ସତ୍ୟଭାମା ସ୍ତବ୍ଧହେଇ ରହିଗଲେ । ପଲଙ୍କ ଉପରେ ଲୋଟିପଡ଼ି ବହୁତ କାନ୍ଦିଲେ । କ’ଣ ହେଲା ? ମୁଁ କ’ଣ ଭାବିଥିଲି ? କ’ଣ ହେଉଛି ? ଶ୍ରୀକୃଷ୍ଣ କ’ଣ ମୋ ଭାଇ ହେବେ ? ଏମିତି ଭାବନା ମୁଁ କେବେ ବି କରିନି । ଯେବେଠାରୁ ମୁଁ ଜାଣିଲିଣି, ସେବେଠାରୁ ଶ୍ରୀକୃଷ୍ଣଙ୍କ ଦିବ୍ୟଲୀଳା ଏବଂ ତାଙ୍କ ମନୋହର ରୂପ ବିଷୟରେ ଶୁଣି ମୁଁ ତାଙ୍କ ଆରାଧନା କରି ଆସୁଥିଲି । ଶ୍ରୀକୃଷ୍ଣଙ୍କୁ ଦେଖ୍ବାକୁ ମୋ ଆଖ୍ ବିକଳ ହେଉଥିଲା ।

ତାଙ୍କର ଭଲଭାବେ ମନେଅଛି, ସେଇଦିନ ସେ ଭାବିଥିଲେ ତାଙ୍କ ସ୍ୱପ୍ନ ସାକାର ହେବାକୁ ଯାଉଛି । ଶ୍ରୀକୃଷ୍ଣ ସ୍ୱମଂତକ ମଣିକୁ ଦେଖ୍ବାକୁ ଇଚ୍ଛା ପ୍ରକାଶ କଲେ । ଏହା ଜାଣି ସତ୍ରାଜିତ ତାଙ୍କୁ ପ୍ରୀତିଭୋଜନ ପାଇଁ ଆମନ୍ତ୍ରିତ କଲେ । ଏକଥା ଜାଣି ସତ୍ରାଜିତ ବେଶୀ ଖୁସି ହେଲେ ଯେ ସ୍ୱୟଂ ଶ୍ରୀକୃଷ୍ଣ ଏଠାକୁ ଆସିବେ । ଗୃହକୁ ସୁସଜ୍ଜିତ କରାଗଲା । ରଙ୍ଗବେରଙ୍ଗୀ ଦୀପରେ ଶୋଭାବର୍ଦ୍ଧନ କରି ଅଳଙ୍କୃତ କରାଗଲା । ସାଙ୍ଗମାନେ ସତ୍ୟଭାମାଙ୍କୁ ଆଭୂଷଣରେ ମଣ୍ଡିତ କଲେ । ସେତେବେଲେ ସାଙ୍ଗମାନଙ୍କ କଥା ଶୁଣି ଅବ୍ୟକ୍ତ ଆନନ୍ଦରେ ସତ୍ୟଭାମା ପୁଲକିତ ହୋଇଗଲେ ।

“ସତ୍ୟା ! ତୁମେ କେତେ ସୌଭାଗ୍ୟଶାଲୀ... ସ୍ୱୟଂ ଦ୍ୱାରକାଧୀଶ ତୁମ ଘରକୁ ଆସୁଛନ୍ତି । ମୁଁ ଏକଥା କେବେ ବି ଭାବିନଥିଲି ଶ୍ରୀକୃଷ୍ଣଙ୍କୁ ଏତେ ନିକଟରେ ଦେଖ୍ବାର ମୋତେ ସୌଭାଗ୍ୟପ୍ରାପ୍ତ ହେବ...” ଜଣେ ବାନ୍ଧବୀ କହିଲା ।

ଅନ୍ୟ ଜଣେ ବାନ୍ଧବୀ କହିଲା, “ତୁମେ ଦେଖ... ମୁଁ ସ୍ୱୟଂ ତାଙ୍କୁ ପୁଷ୍ପମାଲାଙ୍କୃତ କରି ଭିତରକୁ ନେଇଆସିବି ।”

ଆଉଜଣେ ବାନ୍ଧବୀ କହିଲା, “ମୁଁ ତ ତାଙ୍କ ଚରଣରେ ପୁଷ୍ପ ଚଢ଼େଇବି ।”

“ମୁଁ ତ...” କହି ଆଗକୁ ଆଉକିଛି କହି ନପାରିବା ସ୍ଥିତିରେ ଆଉଜଣେ ବାନ୍ଧବୀ ହାଇ ମାରି ଭିଡ଼ିମୋଡ଼ି ହେଲା । ସମସ୍ତେ ବହୁତ ହସିଲେ ।

“କ’ଣ କରିବ... ତୁମେ ତାଙ୍କୁ ଛୁଇଁବାକୁ ଚାହୁଁଛ କି... ?” ଆଉଜଣେ ବାନ୍ଧବୀ ତାଙ୍କୁ ଠଟ୍ଟା କଲା ।

“କେବଳ ଛୁଇଁବା ନୁହେଁ... ଯଦି ମଉକା ମିଲେ... ମୁଁ ତାଙ୍କୁ ବାହୁରେ ଧରିନେବି ।” ନିର୍ଭୀକରେ ସେ କହିଲେ ।

“ଲାଜ ଲାଗୁନି ନା କ’ଣ...” କହି ଜଣେ ବାନ୍ଧବୀ ମୁହଁ ମୋଡ଼ିଦେଲା ।

ତା’ର କଥା ଶୁଣି ସତ୍ୟଭାମାଙ୍କୁ ରାଗ ଲାଗିଲାନି, ବରଂ ତା’କଥା ତାଙ୍କୁ ଭଲ ଲାଗିଲା ।

ସତ୍ୟଭାମା ପିଲାଦିନରୁ ଏକଥା ଶୁଣି ଆସୁଛନ୍ତି, ଶ୍ରୀକୃଷ୍ଣ ମଥୁରା ଏବଂ ଦ୍ୱାରକାପୁରୀର ମହିଳାମାନଙ୍କ ମନକୁ କେମିତି ଏବଂ କି ପ୍ରକାର ମୋହିତ କରିଦେଲେ .. ବାସ୍ତବରେ ତାଙ୍କୁ ବି ଶ୍ରୀକୃଷ୍ଣଙ୍କ ଦର୍ଶନ କରିବାକୁ ପ୍ରବଳ ଆକାଂକ୍ଷା ଥିଲା। କିନ୍ତୁ ତାଙ୍କ ବାନ୍ଧବୀମାନଙ୍କ ଭଳି ସେ ନିଜ ଭାବନାକୁ ପ୍ରକାଶ କରିପାରୁ ନଥିଲେ। ଏକଥାକୁ ନେଇ ସେ ଚିନ୍ତା ପ୍ରକାଶ କରୁଥିଲେ ତାଙ୍କ ପିତା ତାଙ୍କୁ ଶ୍ରୀକୃଷ୍ଣଙ୍କ ପାଖକୁ ନେଇଯିବେ ନା ନାହିଁ। ଏହି ସମୟରେ ନନ୍ଦନନ୍ଦନ ଆସିଗଲେ। ତାଙ୍କ ଆସିବାର ଆଗମନରେ ସୂଚନା ଦେଇ ବାଜା ବାଜିଲା। ଉପର ମହଲାରେ ଗବାକ୍ଷ ପର୍ଯ୍ୟନ୍ତ ଆସି ସତ୍ୟଭାମା ତାଙ୍କୁ ପ୍ରତୀକ୍ଷା କରିବାକୁ ଲାଗିଲେ। ଜାଜ୍ୱଲ୍ୟମାନ ରତ୍ନଖଚିତ ମୟୂର ଚୂଳର ମୁକୁଟ ଧାରଣ କରି ଶ୍ରୀକୃଷ୍ଣଙ୍କ ଶୋଭା ଅବର୍ଣ୍ଣନୀୟ। ଆଜାନୁବାହୁ ପଦ୍ମ ପାଖୁଡ଼ା ଭଳି ବିଶାଲ ନେତ୍ର, ସମୁନ୍ନତ ବକ୍ଷସ୍ଥଳ, ଗୋଟିଏ ହାତରେ ବଂଶୀ ଧରି ଧୀରେ ଧୀରେ ରଥରୁ ତଳକୁ ଓହ୍ଲାଉଥିବା ଶ୍ରୀକୃଷ୍ଣଙ୍କୁ ଦେଖି ସତ୍ୟଭାମା ନିଜକୁ ଭୁଲିଗଲେ। ଶ୍ରୀକୃଷ୍ଣଙ୍କ ଶରୀରର ପ୍ରତ୍ୟେକ ଅଙ୍ଗ ଏବଂ ତାଙ୍କ ସୁନ୍ଦରତାର ଗଭୀର ଛାପ ସତ୍ୟଭାମାଙ୍କ ହୃଦୟ ଉପରେ ପଡ଼ିଲା। ନିର୍ନିମେଷ ନେତ୍ରରେ ତାଙ୍କୁ ଚାହିଁ ରହିଲେ। ଏହି ଅବସ୍ଥାରେ ତାଙ୍କୁ ଜଣାପଡ଼ିଲାନି ଶ୍ରୀକୃଷ୍ଣ କେତେବେଳେ ଭିତରକୁ ପ୍ରବେଶ କଲେ। ବାସ୍ତବରେ ହୃଦୟ ମନ୍ଦିରରେ ପ୍ରଥମରୁ ଶ୍ରୀକୃଷ୍ଣଙ୍କ ମୂର୍ତ୍ତିର ପ୍ରତିଷ୍ଠା ହୋଇ ଯାଇଥିଲା। ସେଇ ସ୍ମିତହାସ୍ୟ ସୁନ୍ଦର ଶ୍ରୀକୃଷ୍ଣଙ୍କୁ ସ୍ୱାଗତ କରିବାବେଲେ ତାଙ୍କ ହୃଦୟ ଥରି ଉଠିଲା।

"ସତ୍ୟା... ତୁମେ ଏଇଠି ଅଛ... ପିତାଶ୍ରୀ ତୁମକୁ ଡାକୁଛନ୍ତି।" ଜଣେ ବାନ୍ଧବୀ ଡାକିଲା। ଏହା ଶୁଣି ସତ୍ୟଭାମାଙ୍କର ରୋମାଞ୍ଚ ଜାତ ହେଲା। ସତ୍ୟଭାମାଙ୍କୁ ଜଣାପଡ଼ିଲାନି ସେ କେମିତି ଉପରୁ ତଳକୁ ଚାଲିଆସିଲେ।

ସେଇ ଗୃହ ମଧ୍ୟରେ ଉପସ୍ଥିତ ହଂସତୂଳିକା ତକ୍ତ ଉପରେ ଶ୍ରୀକୃଷ୍ଣ ଶୋଭାୟମାନ ଢଙ୍ଗରେ ବିରାଜମାନ କଲେ। ସତ୍ରାଜିତ୍ ତାଙ୍କୁ ସମ୍ମାନ ଦେଉଛନ୍ତି। ଶ୍ରୀକୃଷ୍ଣଙ୍କ ସାମନାରେ ଏକ ଆସନରେ ସ୍ୱମନ୍ତକ ମଣି ବିଦ୍ୟମାନ ଥିଲା। ତାଙ୍କ ଜ୍ୟୋତିର୍ମୟୀ ଆଭାର ଆଲୋକରେ ସେଇ ଭବନର ଶୋଭା ଦ୍ୱିଗୁଣିତ ହେଉଥିଲା। ସେଇ ମଣିର ଚମକକୁ ଦେଖି ଶ୍ରୀକୃଷ୍ଣ ଆଶ୍ଚର୍ଯ୍ୟ ହୋଇଗଲେ। ଏହି ସମୟରେ ସତ୍ୟଭାମା ସେଠାକୁ ଆସିଲେ। ତାଙ୍କୁ ଦେଖି ଶ୍ରୀକୃଷ୍ଣ ବିସ୍ମିତ ହୋଇ ରହିଗଲେ।

'ଦ୍ୱାରକାରେ ଏହି ଲଲନାକୁ ମୁଁ କେବେ ବି ଦେଖିନି। ସୌନ୍ଦର୍ଯ୍ୟର ଏହି ଅନନ୍ୟ ପ୍ରତିମା କିଏ...? ଶ୍ରୀକୃଷ୍ଣ ନିଜେ ନିଜକୁ ପ୍ରଶ୍ନ କଲେ। ଚନ୍ଦ୍ରବଦନା, ପ୍ରବାଳ ସମାନ କମ୍ପି ଉଠୁଥିବା ଅଧର, କମଳ ନୟନା, ଚମ୍ପା ଭଳି ନାକ, ପଲ୍ଲବ ସଦୃଶ ସୁକୋମଳ ହାତ, ଉନ୍ନତ ବକ୍ଷ, ତାଙ୍କର ପତଲା କମର ଉପରେ ବନ୍ଧାଯାଇ ଚମକୁଥିବା

ପତି, ଲୋଭନୀୟ ନାଭି ଏବଂ ଲୋଭନୀୟ ଉରୁଦ୍ୱୟକୁ ଦେଖି ଶ୍ରୀକୃଷ୍ଣ ବିସ୍ମିତ ହୋଇଗଲେ। ଯେଉଁ ବେଣୁଗୋପାଳ ହଜାରେ ଲଳନାଙ୍କୁ ଆକୃଷ୍ଟ କରନ୍ତି, ତାଙ୍କ ହୃଦୟରେ କାମ ଦେବତା ହଲଚଲ ହେଇଗଲେ। ହଂସତୂଳିକା ତଲ୍ବରୁ ଉଠି ସେ ଛିଡ଼ାହେଇ ପଡିଲେ।

ତାଙ୍କ କନ୍ୟାକୁ ଶ୍ରୀକୃଷ୍ଣଙ୍କ ସାମନାକୁ ଆଣି ସତ୍ରାଜିତ କହିଲେ, 'ଇଏ ମୋ ଗେହ୍ଲା ଝିଅ। ସତ୍ୟଭାମା ଆଗକୁ ଝୁଙ୍କି ଶ୍ରୀକୃଷ୍ଣଙ୍କ ଚରଣକୁ ଛୁଇଁ ପ୍ରଣାମ କଲେ। ସୌଷ୍ଠବ ଶରୀର ଜଣେ ଖେଲାଲିଭଳି ଧନୁ ଆକୃତିରେ ଝୁଙ୍କିପଡ଼ି ସତ୍ୟଭାମାଙ୍କୁ ଦେଖି ଶ୍ରୀକୃଷ୍ଣ ନିଜର ନିୟନ୍ତ୍ରଣ ହରେଇଲେ। ତାଙ୍କ ସୁନ୍ଦର ମୁଖମଣ୍ଡଳ ଏବଂ ଉନ୍ନତ ନିତମ୍ବକୁ ଦେଖି ସେ ସତ୍ୟାଙ୍କ ଦୁଇ ବାହୁକୁ ଧରି ଉଠେଇଦେଲେ। ଦୁହିଁଙ୍କ ନୟନର ମିଳନ ହେଇଗଲା। ଦୁହିଁଙ୍କୁ ଏମିତି ଲାଗିଲା, ସେଠାରେ ଉପସ୍ଥିତ ସମସ୍ତ ଲୋକମାନେ ଅଦୃଶ୍ୟ ହୋଇଗଲେ ଏବଂ ସେ ଦୁହେଁ ଏକାନ୍ତରେ ପ୍ରଣୟ ରାଜ୍ୟରେ ବିଚରଣ କରିବାକୁ ଲାଗିଛନ୍ତି। ଯୁଗ ଯୁଗ ହେଲା ବର୍ଷାକୁ ପ୍ରତୀକ୍ଷା କରିଥିବା ମରୁସ୍ଥଳକୁ ମୁଷଳଧାରା ବର୍ଷା ହେବାପରେ ଯେଉଁ ଅନୁଭୂତି ପ୍ରାପ୍ତ ହୋଇଥାଏ ସେଇ ଅନୁଭୂତି ଶ୍ରୀକୃଷ୍ଣ ଏବଂ ସତ୍ୟଭାମାକୁ ପ୍ରାପ୍ତ ହେଲା। ଏହି ସମୟରେ କୃତବର୍ମା, ଶତଧନ୍ୱା ଏବଂ ଅକ୍ରୁର ସେଇ ଭବନକୁ ପ୍ରବେଶ କଲେ। ସେମାନଙ୍କୁ ଦେଖି ଶ୍ରୀକୃଷ୍ଣଙ୍କ ବାହୁପାଶରୁ ସତ୍ୟଭାମା ମୁକ୍ତ ହେଲେ। ସେ ତାଙ୍କ ମା' ସତ୍ୟବତୀଙ୍କ ପାଖରେ ଯାଇ ବସିଗଲେ। ସତ୍ୟଭାମା ତନ୍ମୟତା ଅନୁଭବ କଲେ। ତାଙ୍କୁ ଜଣାପଡ଼ିଲାନି ପ୍ରୀତିଭୋଜନର ଆୟୋଜନ କେତେବେଳେ ସମାପ୍ତ ହୋଇଗଲା ଏବଂ ତାଙ୍କ ପ୍ରାଣପ୍ରିୟ ଶ୍ରୀକୃଷ୍ଣ ସେଠାରୁ କେତେବେଳେ ଚାଲିଗଲେ।

ସତ୍ୟଭାମା ବାରମ୍ବାର ଏହା ଭାବି ଆନନ୍ଦ ଅନୁଭବ କରୁଥିଲେ କି ଶ୍ରୀକୃଷ୍ଣ ସେଦିନ କେତେ ମୋହାବେଶରେ ତାଙ୍କୁ ନିଜ ବାହୁରେ ନେଇଗଲେ। ସେତେବେଳେ ତାଙ୍କୁ ଲାଗିଲା ତାଙ୍କ ହାତରେ ନିଜ ବାହୁ ମିଶିଗଲା। ସତ୍ୟଭାମା ପ୍ରତିଦିନ ଏମିତି ସ୍ୱପ୍ନ ଦେଖିବାକୁ ଲାଗିଲେ ଅଧର ତାଙ୍କ ଅଧରାମୃତ ପାନ କରୁଛନ୍ତି। ସେଇ ମିଳନର ମୁହୂର୍ତ୍ତରୁ ଦିନ ରାତି ଶ୍ରୀକୃଷ୍ଣଙ୍କ ସେଇ ନାମ ସ୍ମରଣ କରିବାକୁ ଲାଗି ରହିଲେ। ଉପବନରେ ବିହାର କରିବା ସମୟରେ ରଙ୍ଗବେରଙ୍ଗୀ ଫୁଲର ସୌନ୍ଦର୍ଯ୍ୟ ଏବଂ ଉପବନର ସବୁଜ ପରିବେଶ ବି ତାଙ୍କୁ ଆକୃଷ୍ଟ କରିପାରୁ ନଥିଲା। ହିମନଦୀରେ ପାଦ ରଖିବା ପରେ ବି ତାଙ୍କ ଶରୀରର ଉତ୍ତାପ କମ ହେଲାନି। ଚନ୍ଦ୍ରମା ବି ତାଙ୍କ ବିରହକୁ ଶୀତଳ କରି ପାରିଲେନି। ତାଙ୍କୁ ନିଦ ଆସିଲାନି।

ଆଜିର ଦିନ ସତ୍ୟଭାମାଙ୍କ ପାଇଁ ଏକ ଦୁର୍ଦ୍ଦିନର ଦିନ। ତାଙ୍କ ମା' ତାଙ୍କୁ

କହିଲେ କି ଶ୍ରୀକୃଷ୍ଣ ତୋର ଭ୍ରାତୃତୁଲ୍ୟ। ଚାରି ପାଞ୍ଚ ପିଢ଼ି ପୂର୍ବେ ଆମ ପ୍ରପିତାମହ ଏବଂ ପିତାମହଙ୍କ ଭ୍ରାତୃ ସମ୍ପର୍କକୁ ଆଜି ସ୍ମରଣ କରିବା ଏବଂ ତାଙ୍କୁ ଗଣିବା କି ଆବଶ୍ୟକତା ଅଛି ? ଏହି ଶାସ୍ତ୍ରକୁ କିଏ ତିଆରି କରିଛି ? କିଏ ଲେଖିଛି ? ଏକଥା ସବୁ ଭାବି ସତ୍ୟଭାମା ତାଙ୍କୁ ରାଗିଲେ।

ତାଙ୍କ ମା' ଏତେ ବୁଝେଇବା ପରେବି ତାଙ୍କ ମନରେ ଶ୍ରୀକୃଷ୍ଣଙ୍କ ପ୍ରତି ସେମିତି ଭାବନା ମନକୁ ଆସିଲାନି... ସତ୍ୟଭାମା ଏକଥା ଜାଣନ୍ତି କି ତାଙ୍କ ପରିବାର ସଦସ୍ୟ କୌଣସି ପରିସ୍ଥିତିରେ ଶ୍ରୀକୃଷ୍ଣଙ୍କ ସାଥିରେ ତାଙ୍କ ବିବାହ କରିବେନି। ଏକଥା ସତଯେ, ଶ୍ରୀକୃଷ୍ଣଙ୍କ ବ୍ୟତୀତ ଆଉ କାହା ସହିତ ବିବାହ କରିବାକୁ ତାଙ୍କର ଇଚ୍ଛା ନାହିଁ। ଏହା ଅସମ୍ଭବ ବି, କିନ୍ତୁ କ'ଣ କରାଯିବ ? କ'ଣ ଆତ୍ମହତ୍ୟା ଏହାର ବିକଳ୍ପ ? ସତ୍ୟଭାମାଙ୍କ ମନରେ ବେଦନାର ତରଙ୍ଗ ତରଙ୍ଗାୟିତ ହେବାକୁ ଲାଗିଲା। ସତ୍ୟଭାମାଙ୍କୁ ସାନ୍ତ୍ୱନା ଦେବାପାଇଁ ଦିନେ ନାରଦ ମୁନି ଆସିଲେ। ଯେବେ ବି ଶ୍ରୀକୃଷ୍ଣଙ୍କ ଦର୍ଶନ କରିବାକୁ ନାରଦ ଦ୍ୱାରକାପୁରୀକୁ ଆସୁଥିଲେ, ରାଜପୁରୁଷ ତାଙ୍କୁ ଜୋରଦାର ସ୍ୱାଗତ କରି ଏବଂ ତାଙ୍କୁ ସମ୍ମାନ ବି କରୁଥିଲେ। ସତ୍ରାଜିତ ନାରଦ ମୁନିଙ୍କୁ ଆମନ୍ତ୍ରିତ କରିଥିଲେ। ଯେବେ ବି ସତ୍ରାଜିତଙ୍କ ନିମନ୍ତ୍ରଣକୁ ପାଇ ନାରଦ ମୁନି ଆସନ୍ତି ସତ୍ୟଭାମା ବୀଣାବାଦନ କରି ତାଙ୍କୁ ମନୋରଞ୍ଜନ କରୁଥିଲେ।

ସତ୍ୟଭାମାଙ୍କ ପ୍ରଶଂସା କରି ନାରଦ କହିଲେ, "ଝିଅ, ତୁମେ ଅପ୍ରତିମ ସୌନ୍ଦର୍ୟ୍ୟବତୀ... ସଙ୍ଗୀତଜ୍ଞ ବି। ତୁମର ଅଙ୍ଗୁଲିର କୋମଳ ସ୍ପର୍ଶ ବୀଣାବାଦନ କରିବା ସମୟରେ ମୋତେ ଏମିତି ଅନୁଭୂତି ପ୍ରାପ୍ତ ହେଉଛି ଯେ ମୁଁ ସତରେ ଈଶ୍ୱରଙ୍କ ସାନ୍ନିଧ୍ୟରେ ଅଛି। ଦେବୀ ସରସ୍ୱତୀଙ୍କ କୃପା ତୁମକୁ ପ୍ରାପ୍ତ ହେଇଛି। ବୀଣାବାଦନ କଳାରେ ସୂକ୍ଷ୍ମ କଳା ପ୍ରାପ୍ତ କରିବାପାଇଁ ନିଶ୍ଚୟ ପୁଣି କେବେ ଆସିବି ଏବଂ ତୁମଠାରୁ ଶିଖିବି। ଏହି କଳାରେ ମୁଁ ନିଜକୁ ତୁମଠାରୁ ବି ଶ୍ରେଷ୍ଠ ପ୍ରତିପାଦନ କରିବି।"

ମହର୍ଷି ନାରଦ ସଙ୍ଗୀତ କଳା-ନିଧି। ସ୍ୱୟଂ ନାରଦଙ୍କ ମୁହଁରୁ ଝିଅ ସତ୍ୟଭାମାର ପ୍ରଶଂସା ଶୁଣି ସେ ବହୁତ ଖୁସି ହୋଇଗଲେ। ସତ୍ରାଜିତଙ୍କୁ ସେ ପଚାରିଲେ, "ତୁମ ଗେହ୍ଲା ଝିଅ କୋଉଠି ?"

ସତ୍ରାଜିତ୍ କହିଲେ, "ଖବର ପଠେଇଲା ଯେ ତା'ର ସ୍ୱାସ୍ଥ୍ୟ ଠିକ୍ ନାହିଁ। ଆଜି ସେ ଏଠାକୁ ଆସିବା ପରିସ୍ଥିତିରେ ନାହିଁ।"

ଏକଥା ଶୁଣି ନାରଦ ବିଚଳିତ ହେଲେ, "ତାହେଲେ ମୁଁ ତାଙ୍କ ପାଖକୁ ଯାଇ ତାଙ୍କୁ ଦେଖିଆସିବି।" ପଚାରିଲେ, "ତାଙ୍କ ମନ୍ଦିର କୋଉଠି ?"

"ଚାଲନ୍ତୁ, ଆମେ ବି ଆପଣଙ୍କ ସାଙ୍ଗରେ ଯିବୁ।" ସତ୍ରାଜିତ ଦମ୍ପତି କହିଲେ।

"ନାଇଁ... ନାଇଁ, ମୁଁ ଏକୁଟିଆ ତାଙ୍କ ସହିତ କଥା ହେବାକୁ ଚାହୁଁଛି।" କହି ନାରଦ ଜଣେ ଦାସୀଙ୍କ ସହିତ ସତ୍ୟଭାମାଙ୍କ ମନ୍ଦିର ଆଡ଼କୁ ବାହାରି ପଡ଼ିଲେ।

ସ୍ୱୟଂ ମହର୍ଷି ନାରଦ ତାଙ୍କୁ ଦେଖିବାକୁ ଆସୁଛନ୍ତି ଏହି ସୂଚନା ପାଇ ସତ୍ୟଭାମା ନିଜ ମୁହଁକୁ ଧୋଇ ପକେଇଲେ ଏବଂ ମହର୍ଷିଙ୍କ ପ୍ରତୀକ୍ଷାରେ ବସି ରହିଲେ। ମହର୍ଷି ପ୍ରବେଶ କରିବା ମାତ୍ରେ ତାଙ୍କ ଚରଣ କମଳକୁ ଛୁଇଁ ପ୍ରଣାମ କଲେ।

'ଦୀର୍ଘାୟୁଷ୍ମାନ ଭବ। କଲ୍ୟାଣମସ୍ତୁ' ଆଶୀର୍ବାଦ ଦେଇ ନାରଦ ବସିଗଲେ। ସତ୍ୟଭାମାଙ୍କ ମୁହଁକୁ ଦେଖି ସେ ଜାଣିପାରିଲେ କୌଣସି କଥାକୁ ନେଇ ସେ ଚିନ୍ତିତ ଅଛନ୍ତି। ତାଙ୍କ ସଖୀ ମାନଙ୍କୁ ବାହାରକୁ ଯିବାକୁ ଆଜ୍ଞା ଦେଲେ। ତା'ପରେ ସତ୍ୟଭାମାଙ୍କୁ ମହର୍ଷି ନାରଦ ପଚାରିଲେ, "ଝିଅ ସତ୍ୟା, ତୁମେ ସୌନ୍ଦର୍ୟ୍ୟର ଅନନ୍ୟ ପ୍ରତିମା। ନୃତ୍ୟ, ଗୀତ ଏବଂ ସଙ୍ଗୀତ କଳାରେ ତୁମେ ଅତୁଳନୀୟ କ୍ଷମତା ରଖିଛ। ମୁଁ ତୁମ ବୀଣାବାଦନ ଶୁଣିବାକୁ ଆସିଥିଲି, କିନ୍ତୁ ତୁମକୁ ଏହି ସ୍ଥିତିରେ ଦେଖି ହତାଶ ହୋଇଗଲି। ମୁଁ ତୁମକୁ ସାନ୍ତ୍ୱନା ଦେବାକୁ ଆସିଥିଲି। ତୁମକୁ ଦେଖି ଜଣାପଡ଼ୁଛି, ତୁମ ବେଦନା ଶାରୀରିକ ନୁହେଁ, ମାନସିକ ଅଟେ। କିଏ କ'ଣ କହିଲା?"

କେତେ ଦିନ ହେଲା ସତ୍ୟଭାମା ଖାଇବା ପିଇବା ଛାଡ଼ି ଦେଇଥିଲେ। ତାଙ୍କୁ ନିଦ ବି ଲାଗୁନଥିଲା। ତାଙ୍କ ମନ କେତେ ପ୍ରକାର ଆଶଙ୍କାରେ ଗତି କରୁଥିଲା। ବିରହ-ବିଦଗ୍ଧା ସତ୍ୟଭାମାଙ୍କ ମନ ମହର୍ଷି ନାରଦଙ୍କ ମଧୁର କଥା ଶୁଣି ଟିକେ ତାଙ୍କୁ ଆଶ୍ୱସ୍ତ ଲାଗିଲା। ମହର୍ଷି ନାରଦ ତାଙ୍କର ହିତାକାଂକ୍ଷୀ ଏବଂ ଆତ୍ମୀୟ ବି। ସତ୍ୟଭାମା ଏକଥା ଭାବିଲେ, ମହର୍ଷି ନାରଦ ମୋ ସମସ୍ୟାର ସମାଧାନ କରିପାରିବେ?

ସତ୍ୟଭାମାଙ୍କ ମନର କଥାକୁ ହୃଦୟଙ୍ଗମ କରି ମହର୍ଷି ନାରଦ ପଚାରିଲେ, "ତୁମେ ତୁମର ମନର କଥାକୁ କହିବାକୁ ଅସହଜ ଅନୁଭବ କରୁଛ ନା?"

ସତ୍ୟଭାମା ଟିକେ ପ୍ରକୃତିସ୍ଥ ହେଲେ। ସେ ନିଜର ଦୁଃଖକୁ ପ୍ରକାଶ ନକରି ରହି ପାରିଲେନି। ନିଜ ପଣତରେ ଆଖିକୁ ପୋଛି ସତ୍ୟଭାମା ପଚାରିଲେ, "ହେ ମୁନିବର... ମୋର ଏକ ଆଶଙ୍କା ଅଛି... ଆପଣ କ'ଣ ତା'ର ନିରାକରଣ କରିପାରିବେ?"

ନାରଦ ଉତ୍ତର ଦେଲେ, "ପଚାର ଝିଅ.. ଅନ୍ୟମାନଙ୍କର ଆଶଙ୍କାକୁ ନିରାକରଣ କରିବାପାଇଁ ମୁଁ ଧର୍ମଶାସ୍ତ୍ର ଅଧ୍ୟୟନ କରିଛି ଏବଂ ଲୋକସଂଚାର ବି କରିବାକୁ ଲାଗିଲି..."

"ଭ୍ରାତୃତୁଲ୍ୟ ଜଣେ ପୁରୁଷକୁ ଯଦି ପ୍ରେମ କରିବା ପାପ, ତାହେଲେ ଏହି ପାପର ହରଣ କରିବାକୁ କୌଣସି ଉପାୟ ଅଛି? ନା ଆତ୍ମହତ୍ୟା ଶ୍ରେୟ ଅଟେ?"

ଏକଥା ଶୁଣି ନାରଦ ଆଶ୍ଚର୍ଯ୍ୟ ହୋଇଗଲେ। କହିଲେ, "ଝିଅ... ଯଦି ଅଜାଣତରେ ଏହା ହେଲେ ପାପ ନୁହେଁ। ଜାଣିବାପରେ ତାଙ୍କୁ ପ୍ରେମ ନ କରିବାଟା ହିଁ ଭଲ।"

"ହେ ମୁନିବର, ମୁଁ ତାଙ୍କୁ ପ୍ରେମ ନକରି ରହିପାରିବିନି..."

"ହଁ! କଠିନ ତ ନିଶ୍ଚୟ, କିନ୍ତୁ ଚେଷ୍ଟା କରିବା ଉଚିତ। ସେଇ ଭ୍ରାତୃତୁଲ୍ୟ ବ୍ୟକ୍ତି ଜଣଙ୍କ କିଏ? ସେ ତୁମର ଭ୍ରାତୃତୁଲ୍ୟ ନ ହେଇବି ପାରନ୍ତି।

ହେ ମୁନିବର! ମୋ ମା' ମୋତେ କହିଲେ ଯେ ଯଦୁବଂଶର ଶିରୋମଣି, ମୟୂରପୁଚ୍ଛଧାରୀ ଶ୍ରୀକୃଷ୍ଣ ମୋର ଭ୍ରାତା ଭଳି।

ନାରଦ ଏକଥା ଶୁଣି ପୁଣିଥରେ ଆଶ୍ଚର୍ଯ୍ୟ ହେଇଗଲେ। ସେ ମନ ଭିତରେ କହିଲେ, "ହେ କୃଷ୍ଣ! ଆପଣ ଏଠାରେ ବି ନିଜର ଲୀଳା ପ୍ରଦର୍ଶନ କରୁଛନ୍ତି।" ସତ୍ୟଭାମାଙ୍କ ଆଡ଼କୁ ଚାହିଁ ନାରଦ କହିଲେ, "ଝିଅ, ତୁମେ ଚିନ୍ତା କରନି... ମୁଁ କିଛି ସମୟ ଧ୍ୟାନମଗ୍ନ ରହିବି ଏବଂ ତୁମ ସମସ୍ୟାର ସମାଧାନ ଖୋଜିବାକୁ ଚେଷ୍ଟା କରିବି..." ଏହା କହି ନାରଦ ଧ୍ୟାନରେ ଲୀନ ହୋଇଗଲେ... ତାଙ୍କ ମଥା ଉପରେ ଦିବ୍ୟଜ୍ୟୋତିର କିରଣ ଚମକି ଉଠିଲା।

କିଛି ସମୟପରେ ନାରଦ ଆଖି ଖୋଲିଲେ। ତାଙ୍କ ମୁହଁରେ ପ୍ରସନ୍ନତାର ରେଖା ଫୁଟି ଉଠିଲା। ସେ ହସି ସତ୍ୟଭାମାଙ୍କୁ କହିଲେ, "ଝିଅ... କୌଣସି ସମସ୍ୟା ନାହିଁ... ତୁମେ କୌଣସି ବିନା ଆପଉରେ ଶ୍ରୀକୃଷ୍ଣଙ୍କୁ ବିବାହ କରିପାରିବ।" ତାଙ୍କ କଥା ଶୁଣି ସତ୍ୟଭାମା ଆନନ୍ଦରେ ଅଧୀର ହୋଇଗଲେ।

ସତ୍ୟଭାମା ପଚାରିଲେ, "ହେ ମୁନିବର! ଆପଣ କ'ଣ କହୁଛନ୍ତି? ଶ୍ରୀକୃଷ୍ଣ ଏବଂ ଆମେ ଗୋଟିଏ ବଂଶର ନୁହେଁ? ମୋ ମା' କହିଲେ, ଶ୍ରୀକୃଷ୍ଣ ଏବଂ ମୁଁ ସମଗୋତ୍ର ଅଟୁ। ସେ ଏହା ବି କହିଲେ, ଶ୍ରୀକୃଷ୍ଣ ମୋର ବଡ଼ ଭାଇ ହେବେ।"

"ହେ ଝିଅ, ଏହି ଗୋତ୍ର ଏବଂ ବଂଶ ମାନବ ଦ୍ୱାରା ସୃଷ୍ଟି ହେଇଛି। ବେଦ ଯୁଗରେ ସଗୋତ୍ରରେ ସମ୍ପର୍କ ସ୍ଥାପନ କରିବା ନିଷିଦ୍ଧ ନଥିଲା। ସମାଜକୁ ସ୍ୱଚ୍ଛ ସ୍ୱରୂପ ଦେବାକୁ ଏବଂ ଅସଭ୍ୟ ବ୍ୟବହାରର ନିରାକାରଣ କରିବାପାଇଁ ଏହି ନିୟମ ସବୁ କରାଯାଇଛି। କ୍ଷତ୍ରିୟ ପରିବାରରେ ତାଙ୍କ ଗୋତ୍ର ତାଙ୍କ ବଂଶ ଗୁରୁଜନଙ୍କ ଗୋତ୍ର ବ୍ୟତୀତ ଆଉକିଛି ନଥିଲା। ତ୍ରେତୟା ଯୁଗରେ ଶ୍ରୀରାମଚନ୍ଦ୍ରଙ୍କ ଗୋତ୍ର ବ୍ୟତୀତ ଆଉକିଛି ନଥିଲା। ତ୍ରେତୟା ଯୁଗରେ ଶ୍ରୀରାମଚନ୍ଦ୍ରଙ୍କ ପୂର୍ବପୁରୁଷ ତାଙ୍କ କୁଳଗୁରୁ ମୁନି ବଶିଷ୍ଠଙ୍କ ଗୋତ୍ରକୁ ସ୍ୱୀକାର କରିଥିଲେ। ଦେବୀ ସୀତାଙ୍କ ପୂର୍ବପୁରୁଷ ବି ମୁନି ବଶିଷ୍ଠଙ୍କ ଗୋତ୍ରକୁ ସ୍ୱୀକାର କରିଥିଲେ। କିନ୍ତୁ ପରେ ସେ ଆଉଜଣେ ମୁନିଙ୍କୁ ନିଜ ଗୁରୁ ରୂପରେ ସ୍ୱୀକାର କଲେ। ଏହି କାରଣରୁ ଶ୍ରୀରାମ ଏବଂ ସୀତାଙ୍କ ବିବାହ ସମ୍ପନ୍ନ ହୋଇଥିଲା।"

ତା'ପରେ ନାରଦ ପୁଣି କହିଲେ, "ଏମିତି କେତେକ ବିଷୟରେ ବହୁତ ନିକଟ ସମ୍ପର୍କୀୟଙ୍କ ପରିବାରରେ ବିବାହ ବନ୍ଧନକୁ ନିଷିଦ୍ଧ କରିବାପାଇଁ ନିଜ ନିଜ ପୁରୋହିତଙ୍କ ଗୋତ୍ରକୁ ସ୍ୱୀକାର କରିବା ପ୍ରଥା ପ୍ରଚଳନ ଥିଲା। ଆଉ ଏକ ମୁଖ୍ୟ କଥା ଏହା କି ତୁମର ଜନ୍ମ ଏକ ବିଶିଷ୍ଟ କାରଣ ଯୋଗୁ ହେଲା। ତୁମ ଜନ୍ମ ସମ୍ପର୍କିତ ଏକ ଦେବ-ରହସ୍ୟକୁ ମୁଁ ଜାଣିଛି। ଶ୍ରୀକୃଷ୍ଣ ଏବଂ ସତ୍ୟଭାମାଙ୍କ ବିବାହକୁ କିଏ ବି ଅଟକେଇ ପାରିବେନି....।"

ତେଜ ଖରାରେ ଚାଲୁଥିବା ଯାତ୍ରୀକୁ ବିଶ୍ରାମଦାୟକ ବୃକ୍ଷର ଶୀତଳ ଛାୟା ମିଳିଗଲା ଭଳି, ଥଣ୍ଡା ପବନର ଶୀତଳ କୋମଳ ସ୍ପର୍ଶରେ ପୁଲକିତ ଯାତ୍ରୀ ଭଳି ମହର୍ଷି ନାରଦଙ୍କ ବଚନକୁ ଶୁଣି ସତ୍ୟଭାମାଙ୍କ ମନ ଆହ୍ଲାଦିତ ହୋଇଗଲା। ତାଙ୍କ ବେଦନା ଦୂର ହୋଇଗଲା। ମହର୍ଷି ନାରଦଙ୍କ ଚରଣରେ ପ୍ରଣାମ କରି ସେ ବିନତି କଲେ, "ହେ ମୁନିବର! ଆପଣଙ୍କ କଥା ଶୁଣି ମୋ ମନ ହାଲୁକା ହୋଇଗଲା... ମୋର ଏକ ଅନୁରୋଧ...।"

"କୁହ ଝିଅ.. ମନ ଭିତରେ କୌଣସି ଆଶଙ୍କା ରଖିବା ଆବଶ୍ୟକତା ନାହିଁ।"

ସତ୍ୟଭାମା କହିଲେ, "ହେ ମୁନିବର! ମୋତେ ଯେଉଁ କଥା କହିଲେ, ମୋ ପିତା ମାତାଙ୍କୁ ସେଇ କଥା କହିପାରିବେ?"

ମହର୍ଷି ନାରଦ କିଛିକ୍ଷଣ ଚୁପ୍ ରହି ଭାବିଲେ। ତା'ପରେ ତାଙ୍କର ସମ୍ମତି ପ୍ରକାଶ କଲେ। ପଚାରିଲେ, 'ଝିଅ.. ଲାଗୁଛି ମୁଁ ଏକ ପବିତ୍ର କାର୍ଯ୍ୟ କରୁଛି। ତୁମ ମନର କଥାକୁ ତୁମ ପିତାଙ୍କ ପାଖରେ ପହଞ୍ଚେଇ ପାରିବି। କିନ୍ତୁ ଶ୍ରୀକୃଷ୍ଣଙ୍କର କି ଇଚ୍ଛା? ତାଙ୍କ ମନକୁ ଜାଣିବାପାଇଁ ତୁମେ କେବେ ଚେଷ୍ଟା କରିଛ?'

ସତ୍ୟଭାମା ନାରଦଙ୍କୁ ସେଦିନର ଘଟଣା କହିବାକୁ ଚେଷ୍ଟା କଲେ, ଯେଉଁଦିନ ଶ୍ରୀକୃଷ୍ଣ ଏଠାକୁ ଆସିଥିଲେ। ସେ କହିଲେ, "ହେ ମୁନିବର! ସେଇଦିନ ମୋତେ ଏବଂ ଶ୍ରୀକୃଷ୍ଣଙ୍କୁ ସହଜ ଅନୁଭବ ପ୍ରାପ୍ତ ହେଲା। ଆମେ ଦୁହେଁ ପରସ୍ପରକୁ ସ୍ପର୍ଶ କଲୁ। ଏହି ସ୍ପର୍ଶାନୁଭୂତି ଦ୍ୱାରା ଆମେ ପରସ୍ପରକୁ ବୁଝିବାକୁ ଏବଂ ମନକୁ ଜାଣିବାକୁ ଚେଷ୍ଟା କଲୁ...।" ତାପରେ ସେ ଆଉକିଛି କହି ପାରିଲେନି।

ନାରଦ ପ୍ରସନ୍ନ ଚିତ୍ତରେ ସେଠାରୁ ଚାଲିଗଲେ। ସତ୍ରାଜିତ୍ ଦମ୍ପତିଙ୍କ ପାଖକୁ ସେ ଗଲେ। ସେମାନଙ୍କୁ କହିଲେ, "ଆପଣଙ୍କ ଝିଅର ବେମାରୀକୁ ମୁଁ ଦୂର କରିପାରିବି। ତାଙ୍କର ବ୍ୟଥା ଶାରୀରିକ ନୁହେଁ, ମାନସିକ।" କହି ସେ ହସିଲେ।

ସତ୍ରାଜିତ୍ କହିଲେ, "ହେ ମୁନିବର! ଆପଣ କ'ଣ କହୁଛନ୍ତି... ଆମ ଝିଅ କ'ଣ ମାନସିକ ରୋଗାକ୍ରାନ୍ତ ଅଛି? ସେ ଆମର ଏକମାତ୍ର କନ୍ୟା... ଆମେ ତା'ର ଏମିତି ପାଳନ ପୋଷଣ କରିଛୁ ତା'ର କୌଣସିଥିରେ କମ୍ ନରହୁ।"

ନାରଦ କହିଲେ, "ଆପଣ ନିଜର ତପସ୍ୟା ବଳରେ ସୂର୍ଯ୍ୟଦେବଙ୍କୁ ପ୍ରସନ୍ନ

କରି ସ୍ୟମନ୍ତକ ମଣି ପ୍ରାପ୍ତ କରିଥିଲେ। ଆପଣଙ୍କ ଘରେ କୌଣସି ଜିନିଷରେ କମ୍ ନାହିଁ। କିନ୍ତୁ ସତ୍ୟଭାମା ସେଇ ରୁଗ୍‍ଣତାରେ ପୀଡ଼ିତ ଅଛନ୍ତି ଯାହା ତାଙ୍କ ବୟସର କନ୍ୟାମାନଙ୍କୁ ସହଜରେ ସଂକ୍ରମିତ ହେଇଯାଏ।"

ସତ୍ରାଜିତ୍ କହିଲେ, "କଥା କ'ଣ କି... ତା' ବିଷୟରେ ମୁଁ କିଛିଦିନ ହେଲା ଭାବୁଥିଲି। ବିବାହଯୋଗ୍ୟା କନ୍ୟା ବିଷୟରେ ପିତା ମାତା ଚିନ୍ତିତ ରୁହନ୍ତି... ଏବେ ଆମେ ତା'ର ବୈବାହିକ ଜୀବନ ସ୍ଥିର କରିବାପାଇଁ ଚେଷ୍ଟାରେ ଅଛୁ। ଆପଣ ଆଶୀର୍ବାଦ କରନ୍ତୁ ମୁଁ ନିକଟ ଭବିଷ୍ୟତରେ କୌଣସି ବୀରପୁରୁଷଙ୍କ ସାଙ୍ଗରେ ସତ୍ୟଭାମାର ବିବାହ ସମ୍ପନ୍ନ କରିଦେବି।"

"ଆପଣଙ୍କ ମନଭିତରେ କୋଉ ବୀରପୁରୁଷଙ୍କ ସାଙ୍ଗରେ ବିବାହ ସମ୍ପନ୍ନ କରିବାକୁ ଚାହୁଁଛନ୍ତି?"

"ଶତଧନ୍ବା ନାମକ ଆଶାପ୍ରଦ ଯୁବକ, ଯିଏ ହୃଦୀକର ପୁତ୍ର। ସେ ସୁନ୍ଦର ଏବଂ ପରାକ୍ରମୀ ବି। ନିଜ ପରିବାରର କିଛି ବରିଷ୍ଠ ସଦସ୍ୟଙ୍କ ଦ୍ୱାରା ସେ ଖବର ପଠେଇଲେ, ସେ ସତ୍ୟଭାମା ସହିତ ବିବାହ କରିବାକୁ ଇଚ୍ଛୁକ। କିନ୍ତୁ ଆମ ଝିଅର ରାୟ ବି ଜାଣିବା ଆମର ଆବଶ୍ୟକ। ସତ୍ୟବତୀ ଆମ ଝିଅର ମନକଥା ଜାଣିବାକୁ ଚେଷ୍ଟା କରୁଛନ୍ତି।" ଏହା କହି ସେ ପତ୍ନୀଙ୍କ ଆଡ଼କୁ ଚାହିଁଲେ।

ନାରଦ ସତ୍ୟବତୀଙ୍କୁ ପଚାରିଲେ, "ଆପଣ କ'ଣ ଆପଣଙ୍କ ଝିଅର ଭାବନାକୁ ବୁଝିବାକୁ ଚେଷ୍ଟା କରିଛନ୍ତି?"

ସତ୍ୟବତୀ କହିଲେ, "ମୁଁ କାଲି ସତ୍ୟଭାମା ସହିତ କଥା ହୋଇଥିଲି। ହେ ମୁନିବର! ଶତଧନ୍ବାଙ୍କ ବିଷୟରେ ତା'ର ଭଲ ଭାବନା ନାହିଁ", କିନ୍ତୁ ସତ୍ୟବତୀ ଶ୍ରୀକୃଷ୍ଣଙ୍କ ପ୍ରସ୍ତାବକୁ ଲୁଚେଇଲେ।

ସତ୍ରାଜିତ୍ ଗଭୀର ଭାବନାରେ ଡୁବିଗଲେ। ସେ ନାରଦଙ୍କ ଆଡ଼କୁ ଚାହିଁ କହିଲେ, "ହେ ମୁନିବର! ମୁଁ ଏହି କଥା ଉପରେ ଦୃଷ୍ଟି ପକେଇନି। ଯଦି ଶତଧନ୍ବା ନ ହେଲେ, ତାହେଲେ ଅକ୍ରୁର ଏବଂ କୃତବର୍ମାଙ୍କ ଭଲି ମହାନ ଯୋଦ୍ଧା ବି ଅଛନ୍ତି। ଏହି ଯାଦବ ବଂଶରେ ଯୋଦ୍ଧାଙ୍କର ଅଭାବ ନାହିଁ।"

ସତ୍ରାଜିତ୍‍ଙ୍କ କଥା ଶୁଣି ନାରଦ ହସିଲେ। ସେ କହିଲେ, "ମୁଁ ଶୂରବୀରଙ୍କ କଥା କହୁନି। ମୋ କଥା ଆପଣମାନେ ବୁଝି ପାରିବେନି। ଆପଣମାନେ କେବେ ଚେଷ୍ଟା କରିଛନ୍ତି କି ଆପଣଙ୍କ ଝିଅ ମନରେ କିଏ ଅଛି?"

"ନାଇଁ ଚେଷ୍ଟା କରିନୁ ମୁନିବର..." ହେ ସତ୍ୟବତୀ! ତୁମେ କ'ଣ କେବେ ଝିଅକୁ ପଚାରିଛ?" ସତ୍ରାଜିତ୍ ତାଙ୍କ ପତ୍ନୀଙ୍କୁ ପଚାରିଲେ।

ସତ୍ୟବତୀ ନିରବ ରହିଲେ ।

"ସତ୍ରାଜିତ୍ ଆପଣ କହି ପାରିବେ ? ମୁଁ କହିବି... ଆଉ କେହି ନୁହେଁ... ଯାଦବକୁଲ ଭୂଷଣ ଏବଂ ସମସ୍ତ ଲୋକର ଆରାଧ୍ୟ ଶ୍ରୀକୃଷ୍ଣ ତାଙ୍କ ମନରେ ଅଛନ୍ତି ।"

ମହର୍ଷି ନାରଦଙ୍କ କଥା ଶୁଣି ସତ୍ରାଜିତ୍ ଆଶ୍ଚର୍ଯ୍ୟ ହୋଇଗଲେ । ସେ କହିଲେ, "ହେ ମୁନିବର ! ଏହା କେମିତି ସମ୍ଭବ... ସମ୍ପର୍କରେ ଶ୍ରୀକୃଷ୍ଣ ଆମର ପୁତ୍ର ହେବେ । ଭାଇ ଭଉଣୀଙ୍କ ବିବାହ କେମିତି ହୋଇପାରିବ । ସଗୋତ୍ରୀୟ କନ୍ୟାକୁ ବିବାହ କରିବାବାଲାଙ୍କୁ ଚାନ୍ଦ୍ରାୟଣ ବ୍ରତ କରିବାକୁ ପଡ଼େ । ତାହେଲେ ସେଇ ସ୍ତ୍ରୀକୁ ପତ୍ନୀ ରୂପରେ ନୁହେଁ, ମାତା ରୂପରେ ସ୍ୱୀକାର କରି ଶେଷରେ ତା'ର ଭରଣପୋଷଣ କରିବାକୁ ପଡ଼େ ।"

ନାରଦ କହିଲେ, "ମୋ ଭଳି ମୁନିମାନଙ୍କୁ ଏହା କହିବାକୁ ପଡ଼ିବ କି ଏହା କେମିତି ସମ୍ଭବ ହେବ ? ଆମେ ହିଁ ଏହି ଶାସ୍ତ୍ରକୁ ଲେଖିଥିଲୁ । ଆପଣ କ'ଣ ଜାଣନ୍ତିନି ସୀତା ଏବଂ ଶ୍ରୀରାମ ସମଗୋତ୍ର, କିନ୍ତୁ ବଶିଷ୍ଠ, ବିଶ୍ୱାମିତ୍ର ଏବଂ ଶତାନନ୍ଦ ମୁନିମାନେ ଏହି ବିବାହକୁ ସମ୍ପନ୍ନ କରିଥିଲେ । ବିବାହ ପାଇଁ ଦରକାର ସ୍ତ୍ରୀ ଏବଂ ପୁରୁଷଙ୍କ ମଧ୍ୟରେ ପ୍ରଣୟ-ବୀଜ । ଶ୍ରୀକୃଷ୍ଣ ଏବଂ ସତ୍ୟଭାମାଙ୍କ ମନରେ ଏହି ବୀଜବପନ ପୂର୍ବରୁ ହେଇସାରିଛି ।"

"କିନ୍ତୁ ହେ ମୁନିବର..." ସତ୍ରାଜିତ୍ ମଝିରେ କିଛି କହିବାକୁ ଚାହିଁଲେ । ନାରଦ ସତ୍ରାଜିତ୍‌ଙ୍କୁ ଅଟକେଇ ଗମ୍ଭୀର ସ୍ୱରରେ କହିଲେ, 'ହେ ସତ୍ରାଜିତ... ଶୁଣନ୍ତୁ, ମୁଁ ଆପଣଙ୍କୁ ଗୋଟିଏ କଥା କହିବାକୁ ଚାହୁଁଛି । କାଳର ମହିମା ବର୍ଣ୍ଣନାତୀତ ହୋଇଥାଏ । ଶ୍ରୀକୃଷ୍ଣ ଏବଂ ସତ୍ୟଭାମାଙ୍କ ପ୍ରଥମ ମିଳନରେ ଜଣେ ଜଣଙ୍କ ପ୍ରତି ଆକର୍ଷିତ ଏହାର ଜ୍ୱଳନ୍ତ ପ୍ରମାଣ । ଆମେସବୁ ଭଲଭାବେ ଜାଣିଛନ୍ତି କି ଶ୍ରୀକୃଷ୍ଣ ବିଷ୍ଣୁଙ୍କ ଅବତାର ଏବଂ ସତ୍ୟଭାମା ଭଗବତୀସ୍ୱରୂପ ଅଟନ୍ତି । ସେ ଭୂଦେବୀଙ୍କ ଅଂଶ ନେଇ ଆପଣଙ୍କ ଘରେ ଜନ୍ମ ନେଇଛନ୍ତି । ଆପଣ କ'ଣ ଏକଥା ଜାଣନ୍ତି ?"

ସତ୍ରାଜିତଙ୍କ ଆଖି ଖୋଲିଗଲା । ସତ୍ରାଜିତ୍ କହିଲେ, "ହେ ମୁନିବର ! ମୋ ଝିଅ ସତ୍ୟା ବିଷୟରେ ଆପଣ ଯାହାସବୁ କହିଲେ ମୁଁ ଏସବୁ ବିଷୟରେ ଅନଭିଜ୍ଞ ।"

"କହିବା ଆବଶ୍ୟକତା ପଡ଼ିବାରୁ ଏସବୁ କଥା ଆପଣଙ୍କୁ କହିବାକୁ ଲାଗିଲି... ଭଗବାନ ବିଷ୍ଣୁ ଭୂଦେବଙ୍କୁ ନରକାସୁରକୁ ବଧକରି ଧରିତ୍ରୀ ଉପରେ ଶାନ୍ତିର ସ୍ଥାପନା କରିବାର ବଚନ ଦେଇଥିଲେ । ଏହି ବଚନକୁ ପାଳନ କରିବାକୁ ଦ୍ୱାପର ଯୁଗରେ 'ଶ୍ରୀକୃଷ୍ଣ' ରୂପରେ ସେ ଅବତରିତ ହୋଇଥିଲେ । ଏହି ଲକ୍ଷ୍ୟର ପୂର୍ତ୍ତିରେ ଶ୍ରୀକୃଷ୍ଣଙ୍କ ସହାୟତା କରିବାପାଇଁ ଆପଣଙ୍କ ଘରେ ସତ୍ୟଭାମା ଜନ୍ମଲାଭ କଲେ । ଏକ ବିଶିଷ୍ଟ

ପ୍ରୟୋଜନ ହେତୁ ଶ୍ରୀକୃଷ୍ଣ ଏବଂ ସତ୍ୟଭାମାଙ୍କ ଜନ୍ମ ହେଲା। ଅନ୍ୟକଥାକୁ ନେଇ ଆପଣ ଚିନ୍ତା କରନ୍ତୁନି... ମୁଁ ଆସୁଛି...” ଏହା କହି ନାରଦ ଚାଲିଗଲେ।

ମହର୍ଷି ନାରଦଙ୍କ କଥା ଶୁଣି ସତ୍ରାଜିତ୍ ଚିନ୍ତାରେ ପଡ଼ିଗଲେ। ଏହି କଥା ଅବଗତ ହୋଇ ସେ ଆନନ୍ଦ ବିଭୋର ହୋଇଗଲେ ଯେ ଭୂଦେବୀ ଅଂଶକୁ ନେଇ ସତ୍ୟା ତାଙ୍କ ଘରେ ଜନ୍ମ ହେଲା। ସତ୍ରାଜିତ୍ ନିତ୍ୟ ସୂର୍ଯ୍ୟ ଉପାସକ। ସୂର୍ଯ୍ୟ ଭଗବାନ ପ୍ରସନ୍ନ ହୋଇ ଜାଜ୍ୱଲ୍ୟମାନ ସ୍ୟମନ୍ତକ ମଣି ତାଙ୍କୁ ଭେଟି ରୂପରେ ଦେଇଥିଲେ... ମଥୁରା ନଗରୀରୁ ଦ୍ୱାରକାପୁରୀରେ ସେ ପହଞ୍ଚିଗଲେ। ଏବେ ସତ୍ୟଭାମାଙ୍କ ଜନ୍ମ ରହସ୍ୟକୁ ଜଣେଇ ମହର୍ଷି ନାରଦ ସତ୍ରାଜିତ୍‌ଙ୍କୁ ଆନନ୍ଦ ବିହ୍ୱଳିତ କରିଦେଲେ।

କିନ୍ତୁ ସତ୍ରାଜିତ୍‌ଙ୍କ ମନରେ କେତେକ ଆଶଙ୍କା ଥିଲା। ‘ଶ୍ରୀକୃଷ୍ଣ ପରାକ୍ରମୀ ଏବଂ ଶୂରବୀର ଥିଲେ। ସେ ସୁଦର୍ଶନ ଚକ୍ରଧାରୀ ବି ଥିଲେ। ଶ୍ରୀକୃଷ୍ଣଙ୍କ ଭଳି ପରାକ୍ରମୀଙ୍କ ସହିତ ମୋ ଝିଅର ସମ୍ପର୍କକୁ ଯୋଡ଼ିବା ପରେ ମୋର କ’ଣ କ୍ଷମତା କମିଯିବକି? କାଳ, ଯବନ ଇତ୍ୟାଦି ଅସୁରଙ୍କୁ ବଧ କରିବାପରେ ଶ୍ରୀକୃଷ୍ଣଙ୍କ ପ୍ରତିଷ୍ଠା ବଢ଼ିଗଲା ଏବଂ ତାଙ୍କ ଶତ୍ରୁ ତାଙ୍କୁ ଦେଖି ଭୟଭୀତ ହେଉଛନ୍ତି। ଶ୍ରୀକୃଷ୍ଣଙ୍କ ସାଥିରେ ସତ୍ୟଭାମାଙ୍କ ବିବାହ ସମ୍ପନ୍ନ କରିବାପରେ ଶତଧନ୍ୱା ଏବଂ କିଛି ନରେଶ ମୋର ଶତ୍ରୁ ହୋଇଯିବେ। ମୁଁ କ’ଣ ତାଙ୍କ ସାମନା କରିପାରିବି? ଏକଥା ସତ, ଶ୍ରୀକୃଷ୍ଣ କାନ୍ତାଲୋଲୁପ ଅଟନ୍ତି, ଅନ୍ୟ ସ୍ୱାମୀମାନଙ୍କ ସହିତ ତାଙ୍କର ସମ୍ପର୍କ ଅଛି। ତାଙ୍କ ସହିତ କ’ଣ ମୋ ଝିଅ ସୁଖୀ ବୈବାହିକ ଜୀବନ ବିତେଇ ପାରିବ...? ଶ୍ରୀକୃଷ୍ଣ କ୍ଷତ୍ରିୟ କନ୍ୟାଙ୍କ ସହିତ ବିବାହ କରିନାହାନ୍ତି। କିନ୍ତୁ ତାଙ୍କ ସହିତ ସମ୍ଭୋଗ-ସୁଖ ପ୍ରାପ୍ତ କରିଛନ୍ତି। ଏବେ ସତ୍ୟଭାମା ସହିତ ତାଙ୍କର ବିବାହ ହେବାକୁ ଯାଉଛି। ତାଙ୍କ ଅନ୍ତଃପୁରରେ କ’ଣ ତାକୁ ସମ୍ମାନ ମିଳିବ?

ନିଜର ଏହି ଭାବନାକୁ ସତ୍ୟଭାମା ପାଖରେ ପ୍ରକାଶ କଲେ ହୁଏତ ତା’ର ସିଦ୍ଧାନ୍ତ ବଦଳି ଯାଇପାରେ। ଯଦି ଏମିତି ନହୁଏ, ତାହେଲେ ମହର୍ଷି ନାରଦଙ୍କ ଆଜ୍ଞା ଅନୁସାରେ ଶ୍ରୀକୃଷ୍ଣଙ୍କ ସହିତ ସତ୍ୟଭାମାର ବିବାହ କରିବା ହିଁ ଏହାର ବିକଳ୍ପ। ଏହିସବୁ କଥା ଭାବି ସତ୍ରାଜିତ୍ ତାଙ୍କ ଝିଅକୁ ବୁଝେଇବାକୁ ଚେଷ୍ଟା କଲେ, କିନ୍ତୁ ସତ୍ୟଭାମା ତାଙ୍କ କଥା ଆଦୌ ଶୁଣିଲେନି।

“ଝିଅ! ଏକଥା ଆମେ ଜାଣିଛୁ ଯେ ଶ୍ରୀକୃଷ୍ଣ ଭଗବାନ ବିଷ୍ଣୁଙ୍କ ଅବତାର। କିନ୍ତୁ ଏକଥା ସତ ଯେ ସେ ସ୍ତ୍ରୀ ଲୋଭୀ ଅଟନ୍ତି। ତୁ ତାଙ୍କର ଏକମାତ୍ର ପତ୍ନୀ ହେବୁନି। କେତେ ସପତ୍ନୀ ଥିବେ। ସେମାନଙ୍କ ସହିତ ଝଗଡ଼ା ଅନିବାର୍ଯ୍ୟ ହେବ।” ଏହାକହି ସତ୍ରାଜିତ୍ ତାଙ୍କ ଝିଅକୁ ବୁଝେଇବାକୁ ଚେଷ୍ଟା କଲେ।

“ହେ ପିତାଶ୍ରୀ... ଶ୍ରୀକୃଷ୍ଣଙ୍କ ବିଷୟରେ ସବୁକିଛି ଜାଣିସୁଦ୍ଧା ତାଙ୍କ ଆରାଧନା କରୁଛି। ଆମେ ଯେଉଁ ଲୋକଙ୍କୁ ବହୁତ ଚାହୁଁଥିବା, ତାଙ୍କ ଚାରିତ୍ରିକ ଦୋଷ ବି ବିଶିଷ୍ଟ ଗୁଣ ରୂପରେ ଦେଖାଯାଏ। ଯେବେ ମୁଁ ଶ୍ରୀକୃଷ୍ଣଙ୍କୁ ପ୍ରଥମେ ଦେଖିଲି, ସେବେଠାରୁ ମୁଁ ମୋ ମନକୁ ନିୟନ୍ତ୍ରିତ କରିପାରୁନି। ତାଙ୍କ ଶରଣକୁ ଯାଇ ମୁଁ ତାଙ୍କୁ ମୋ ସ୍ୱାମୀ ରୂପରେ ସ୍ୱୀକାର କରିବାକୁ ଚାହୁଁଛି।” ଏମିତି ଭାବେ ସତ୍ୟଭାମା ଦୃଢ଼ଭାବେ ନିଜର ଭାବନାକୁ ପ୍ରକାଶ କଲେ। ମହର୍ଷି ନାରଦ କହିଥିବା କଥା ଶୁଣିବାପରେ ସତ୍ୟଭାମାଙ୍କର ସବୁ ଆଶଙ୍କା ଦୂର ହୋଇ ଯାଇଥିଲା।

“ଝିଅ! ମୁଁ ତୋ ଇଚ୍ଛା ବିରୁଦ୍ଧରେ କିଛି ବି କରିବାକୁ ଚାହୁଁନଥିଲି। କିନ୍ତୁ ତୁ ଏହା ଜାଣିବା ଉଚିତ ଯେ ଅନ୍ୟ ଲୋକଙ୍କ ଭଳି ଶ୍ରୀକୃଷ୍ଣ ବି ସ୍ୟମନ୍ତକ ମଣିକୁ ପ୍ରାପ୍ତ କରିବାକୁ ଚାହୁଁଛନ୍ତି। ସେଥିପାଇଁ ବିବାହର ଏହି ନାଟକ ରଚିଛନ୍ତି। ଉଗ୍ରସେନଙ୍କୁ ତାହା ପ୍ରଦାନ କରିବାପାଇଁ ଶ୍ରୀକୃଷ୍ଣଙ୍କର କାମନା ରହିଛି। ଶ୍ରୀକୃଷ୍ଣଙ୍କ ସହିତ ତୋର ବାହାଘର ପରେ ସ୍ୟମନ୍ତକ ମଣିକୁ ତାଙ୍କୁ ଦେବାକୁ ପଡ଼ିବ। ଜ୍ୱାଇଁଙ୍କ ଇଚ୍ଛା, ତାହା ପୁଣି ଶ୍ରୀକୃଷ୍ଣଙ୍କ ଭଳି ପରାକ୍ରମୀ ଯାଦବ ନରେଶଙ୍କ ଇଚ୍ଛାକୁ ମୁଁ କେମିତି ଅସ୍ୱୀକାର କରିପାରିବି?” ସତ୍ରାଜିତ୍‍ ପ୍ରଶ୍ନ କଲେ।

“ହେ ପିତାଶ୍ରୀ... ମୋ ଶ୍ରୀକୃଷ୍ଣ ଲୋଭୀ ନୁହେଁ। ଯେବେ ଆପଣ ସେଇ ମଣିକୁ ତାଙ୍କୁ ଦେବାପାଇଁ ମନା କରିଦେଲେ, ସେ ହସି ଚୁପଚାପ୍‍ ସେଠାରୁ ଚାଲିଗଲେ। ସେ ଭଲଭାବେ ଜାଣନ୍ତି ସ୍ୟମନ୍ତକ ମଣି ଆପଣଙ୍କ ପାଇଁ ପ୍ରାଣ ସମାନ।”

‘ଯାହା ହେବାକଥା, ତାହା ହିଁ ହେବ’ କହି ସତ୍ରାଜିତ୍‍ ଲମ୍ବା ନିଃଶ୍ୱାସ ନେଲେ।

ସ ତ୍ୟଭାମାଙ୍କର ଉଲ୍କଣ୍ଠା ବଢ଼ିଗଲା। ତାଙ୍କ ମନ ପ୍ରଫୁଲ୍ଲ ହୋଇଗଲା। ଏହା ଜାଣି ହଠାତ୍ ତାଙ୍କୁ ହଜାରେ ଶକ୍ତି ଆସିବା ଭଳି ଆଭାସ ମିଳିଲା। ସେ ଭାବିଲେ, ଏବେ ଶ୍ରୀକୃଷ୍ଣଙ୍କ ଆରାଧନା କରିବାକୁ ଏବଂ ତାଙ୍କ ବିଷୟରେ ସ୍ୱପ୍ନ ଦେଖିବାକୁ ତାଙ୍କ ରାସ୍ତାରେ କୌଣସି ପ୍ରତିବନ୍ଧକ ନାହିଁ। ମହର୍ଷି ନାରଦ କହିଥିବା କଥା ଜାଣି ସମସ୍ତେ ଖୁସି ପ୍ରକାଶ କଲେ, ସତ୍ୟଭାମା କେବଳ ଶ୍ରୀକୃଷ୍ଣଙ୍କ ଆରାଧନା କରୁଛନ୍ତି ଏବଂ ତାଙ୍କ ସହିତ ସତ୍ୟଭାମାଙ୍କ ବିବାହ ଶାସ୍ତ୍ରାନୁମୋଦିତ ଅନୁସାରେ ହେବ। କିନ୍ତୁ ସତ୍ରାଜିତ୍ ଏହି କଥାକୁ ଗ୍ରହଣ କରି ଶ୍ରୀକୃଷ୍ଣଙ୍କ ପାଖକୁ କୌଣସି ସନ୍ଦେଶ ପଠେଇ ନାହାନ୍ତି। ଏହାର କାରଣ ଏହାକି ସ୍ୟମନ୍ତକ ମଣିକୁ ଶ୍ରୀକୃଷ୍ଣଙ୍କୁ ଦେବାପାଇଁ ସେ ମନାକରିବା ପରେ, ଦିନେ ସତ୍ରାଜିତ୍ଙ୍କ ଭାଇ ପ୍ରସେନ ସେଇ ମଣିକୁ ମାଳା ରୂପରେ ଧାରଣକରି ଶିକାର ପାଇଁ ବଣକୁ ଗଲେ, ସେବେଠାରୁ ସେ ଫେରିନାହାନ୍ତି। ତାଙ୍କ ସୈନିକଙ୍କ ଠାରୁ ଦୂରକୁ ଯାଇ ମାର୍ଗଚ୍ୟୁତ ହୋଇଗଲେ। ସେବେଠାରୁ ତାଙ୍କୁ ପ୍ରତୀକ୍ଷା କରାଯାଇଛି। ସତ୍ରାଜିତ୍ଙ୍କ ମନରେ ସେବେଠାରୁ ଆଶଙ୍କା ବଳବତ୍ତର ହେଉଛି କିଏ ହୁଏତ ପ୍ରସେନକୁ ହତ୍ୟା କରିଛି ଏବଂ ତାଙ୍କ ଗଳାରେ ଶୋଭିତ ସ୍ୟମନ୍ତକ ମଣିକୁ ଅପହରଣ କରିଥିବ। ପ୍ରସେନଙ୍କର ସୈନିକମାନେ ତାଙ୍କୁ ଖୋଜି ବିଫଳ ହେଲେ। ତେଣୁ ପ୍ରସେନଙ୍କର ଅନ୍ତ୍ୟେଷ୍ଟିକ୍ରିୟା ପାଇଁ ଆଦେଶ ଦେଲେ।

ପ୍ରସେନଙ୍କ ମୃତ୍ୟୁ ପରେ ସତ୍ରାଜିତ୍ ବହୁତ ଦୁଃଖୀ ହୋଇଗଲେ। ଦୁଃଖର କାରଣ ଏହିକି ତାଙ୍କ ପ୍ରିୟତମ ଭାଇ ପ୍ରସେନଙ୍କୁ କିଏ ହତ୍ୟା କଲା। ଦ୍ୱିତୀୟ କାରଣ ସ୍ୟମନ୍ତକ ମଣିକୁ ହରେଇଲେ, ଯାହାକୁ ତାଙ୍କ କଠୋର ତପସ୍ୟାରେ ପ୍ରସନ୍ନ ହୋଇ ସୂର୍ଯ୍ୟ ଦେବତା ତାଙ୍କୁ ପ୍ରଦାନ କରିଥିଲେ। ଯଦିଓ ସ୍ୟମନ୍ତକ ମଣି ତାଙ୍କପାଇଁ ପ୍ରାଣ-ତୁଲ୍ୟ, କିନ୍ତୁ ସାନ

ଭାଇ ପ୍ରସେନ ମାଗିବାରୁ ସେ ନ‌ଦେଇ ରହି ପାରିଲେନି। ବାସ୍ତବରେ ଶିକାର ପାଇଁ ଜଙ୍ଗଲକୁ ଯିବା ସମୟରେ ମଣିକୁ ସାଙ୍ଗରେ ନେବା ଆବଶ୍ୟକ ନ‌ଥିଲା। ଏହି କଥା ତାଙ୍କ ଭାଇକୁ ସେ କହିବାକୁ ଚାହିଁଥିଲେ। କିନ୍ତୁ ଏକଥା ଭାବି ସେ କହିଲେନି ପ୍ରସେନ ମନ‌ଦୁଃଖ କରିବ। ସ୍ୟମଁତକ ମଣିକୁ ପ୍ରାପ୍ତ କରିବାପାଇଁ ଯାହାର ପ୍ରବଳ ଲାଳସା ଥିଲା, ସେ ହିଁ ପ୍ରସେନଙ୍କର ହତ୍ୟା କରିଥିବ... ଏମିତି କଥା ସତ୍ରାଜିତ୍‌ ଭାବିଲେ। ତାଙ୍କ ମନ‌କୁ ଏକଥା ବି ଆସିଲା ଶ୍ରୀକୃଷ୍ଣଙ୍କ ସାଙ୍ଗରେ ସତ୍ୟଭାମାର ବିବାହ ହେବା ପକ୍ଷ ନେଇ ସେ ଯେଉଁ ନିର୍ଣ୍ଣୟ ନେଲେ, ତାକୁ ସମର୍ଥନ ନ କରୁଥିବା କୌଣସି ଯୋଦ୍ଧା ତାଙ୍କୁ ହତ୍ୟା କରିପାରିଥାନ୍ତି। କିନ୍ତୁ ଏହା ହୋଇନପାରେ। କାରଣ ପ୍ରସେନ ଶିକାରକୁ ଯିବା ସମୟରେ ଅକ୍ରୂର, ଶତଧନ୍ୱା ଏବଂ କୃତବର୍ମା ନଗରରେ ଥିଲେ। ସେମାନେ ନଗରର ସୀମାକୁ ପାର କରି ଯାଇନଥିବେ। ଏଥିପାଇଁ ସେମାନଙ୍କୁ ଦୋଷୀ କହିବା ଉଚିତ ନୁହେଁ। ତାହେଲେ କିଏ କରିଥିବ ?

ସତ୍ୟଭାମା ତାଙ୍କ କକା ରାଜା ପ୍ରସେନଙ୍କ ମୃତ୍ୟୁ ଖବର ପାଇ ବହୁତ ଦୁଃଖୀ ହୋଇଗଲେ। ପ୍ରସେନ ତାଙ୍କୁ ବହୁତ ସ୍ନେହ କରୁଥିଲେ। ଯେଉଡ କଥା ସେ ତାଙ୍କ ବାପାଙ୍କୁ କହି ପାରନ୍ତିନି, ସେ କକାଙ୍କୁ କହି ତାଙ୍କଠାରୁ କେତେ ସାନ୍ତ୍ୱନା ପାଆନ୍ତି। ରାଜା ପ୍ରସେନ ତାଙ୍କପାଇଁ ପିତୃତୁଲ୍ୟ ଅଟନ୍ତି। ପ୍ରସେନଙ୍କ ମୃତ୍ୟୁ ସତ୍ୟଭାମାଙ୍କୁ ବହୁତ ଦୁଃଖ ଦେଲା। ସେଦିନ ଶିକାର ପାଇଁ ଯିବା ପୂର୍ବରୁ ରାଜା ପ୍ରସେନ ସତ୍ୟଭାମାଙ୍କର ଶ୍ରୀକୃଷ୍ଣଙ୍କ ସହିତ ବିବାହ ପ୍ରସ୍ତାବକୁ ନେଇ ମଜ୍ଜାକରି କହିଲେ, "ତତେ ପ୍ରେମ କରିବାକୁ କ'ଣ ଆଉକିଏ ମିଲିଲେନି ? ସେଇ ବହୁ ସ୍ତ୍ରୀ-ଲୋଲୁପ ଶ୍ରୀକୃଷ୍ଣ ହିଁ ମିଲିଲା ?" ପ୍ରସେନ ସତ୍ୟଭାମାଙ୍କୁ ଏହା ବି ମଜ୍ଜାଲିଆ ଭାବେ କହିଲେ, "ତୁ ଶ୍ରୀକୃଷ୍ଣଙ୍କଠାରୁ ବୁଝ ମୋତେ କହ ସ୍ତ୍ରୀଲୋକ ମାନଙ୍କୁ କେମିତି ବଶୀ କରାଯାଇ ପାରିବ।"

ସତ୍ୟଭାମା ମଧ୍ୟ ସେଦିନ କକା ପ୍ରସେନଙ୍କୁ ପଚାରିଲେ, 'ଶିକାରକୁ ଯିବା ସମୟରେ ସ୍ୟମଁତକ ମଣି କାହିଁକି ନେଇକି ଯାଉଛ ?' ସେତେବେଲେ ପ୍ରସେନ ଉତ୍ତର ଦେଲେ, 'ମୋ ଛାତି ଉପରେ ଏହି ସ୍ୟମଁତକ ମଣିକୁ ଦେଖ ଜାନୁଆରମାନେ ଭୟରେ ଦୌଡ଼ି ଚାଲିଯିବେ। ଏଥିପାଇଁ ମୁଁ ଏହାକୁ ଧାରଣ କରିଛି। ସେତେବେଲେ ସତ୍ୟଭାମା ପ୍ରସେନଙ୍କୁ ଅନୁରୋଧ କଲେ, ଶିକାରରୁ ଫେରିବା ସମୟରେ ସୁନ୍ଦର ଏକ ଠେକୁଆ ନେଇଆସିବେ, ତାକୁ ମୁଁ ଆମ ଉଦ୍ୟାନରେ ପାଲିବି।

ରାଜା ପ୍ରସେନଙ୍କ ମୃତ୍ୟୁ ହେବା କାରଣରୁ ପିତାଶ୍ରୀ ସତ୍ରାଜିତ୍‌ ଶ୍ରୀକୃଷ୍ଣଙ୍କ ସହିତ ସତ୍ୟଭାମାଙ୍କର ବିବାହ ପ୍ରସ୍ତାବ ସୂଚନା ଶ୍ରୀକୃଷ୍ଣଙ୍କ ପାଖକୁ ପ‌ଠେଇ ନାହାନ୍ତି। ରାଜପ୍ରାସାଦର ସମସ୍ତେ ବିଷାଦରେ ବୁଡ଼ି ରହିଛନ୍ତି। ଏହି ସମୟରେ ବିବାହ କଥା

କିଏ ଭାବୁଛି... ଏସବୁ କଥା ଭାବି ସତ୍ୟଭାମା ଦୁଃଖୀ ହୋଇଗଲେ। ଏହି କଥାକୁ ନେଇ ମଧ୍ୟ ସେ ଦୁଃଖୀ ହୋଇଗଲେ, କିଛି ଲୋକ କହୁଛନ୍ତି ସ୍ୟମଂତକ ମଣି ପାଇଁ ଶ୍ରୀକୃଷ୍ଣ ପ୍ରସେନଙ୍କୁ ହତ୍ୟା କରିଥିବେ।

ସତ୍ୟଭାମା ଏବଂ ଶ୍ରୀକୃଷ୍ଣଙ୍କ ବିବାହ ବିଷୟରେ ତାଙ୍କ ପିତାଶ୍ରୀ ସତ୍ରାଜିତ୍ ଭାବୁଛନ୍ତି, ଏକଥା ଶୁଣି କୃତବର୍ମା ଏବଂ ଶତଧନ୍ୱା ବହୁତ ରାଗିଗଲେ। ସେଥିପାଇଁ ସ୍ୟମଂତକ ମଣି ହଜିଯିବା ଏବଂ ପ୍ରସେନଙ୍କ ନିଧନ ହେବାକଥାକୁ ନେଇ ସେ ଦୁହେଁ ମନଦୁଃଖ କଲେନି। କିଛିଦିନଯାଏ ଶ୍ରୀକୃଷ୍ଣଙ୍କ ସହିତ ନିଜ ଝିଅର ବିବାହ ପ୍ରସ୍ତାବକୁ ନେଇ ସତ୍ରାଜିତ୍ କିଛି ଆଗେଇ ପାରିଲେନି। ତାଙ୍କ ମନରେ ମଣି ଅପହରଣକୁ ନେଇ କେତେ ଆଶଙ୍କା। ବି ଅଛି। କୃତବର୍ମା ଏବଂ ଶତଧନ୍ୱା ଏହି ମଉକାରେ ଫାଇଦା ଉଠେଇବାକୁ ଚାହୁଁଛନ୍ତି ଏବଂ ଶ୍ରୀକୃଷ୍ଣଙ୍କୁ ଦୋଷ ଦେବାକୁ ଚେଷ୍ଟା କରୁଛନ୍ତି।

କୃତବର୍ମା କହିଲେ, "ହେ ମାମା ଶ୍ରୀ... ସେଇ ବ୍ୟକ୍ତି ପ୍ରସେନଙ୍କୁ ହତ୍ୟା କରିଥିବେ, ଯାହାଙ୍କୁ ସ୍ୟମଂତକ ମଣିକୁ ପାଇବାର ତୀବ୍ର ଇଚ୍ଛା ଅଛି।"

ସତ୍ରାଜିତ୍ ଉତ୍ତର ଦେଲେ, "ମୋତେ ବି ଏମିତି ଲାଗୁଥିଲା। କିନ୍ତୁ କିଏ କଲା? ବାସ୍ତବରେ ଏହି ଜଙ୍ଗଲରେ ଚୋର ଥିବାର ସମ୍ଭାବନା ନାହିଁ। କେବଳ ଜାନ୍ତୁଆର ଅଛନ୍ତି। ପ୍ରସେନ ସାଧାରଣ ବ୍ୟକ୍ତି ନୁହେଁ, ଜଣେ ଯୋଦ୍ଧା, ତେଣୁ କୌଣସି ଚୋର ଏହା କରିବାକୁ ସାହସ କରିବନି।"

କୃତବର୍ମା କହିଲେ, "ମୁଁ କେବେ ବି ସ୍ୟମଂତକ ମଣି ପାଇବାକୁ ଇଚ୍ଛାପ୍ରକାଶ କରିନି। ପ୍ରସେନଙ୍କ ଶିକାରକୁ ଯିବା ସମୟରେ ମୁଁ ନଗରରେ ନଥିଲି। ଆମ ମଧ୍ୟରୁ କାହା ସାଙ୍ଗରେ ସତ୍ୟଭାମାଙ୍କ ବିବାହ ସମ୍ପନ୍ନ କରିବାକୁ ଆପଣ ଆମକୁ ବଚନ ଦେଇଥିଲେ। ଏହି କଥାକୁ ନେଇ ମୁଁ ଚିନ୍ତିତ ଯେ ଆପଣ ଏହି ବଚନକୁ ରକ୍ଷା କଲେନି।"

"ମୁଁ କ'ଣ କରିପାରିବି... ଆପଣ ଏହା ବି ଜାଣିଛନ୍ତି, ସତ୍ୟଭାମା ଶ୍ରୀକୃଷ୍ଣଙ୍କ ବ୍ୟତୀତ ଆଉ କାହାକୁ ବିବାହ କରିବନି ବୋଲି ଜିଦି କରୁଛି। ମୁଁ ସେଥିପାଇଁ କ୍ଷମା ଚାହୁଁଛି।" ଏହା କହି ସତ୍ରାଜିତ୍ ନିଜର ଅସହାୟତାକୁ ପ୍ରକାଶ କଲେ।

ଶତଧନ୍ୱା କହିଲେ, "ହେ ମାମା ଶ୍ରୀ! ଏତେ ବଡ କଥା କୁହନ୍ତୁନି... କୃତବର୍ମା! ତୁମେ କ'ଣ କହୁଛ? ନିଜ ଭାଇ ଏବଂ ମଣିକୁ ହରେଇ ସେ ଏତେ ଦୁଃଖିତ ଅଛନ୍ତି। ତାଙ୍କ ସାମନାରେ ଆମ ନିଜ ବେଦନାକୁ ବ୍ୟକ୍ତ କରିବା ଠିକ୍ କଥା ନୁହେଁ। ସତ୍ୟଭାମା ଯାହାଙ୍କୁ ଚାହୁଁଛନ୍ତି, ତାଙ୍କ ସାଥିରେ ବିବାହ କରେଇବା ବ୍ୟତୀତ କ'ଣ କରାଯାଇ ପାରିବ... ସେଥିରେ ତାଙ୍କର କୌଣସି ଦୋଷ ନାହିଁ..."

"ହେ ମାମାଶ୍ରୀ... ମୋତେ କ୍ଷମା କରନ୍ତୁ। ମୋ ନିଜର ବ୍ୟଥାକୁ ଲୁଚେଇବାକୁ ଅସମର୍ଥ ହେତୁ ମୁଁ ଆପଣଙ୍କୁ ଏମିତି କହିଲି। ବାସ୍ତବରେ ଆପଣଙ୍କ ଦୋଷକୁ ଦେଖେଇବା ମୋର ଉଦ୍ଦେଶ୍ୟ ନୁହେଁ। ଗୋଟିଏ ମଣିପାଇଁ କିଏ ପ୍ରସେନକୁ ହତ୍ୟା କଲା, ଏହି କଥାକୁ ନେଇ ଆମେ ଦୁହେଁ ବହୁତ ଚିନ୍ତିତ ଥିଲୁ।" କହି କୃତବର୍ମା ଏମିତି ଅଭିନୟ କଲେ ଯେ ଯେମିତି ସତରେ ସେ ବହୁତ ଦୁଃଖିତ ଅଛନ୍ତି।

ଶତଧନ୍ୱା ନିଜ ମତ ପ୍ରକାଶ କରି କହିଲେ, "ହଁ, ଚୋର-କଳା, ଯୁଦ୍ଧ ବିଦ୍ୟାରେ ନିପୁଣ ଏବଂ ପ୍ରସେନଙ୍କଠାରୁ ବି ଶୂର-ବୀର କୌଶସି ମାୟାବୀ ଏହି କାମ କରିଥିବେ...।"

କୃତବର୍ମା କହିଲେ, "ଆଉ କିଏ ହୋଇପାରିବ... ଶ୍ରୀକୃଷ୍ଣଙ୍କ ଠାରୁ ଶୂରବୀର, ଯୋଦ୍ଧା ଏବଂ ଚୋର-କଳା ନିପୁଣ ଆଉ କିଏ।"

ତାଙ୍କୁ ଅଟକେଇ ଶତଧନ୍ୱା କହିଲେ, "ହେ କୃତବର୍ମା ! ସାବଧାନରେ କୁହ। କାନ୍ଥର ବି କାନ ଅଛି।"

କୃତବର୍ମା ଉତ୍ତର ଦେଲେ, "ମୁଁ ଏହା କହିବାକୁ ଚାହୁଁନି କି ଶ୍ରୀକୃଷ୍ଣ ପ୍ରସେନଙ୍କୁ ହତ୍ୟାକରି ମଣି ଅପହରଣ କରି ନେଇଗଲେ। କିନ୍ତୁ ଆମେସବୁ ଏହା ଜାଣନ୍ତି ଯେ ସେଇଦିନ ଆମ ସାମନାରେ ହିଁ ଶ୍ରୀକୃଷ୍ଣ ମାମାଶ୍ରୀଙ୍କୁ ସ୍ୟମଁତକ ମଣି ଦେବାପାଇଁ ଅନୁରୋଧ କରିଥିଲେ। ସେ ଏହା ବି କହିଲେ, ସେ ତାଙ୍କ ଜେଜେ ଉଗ୍ରସେନଙ୍କୁ ଦେବାକୁ ଚାହୁଁଛନ୍ତି। କିନ୍ତୁ ମାମାଶ୍ରୀ ଦେଲେନି..."।

"କିନ୍ତୁ ଶ୍ରୀକୃଷ୍ଣ ନିଜର କାମନା ଛାଡ଼ିଲେନି... ଠିକ୍ ସୁଯୋଗ ପ୍ରତୀକ୍ଷାରେ ଥିଲେ। ପ୍ରସେନ ଶିକାରକୁ ଯିବା ସମୟରେ ମଣିକୁ ସାଙ୍ଗରେ ନେଇଥିବା ଖବର ପାଇ ଶ୍ରୀକୃଷ୍ଣ ଚୁପଚାପ୍ ବାହାରି ପଡ଼ିଲେ ଏବଂ ନିଜର କାମ ପୂରା କରିଥିବେ..." ଶତଧନ୍ୱା କୁଚିନ୍ତାକୁ ପ୍ରକାଶ କଲେ।

ସତ୍ରାଜିତଙ୍କ ଉପରେ ଶତଧନ୍ୱାଙ୍କ କଥାର ପ୍ରଭାବ ପଡ଼ିଲା। ସତ୍ରାଜିତ୍ କହିଲେ, "ଶ୍ରୀକୃଷ୍ଣଙ୍କ ସହିତ ସତ୍ୟଭାମାର ବିବାହ ପ୍ରସ୍ତାବ ହେବା ପୂର୍ବରୁ ଏହି ଅବାଞ୍ଛିତ ଘଟଣା ଘଟିଲା। ଶ୍ରୀକୃଷ୍ଣଙ୍କ ବ୍ୟତୀତ ପ୍ରସେନକୁ ପରାସ୍ତ କରିବାର ଶକ୍ତି ଅନ୍ୟ କାହାର ନାହିଁ ଏବଂ ମଣି ଅପହରଣ କରିବାର ଲୋଭ ତାଙ୍କର ହିଁ ଅଛି। ସମ୍ଭବତଃ ସେଇ ମାୟାବୀ ଏହି ଦୁଷ୍କର୍ମ କରିଥିବେ..."

ସତ୍ରାଜିତ ଏହି କଥା ତାଙ୍କୁ ସାନ୍ତ୍ୱନା ଦେବାକୁ ଆସିଥିବା ଲୋକଙ୍କୁ କହିଲେ। ଏହି କଥା ଶ୍ରୀକୃଷ୍ଣଙ୍କୁ ବି ସୂଚନା ମିଳିଲା।

ଶ୍ରୀକୃଷ୍ଣ ଏକଥା ଜାଣି ବ୍ୟଥିତ ହେଲେ ଯେ "ପ୍ରସେନଙ୍କ ହତ୍ୟାର ଆରୋପ

ତାଙ୍କୁ କରାଯାଉଛି । ମଥୁରାରେ କଂସର ଅତ୍ୟାଚାରର ଶିକାର ହୋଇଥିବା ନିଜର ସମ୍ପର୍କୀୟଙ୍କୁ ଶ୍ରୀକୃଷ୍ଣ ଦ୍ୱାରକାରେ ପହଞ୍ଚେଇଥିଲେ । ଏବେ ସେମାନେ ତାଙ୍କ ଉପରେ ହତ୍ୟାର ଆରୋପ ଲଗେଉଛନ୍ତି । ଶ୍ରୀକୃଷ୍ଣ ଭଲଭାବେ ଜାଣିଥିଲେ କି ତାଙ୍କ ସାମନାକୁ ଆସି ସତ୍ରାଜିତ୍ ତାଙ୍କ ଉପରେ ଆରୋପ ଲଗେଇବାକୁ ସାହସ କରିପାରିବେନି ଏବଂ ତାଙ୍କର ଏତିକି ଶକ୍ତି ବି ନାହିଁ । ବାସ୍ତବରେ ସତ୍ରାଜିତଙ୍କର ସମାଜରେ ଏବଂ ସମ୍ପର୍କୀୟଙ୍କ ପାଖରେ ଅତ୍ୟନ୍ତ ପ୍ରତିଷ୍ଠା ଅଛି । ଏମିତି ବ୍ୟକ୍ତିଙ୍କ ଦ୍ୱାରା ଗୋଟିଏ ଥର ହେଉପଛେ, ଏହିପ୍ରକାର ଆଶଙ୍କା ପ୍ରକାଶ କଲେ ତାହା ବ୍ୟାପକ ପ୍ରଚାରପ୍ରସାର ହେଇଯାଏ... ଏବଂ ସମସ୍ତେ ମୋତେ ସନ୍ଦେହ ଦୃଷ୍ଟିରେ ଦେଖୁଛନ୍ତି... ବ୍ୟଙ୍ଗାତ୍ମକ କଥା କହି ମୋତେ କେହି ଅବଜ୍ଞା କରିବାକୁ ସାହସ କରି ପାରିବେନି, କିନ୍ତୁ ତାଙ୍କ ଦୃଷ୍ଟିର ମୁଁ ସାମନା କରିପାରିବିନି । ତାଙ୍କ ଦୃଷ୍ଟି ମୋତେ ଅସ୍ତବ୍ୟସ୍ତ କଲା ।"

"ଗୋଟିଏ ମଣିପାଇଁ ନିଜ ବନ୍ଧୁର ବଧ କରିବା କଥା ମୁଁ କଳ୍ପନା ବି କରିପାରୁନି । ପ୍ରସେନଙ୍କ ବଧର ଆରୋପକୁ କୌଣସି ନା କୌଣସି ପ୍ରକାରେ ଅସତ୍ୟ ପ୍ରମାଣିତ କରିବା ମୋର କର୍ତ୍ତବ୍ୟ ହେବା ଉଚିତ... ଗତ ବର୍ଷ ବିନାୟକ ଚତୁର୍ଥୀ ଦିନ ମୁଁ କ୍ଷୀରରେ ଚନ୍ଦ୍ରମାର ପ୍ରତିବିମ୍ବକୁ ଦେଖିଥିଲି, ଏହି କାରଣରୁ ମୋତେ ଏହି ମିଛ ଆରୋପର ଶିକାର ହେବାକୁ ପଡିଲା ।" ଏକଥା ଶ୍ରୀକୃଷ୍ଣ ମନ ଭିତରେ ଭାବିଲେ ।

ପ୍ରସେନଙ୍କ ମୃତ୍ୟୁପରେ ସତ୍ରାଜିତଙ୍କ ନିବାସରେ ଦଶ ଦିନରେ ସମ୍ପନ୍ନ ଅନ୍ତ୍ୟେଷ୍ଟିକ୍ରିୟାରେ ଭାଗ ନେବାକୁ ଶ୍ରୀକୃଷ୍ଣ ଗଲେ... ସତ୍ରାଜିତଙ୍କ ବ୍ୟବହାରରେ ପରିବର୍ତ୍ତନକୁ ଦେଖି ଶ୍ରୀକୃଷ୍ଣ ଆଶ୍ଚର୍ଯ୍ୟ ହେଇ ରହିଗଲେ । ଶ୍ରୀକୃଷ୍ଣଙ୍କ କଥା ଏଡ଼େଇ ସେ ଏପଟସେପଟ ଦେଖିବାକୁ ଲାଗିଲେ । ଅନ୍ତ୍ୟେଷ୍ଟିକ୍ରିୟା ସମାପ୍ତ ହେବାପରେ ସ୍ୟମନ୍ତକ ମଣି ବିଷୟ ନେଇ ଶ୍ରୀକୃଷ୍ଣ କହିବାକୁ ଆରମ୍ଭ କଲେ-

"ହେ ସତ୍ରାଜିତ... ଆପଣଙ୍କ ସାନ ଭାଇ ପ୍ରସେନଙ୍କ ମୃତ୍ୟୁ ହେବା ଏବଂ ଆପଣଙ୍କ କଠୋର ତପସ୍ୟାରେ ପ୍ରସନ୍ନ ହୋଇ ସୂର୍ଯ୍ୟ ଭଗବାନଙ୍କ ପ୍ରଦତ୍ତ ସ୍ୟମନ୍ତକ ମଣିର ଅପହରଣ ହେଇଯିବା ଏହି ଦୁଇ ଘଟଣାରେ ମୁଁ ହତାଶ ହେଇଯାଉଛି । ନିଜ ବନ୍ଧୁମାନଙ୍କ ଦ୍ୱାରା ମୋତେ ଏହି ସୂଚନା ମିଳିଥିଲା ଯେ ଆପଣ ମୋ ଉପରେ ଆରୋପ ଲଗେଇଛନ୍ତି । ଏହା କ'ଣ ସତ୍ୟ ?"

"ଏବେ କାହା ଉପରେ ଆରୋପ ଲଗେଇବା ନଲଗେଇବାରେ କ'ଣ ଲାଭ ଅଛି ? ଏଥରେ ମୋ ଭାଇ ଫେରିଆସିବ ନା ମୋତେ ମଣି ମିଳିବ ।" ସତ୍ରାଜିତ୍ ଉତ୍ତର ଦେଲେ ।

ଏହା ଶୁଣି ଶ୍ରୀକୃଷ୍ଣ ବିଚଳିତ ହୋଇଗଲେ । ତାପରେ ସେ କହିଲେ, 'ହେ

ସତ୍ରାଜିତ୍ ! ଆପଣଙ୍କ କଥାରେ ଏହା ସ୍ପଷ୍ଟ ହେଉଛି ଯେ ଆପଣଙ୍କର ମୋ ଉପରେ ସନ୍ଦେହ ଅଛି । ବାସ୍ତବରେ ସେଇ ମଣି କଥା ମୁଁ ଭୁଲିଯାଇଛି । ଏମିତି ସେଦିନ ଆପଣଙ୍କୁ କହିଦେଲି ମହାରାଜା ଉଗ୍ରସେନଙ୍କୁ ଏହାକୁ ଭେଟି ଦେଲେ ଭଲହେବ । ମୁଁ ହତ୍ୟାକାରୀ ନୁହେଁ, ତାହା ପୁଣି ଗୋଟିଏ ମଣି ପାଇଁ ।"

ସତ୍ରାଜିତ୍ ନିରବ ରହିଲେ । ପାଖରେ ବସିଥିବା ସମ୍ପର୍କୀୟମାନେ ବି ନିରବ ରହିଲେ ।

"ଆପଣଙ୍କର ଏହି ନିରବତା ମୋପାଇଁ ଅସହ୍ୟ ହେଉଛି । ମୋ ଉପରେ ଯେଉ ଆରୋପ ଲଗାଗଲା, ତାକୁ ଅତିଶୀଘ୍ର ଭୁଲ ପ୍ରମାଣିତ କରିବି । ଆଜି ହିଁ ମୁଁ ଅରଣ୍ୟ ଆଡ଼କୁ ଯାଉଛି । ମୁଁ ସେ ପର୍ଯ୍ୟନ୍ତ ଦ୍ୱାରକା ନଗରୀକୁ ଫେରିବିନି, ଯେ ପର୍ଯ୍ୟନ୍ତ ମୁଁ ପ୍ରସେନଙ୍କ ହତ୍ୟାକାରୀ ଏବଂ ମଣିର ଅପହରଣକର୍ତ୍ତା. ବିଷୟରେ ଆପଣଙ୍କୁ ବିଶ୍ୱାସନୀୟ ସମାଚାର ଦେଇନି । ଯଦି ମଣି ମୋତେ ମିଳିବନି, ତାହେଲେ ମୁଁ ବି ପ୍ରସେନଙ୍କ ସହିତ ମୃତ୍ୟୁ-ଲୋକରେ ପାଦ ରଖିବି ।" ଶ୍ରୀକୃଷ୍ଣ ଦୃଢ଼ ପ୍ରତିଜ୍ଞା କଲେ ।

ଶ୍ରୀକୃଷ୍ଣଙ୍କ କଥା ଶୁଣି ସତ୍ରାଜିତ୍ ଏବଂ ତାଙ୍କ ବନ୍ଧୁବାନ୍ଧବ ଆଶ୍ଚର୍ଯ୍ୟ ହେଲେ । ଶ୍ରୀକୃଷ୍ଣଙ୍କ କଥାରେ ତାଙ୍କ ସଚ୍ଚୋଟତାର ପ୍ରମାଣ ମିଳୁଛି । ସମସ୍ତେ ମୁକ୍ତ କଣ୍ଠରେ କହିଲେ 'ନାଇଁ.. ନାଇଁ ।'

ଜଣେ ଯାଦବ କୁଳ ଶ୍ରେଷ୍ଠ କହିଲେ, "ହେ ମହାପୁରୁଷ ! ଏତେ ଦୃଢ଼ ପ୍ରତିଜ୍ଞା କରନ୍ତୁନି । ଆପଣ ଦ୍ୱାରକାଧୀଶ । ଯଦି ଆପଣ ଆମଠାରୁ ଦୂର ହୋଇଯିବେ, ତାହେଲେ ଭବିଷ୍ୟତରେ ବିପଦି ବେଳେ ଆମର ରକ୍ଷା କରିବ କିଏ ? ସେଦିନ ଗୋବର୍ଦ୍ଧନ ପର୍ବତକୁ ଉଠେଇ ଆପଣ ଆମକୁ ବଞ୍ଚେଇଥିଲେ । ଏହି କାରଣରୁ ଦ୍ୱାରକାପୁରୀ ଆପଣଙ୍କ ଆଶ୍ରୟରେ ଆମେ ନିଶ୍ଚିନ୍ତ ହୋଇ ରହିଛୁ । ଆପଣଙ୍କୁ କୁଆଡ଼େ ଯିବା ଆବଶ୍ୟକତା ନାହିଁ । ମଣି ତ ଦୂରେଇଗଲା, ତା' ଚିନ୍ତା କାହିଁକି...'

ସେଠାରେ ଉପସ୍ଥିତ ସମସ୍ତ ଲୋକ 'ହଁ.. ହଁ କହି କହି ତାଙ୍କୁ ସମର୍ଥନ କଲେ ଏବଂ ଶ୍ରୀକୃଷ୍ଣଙ୍କୁ ଅରଣ୍ୟଆଡ଼କୁ ନଯିବାକୁ ଅନୁରୋଧ କଲେ ।

"ହେ ଦୀନବାନ୍ଧବ... ଆପଣଙ୍କ ଉପରେ ପ୍ରସେନର ହତ୍ୟାର ଆରୋପ ଲଗେଇବାକୁ ଏବଂ ଆପଣଙ୍କୁ ଅପମାନିତ କରିବା କଥା ପୂର୍ବରୁ ମୁଁ କେବେବି ଭାବିନଥିଲି । ଏକ ଦୁଃଖଦ ବିଷୟରେ ମୋ ମନରେ ଆଶଙ୍କା ଆସିଲା, ମୁଁ ଜଣେ ଦୁଇଜଣ ବ୍ୟକ୍ତିଙ୍କ ନିନ୍ଦାପୂର୍ବକ କଥାର ପ୍ରଭାବରେ ପ୍ରଭାବିତ ହେଲି । ଦୟାକରି କ୍ଷମା ପ୍ରଦାନ କରନ୍ତୁ ଏବଂ ଆପଣ ଆପଣଙ୍କ ଶାସନକାର୍ଯ୍ୟ ଜାରି ରଖନ୍ତୁ..." ଏହା କହି ସତ୍ରାଜିତ୍ ଶ୍ରୀକୃଷ୍ଣଙ୍କ ହାତକୁ ଧରି ଅନୁରୋଧ କଲେ ।

ସତ୍ରାଜିତଙ୍କ ହାତରୁ ନିଜ ହାତକୁ ଛଡ଼େଇ ଶ୍ରୀକୃଷ୍ଣ କହିଲେ, "ମୁଁ ଏହା ଭଲଭାବେ ଜାଣେ ଆପଣଙ୍କ ମନରେ ବିଷ ମଞ୍ଜି ବୁଣିଛି କିଏ।" ଶ୍ରୀକୃଷ୍ଣଙ୍କ ଦୃଷ୍ଟି କୃତବର୍ମା ଏବଂ ଶତଧନ୍ୱା ଉପରେ ପଡ଼ିଲା। ସେ ଦୁହେଁ ନତମସ୍ତକ ହୋଇ ଛିଡ଼ା ହୋଇଥିଲେ।

"ତଥାପି ଏହି ଅପମାନ ଭାର ମୋତେ ଅସହ୍ୟ ପ୍ରତୀତ ହେଉଛି... ଆପଣଙ୍କୁ ସନ୍ଦେହ ମୁକ୍ତ କରିବା ମୋର ଧର୍ମ... ଆପଣଙ୍କ ମଣିକୁ ଆପଣଙ୍କ ପାଖକୁ ଫେରେଇ ଆଣିବି... ଆପଣଙ୍କ ପ୍ରସେନଙ୍କ ମୃତ୍ୟୁର ଦାୟୀ ଲୋକଙ୍କୁ କ୍ଷମା ଦେବା ପ୍ରଶ୍ନ ହିଁ ଉଠୁନି।" ଏହା କହି ଶ୍ରୀକୃଷ୍ଣ ସେଠାରୁ ଚାଲିଆସିଲେ। ପରଦିନ ସେ ଅରଣ୍ୟ ଆଡ଼କୁ ଚାଲିଗଲେ।

ଦ୍ୱାରକାଧୀଶଙ୍କ ଅନୁପସ୍ଥିତିରେ ଦ୍ୱାରକାପୁରୀ ତେଜବିହୀନ ହୋଇଗଲା। ବଂଶୀର ମଧୁର ଧ୍ୱନି ଶୁଣିବାକୁ ମିଳିଲାନି। ନୃତ୍ୟ ଏବଂ ସଙ୍ଗୀତର କାର୍ଯ୍ୟକ୍ରମ ହେଲାନି। ପାଉଁଜିର ଝଂକାର ଶୁଣିବାକୁ ମିଳିଲାନି। ମୟୂର ପର ଖୋଲି ନାଚିବା ଭୁଲିଗଲେ। କୋଇଲିର କଳରବ ଶୁଣାଗଲାନି। ଶୃଙ୍ଗାର ସଦନରେ ଅନ୍ଧକାର ଛାଇଗଲା। ଚାମେଲି ଲତାସବୁ ଖସିପଡ଼ି ମଉଳିଗଲେ।

ଏ ହା ଜାଣି ସତ୍ୟଭାମା ବହୁତ ଦୁଃଖିତ ହେଲେ। ଶ୍ରୀକୃଷ୍ଣଙ୍କ ଉପରେ ସତ୍ରାଜିତ୍ ତାଙ୍କ ଭାଇ ପ୍ରସେନଙ୍କ ହତ୍ୟା ଆରୋପ ଲଗେଇଲେ। ସେଥିପାଇଁ ଅପମାନିତ ହୋଇ ଶ୍ରୀକୃଷ୍ଣ ସ୍ୟମନ୍ତକ ମଣିକୁ ଫେରେଇ ନିଜର ନିର୍ଦୋଷତା ପ୍ରମାଣିତ କରିବାକୁ ଅରଣ୍ୟ ଆଡ଼କୁ ବାହାରିଗଲେ। ସତ୍ୟଭାମାଙ୍କର ବିଚିତ୍ର ପରିସ୍ଥିତି ହେଲା। ସେ ତାଙ୍କ ପିତା ସତ୍ରାଜିତ୍ଙ୍କୁ ନିନ୍ଦା କରିପାରୁ ନଥିଲେ... ଏହି ଆଶଙ୍କାକୁ ନେଇ ସତ୍ୟଭାମା ଆହୁରି ବିଚଲିତ ହେଲେ ସତ୍ରାଜିତ୍ଙ୍କ ଦ୍ୱାରା ଅପମାନିତ ହେବା କାରଣରୁ ମୋତେ କ'ଣ ଶ୍ରୀକୃଷ୍ଣ ପତ୍ନୀ ରୂପରେ ସ୍ୱୀକାର କରିବେ ?

ଶ୍ରୀକୃଷ୍ଣଙ୍କ ସାଥିରେ ତାଙ୍କ ବିବାହକୁ ନେଇ ପରିବାର ଲୋକଙ୍କ ସ୍ୱୀକୃତି ମିଳିବା ପରେ ସତ୍ୟଭାମା କାଲି ପର୍ଯ୍ୟନ୍ତ ଅତ୍ୟନ୍ତ ପ୍ରସନ୍ନ ଥିଲେ। କିନ୍ତୁ ଆଜି ତାଙ୍କ ମନ ବିଷଣ୍ଣ ହୋଇଗଲା। ତାଙ୍କ ମନକୁ କେତେ ଆଶଙ୍କା ଘେରିଗଲା, ଶ୍ରୀକୃଷ୍ଣ କ'ଣ ମଣିକୁ ପାଇବାକୁ ସଫଳ ହେବେ ? ଯଦି ହେବେ ସେ ସ୍ୟମନ୍ତକ ମଣିକୁ ମୋ ପିତାଙ୍କୁ ତାହା ଫେରେଇ ନିଜ ଉପରେ ଲଗାଯାଇଥିବା ଆରୋପକୁ ଭୁଲ ପ୍ରମାଣିତ କରିପାରିବେ। ଏହା ଘଟିବା ଯୋଗୁ ମୋତେ କ'ଣ ପତ୍ନୀ ରୂପରେ ସେ ସ୍ୱୀକାର କରିବେ ? ସତ୍ୟଭାମାଙ୍କୁ ଲାଗିଲା ତାଙ୍କ ଜୀବନ ଏକ ପ୍ରଶ୍ନବାଚକ ଚିହ୍ନ ହୋଇ ରହିଗଲା।

ବାନ୍ଧବୀମାନେ ସତ୍ୟଭାମାଙ୍କୁ ସାନ୍ତ୍ୱନା ଦେବାକୁ ଚେଷ୍ଟା କଲେ, କିନ୍ତୁ ତାଙ୍କ ଦୁଃଖ କମ୍ ହେଲାନି। ଶ୍ରୀକୃଷ୍ଣଙ୍କୁ ପ୍ରତୀକ୍ଷା କରି ସତ୍ୟଭାମା ଉପବାସ ବ୍ରତ କଲେ। ଶ୍ରୀକୃଷ୍ଣ ଅରଣ୍ୟରୁ କୁଶଳରେ ଫେରି ଆସିବାକୁ ପ୍ରାର୍ଥନା କରି ଦୁର୍ଗାଦେବୀଙ୍କ ଅର୍ଚ୍ଚନା କରିବାକୁ ଲାଗିଲେ। ଉପବାସ-ଦୀକ୍ଷାରେ ମଗ୍ନ ହେବା କାରଣରୁ ସେ ଆହୁରି ଦୁର୍ବଳ ହୋଇଗଲେ। ହଠାତ୍ ତାଙ୍କୁ ଯେମିତି ଲାଗିଲା ତାଙ୍କ ଶରୀରରେ

ଦିବ୍ୟଜ୍ୟୋତି ପ୍ରବେଶ କଲା। ତେଜସ୍ୱିନୀ ସତ୍ୟଭାମାଙ୍କ ପାଖକୁ ଯିବାକୁ ତାଙ୍କ ବାନ୍ଧବୀମାନେ ସାହସ କଲେନି।

ଝିଅର ଅବସ୍ଥା ଦେଖ୍ ସତ୍ରାଜିତ୍ ଏବଂ ସତ୍ୟବତୀ ବ୍ୟଥିତ ହେଲେ। ସେମାନଙ୍କୁ ଲାଗିଲା, ଯଦି ଶ୍ରୀକୃଷ୍ଣ କିଛିଦିନ ମଧ୍ୟରେ ନ ଫେରିବେ, ତାହେଲେ ସତ୍ୟଭାମା ଜୀବିତ ରହିବା ଅସମ୍ଭବ ହୋଇଯିବ। ସତ୍ରାଜିତ୍‌ଙ୍କୁ ଶ୍ରୀକୃଷ୍ଣଙ୍କ ଅନୁଚରମାନେ କହିଲେ, ସେଇ ହିଂସ୍ର ପଶୁକୁ ଖୋଜି ସେ ଏକ ଗୁମ୍ଫା ଭିତରକୁ ଚାଲିଗଲେ। ତାଙ୍କ ଅନୁଚରମାନଙ୍କୁ ଗୁମ୍ଫା ବାହାରେ ରହିବାକୁ ଆଦେଶ ଦେଲେ। ଗୋଟିଏ ସପ୍ତାହଯାଏ ସେ ଗୁମ୍ଫା ଭିତରୁ ନ ବାହାରିବାରୁ ଅନୁଚରମାନେ ମଧ୍ୟ ଭିତରକୁ ଗଲେ। କିନ୍ତୁ କର୍ଦ୍ଦମାଯୁକ୍ତ ମାଟିରେ ଭରି ଯାଇଥିବା ଗୁମ୍ଫାରେ ସେମାନେ ପାଦ ଆଗକୁ ବଢେଇବାକୁ ଅସମର୍ଥ ହୋଇ ଫେରିଆସିଲେ। ସେଠାରେ ନିଃଶ୍ୱାସ ନେବାକୁ ମଧ୍ୟ କଠିନ ହେଲା। ସେମାନେ ଏକଥା ଭାବି ଫେରିଆସିଲେ, ଶ୍ରୀକୃଷ୍ଣଙ୍କର ହୁଏତ ନିଃଶ୍ୱାସ ବନ୍ଦ ହେଇ ଯାଇଥିବା ଯୋଗୁ ମୃତ୍ୟୁର ଶିକାର ହେଇଥିବେ କିୟା କୌଣସି ହିଂସ୍ରପଶୁର ଆକ୍ରମଣରେ ତାଙ୍କର ମୃତ୍ୟୁ ହେଇ ଯାଇଥିବ।

ଏକ ଜଙ୍ଗଲୀ ପଶୁର ଆକ୍ରମଣରେ ପ୍ରସେନଙ୍କ ମୃତ୍ୟୁର ସୂଚନା ପାଇ ସତ୍ରାଜିତ୍ ଏବଂ ତାଙ୍କ ବନ୍ଧୁଗଣ ଗଭୀର ଚିନ୍ତାରେ ବୁଡ଼ିଗଲେ। ସେମାନେ ଏକଥା ବି ଭାବିଲେ ଶ୍ରୀକୃଷ୍ଣଙ୍କୁ ବି ସେଇ ହିଂସ୍ର ପଶୁ ତାଙ୍କୁ ମାରି ଦେଇଥିବ।

ଯାଦବ ବଂଶର ଲୋକେ ଏହି କଥାକୁ ନେଇ ଗଭୀର ଦୁଃଖପ୍ରକାଶ କଲେ ଯେ ଶ୍ରୀକୃଷ୍ଣଙ୍କ ଉପରେ ମିଛ ଆରୋପ ଲଗେଇ ସେମାନେ ତାଙ୍କର ମୃତ୍ୟୁର କାରଣ ହେଇଛନ୍ତି। ଶୋକଗ୍ରସ୍ତ ଦ୍ୱାରକାପୁରୀ ଅନ୍ଧକାରରେ ବୁଡ଼ିଗଲା। ଶ୍ରୀକୃଷ୍ଣଙ୍କ ଆରାଧନା, ନିରନ୍ତର ଧ୍ୟାନମଗ୍ନ ସତ୍ୟଭାମାଙ୍କୁ ଏହି ସୂଚନା ଦେବାକୁ କେହି ବି ସାହସ କଲେନି।

ଏହି ଦୁଃଖଦ ସମାଚାର କୃତବର୍ମା ଏବଂ ଶତଧନ୍ୱାଙ୍କୁ ଅପ୍ରିୟ ଲାଗିଲାନି। ଅକ୍ରୂର ମଧ୍ୟ ସତ୍ୟଭାମାଙ୍କୁ ବିବାହ କରିବାକୁ ଚାହୁଁଥିଲେ। କିନ୍ତୁ ଅକ୍ରୂର ଶ୍ରୀକୃଷ୍ଣଙ୍କର ଘନିଷ୍ଟ ମିତ୍ର ଥିଲେ। ସେଥିପାଇଁ ଏହି କଥାକୁ ଭୁଲିବାକୁ ସେ ସଫଳ ହେଲେ, ସତ୍ୟଭାମାଙ୍କୁ ପାଇବାକୁ ସେ ଅସଫଳ ହେଲେ। ଶତଧନ୍ୱା ଭାବିଲେ, ଶ୍ରୀକୃଷ୍ଣଙ୍କ ମୃତ୍ୟୁ ସମାଚାର ଦେଇ ଏବେ ସେ ସତ୍ୟଭାମାଙ୍କୁ ପ୍ରାପ୍ତ କରିବାପାଇଁ ପୁଣି ପ୍ରୟାସ କରିପାରିବେ। ଏହି ମଉକାକୁ ହାତଛଡ଼ା କରିବାକୁ ସେ ଚାହୁଁନଥିଲେ। ସତ୍ୟଭାମା ମା' ଦୁର୍ଗା ମନ୍ଦିରରେ ଥିଲେ, ଏକଥା ଜାଣି ତାଙ୍କୁ ସାକ୍ଷାତ୍ କରିବାକୁ ଶତଧନ୍ୱା ଗଲେ। ସେଠାରେ ଅତ୍ୟନ୍ତ ତେଜସ୍ୱିନୀ ସତ୍ୟଭାମା ଶ୍ରୀକୃଷ୍ଣଙ୍କ କୁଶଲରେ ଫେରିଆସିବାକୁ ପ୍ରତୀକ୍ଷା କରିଥିଲେ ଏବଂ ଦେବୀଙ୍କ ପୂଜାର୍ଚ୍ଚନାରେ ସେ ନିମଗ୍ନ ଥିଲେ।

ଶତଧନ୍ୱା ସେଠାରେ ପହଞ୍ଚିଲେ। ସେ ସତ୍ୟଭାମାଙ୍କ ଆଡ଼କୁ ଚାହିଁ ପ୍ରଶ୍ନ ପଚାରିଲେ, "ସତ୍ୟା! ଏବେ କାହାପାଇଁ ପୂଜା କରିବାକୁ ଲାଗିଛ ?"

ସତ୍ୟଭାମା କିଛି ଉତ୍ତର ଦେଲେନି। ଶତଧନ୍ୱାଙ୍କ ପ୍ରତି ପୂର୍ବରୁ ତାଙ୍କ ମନରେ ଗ୍ଲାନି ଅଛି। ଦେବୀଙ୍କ ଆରାଧନାରେ ନିମଗ୍ନ ଥିଲେ। ସେ କୌଣସି ଅନ୍ୟ କଥା ଭାବିପାରୁ ନଥିଲେ।

ଶତଧନ୍ୱାଙ୍କୁ ମନ୍ଦିରରେ ଦେଖି ସତ୍ୟଭାମାଙ୍କ ବାନ୍ଧବୀମାନେ ଭୟ ପାଇଗଲେ। ସେମାନେ ଜାଣିଥିଲେ ଶତଧନ୍ୱା କେତେ ଦୁଷ୍ଟ।

ଶତଧନ୍ୱା କହିଲେ, "ସତ୍ୟା ତୁମେ ଜାଣିଛ ତ ମୁଁ ତୁମକୁ କେତେ ଭଲ ପାଉଛି। ମୋ କଥାକୁ ବିଶ୍ୱାସ କର। ଶ୍ରୀକୃଷ୍ଣ କେବେ ବି ଫେରିଆସିବେନି। ଏକଥା ସମସ୍ତେ ଜାଣନ୍ତି। କିନ୍ତୁ ଏକଥା ତୁମକୁ କେହି କହିବାକୁ ସାହସ କରୁନାହାନ୍ତି।"

ସତ୍ୟଭାମା ସ୍ତବ୍ଧ ହୋଇ ରହିଗଲେ। ତାଙ୍କ ତୀକ୍ଷ୍ଣ ଦୃଷ୍ଟି ଶତଧନ୍ୱାଙ୍କ ଉପରେ ବୁଲିଆସିଲା।

ତାଙ୍କର ତୀକ୍ଷ୍ଣ ଦୃଷ୍ଟିକୁ ଚାହିଁ କିଛି ସମୟ ସେ ଆଶ୍ଚର୍ଯ୍ୟ ହୋଇ ରହିଗଲେ। ସେ ନିଜ ଆଖିରେ ସତ୍ୟଭାମାଙ୍କ ଶରୀରର ଅଙ୍ଗପ୍ରତ୍ୟଙ୍ଗର ସୁନ୍ଦରତାକୁ ଦେଖି ବିମୋହିତ ହେଲେ। ସତ୍ୟଭାମାଙ୍କ ଦୃଷ୍ଟି ତାଙ୍କ ହୃଦୟକୁ ପ୍ରହାର କଲା। ସେ ପର୍ଯ୍ୟନ୍ତ ସେ ଜାଣିନଥିଲେ ଯେ ଜଣେ ସୁନ୍ଦରୀ ସ୍ତ୍ରୀର ଦୃଷ୍ଟିରେ ଏତେ ଶକ୍ତି ରହିଛି। ସେଇ ଦୃଷ୍ଟି ଶର ଭଳି ଆଘାତ ଲାଗେ। ଏକଥା ଭାବି ଶତଧନ୍ୱା ବୁଦ୍ଧିଶୁଦ୍ଧି ହରେଇ ବସିଲେ।

ଶତଧନ୍ୱା କହିଲେ, "ହେ ସତ୍ୟା! ମୁଁ ମିଛ କହୁନାହିଁ। ମୁଁ ଭାବୁଥିଲି ଶ୍ରୀକୃଷ୍ଣ ପରାକ୍ରମୀ ଏବଂ ଶୂରବୀର। କିନ୍ତୁ ମୋ ଧାରଣା ଅସତ୍ୟ ପ୍ରମାଣିତ ହେଲା। ସ୍ୟମନ୍ତକ ମଣିକୁ ଖୋଜିବାକୁ ଶ୍ରୀକୃଷ୍ଣ ଗଲେ ଏବଂ ଅରଣ୍ୟରେ ତାଙ୍କର ମୃତ୍ୟୁ ହୋଇଗଲା। ପ୍ରସେନଙ୍କ ଭଳି ଶ୍ରୀକୃଷ୍ଣ ବି ଚାଲିଗଲେ। ତାଙ୍କ ଅନୁଚରମାନେ ମୋତେ ଏହି ସମାଚାର ଦେଲେ।

ଶତଧନ୍ୱାଙ୍କ କଥା ଶୁଣି ସତ୍ୟଭାମା ବେହୋସ ହୋଇ ତଳେ କଚାଡ଼ିହୋଇ ପଡ଼ିଗଲେ। ବାନ୍ଧବୀମାନେ ତାଙ୍କୁ ଧରି ରଖିବାରେ ବିଫଳ ହେଲେ। ସେମାନେ ସତ୍ୟଭାମାଙ୍କ ମୁହଁରେ ପାଣି ଛାଟି ତାଙ୍କର ଉପଚାର କଲେ।

ସତ୍ୟଭାମାଙ୍କର ହୋସ୍ ଆସିଲା। ସେ ଛିଡ଼ାହୋଇ ଆଗକୁ ପାଦ ବଢ଼େଇଲେ ଏବଂ ସେଇ ମନ୍ଦିର ସ୍ତମ୍ଭରେ ଗୁଡ଼େଇ ହୋଇଥିବା ଲତାକୁ ଟାଣିଆଣି ସେଥିରେ ବେକରେ ଗୁଡ଼େଇ ଆତ୍ମହତ୍ୟା କରିବାକୁ ଚେଷ୍ଟା କଲେ।

ଏହି ଅପ୍ରତ୍ୟାଶିତ ଘଟଣାରେ ବ୍ୟସ୍ତହୋଇ ତାଙ୍କ ବାନ୍ଧବୀମାନେ ଆଗକୁ

ବଢୁଥିଲେ ଏବଂ ତାଙ୍କୁ ଏଠାରୁ ନିବୃତ୍ତ ରହିବାକୁ ଚେଷ୍ଟା କରୁଥିଲେ । କିନ୍ତୁ ଶତଧନ୍ୱା ସେମାନଙ୍କୁ ଅଟକେଇ ତାଙ୍କ ମଝିରେ ଛିଡ଼ା ହୋଇଗଲେ । ତେଣୁ ବାନ୍ଧବୀମାନେ ପଛକୁ ହଟିଗଲେ । ଶତଧନ୍ୱାଙ୍କ ଅତ୍ୟାଚାରରେ କେତେକ କନ୍ୟା ଶିକାର ହୋଇଥିଲେ । ଏହି କଥା ସହିତ ସେମାନେ ପରିଚିତ ଥିଲେ ।

“ରୁହ ! ତୁମେମାନେ ମୋ ସତ୍ୟାକୁ ରକ୍ଷା କରିପାରିବ ନାହିଁ । ସେ ମୋର ଅମାନତ । ତୁମେମାନେ ଏଠାରୁ ଚାଲିଯାଅ ।” ଏକଥା କହି ଶତଧନ୍ୱା ଧମକ ଦେଲେ ।

ବାନ୍ଧବୀମାନେ ଭୟରେ ଥରହର ହୋଇ ସେଠାରୁ ଚାଲିଗଲେ । ମନ୍ଦିରର ପୂଜାରୀ ମଧ୍ୟ ଗର୍ଭଗୃହକୁ ଯାଇ ଦେବୀଙ୍କ ପୂଜା କରିବାରେ ନିମଗ୍ନ ହୋଇଗଲେ ।

ଶତଧନ୍ୱା ସତ୍ୟଭାମାଙ୍କ ଗଳାରେ ବନ୍ଧାଯାଇଥିବା ଲତାକୁ ବାହାରକରି ତାଙ୍କୁ ଉଠେଇ ନିଜ ହାତରେ ତୋଳିନେଲେ । ଏକଥା ଜାଣି ଶତଧନ୍ୱା ଆନନ୍ଦିତ ହୋଇଗଲେ, ସୌନ୍ଦର୍ଯ୍ୟର ଅନନ୍ୟ ପ୍ରତିମା ସତ୍ୟଭାମା ଏବେ ତାଙ୍କ ହାତରେ ଥିଲେ । ସତ୍ୟଭାମାଙ୍କୁ ସେମିତି ଉଠେଇ ସେ ତାଙ୍କ ରଥ ଆଡ଼କୁ ନେଇଗଲେ । ରଥରେ ବସି ସେ ସତ୍ୟଭାମାଙ୍କୁ ତାଙ୍କ କୋଳରେ ବସେଇ ରଥକୁ ଆଗକୁ ବଢ଼େଇବାକୁ ଆଦେଶ ଦେଲେ । ଭ୍ରମର ପର ଭଳି ସୁନ୍ଦର ତାଙ୍କ ନୟନକୁ ଦେଖି, ତାଙ୍କ ଶରୀରରୁ ବାହାରୁଥିବା ସୁଗନ୍ଧକୁ ଆଘ୍ରାଣ କରି, ତାଙ୍କ ନାସିକାର ଲାବଣ୍ୟକୁ ଦେଖି ମୁଗ୍ଧ ହୋଇ ତରଙ୍ଗ ଭଳି ଉଠୁଥିବା ଲମ୍ବା କେଶର ସୁନ୍ଦରତାକୁ ବିସ୍ମିତ ହୋଇ ଶତଧନ୍ୱା ନିଜକୁ ନିୟନ୍ତ୍ରିତ କରିପାରିଲେନି । ତା’ପରେ ସତ୍ୟଭାମାଙ୍କ ଅଧରକୁ ଚୁମ୍ବିବାକୁ ପ୍ରୟାସ କଲେ । ଏହି ସମୟରେ ଏକ ଜାଜ୍ୱଲ୍ୟମାନ ଆଲୋକପୁଞ୍ଜ ଚମକି ଉଠିଲା ଏବଂ ସେଠାକାର ପରିସର ଦୀପ୍ତିମୟ ହୋଇଉଠିଲା ।

ଶତଧନ୍ୱା ସ୍ତବ୍ଧହୋଇ ରହିଗଲେ । ସତ୍ୟଭାମାଙ୍କୁ ଚୁମ୍ବନ ଦେବାକୁ ଚେଷ୍ଟା କରିବାକୁ ଯାଉଥିବା ଛାଡ଼ି ଶତଧନ୍ୱା ମୁଣ୍ଡ ଉଠେଇ ଚାହିଁଲେ । ତାଙ୍କ ଆଖି ସାମନାରେ ଯେଉଁ ଦୃଶ୍ୟ ଦେଖାଗଲା, ତାକୁ ଦେଖି ବି ସେଇ ସତ୍ୟକୁ ସ୍ୱୀକାର କରିବାକୁ ସେ ଅସମର୍ଥ ହେଲେ ।

ସାମନାରେ ଆଉ ଏକ ରଥରେ ଶ୍ରୀକୃଷ୍ଣ ବିରାଜମାନ ଥିଲେ । ତାଙ୍କର ଗୋଟିଏ ହାତରେ ମୁରଲୀ ଶୋଭା ପାଉଥିଲା ଏବଂ ଅନ୍ୟ ଏକ ହାତରେ ସ୍ୟମନ୍ତକ ମଣି ଜାଜ୍ୱଲ୍ୟମାନ କରୁଥିଲା । ମୟୂରପୁଚ୍ଛଧାରୀ ଶ୍ରୀକୃଷ୍ଣଙ୍କ ରୌଦ୍ର ରୂପକୁ ସେ ଦେଖିଲେ ଏବଂ ଝାଳରେ ଲଟପଟ ହୋଇଗଲେ । ତାଙ୍କୁ ଭୟ ଲାଗିଲା, ଆଉ କିଛିକ୍ଷଣ ସେଠାରେ ଅଟକିଲେ ଶ୍ରୀକୃଷ୍ଣ ତାଙ୍କୁ ନିଶ୍ଚୟ ବଧ କରିବେ । ସତ୍ୟଭାମାଙ୍କୁ ରଥରେ ଛାଡ଼ିଦେଇ ସେ ସେଠାରୁ ଜୋରରେ ଧାଇଁ ଚାଲିଗଲେ । ଏହି ଘଟଣାକୁ ଦୂରରୁ ଦେଖୁଥିବା

ବାନ୍ଧବୀମାନେ ପାଖକୁ ଆସିଲେ ଏବଂ ସତ୍ୟଭାମାଙ୍କୁ ସେଠାରୁ ଅନ୍ତଃପୁର ଆଡ଼କୁ ନେଇଗଲେ। ସେମାନେ ଏକଥା ଭାବି ଆଶ୍ଚର୍ଯ୍ୟ ହେଲେ, ଶ୍ରୀକୃଷ୍ଣ କେତେବେଳେ ଆସିଲେ, କୁଆଡ଼ୁ ଆସିଲେ ଏବଂ କେତେବେଳେ ଚାଲିଗଲେ।

ଅନ୍ତଃପୁରରେ ପହଞ୍ଚି ସତ୍ୟଭାମା ଜାଣିଲେ ଏବେ ପର୍ଯ୍ୟନ୍ତ କ'ଣ ସବୁ ଘଟିଗଲା। ଏକଥା ଜାଣି ସେ ଆନନ୍ଦରେ ବିଭୋର ହୋଇଗଲେ କି ଶ୍ରୀକୃଷ୍ଣ ନିଜେ ଆସି ତାଙ୍କୁ ରକ୍ଷାକଲେ। ସେ ଆନନ୍ଦିତ ହେବାର ଏହା ବି କାରଣ ଥିଲା, ଶ୍ରୀକୃଷ୍ଣ କେବଳ ଜୀବିତ ନଥିଲେ, ମଣିକୁ ମଧ ସାଙ୍ଗରେ ନେଇକି ଆସିଥିଲେ। ସତ୍ୟଭାମାଙ୍କ ହୃଦୟ ଆନନ୍ଦରେ ବିହ୍ୱଳିତ ହୋଇଗଲା।

'ସତ୍ୟା ! ଡାକି ସତ୍ରାଜିତ୍ ଏବଂ ସତ୍ୟବତୀ ତାଙ୍କ ଝିଅକୁ ଦେଖିବାକୁ ଆସିଲେ। ସେମାନେ ଦୁହେଁ ଅତ୍ୟନ୍ତ ପ୍ରସନ୍ନ ଦେଖାଯାଉଥିଲେ। ସତ୍ରାଜିତ୍ଙ୍କ ହାତରେ ସ୍ୟମନ୍ତକ ମଣି ଦେଖି ସତ୍ୟଭାମା ଭାବିଲେ ମୁଁ ତାହେଲେ କୌଣସି ସ୍ୱପ୍ନ ଦେଖୁନଥିଲି, ଯାହାକିଛି ହେଲା ସବୁ ସତ ଥିଲା।

ସତ୍ରାଜିତ୍ କହିଲେ, "ସତ୍ୟା ! ସ୍ୟମନ୍ତକ ମଣିକୁ ଖୋଜି ସଫଳ ହୋଇ ଶ୍ରୀକୃଷ୍ଣ ଫେରି ଆସିଛନ୍ତି। ଏବେ ମୋ ପାଖକୁ ମଣି ପଠେଇ ଦେଇଛନ୍ତି। ମୁଁ ତାଙ୍କ ପାଖକୁ ଯାଇ ମୋ ଅପରାଧ ପାଇଁ ତାଙ୍କୁ କ୍ଷମା ମାଗିବି।।"

ସତ୍ୟଭାମା କହିଲେ, "ହେ ପିତାଶ୍ରୀ ! ଆପଣ ଲକ୍ଷେ ଥର କ୍ଷମା ମାଗିଲେ ବି କିମ୍ବା କୃତଜ୍ଞତା ପ୍ରକାଶ କଲେ ବି ଆପଣଙ୍କ ଯୋଗୁ ତାଙ୍କୁ ଯେଉ ଅପମାନ ମିଳିଲା, ତାହା କେବେ ବି ଚାଲିଯିବନି। ଆପଣ ଶତଧନ୍ୱାଙ୍କ ସହିତ ମୋ ବିବାହ ସ୍ଥିର କରିଛନ୍ତି। ସେଇ ଶତଧନ୍ୱା ଆଜି ମୋତେ ଅତ୍ୟାଚାର କରିବାକୁ ସାହସ କଲା। ଯଦି ଶ୍ରୀକୃଷ୍ଣ ଠିକ୍ ସମୟରେ ଉପସ୍ଥିତ ହୋଇନଥାନ୍ତେ, ତାହେଲେ ମୋର ଇଜ୍ଜତ୍ ଚାଲିଯାଇଥାନ୍ତା। ହେ ପିତାଶ୍ରୀ ! ଏକଥା ଭଲଭାବେ ଜାଣିଥିଲି ମୁଁ ପ୍ରକୃତ ବ୍ୟକ୍ତିଙ୍କୁ ଚୟନ କରିଥିଲି... ମୋ ମନ ବି ଜାଣିଛି ଏବଂ ମୋ ଶରୀର ବି। ଶ୍ରୀକୃଷ୍ଣଙ୍କୁ କ୍ଷମା ମାଗିବାରେ କାମ ସମ୍ପୂର୍ଣ୍ଣ ହେବନି। ତାଙ୍କୁ ଆପଣ ବଚନ ଦିଅନ୍ତୁ ମୋ ସହିତ ତାଙ୍କର ବିବାହ ସମ୍ପନ୍ନ କରିବେ।"

"ହେ ଝିଅ ! ତୁ ଯାହା କହିଲୁ ତାହା ନିରାଟ ସତ୍ୟ। ଶତଧନ୍ୱା ତୋ ଉପରେ ଅତ୍ୟାଚାର କରିବାକୁ ସାହସ କରି ଜଘନ୍ୟ ଅପରାଧ କରିଛି। ତାକୁ ମୁଁ ଉପଯୁକ୍ତ ଦଣ୍ଡ ଦେବି। ତୁ ଶ୍ରୀକୃଷ୍ଣଙ୍କ ପାଇଁ ଯୋଗ୍ୟ। ଯଦି ତୁମ ଦୁହିଁଙ୍କ ବିବାହ ସମ୍ପନ୍ନ କରିବିନାହିଁ, ତାହେଲେ ମୋ ନାଁ ସତ୍ରାଜିତ୍ ନୁହେଁ।" ଏହା କହି ଶତ୍ରାଜିତ୍ ସେଠାରୁ ଚାଲିଗଲେ।

ପ୍ରକୃତିର ରୂପ ବଦଳିଗଲା। ସେଠାକାର ପରିବେଶ ପରିମଳଯୁକ୍ତ

ହୋଇଗଲା । କୋଉଠୁ ମଧୁର ଏବଂ ସୁନ୍ଦର ମୁରଲୀ ବଂଶୀ ଶୁଣିବାକୁ ମିଳିଲା ।
ଥଣ୍ଡା ପବନ ବହିବାକୁ ଲାଗିଲା । ଜଳାଶୟରେ ପହଁରୁଥିବା ପିଲାମାନେ ଖୁସିରେ
ଚିତ୍କାର କରୁଥିଲେ । ସୂର୍ଯ୍ୟଙ୍କ କୋମଳ ସ୍ପର୍ଶରେ ଧରିତ୍ରୀ ପୁଲକିତ ହେଉଥିଲା ।
ପ୍ରେମୀମାନେ ଅତ୍ୟନ୍ତ ପ୍ରସନ୍ନ ଚିଉରେ ପୁଲକିତ ହେଉଥିଲେ । ନିଜ ନିଜ ପ୍ରେୟସୀଙ୍କୁ
ବାହୁରେ ନେଇ ପୁରୁଷମାନେ ଉତ୍ଫୁଲ୍ଲିତ ହେଉଥିଲେ । ଲତାବେଷ୍ଟିତ ବୃକ୍ଷରେ
ପ୍ରକୃତି ଶୋଭାମୟ ଲାଗୁଥିଲେ । ଅଧରର ମିଳନ ହେଉଥିଲା । ପ୍ରକୃତି ଏବଂ
ପୁରୁଷମାନଙ୍କର ତନ୍ମୟତା ସର୍ବତ୍ର ଦେଖାଯାଉଥିଲା । ବିରହବ୍ୟଥିତ ସତ୍ୟଭାମାଙ୍କ
ଉପଚାର କରିବାପାଇଁ ତାଙ୍କ ଶରୀରରେ ବାନ୍ଧବୀମାନେ ଚନ୍ଦନ ଲେପନ କରୁଥିଲେ ।
କିନ୍ତୁ ସେଇ ଲେପନ ତାଙ୍କୁ ଶାନ୍ତ କରିପାରୁ ନଥିଲା । ବାନ୍ଧବୀମାନଙ୍କର କୋମଳ
ସ୍ପର୍ଶରେ ସତ୍ୟଭାମାଙ୍କ ବିରହ ବେଦନା ବଢ଼ିଗଲା । ତାଙ୍କ ଅଧରରୁ ନେଇ ହୃଦୟର
ଗଭୀର ପ୍ରଦେଶ ପର୍ଯ୍ୟନ୍ତ ଗୋଟିଏ ହିଁ ଶବ୍ଦ ଉଚ୍ଚାରିତ ହେଉଥିଲା "କୃଷ୍ଣ" ।

ଦ୍ୱାରକା ନଗରୀର ସୌନ୍ଦର୍ଯ୍ୟ ବର୍ଣ୍ଣନାତୀତ ଥିଲା । ଏହି ନଗରୀ ସମୁଦ୍ର କୂଳରେ
ଥିଲା । ଶ୍ରୀକୃଷ୍ଣଙ୍କ ଦ୍ୱାରା ସ୍ୱମନ୍ତକ ମଣି ଫେରି ପାଇବା ପରେ ତାଙ୍କ ଉପରେ ଲଗା
ଯାଇଥିବା ଆରୋପ ଅସତ୍ୟ ପ୍ରମାଣିତ ହେଲା । ଯାଦବ ବଂଶ ଅସୀମ ଆନନ୍ଦ ଅନୁଭବ
କଲେ । ଶ୍ରୀକୃଷ୍ଣଙ୍କ ଭଳି ଦିବ୍ୟପୁରୁଷଙ୍କୁ ଅପମାନିତ କରିବା କାରଣରୁ ସମସ୍ତେ ସତ୍ରାଜିତ୍ଙ୍କୁ
ନିନ୍ଦା କଲେ । ସତ୍ରାଜିତ୍ ବନ୍ଧୁ ପରିଜନଙ୍କ ଠାରୁ ନିନ୍ଦାପୂର୍ବକ କଥା ଶୁଣିଲେ । ତାଙ୍କ ଭାଇ
ପ୍ରସେନଙ୍କ ଆକସ୍ମିକ ମୃତ୍ୟୁ ଯୋଗୁ ଶୋକଗ୍ରସ୍ତ ସତ୍ରାଜିତ୍ଙ୍କୁ କିଛି ଦୁଷ୍ଟ ବ୍ୟକ୍ତି ଉସୁକେଇଲେ ।
ଏଥିଯୋଗୁ ସତ୍ରାଜିତ୍ଙ୍କ ମୁହଁରୁ ଶ୍ରୀକୃଷ୍ଣଙ୍କ ପ୍ରତି ନିନ୍ଦାପୂର୍ବକ କଥା ବାହାରିଲା । ଏକଥା
ଭାବି ସତ୍ରାଜିତ୍ ନିଜକୁ ଦୋଷ ଦେଉଥିଲେ ଯେ "ମୁଁ ବେକାରଟାରେ ଶ୍ରୀକୃଷ୍ଣଙ୍କୁ ପ୍ରସେନର
ହତ୍ୟାକାରୀ ବୋଲି ଦୋଷ ଦେଉଥିଲି ।" ସ୍ୱମନ୍ତକ ମଣି ପ୍ରାପ୍ତ ହେବାପରେ ସତ୍ରାଜିତ୍
ଶୁଭ ମୁହୂର୍ତ୍ତ ଦେଖି ଶ୍ରୀକୃଷ୍ଣଙ୍କୁ ସାକ୍ଷାତ୍ କରିବାକୁ ଗଲେ ।

ସତ୍ରାଜିତ୍ଙ୍କୁ ଦେଖିବା ମାତ୍ରେ ହସି ଶ୍ରୀକୃଷ୍ଣ ତାଙ୍କୁ ସ୍ୱାଗତ କଲେ ଏବଂ ଯୋଗ୍ୟ
ଆସନ ଉପରେ ବସିବାକୁ ଆମନ୍ତ୍ରଣ କଲେ । କିନ୍ତୁ ବଲରାମ କ୍ରୋଧପ୍ରକାଶ କରି
କହିଲେ, "ହେ ସତ୍ରାଜିତ୍ ! ଆପଣଙ୍କୁ ଆପଣଙ୍କ ମଣି ମିଳିଗଲା ନା ? ଏବେ ଏଠାକୁ
ଆସିବାର କାରଣ କ'ଣ ଅଛି ? ଅନ୍ୟ କୌଣସି ଆରୋପ ଲଗେଇବାକୁ ଆସିଛନ୍ତି ?"
ବଲରାମଙ୍କ କଥା ଶୁଣି ସତ୍ରାଜିତ୍ ସ୍ତବ୍ଧ ହୋଇ ରହିଗଲେ ।

ବଲରାମଙ୍କୁ ଅଟକେଇ ଶ୍ରୀକୃଷ୍ଣ କହିଲେ, 'ଅଗ୍ରଜ ! ସତ୍ରାଜିତ୍ ଆମର ଗୁରୁଜନ ।
ଯଦି ସେ ଆମକୁ କିଛି କହିଲେ ତାହେଲେ ଆମେ ଖରାପ ଭାବିବା ଉଚିତ ନୁହେଁ ।
ତାଙ୍କର ଏଠାକୁ ଆସିବା କୌଣସି ଶୁଭ ସୂଚନାର ସଙ୍କେତ । ତାଙ୍କୁ କହିବାକୁ ଦିଅନ୍ତୁ ।"

ଶ୍ରୀକୃଷ୍ଣଙ୍କ କଥା ଶୁଣି ସତ୍ରାଜିତ୍ ଖୁସି ହୋଇଗଲେ। ତୁରନ୍ତ ସେ ଆସନରୁ ଉଠିପଡ଼ି ଶ୍ରୀକୃଷ୍ଣଙ୍କ ପାଦତଳେ ପଡ଼ିଗଲେ ଏବଂ ନିଜ ଅଶ୍ରୁଜଳରେ ତାଙ୍କ ଚରଣ କମଳକୁ ଧୋଇଦେଲେ। ଏହି ଅପ୍ରତ୍ୟାଶିତ ଘଟଣାରେ ଶ୍ରୀକୃଷ୍ଣ ଏବଂ ବଳରାମ ହତଚକିତ ହୋଇଗଲେ। ତାଙ୍କ ବାହୁକୁ ଧରି ଶ୍ରୀକୃଷ୍ଣ ତାଙ୍କୁ ଉଠେଇଦେଇ ଆଲିଙ୍ଗନ କଲେ।

"ହେ ସତ୍ରାଜିତ୍ ! ଏତେ ବିବଶତା କାହିଁକି ? ଆପଣ ଗୁରୁଜନ ଏବଂ ଆମପାଇଁ ବନ୍ଦନୀୟ। ମୁଁ ଏକଥା ଜାଣିଛି ଯେ ଆପଣ କୌଉ କାରଣରୁ ବନ୍ଧୁପରିଜନଙ୍କ ସାମନାରେ ଆରୋପ ଲଗେଇଥିଲେ ? ଆପଣ ପ୍ରତ୍ୟକ୍ଷ ଭାବେ ମୋର ନିନ୍ଦା କରିନାହାନ୍ତି।" ଶ୍ରୀକୃଷ୍ଣ କହିଲେ। ଏକଥା ଶୁଣି ସତ୍ରାଜିତ୍ ଆନନ୍ଦିତ ହେଲେ।

"ହେ ମହାପୁରୁଷ ! ଯଦି ଆପଣ କ୍ରୋଧିତ ହୋଇଥାନ୍ତେ, ତାହେଲେ ମୁଁ ଆଜିୟାଏ ଜୀବିତ ରହିନଥାନ୍ତି। ଶତଧନ୍ୱା ଏବଂ କୃତବର୍ମାଙ୍କ ସ୍ୱଭାବ ବିଷୟରେ ଆଜି ମୁଁ ଜାଣିଲି। ଶତଧନ୍ୱାର କ୍ରୁର ହାତରୁ ମୋ କନ୍ୟାକୁ ରକ୍ଷା କଲେ। ତାର ପ୍ରାଣ ଏବଂ ମାନସମ୍ମାନର ରକ୍ଷକ ଆପଣ ହିଁ ଥିଲେ। ଦୟାକରି ମୋ କନ୍ୟାକୁ ପତ୍ନୀ ଭାବେ ଆପଣ ସ୍ୱୀକାର କରନ୍ତୁ। ବିବାହ ମଣ୍ଡପରେ ତ ଆପଣଙ୍କ ପାଦକୁ ମୋତେ ଧୋଇବାକୁ ପଡ଼ିବ। ସେଇ କାମ ମୁଁ ଆଜି କଲି।" ସତ୍ରାଜିତ୍ଙ୍କ କଥା ଶୁଣି ଶ୍ରୀକୃଷ୍ଣ ପ୍ରସନ୍ନ ହେଲେ। ସେ ପୂର୍ବରୁ ଜାଣିଥିଲେ ସତ୍ରାଜିତ୍ଙ୍କ ଆସିବାର ଉଦ୍ଦେଶ୍ୟ କ'ଣ ?

କିନ୍ତୁ ଏତେ ଶୀଘ୍ର ବିବାହ ପ୍ରସ୍ତାବ ଦେବେ ଶ୍ରୀକୃଷ୍ଣ କଳ୍ପନା କରିନଥିଲେ। ନୀଳମେଘଶ୍ୟାମ ଶ୍ରୀକୃଷ୍ଣଙ୍କ କପାଳ ରକ୍ତାରୁଣିମାରେ ଦୀପ୍ତ ହୋଇଉଠିଲା। ଏକଥା ସେ ସମସ୍ତଙ୍କ ସାମନାରେ କେମିତି ପ୍ରକାଶ କରିଥାନ୍ତେ ? ସତ୍ୟାଙ୍କୁ ପ୍ରଥମରୁ ଦେଖିବାଣଠାରୁ ତାଙ୍କୁ ପ୍ରେମ କରି ବସିଛନ୍ତି ଏବଂ ତାଙ୍କୁ ପତ୍ନୀ ରୂପରେ ସ୍ୱୀକାର କରିବା ପ୍ରତୀକ୍ଷାରେ ଥିଲେ।

ଶ୍ରୀକୃଷ୍ଣଙ୍କ ପରିସ୍ଥିତିକୁ ଦେଖି ବଳରାମ ଉଠି ଛିଡ଼ାହେଲେ। ସେ ଅତ୍ୟନ୍ତ ଆନନ୍ଦିତ ହେଲେ।

ବଳରାମ କହିଲେ, "ହେ ସତ୍ରାଜିତ୍ ! ଶୁଣିଛି ଆପଣଙ୍କ କନ୍ୟା ସୌନ୍ଦର୍ୟ୍ୟର ଅନନ୍ୟ ପ୍ରତିମା ଏବଂ ସକଳ କଳାରେ ପାରଙ୍ଗମ ମଧ। ଏହା ବି ଶୁଣିଛି କି ଆମ ବନ୍ଧୁପରିଜନରେ ଏତେ ସଦ୍‌ଗୁଣସମ୍ପନ୍ନ କନ୍ୟା ଆଉ କେହି ନାହାନ୍ତି। ମୋ ଭାଇ କେତେ ଯେ କନ୍ୟାକୁ ସ୍ୱୀକାର କରିଥାନ୍ତୁ ନା କାହିଁକି, ଯଦି ନିଜ ବନ୍ଧୁବାନ୍ଧବଙ୍କ ପରିବାରର କନ୍ୟା ସହିତ ତା'ର ବିବାହ ହୋଇଯିବ, ତାହେଲେ ତାହା ନିଜର ମହତ୍ତ୍ୱ ବଢ଼େଇଦେବ। କିନ୍ତୁ ଆମ ବନ୍ଧୁବାନ୍ଧବରେ ତା'ପାଇଁ ଯୋଗ୍ୟ କନ୍ୟା କାହିଁ ? ଯେବେବି

ମୁଁ ତା'ଙ୍କ ସାମନାରେ ଏହି ପ୍ରସ୍ତାବ ରଖେ, ଶ୍ରୀକୃଷ୍ଣ ମୋ କଥାକୁ ଟାଳିଦେଇ କହନ୍ତି, ଆପଣଙ୍କୁ ବନ୍ଧୁପ୍ରୀତି ଅଧିକ। କିନ୍ତୁ ଯେବେଠାରୁ ଶ୍ରୀକୃଷ୍ଣ ଆପଣଙ୍କ ପାଖରୁ ଆସିଲେଣି, ସେବେଠାରୁ ତାଙ୍କ ମନ ତାଙ୍କ ଅଧୀନରେ କଦାପି ନାହିଁ। ସବୁବେଳେ କି ଭାବନା ଭିତରେ ସବୁବେଳେ ଡୁବି ରହିଥାନ୍ତି। ହୁଏତ ସତ୍ୟଭାମାଙ୍କୁ ପତ୍ନୀ ରୂପରେ ସ୍ୱୀକାର କରିବାପାଇଁ ସେଇ ଉଦ୍ଦେଶ୍ୟରେ ଶ୍ରୀକୃଷ୍ଣ ମଣିକୁ ଖୋଜିବାପାଇଁ ଅରଣ୍ୟକୁ ଚାଲିଗଲେ।"

ସତ୍ରାଜିତ୍ କହିଲେ, "ଆପଣଙ୍କ ସମ୍ମୁଖରେ ଏକଥା କହିବା ଉଚିତ ହେବ ନା ନାହିଁ ଏହା ମୁଁ ଜାଣିନି, କିନ୍ତୁ ଏକଥା ସତ୍ୟେ ସେଠାରେ ମୋ କନ୍ୟା ସତ୍ୟଭାମାର ଦଶା ଏହାଠୁ ବି ଖରାପ ପରିସ୍ଥିତି। ଯେବେଠୁ ସେ ଶ୍ରୀକୃଷ୍ଣଙ୍କୁ ଦେଖିଲାଣି ସେବେଠାରୁ ସେ କୃଷ୍ଣଙ୍କ ଆରାଧନା କରୁଛି। ମଣି ପାଇଁ ଯେବେଠାରୁ ଶ୍ରୀକୃଷ୍ଣ ଅରଣ୍ୟକୁ ଗଲେଣି ସେବେଠାରୁ ସେ କିଛି ଖାଉନି।"

ଏହା ଶୁଣି ଶ୍ରୀକୃଷ୍ଣ ପ୍ରସନ୍ନ ହେଲେ। ସତ୍ୟଭାମାଙ୍କ ପ୍ରତି ତାଙ୍କ ମନରେ ପ୍ରେମ ଭରିଗଲା। ସତ୍ରାଜିତ୍ କହିଲେ, 'ପୂର୍ବରୁ ମୁଁ ସଗୋତ୍ରୀୟ ଶ୍ରୀକୃଷ୍ଣଙ୍କ ସହିତ ସତ୍ୟଭାମାର ବିବାହ ଶାସ୍ତ୍ରସମ୍ମତ ଉପରେ ବିଚାର କରୁଥିଲି। ଭାବିଲି, ସଗୋତ୍ରୀୟଙ୍କ ସହିତ ସମ୍ପର୍କ ଯୋଡିଲେ ଏକ ପାପ କର୍ମ ହୋଇଥାଏ। କିନ୍ତୁ ମହର୍ଷି ନାରଦ ମୋ ଆଶଙ୍କାକୁ ଦୂର କଲେ। କେତେକ ଉଦାହରଣ ଦେଇ ଏହାକୁ ଶାସ୍ତ୍ରସମ୍ମତ ଘୋଷଣା କଲେ।'

ବଳରାମ ସତ୍ରାଜିତଙ୍କୁ କହିଲେ, "ହେ ସତ୍ରାଜିତ୍.... ମୁଁ ବି ଏହି ପ୍ରକାର ଭାବିଥିଲି। ଆମର ବେଦ ପଣ୍ଡିତ ବି ଏହା କହିଲେ, ଏହି ବିବାହ ଶାସ୍ତ୍ରସମ୍ମତ ହେବ। ଏମିତି ନିର୍ଣ୍ଣୟ ଆଶଙ୍କାରେ ବିଶ୍ୱାସ ରଖିଲେ ଏହି ଦିନରେ ଏତେ ବିବାହ ହୁଅନ୍ତାନି। ସେମାନେ ଦୁହେଁ ଦୁହିଁଙ୍କୁ ଚାହୁଁଛନ୍ତି। ଏହାକୁ ମହତ୍ତ୍ୱ ଦେବା ଦରକାର। ଦୁହିଁଙ୍କ ଶରୀର-ଧର୍ମ ଏବଂ ମନୋ-ଧର୍ମର ଏକ ହେବାପରେ ହିଁ ବିବାହ ସାଧ ହୋଇଯାଏ। କିଏ କ'ଣ କହିପାରିବ ଗୋତ୍ର ଏବଂ ରାଶି-ଚକ୍ରକୁ ଦେଖି ସ୍ଥିର କରିଥିବା ସବୁ ବିବାହ ସଫଳ ହୋଇଥାଏ ? ଏହି ଭାବନା ମୋ ମନରେ ଆସିବାକ୍ଷଣି ମୋତେ ଆନନ୍ଦ ମିଳିଲା ଯେ ଆମ ବନ୍ଧୁବାନ୍ଧବଙ୍କର ଜଣେ କନ୍ୟା ସହିତ ମୋ ଭାଇ ଶ୍ରୀକୃଷ୍ଣର ବିବାହ ହେବ। ଯାଦବ ପରିବାରର ଜଣେ ବ୍ୟକ୍ତି ସହିତ ବିବାହ ହେବା ଯାଦବ କନ୍ୟାର ଅଧିକାର। ଏହି ଅଧିକାରକୁ ନେଇ କିଏ ବି ପ୍ରଶ୍ନ କରିପାରିବେନି। ଏହି କଥାକୁ ନେଇ ଆପଣ ଚିନ୍ତା କରିବା କୌଣସି ଆବଶ୍ୟକତା ନାହିଁ। ଆପଣଙ୍କ କନ୍ୟାକୁ ଆମ ପରିବାରରେ ପ୍ରତିଷ୍ଠା ମିଳିବ। ଏହି ବିବାହରେ ଯାଦବ ବଂଶର ବି ବୃଦ୍ଧି ହେବ।

ସତ୍ରାଜିତ୍ ଶ୍ରୀକୃଷ୍ଣଙ୍କ ଆଡ଼କୁ ଚାହିଁଲେ। ତାଙ୍କ ବିଶାଳ ନେତ୍ରରେ ପ୍ରସନ୍ନତାର ଝଲକ ଦେଖାଯାଉଥିଲା।

ଶ୍ରୀକୃଷ୍ଣ ହସି କହିଲେ, "ହେ ମାମାଶ୍ରୀ! ବାସ୍ତବରେ ମୁଁ ଆପଣଙ୍କ ଆସିବାକୁ ପ୍ରତୀକ୍ଷା କରିଥିଲି। ଏହାଠାରୁ ମୁଁ ଆଉ ବେଶୀ କିଛି କହିପାରି ନଥାନ୍ତି। ଯଦି ସତ୍ୟାଙ୍କ ସହିତ ମୋର ବିବାହ ହୋଇନଥାନ୍ତା, ତାହେଲେ ମୁଁ ପାପ ଦଣ୍ଡକୁ ଭୋଗିବାକୁ ପ୍ରସ୍ତୁତ ଥିଲି। ମଣିକୁ ଖୋଜିବାକୁ ମୋତେ ଅରଣ୍ୟକୁ ପ୍ରବେଶ କରିବାକୁ ପଡ଼ିଲା। ବିବାହ ପୂର୍ବରୁ ମୋତେ ଦଣ୍ଡ ଭୋଗିବାକୁ ପଡ଼ିଲା। ମୋର ଆଉ କ'ଣ ଦରକାର ?"

ଶ୍ରୀକୃଷ୍ଣଙ୍କ କଥା ଶୁଣି ସତ୍ରାଜିତ୍ ଏବଂ ବଳରାମ ହସିଲେ।

দ্বারকা নগরীকু সুন্দর ঢ়ঙ্গরে অলংকৃত করাযাইথ়িলা। କୌଣସି পর্ব দিনকু পালন କଲାଭଳି অনুভূতিকু পাଇ দ্বারকাবাসী খুসিরে আত্মହରা ହେଉଥ়িলে। উৎসবর ଶୋଭାରে ତାହା ଦୀପ୍ତିময় ହେବାକୁ ଲାଗିଲା। ପ୍ରତ୍ୟେକ ঘରে খুসি উপলକ্ষে ନୃତ୍ୟ এবং ସଙ୍ଗୀତର କାର୍ଯ୍ୟକ୍ରମ ଜୋରଦାର ହେଲା। ରଙ୍ଗବେରଙ୍ଗୀ ପତାକା এবং ଫୁଲରେ ନଗରୀକୁ ଶୋଭାମୟ ଢଙ୍ଗରେ ସଜା ଯାଇଥିଲା। ଘରର ଅଗଣାକୁ ନଗରବାସୀ ପୁଷ୍ପମାଲା এবং ପୂର୍ଣ୍ଣକୁମ୍ଭରେ ସଜେଇଥିଲେ। ରଙ୍ଗୋଲି ଅତ୍ୟନ୍ତ ଆକର୍ଷଣୀୟ ଦେଖାଯାଉଥିଲା। ପିଲା ଠାରୁ ବୁଢ଼ା ପର୍ଯ୍ୟନ୍ତ ନୂତନ ବସ୍ତ୍ର ପରିଧାନ କରି ଘୂରି ବୁଲୁଥିଲେ।

କୁରୁ, ସୃଜୟ, କେକୟ, ବିଦର୍ଭ, ଯଦୁ এবং କୁନ୍ତି ବଂଶର ରାଜାମାନେ ବହୁତ ଦାମୀ ଭେଟି ନେଇ ଆସିଥିଲେ। ଦ୍ୱାରକା ନଗରୀର ରାଜପଥ, ପ୍ରଧାନ ସଡ଼କ এবং ଗଲି ଅତିଥିରେ ପୂରିଗଲା। ଲୋକମାନେ একথা କହିବାକୁ ଲାଗିଲେ, ଶ୍ରୀକୃଷ୍ଣ ସ୍ୟମନ୍ତକ ମଣିକୁ କେମିତି ପ୍ରାପ୍ତ କଲେ এবং ସେ ବିଜୟୀ କେମିତି ହେଲେ। ଭାଟ ଲୋକେ ଶ୍ରୀକୃଷ୍ଣଙ୍କ ବଂଶୀ, ଯଶ এবং ଚରିତ୍ରର ଗାନ କରିବାକୁ ଲାଗିଥିଲେ। ଯାଦବ ବଂଶର ଲୋକେ ଅତ୍ୟନ୍ତ ପ୍ରସନ୍ନ ଦେଖାଯାଉଥିଲେ। ଏହି କଥାକୁ ନେଇ ସେମାନେ ପ୍ରସନ୍ନ ଥିଲେ ତାଙ୍କ ବଂଶର କନ୍ୟା ସତ୍ୟଭାମାଙ୍କ ସହିତ ଶ୍ରୀକୃଷ୍ଣଙ୍କର ବିବାହ ହେବାର ଅଛି।

ସତ୍ୟଭାମାଙ୍କୁ ବିବାହ ପୂର୍ବରୁ ଶ୍ରୀକୃଷ୍ଣଙ୍କ ବିବାହ କ୍ଷତ୍ରିୟ ପରିବାରର କନ୍ୟା ରୁକ୍ମିଣୀଙ୍କ ସହିତ ହେଲା। একথা ଜାଣି ତାଙ୍କ କନ୍ୟା ପିଲାଦିନରୁ ଶ୍ରୀକୃଷ୍ଣଙ୍କ ଉପାସନା କରୁଥିଲେ। ରୁକ୍ମିଣୀଙ୍କ ପିତା ଭୀଷ୍ମକ ନିଜ କନ୍ୟାର ବିବାହ ଶ୍ରୀକୃଷ୍ଣଙ୍କ ସହିତ କରିବାପାଇଁ କୌଣସି

ଆପଭି କଲେନି। କିନ୍ତୁ ତାଙ୍କ ପୁତ୍ର ରୁକ୍ମୀ ଏହି ପ୍ରସ୍ତାବକୁ ବିରୋଧ କଲେ। ଯାଦବ ବଂଶରେ ସମ୍ପର୍କ ଯୋଡ଼ିବାକୁ ତାଙ୍କୁ ଆଦୌ ପସନ୍ଦ ନଥିଲା। ଶେଷରେ ଶ୍ରୀକୃଷ୍ଣ ତାଙ୍କୁ ଅଟକେଇ ବୀରମାନଙ୍କୁ ପରାସ୍ତ କରି ରୁକ୍ମିଣୀଙ୍କୁ ଅପହରଣ କଲେ ଏବଂ ତାଙ୍କୁ ବିବାହ କଲେ। ସ୍ୟମନ୍ତକ ମଣିକୁ ପୁଣି ପ୍ରାପ୍ତ କରିବାପାଇଁ ଶ୍ରୀକୃଷ୍ଣ ଜାମ୍ବବତୀକୁ ପରାସ୍ତ କଲେ। ତାପରେ ଜାମ୍ବବତ ତାଙ୍କ କନ୍ୟାକୁ ତାଙ୍କୁ ସମର୍ପି ଶ୍ରୀକୃଷ୍ଣଙ୍କୁ ଜାମାତା କଲେ। ଶ୍ରୀକୃଷ୍ଣ ସତ୍ୟଭାମାଙ୍କ ସହିତ ଜାମ୍ବବତୀଙ୍କୁ ବି ଶାସ୍ତ୍ରମତେ ପତ୍ନୀ ରୂପରେ ସ୍ୱୀକାର କରିବାକୁ ନିର୍ଣ୍ଣୟ କଲେ। ଯାଦବ ବଂଶ ଏହି କଥାକୁ ନେଇ ଖୁସି ହେଲେ ଯେ ଅନ୍ତଃପୁରରେ ଜଣେ ଯାଦବ ସ୍ତ୍ରୀ ଭଳି ଏକ ପାହାଡ଼ୀ କନ୍ୟାକୁ ଗୌରବ କଦାପି ମିଳିବନି ଏବଂ ଆମ ଜାତିର କନ୍ୟା ଉପରେ ଶ୍ରୀକୃଷ୍ଣଙ୍କର ସମ୍ପୂର୍ଣ୍ଣ ଅଧିକାର ହେବ। ଜାମ୍ବବତୀ ସହିତ ଆସିଥିବା ପାହାଡ଼ୀ ଲୋକମାନେ ବି ଯାଦବମାନଙ୍କ ସହିତ ମିଳିମିଶି ଗଲେ ଏବଂ ଦ୍ୱାରିକାରେ ସମ୍ପନ୍ନ ହେଉଥିବା କାର୍ଯ୍ୟକ୍ରମରେ ଉତ୍ସାହର ସହ ଭାଗ ନେବାକୁ ଲାଗିଲେ। ବିଭିନ୍ନପ୍ରକାର ବାଦ୍ୟଯନ୍ତ୍ର ମଧୁର ସଙ୍ଗୀତକୁ ଶୁଣି ଯାଦବ କନ୍ୟାମାନେ ନାଚିଲେ ଏବଂ ଗାଇବାକୁ ଲାଗିଲେ। ଏହି ଦୃଶ୍ୟକୁ ଦେଖି ଖୁସିହେଇ ସାଗରର ଲହରୀ ବି ଆହୁରି ଜୋରରେ ନାଚି ଉଠିଲା। ଶ୍ରୀକୃଷ୍ଣଙ୍କ ମନ ପ୍ରଫୁଲ୍ଲିତ ହେଉଠିଲା।

ସେଇଦିନଠାରୁ ସେ ଚାପଗ୍ରସ୍ତ ହେଇଥିଲେ, ଯେବେଠାରୁ ତାଙ୍କ ଉପରେ ସ୍ୟମନ୍ତକ ମଣି ଅପହରଣର ଆରୋପ ଲଗାଗଲା। ରୁକ୍ମିଣୀ ତାଙ୍କୁ ସାନ୍ତ୍ୱନା ଦେବାକୁ ବିଫଳ ପ୍ରୟାସ କଲେ। କିନ୍ତୁ ଏବେ ସ୍ଥିତି ବଦଳିଗଲା। ସବୁ ଆରୋପ ମିଛ ପ୍ରମାଣିତ ହେଲା। ଏବେ ଶ୍ରୀକୃଷ୍ଣଙ୍କ ମନ ପର ଖୋଲି ନାଚୁଥିବା ମୟୂର ଭଳି ଅତ୍ୟନ୍ତ ପ୍ରଫୁଲ୍ଲିତ ହେଲା। ତାଙ୍କପାଇଁ ଆନନ୍ଦର କଥା ଏହାକି, ନା କେବଳ ସ୍ୟମନ୍ତକ ମଣିକୁ ପ୍ରାପ୍ତ କରିବାରେ ସଫଳତା ମିଳିଲା, ବରଂ ସେଇ ମଣିଠାରୁ ବି ତେଜସ୍ୱିନୀ ଲଲନା ବି ତାଙ୍କୁ ମିଳିଲା।

ପଇଡ଼ ପାଣି ଏବଂ ମଧୁ ଭଳି ସ୍ୱଚ୍ଛ ଏବଂ ନିଷ୍କପଟ ପାହାଡ଼ୀ କନ୍ୟା ଜାମ୍ବବତୀର ହାତକୁ ନିଜ ହାତରେ ନେବା ସମୟରେ ଶ୍ରୀକୃଷ୍ଣଙ୍କ ଶରୀର ପୁଲକିତ ହେଉଠୁଥିଲା।

ଜାମ୍ବବତୀ ବିଷୟରେ ଭାବିବା ସମାପ୍ତ କରି ଶ୍ରୀକୃଷ୍ଣ ଯେବେ ସତ୍ୟଭାମାଙ୍କ ବିଷୟରେ ଭାବିବା ଆରମ୍ଭ କଲେ, ସେତେବେଳେ ନିଜ ଉପରେ ନିୟନ୍ତ୍ରଣ ହରେଇଲେ। ଜାମ୍ବବତୀ ଏବଂ ସତ୍ୟଭାମା ପରସ୍ପର ବିପରୀତ ସ୍ୱଭାବର ଲଲନା ଥିଲେ। ପ୍ରକୃତି କୋଳରେ ଖେଳି ଜାମ୍ବବତୀ ବଡ଼ ହେଇଛି ଏବଂ ପ୍ରଥମଥର ନଗରରେ ପାଦ ରଖିବା ସମୟରେ ତାଙ୍କ ଆଖିରେ ଭୟ ଏବଂ ଆଶ୍ଚର୍ଯ୍ୟ ମିଶ୍ରିତ ଚମକ ଦେଖାଗଲା।

କିନ୍ତୁ ଦ୍ୱାରକା ନଗରୀର ଅନ୍ତଃପୁରରେ ସୁଖମୟ ଏବଂ ଭୋଗ ବିଳାସମୟ ବାତାବରଣରେ ବଢ଼ିଥିବା ସତ୍ୟଭାମା ଅତ୍ୟନ୍ତ ସୁକୋମଳ ଏବଂ ଲହୁଣୀ ଭଳି । ଜାମ୍ବବତୀ ଏକ ଲୋକଗୀତ ଭଳି । ତାକୁ ସ୍ୱର ରାଗଯୁକ୍ତ ଗୀତିକା କରେଇବାକୁ ଶ୍ରୀକୃଷ୍ଣଙ୍କୁ କିଛି ସମୟ ଲାଗିବ । ସେଇ ଲୋକଗୀତରେ କିଛି ମାତ୍ରାରେ ଶାସ୍ତ୍ରୀୟତାର ପ୍ରୟୋଗ କରିବାକୁ ହେବ । କିନ୍ତୁ ସତ୍ୟଭାମା ତାଙ୍କ ଅଙ୍ଗୁଳିର ମୃଦୁ ସ୍ପର୍ଶରେ ସପ୍ତସ୍ୱରର ଆଲାପ କରୁଥିବା ବୀଣା ସମାନ । ସେ ଏକ ଭଦ୍ର ପରିବାରର କନ୍ୟା ବି ଥିଲେ । ସେ ଶ୍ରୀକୃଷ୍ଣଙ୍କ ମନକୁ ବୁଝିବାକୁ ସକ୍ଷମ ଥିଲେ ଏବଂ ପିଲାଦିନରୁ ତାଙ୍କୁ ଆରାଧନା କରୁଥିଲେ । ଜାମ୍ବବତୀ ଏବଂ ସତ୍ୟଭାମାଙ୍କ ବିଷୟରେ ଭାବିବା ସମୟରେ ବ୍ରଜରେ ଗୋପୀମାନଙ୍କ ମଧ୍ୟରେ ରହିବା ସମୟରେ ଶୃଙ୍ଗାରର ଯୋଉ ପାଠ ସେ ଶିଖିଥିଲେ, ତାହା ଶ୍ରୀକୃଷ୍ଣଙ୍କ ସ୍ମରଣକୁ ଆସିଲା ।

ସେଦିନ କିଛି ଅଲଗା ଥିଲା, ଯେବେ ଶ୍ରୀକୃଷ୍ଣ ତାଙ୍କ ଯୌବନ ଅବସ୍ଥାରେ ପଦାର୍ପଣ କରି ସାରିଥିଲେ, କୌଣସି ଏମିତି ଲଳନା ନଥିଲେ, ଯେଉଁମାନେ ତାଙ୍କୁ ଆଶା ନେଇ ଚାହିଁନାହାନ୍ତି । ଶ୍ରୀକୃଷ୍ଣଙ୍କ ସୌନ୍ଦର୍ଯ୍ୟକୁ ଦେଖି ବିବାହିତ ମହିଳାମାନେ ମଧ୍ୟ ତାଙ୍କର ନିୟନ୍ତ୍ରଣ ହରାଉଥିଲେ । ଯେତେବେଳେ ଶ୍ରୀକୃଷ୍ଣ ତାଙ୍କ ବନ୍ଧୁମାନଙ୍କ ସହିତ ରାସ୍ତାରେ ଛିଡ଼ାହୋଇ ସେମାନଙ୍କୁ ଦେଖି ଚିଡ଼ାନ୍ତି, ଠଟ୍ଟା କରନ୍ତି, ସେମାନେ ନରାଗି ବରଂ ତାଙ୍କ ସାନ୍ନିଧ୍ୟରେ ଖୁସି ହୁଅନ୍ତି । ଶ୍ରୀକୃଷ୍ଣ ତାଙ୍କ ବାଲ୍ୟାବସ୍ଥାରେ କେତେ ଦୁଃସାହସିକ କ୍ରୀଡ଼ା କରିଛନ୍ତି, ସେଥିଯୋଗୁ କେତେ ଲୋକ ତାଙ୍କ ଆରାଧନା କରୁଥିଲେ । ଶ୍ରୀକୃଷ୍ଣଙ୍କ ମୁରଲୀ ସ୍ୱନକୁ ଶୁଣି ସମସ୍ତେ ବିମୋହିତ ହେଉଥିଲେ ।

ମୁରଲୀଧର ଶ୍ରୀକୃଷ୍ଣଙ୍କ ସମ୍ମୋହନ ଶକ୍ତି ଅପାର ଥିଲା । ସବୁ ଗୋପୀମାନେ ସ୍ୱପ୍ନିଳ ଆଖିରେ ତାଙ୍କୁ ଚାହୁଁଥିଲେ । କିନ୍ତୁ ସେଇ ବୟସରେ ଶ୍ରୀକୃଷ୍ଣ କିଛି ବୁଝିପାରୁ ନଥିଲେ, ଯେଉଁମାନେ ତାଙ୍କୁ ଦେଖି ସମ୍ମୋହନ ହେଉଥିଲେ । ସେମାନଙ୍କ ସହିତ ଠଟ୍ଟା କରିବାକୁ ଶ୍ରୀକୃଷ୍ଣଙ୍କୁ ବହୁତ ମଜ୍ଜା ଲାଗୁଥିଲା ।

ଏହି ସମୟରେ ଗୋପୀମାନଙ୍କ ହସଖୁସି ସ୍ୱର ଶ୍ରୀକୃଷ୍ଣଙ୍କୁ ଶୁଣାଗଲା । ମାଘ ମାସରେ କାତ୍ୟାୟନୀ ବ୍ରତ କରୁଥିବା ଗୋପୀମାନେ କାଳନ୍ଦୀ ନଦୀ କୂଳରେ ତାଙ୍କ ବସ୍ତ୍ରକୁ ନଦୀ କୂଳରେ ରଖି ସ୍ନାନ କରୁଥିବା ଦୃଶ୍ୟକୁ ଶ୍ରୀକୃଷ୍ଣ ଦେଖିଦେଲେ, ସେତେବେଳେ ତାଙ୍କ ମନରେ ଏକ ଦୁଷ୍ଟାମିର ଭାବନା ଆସିଲା । ସେ ଛପି ଛପି ସେଠାକୁ ଗଲେ ଏବଂ ସେମାନଙ୍କ ବସ୍ତ୍ରଗୁଡ଼ିକୁ ନେଇଯାଇ ପାଖରେ ଥିବା ଏକ କଦମ୍ବ ବୃକ୍ଷରେ ବସିଗଲେ ।

ସ୍ନାନ ସମାପ୍ତ କରିସାରି ଯେତେବେଳେ ଗୋପୀମାନେ କୂଳକୁ ଆସିଲେ,

ସେତେବେଳେ ସେମାନେ ତାଙ୍କ ବସ୍ତ୍ରକୁ ଦେଖି ପାରିଲେନି। ସେମାନେ ବହୁତ ହଇରାଣ ହେଇ ଜୋର ଜୋରରେ ଚିତ୍କାର କରିବାକୁ ଆରମ୍ଭ କଲେ। ଦୂରରେ ଏକ ବୃକ୍ଷର ଶାଖା ଉପରେ ବସିଥିବା ଶ୍ରୀକୃଷ୍ଣଙ୍କୁ ସେମାନେ ଦେଖିପାରିଲେ। ସେମାନେ ପଚାରିଲେ, "ହେ କୃଷ୍ଣ! ତୁମେ କ'ଣ କଲ... ଆମ ବସ୍ତ୍ର ଦେଇଦିଅ।"

ଶ୍ରୀକୃଷ୍ଣ ହସି କହିଲେ, "ହେ ଗୋପିକାମାନେ! ମୁଁ କୌଣସି ପର ନୁହେଁ। ଆପଣମାନେ ଏଠାକୁ ଆସି ନିଜ ନିଜ ବସ୍ତ୍ର ନେଇଯାଆନ୍ତୁ।"

ଗୋପୀମାନେ କହିଲେ, "ନାଇଁ ଆମେ ଏମିତି କରିବୁନି। ତୁମେ ଆମକୁ ନିବସ୍ତ୍ର ଦେଖି ପାରିବନି। ଜଲଦି ଆମକୁ ଆମ ବସ୍ତ୍ର ଦେଇଦିଅ, ନହେଲେ ଆମେ ପାଟି କରିବୁ।"

ଶ୍ରୀକୃଷ୍ଣ ସେମାନଙ୍କୁ କହିଲେ, "ସମସ୍ତଙ୍କୁ ଡାକ। ସମସ୍ତେ ଆସି ଆପଣମାନଙ୍କୁ ଦେଖନ୍ତୁ।"

ବହୁତ ସମୟଯାଏ ଗୋପୀମାନେ ଅନୁରୋଧ କଲେ, କିନ୍ତୁ ଶ୍ରୀକୃଷ୍ଣ ସେମାନଙ୍କ କଥା ଶୁଣିଲେନି ଏବଂ ଆହୁରି ଜୋରରେ ବାଁଶୀ ବଜେଇବାକୁ ଲାଗିଲେ। ଥଣ୍ଡା ବଢ଼ିବାକୁ ଲାଗିଥିଲା। ଶ୍ରୀକୃଷ୍ଣଙ୍କ କଥା ଶୁଣି ସେମାନେ କ୍ରୋଧରେ ଜଳିଉଠୁଥିଲେ। "ହେ କୃଷ୍ଣ! ତୁମେ ନନ୍ଦ ରାଜାଙ୍କ ପୁତ୍ର। ଆମେ ତୁମ ଦାସୀ। ନିଜ ଦାସୀ ପ୍ରତି ଏହି ପ୍ରକାର ବ୍ୟବହାର କୌଣସି ରାଜାଙ୍କୁ କ'ଣ ଶୋଭା ଦେଉଛି?" ସେମାନେ ବିକଳ ହୋଇ ପଚାରିଲେ।

ଶ୍ରୀକୃଷ୍ଣ କହିଲେ, "ଆପଣମାନେ କହୁଛନ୍ତି କି ଆପଣମାନେ ମୋ ଦାସୀ। ମାଲିକଙ୍କ ଆଦେଶ ପାଳନ କରିବା କ'ଣ ଆପଣମାନଙ୍କର କର୍ତ୍ତବ୍ୟ ନୁହେଁ? ଆସନ୍ତୁ, ମୋତେ ପ୍ରଣାମ କରି ନିଜ ନିଜ ବସ୍ତ୍ର ନେଇଯାଆନ୍ତୁ।"

ଉପାୟହୀନ ହୋଇ ଗୋପୀମାନେ ଜଣ ଜଣ ହେଇ ନିଜ ହାତରେ ଶରୀରକୁ ଢାଙ୍କି ଉପରକୁ ଆସିଲେ।

ଶ୍ରୀକୃଷ୍ଣଙ୍କ ଦୃଷ୍ଟି ତାଙ୍କ ହାତ ଉପରେ ପଡ଼ିଲା। "ଆପଣମାନେ ମୋ ଦାସୀ। କିନ୍ତୁ ଆପଣମାନେ ମୋ କଥା ଶୁଣୁ ନାହାନ୍ତି। ଆପଣମାନେ ଦୁଇହାତରେ ପ୍ରଣାମ କରନ୍ତୁ।"

ଗୋପୀମାନେ ଲଜ୍ଜାର ଶିକାର ହେଇ ଯାଇଥିଲେ। ସେମାନଙ୍କୁ ଦେଖି ଶ୍ରୀକୃଷ୍ଣ କହିଲେ, "ଆପଣମାନେ ସ୍ୱର୍ଗରୁ ଓହ୍ଲେଇ ଆସିଥିବା ଦେବ କନ୍ୟା ଭଳି। ବୃକ୍ଷରୁ ଓହ୍ଲେଇପଡ଼ି ସେମାନଙ୍କ ବସ୍ତ୍ର ଫେରେଇଦେଲେ। ବସ୍ତ୍ରଧାରଣ କରି ମୁଗ୍ଧ ମନୋହର ରୀତିରେ ଅଳଙ୍କୃତ କରିବାରେ ଶ୍ରୀକୃଷ୍ଣ ଗୋପୀମାନଙ୍କ ସହାୟତା କଲେ।"

ଗୋବର୍ଦ୍ଧନ ପର୍ବତକୁ ନିଜ ଆଙ୍ଗୁଳିରେ ଉଠେଇ ଯେବେ ଶ୍ରୀକୃଷ୍ଣ ସମସ୍ତ ଗ୍ରାମବାସୀଙ୍କୁ ରକ୍ଷା କରିଥିଲେ, ସେବେଠାରୁ ସେମାନେ ଶ୍ରୀକୃଷ୍ଣଙ୍କ ଆରାଧନା କରିବାକୁ ଲାଗିଥିଲେ। ସେଇ ଗାଁର ସ୍ତ୍ରୀଲୋକମାନେ ଶ୍ରୀକୃଷ୍ଣଙ୍କ ସୌନ୍ଦର୍ଯ୍ୟରେ ମୁଗ୍ଧ ହେବାକୁ ଲାଗିଲେ। ଶରତ୍ ରତୁର ପୂର୍ଣ୍ଣିମା ଦିନ ଯମୁନା ନଦୀ କୂଳରେ ଶ୍ରୀକୃଷ୍ଣ ମୁରଲୀ ବଜାଉଥିଲେ। ସେତେବେଳେ କେତେକ ଗୋପୀ ଆସିଲେ। ସେମାନେ ଶୃଙ୍ଗାର ରସକ୍ରୀଡ଼ା କରି ତାଙ୍କୁ ଅତ୍ୟନ୍ତ ସୁଖ ଦେଇଥିଲେ। ସେବେଠାରୁ ଆଠ ପହର ତାଙ୍କ ବିଷୟରେ ଭାବିହେଲେ। ପ୍ରତ୍ୟେକ ଦିନ ଶ୍ରୀକୃଷ୍ଣଙ୍କୁ ଖୋଜି ସେମାନେ ତାଙ୍କ ପାଖକୁ ଆସିବାକୁ ଲାଗିଲେ ଏବଂ ରାତିସାରା ତାଙ୍କୁ ଶୋଇବାକୁ ସୁଯୋଗ ଦେଲେନାହିଁ। ଜଣେ ଗୋପୀ ଶ୍ରୀକୃଷ୍ଣଙ୍କ ଚରଣ ସେବାରେ ନିମଗ୍ନ ହୋଇ ନିଜ ଜୀବନକୁ ଚରିତାର୍ଥ କରିବାକୁ ଲାଗିଲା ତ ଆଉଜଣେ ଗୋପୀ ଦାସୀ ହେଇ ତାଙ୍କ ଚରଣରେ ପ୍ରଣାମ କରିବାକୁ ଲାଗିଲା।

ସତକଥା ଏହା ଯେ ଏହା ପୂର୍ବରୁ ତାଙ୍କ ମନ ତାଙ୍କ ପିଉସୀ ରାଧା ଆଡ଼କୁ ଆକୃଷ୍ଟ ହେଇଗଲା। ଶ୍ରୀକୃଷ୍ଣ ଅନ୍ଧାରକୁ ଡରୁଥିବାରୁ ଦିନେ ରାତିରେ ନନ୍ଦ ତାଙ୍କ ଭଉଣୀ ରାଧାଙ୍କୁ ସାଥିରେ ଯିବାପାଇଁ ପୁତ୍ର ଶ୍ରୀକୃଷ୍ଣଙ୍କୁ ଯମୁନା ନଦୀ କୂଳରେ ରହୁଥିବା ତାଙ୍କର ସମ୍ପର୍କୀୟଙ୍କ ଘରକୁ ପଠେଇଦେଲେ। ଯିବା ସମୟରେ ରାଧା ତାଙ୍କ ମଧୁର କଥାରେ ଶ୍ରୀକୃଷ୍ଣଙ୍କୁ ଆକୃଷ୍ଟ କଲେ ଏବଂ ତାଙ୍କୁ ଆନନ୍ଦ ପ୍ରଦାନ କଲେ। ଯେବେ କଂସର ବଧ କରିବାପାଇଁ ଶ୍ରୀକୃଷ୍ଣ ଗୋପପୁରକୁ ଛାଡ଼ି ଯିବାକୁ ଲାଗିଲେ ସେତେବେଳେ ରାଧା ଏବଂ ଗୋପୀମାନେ ବିଲାପ କରିଥିଲେ।

ତା'ପରେ ଶ୍ରୀକୃଷ୍ଣ ସେଠାକୁ କେବେ ବି ଯାଇନାହାନ୍ତି। ମଥୁରା ନଗରୀରେ ତାଙ୍କ ସ୍ପର୍ଶରେ କୁବୁଜାର ଶାରୀରିକ ରୋଗ ଦୂର ହେଇଗଲା ଏବଂ ସେ ଏକ ସୁନ୍ଦରୀ କନ୍ୟାର ରୂପରେ ବଦଲିଗଲା। କଂସର ବଧ କରିବାପରେ ଫେରି ଆସିବାକୁ ଶ୍ରୀକୃଷ୍ଣ ବଚନ ଦେଇଥିଲେ। ଦେଇଥିବା ବଚନ ଅନୁସାରେ ଯେତେବେଳେ ଶ୍ରୀକୃଷ୍ଣ ଫେରିଲେ, ସେତେବେଳେ ସେଇ କନ୍ୟା ନିଜ ଗୃହ ଏବଂ ଶୟନକକ୍ଷକୁ ସୁନ୍ଦର ଭାବେ ସଜେଇ ଥିଲା। ସେ ଭିତରେ ପାଦ ରଖିବା ମାତ୍ରେ ତାଙ୍କ ଉପରେ ଏକ ବିଶେଷ ପ୍ରଭାବ ପକେଇ ଦେଇଥିଲା।

ସତକଥା ଏହିକି ଯେ ରୁକ୍ମିଣୀଙ୍କ ସହିତ ଶ୍ରୀକୃଷ୍ଣଙ୍କ ବିବାହ ହେବା ଯାଦବ ବଂଶ ପସନ୍ଦ କରୁନଥିଲେ। ଯେଉଁଦିନ ଶ୍ରୀକୃଷ୍ଣ ରୁକ୍ମିଣୀଙ୍କୁ ଅପହରଣ କଲେ, ସେତେବେଳେ କ୍ଷତ୍ରିୟମାନେ ଅପଶଦ ଶୁଣେଇ ଶ୍ରୀକୃଷ୍ଣଙ୍କୁ ଅପମାନିତ କଲେ। ଶ୍ରୀକୃଷ୍ଣଙ୍କୁ ସ୍ୱୟମ୍ବର ସମାରୋହରେ ଭାଗ ନେବାକୁ ଆମନ୍ତ୍ରିତ ନକରି ତାଙ୍କୁ ଅପମାନିତ କଲେ।

ରୁକ୍ମିଣୀଙ୍କୁ ଅପହରଣ କରିବା ସମୟରେ କ୍ଷତ୍ରିୟ ପରିବାରର ସଦସ୍ୟ ତାଙ୍କ ପଛରେ ଏହା କହି ଦୌଡ଼ିଲେ ଯେ "ଆମ ପରିବାରର କନ୍ୟାକୁ ପତ୍ନୀ ରୂପରେ ସ୍ୱୀକାର କରିବାକୁ ତୁମେ ଯୋଗ୍ୟ ନୁହଁ।" ରୁକ୍ମିଣୀଙ୍କ ଭାଇ ରୁକ୍ମଣ ଜାତି ନାମରେ ଶ୍ରୀକୃଷ୍ଣଙ୍କୁ ଅପମାନିତ କଲେ। ଅପମାନିତ ହୋଇ ଶ୍ରୀକୃଷ୍ଣ ରୁକ୍ମଣଙ୍କ ମୁଣ୍ଡର ବାଲ ଏବଂ ମୁଛକୁ ଅଧା ଲଣ୍ଠା କରି ପ୍ରତିଶୋଧ ନେଲେ।

ରୁକ୍ମିଣୀଙ୍କ ସହିତ ଶ୍ରୀକୃଷ୍ଣଙ୍କ ବିବାହର ଗୋଟିଏ ଦିନ ପୂର୍ବରୁ ପ୍ରୀତିଭୋଜନ ଆୟୋଜନ ଅବସରରେ ଯାଦବ ବଂଶର ବଡ଼ଲୋକଙ୍କ ମଧ୍ୟରେ ଯେଉଁ ଆଲୋଚନା ହେଲା, ତାହା ଏବେ ବି ଶ୍ରୀକୃଷ୍ଣଙ୍କର ମନେ ଅଛି।

ଜଣେ କହିଲେ, "ହେ କୃଷ୍ଣ! ମୁଁ କେବେ ବି ତୁମକୁ ବିରୋଧ କରିନି। ଯେଉଁ କ୍ଷତ୍ରିୟ ଜାତିର ଲୋକେ ଆମକୁ ସାମାଜିକ ପ୍ରତିଷ୍ଠା ଦିଅନ୍ତିନି, ସେଇ କ୍ଷତ୍ରିୟ ପରିବାରର କନ୍ୟା ସହିତ ବିବାହ କରି ତୁମେ ଆମ ଜାତିର ଅପମାନ କରିଛ। ତୁମକୁ ନିନ୍ଦା କରି କ୍ଷତ୍ରିୟମାନେ ଯୋଉ ଅପଶବ୍ଦ ଶୁଣାଇଲେ, ତାହା ମୋତେ ଜଣାପଡ଼ିଲା। ତୁମେ ଆମ ଜାତିର ପ୍ରତିଷ୍ଠାକୁ ନୁହେଁ, ସେଇ କନ୍ୟାକୁ ପତ୍ନୀ ରୂପରେ ସ୍ୱୀକାର କରିବାକୁ ପ୍ରାଥମିକତା ଦେଲ।"

ଶ୍ରୀକୃଷ୍ଣ ନିରୁତ୍ତର ରହିଲେ।

ଆଉଜଣେ ଯାଦବ କୁଳଶ୍ରେଷ୍ଠ କହିଲେ, "ଯଦି ତୁମେ ଏକ ସୁନ୍ଦରୀ କନ୍ୟା ସହିତ ବିବାହ କରିବାକୁ ଚାହୁଁଛ, ତାହେଲେ କ'ଣ ଯାଦବ ବଂଶରେ ସୁନ୍ଦରୀ କନ୍ୟାଙ୍କର ଅଭାବ ଅଛି? ରୁକ୍ମିଣୀଙ୍କ ଠାରୁ ଆମର କନ୍ୟାମାନେ ଆହୁରି ସୁନ୍ଦର। ଆମକୁ ଏବେ ପର୍ଯ୍ୟନ୍ତ ଏକଥା ବୁଝାପଡୁନି କି ତୁମେ ଏମିତି କାହିଁକି କଲ?"

ଆଉଜଣେ ଯଦୁବଂଶ ଏହି ପ୍ରଶ୍ନ ପଚାରିଲେ, "ଯଦି ଆପଣଙ୍କୁ ସ୍ୱୟମ୍ବରରେ ଭାଗ ନେବାକୁ ଆମନ୍ତ୍ରଣ ସେ କରିଥାନ୍ତେ ଏବଂ ଆପଣ ସେଇ ପ୍ରତିଯୋଗିତାରେ ବିଜୟୀ ହୋଇ ସମ୍ମାନପୂର୍ବକ ସେଇ କ୍ଷତ୍ରିୟ କନ୍ୟାକୁ ନିଜ ପତ୍ନୀ ରୂପରେ ସ୍ୱୀକାର କରିଥାନ୍ତେ ତାହେଲେ ଆମେ ବହୁତ ଖୁସି ହେଇଥାନ୍ତୁ। ବିନା ଆମନ୍ତ୍ରଣରେ ଆପଣ ସେଠାକୁ ଗଲେ ଏବଂ ଅପମାନିତ ହେଲେ। ଅପମାନକୁ ସହି ଏହି ପ୍ରକାର ଆପଣଙ୍କ ଦ୍ୱାରା ରୁକ୍ମିଣୀଙ୍କୁ ଅପହରଣ କରିବା ଘଟଣା ଆମକୁ ଆଦୌ ଭଲ ଲାଗିଲାନି।" ତାଙ୍କ କଥା ଶୁଣି ଶ୍ରୀକୃଷ୍ଣ ନିଜର ସଂଯମ ହରେଇଲେ।

ଶ୍ରୀକୃଷ୍ଣ ପଚାରିଲେ, "ହେ ଶ୍ରେଷ୍ଠଜନ! ଆପଣଙ୍କ ଭାବନାକୁ ମୁଁ ଭଲଭାବେ ବୁଝିପାରୁଛି। ଆପଣ କହିଲେ, ସ୍ୱୟମ୍ବର ସଭାକୁ ମୁଁ ଆମନ୍ତ୍ରିତ ହୋଇନଥିଲି। ଏକଥା ସତ ନୁହେଁ! କାରଣ ରୁକ୍ମିଣୀ ମୋତେ ବହୁତ ଚାହୁଁଥିଲେ ଏବଂ ସେ ଜଣେ ବ୍ରାହ୍ମଣଙ୍କ

ଦ୍ୱାରା ସମାଚାର ପଠେଇ ମୋତେ ଅନୁରୋଧ କଲେ, ଆପଣ ସ୍ୱୟଂବର ସଭାରେ ଭାଗନେଇ ମୋତେ ପତ୍ନୀ ରୂପରେ ସ୍ୱୀକାର କରନ୍ତୁ, ନଚେତ୍ କୌଣସି ଦୁଷ୍ଟ ରାଜା ମୋତେ ପତ୍ନୀ ରୂପରେ ସ୍ୱୀକାର କରିନେବ। ଏହା କ'ଣ ଆମନ୍ତ୍ରଣ ନୁହେଁ? ଯଦି ମୁଁ ସେଠାକୁ ଯାଇନଥାନ୍ତି ତାହେଲେ ସେ ମୋତେ ଭୀରୁ ଭାବିନଥାନ୍ତେ? ଏହି କାରଣରୁ ମୁଁ ସେଠାକୁ ଗଲି ଏବଂ ତାଙ୍କୁ ମୁଁ ପରାସ୍ତ କରି ରୁକ୍ମିଣୀଙ୍କୁ ସାଙ୍ଗରେ ନେଇଆସିଲି। ମୁଁ ଯାହା କିଛି କଲି ସେଥିରେ କ'ଣ ଯଦୁବଂଶର ପ୍ରତିଷ୍ଠା ବଢ଼ିଲାନି?"

ବଳରାମ ମୌନ ଧାରଣ କଲେ। ଆଉଜଣେ ଯାଦବକୁଳ ଶ୍ରେଷ୍ଠ ଶ୍ରୀକୃଷ୍ଣଙ୍କୁ ସମର୍ଥନ କଲେ। "ହଁ! ଶ୍ରୀକୃଷ୍ଣ ଯାହାକିଛି କଲେ ଠିକ୍ ହିଁ କଲେ। ରୁକ୍ମିଣୀ ନିଜେ ତାଙ୍କୁ ଡାକିଲେ, ତାହେଲେ କେମିତି ନଯାଇ ରହି ପାରିଥାନ୍ତେ? ବାଘ ସହିତ ଲଢ଼ିବାକୁ ତାଙ୍କ ପାଖକୁ ଗଲେ ଏବଂ ବିଜୟୀ ହୋଇ ଫେରିଲେ। କ୍ଷତ୍ରିୟଙ୍କୁ ଯାଦବ ବୀରଙ୍କ କ୍ଷମତାର ସେ ପରିଚୟ ଦେଲେ। ଶିଶୁପାଳ ଇତ୍ୟାଦି ବୀର ତାଙ୍କ ସାମନା କରିପାରିଲେନି।"

ଆଉଜଣେ ଯାଦବ କହିଲେ, "ହୋଇପାରେ। ରୁକ୍ମିଣୀ କ'ଣ 'ଜାତି' ନାମରେ ଶ୍ରୀକୃଷ୍ଣଙ୍କୁ ଅପମାନିତ କଲେନି?" ଆଉଜଣେ ଯାଦବ ଶ୍ରୀକୃଷ୍ଣଙ୍କୁ ସମର୍ଥନ କରି କହିଲେ, "ତାଙ୍କୁ ପରାସ୍ତ କରି ଶ୍ରୀକୃଷ୍ଣ ତାଙ୍କୁ ବୁଦ୍ଧି ଶିଖେଇଲେ।"

ଏମିତି ଭାବେ ବହୁତ ସମୟଯାଏ ଯାଦବ ବଂଶରେ ବାଦବିବାଦ ହେବା ଦେଖି ବଳରାମ କୌଣସି ଅପ୍ରତ୍ୟାଶିତ ଘଟଣାର ଆଶଙ୍କା କରି ସେ ମଝିରେ ଅଟକେଇ କହିଲେ, "ହେ ଶ୍ରୀକୃଷ୍ଣ! ଏହି କଥାକୁ ନେଇ ମୋର କୌଣସି ଆପତ୍ତି ନଥିଲା ଯେ କ୍ଷତ୍ରିୟ ପରିବାର କନ୍ୟାର ଆରାଧନା ଏବଂ ପ୍ରେମର ପାତ୍ର ହୋଇ ତୁମେ ତାଙ୍କୁ ପତ୍ନୀ ରୂପରେ ସ୍ୱୀକାର କଲ। ଯାହା କିଛି ବି ହେଇଯାଉ, ଏବେ ସେ ଆମ ଘରର ବୋହୂ। କିନ୍ତୁ ଆମେ ସବୁ ସେତେବେଳେ ଖୁସି ହେବୁ, ଯେବେ ତୁମେ ନିଜ ଯାଦବ ପରିବାରର କନ୍ୟାକୁ ବିବାହ କରି ତା'ଠୁ ବି ପରିବାର ଏବଂ ସମାଜରେ ଅଧିକ ପ୍ରତିଷ୍ଠା ଦେବ। ତା'ପରେ ତୁମେ ଯାଦବ ବଂଶର କନ୍ୟାକୁ ସବୁ ଅଧିକାର ଦେଇଦେବ।"

ଶ୍ରୀକୃଷ୍ଣ ଉତ୍ତର ଦେଲେ, "ହଁ... ଠିକ କଥା।" ସମସ୍ତେ ମୁକ୍ତ କଣ୍ଠରେ ଏହାକୁ ସମର୍ଥନ କଲେ। "ମୁଁ ଆପଣଙ୍କ ଆଦେଶ ଅନୁସାରେ ସବୁ କରିବି। ଏହା ଅବଶ୍ୟ ହେବ।"

"ଠିକ କଥା ତୁମେ କହିଲ।" ସମସ୍ତେ ଖୁସି ବ୍ୟକ୍ତ କଲେ।

କିନ୍ତୁ ସତ୍ୟଭାମାଙ୍କ ସହିତ ଶ୍ରୀକୃଷ୍ଣଙ୍କ ବିବାହ ହେବାକୁ ବହୁତ ସମୟ ଲାଗିଲା। ଏହା ମଧ୍ୟରେ ଶ୍ରୀକୃଷ୍ଣଙ୍କୁ କେତେକ ମହତ୍ତ୍ୱପୂର୍ଣ୍ଣ ଦାୟିତ୍ୱକୁ ପାଳନ କରିବାକୁ ପଡ଼ିଲା।

କଂସ ବଧ ପରେ ତାଙ୍କ ଶତ୍ରୁଙ୍କ ସଂଖ୍ୟା ବଢ଼ିଗଲା। ଜରାସନ୍ଧ ଏବଂ ଯବନଙ୍କ ସହିତ ବହୁତ ସମୟ ଯାଏ ଭୀଷଣ ଯୁଦ୍ଧ କରିବାକୁ ପଡ଼ିଲା। ଶ୍ରୀକୃଷ୍ଣ ସତର ଥର ଜରାସନ୍ଧଙ୍କୁ ପରାସ୍ତ କଲେ, କିନ୍ତୁ ଜରାସନ୍ଧ ଅଟକିଲେନି। ଅନ୍ୟପଟେ କାଳଯବନ ମ୍ଲେଚ୍ଛ ସେନାଙ୍କୁ ନେଇ ମଥୁରା ଉପରେ ଆକ୍ରମଣ କଲେ। ଏହି ଭୀଷଣ ଯୁଦ୍ଧରେ କେତେକ ଯାଦବଙ୍କର ମୃତ୍ୟୁ ହେଲା। ସେତେବେଳେ ଯାଂଦବ ବଂଶକୁ ଏକ ସୁରକ୍ଷିତ ସ୍ଥାନକୁ ନେଇଯିବାର ଆବଶ୍ୟକତାକୁ ଅନୁଭବ କରି ଶ୍ରୀକୃଷ୍ଣ ସମୁଦ୍ର ଗର୍ଭରେ ଦ୍ୱାରକା ନଗରୀ ନିର୍ମାଣ କଲେ। ଦ୍ୱାରକା ନଗରୀର ସ୍ଥାପନା ପରେ ପ୍ରଶାସନର କର୍ତ୍ତବ୍ୟକୁ ଶ୍ରୀକୃଷ୍ଣଙ୍କୁ ସ୍ୱୀକାର କରିବାକୁ ପଡ଼ିଲା। ସେ ରାଜ କାର୍ଯ୍ୟ ସମ୍ପର୍କୀୟ କାର୍ଯ୍ୟକ୍ରମରେ ନିମଗ୍ନ ହୋଇଗଲେ। ପାଣ୍ଡବଙ୍କ ସହିତ ମିତ୍ରତା ହେବାପରେ ତାଙ୍କ ସୁରକ୍ଷା ହେତୁ ଶ୍ରୀକୃଷ୍ଣଙ୍କୁ ସଜାଗ ରହିବାକୁ ପଡ଼ିଲା। ରୁକ୍ମିଣୀଙ୍କୁ ବିବାହ କରିବା କାରଣରୁ ଜରାସନ୍ଧ ଏବଂ ଶିଶୁପାଳ ତାଙ୍କ ଶତ୍ରୁ ହୋଇଗଲେ। ରୁକ୍ମିଣୀଙ୍କ ସହିତ କିଛି ବର୍ଷଯାଏ ଶ୍ରୀକୃଷ୍ଣଙ୍କ ବୈବାହିକ ଜୀବନ ଅତ୍ୟନ୍ତ ସୁଖମୟ ହେଲା। ଶ୍ରୀକୃଷ୍ଣ ଏବଂ ରୁକ୍ମିଣୀଙ୍କ ପୁତ୍ର ପ୍ରଦ୍ୟୁମ୍ନ ଏବେ ବଡ଼ ହୋଇଗଲାଣି। ଏବେ ପୁଣି ତାଙ୍କୁ ମଣି ପ୍ରାପ୍ତ କରିବା ଚେଷ୍ଟାରେ ସୌନ୍ଦର୍ଯ୍ୟର ଅନନ୍ୟ ପ୍ରତିମା ସତ୍ୟଭାମା ଆହୁରି ସ୍ୱଚ୍ଛ ଜଳପ୍ରପାତରେ ଶୋଭିତ ଜାମ୍ବବତୀ ସହିତ ତାଙ୍କର ବିବାହ ହେବାକୁ ଯାଉଛି।

ଏମିତି ଭାବେ ନିଜ ଭାବନାରେ ମଜି ଯାଇଥିବା ଶ୍ରୀକୃଷ୍ଣ ଲଳନାମାନଙ୍କ ଖିଲଖିଲ ହସ ଶୁଣି ସଚେତନ ହୋଇଗଲେ। ସୁଗନ୍ଧ ଦ୍ରବ୍ୟ ଏବଂ ସୁରଭିତ ପୁଷ୍ପମାଲାକୁ ନେଇ ସେମାନେ ଶ୍ରୀକୃଷ୍ଣଙ୍କ ପାଖକୁ ଆସିଲେ। ସେମାନଙ୍କୁ ଦେଖି ଶ୍ରୀକୃଷ୍ଣ ପ୍ରସନ୍ନ ହେଲେ। 'ହେ ମାଧବ! ଆମକୁ ଭୁଲିବେନି' କହି ସେମାନେ ଶ୍ରୀକୃଷ୍ଣଙ୍କୁ ଠଟ୍ଟା କରିବାକୁ ଲାଗିଲେ।

"ମୁଁ ଆପଣମାନଙ୍କୁ କେମିତି ଭୁଲିବି। ଆପଣମାନେ ଆପଣଙ୍କ କାମ କରନ୍ତୁ।" ଶ୍ରୀକୃଷ୍ଣ ସେମାନଙ୍କୁ ହସି କହିଲେ। ସେମାନେ ଶ୍ରୀକୃଷ୍ଣଙ୍କ ଶରୀରରୁ ଆବରଣ ଏବଂ ବସ୍ତ୍ର ହଟେଇଦେଲେ। ଶ୍ରୀକୃଷ୍ଣଙ୍କ ଶରୀରର ସ୍ପର୍ଶର ଅନୁଭୂତିକୁ ପ୍ରାପ୍ତ କରି ସେମାନେ ତାଙ୍କ ଶରୀରରେ ହଳଦୀ ଏବଂ ସୁଗନ୍ଧ ଦ୍ରବ୍ୟ ଲେପନ କଲେ। ତା'ପରେ ସ୍ନାନ ଗୃହକୁ ନେଇଯାଇ ଚୌକିରେ ବସେଇ ସୁଗନ୍ଧଯୁକ୍ତ ଗରମ ପାଣିରେ ଶ୍ରୀକୃଷ୍ଣଙ୍କୁ ସ୍ନାନ କରେଇଲେ। ତା'ପରେ ପୀତାମ୍ବର ବସ୍ତ୍ର ଧାରଣ କରେଇ ସୁଗନ୍ଧ ଦ୍ରବ୍ୟ ଲେପନ କରାଗଲା ଏବଂ କେତେପ୍ରକାର ଆଭୂଷଣରେ ତାଙ୍କ ଶରୀରକୁ ଅଲଙ୍କୃତ କରିଦେଲେ। ସେଇ ଦିବ୍ୟ ମନୋହର ସ୍ୱରୂପବାଲା ଶ୍ରୀକୃଷ୍ଣଙ୍କୁ ବନ୍ଦାପନା କରି ରୁକ୍ମିଣୀ ତାଙ୍କର ଦୋଷ ନିବାରଣ କଲେ। ସୁନ୍ଦରଭାବେ ସଜ୍ଜା ଯାଇଥିବା ବିବାହ ମଣ୍ଡପ ଆଡ଼କୁ ସେ ନିଜେ ଶ୍ରୀକୃଷ୍ଣଙ୍କୁ ନେଇଗଲେ।

ସାଧାରଣତଃ ସୁନ୍ଦରୀ ଲଳନାମାନେ ଥରେ ଶୃଙ୍ଗାରର ଅନୁଭୂତି ପ୍ରାପ୍ତ କରିବାପରେ ନିଜ ନିଜ ପ୍ରିୟତମଙ୍କଠାରୁ ଦୂର ହେବାପରେ ବିରହ ବେଦନାରେ ବ୍ୟଥିତ ହୋଇଥାନ୍ତି। କିନ୍ତୁ ସତ୍ୟଭାମା ବିବାହ ପୂର୍ବରୁ ଏହି ବେଦନା ଅନୁଭବ କରିଥିଲେ। କାରଣ ଏହା ଯେ ସେ କିଛି ବର୍ଷ ହେଲା ନିଜ ହୃଦୟରେ ଶ୍ରୀକୃଷ୍ଣଙ୍କ ପ୍ରତିମାକୁ ପ୍ରତିଷ୍ଠା କରି ତାଙ୍କ ଆରାଧନା କରୁଥିଲେ। ଶ୍ରୀକୃଷ୍ଣଙ୍କ ସହିତ ସୁଖପ୍ରାପ୍ତିର ସ୍ୱପ୍ନ ଦେଖି ତାଙ୍କ ସହିତ ସାକ୍ଷାତ୍‍ କରିବାକୁ ଅଦମ୍ୟ କାମନା ବ୍ୟକ୍ତ କରିସାରିଥିଲେ। ବିବାହ ସ୍ଥିର ହେବାପରେ ତାଙ୍କ ବିରହ ବେଦନା ବଢ଼ି ଯାଇଥିଲା। ଏକଥା ଜାଣି ତାଙ୍କ ବେଦନା ଅଧିକ ହୋଇଗଲା, ଶ୍ରୀକୃଷ୍ଣ ତାଙ୍କ ସହିତ ଜାମ୍ବବତୀକୁ ମଧ୍ୟ ପତ୍ନୀ ରୂପରେ ସ୍ୱୀକାର କରି ସାରିଥିଲେ। “ସେଇ ପାହାଡ଼ୀ କନ୍ୟାର ସୌନ୍ଦର୍ଯ୍ୟକୁ ଦେଖି ଶ୍ରୀକୃଷ୍ଣ ତା’ ଆଡ଼କୁ ବେଶୀ ଆକୃଷ୍ଟ କାଳେ ହେବେ.. ଯଦି ଶ୍ରୀକୃଷ୍ଣ ମୋତେ ଉପେକ୍ଷା କରି ସେଇ ଜାମ୍ବବତୀ ସହିତ ଆନନ୍ଦଲାଭ କରିବେ, ତାହେଲେ ମୁଁ କ’ଣ କରିବି ? ଯଦି ଏୟାହିଁ ହେବ, ତାହେଲେ ମୋତେ ବିବାହ କାହିଁକି କରୁଛନ୍ତି ? ମୁଁ ତ ବଡ଼ ନିଷ୍ଠାର ସହିତ ଶ୍ରୀକୃଷ୍ଣଙ୍କ ଆରାଧନା କରୁଥିଲି। ସେ ମୋ ମନକୁ ଚିହ୍ନିଲେ ନା ନାହିଁ ?” ଏମିତି ଭାବେ କେତେପ୍ରକାର ଆଶଙ୍କା ମନକୁ ଘେରି ରହିଥିଲା। କିନ୍ତୁ ଏକଥା ଭାବି ସତ୍ୟଭାମା ସାନ୍ତ୍ୱନା ପାଉଥିଲେ ଯେ ସେ ଯାଦବ କନ୍ୟା ଥିଲେ, ଏଥିପାଇଁ ଶ୍ରୀକୃଷ୍ଣଙ୍କ ଉପରେ ତାଙ୍କର ଅଧିକାର ରହିବ। ସତ୍ୟଭାମାଙ୍କର ଏହି ବିଶ୍ୱାସ ବି ଅଛି ବିବାହ ପରେ ସେ ଶ୍ରୀକୃଷ୍ଣଙ୍କୁ ନିଜ ଆଡ଼କୁ ଆକୃଷ୍ଟ କରିପାରିବେ। କେବେ କେବେ ଏକଥା ଭାବି ସେ ଚିନ୍ତିତ ହୋଇପଡ଼ୁଥିଲେ, ସେ ମୋତେ କ’ଣ ପ୍ରକୃତ ଅବସର ଏବଂ ସମୟ ଦେବେକି ନାହିଁ ? ଏମିତି ସବୁକଥା ଭାବି ସତ୍ୟଭାମା ବ୍ୟଥିତ ହେବାକୁ ଲାଗିଲେ। ପ୍ରକୃତି ତା’ର ରୂପ ବଦଲେଇ ଦେଲା। ସେମାନେ ସଂଯୋଗ ସୁଖକୁ ଉଦ୍ଦୀପ୍ତ କରିବାକୁ ଲାଗିଥିଲେ। ଚମ୍ପା ଏବଂ ଚାମେଲି ପୁଷ୍ପର ସୁଗନ୍ଧରେ ଭରା ଥଣ୍ଡା ପବନ ବହିବାକୁ ଲାଗିଲା। ଭ୍ରମରମାନଙ୍କର ମଧୁର ଝଙ୍କାର ଶୁଣା ଯାଉଥିଲା। କୋମଳ ପତ୍ରର ଧୀର ଗତିରେ ହଲିବା ଶବ୍ଦ ଏବଂ କୋଇଲିର ମଧୁର ଗୁଞ୍ଜନ ଶୁଣାଯାଉଥିଲା। ପଦ୍ମର କୋମଳ ପତ୍ର କଣ୍ଟା ଭଳି ସତ୍ୟଭାମାଙ୍କ ହୃଦୟରେ ଫୁଟି ତାଙ୍କ ବିରହ ବେଦନାକୁ ଉଦ୍ଦୀପ୍ତ କରିବାକୁ ଲାଗିଥିଲା। ସତ୍ୟଭାମା ଭାବିବାକୁ ଲାଗିଲେ, ଆଜି ପ୍ରକୃତି ଏତେ ସୁନ୍ଦର କାହିଁକି ? ସାରା ସଂସାର ଆଜି ତାଙ୍କୁ ଏତେ ମାଦକ କାହିଁକି ଦେଖାଯାଉଛି ?

ସତ୍ୟଭାମା ଭାବନାଗ୍ରସ୍ତ ହେଲେ। ଏହି ସମୟରେ ତାଙ୍କ ବାନ୍ଧବୀମାନେ ହସଖୁସି କରି ତାଙ୍କ କୋଠରୀକୁ ଆସିଲେ। ତାଙ୍କ ହସଖୁସି ଶୁଣି ସତ୍ୟଭାମା ଉଦ୍‍ବିଗ୍ନ ହେଲେ। ସେ ଭାବିବାକୁ ଲାଗିଲେ, ଏପଟେ ସେ ଶ୍ରୀକୃଷ୍ଣଙ୍କ ବିରହରେ ବ୍ୟଥିତ ହୋଇ

ପ୍ରତି କ୍ଷଣର କଷ୍ଟକୁ ସହୁଛନ୍ତି, ସେପଟେ ଏହି ବାନ୍ଧବୀମାନେ ନିଜ ନିଜ ପ୍ରିୟତମଙ୍କ ସାଥିରେ ବିହାର କରି ମିଳିତ ସୁଖ ଅନୁଭବ କରି ଖୁସି ପାଳନ କରୁଛନ୍ତି। ଏମାନେ ଜାଣନ୍ତିନି ଶ୍ରୀକୃଷ୍ଣଙ୍କ ସହିତ ଶୀଘ୍ର ବିବାହ କରି ତାଙ୍କ ବାହୁରେ ବନ୍ଦୀ ହେବା ମୁହୂର୍ତ୍ତକୁ କେତେ ଉତ୍କଣ୍ଠାରେ ସେ ପ୍ରତୀକ୍ଷା କରିଛନ୍ତି।

ସତ୍ୟଭାମା ଏକଥା ବି ଭାବିବାକୁ ଲାଗିଲେ, "ଶ୍ରୀକୃଷ୍ଣଙ୍କ ସହିତ ବିବାହ ହେବାପରେ ସେ କ'ଣ ତାଙ୍କ ସାଙ୍ଗରେ ରହିବେ? ନା ସେଇ ଜାମ୍ବବତୀର ବାହୁରେ ସର୍ବଦା ବନ୍ଦୀହୋଇ ରହିବେ? ପୁଣି ଏକଥା ଭାବି ସତ୍ୟଭାମା ଶାନ୍ତ ହୋଇଯାଆନ୍ତି, ଶ୍ରୀକୃଷ୍ଣ ନିଶ୍ଚୟ ତାଙ୍କ ସାଙ୍ଗରେ ରହିବେ, ରୁକ୍ମିଣୀଙ୍କୁ ଭୁଲିଯିବେ, ଜାମ୍ବବତୀ ପାଖକୁ କଦାପି ଯିବେନାହିଁ।"

ସତ୍ୟଭାମାଙ୍କ ପରିସ୍ଥିତିକୁ ଜାଣିବାରେ ତାଙ୍କ ବାନ୍ଧବୀମାନେ ସଫଳ ହୋଇଗଲେ। ସେମାନେ କହିଲେ, "ସତ୍ୟା! ଚିନ୍ତା କରିବା କି ଆବଶ୍ୟକତା ଅଛି? ଏକ ଘଣ୍ଟା ମଧ୍ୟରେ ତୁମର ବିବାହ ଶ୍ରୀକୃଷ୍ଣଙ୍କ ସାଙ୍ଗରେ ହେବାକୁ ଯାଉଛି। ତା'ପରେ ପ୍ରତି ରାତି ତୁମ ଜୀବନ ମଧୁମୟ ହିଁ ହେବ।"

ଆଉଜଣେ ବାନ୍ଧବୀ କହିଲା, "ଏହାର ମାନେ ଦିନ ସମୟରେ ତାଙ୍କୁ ଏମିତି ଛାଡ଼ିଦିଆଯିବ।"

'ହେ ଯା' କହି ମନୋହର ଢଙ୍ଗରେ ସତ୍ୟଭାମା ହସିଲେ।

ଶ୍ରୀକୃଷ୍ଣଙ୍କ ସହିତ ଏକ ରସମୟ ଅନୁଭବ ହେଲା। ବିବାହ ସମ୍ପନ୍ନ ହେବା ସମୟରେ ସତ୍ୟଭାମା ଅସୀମ ଆନନ୍ଦ ଅନୁଭବ କରି ଏହି ଚିନ୍ତାରେ ପଡ଼ିଗଲେ ଏହା କ'ଣ ସତ୍ୟ ? ଯାହାକିଛି ହେଉଥିଲା। ତାକୁ ସତ୍ୟ ରୂପରେ ସ୍ୱୀକାର କରିବାକୁ ସେ ଅସମର୍ଥ ଥିଲେ। ସ୍ୱର୍ଗସୁଖ ସେ ଅନୁଭବ କଲେ। ନୀଳମେଘଶ୍ୟାମ ଶ୍ରୀକୃଷ୍ଣ ତାଙ୍କ ପାଖରେ ବସିବାମାତ୍ରେ ସେ ନିଜ ଭିତରେ ଏକ ସ୍ୱର୍ଗୀୟ ଆନନ୍ଦ ଅନୁଭବ କଲେ। ପ୍ରଥମେ ଶ୍ରୀକୃଷ୍ଣ ତାଙ୍କ ପାଖରେ ବସିଲେ। ତାଙ୍କ ଦୁହିଁଙ୍କ ମଝିରେ ପରଦା ଝୁଲେଇ ଦିଆ ଯାଇଥିଲା। ସେତେବେଳେ ସତ୍ୟଭାମା ଏହି ପରଦା ହଟିଯିବା ମୁହୂର୍ତ୍ତକୁ ବ୍ୟଗ୍ର ହୋଇ ପ୍ରତୀକ୍ଷା କରିଥିଲେ। ପରଦା ହଟିଲା। ନିଜର ଉନ୍ମୀଲିତ ଆଖି ଉଠେଇ ସେ ଶ୍ରୀକୃଷ୍ଣଙ୍କୁ ଦେଖିବାକୁ ପାଇଲେ। କିନ୍ତୁ ତାଙ୍କୁ ଏହାର ଆଭାସ ମିଳିଲା ଶ୍ରୀକୃଷ୍ଣ ନିଜ ମନୋ-ନେତ୍ରରେ ତାଙ୍କୁ ଦେଖିବାକୁ ଲାଗିଥିଲେ।

ପରଦା ହଟିଯିବା ପରେ ସ୍ମିତହାସ୍ୟ ମୁଖମଣ୍ଡଳ ଶ୍ରୀକୃଷ୍ଣଙ୍କ ଦିବ୍ୟମଙ୍ଗଳ ରୂପକୁ ଦେଖି ସତ୍ୟଭାମା ମୋହିତ ହୋଇଗଲେ। ସତ୍ୟଭାମାଙ୍କୁ ଲାଗିଲା ଶ୍ରୀକୃଷ୍ଣଙ୍କ ଆଖିରୁ ବାହାରୁଥିବା କାନ୍ତିରେଖା ତାଙ୍କୁ ଏକ ନୂତନ ସଂସାରକୁ ନେଇ ଯାଉଥିଲା। ବେଦମନ୍ତ୍ର ପଠନ ଜୋର ଜୋରରେ ହେଉଥିଲା ଏବଂ ବାଦ୍ୟଯନ୍ତ୍ର ସୁମଧୁର ଧ୍ୱନି ଶୁଣାଯାଉଥିଲା। କିନ୍ତୁ ତାକୁ ଶ୍ରୀକୃଷ୍ଣ ଶୁଣିପାରୁଥିଲେ ନା ସତ୍ୟଭାମା। ସବୁକିଛି ଯନ୍ତ୍ରବତ୍ ହେଉଥିଲା। ପାଣିଗ୍ରହଣ କରିବା ସମୟରେ, ପୁଷ୍ପର ସୁଗନ୍ଧ ଆଘ୍ରାଣ କରିବା ସମୟରେ ସତ୍ୟଭାମାଙ୍କ ଶରୀର ପୁଲକିତ ହେଉଥିଲା। ତାଙ୍କ ମୁଣ୍ଡ ଉପରେ ଜିରା, ଗୁଡ଼ ରଖାଗଲା। ସେତେବେଳେ ଶ୍ରୀକୃଷ୍ଣଙ୍କ କୋମଳ କର ସ୍ପର୍ଶରେ ସତ୍ୟଭାମାଙ୍କର ଶରୀର ରୋମାଞ୍ଚିତ ହେଉଥିଲା। ବିବାହ ସମ୍ପନ୍ନ ହେବା ସମୟରେ ବର ଏବଂ ବଧୂ ଦ୍ୱାରା ଜଣେ ଜଣଙ୍କ ମୁଣ୍ଡ ଉପରେ ଚାଉଳ ଢାଳିବା

ପ୍ରଥା ଥିଲା। ସେତେବେଳେ ସତ୍ୟଭାମାଙ୍କୁ ଲାଗିଲା ଶ୍ରୀକୃଷ୍ଣ ଚାଉଳ ନୁହେଁ, ନିଜର ସମ୍ପୂର୍ଣ୍ଣ ପ୍ରେମକୁ ତାଙ୍କ ଉପରେ ଢାଳିବାକୁ ଲାଗିଥିଲେ। ତାଙ୍କୁ ଲାଗିଲା, ପ୍ରେମରୂପୀ ବର୍ଷାରେ ସେ ସମ୍ପୂର୍ଣ୍ଣ ଭିଜି ଯାଇଛନ୍ତି। ତାଙ୍କୁ ଜଣା ବି ପଡ଼ିଲାନି ତାଙ୍କ ବିବାହ କେତେବେଳେ ହେଲା ଏବଂ କେମିତି ହେଲା।

ସତ୍ୟଭାମାଙ୍କ ସହିତ ଶ୍ରୀକୃଷ୍ଣ ଜାମ୍ବବତୀଙ୍କୁ ମଧ ନିଜର ପତ୍ନୀ ରୂପରେ ସ୍ୱୀକାର କଲେ। ତାଙ୍କ ବିବାହ ହେଲା ଦ୍ୱାରକା ନଗରୀରେ, ଯେଉଁଠି ଯାଦବ ବଂଶ ଅଧିକ ସଂଖ୍ୟାରେ ରହିବାକୁ ଲାଗିଥିଲେ। ଶ୍ରୀକୃଷ୍ଣ ଏବଂ ଜାମ୍ବବତୀଙ୍କ ବିବାହ ଅପେକ୍ଷା ଶ୍ରୀକୃଷ୍ଣ ଏବଂ ସତ୍ୟଭାମାଙ୍କ ବିବାହରେ ଅଧିକ ସଂଖ୍ୟାରେ ଅତିଥିମାନେ ଆସିଥିଲେ। ଏକ ପାହାଡ଼ୀ ଜାତିର ସ୍ତ୍ରୀ ଜାମ୍ବବତୀଙ୍କ ସହିତ ହେବାକୁ ଥିବା ବିବାହକୁ ଅଧିକ ଲୋକ କାହିଁକି ଆସିବେ ? ଏହି କଥାକୁ ନେଇ ସତ୍ୟଭାମା ଭଉଣୀ ଜାମ୍ବବତୀ ପ୍ରତି ସହାନୁଭୂତି ପ୍ରକାଶ କଲେ। ବିବାହ ପ୍ରଥା ସମ୍ପନ୍ନ ହେବା ସମୟରେ ସତ୍ୟଭାମା ଏବଂ ଜାମ୍ବବତୀଙ୍କର ବନ୍ଧୁତା ବଢ଼ିଗଲା। ଜାମ୍ବବତୀ ଦ୍ୱାରକା ନଗରୀରେ ପ୍ରଥମଥର ପାଦ ରଖିଲେ। ସେଇ ମହାନଗରୀରେ ସତ୍ୟଭାମା ତାଙ୍କପାଇଁ ଏକମାତ୍ର ବିଶ୍ୱସ୍ତ ସହଚରୀ ଥିଲେ। ସତ୍ୟଭାମାଙ୍କ ସୌନ୍ଦର୍ଯ୍ୟକୁ ଦେଖି ଜାମ୍ବବତୀ ସ୍ତମ୍ଭୀଭୂତ ହେଲେ। "ସୌନ୍ଦର୍ଯ୍ୟର ଅନନ୍ୟ ପ୍ରତିମା ସତ୍ୟଭାମାଙ୍କ ସହିତ ବିବାହ କରିବାକୁ ନିର୍ଣ୍ଣୟ କରିବାପରେ ଶ୍ରୀକୃଷ୍ଣ ମୋତେ ବିବାହ କଲେ କାହିଁକି ?" ଏହା ଜାମ୍ବବତୀ ଭାବିବାକୁ ଲାଗିଲେ। ସ୍ୱଚ୍ଛ ମଧୁ ଭଳି ଜାମ୍ବବତୀଙ୍କୁ ଦେଖି ସତ୍ୟଭାମା ବି ଆଶ୍ଚର୍ଯ୍ୟ ହେଲେ।

ସତ୍ୟଭାମା ଏବଂ ଶ୍ରୀକୃଷ୍ଣଙ୍କ ବିବାହ ସମ୍ପନ୍ନ ହେବାପରେ ଯାଦବ ବଂଶ ବହୁତ ଆନନ୍ଦିତ ହେଲେ। ବଳରାମ ଏବଂ ଅନ୍ୟ ଯାଦବମାନେ ମଦିରାପାନ କରି ଖୁସି ମନେଇବାକୁ ନିର୍ଣ୍ଣୟ କଲେ। ଏହା କହି ବଳରାମ ଶ୍ରୀକୃଷ୍ଣଙ୍କୁ ଅଭିନନ୍ଦନ ଜଣେଇଲେ, "ଜଣେ ଯାଦବ ପରିବାରର କନ୍ୟା ସହିତ ବିବାହ କରି ଶ୍ରୀକୃଷ୍ଣ କେତେ ବର୍ଷପରେ ଆମ କାମନାର ପୂର୍ତ୍ତି କଲେ।" ଆଉଜଣେ ଯାଦବ କହିଲେ, "ଶ୍ରୀକୃଷ୍ଣ ଅବଶ୍ୟ ଯାଦବ ସାମ୍ରାଜ୍ୟର ବି ବିସ୍ତାର କରିବେ।"

"ହଁ! ଏକଥା ସତ, ଯଦି ଯାଦବ ନାହିଁ, ତାହେଲେ କ୍ଷତ୍ରିୟ ଦୁର୍ବଳ ହେବେ। ଆମ ଶ୍ରୀକୃଷ୍ଣ ହିଁ ପାଣ୍ଡବଙ୍କ ରକ୍ଷା କରୁଛନ୍ତି। ବହୁତ କମ ସଂଖ୍ୟାରେ ଯାଦବ ସୈନିକମାନଙ୍କୁ ସାଥିରେ ନେଇ ଆମ ଶ୍ରୀକୃଷ୍ଣ ହିଁ ସାଲ୍ୱ, ଗୋନନ୍ଦ, ଛେଦି, ଭୀଷ୍ମକ ଏବଂ ବିରାଟାଦି ଅଗ୍ର ରାଜ୍ୟରୁ ମଥୁରାର ସଂରକ୍ଷଣ କରିଥିଲେ।" ଏହା କହି ବଳରାମ ଶ୍ରୀକୃଷ୍ଣଙ୍କର ପ୍ରଶଂସା କଲେ।

"ଶ୍ରୀକୃଷ୍ଣଙ୍କ ଯୋଗୁ ଯାଦବ ବଂଶ ସଙ୍ଗଠିତ ହୋଇଗଲେ। ଭୋଜ, ବୃଷ୍ଣି,

ଅନ୍ଧକ, ଶିନୀ ଇତ୍ୟାଦି ବଂଶର ଲୋକ ସଙ୍ଗଠିତ ହେଲେ ଏବଂ କ୍ଷତ୍ରିୟଙ୍କ ସାମନା କରିବାକୁ ଆମକୁ ସଫଳତା ମିଳିଥିଲା” ଆଉଜଣେ ଯାଦବ କହିଲେ। ରାତିସାରା ସେମାନେ ମଦିରାପାନ କରିଚାଲିଲେ। ଏହି କଥାକୁ ନେଇ ସେମାନେ ଆନନ୍ଦ ଅନୁଭବ କଲେ, ଶ୍ରୀକୃଷ୍ଣଙ୍କ ସାଙ୍ଗରେ ସତ୍ୟଭାମାଙ୍କ ବିବାହ ସମ୍ପନ୍ନ ହେବାଯୋଗୁ ଯାଦବ ଜାତିର ପ୍ରତିଷ୍ଠା ବଢ଼ିଲା ଏବଂ ସେମାନେ ଆହୁରି ଶକ୍ତିଶାଳୀ ହୋଇଗଲେ।

ମ ଧୁଶଯ୍ୟା ରାତି ଆସିଗଲା। ସତ୍ୟଭାମା ଆସିବାପରେ ଯାଦବ କନ୍ୟା ଏବଂ ବନ୍ଧୁପରିଜନଙ୍କୁ ନେଇ ରାଜପ୍ରାସାଦ ଶୋଭାମୟ ଦେଖାଯାଉଥିଲା। ସତ୍ୟଭାମାଙ୍କୁ ଏହାର ଆଭାସ ମଧ୍ୟ ହେଉନଥିଲା ଯେ ସେ ନୂତନ ପରିବେଶରେ ଅଛନ୍ତି।

ସତ୍ୟଭାମାଙ୍କ ସହିତ ତାଙ୍କ ପ୍ରିୟ ସଖୀ ଯାମିନୀ ବି ଶ୍ରୀକୃଷ୍ଣଙ୍କ ମନ୍ଦିରରେ ପ୍ରବେଶ କରିସାରିଥିଲେ। ଯାମିନୀ ସତ୍ୟଭାମାଙ୍କୁ ସଜେଇଲେ। ଯାମିନୀ ସକଳ କଳାରେ ପାରଙ୍ଗମ। ବାସ୍ତବରେ ଯାମିନୀ ସମ୍ପର୍କରେ ସତ୍ୟଭାମାଙ୍କର ସାନ ଭଉଣୀ ହେବେ। ସତ୍ରାଜିତ୍ ଦମ୍ପତି ଯାମିନୀଙ୍କୁ ବିଶେଷ ଭାବେ ଚୟନକରି ତାଙ୍କ ଝିଅ ସହିତ ପଠେଇଥିଲେ।

ମଧୁଶଯ୍ୟା ରାତି ପାଖେଇ ଆସିବାରୁ ସତ୍ୟଭାମାଙ୍କ ଉଦ୍‌ବିଗ୍ନତା ବଢ଼ିବାକୁ ଲାଗିଥିଲା। "ଯାମିନୀ କ'ଣ ହେବାକୁ ଯାଉଛି ?" ସତ୍ୟଭାମା ଯାମିନୀଙ୍କୁ ପଚାରିଲେ।

ଯାମିନୀ କହିଲେ, "ହେ ସତ୍ୟା! ତୁମେ ସକଳ କଳାରେ ପାରଙ୍ଗମ। ସଙ୍ଗୀତ କଳାରେ କେତେ ପ୍ରକାର ଧ୍ୱନି ସହିତ ତୁମେ ଭଲଭାବେ ପରିଚିତ। ଭରତ ଶାସ୍ତ୍ରକୁ ତୁମେ କଣ୍ଠସ୍ଥ କରିଥିଲ। କେତେ କାବ୍ୟ ତୁମେ ପଠନ କରିଛ। ସେଥିରେ ବର୍ଣ୍ଣିତ ଶୃଙ୍ଗାରର ବିଭିନ୍ନ ଭେଦରେ ବି ତୁମେ ଅପରିଚିତ ନୁହେଁ। ଏବେ ଏତେ ଉଦ୍‌ବିଗ୍ନତା କାହିଁକି ? ସତ୍ୟା! ଶୃଙ୍ଗାର-କ୍ରୀଡ଼ା କେବଳ ଜଣେ ବ୍ୟକ୍ତି ଦ୍ୱାରା ସମ୍ପନ୍ନ ହୁଏନି। ଦୁହିଁଙ୍କ ସହଯୋଗ ଅନିବାର୍ଯ୍ୟ ହୋଇଥାଏ। ମଧୁଶଯ୍ୟା ରାତିବେଳା କୋଠରୀକୁ ପ୍ରବେଶ କରିବାପରେ ଦୁହେଁ ନିଜ ନିଜ ପୃଥକ ଅସ୍ତିତ୍ୱକୁ ହଜେଇଦିଅନ୍ତି। ଦୁହିଁଙ୍କ ଶରୀର ଏକ ହୋଇଯାଏ। ଏହାର କୌଣସି ମହତ୍ତ୍ୱ ରହେନି କି କିଏ କାହାକୁ ସ୍ପର୍ଶ କଲା। ସେଇ ସ୍ପର୍ଶ ଦୁହିଁଙ୍କର। କାରଣ ଦୁହିଁଙ୍କର ଗୋଟିଏ କାମନା ଏବଂ

ଗୋଟିଏ ଉଦ୍‌ବିଗ୍ନତା। ସେଇ ରାତି ଶ୍ରୀକୃଷ୍ଣଙ୍କ ପାଇଁ ବି ଏକ ବିଶିଷ୍ଟ ରାତି। ଏକ ନୂଆ ଅନୁଭବ। ତୁମ ଭଳି ସୌନ୍ଦର୍ଯ୍ୟର ପ୍ରତିମା ସହିତ ସମ୍ଭୋଗସୁଖ ପ୍ରାପ୍ତ କରିବା ସମୟକୁ ଶ୍ରୀକୃଷ୍ଣ ବି ଉଦ୍‌ବିଗ୍ନତା ସହିତ ପ୍ରତୀକ୍ଷା ଅବଶ୍ୟ କରିଥିବେ। ତୁମ ଦୁହିଁଙ୍କ ମନ ଅପେକ୍ଷା ଶରୀର ହିଁ ଜଣେ ଜଣଙ୍କ ସହିତ ଅପକ୍। ପ୍ରକୃତ ପ୍ରେମୀଙ୍କ ମନ ଏବଂ ଶରୀର ବିନା କାହାର ପ୍ରୟାସ ଦ୍ୱାରା ଜଣେ ଜଣଙ୍କ ଦ୍ୱାରା ଆକର୍ଷିତ ହୋଇଥାନ୍ତି।” ଯାମିନୀ କହିଲେ। ଯାମିନୀ ସତ୍ୟଭାମାଙ୍କୁ ସାନ୍ତ୍ୱନା ଦେଇ ପରୋକ୍ଷ ଭାବେ ତାଙ୍କୁ ଠଟ୍ଟା କଲେ।

“ଯାମିନୀ! ଶାସ୍ତ୍ରର ଜ୍ଞାନ ପ୍ରାପ୍ତ କରିବା ଅଲଗା କଥା ଏବଂ ତାକୁ ଅନୁଭବ କରିବା ଅନ୍ୟ କଥା।” ସତ୍ୟଭାମା କହିଲେ।

“ମୁଁ କହୁନି କି ଦୁହେଁ ଗୋଟିଏ ନୁହେଁ। କିନ୍ତୁ ଅନୁଭବ କରିବାପରେ ତା’ର ସମ୍ପୂର୍ଣ୍ଣ ଜ୍ଞାନ ଆମକୁ ମିଳେ। ତୁମର ମନ ଯାହାକୁ ଗ୍ରହଣ କଲା ତା’ର ଶରୀର ଦ୍ୱିତୀୟ ଥର ଗ୍ରହଣ କରିବା କୌଣସି କଠିନ କାମ ନୁହେଁ।” କହି ସୁଗନ୍ଧଯୁକ୍ତ ଗରମ ପାଣିରେ ସତ୍ୟଭାମାଙ୍କ ଚରଣ-ପଲ୍ଲବକୁ ଯାମିନୀ ଧୋଇଲେ। ‘କିନ୍ତୁ...’ କହି ନିଜର କଳା ଆଖିରେ ଯାମିନୀ ଆଡ଼କୁ ଚାହିଁ ସତ୍ୟଭାମା ଅଟକିଗଲେ।

ଯାମିନୀ କହିଲେ, “ସତ୍ୟା! ଶୃଙ୍ଗାର କ୍ରୀଡ଼ା କେବଳ ଜଣେ ବ୍ୟକ୍ତି ଦ୍ୱାରା ସମ୍ପନ୍ନ ହୁଏନି। ଦୁହିଁଙ୍କ ସହଭାଗିତା ଅନିବାର୍ଯ୍ୟ ହୋଇଥାଏ। ମଧୁଶଯ୍ୟା ରାତିରେ କୋଠରୀକୁ ପ୍ରବେଶ କରିବାପରେ ଦୁହେଁ ନିଜ ନିଜ ଅସ୍ତିତ୍ୱକୁ ହଜେଇ ଦିଅନ୍ତି। ଦୁହିଁଙ୍କ ଶରୀର ଏକ ହୋଇଯାଏ। ଏହାର କୌଣସି ମହତ୍ତ୍ୱ ରହେନି କି କିଏ କାହାକୁ ସ୍ପର୍ଶ କଲା। ସେଇ ସ୍ପର୍ଶ ଦୁହିଁଙ୍କର। କାରଣ ଦୁହିଁଙ୍କର ଗୋଟିଏ ହିଁ କାମନା ଏବଂ ଗୋଟିଏ ଉଦ୍‌ବିଗ୍ନତା। ଏହି ରାତି ଶ୍ରୀକୃଷ୍ଣଙ୍କ ପାଇଁ ବି ଏକ ବିଶିଷ୍ଟ ରାତି। ଏକ ନୂଆ ଅନୁଭବ। ତୁମ ଭଳି ସୌନ୍ଦର୍ଯ୍ୟର ପ୍ରତିମା ସହିତ ସମ୍ଭୋଗସୁଖ ପ୍ରାପ୍ତ କରିବା କ୍ଷଣକୁ ଶ୍ରୀକୃଷ୍ଣ ବି ଉଦ୍‌ବିଗ୍ନତାରେ ପ୍ରତୀକ୍ଷା ଅବଶ୍ୟ କରିଥିବେ। ତୁମ ଦୁହିଁଙ୍କ ମନ ଅପେକ୍ଷା ଶରୀର ହିଁ ପରସ୍ପର ପ୍ରତି ଆକର୍ଷିତ। ପ୍ରକୃତ ପ୍ରେମୀଙ୍କ ମନ ଏବଂ ଶରୀର କୌଣସି ଚେଷ୍ଟା ବିନା ପରସ୍ପର ପ୍ରତି ଆକର୍ଷିତ ହୁଅନ୍ତି।”

ତା’ପରେ ଯାମିନୀ ପୁଣି କହିଲେ, “ଶୃଙ୍ଗାର ଏକ ସମର କ୍ଷେତ୍ର ଭଳି। ସେଇ କ୍ଷେତ୍ରରେ ପାଦ ରଖିବାପରେ ସ୍ତ୍ରୀ ଏବଂ ପୁରୁଷ ପ୍ରକୃତ ପ୍ରତିଦ୍ୱନ୍ଦ୍ୱୀ ହୋଇ ଲଢ଼ନ୍ତି।”

‘ଲଢ଼େଇ’! ସତ୍ୟଭାମାଙ୍କ ରୁଦ୍ଧସ୍ୱରରେ ଭୟ ମିଶ୍ରିତ ଆଶ୍ଚର୍ଯ୍ୟର ଭାବନା ଝଲସି ଉଠିଲା।

“ହଁ! ପ୍ରକୃତରେ ଲଢ଼େଇ। ତୁମ ପସନ୍ଦର ଲଢ଼େଇ। ମୁଁ ତୁମକୁ କିଛି ଉପାୟ ବି କହିଦେବି” କହି ଯାମିନୀ ତାଙ୍କ କାନରେ ଫୁସ୍‌ଫୁସ୍ ହୋଇ କ’ଣ କହିଲେ

ତାଙ୍କ କଥା ଶୁଣି ସତ୍ୟଭାମାଙ୍କ କୋମଳ କପାଳରେ ଲାଲିମା ଖେଳିଗଲା। ସ୍ନାନଗୃହରେ ଗରମ ପାଣିରେ ସେ ସ୍ନାନ କରୁଥିଲେ। ସେତେବେଳେ ତାଙ୍କ ଶରୀରର ସୁନ୍ଦର ଅଙ୍ଗର ସ୍ପର୍ଶ ପାଇବା ମାତ୍ରେ ପାଣି ଆହୁରି ଗରମ ହୋଇଗଲା।

ଯାମିନୀ କହିଲେ, "ତୁମେ ଅସ୍ତ୍ରଶସ୍ତ୍ର ପ୍ରୟୋଗ କରିବାରେ ବି ନିପୁଣ। ମୁଁ ଏହା ବି ଭଲଭାବେ ଜାଣିଛି କି ଶୃଙ୍ଗାର କ୍ଷେତ୍ରରେ ବି ତୁମର ଜୟ ହେବ। ଯେତେବେଳେ ସେ ତୁମ କପାଳରେ ଚୁମ୍ବନ ଦେବେ ସେତେବେଳେ ତୁମେ ପଛକୁ ହଟିବା ଅଭିନୟ କରି ତୁମେ ତୁମ ଶରୀରକୁ ତାଙ୍କ ଶରୀରରେ ସ୍ପର୍ଶ କରିବ। ଯେତେବେଳେ ତୁମ ଅଧରକୁ ଚୁମ୍ବନ ଦେବାକୁ ସେ ଚେଷ୍ଟା କରିବେ, ସେତେବେଳେ ତୁମେ ପ୍ରଥମେ ତାଙ୍କୁ ଚୁମ୍ବନ ଦେବ।"

ତା'ର କଥା ଶୁଣି ସତ୍ୟଭାମା ଲଜ୍ଜିତ ହେଲେ। ସ୍ନାନଗୃହ ବାସ୍ୟାୟନଙ୍କ ଆଶ୍ରମ ହେଇଯାଇଥିଲା। ସତ୍ୟଭାମା ଦିବ୍ୟ ଅନୁଭୂତି ପ୍ରାପ୍ତ କଲେ। ତାଙ୍କ ଶରୀର ପୁଲକିତ ହୋଇଉଠିଲା। ସ୍ନାନଗୃହରୁ ସେ ବାହାରକୁ ଆସିଲେ। ବାନ୍ଧବୀମାନେ ତାଙ୍କୁ ଘେରିଗଲେ। ଧୂପ ଦେଇ ସତ୍ୟଭାମାଙ୍କ ବାଳ ଶୁଖାଇଲେ। ଜଣେ ବାନ୍ଧବୀ ଲେହେଙ୍ଗା ପିନ୍ଧିବାରେ ସାହାଯ୍ୟ କଲା ତ ଆଉଜଣେ ବାନ୍ଧବୀ ଶାଢ଼ି ପିନ୍ଧିବାରେ ସାହାଯ୍ୟ କଲେ। ଜଣେ ବାନ୍ଧବୀ ସତ୍ୟଭାମାଙ୍କୁ ଆଭୂଷଣରେ ସଜେଇଲା। ସତ୍ୟଭାମାଙ୍କ ହଳଦୀ ରଙ୍ଗର ଦ୍ୟୁତାର କାନ୍ତିରେ ଆଭୂଷଣ ସବୁ ଚମକି ଉଠିଲା। ଚନ୍ଦ୍ରହାର ତାଙ୍କ ଛାତି ଉପରେ ଝୁଲିବାକୁ ଲଜ୍ଜାବୋଧ କଲା। ତାଙ୍କ ଓଠ ଉପରେ ଛପା ଯାଇଥିବା ଲାକ୍ଷା ରସ ସମ୍ମୋହିତ ହୋଇଯାଇଥିଲା। ତାଙ୍କ କଳା କେଶର ସୁଗନ୍ଧକୁ ଆଘ୍ରାଣ କରି ଚାମେଲି ବଶ ହୋଇଗଲେ। ସତ୍ୟଭାମାଙ୍କ ଶରୀରର ସ୍ପର୍ଶ ପାଇ ତାଙ୍କର ସମସ୍ତ ଆଭୂଷଣ ଏବଂ ବସ୍ତ୍ର ନିଜ ଭାଗ୍ୟ ଉପରେ ଗର୍ବ କରି ଦୀପ୍ତିମୟ ହୋଇଉଠିଲେ।

ସନ୍ଧ୍ୟା ଦେବୀ ଶୀଘ୍ର ନିଜ କାର୍ଯ୍ୟକୁ ସମାପ୍ତ କରି ରାତ୍ରି ଦେବୀଙ୍କ ମାର୍ଗ ପ୍ରଶସ୍ତ କଲେ । ସତ୍ୟାଙ୍କ ମୁହଁରେ ଜ୍ୟୋତ୍ସ୍ନା ବିମ୍ବିତ ହେଉଥିଲା । ତାଙ୍କ ଆଭୂଷଣର ଚମକ ଦମକ ସହିତ ତାରାମାନେ ବି ମିଟିମିଟି କରୁଥିଲେ । ଶ୍ରୀକୃଷ୍ଣଙ୍କ ଶୟନ କକ୍ଷରେ ସତ୍ୟଭାମା ପାଦ ରଖିଲେ । ଏହା ବାସ୍ତବିକ ଶୟନ ଗୃହ ନୁହେଁ, ପୁଷ୍ପମାଲା ଏବଂ ରେଶମୀ ବସ୍ତ୍ରରେ ସଜ୍ଜା ଯାଇଥିବା ନନ୍ଦନ ବନ ଥିଲା । ଏହା ଦେଖି ସତ୍ୟଭାମା ଚକିତ ହୋଇଗଲେ ଯେ ରାଜଭବନର ଭିତରକୁ ସ୍ୱର୍ଗର ନନ୍ଦନ ବନ କେମିତି ଆସିଗଲା ? ଏମିତି ଲାଗୁଥିଲା କି ଆକାଶ, ମେଘ, ନକ୍ଷତ୍ର ଏବଂ ଚାନ୍ଦରେ ସେଇ କୋଠରୀକୁ ସଜ୍ଜା ଯାଇଥିଲା ।

ତା' ମଧ୍ୟରେ ନୀଳ ମେଘ ଭଳି ତେଜସ୍ୱୀ ଶ୍ରୀକୃଷ୍ଣ ବିରାଜମାନ ଥିଲେ । ସେଇ ରାତିକୁ ବ୍ୟଗ୍ର ହୋଇ ପ୍ରତୀକ୍ଷା କରିବାବାଲା ନବ ମନ୍ମଥ ଭଳି ସେ ଆସି ନ ଥିବା ଦେଖାଗଲେ । ବାନ୍ଧବୀମାନଙ୍କ ଖିଲ୍ ଖିଲ୍ ହସରେ ନିଜ କୋଠରୀରେ ପ୍ରବିଷ୍ଟ ସତ୍ୟଭାମାଙ୍କୁ ଦେଖିବାମାତ୍ରେ ସେ ନିଜ ଆସନରୁ ଉଠି ଆସିଲେ । ଅପ୍ରତିଭ ହେଇ ସତ୍ୟଭାମା ସେଠାରେ ଛିଡ଼ା ହେଇଗଲେ । ଧଳା ରଙ୍ଗର ଶାଢ଼ି ପିନ୍ଧି ଛିଡ଼ା ହୋଇଥିବା ପ୍ରତିମା ଭଳି ସତ୍ୟଭାମାଙ୍କୁ ଶ୍ରୀକୃଷ୍ଣ ଚାହିଁଲେ ।

"ସେଠାରେ କାହିଁକି ଅଟକିଗଲ ସତ୍ୟା" କହି ଶ୍ରୀକୃଷ୍ଣ ଆଗକୁ ବଢୁଥିଲେ । ସତ୍ୟଭାମାଙ୍କୁ ଏହା ଜଣାପଡ଼ିଲାନି ଯେ ଶ୍ରୀକୃଷ୍ଣ କେତେବେଲେ ତାଙ୍କ ପାଖକୁ ଆସିଲେ ଏବଂ ତାଙ୍କ ହାତକୁ ଧରି ଶଯ୍ୟା ପାଖକୁ ନେଇଗଲେ । ଯେଉଁ ଭଗବାନଙ୍କୁ କେତେ ବର୍ଷ ହେଲା ନିଷ୍ଠାପୂର୍ବକ ଆରାଧନା କରୁଥିଲେ, ତାଙ୍କ ଅନୁଗ୍ରହକୁ ପାଇବା ସମୟ ପାଖେଇ ଆସିଲା, କିନ୍ତୁ ସତ୍ୟଭାମାଙ୍କୁ ଲାଗିଲା ସେ ଏକ ମଧୁର

ସ୍ୱପ୍ନ-ସଂସାରରେ ଅଛନ୍ତି । ଏହା କ'ଣ ସତ୍ୟ ? ନା ଏହା ସ୍ୱପ୍ନ ତ ନୁହେଁ ଯାହା ସେ କେତେ ଦିନ ହେଲା ଦେଖିବାକୁ ଲାଗିଛନ୍ତି ।

ସତ୍ୟଭାମାଙ୍କ ଚିବୁକକୁ ଉଠେଇ ଶ୍ରୀକୃଷ୍ଣ କହିଲେ, "ତୁମେ କ'ଣ କଥା କହିପାରୁନ ?" ତାଙ୍କ କଥା ଶୁଣି ସେ ବାସ୍ତବକୁ ଫେରି ଆସିଲେ । ଶ୍ରୀକୃଷ୍ଣଙ୍କ ବାହୁରେ ନିଜକୁ ଦେଖି ସତ୍ୟଭାମା ନିଜକୁ ସମର୍ପଣ କରିଦେଇ ତାଙ୍କ ବିଶାଲ ବକ୍ଷସ୍ଥଳ ଉପରେ ଢୁଙ୍କି ପଡ଼ିଲେ ।

ସ୍ନିଗ୍ଧ ଚାଦିନୀରେ ସତ୍ୟଭାମାଙ୍କ ଆଖି ନୀଲମଣି ଭଲି ଚମକି ଉଠିଲା । ତାଙ୍କ କୋମଳ ସ୍ପର୍ଶକୁ ପାଇ ଶ୍ରୀକୃଷ୍ଣ ଉତ୍ତେଜିତ ହୋଇଗଲେ । ଚାମେଲି ଲତାଭଳି ସତ୍ୟଭାମା ଶ୍ରୀକୃଷ୍ଣଙ୍କ ଶରୀରରେ ଲେଟେଇ ହୋଇଗଲେ । ଶ୍ରୀକୃଷ୍ଣ ସମର୍ପିତ ହୋଇଗଲେ । ଚାନ୍ଦର ଉଜ୍ଜ୍ୱଳତାରେ ଦୁହେଁ କ୍ରୀଡ଼ାରତ ହୋଇଗଲେ । ଜଣେ ଜଣଙ୍କ ଉପରେ ଥଣ୍ଡା ପାଣି ଛିଟା ମାରିବାକୁ ଲାଗିଲେ । ସେଇ ଜଳ ତାଙ୍କ ଶୃଙ୍ଗାର କ୍ରୀଡ଼ାର ସାକ୍ଷୀ ହେଲେ । ଜଣେ ଜଣଙ୍କୁ ନିଜ ବାହୁରେ ନେଇ ଜଳକ୍ରୀଡ଼ା କରି ସେମାନେ ମୁଗ୍ଧ ହୋଇଉଠିଲେ ।

ସତ୍ୟଭାମା ଶ୍ରୀକୃଷ୍ଣଙ୍କ ବନ୍ଧୁ ପରିବାରର କନ୍ୟା ଥିଲେ । ବିବାହ ପରେ ସତ୍ୟଭାମାଙ୍କ ସହିତ ଶ୍ରୀକୃଷ୍ଣଙ୍କର ଘନିଷ୍ଠତା ଆହୁରି ବଢ଼ିଗଲା । ଅନଙ୍ଗ-କ୍ରୀଡ଼ାରେ ନୁହେଁ, ଯୁଦ୍ଧ କଳାରେ ବି ସତ୍ୟଭାମାଙ୍କ କୁଶଳତା କାରଣରୁ ଶ୍ରୀକୃଷ୍ଣ ସତ୍ୟଭାମାଙ୍କୁ ଅଧିକ ପ୍ରେମ କରିବାକୁ ଲାଗିଥିଲେ । ସଙ୍ଗୀତ ଏବଂ ନୃତ୍ୟକଳାରେ ମଧ୍ୟ ଦୁହିଁଙ୍କର ପାରଦର୍ଶିତା ଥିଲା । ଏହି କାରଣରୁ ଦୁହେଁ ଦୁହିଁଙ୍କ ଆହୁରି ନିକଟତର ହୋଇଗଲେ । ନିଜ ନିଜ ବନ୍ଧୁ ପରିଜନଙ୍କ ବିଷୟରେ ସେମାନେ ଆଲୋଚନା କଲେ ।

ଏବେ ଦୁହିଁଙ୍କ ମଧ୍ୟରେ କୌଣସି କଥା ଅଛପା ରହିଲାନି । ସେ ଦୁହେଁ ଅଭିନ୍ନ ହୋଇଗଲେ । ଶ୍ରୀକୃଷ୍ଣଙ୍କ ସହିତ ସତ୍ୟଭାମାଙ୍କର ମିତ୍ରତା ବଢ଼ିଗଲା । ଶ୍ରୀକୃଷ୍ଣ ପ୍ରଥମରୁ ସତ୍ୟଭାମାଙ୍କ ଆରାଧନାରେ ବଶ ହୋଇଗଲେ । ଏବେ ତାଙ୍କ ଆଧିପତ୍ୟକୁ ସ୍ୱୀକାର କରିବା ତାଙ୍କର ଅଭ୍ୟାସ ହୋଇଗଲା । କାମକ୍ରୀଡ଼ାରେ ସୀମା ରହିତ ତାଙ୍କ ଆରାଧନା ଏବଂ ଆଧିପତ୍ୟର ପ୍ରଦର୍ଶନକୁ ଶ୍ରୀକୃଷ୍ଣ ବହୁତ ପସନ୍ଦ କରୁଥିଲେ । ଏହି କାରଣରୁ ସେ ନିଜକୁ ସମ୍ପୂର୍ଣ୍ଣ ସମର୍ପିତ କରିସାରିଥିଲେ । ତାଙ୍କ ଦୁହିଁଙ୍କ ମଧ୍ୟରେ ଘନିଷ୍ଠ ମିତ୍ରତାର ଏହା ହିଁ କାରଣ ଥିଲା । ଶ୍ରୀକୃଷ୍ଣ ଏବେ ବୁଝିପାରିଲେ ଯେ ଏତେ ଦିନଯାଏ ନିଜ ଜାତିର କନ୍ୟା ସହିତ ବିବାହ ନକରି ସେ କେତେ କ'ଣ ହରେଇଛନ୍ତି । ସତ୍ୟଭାମାଙ୍କୁ ବିବାହ କରିବା ଯୋଗୁ ଯାଦବ ବଂଶରେ ତାଙ୍କ ଶକ୍ତି ଏବଂ ପ୍ରତିଷ୍ଠା ବି ବଢ଼ି ଯାଇଥିଲା । ଜାମ୍ବବତୀ ସହିତ ଶ୍ରୀକୃଷ୍ଣଙ୍କ ମଧୁଶଯ୍ୟା ସମୟରେ ସତ୍ୟଭାମାଙ୍କ ମନ ବ୍ୟଥିତ ହେଇ ଉଠିଲା । "ସେଇ ପାହାଡ଼ି ସ୍ତ୍ରୀ ମୋ ପତିଦେବଙ୍କୁ ଯଦି ବଶ କରିଦେବ ତା ହେଲେ..."

ଏକଥା ଭାବି ସେ ଦୁଃଖୀ ହୋଇ ଯାଉଥିଲେ । ରାତିସାରା ସେ ଶୋଇପାରିଲେ ନାହିଁ । ପ୍ରଥମଥର ତାଙ୍କୁ ଏହା ଅନୁଭବ ହେଲା କି ବିରହ କେତେ ନିଷ୍ଠୁର ହେଇଥାଏ । ଯଦୁପତି ଯାମିନୀ ସତ୍ୟଭାମାଙ୍କ ଶରୀର ଉପରେ ଚନ୍ଦନ ଲେପନ କଲେ କିନ୍ତୁ ଶରୀରର ଉତ୍ତାପ ଦୂର ହେଲାନି ।

କାଳିଯାଏ ଚାନ୍ଦ ସତ୍ୟଭାମାଙ୍କ ସୁଖାନୁଭୂତିକୁ ଉଦ୍ଦୀପ୍ତ କରିବାକୁ ଲାଗିଥିଲେ, କିନ୍ତୁ ଆଜି ସେ ତାଙ୍କୁ ମର୍ମାନ୍ତିକ ପୀଡ଼ା ଦେଉଛନ୍ତି । ଥଣ୍ଡାପବନ ବହିବାକୁ ଲାଗିଲା, ଶରୀରର ତାପ ହିଁ ତାଙ୍କୁ ଦାବାଗ୍ନି ଜ୍ୱାଳା ଭଳି ଲାଗୁଥିଲା । ସକାଳ ହେବାକ୍ଷଣି ସେ ଶ୍ରୀକୃଷ୍ଣଙ୍କୁ ନିଜ ପାଖକୁ ଡାକନ୍ତି ଏବଂ ତାଙ୍କୁ କୁହନ୍ତି ରାତିସାରା ସେ କେତେ ପୀଡ଼ା ସହିଲେ । ଶ୍ରୀକୃଷ୍ଣ ତାଙ୍କୁ ଆଲିଙ୍ଗନ କରି ସାନ୍ତ୍ୱନା ଦିଅନ୍ତି । ଦିନସାରା ସେ ସତ୍ୟଭାମାଙ୍କ ପାଖରେ ରୁହନ୍ତି ।

□□□

ଦ୍ୱାରକା ନଗରୀର ସୌନ୍ଦର୍ଯ୍ୟ ଅବର୍ଣ୍ଣନୀୟ । ଲକ୍ଷ୍ମୀଦେବୀ ଭଳି ତାହା ଶୋଭାମୟ ଦେଖାଗଲା । ଉଚ୍ଚ ଉଚ୍ଚ ସ୍ୱର୍ଣ୍ଣମହଲ ଏବଂ ବିଶାଲ ରାଜମାର୍ଗରେ ଶୋଭିତ ହୋଇ ଇନ୍ଦ୍ରପୁରୀ ଅମରାବତୀ ଠାରୁ ବି ଅଧିକ ଦେଦୀପ୍ୟମାନ ଲାଗୁଥିଲା । ରୈବତକ ପର୍ବତର ପୃଷ୍ଠଭୂମିରେ ଦ୍ୱାରକାର ଶୋଭା ଦ୍ୱିଗୁଣିତ ହୋଇ ଯାଇଥିଲା । ସାଗରର ଲହରୀରେ ଦ୍ୱାରକା ନଗରୀର ଉଚ୍ଚ ଉଚ୍ଚ ମହଲର ଛାୟା ପ୍ରତିବିମ୍ବିତ ହେଉଥିଲା ।

ଦ୍ୱାରକାର ଯୁବତୀମାନଙ୍କର ସୌନ୍ଦର୍ଯ୍ୟ ତ ଅବର୍ଣ୍ଣନୀୟ ଥିଲା । ପୁରୁଷମାନଙ୍କୁ ସମ୍ମୋହନ କରିବାବାଲୀ ବେଶ୍ୟାମାନଙ୍କର ସୌନ୍ଦର୍ଯ୍ୟ ବର୍ଣ୍ଣନାତୀତ ଥିଲା । ଯେବେ ପର୍ଯ୍ୟନ୍ତ ଶ୍ରୀକୃଷ୍ଣଙ୍କ ପତ୍ନୀ ହୋଇ ସତ୍ୟଭାମା ତାଙ୍କ ରାଜଭବନରେ ପଦାର୍ପଣ କରିନଥିଲେ, ସେପର୍ଯ୍ୟନ୍ତ ତାଙ୍କ ସୌନ୍ଦର୍ଯ୍ୟକୁ ଦ୍ୱାରକା ନଗରୀର ଲୋକ ଅପରିଚିତ ଥିଲେ । ଶ୍ରୀକୃଷ୍ଣଙ୍କର ସତ୍ୟଭାମା ମନ୍ଦିର ପର୍ଯ୍ୟନ୍ତ ସୀମିତ ହୋଇଯିବା ପରେ ସମସ୍ତଙ୍କୁ ଜଣାପଡ଼ିଲା କି ସତ୍ୟଭାମା ସୌନ୍ଦର୍ଯ୍ୟର ଅନନ୍ୟ ପ୍ରତିମା ।

ସୌନ୍ଦର୍ଯ୍ୟର ପ୍ରତିମୂର୍ତ୍ତି ହେବାଯୋଗୁ ସତ୍ୟଭାମାଙ୍କ ପ୍ରତି ଶ୍ରୀକୃଷ୍ଣଙ୍କର ଆକର୍ଷିତ ହେବା ଏବଂ ତାଙ୍କ ଦାସ ହେଇଯିବା କାହାକୁ ଅସାଧାରଣ ଲାଗିଲାନି । ତାଙ୍କ ଭ୍ରୁଲତା ରତି ଏବଂ ମନ୍ମଥ ଦ୍ୱାରା ଲଗା ଯାଇଥିବା ଧନୁ ଭଳି ଏବଂ ତାଙ୍କ ସ୍ତନ ଲହଡ଼ି ଉପରେ ଭାସୁଥିବା ଛୋଟ ନାବ ଭଳି ଶ୍ରୀକୃଷ୍ଣଙ୍କୁ ଲାଗିଲା । ସତ୍ୟଭାମାଙ୍କ ନାଭି ସ୍ଥାନ ଉପରେ ଦେଖାଯାଉଥିବା ରୋମାବଲୀ ବାଲ୍ୟାବସ୍ଥା ଏବଂ ଯୌବନବସ୍ଥାର ସୀମାର ନିର୍ଦ୍ଧାରଣ କରି ବ୍ରହ୍ମାଦେବଙ୍କ ଦ୍ୱାରା ଟଣା ଯାଇଥିବା ଗାର ଭଳି ଦେଖାଗଲା । ସୂର୍ଯ୍ୟ ଭଗବାନଙ୍କ ବରଦାନକୁ ପ୍ରାପ୍ତ କରି ପୁନର୍ଜନ୍ମ ପାଇବାବାଲୀ କମଲ ପୁଷ୍ପ ଭଳି ତାଙ୍କ ଚରଣଦ୍ୱୟକୁ

ଦେଖ୍ ଶ୍ରୀକୃଷ୍ଣ ସମ୍ମୋହନ ହୋଇ ଯାଉଥିଲେ। କେସର ଏବଂ କସ୍ତୁରୀର ଲେପନ କରାଯାଇଥିବା ତାଙ୍କ ସ୍ତନର ଅର୍ଦ୍ଧଚନ୍ଦ୍ରାକୃତି ପଳାଶ ପୁଷ୍ପରେ ଅର୍ଚ୍ଚନା କରିବା ବିନା ଶ୍ରୀକୃଷ୍ଣ ରହିପାରିଲେନି। ଉଷ୍ଣତା ଦେବାବାଲା ସେଇ ସ୍ତନରେ ନିଜ ମୁଣ୍ଡ ରଖି ସେ ତାକୁ ଟାଣିବାକୁ ଅସମର୍ଥ ହୋଇ ଛଟପଟ ହେଉଥିଲେ। ଲମ୍ବା ସମୟ ଯାଏ ତାଙ୍କ ଅଧରକୁ ଚୁମ୍ବନ କରିବା ପରେବି ଶ୍ରୀକୃଷ୍ଣଙ୍କ ଶୋଷ ମେଣ୍ଟୁନଥିଲା। ନିଜର ଆଖି ଫେରେଇବାକୁ ଅସମର୍ଥ ହେବାଯୋଗୁ ତାଙ୍କୁ ଯୋଉ ପୀଡ଼ା ହେବାକୁ ଲାଗିଲା, ତାହା ଆନନ୍ଦଦାୟକ ଥିଲା। ସତ୍ୟଭାମା ଏକ ରସମୟ ଆନନ୍ଦ କାବ୍ୟ ଭଳି ଶ୍ରୀକୃଷ୍ଣଙ୍କୁ ସମ୍ମୋହିତ କରିବାକୁ ଲାଗିଥିଲେ।

କିନ୍ତୁ ଜଣେ ଶାସକ ରୂପରେ ଶ୍ରୀକୃଷ୍ଣଙ୍କ ଦାୟିତ୍ୱନିର୍ବାହକୁ ପ୍ରାଥମିକତା ଦେବାକୁ ପଡ଼ିଲା। ବ୍ୟସ୍ତତା ଯୋଗୁ କେତେକ ବିଷୟରେ ତାଙ୍କୁ ସତ୍ୟଭାମାଙ୍କୁ ନିଜ ବାହୁରୁ ମୁକ୍ତି ଦେବାକୁ ପଡୁଥିଲା। ସତ୍ୟଭାମାଙ୍କ କୋଳରେ ବିଶ୍ରାମ ନେବା ସମୟ ତାଙ୍କୁ ତାଙ୍କ ପ୍ରିୟ ପାଣ୍ଡବଙ୍କୁ ଜତୁଗୃହରେ ଜୀବନ୍ତ ଜଳେଇ ଦେବାକୁ ଚେଷ୍ଟା କରାଯିବା ସମ୍ବାଦ ମିଳିଲା। ତାହା ଶୁଣି ଶ୍ରୀକୃଷ୍ଣ ବିଚଳିତ ହୋଇଗଲେ। ଶ୍ରୀକୃଷ୍ଣଙ୍କ ଦଶା ଦେଖି ସତ୍ୟଭାମା ତାଙ୍କୁ ସାନ୍ତ୍ୱନା ଦେବାକୁ ଚେଷ୍ଟା କଲେ।

ଶ୍ରୀକୃଷ୍ଣ କହିଲେ, "ପାଣ୍ଡବମାନେ ମୋ ଜୀବନ ଥିଲେ। ଗଙ୍ଗା ତଟବର୍ତ୍ତୀ ବାରୁଣାବନ୍ତ ନଗରରେ ଦୁର୍ଯ୍ୟୋଧନ ପାଣ୍ଡବଙ୍କୁ ଜଳେଇ ମାରିବାପାଇଁ ଜତୁଗୃହ ନିର୍ମାଣ କରିଥିଲେ। ଯୁଧିଷ୍ଠିର ଯୁବରାଜ ପଦରେ ଅଭିଷିକ୍ତ ହେବା ଦୁର୍ଯ୍ୟୋଧନକୁ ସହ୍ୟ ହେଉନଥିଲା। ମୋ ମନ କହିବାକୁ ଲାଗିଲା ପାଣ୍ଡବ ସୁରକ୍ଷିତ ଅଛନ୍ତି। ଏହି ଅବସରରେ ହସ୍ତିନାପୁର ଯିବା ମୋର କର୍ତ୍ତବ୍ୟ..."

ସତ୍ୟଭାମା କହିଲେ, "ମୁଁ ବି ଆପଣଙ୍କ ସାଙ୍ଗରେ ଯିବି।"

ଶ୍ରୀକୃଷ୍ଣ କହିଲେ, "ନାଇଁ, ସେଠାକୁ ଯାଇ ମୁଁ ପରିସ୍ଥିତିକୁ ସମୀକ୍ଷା କରିବାକୁ ଚାହୁଁଛି। ମୋ ଅଗ୍ରଜ ବଲରାମଙ୍କୁ ବି ମୁଁ ସାଙ୍ଗରେ ନେଇଯିବି। ପାଣ୍ଡବଙ୍କୁ ଜତୁଗୃହରେ ଜଳେଇବାକୁ ଷଡ଼ଯନ୍ତ୍ର ବିଷୟରେ ସମାଚାରକୁ ପାଇ ବଲରାମ ବି ଅବଶ୍ୟ ସେମାନଙ୍କୁ ଦେଖିବାକୁ ଯିବେ। ସତ୍ୟଭାମା! ତୁମେ ଏଠାରେ ରହି ପ୍ରଶାସନକୁ ସମ୍ଭାଳ। ରୁକ୍ମିଣୀ ଦେବୀ ସର୍ବଦା ଧାର୍ମିକ ଅନୁଷ୍ଠାନ ଏବଂ ଅନ୍ତଃପୁରର କାର୍ଯ୍ୟକ୍ରମର ସଞ୍ଚାଳନରେ ନିମଗ୍ନ ରହୁଛନ୍ତି। ମୋ ଅନୁପସ୍ଥିତିରେ ଯଦି କୌଣସି ଅପ୍ରତ୍ୟାଶିତ ଘଟଣା ଘଟେ, ତାହେଲେ ଆବଶ୍ୟକ ପଦକ୍ଷେପ ଉଠେଇବାକୁ ତୁମ ଆଦେଶର ଆବଶ୍ୟକତା ଅଛି।"

ଶ୍ରୀକୃଷ୍ଣଙ୍କ କଥା ଶୁଣି ସତ୍ୟଭାମା ଗର୍ବ ଅନୁଭବ କଲେ। ତାଙ୍କ ପିତାମାତା ଯୋଉ ପୂର୍ବାନୁମାନ ଲଗେଇଥିଲେ, ସେଇଭାବେ ତାଙ୍କୁ ମହାରାଣୀର ଭୂମିକା

ତୁଲେଇବାକୁ ପଡୁଥିଲା। ଅସ୍ତ୍ରଶସ୍ତ୍ର ପ୍ରୟୋଗରେ ସତ୍ୟଭାମାଙ୍କ କୁଶଳତାରେ ଶ୍ରୀକୃଷ୍ଣଙ୍କ ବିଶ୍ୱାସର ପ୍ରମାଣ ତାଙ୍କ ବଚନରେ ଦେଖିବାକୁ ମିଳୁଛି। ସତ୍ୟଭାମା ସୌନ୍ଦର୍ଯ୍ୟବତୀ, ତାଙ୍କ ଶୃଙ୍ଗାରାଭିଳାଷା ଅସମାନ୍ୟ, ଦାୟିତ୍ୱକୁ ସ୍ୱୀକାର କରିବା ଯୋଗୁ ତାଙ୍କ ଶକ୍ତିରେ ଶ୍ରୀକୃଷ୍ଣ ପ୍ରଭାବିତ ହେଲେ। "କାର୍ଯ୍ୟେଷୁ ଦାସୀ, କରଣେଷୁ ମନ୍ତ୍ରୀ, ଭୋଜ୍ୟେଷୁ ମାତା, ଶୟନେଷୁ ରମ୍ଭା, ରୂପେଚ ଲକ୍ଷ୍ମୀ, କ୍ଷମତା ଧରିତ୍ରୀ, ଷଡ୍‍କର୍ମ ଯୁକ୍ତାକୁଲ ଧର୍ମ ପତ୍ନୀ" ଏହାର ଉକ୍ତି ସତ୍ୟଭାମାଙ୍କ ବିଷୟରେ ସତ୍ୟ ପ୍ରମାଣିତ ହେଲା। ଶ୍ରୀକୃଷ୍ଣ ଏକଥା ଭାବିଲେ।

ଯାଦବ ପରିବାରର କନ୍ୟାକୁ ଶ୍ରୀକୃଷ୍ଣଙ୍କ ସହିତ ବିବାହ କରେଇବାକୁ ବଳରାମ ଯେଉଁ ଚେଷ୍ଟା କଲେ ତାକୁ ଦେବକୀ ଏବଂ ବସୁଦେବ ସମର୍ଥନ କରିଥିଲେ। ସତ୍ୟଭାମାଙ୍କୁ ବୋହୂ କରି ନିଜ ଘରକୁ ଆଣିବାପରେ ତାଙ୍କ ବିନମ୍ରତାକୁ ଦେଖି ତାଙ୍କ ଦୁହିଁଙ୍କ ଖୁସିର ସୀମା ରହିଲାନି। ସମୟ ପାଇଲେ ସତ୍ୟଭାମା ଦେବକୀ ଏବଂ ବସୁଦେବଙ୍କ ପାଖକୁ ଯାଉଥିଲେ ଏବଂ ତାଙ୍କ ସେବା ଶୁଶ୍ରୂଷା କରୁଥିଲେ। ମଧୁର କଥା କହି ତାଙ୍କ ମନକୁ ମୋହି ଦେଉଥିଲେ। ରୁକ୍ମିଣୀଙ୍କ ଭକ୍ତି ଭାବନା ଏବଂ ବିନମ୍ରତାରେ ବି ସେମାନେ ଦୁହେଁ ପ୍ରଭାବିତ ହେଉଥିଲେ। କିନ୍ତୁ ତାଙ୍କ ତୁଲନାରେ ସତ୍ୟଭାମା ସେମାନଙ୍କୁ ଅଧିକ ଭଲ ଲାଗିଲେ। "ଯାହାହେଲେ ବି ସତ୍ୟଭାମା ଆମ ଜାତିର।" ସେମାନେ ଏକଥା ଭାବୁଥିଲେ। ଶ୍ରୀକୃଷ୍ଣଙ୍କ ବାରୁଣାବନ୍ତକୁ ଯିବାପରେ ସତ୍ୟଭାମା କିଛିଦିନପାଇଁ ନିଜ ବାପ ଘରକୁ ଯିବାପାଇଁ ଚାହୁଁଥିଲେ। କିନ୍ତୁ ଶାସନର ଦାୟିତ୍ୱକୁ ତାଙ୍କୁ ସ୍ୱୀକାର କରିବାକୁ ପଡ଼ିଲା ଏବଂ ସେଥିରେ ସେ ନିମଗ୍ନ ରହିଗଲେ। ଏହି ସମୟରେ ଏକ ଅପ୍ରତ୍ୟାଶିତ ଘଟଣା ଘଟିଲା।

ବାସ୍ତବରେ ଅକ୍ରୁର, କୃତବର୍ମା ଏବଂ ଶତଧନ୍ୱ ସତ୍ୟଭାମାଙ୍କୁ ବହୁତ ଚାହୁଁଥିଲେ। କିନ୍ତୁ ସତ୍ୟଭାମାଙ୍କ ବିବାହ ଶ୍ରୀକୃଷ୍ଣଙ୍କ ସହିତ ହୋଇଗଲା। ସେବେଠାରୁ ସେଇ ତିନିଜଣ ଈର୍ଷାରେ ଜଳିବାକୁ ଲାଗିଥିଲେ ଏବଂ ପ୍ରକୃତ ସମୟକୁ ଚାହିଁ ବସିଥିଲେ। ସତ୍ୟଭାମାଙ୍କ ପ୍ରତି ତାଙ୍କର ପ୍ରେମ ଥିବା ହେତୁ ତିନିହେଁ ଘନିଷ୍ଠ ହୋଇଗଲେ। ଦିନରାତି ସେମାନେ ମଦିରା ପାନ କରିବାକୁ ଲାଗିଲେ। ସେମାନେ ସତ୍ୟଭାମାଙ୍କ ସୌନ୍ଦର୍ଯ୍ୟ ଏବଂ ସତ୍ରାଜିତ୍‍ଙ୍କ ଦ୍ୱାରା କରାଯାଇଥିବା ଅପରାଧର ଚର୍ଚ୍ଚା କରୁଥିଲେ।

କୃତବର୍ମା କହିଲେ, "ସତ୍ରାଜିତ୍‍ଙ୍କ ଯୋଗୁ ଏମିତି ହେଲା। ଆମ ତିନିଜଣଙ୍କ ମଧ୍ୟରୁ କେହି ଜଣଙ୍କ ସହିତ ସତ୍ୟଭାମାଙ୍କ ବିବାହ ହୋଇଥିଲେ ଏହି ସମସ୍ୟା ଉପୁନ୍ନ ହୋଇନଥାନ୍ତା। କିନ୍ତୁ ଶ୍ରୀକୃଷ୍ଣଙ୍କ ସହିତ ସତ୍ୟାଙ୍କ ବିବାହ ଆମେ କଚ୍ଚନା ମଧ୍ୟ କରିନଥିଲେ।"

ଅକ୍ରୁର କହିଲେ, "ଏଥିରେ ଶ୍ରୀକୃଷ୍ଣଙ୍କର କୌଣସି ଦୋଷ ନାହିଁ। କାରଣ ସତ୍ରାଜିତ୍‌ଙ୍କୁ ସେ ସତ୍ୟଭାମାଙ୍କ ହାତ ମାଗିନଥିଲେ। ସେ ନିତ୍ୟଶୃଙ୍ଗାରର ଅଭିଲାଷୀ। ତାଙ୍କୁ କେବଳ କନ୍ୟା ଦରକାର, ସେ ସତ୍ୟା ହୁଅନ୍ତୁ କିମ୍ବା ଆଉ କୌଣସି କନ୍ୟା ହୁଅନ୍ତୁ। ସତ୍ୟାଙ୍କୁ ଶ୍ରୀକୃଷ୍ଣଙ୍କ ହାତରେ ସମର୍ପି ସତ୍ରାଜିତ୍‌ ଆମ ସାଙ୍ଗରେ ଅନ୍ୟାୟ କଲେ।"

ଶତଧନ୍ବା କହିଲେ, ଯଦି ସତ୍ୟଭାମା ଯିଦି କଲେ ସେ ଶ୍ରୀକୃଷ୍ଣଙ୍କର ଆରାଧନା କରୁଛନ୍ତି, ତାହେଲେ ସତ୍ରାଜିତ୍‌ଙ୍କୁ ଏହା କହିବା ଉଚିତ ଥିଲାକି "ତୁ ଛୋଟ, କିଛି ଜାଣିନୁ। ମୁଁ ତିନି ଯାଦବବୀରଙ୍କୁ ବଚନ ଦେଇଛି, ସେଇ ତିନିଜଣଙ୍କ ମଧରୁ ଯାହାଙ୍କୁ ହେଲେ ଚୟନ କର, ତାଙ୍କ ସହିତ ତୋ ବିବାହ କରିଦେବି। ଯଦି ସତ୍ରାଜିତ୍‌ ଏମିତି ଭାବେ ବୁଝେଇଥାନ୍ତେ ତାହେଲେ ସେ କାହିଁକି ମାନିନଥାନ୍ତେ।"

ଅକ୍ରୁର କହିଲେ, "ଏହା ସତ୍ରାଜିତ୍‌ଙ୍କ ରାଜନୀତି ଚାଲ। ଶ୍ରୀକୃଷ୍ଣ ଯାଦବକୁଳ ଶ୍ରେଷ୍ଠ। ତାଙ୍କ ସହିତ ଶତୃତା କଲେ କି ପରିଣାମ ହେବ? ହେଇପାରେ ଏହି ଭୟ ଯୋଗୁ ସେ ମଣି ଏବଂ କନ୍ୟାକୁ ସମର୍ପି ଦେଲେ।"

କୃତବର୍ମା କହିଲେ, "ସେଇ ମଣି ଯୋଗୁ ଏହି ସମସ୍ୟା ଉତ୍ପନ୍ନ ହେଇଛି। ବାସ୍ତବରେ ସ୍ୟମନ୍ତକ ମଣି ପ୍ରାପ୍ତ କରିବାପରେ ସତ୍ରାଜିତ୍‌ ଅହଙ୍କାରୀ ହୋଇଗଲେ। ସେ ତାଙ୍କ ଜାମାତାଙ୍କୁ ବି ତାଙ୍କ ଘରେ ରଖିଲେ। ତାଙ୍କ ଅହଙ୍କାରର କୌଣସି ସୀମା ରହିଲାନି। ଯଦି ସ୍ୟମନ୍ତକ ମଣିକୁ ଛଡ଼େଇ ନିଆଯାଏ ତାହାଲେ ସତ୍ରାଜିତଙ୍କ ଘମଣ୍ଡ ଭାଙ୍ଗି ଖଣ୍ଡ ଖଣ୍ଡ ହେଇଯିବ।'

ଶତଧନ୍ବା କହିଲେ, "ହଁ ଆପଣ ଠିକ୍ କହିଲେ। ମୁଁ ଏବେ ହିଁ ଯାଇ ମଣିକୁ ନେଇଆସିବି। ଯଦି ମୋତେ ଅଟକେଇବାକୁ ଚେଷ୍ଟା କରିବେ ତାହେଲେ ସତ୍ରାଜିତ୍‌କୁ ବି ପଠେଇଦେବି ଯେଉଁଠିକୁ ତାଙ୍କ ଭାଇ ପ୍ରସେନ ଯାଇଛନ୍ତି।"

"ଠିକ୍ କଥା। ତୁମେ ସମର୍ଥ ବି, ଆମେ ଦୁହେଁ ତୁମକୁ ସାହାଯ୍ୟ କରିବୁ। ତୁମେ ଏବେ ଯାଇ ଯଦି ଦରକାର ହେବ ତାହାହେଲେ ସତ୍ରାଜିତ୍‌କୁ ସଂହାର କର ଏବଂ ମଣିକୁ ନେଇଆସ।" ଏହାକହି ଅକ୍ରୁର ତାଙ୍କୁ ଉସୁକେଇଲେ।

"ଏହା ପ୍ରକୃତ ସମୟ। ବଳରାମ ଏବଂ ଶ୍ରୀକୃଷ୍ଣ ବି ଦ୍ୱାରକାରେ ନାହାନ୍ତି। ସେ ଶୀଘ୍ର ଫେରିବାର ସମ୍ଭାବନା ମଧ ନାହିଁ। ମୋତେ ଏହି ସମାଚାର ମିଳିଲା, ଜତୁଗୃହରେ ପାଣ୍ଡବଙ୍କୁ ଜଳେଇ ଦିଆଗଲା। ଶ୍ରୀକୃଷ୍ଣ ପାଣ୍ଡବମାନଙ୍କୁ ହରେଇ ଶୋକଗ୍ରସ୍ତ ଅଛନ୍ତି।" ଏହା କହି କୃତବର୍ମା ଶତଧନ୍ବାଙ୍କୁ ଉସୁକେଇଲେ।

ଶତଧନ୍ବା ଉଠି ଛିଡ଼ାହେଲେ ଏବଂ ସତ୍ରାଜିତ୍‌ଙ୍କ ବାସଗୃହରେ ପ୍ରବେଶ କଲେ। ସତ୍ରାଜିତ୍‌ଙ୍କ ସମ୍ପର୍କୀୟ ହେଇଥିବା ଯୋଗୁ ଅଙ୍ଗରକ୍ଷୀମାନେ ତାଙ୍କୁ ଅଟକେଇଲେନି।

ଶତଧନ୍ୱା ପୂଜା ଗୃହରେ ପ୍ରବେଶକରି ଅନନ୍ତକୋଟି ପ୍ରଭା ସୂର୍ଯ୍ୟଙ୍କ ଭଳି ଜାଜ୍ୱଲ୍ୟମାନ ସ୍ୟମନ୍ତକ ମଣିକୁ ନିଜ ହାତରେ ରଖିଲେ। ତା'ପରେ ଶୟନ ଗୃହକୁ ଯାଇ ନିଶ୍ଚିନ୍ତ ହୋଇ ଶୋଇଥିବା ସତ୍ରାଜିତ୍‌ଙ୍କୁ ଦେଖି ଶତଧନ୍ୱା କ୍ରୋଧିତ ହୋଇଉଠିଲେ। "ଆମକୁ ଏତେ କଷ୍ଟ ଦେଇ ତୁମେ କେମିତି ନିଶ୍ଚିନ୍ତରେ ଶୋଇଯାଇଅଛ।" ଏକଥା ମନଭିତରେ ଭାବି ଖଣ୍ଡା ଉଠେଇ ଧଡ଼୍‌କରି ସତ୍ରାଜିତ୍‌ଙ୍କ ମୁଣ୍ଡକୁ ଶରୀରରୁ ଅଲଗା କରିଦେଲେ। ତା'ପରେ ଶତଧନ୍ୱା ସେଠାରୁ କୁଆଡ଼େ ଅଦୃଶ୍ୟ ହୋଇଗଲେ।

ସକାଳୁ ସତ୍ରାଜିତ୍‌ଙ୍କ ପତ୍ନୀ ସ୍ୱାମୀଙ୍କ ମୃତ ଶରୀରକୁ ଦେଖି ବହୁତ କାନ୍ଦିଲେ। କିଛିସମୟ ମଧ୍ୟରେ ସତ୍ରାଜିତ୍‌ଙ୍କ ମୃତ୍ୟୁ ହୋଇ ଯାଇଥିବା ଖବର ସମ୍ପୂର୍ଣ୍ଣ ଦ୍ୱାରକାରେ ପ୍ରଚାର ହୋଇଗଲା। ସତ୍ୟଭାମା ପିତାଙ୍କ ପାର୍ଥିବ ଶରୀରକୁ ଦେଖି ବହୁତ କାନ୍ଦିଲେ। ସତ୍ରାଜିତ୍‌ଙ୍କର ପୁତ୍ର ନଥିବାରୁ ଜାମାତା ଭାବେ ଶ୍ରୀକୃଷ୍ଣଙ୍କ ଦ୍ୱାରା ଅନ୍ତିମ ସଂସ୍କାର କରିବା ଶାସ୍ତ୍ରସମ୍ମତ ହୋଇଥାଏ। କିନ୍ତୁ ଶ୍ରୀକୃଷ୍ଣ ଦ୍ୱାରକାରେ ନଥିଲେ। ଏହି ସଙ୍କଟମୟ ସମୟରେ ଅନ୍ତିମ ନିର୍ଣ୍ଣୟ ନେବା ଦାୟିତ୍ୱ ଯାଦବ ସମାଜ ସତ୍ୟଭାମାଙ୍କୁ ସମର୍ପି ଦେଲେ।

ସତ୍ୟଭାମା ଆବଶ୍ୟକ ବ୍ୟବସ୍ଥା କରିବାକୁ ଆଦେଶ ଦେଲେ। ତାଙ୍କ ପିତାଙ୍କ ପାର୍ଥିବ ଶରୀରକୁ ତେଲ ଏବଂ ସୁଗନ୍ଧଦ୍ରବ୍ୟ ଲେପନ କରି ସୁରକ୍ଷିତ ରଖିଲେ। ତୁରନ୍ତ ସେ ରଥାରୂଢ଼ ହୋଇ ହସ୍ତିନାପୁର ଆଡ଼କୁ ଚାଲିଲେ। ରାସ୍ତାରେ ଏହି ଅପ୍ରତ୍ୟାଶିତ ଘଟଣା ବିଷୟରେ ଭାବି ଖୁବ୍ କାନ୍ଦିଲେ। କାନ୍ଦି କାନ୍ଦି ତାଙ୍କ ଆଖିରୁ ଅଶ୍ରୁ ଶୁଖିଗଲା।

"ତାଙ୍କ ପିତାଙ୍କ ମୃତ୍ୟୁର କାରଣ ଶତଧନ୍ୱା। ବଲରାମ ଏବଂ ଶ୍ରୀକୃଷ୍ଣଙ୍କ ଅନୁପସ୍ଥିତିରେ ସେ ଏମିତି ଦୁଃସାହସ କଲା।" ଏହି ସବୁକଥା ସତ୍ୟଭାମା ଭାବିବାକୁ ଲାଗିଲେ। "ଶତଧନ୍ୱା 'ଭୀରୁ' ଥିଲା। ଏଥିପାଇଁ ମୋ ପିତା ଗଭୀର ନିଦ୍ରାରେ ଶୋଇଥିବା ଅବସ୍ଥାରେ ତାଙ୍କୁ ବଧ କଲା। ପିତା ଜାଗ୍ରତ ରହିଥିବା ଅବସ୍ଥାରେ ଯଦି ସେ ଆକ୍ରମଣ କରିବାକୁ ଚେଷ୍ଟା କରିଥାନ୍ତା ତାହେଲେ ପିତାଶ୍ରୀ ତାକୁ ଯମାଳୟ ପଠେଇ ଦେଇଥାନ୍ତେ। ମୋ ପିତାଙ୍କ ଆତ୍ମାକୁ ସେତେବେଳେ ଶାନ୍ତି ମିଳିବ ଯଦି ଶ୍ରୀକୃଷ୍ଣଙ୍କ ହାତରେ ଶତଧନ୍ୱାର ବଧ ହେବ।" ଏକଥା ଭାବିବାମାତ୍ରେ ପ୍ରତିଶୋଧର ଭାବନାରେ ସତ୍ୟଭାମାଙ୍କ ଶରୀର କମ୍ପି ଉଠିଲା।

ବଲରାମ କହିଲେ, "ଝିଅ! ତୁମ ପିତାଜୀଙ୍କର ଦେହାନ୍ତ ହୋଇଗଲା। ଅସୀମ ପୀଡ଼ା ଏବଂ ସଙ୍କଟର ଏହି ସମୟରେ ବି ତୁମେ ନିଜର ଧୈର୍ଯ୍ୟ ହରେଇନ। ରଥାରୂଢ଼ ହୋଇ ହଜାରେ ଯୋଜନ ଯାତ୍ରା କରି ଏଠାକୁ ତୁମେ ଆସିଛ। ଏହା ଦେଖି ମୋତେ ବିଶ୍ୱାସ ହେଉଅଛିକି ଦରକାର ପଡ଼ିଲେ ତୁମେ ସାହସପୂର୍ଣ୍ଣ ପଦକ୍ଷେପ ନେଇପାରିବ। ଏମିତି କ୍ଷମତା କେବଳ ଯାଦବ ଜାତିର ମହିଳାମାନଙ୍କ ଠାରେ ହୋଇଥାଏ। ଅନ୍ୟ

ମହିଲା ମାନଙ୍କଠାରେ ନାହିଁ। ଶତଧନ୍ୱା ଯେଉଁଠି ଲୁଚିଥାଉ, ତାକୁ ବାହାର କରିବା ଆମ କର୍ତ୍ତବ୍ୟ। ଯେଉଁ ରୀତିରେ ସତ୍ରାଜିତଙ୍କ ବଧ କରିଛି, ସେମିତି ତା' ବଧ କଲେ ତୁମ ପିତାଙ୍କ ଆତ୍ମାକୁ ଶାନ୍ତି ମିଳିବ ଏବଂ ତୁମ ମନକୁ ବି ସାନ୍ତ୍ୱନା ମିଳିବ।" ବଳରାମଙ୍କ କଥା ଶୁଣି ସତ୍ୟଭାମାଙ୍କୁ ସାନ୍ତ୍ୱନା ମିଳିଲା। ତୁରନ୍ତ ବଳରାମ ଏବଂ ଶ୍ରୀକୃଷ୍ଣ ଦ୍ୱାରକା ଆଡ଼କୁ ଚାଲିଲେ। ମନୋବେଗରେ ଯାତ୍ରା କରି ସେମାନେ ଦ୍ୱାରକାରେ ପହଞ୍ଚିଗଲେ।

ବଳରାମ ଏବଂ ଶ୍ରୀକୃଷ୍ଣ ଦ୍ୱାରକାରେ ପହଞ୍ଚିବା ଖବର ଶୁଣି ଶତଧନ୍ୱାଙ୍କୁ ଲାଗିଲା ତାଙ୍କ ପ୍ରାଣ ପବନରେ ଉଡ଼ିଗଲା। ସେଇ କଥା ତାଙ୍କୁ ବୁଝିବାକୁ ହେଲା ଏବେ ସେ ବଞ୍ଚିବା ଅସମ୍ଭବ। କୃତବର୍ମାଙ୍କ ପାଖକୁ ଯାଇ ଶତଧନ୍ୱା ଅନୁରୋଧ କଲେ, "ତୁମେ କେବଳ ମୋତେ ବଞ୍ଚେଇ ପାରିବ।"

କୃତବର୍ମା ଅଧୀର ହୋଇଉଠିଲେ। ସେଦିନ ସେ ନିଶାରେ ବକବକ ହେଲେ ଏବଂ ଶତଧନ୍ୱାକୁ ଉସକେଇଥିଲେ। କିନ୍ତୁ ଶ୍ରୀକୃଷ୍ଣ ଏବଂ ବଳରାମଙ୍କ ସହିତ ସାମନା କରିବାର ଶକ୍ତି କଦାପି ତାଙ୍କର ନଥିଲା।

"ହେ ଶତଧନ୍ୱା... ତୁମେ ଜାଣିଛ ତ ତୁମେ କ'ଣ କହିଯାଉଛ ? ମୁଁ ଏମିତିରେ ସତ୍ରାଜିତ୍‌ଙ୍କ ସହିତ ପ୍ରତିଶୋଧ ନେବାକୁ ସେଦିନ କହିଥିଲି। ତୁମେ କ'ଣ ଭାବିବା ଉଚିତ୍‌ ନଥିଲା ସତ୍ରାଜିତ୍‌ଙ୍କୁ ବଧ କରିବାର ପରିଣାମ କେତେ ଭୟଙ୍କର ଏବଂ ବିନାଶକାରୀ ହେବ। ତୁମେ କ'ଣ ଜାଣିନଥିଲ ବଳରାମ ଏବଂ ଶ୍ରୀକୃଷ୍ଣ ସାଧାରଣ ବ୍ୟକ୍ତି ନୁହେଁ ? ସେମାନେ ପରମାତ୍ମାଙ୍କ ଦିବ୍ୟସ୍ୱରୂପ ଅଟନ୍ତି। ଏମିତି ଅବତାର ପୁରୁଷଙ୍କ ସାମନା କରିବା କାହା ଅଧୀନରେ ନାହିଁ। ତାଙ୍କ ସହିତ ଯୁଦ୍ଧ କରି କିଏ ଜୀବିତ ରହିପାରିବ ? କଂସ ଭଳି ପରାକ୍ରମୀ ଯୋଦ୍ଧାଙ୍କୁ ବଧ କରିଥିଲା କିଏ ? ତୁମେ କ'ଣ ଶୁଣିନ ଜରାସନ୍ଧର କ'ଣ ପରିଣାମ ହେଲା ? ମୁଁ ତୁମକୁ ରକ୍ଷା କରିପାରିବି ନାହିଁ।" କୃତବର୍ମା ସଫା ସଫା କହିଦେଲେ। ତଥାପି ଶତଧନ୍ୱା ନିରାଶ ନହୋଇ ଅକ୍ରୁରଙ୍କୁ ସାହାଯ୍ୟ ମାଗିବାପାଇଁ ତାଙ୍କ ପାଖରେ ପହଞ୍ଚିଲେ। ବାସ୍ତବରେ ସତ୍ୟଭାମାଙ୍କ ପ୍ରେମିକ ଅପେକ୍ଷା ଶ୍ରୀକୃଷ୍ଣଙ୍କ ପରମ ଭକ୍ତ ରୂପରେ ଅକ୍ରୁରଙ୍କୁ ସମସ୍ତେ ଜାଣି ଯାଇଥିଲେ। ସେଦିନ ନିଶାସକ୍ତ ହୋଇ ଅକ୍ରୁର ସତ୍ରାଜିତ୍‌ଙ୍କ ବିରୁଦ୍ଧରେ ଶତଧନ୍ୱାଙ୍କୁ ମତେଇଥିଲେ, କିନ୍ତୁ ମୁଁ ଏକଥା ଭାବିନଥିଲି ଯେ ପ୍ରକୃତରେ ଶତଧନ୍ୱା ସତ୍ରାଜିତ୍‌ଙ୍କୁ ବଧ କରିବେ।

"ହେ ଅକ୍ରୁର ! ମୋତେ ରକ୍ଷା କର।" ଶତଧନ୍ୱା ଅନୁରୋଧ କଲେ। "ହେ ଶତଧନ୍ୱା ! ତୁମେ ଏକଥା ଜାଣିଛ ତ ମୋତେ କ'ଣ କହୁଛ ? ମୁଁ କ'ଣ ତୁମକୁ ଶ୍ରୀକୃଷ୍ଣଙ୍କଠାରୁ ରକ୍ଷା କରିପାରିବି ? ତୁମେ କ'ଣ ଜାଣିନ ଶ୍ରୀକୃଷ୍ଣ କିଏ ? କାହାର ଲୀଳାରେ ଏହି ଜଗତର ସୃଷ୍ଟି, ସ୍ଥିତି ଏବଂ ସଂହାର ହେଉଛି। କାହାର ମାୟାରେ

ମୋହିତ ହେବା ଯୋଗୁ ଏହି ସଂସାର ସେଇ ବିଶ୍ୱମୟଙ୍କ ଚେଷ୍ଟାକୁ ଚିହ୍ନିବାରେ ଅକ୍ଷମ ହେଉଛି। ଯେମିତି ଜଣେ ବାଳକ ଏକ ବଣ ଛତୁକୁ ଉପାଡ଼ି ଅକ୍ଲେଶରେ ଉପରକୁ ଉଠେଇପାରେ, ସେମିତି ଯେଉଁ ଦିବ୍ୟପୁରୁଷ ସାତବର୍ଷ ବୟସରେ ମହାଗୋବର୍ଦ୍ଧନ ପର୍ବତକୁ ନିଜ କନିଷ୍ଠ ଆଙ୍ଗୁଳିରେ ଉଠେଇ ଦେଇଥିଲେ। ଯିଏ ସମସ୍ତ ସୃଷ୍ଟିର ମୂଳାଧାର, ସେଇ ଶ୍ରୀକୃଷ୍ଣ ଶ୍ରୀମହାବିଷ୍ଣୁଙ୍କ ଅବତାର। ମୁଁ ଯେଉଁ ଦିବ୍ୟପୁରୁଷଙ୍କ ଚରଣକମଳକୁ ପ୍ରତିଦିନ ସାଷ୍ଟାଙ୍ଗ ପ୍ରଣିପାତ ବିନା ରହିପାରେନି, କ'ଣ ତାଙ୍କ ସାମନା କରିବାକୁ ଦୁଃସାହସ କରିପାରିବି ?” ଅକ୍ରୁର କହିଲେ।

ଶତଧନ୍ଵା ଅକ୍ରୁରଙ୍କ କଥା ଶୁଣି ନିରାଶ ହୋଇଗଲେ। ସେ କହିଲେ, “ଅକ୍ରୁର ତୁମେ ସୁପୁରୁଷ। ସ୍ୟମନ୍ତକ ମଣି ଯଦି ତୁମ ପାଖରେ ରହିବ, ତାହେଲେ ତୁମକୁ କେହି ଦୋଷ ଦେବେନି। ମିତ୍ରତାର ଧର୍ମକୁ ପାଳନକରି କୃପାକରି ମଣିକୁ ତୁମେ ପାଖରେ ରଖ। ନଚେତ୍ ଏହି ମଣିପାଇଁ ମୁଁ ଧରାପଡ଼ିଯିବି।’ ଶତଧନ୍ଵା ସ୍ୟମନ୍ତକ ମଣିକୁ ଅକ୍ରୁରଙ୍କୁ ଦେଇଦେଲେ।

ଅନ୍ୟ କୌଣସି ବିକଳ୍ପ ନଥିବାରୁ ଅକ୍ରୁର ସେଇ ମଣିକୁ ନିଜ ପାଖରେ ରଖିଲେ। ଏକ ଶ୍ରେଷ୍ଠ ଅଶ୍ୱ ଉପରେ ଆରୋହଣ କରି ଶତଧନ୍ଵା ଉତ୍ତର ଦିଗ ଆଡ଼କୁ ବାହାରିଗଲେ। ଚିନ୍ତାକରି ଶହେ ଯୋଜନ ଦୂରକୁ ପଳାୟନ କଲେ। ଗୁପ୍ତଚର ଦ୍ଵାରା ଏହି ସମାଚାର ଜାଣି ଶ୍ରୀକୃଷ୍ଣ ଏବଂ ବଳରାମ ସେଇ ଦିଗ ଆଡ଼କୁ ବାହାରିଗଲେ। ମିଥିଲା ନଗରର ସୀମା ପର୍ଯ୍ୟନ୍ତ ଶତଧନ୍ଵା ପହଞ୍ଚିଗଲେ। ସେତେବେଳେ ତାଙ୍କ ଅଶ୍ୱ ଥକିଗଲା ଏବଂ ମାଟି ଉପରେ ପଡ଼ି ମରିଗଲା। ସେଠାରୁ ଶତଧନ୍ଵା ଧାଇଁ ଚାଲିଯିବାକୁ ଆରମ୍ଭ କଲେ।

ଏହି ସମୟରେ ଶ୍ରୀକୃଷ୍ଣ ଏବଂ ବଳରାମଙ୍କ ରଥ ସେଠାରେ ପହଞ୍ଚିଗଲା। ବଳରାମ ଅଟକେଇବା ପରେବି ଶ୍ରୀକୃଷ୍ଣ ଚକ୍ର ପ୍ରୟୋଗ କରି ଶତଧନ୍ଵାର ମୁଣ୍ଡକୁ ଶରୀରରୁ ଅଲଗା କରିଦେଲେ। ତାଙ୍କ ପାର୍ଥିବ ଶରୀର ପାଖରେ ଯେତେ ଖୋଜିଲେ ବି ସ୍ୟମନ୍ତକ ମଣି ମିଳିଲାନି।

“ଶ୍ରୀକୃଷ୍ଣ! ଶତଧନ୍ଵା ଦ୍ଵାରକାରେ କୋଉ ମିତ୍ରକୁ ମଣି ଦେଇଥିବେ। ଦ୍ଵାରକା ଯିବାପରେ ତୁମେ ସେଠାରେ ଖୋଜିବାକୁ ଚେଷ୍ଟା କର। ମିଥିଲା ନଗରୀର ରାଜା ବୈଦେହଙ୍କ ଆତିଥ୍ୟକୁ ସ୍ୱୀକାର କରି କିଛିଦିନ ପରେ ମୁଁ ଫେରିଯିବି। ରାଜା ବୈଦେହ ମୋର ପରମ ବନ୍ଧୁ ଥିଲେ। ମିଥିଲା ନଗରୀର ସୀମା ପର୍ଯ୍ୟନ୍ତ ଆମେ ଆସିଗଲେ। ଏବେ ତାଙ୍କୁ ସାକ୍ଷାତ ନକରି ଚାଲିଯିବା ଉଚିତ ହେବନି।” ଏହା କହି ବଳରାମ ମିଥିଲା ନଗରୀରେ ପ୍ରବେଶ କଲେ।

ଶ୍ରୀକୃଷ୍ଣ ଦ୍ଵାରକା ଫେରିଆସିଲେ ଏବଂ ସତ୍ୟଭାମାଙ୍କୁ ସବୁକଥା କହି ସାନ୍ତ୍ୱନା

ଦେଲେ। ସତ୍ରାଜିତଙ୍କ ଅନ୍ତିମ ସଂସ୍କାରକୁ ଶାସ୍ତ ଅନୁସାରେ ସମ୍ପନ୍ନ କରି ଶ୍ରୀକୃଷ୍ଣ ଜଣେ ଜାମାତା ଭାବେ ନିଜ କର୍ତ୍ତବ୍ୟକୁ ପାଳନ କଲେ। ଶ୍ରୀକୃଷ୍ଣ ଦ୍ୱାରକା ଫେରିଆସିବା ଏବଂ ଶତଧନ୍ୱାଙ୍କ ବଧ ହେବା ସମାଚାର ଶୁଣି ଅକ୍ରୁର ଏବଂ କୃତବର୍ମା ଏକଥା ଭାବି କମ୍ପିଉଠିଲେ ଯେ ତାଙ୍କ ଅନ୍ତିମ ସମୟ ଆସିଗଲା।

"ଆମେ ଯେଉଁ ଷଡ଼ଯନ୍ତ୍ର ରଚିଲେ, ତା'ର ପରିଣାମ ଆମକୁ ଭୋଗିବାକୁ ପଡ଼ୁଛି। ବାସ୍ତବରେ ଶତଧନ୍ୱାଙ୍କ ମୃତ୍ୟୁର କାରଣ ଆମେ। ଏବେ ଆମେ ଦ୍ୱାରକାରେ ରହିବା ମୂର୍ଖାମୀ ହେବ।" ଏକଥା ଭାବି ଦୁହେଁ ଦ୍ୱାରକା ଛାଡ଼ି ଚାଲିଗଲେ।

ଅକ୍ରୁରଙ୍କ ପରିଚୟ ନା କେବଳ ଶ୍ରୀକୃଷ୍ଣଙ୍କ ଭକ୍ତ ରୂପରେ ଥିଲା ବରଂ ଶ୍ୱଫଲକ ଭଲି ପୁଣ୍ୟ ପୁରୁଷଙ୍କ ପୁତ୍ର ରୂପରେ ମଧ ଥିଲା। ଲୋକଙ୍କର ଏହି ବିଶ୍ୱାସ ଥିଲା କି ଶ୍ୱଫଲକ ଯେଉଁ ଦେଶରେ ରୁହନ୍ତି, ସେଇ ଦେଶ ଅକାଳରୁ ଦୂରେଇ ରହିବ ଏବଂ ସର୍ବଦା ସୁଭିକ୍ଷ ହେବ। ଗୋଟିଏ ସମୟରେ କାଶୀରେ ଅକାଳ ପଡ଼ିଲା, କେତେ ଉପଦ୍ରବ ହେଲା, ସେତେବେଳେ କାଶୀର ରାଜା ନିଜ ରାଜ୍ୟରୁ ଅନାବୃଷ୍ଟିକୁ ଦୂର କରିବାପାଇଁ ଶ୍ୱଫଲକକୁ ସେଠାକୁ ଡାକିଲେ ଏବଂ ତାଙ୍କ ହାତରେ ନିଜ ଝିଅକୁ ସମର୍ପିଲେ। ଦ୍ୱାରକା ବାସୀଙ୍କର ଏହି ବିଶ୍ୱାସ ଥିଲା କି ଅକ୍ରୁରଙ୍କ ଠାରେ ବି ସେଇ ଶକ୍ତି ଅଛି। ଯାଦବକୁଳ ଶ୍ରେଷ୍ଠ ଶ୍ରୀକୃଷ୍ଣଙ୍କୁ ଅନୁରୋଧ କଲେ ଅକ୍ରୁରଙ୍କୁ ସମ୍ମାନର ସହ ଦ୍ୱାରକାକୁ ଡାକି ଏହି ରାଜ୍ୟକୁ ଅକାଳ ଏବଂ ପ୍ରାକୃତିକ ଉପଦ୍ରବରୁ ସୁରକ୍ଷିତ ରଖନ୍ତୁ।

ସତ୍ୟଭାମା ବି ତାଙ୍କୁ ସମର୍ଥନ କଲେ। ସେ କହିଲେ, "ହେ ଶ୍ରୀକୃଷ୍ଣ! ଶତଧନ୍ୱା ମୋ ପିତାଙ୍କୁ ବଧ କଲେ। ତାଙ୍କ ମୃତ୍ୟୁରେ ମୋର ପ୍ରତିଶୋଧାଗ୍ନି ଶାନ୍ତ ହୋଇଗଲା। ବାସ୍ତବରେ ଅକ୍ରୁରଙ୍କର ଏହି ଘଟଣାରେ ପ୍ରତ୍ୟକ୍ଷ ସମ୍ପର୍କ ନଥିଲା। ତାଙ୍କୁ ସମ୍ମାନପୂର୍ବକ ଏଠାକୁ ଆମନ୍ତ୍ରିତ କରି ଅନାବୃଷ୍ଟିରୁ ଦ୍ୱାରକାକୁ ସୁରକ୍ଷିତ ରଖନ୍ତୁ। ଏହା ସମସ୍ତଙ୍କର କାମନା।"

ଜନ କଲ୍ୟାଣ କାମନା କରିବାବାଲୀ ସତ୍ୟଭାମାଙ୍କ ବିଚାର ଏବଂ ସହୃଦୟତାରେ ଆନନ୍ଦିତ ହୋଇ ଶ୍ରୀକୃଷ୍ଣ ଅକ୍ରୁରଙ୍କୁ ସମ୍ମାନପୂର୍ବକ ନିମନ୍ତ୍ରିତ କଲେ। ଅକ୍ରୁରଙ୍କୁ ବୁଝେଇ ଶ୍ରୀକୃଷ୍ଣ କହିଲେ, "ହେ ଅକ୍ରୁର ତୁମେ ମୋର ପରମଭକ୍ତ। ତୁମ ପ୍ରତି ମୋ ମନରେ କ୍ରୋଧ ନଥିଲା। ନିଜ ଜୀବନ ଚିନ୍ତା କରନି। ମୁଁ ଜାଣିଛି କି ଶତଧନ୍ୱା ସତ୍ରାଜିତଙ୍କ ପ୍ରାପ୍ତ ସ୍ୟମନ୍ତକ ମଣି ତୁମ ପାଖରେ ରଖିଛନ୍ତି। ବାସ୍ତବରେ ମୋତେ ମଣି ଦରକାର ନାହିଁ। କିନ୍ତୁ ମୁଁ ଚାହୁଁଛି ତୁମେ ତାକୁ ଥରୁଟିଏ ବନ୍ଧୁପରିଜନଙ୍କୁ ଦେଖାଅ। ନହେଲେ ସେମାନେ ଭାବିବେ କି ମୁଁ ପୁଣିଥରେ ଚୋରୀ କରିଛି।"

ଅକ୍ରୁର ଶ୍ରୀକୃଷ୍ଣଙ୍କ ଚରଣରେ ପ୍ରଣାମ କରି ତାଙ୍କ ଅଣ୍ଟାରେ ଚରଣକୁ

ଧୋଇଦେଲେ । ତା'ପରେ ଦିବ୍ୟମଣିକୁ ସେଠାରେ ଉପସ୍ଥିତ ଲୋକଙ୍କୁ ଦେଖେଇଲେ । ଦିବ୍ୟକାନ୍ତିରେ ପ୍ରକାଶିତ ମଣିକୁ ଦେଖି ଯାଦବ ଶ୍ରେଷ୍ଠଙ୍କ ମୁହଁ ଉଜ୍ଜ୍ୱଳ ଦିଶିଲା । ଶ୍ରୀକୃଷ୍ଣଙ୍କ ବନ୍ଦନା କରି ଅକ୍ରୂର କହିଲେ, "ହେ ଦିବ୍ୟପୁରୁଷ! ଯାହାକିଛି ହେଲା ମୁଁ ସେଥିପାଇଁ ଅନୁତାପ କରୁଛି । ଆମେ ହିଁ ସତ୍ରାଜିତ୍‌ଙ୍କୁ ହତ୍ୟା କରିବାପାଇଁ ପ୍ରେରିତ କରିଥିଲୁ । କିନ୍ତୁ ଆମେ ସ୍ୱପ୍ନରେ ବି ଏକଥା ଭାବିନଥିଲୁ କି ସତରେ ଶତଧନ୍ୱା ତାଙ୍କୁ ବଧ କରିବ । ଆମକୁ କ୍ଷମା କରନ୍ତୁ । ମୁଁ ଏହା ଭାବୁଛି ମୋ ପିତାଶ୍ରୀଙ୍କ ପୁଣ୍ୟଫଳ ମୋତେ ଆଜି ବଞ୍ଚେଇଛି ।" ଏହା କହି ଅକ୍ରୂର ବହୁତ କାନ୍ଦିଲେ । ସତ୍ୟଭାମାଙ୍କ ଆଡ଼କୁ ଚାହିଁ ସେ କହିଲେ, "ହେ ଦେବୀ! ମୁଁ ଜଘନ୍ୟ ଅପରାଧ କରିଛି ।" ପୂର୍ବନିର୍ଦ୍ଧାରିତ ଯୋଜନା ଅନୁସାରେ ସେଦିନ କିଛି ବି ହେଇନଥିଲା । ଯାହାକିଛି ହେଲା ତାହା ଅକଳ୍ପିତ । ଆପଣ ସୌନ୍ଦର୍ଯ୍ୟବତୀ । ଆପଣଙ୍କ ସୌନ୍ଦର୍ଯ୍ୟପ୍ରତି ମୋହିତ ହୋଇ ଆମେ ଏହି ଦୁଷ୍କର୍ମ କଲୁ । ଏବେଠାରୁ ମୁଁ ଆପଣ ଦୁହିଁଙ୍କୁ ନିଜ ମାତାପିତା ତୁଲ୍ୟ ଭାବୁଛି ।

ତାଙ୍କ କଥା ଶୁଣି ସତ୍ୟଭାମା ଶାନ୍ତ ହୋଇଗଲେ । "ହେ ଅକ୍ରୂର, ଯାହା ଭାଗ୍ୟରେ ଲେଖା ହୋଇଛି, ତାକୁ କେହି ଟାଳି ପାରିବେନି । ମୁଁ ଏହା ଚାହୁଁଛି କି ଆପଣଙ୍କ ଉପସ୍ଥିତିରେ ଦ୍ୱାରକା ସର୍ବଦା ସୁରକ୍ଷିତ ରହୁ । ଆପଣ ଖୁସିରେ ରହିଲେ ମୁଁ ବି ଖୁସିରେ ରହିବି । ମୋ ପିତାଶ୍ରୀ ଏବେ ନାହାନ୍ତି । ଏବେ ସ୍ୟମନ୍ତକ ମଣିରେ ମୋର କୌଣସି କାମ ନାହିଁ । ଶ୍ରୀକୃଷ୍ଣ ହିଁ ମୋର ସମ୍ପଦ । ଏହି ମଣିକୁ ଆପଣ ପାଖରେ ରଖିଥାନ୍ତୁ" ସତ୍ୟଭାମା କହିଲେ । ଶ୍ରୀକୃଷ୍ଣ କହିଲେ, "ସତ୍ୟଭାମାଙ୍କ ଅଭିଷ୍ଟ ହିଁ ମୋର ଅଭିଷ୍ଟ ।" ସେଇ ମଣିକୁ ଅକ୍ରୂରଙ୍କ ପାଖରେ ରଖିବାକୁ ସେ ଅନୁମତି ଦେଇଦେଲେ ।

ସତ୍ୟଭାମାଙ୍କ ଉଦାରତାକୁ ଦେଖି ଅକ୍ରୂର ପ୍ରସନ୍ନ ହେଲେ । ସତ୍ୟଭାମାଙ୍କ ଉଦାରତା ଏବଂ ସ୍ନେହଶୀଳତାକୁ ଦେଖି ଯାଦବବଂଶ ଗର୍ବ ଅନୁଭବ କଲେ ଏବଂ ଭାବିଲେ, "ଏମିତି ଦିବ୍ୟଗୁଣସମ୍ପନ୍ନ ନାରୀଙ୍କର ଆମ ଯାଦବକୁଳରେ ଜନ୍ମ ହେବା ଆମପାଇଁ ଗର୍ବର କଥା । ସତ୍ରାଜିତ୍‌ଙ୍କ ମୃତ୍ୟୁପରେ ସତ୍ୟଭାମାଙ୍କ ସଂଯମ ଏବଂ ଧୈର୍ଯ୍ୟର ସହିତ ବ୍ୟବହାର କରିବା, ହସ୍ତିନାପୁର ଆଡ଼କୁ ସାହସର ସହିତ ବାହାରି ପଡ଼ିବା, ଶତଧନ୍ୱାଙ୍କୁ ବଧ କରିବାପାଇଁ ଶ୍ରୀକୃଷ୍ଣଙ୍କୁ ପ୍ରେରିତ କରିବା, ଦ୍ୱାରକାର କଲ୍ୟାଣକୁ ଦୃଷ୍ଟିରେ ରଖି ଅକ୍ରୂରଙ୍କୁ ପ୍ରାଣଭିକ୍ଷା ଦେବା, ନିଜ ପିତାଶ୍ରୀଙ୍କ ପାଇଁ ପ୍ରାଣ ଭଳି ସ୍ୟମନ୍ତକ ମଣିକୁ ଅକ୍ରୂରଙ୍କୁ ଦେଇ ନିଜ ଦାନଶୀଳତାକୁ ପ୍ରକାଶ କରିବା ଇତ୍ୟାଦି ଗୁଣକୁ ଦେଖି ଦ୍ୱାରକାବାସୀ କିଛି ବର୍ଷ ଯାଏ ସତ୍ୟଭାମାଙ୍କ ଚାରିତ୍ରିକ ବିଶେଷତ୍ୱକୁ ପ୍ରଶଂସା କରିବାକୁ ଲାଗିଲେ ।

ତଧନ୍ୱାଙ୍କ ବଧ ପରେ ଶ୍ରୀକୃଷ୍ଣଙ୍କର ସତ୍ୟଭାମାଙ୍କ ପ୍ରତି ଭଲପାଇବା ଆହୁରି ବଢ଼ିଗଲା। ଯଦିଓ ରୁକ୍ମିଣୀ ନିଷ୍ଠାପୂର୍ବକ ତାଙ୍କ ଆରାଧନା କରିଚାଲିଥିଲେ, କିନ୍ତୁ ଭକ୍ତି ଏବଂ ପ୍ରେମକୁ ସାଧନ ମାନି ସତ୍ୟଭାମା ଶ୍ରୀକୃଷ୍ଣଙ୍କୁ ପ୍ରଭାବିତ ଏବଂ ସମ୍ମୋହିତ କରିବାରେ ସଫଳ ହୋଇଥିଲେ। ରୁକ୍ମିଣୀ ଶ୍ରୀକୃଷ୍ଣଙ୍କର ପରମ ଉପାସିକା ଥିଲେ, କିନ୍ତୁ ସତ୍ୟଭାମା ପ୍ରଣୟ ଭାବରେ ଶ୍ରୀକୃଷ୍ଣଙ୍କ ଆରାଧନା କରିବାବାଲୀ ପରମ ଭକ୍ତ ଥିଲେ। ଶ୍ରୀକୃଷ୍ଣଙ୍କ ଇଚ୍ଛା ଅନିଚ୍ଛାକୁ ଜାଣି ତାଙ୍କ ସହିତ ବ୍ୟବହାର କରିବାରେ ସତ୍ୟଭାମା ନିପୁଣ ଥିଲେ। ଶ୍ରୀକୃଷ୍ଣଙ୍କ ପତ୍ନୀରୂପରେ ରୁକ୍ମିଣୀ ଦ୍ୱାରକାର ସାମ୍ରାଜ୍ଞୀ ହେଲେ, କିନ୍ତୁ ତାଙ୍କ ଶୃଙ୍ଗାର ସାମ୍ରାଜ୍ୟର ଅଧିଷ୍ଠାତ୍ରୀ ସତ୍ୟଭାମା। ଶ୍ରୀକୃଷ୍ଣଙ୍କୁ ଦେଖିବାମାତ୍ରେ ଜାମ୍ବବତୀ ସଙ୍କୁଚିତ ହୋଇଯାନ୍ତି। ଶ୍ରୀକୃଷ୍ଣଙ୍କୁ ନିଜଆଡ଼କୁ ଆକର୍ଷିତ କରିବାପାଇଁ ସମ୍ମୋହନ କଳାରେ ସେ ଅନଭିଜ୍ଞ ଥିଲେ। ପ୍ରଶାନ୍ତ ରୂପରେ ବହିଯାଉଥିବା ନଦୀ ଭଲି ରୁକ୍ମିଣୀ। ସବୁଜଭରା ବୃକ୍ଷ ମଧ୍ୟରେ ଝରିଯାଉଥିବା ଝରଣା ଭଲି ଜାମ୍ବବତୀ। ତଟବର୍ତ୍ତୀ ପ୍ରାନ୍ତର ଏବଂ ପର୍ବତକୁ ଆବେଷ୍ଟିତ କରି ଉଚ୍ଚ ତରଙ୍ଗ ତରଙ୍ଗାୟିତ କରିବାବାଲୀ ସମୁଦ୍ର ହେଉଛି ସତ୍ୟଭାମା। ଶ୍ରୀକୃଷ୍ଣଙ୍କୁ ବି ଜଣାପଡ଼େନି ଏହି ସାଗରର ଲହରୀ କେବେ ତାଙ୍କ ଚରଣକୁ ସ୍ପର୍ଶକରି ପଛକୁ ଯାଇ ସମୁଦ୍ରରେ ବିଲୀନ ହେବାକୁ ଲାଗେ ଏବଂ କେତେବେଲେ ଗଗନସ୍ପର୍ଶୀ ତରଙ୍ଗ ତାଙ୍କୁ ନିଜ ବାହୁରେ ନେଇଯାଏ। ଦୁହିଁଙ୍କ ବୃଷ୍ଣି ବଂଶଜ ହେବା ଯୋଗୁ ସତ୍ୟଭାମା ଏବଂ ଶ୍ରୀକୃଷ୍ଣଙ୍କ ମଧ୍ୟରେ ଘନିଷ୍ଟତା ବଢ଼ିଚାଲିଲା।

ସପତ୍ନୀମାନଙ୍କ ମଧ୍ୟରେ ଈର୍ଷା, ଦ୍ୱେଷ ହେବା ସାଧାରଣ କଥା। ଏଥିରେ କୌଣସି ସନ୍ଦେହ ନାହିଁ ଯେ ଏହି କଥାକୁ ନେଇ ବାସ୍ତବରେ ରୁକ୍ମିଣୀଙ୍କ ମନରେ ଈର୍ଷା ଉପନ୍ନ ହୁଏ, ସତ୍ୟଭାମାଙ୍କ ସହିତ ପୂରା ସମୟ ଅତିବାହିତ କରୁଛନ୍ତି। କିନ୍ତୁ ଏହି ଈର୍ଷାଭାବକୁ ରୁକ୍ମିଣୀ କେବେ

ବ୍ୟକ୍ତ କରନ୍ତିନି। ଶ୍ରୀକୃଷ୍ଣଙ୍କୁ ନିଷ୍ଠାପୂର୍ବକ ଆରାଧନା କରି ସେ ନିଜ ମନରେ ସ୍ଥାୟୀରୂପରେ ପ୍ରତିଷ୍ଠିତ କରିବା ଚେଷ୍ଟାରେ ରୁକ୍ମିଣୀ ସର୍ବଦା ନିମଗ୍ନ ରହିବାକୁ ଲାଗିଲେ। କିନ୍ତୁ ସତ୍ୟଭାମାଙ୍କର ଏହି ଅଦମ୍ୟ କାମନା ରହେ ଯେ ଶ୍ରୀକୃଷ୍ଣ ତାଙ୍କ ଆଖି ସାମନାରେ ରୁହନ୍ତୁ। ସତ୍ୟା ଏହା ଚାହାଁନ୍ତି କି ଶ୍ରୀକୃଷ୍ଣଙ୍କ ତନୁ ଏବଂ ମନ ଉପରେ କେବଳ ତାଙ୍କର ଅଧିକାର ରହୁ। ଯେବେ ବି ଶ୍ରୀକୃଷ୍ଣ ତାଙ୍କ ସାମନାରେ ପ୍ରଶାସନ ସମ୍ପର୍କିତ କଥାବାର୍ତ୍ତା କରନ୍ତି, ସେତେବେଳେ ଏକଥା ଭାବି ସତ୍ୟଭାମା ଖୁସି ହୋଇଯାଆନ୍ତି, ଶ୍ରୀକୃଷ୍ଣ ତାଙ୍କୁ ଅଧିକ ମହତ୍ତ୍ୱ ଦେଉଛନ୍ତି। ଶ୍ରୀକୃଷ୍ଣ କୁଆଡ଼େ ଯିବାପୂର୍ବରୁ ସତ୍ୟଭାମାଙ୍କୁ ସୂଚନା ମିଳେ। ଯଦି ସୂଚନା ନ ମିଳିଲେ ତଥାପି ବି ଏହା ଭାବି ସତ୍ୟଭାମା ଖୁସି ହୁଅନ୍ତି, ଶ୍ରୀକୃଷ୍ଣ ପରେ ଏହି ବିଷୟରେ ନିର୍ଣ୍ଚିତ ଆଲୋଚନା କରିବେ। ଯଦି ଏମିତି ନହୁଏ ତାହେଲେ ତାଙ୍କ ସହିତ ମଧୁର ଆଳାପ କରି ଶ୍ରୀକୃଷ୍ଣଙ୍କ ମନକୁ ଜାଣି ଏବଂ ସର୍ବଦା ନିଜ ଆଡ଼କୁ ଆକୃଷ୍ଟ କରିବାକୁ ସେ ଚେଷ୍ଟା କରନ୍ତି।

ଶ୍ରୀକୃଷ୍ଣଙ୍କୁ ଏହି ସମାଚାର ମିଳିଲା କି ଜତୁଗୃହରେ ପାଣ୍ଡବଙ୍କୁ ଜୀବନ୍ତ ଜାଲେଇ ଦେବାରେ କୌରବ ବିଫଳ ହେଲେ। ଏହି ସମାଚାର ମଧ୍ୟ ମିଳିଲା ଦ୍ରୌପଦୀଙ୍କୁ ବିବାହ କରି ପାଣ୍ଡବ ଇନ୍ଦ୍ରପ୍ରସ୍ଥରେ ପହଞ୍ଚିଗଲେଣି। ସତ୍ୟଭାମାଙ୍କ ସହିତ ଶ୍ରୀକୃଷ୍ଣ ସେଠାକୁ ଗଲେ। ପାଣ୍ଡବମାନେ ସେ ଦୁହିଁଙ୍କୁ ବହୁତ ଆଦରସମ୍ମାନ କଲେ। ସତ୍ୟଭାମାଙ୍କୁ ସେତେବେଳେ ଜଣାପଡ଼ିଲା, ପାଣ୍ଡବ ଏବଂ ତାଙ୍କ ମାତା କୁନ୍ତୀ ଶ୍ରୀକୃଷ୍ଣଙ୍କୁ କେତେ ନିଷ୍ଠାରେ ଆରାଧନା କରୁଥିଲେ। ଏକଥା ବି ଜଣାପଡ଼ିଲା ଶ୍ରୀକୃଷ୍ଣ କାହିଁକି ପାଣ୍ଡବଙ୍କ କଲ୍ୟାଣ କରୁଥିଲେ। ଶ୍ରୀକୃଷ୍ଣ ଏବଂ ସତ୍ୟାଙ୍କୁ ଦେଖି ପାଣ୍ଡବ ଅତ୍ୟନ୍ତ ପ୍ରସନ୍ନ ହେଲେ। ଶ୍ରୀକୃଷ୍ଣ ନିଜ ସମବୟସ୍କ ଅର୍ଜୁନକୁ କୋଳାଗ୍ରତ କଲେ। ନିଜଠାରୁ ଛୋଟ ବୟସର ନକୁଳ ଏବଂ ସହଦେବଙ୍କୁ ଆଶୀର୍ବାଦ ଦେଲେ। ଶ୍ରୀକୃଷ୍ଣ ଏବଂ ସତ୍ୟଭାମାଙ୍କୁ ଉଚିତ ଆସନରେ ବସେଇ ପାଣ୍ଡବମାନେ ଯଥାରୀତି ସମ୍ମାନ କଲେ। ନବବଧୂ ଦ୍ରୌପଦୀ ସଙ୍କୁଚିତ ହୋଇ ମୁଣ୍ଡ ନୁଆଁଇ ପ୍ରଣାମ କଲେ। କୁନ୍ତୀ କହିଲେ, ଶ୍ରୀକୃଷ୍ଣ ମୋର ଏବଂ ମୋ ସନ୍ତାନମାନଙ୍କର ରକ୍ଷକ କହି ପ୍ରଶଂସା କଲେ। କୁନ୍ତୀ ସତ୍ୟଭାମାଙ୍କ ପ୍ରତି ସ୍ନେହ ପ୍ରକାଶ କଲେ। ପାଣ୍ଡବମାନେ ତାଙ୍କୁ ଅନୁରୋଧ କଲେ କିଛିଦିନ ସେମାନଙ୍କ ସାଙ୍ଗରେ ରୁହନ୍ତୁ ଏବଂ ଇନ୍ଦ୍ରପ୍ରସ୍ଥପୁରର ନିର୍ମାଣରେ ସେମାନଙ୍କୁ ସହଯୋଗ କରନ୍ତୁ। ଶ୍ରୀକୃଷ୍ଣ ତାଙ୍କ ଅନୁରୋଧକୁ ସ୍ୱୀକାର କରି ସେଠାରେ ରହିଲେ ଏବଂ ସତ୍ୟଭାମା ଦ୍ୱାରକା ଚାଲିଗଲେ।

ବିଶ୍ୱକର୍ମାଙ୍କୁ ଡାକି ତାଙ୍କୁ ଶ୍ରୀକୃଷ୍ଣ ଆଦେଶ ଦେଲେ ଇନ୍ଦ୍ରପ୍ରସ୍ଥର ନିର୍ମାଣ ଖୁବ ସୁନ୍ଦର ଢଙ୍ଗରେ କରନ୍ତୁ। ତା'ପରେ ଅର୍ଜୁନଙ୍କର ସାରଥୀ ହୋଇ ଖାଣ୍ଡବବନ ଦହନ

ପାଇଁ ବାହାରି ପଡ଼ିଲେ। ଖାଣ୍ଡବ ବନକୁ ଆହାର ରୂପରେ ଅଗ୍ନିଦେବଙ୍କୁ ସମର୍ପିତ କରାଗଲା। ଏଥିରେ ପ୍ରସନ୍ନ ହୋଇ ଅଗ୍ନିଦେବ ଅର୍ଜୁନଙ୍କୁ ଧନୁ, ଦିବ୍ୟ ରଥ, ଶ୍ୱେତ ଅଶ୍ୱ, ଅକ୍ଷୟ ତୂଣୀ ଏବଂ ଅଭେଦ୍ୟ କବଚକୁ ଭେଟି ରୂପରେ ଦେଲେ। ଖାଣ୍ଡବ ବନରେ ମୟୁ ନାମକ ବାସ୍ତୁଶିଳ୍ପୀକୁ ଶ୍ରୀକୃଷ୍ଣ ବଞ୍ଚେଇଲେ। ମୟୁ ଏଥିପାଇଁ ପ୍ରସନ୍ନ ହୋଇ ଯୁଧିଷ୍ଠିରଙ୍କୁ ରାଜସୂୟ ଯଜ୍ଞ ପାଇଁ ପ୍ରସିଦ୍ଧ ସଭାଭବନର ନିର୍ମାଣ କରି ତାଙ୍କୁ ଭେଟି ରୂପରେ ଦେଲେ, ଯେଉଁଠି ଦୁର୍ଯ୍ୟୋଧନଙ୍କୁ ଜଲରେ ସ୍ଥଲ ଏବଂ ସ୍ଥଲରେ ଜଲର ଭ୍ରମ ହୋଇଗଲା।

ଇନ୍ଦ୍ରପ୍ରସ୍ଥରେ ରହିବା ସମୟରେ କାଳନ୍ଦୀ ନାମକ ଏକ କନ୍ୟାଙ୍କ ସହିତ ଶ୍ରୀକୃଷ୍ଣଙ୍କର ସାକ୍ଷାତ ହେଲା। ଦିନେ କୃଷ୍ଣ ଏବଂ ଅର୍ଜୁନ ଶିକାର ପାଇଁ ଜଙ୍ଗଲ ଆଡ଼କୁ ଗଲେ। ଯମୁନା ନଦୀକୂଲରେ ବିଶ୍ରାମ ନେବା ସମୟରେ ସେଠାରେ ତପସ୍ୟାରତ କାଳନ୍ଦୀଙ୍କୁ ଶ୍ରୀକୃଷ୍ଣ ଦେଖିଲେ। ସେଇ ସୁନ୍ଦରୀ କନ୍ୟାର ପରିଚୟ ଜାଣିବା ପାଇଁ ସେ ଅର୍ଜୁନଙ୍କୁ ପଠେଇଲେ। ଅର୍ଜୁନ ତାଙ୍କ ପାଖକୁ ଯାଇ ପ୍ରଥମେ ନିଜର ପରିଚୟ ଦେଲେ ଏବଂ ତାଙ୍କ ବିଷୟରେ ଜାଣିବାପାଇଁ ଚେଷ୍ଟା କଲେ।

ଅର୍ଜୁନଙ୍କ କଥା ଶୁଣି କାଳନ୍ଦୀ ପ୍ରସନ୍ନ ହୋଇଗଲେ ଏବଂ ପଚାରିଲେ, "ଶ୍ରୀକୃଷ୍ଣ ଆପଣଙ୍କର ମିତ୍ର ?" ଅର୍ଜୁନ କହିଲେ, 'ହଁ', ତା'ପରେ କାଳନ୍ଦୀ ଅର୍ଜୁନଙ୍କୁ ଅନୁରୋଧ କଲେ, "ହେ ମହାପୁରୁଷ! ଆପଣଙ୍କ ଦର୍ଶନ କରି ମୋ ଜୀବନ ଧନ୍ୟ ହୋଇଗଲା। ମୁଁ ସୂର୍ଯ୍ୟଙ୍କ କନ୍ୟା। ମୋତେ କାଳନ୍ଦୀ ଡାକନ୍ତି। ଯମୁନା ନଦୀର ଜଲରେ ମୋ ପିତା ମୋ ପାଇଁ ନିବାସ କରି ଦେଇଛନ୍ତି। ଶ୍ରୀମହାବିଷ୍ଣୁଙ୍କୁ ପତିରୂପରେ ପ୍ରାପ୍ତ କରିବାପାଇଁ ମୁଁ ଏଠାରେ ତପସ୍ୟା କରୁଛି। ମୋତେ ତାଙ୍କ ଦର୍ଶନ କରେଇ ଦେବାପାଇଁ ମୁଁ ଆପଣଙ୍କୁ ଅନୁରୋଧ କରୁଛି। ତାହେଲେ ମୋ ଜୀବନ ଚରିତାର୍ଥ ହୋଇଯିବ।" ତାପରେ ଅର୍ଜୁନ ଶ୍ରୀକୃଷ୍ଣଙ୍କ ପାଖକୁ ଯାଇ ତାଙ୍କୁ ଏହି ବୃତ୍ତାନ୍ତ ଶୁଣେଇଲେ। ଶ୍ରୀକୃଷ୍ଣ ତା'ପରେ ନିଜେ କାଳନ୍ଦୀଙ୍କ ପାଖକୁ ଯାଇ ତାଙ୍କୁ ବାହୁବନ୍ଧନରେ ଆବଦ୍ଧ କଲେ। କାଳନ୍ଦୀଙ୍କୁ ରଥରେ ବସେଇ ସେମାନେ ଯୁଧିଷ୍ଠିରଙ୍କ ପାଖକୁ ଚାଲିଗଲେ। କିଛିଦିନ ଯାଏ ଇନ୍ଦ୍ରପ୍ରସ୍ଥପୁରରେ ରହିବା ପରେ ଶ୍ରୀକୃଷ୍ଣ ପାଣ୍ଡବଙ୍କଠାରୁ ବିଦାୟ ନେଇ ଦ୍ୱାରକା ଚାଲିଗଲେ। ଶୁଭନକ୍ଷତ୍ର ଯୋଗଯୁକ୍ତ ଶୁଭଲଗ୍ନରେ ଶାସ୍ତ୍ର ଅନୁସାରେ ଶ୍ରୀକୃଷ୍ଣ ଏବଂ କାଳନ୍ଦୀଙ୍କର ବିବାହ ହେଲା। କାଳନ୍ଦୀଙ୍କ ସବୁ ବୃତ୍ତାନ୍ତ ଶୁଣି ସତ୍ୟଭାମା ମଧ୍ୟ ଖୁସି ହୋଇଗଲେ।

ଦିନେ ସତ୍ୟଭାମା ଶ୍ରୀକୃଷ୍ଣଙ୍କୁ ଠାଟ୍ଟା କରି କହିଲେ, "ଏମିତି କୌଣସି କନ୍ୟା ଅଛି ଯିଏ ଆପଣଙ୍କ ଆରାଧନା କରୁନଥିବ। ଆପଣଙ୍କ ଆରାଧନା କରୁଥିବା ସମସ୍ତ କନ୍ୟାଙ୍କୁ କ'ଣ ଆପଣ ପତ୍ନୀ ରୂପରେ ସ୍ୱୀକାର କରିବେ ?"

ଶ୍ରୀକୃଷ୍ଣ ସତ୍ୟଭାମାଙ୍କୁ କହିଲେ, "ଆରାଧନା କରିବା ଏବଂ ମୋହିତ ହେବାରେ ତଫାତ୍ ଅଛି। ଆରାଧନା ହେଉଛି ଶାଶ୍ୱତ ଏବଂ ମୋହ ହେଉଛି ଅଶାଶ୍ୱତ। କାଳଦୀର ଜନ୍ମ କେବଳ ମୋତେ ପାଇବାପାଇଁ ହେଇଛି ଏବଂ ସେ ନିରନ୍ତର ମୋର ଆରାଧନା କରିଛନ୍ତି। ଏହି ଜନ୍ମରେ ମୋ ସହିତ ବିବାହ ହେବା ଲଲାଟଲିଖିତ। ସମସ୍ତ ଆରାଧିକାଙ୍କ ସହିତ ବିବାହ ଅସମ୍ଭବ। ମୋ ପିଉସୀ ରାଧାଙ୍କ ବିଷୟରେ ଭାବ। ସିଏତ ପିଲାଦିନରୁ ମୋର ଆରାଧନା କରୁଛନ୍ତି, କିନ୍ତୁ ତାଙ୍କ ସହିତ ମୋର ବିବାହ ହେଇନି। ସେ ସର୍ବଦା ମୋତେ ପାଇବାପାଇଁ ତପସ୍ୟା କରୁଛନ୍ତି।"

ସତ୍ୟଭାମା ତାଙ୍କୁ ପଚାରିଲେ, "ମୋଠାରୁ କ'ଣ ରାଧା ଅଧିକ ଆପଣଙ୍କୁ ଆରାଧନା କରୁଛନ୍ତି ?"

"ମୁଁ ସତ୍ୟ କହିବି ନା ଅସତ୍ୟ ?"

"ଆପଣ ଯାହା ବି କହିବେ ମୁଁ ଖରାପ ଭାବିବିନି। ଆମ ବିବାହ ପୂର୍ବରୁ ଆପଣଙ୍କ ପ୍ରଣୟ ଲୀଳା ବିଷୟରେ ସବୁ ଜାଣିବା ପରେ ବି ମୁଁ ଆପଣଙ୍କୁ ପତି ରୂପରେ ସ୍ୱୀକାର କଲି ନା ?" କହି ସତ୍ୟା ହସିଲେ।

"ହେ ସତ୍ୟା ! ରାଧା ମୋର ପ୍ରେୟସୀ। ସେ ନିଷ୍ଠାପୂର୍ବକ ମୋର ଆରାଧନା କରନ୍ତି। ମୋ ପିଲାଦିନରୁ ମୋତେ ତାଙ୍କର ସର୍ବସ୍ୱ ଭାବନ୍ତି। ସତ କହିବି ରାଧା ପ୍ରଥମଥର ମୋତେ ଚୁମ୍ବନ ଦେଇଥିଲେ। ମୋ ମୁହଁରେ ଚୁମ୍ବନ ଦେଇ ସେ ନିଜର ଆରାଧନାକୁ ପ୍ରକାଶ କରିଥିଲେ।"

"ତାହା ଶାରୀରିକ ମୋହ ହୋଇଥାଇପାରେ।"

"ହୋଇପାରେ। କିନ୍ତୁ ସେଇ ମୋହାବେଶରେ ବି ତାଙ୍କ ଉଦ୍ଦେଶ୍ୟ ମାତ୍ର ଶାରୀରିକ ସୁଖପ୍ରାପ୍ତ କରିବା ନଥିଲା। ମୋ ଉପରେ ସମ୍ପୂର୍ଣ୍ଣ ଅଧିକାର ଜାହିର କରିବା ତାଙ୍କର ଉଦ୍ଦେଶ୍ୟ ରହିଲା। ପିଲାଦିନରୁ ଆମେ ଏକାସାଙ୍ଗରେ ଖେଳିଛୁ, ନୃତ୍ୟ କରିଛୁ ଏବଂ ପରସ୍ପରର ଅଇଁଠା ବି ଖାଇଛୁ। ଜଣେ ପ୍ରେୟସୀ ଅପେକ୍ଷା ସଖୀରୂପରେ ଏବଂ ତା'ଠାରୁ ଅଧିକ ଜଣେ ଭକ୍ତ ରୂପରେ ରାଧାଙ୍କ ମୂଲ୍ୟ ସ୍ୱତନ୍ତ୍ର।"

"ତାଙ୍କ ସାଙ୍ଗରେ ଆପଣ ବିବାହ କାହିଁକି କଲେନି ?"

"ଆମ ଦୁହିଁଙ୍କର ଏହି ଉଦ୍ଦେଶ୍ୟ ନଥିଲା। ସେ ମୋର ପିଉସୀ ଥିଲେ। ମୋ ପିତା ନନ୍ଦଙ୍କର ଭଉଣୀ ଥିଲେ। ସେ କେବଳ ଚାହୁଁଥିଲେ ମୁଁ ଯେଉଁଠି ରହେ ସୁଖଶାନ୍ତିରେ ରହେ। ମୋର ଆରାଧନା କରିବାପାଇଁ ଏବଂ ମୋର ପ୍ରତୀକ୍ଷା କରିବାପାଇଁ ତାଙ୍କର ଜନ୍ମ। ବୃନ୍ଦାବନରେ ଥିବା ସମୟରେ ଆମ ଦୁହିଁଙ୍କୁ କେହି ଅଲଗା କରିପାରି ନଥିଲେ। କଂସର ସଂହାର କରି ଧର୍ମ ସଂସ୍ଥାପନ ପାଇଁ ଯେବେ ମୁଁ ମଥୁରା ଚାଲିଗଲି ସେତେବେଳେ

ସେ ବଚନ ଦେଇଥିଲେ "ମୁଁ ତୁମକୁ ପ୍ରତୀକ୍ଷା କରିବି।" ଶତ୍ରୁମାନଙ୍କୁ ପରାଜୟ କରି ମୁଁ ରାଜା ହୋଇଗଲି। ସେବେଠାରୁ ସାରା ସଂସାର ମୋର ଆରାଧନା କରୁଛନ୍ତି। ତା'ପରେ ମୁଁ ଦ୍ୱାରକା ନଗରୀ ନିର୍ମାଣ କଲି। ରୁକ୍ମିଣୀ ଏବଂ ତୁମକୁ ପତ୍ନୀ ରୂପରେ ସ୍ୱୀକାର କଲି। କିନ୍ତୁ ସେ ଏପର୍ଯ୍ୟନ୍ତ ମୋର ପ୍ରତୀକ୍ଷା କରିଛନ୍ତି। ପ୍ରତୀକ୍ଷାର ଦ୍ୱିତୀୟ ନାମ ରାଧା। ସମସ୍ତ ଗୋପୀମାନେ ମୋର ଆରାଧନା କରିବାକୁ ଲାଗିଲେ। ସେମାନଙ୍କ ତୁଲନାରେ ରାଧା ବଡ଼ ନିଷ୍ଠାର ସହିତ ମୋର ଆରାଧନା କରୁଛନ୍ତି। ଇତିହାସ ପୃଷ୍ଠାରେ ପ୍ରଣୟ ଏବଂ ମଧୁର ଭକ୍ତିର ପ୍ରତୀକ ରୂପରେ ରାଧାଙ୍କ ନାମ ସୁରକ୍ଷିତ ରହିଯିବ।"

"ତା'ହେଲେ ଆପଣଙ୍କୁ ସେ କେବେ ପ୍ରାପ୍ତ ହେବେ। ଏହି ପ୍ରତୀକ୍ଷାର କୌଣସି ଅନ୍ତ ନାହିଁ?"

"ହେ ସତ୍ୟା! ବାସ୍ତବରେ ସେ ମୋତେ ପୂର୍ବରୁ ପ୍ରାପ୍ତ ହୋଇସାରିଥିଲେ। ସେ ମୋର ଶୃଙ୍ଗାରଦେବୀ ଥିଲେ। ମୋର ଭକ୍ତ ଥିଲେ। ମୋର ପ୍ରେୟସୀ ଥିଲେ। ପିଲାଦିନେ ମୋତେ ରାସଲୀଳାରେ ଚରମୋତ୍କର୍ଷକୁ ନେଇଯିବାରେ ସଫଳ ହେଇଥିଲେ। ସେ ଜଗନ୍ମୋହିନୀ। ବ୍ରହ୍ମା, ବିଷ୍ଣୁ ଏବଂ ମହେଶ୍ୱରଙ୍କ ସମ୍ମିଳିତ ଅନନ୍ତ ଶକ୍ତିର ଆବିର୍ଭାବ ହେଲା, ସେଇପ୍ରକାର ଲକ୍ଷ୍ମୀ, ସରସ୍ୱତୀ ଏବଂ ଦୁର୍ଗାଙ୍କର ସମ୍ମିଳିତ ସ୍ୱରୂପ ରାଧା। ବାସ୍ତବରେ ରାଧା ନିଜକୁ ତ୍ୟାଗ କରି ତୁମଠାରେ ବିଲୀନ ହୋଇ ଯାଇଥିଲେ। ରାଧା ଜଣେ ଗୋପୀ। ତାଙ୍କପରେ ମୋତେ ପ୍ରାପ୍ତ ହୋଇଥିବା ଆଉଜଣେ ଯାଦବକନ୍ୟା ତୁମେ ନା?" ଶ୍ରୀକୃଷ୍ଣ କହିଲେ।

"ହୋଇପାରେ ଏହି କାରଣରୁ ପିଲାଦିନରୁ ନିଷ୍ଠାପୂର୍ବକ ଆପଣଙ୍କ ଉପାସନା କରୁଛି। ଯଦିଓ ମୁଁ ଆପଣଙ୍କୁ ପୂର୍ବରୁ କେବେ ଦେଖିନଥିଲି, କିନ୍ତୁ ମୋତେ ଏହା ଲାଗୁଥିଲା କି ମୋର ତନୁ ଆଉ ମନ ସର୍ବଦା ଆପଣଙ୍କ ପ୍ରତୀକ୍ଷାରେ ବ୍ୟଗ୍ର। ମୁଁ ଆଉଜଣେ ରାଧା ହୋଇପାରିବି।"

"ନାଇଁ ସତ୍ୟା! ତୁମେ ହିଁ ରାଧା। ରାଧା ହିଁ ସତ୍ୟା। ଯେବେ ତୁମକୁ ମୁଁ ପ୍ରଥମଥର ଦେଖିଲି, ସେତେବେଲେ ତୁମଠାରେ ରାଧାର ଅସ୍ତିତ୍ୱ ଥିବା କାରଣରୁ ହୋଇପାରେ, ମୋ ଲୋମକୂପ ପ୍ରକମ୍ପିତ ହେଲା।" ଏହା କହି ଶ୍ରୀକୃଷ୍ଣ ସତ୍ୟଭାମାଙ୍କୁ ନିଜ ବାହୁରେ ନେଇ ଚୁମ୍ବନ ଦେଲେ।

ନିରନ୍ତର ସତ୍ୟଭାମାଙ୍କ ଅନ୍ତଃପୁରରେ ରହିବା ଯୋଗୁ କିଛିଦିନ ମଧ୍ୟରେ ଲୋକଙ୍କର ଏହି ଧାରଣା ହୋଇଗଲା କି ଶ୍ରୀକୃଷ୍ଣ ସତ୍ୟାବିଧେୟ ହେଇଯାଇଛନ୍ତି।

ସତ୍ୟଭାମାଙ୍କୁ ଏହି ବିଶ୍ୱାସ ହେଲା ଭବିଷ୍ୟତରେ ଶ୍ରୀକୃଷ୍ଣ କେତେ ଯେ ଲଲନାଙ୍କୁ ନିଜ ପତ୍ନୀ ରୂପରେ ସ୍ୱୀକାର କରନ୍ତୁ, କିନ୍ତୁ ତାଙ୍କ ଅଧୀନରେ ଅବଶ୍ୟ

ରହିବେ। ଶ୍ରୀକୃଷ୍ଣଙ୍କ ମନକୁ ବୁଝିବାକୁ ସଫଳ ହୋଇ ପୁଷ୍ପର ସୁଗନ୍ଧ ଏବଂ ସ୍ନିଗ୍ଧ ଚାନ୍ଦିନୀ ଭଳି ସତ୍ୟଭାମା ନିଜର ଅଭିନ୍ନତାକୁ ପ୍ରକାଶ କଲେ।

ଦିନେ ଯେତେବେଳେ ଶ୍ରୀକୃଷ୍ଣ ଏବଂ ସତ୍ୟଭାମା ପରସ୍ପର ମଧ୍ୟରେ ବାର୍ତ୍ତାଳାପ କରୁଥିଲେ, ସେତେବେଳେ ସମାଚାର ଆସିଲା ଶ୍ରୀକୃଷ୍ଣଙ୍କୁ ସାକ୍ଷାତ ପାଇଁ ଅବନ୍ତୀ ଦେଶରୁ ଜଣେ ସୁନ୍ଦରୀ ଆସିଛନ୍ତି।

ଏହା କହି ସତ୍ୟଭାମା ଶ୍ରୀକୃଷ୍ଣଙ୍କୁ ଠାଟ୍ଟା କଲେ "ଆପଣଙ୍କ ଖ୍ୟାତି ସବୁ ଦେଶରେ ବ୍ୟାପ୍ତ ହୋଇଗଲାଣି।"

ତାଙ୍କ କଥାକୁ ବୁଝିପାରି ଶ୍ରୀକୃଷ୍ଣ କହିଲେ, "ବିଚାରୀ କାହିଁକି ଆସିଛି ତାହା ଜାଣିବାକୁ ହେବ, ଏହିପ୍ରକାର ଭାବିବା ଉଚିତ୍ ନୁହେଁ। ଅନ୍ୟ ସ୍ୱାମୀମାନଙ୍କୁ ଦେଖି ତୁମ ସ୍ତ୍ରୀଲୋକମାନେ ଆଉ କିଛି କାହିଁକି ଭାବିପାରନା।"

"ଆଉ କ'ଣ ହେଇପାରେ। ସେ ଏହା କହିବ କି, ମୁଁ ଆପଣଙ୍କ ଆରାଧନା କରୁଛି। ତୁମ ପୁରୁଷଲୋକ ବି ଯେକୌଣସି ସୁନ୍ଦରୀ ସ୍ୱାମୀମାନଙ୍କୁ କ'ଣ ଭାବନ୍ତି ତାହା ଆମେ ଅନୁମାନ କରିପାରୁ।" କହି ସତ୍ୟଭାମା ହସିଲେ।

"ଶ୍ରୀକୃଷ୍ଣ ଗମ୍ଭୀର ସ୍ୱରରେ କହିଲେ, "ସେ ଯେକୌଣସି କାରଣବଶତଃ ହେଉ ନା କାହିଁକି, ଯେକୌଣସି ସୁନ୍ଦରୀ କନ୍ୟାକୁ ସ୍ୱୀକାର କରେ, କିନ୍ତୁ ତୁମେ ଏକଥା ଭଲଭାବେ ଜାଣ ମୁଁ ନିଜକୁ ସମ୍ପୂର୍ଣ୍ଣ ତୁମକୁ ସମର୍ପିତ କରିସାରିଛି।"

"ହଁ! ଏହା ମୁଁ ଜାଣେ। ପ୍ରଥମେ ସେଇ ସୁନ୍ଦରୀ କନ୍ୟାକୁ ଡାକନ୍ତୁ। ସେ ଆପଣଙ୍କୁ ପ୍ରତୀକ୍ଷା କରିଥିବେ।" ସତ୍ୟଭାମା ବ୍ୟଙ୍ଗାତ୍ମକ ସ୍ୱରରେ କହିଲେ।

ଯିଏ ଆସିଲେ ସେ ଅବଶ୍ୟ ସୌନ୍ଦର୍ଯ୍ୟର ପ୍ରତିମୂର୍ତ୍ତି। ଅବନ୍ତୀ ଦେଶର ଯୁବରାଣୀ ମିତ୍ରବିନ୍ଦାଙ୍କର ବାନ୍ଧବୀ। ତାଙ୍କ ନାଁ କୀରବାଣୀ। ମଧୁର ମଧୁର କଥା କହୁଛନ୍ତି।

ତାଙ୍କୁ ଦେଖି ଶ୍ରୀକୃଷ୍ଣ ମନଭିତରେ ଭାବିବାକୁ ଲାଗିଲେ, "ଯଦି ବାନ୍ଧବୀ ଏତେ ସୁନ୍ଦର ତାହେଲେ ଯୁବରାଣୀ କେତେ ସୁନ୍ଦର ହୋଇନଥିବେ।" ସେ ପଚାରିଲେ, "ତୁମେ କାହିଁକି ଆସିଛ ?"

ଶ୍ରୀକୃଷ୍ଣଙ୍କ ପାଖରେ ସତ୍ୟଭାମାଙ୍କୁ ଦେଖି ସେ ନିରବ ରହିଲେ।

"ସତ୍ୟଭାମା ମୋର ହୃଦୟେଶ୍ୱରୀ, ଆମ ଦୁହିଁଙ୍କ ମଧ୍ୟରେ କୌଣସି ଲୁଚାଛପା ନାହିଁ।" ଶ୍ରୀକୃଷ୍ଣ ହସି କହିଲେ।

ତା'ପରେ ଆଉ କୌଣସି ବିକଳ୍ପ ନଥିବାରୁ ସେ ସମସ୍ତ କଥା କହିଲେ। ସେ କେତେକ ସମସ୍ୟାକୁ ସାମନା କରି ସମସ୍ତଙ୍କ ଠାରୁ ଲୁଚି ଏଠାରେ ପହଞ୍ଚିଛନ୍ତି। ଯୁବରାଣୀ ମିତ୍ରବିନ୍ଦାଙ୍କ ବିବାହ ସମ୍ପନ୍ନ କରିବାକୁ ଅବନ୍ତୀ ଦେଶର ସମ୍ରାଟ ସ୍ୱୟମ୍ବର ଆୟୋଜନ

କରିଥିଲେ । ତାଙ୍କ ସଖୀ କୀରବାଣୀ ଦ୍ୱାରା ଯୁବରାଣୀ ଶ୍ରୀକୃଷ୍ଣଙ୍କ ପାଖକୁ ଏହି ସମ୍ବାଦ ପଠେଇଛନ୍ତି “ଆପଣ ଏଠାକୁ ଆସି ମୋତେ ପତ୍ନୀ ରୂପରେ ସ୍ୱୀକାର କରି ଆପଣଙ୍କ ସାଙ୍ଗରେ ନେଇଯାଆନ୍ତୁ ।” ସେ ଶ୍ରୀକୃଷ୍ଣଙ୍କ ଆରାଧିକା ।

ତାଙ୍କ କଥା ଶୁଣି ଶ୍ରୀକୃଷ୍ଣ ଏବଂ ସତ୍ୟଭାମା ଆଶ୍ଚର୍ଯ୍ୟ ହୋଇଗଲେ । ଅବନ୍ତୀ ଦେଶ କୋଉଠି ଆଉ ଏହି ଦ୍ୱାରକା କୋଉଠି ? ଅବନ୍ତୀ ଦେଶର କନ୍ୟା ଶ୍ରୀକୃଷ୍ଣଙ୍କର ଆରାଧନା କେମିତି କରିପାରିବେ ?

ସତ୍ୟଭାମାଙ୍କ ଆଡ଼କୁ ଚାହିଁ ଶ୍ରୀକୃଷ୍ଣ ପଚାରିଲେ, “ତୁମେ କ'ଣ କହିବ ସତ୍ୟା ?”

ସତ୍ୟଭାମା କହିଲେ, “ଅନେକ କନ୍ୟା ଆପଣଙ୍କ ଆରାଧନା କରିପାରିବେ । ସେମାନେ ସମସ୍ତଙ୍କୁ ବିବାହ କରିବା କେତେଦୂର ଉଚିତ ହେବ ଏହା ମୋର ସନ୍ଦେହ ।”

କୀରବାଣୀଙ୍କୁ ଶ୍ରୀକୃଷ୍ଣ ମଧ ଏହା କହିଲେ, “ସୁନ୍ଦରୀ ! ତୁମ ଯୁବରାଣୀ ତାଙ୍କ ପିତାମାତାଙ୍କ ଦ୍ୱାରା ସ୍ଥିର କରିଥିବା ବିବାହକୁ ଅନିଚ୍ଛା ପ୍ରକାଶ କରିବା, ଏହା ବୁଝାଯାଉଛି ସେ ମୋର ଆରାଧନା କରୁଛନ୍ତି । ସତରେ ସେ ମୋର ଆରାଧନା କରିଥାନ୍ତୁ, ତଥାପି ମୁଁ ସେଠାକୁ ଯାଇ ତାଙ୍କୁ ପତ୍ନୀରୂପରେ ସ୍ୱୀକାର କରିବା ଉଚିତ ହେବନି । ତାଙ୍କୁ କୁହନ୍ତୁ ମୋ ବିଷୟରେ ଭାବିବା ବନ୍ଦ କରି ତାଙ୍କ ପିତାମାତାଙ୍କ ନିର୍ଣ୍ଣୟକୁ ସ୍ୱୀକାର କରିବା ଉଚିତ ହେବ ।”

କୀରବାଣୀ କହିଲେ, “ହେ ଯଦୁଭୂଷଣ ! ଆପଣ ଯଦି ଏମିତି କହିବେ ତାଙ୍କର କ'ଣ ହେବ । ଆମ ମିତ୍ରବିନ୍ଦା ତନୁ ମନରେ ଆପଣଙ୍କ ଆରାଧନା କରୁଛନ୍ତି । ସେ ଆପଣଙ୍କ ପରମ ଭକ୍ତ । ଆମ ରାଜ୍ୟ ଦୁର୍ଯ୍ୟୋଧନ ଭଳି ଦୁଷ୍ଟ ଶାସକଙ୍କ କବ୍‌ଜାରେ ଯିବା ସେ ବି ପସନ୍ଦ କରୁନାହାନ୍ତି ।”

ଶ୍ରୀକୃଷ୍ଣ ପଚାରିଲେ, “ଦୁର୍ଯ୍ୟୋଧନର ତୁମ ରାଜ୍ୟରେ କାମ କ'ଣ ?”

କୀରବାଣୀ ସ୍ପଷ୍ଟ ଭାବେ କହିଲେ, “ଦୁର୍ଯ୍ୟୋଧନର ଆଦେଶନୁସାରେ ହିଁ ଅବନ୍ତୀର ରାଜା ବିନ୍ଦ ସ୍ୱୟୟ୍ବର ଆୟୋଜନ କଲେ । ଦୁର୍ଯ୍ୟୋଧନର ଏହା ଷଡ଼ଯନ୍ତ୍ର । ସ୍ୱୟୟ୍ବରରେ ବିଜୟୀ ହୋଇ ଆମ ମିତ୍ରବିନ୍ଦାଙ୍କୁ ନିଜର ପତ୍ନୀ କରିପାରିବେ ଏବଂ ଅନ୍ୟପଟେ ଅବନ୍ତୀ ଦେଶର ବି ଶାସକ ହୋଇପାରିବେ ।”

ଶ୍ରୀକୃଷ୍ଣ ଚିନ୍ତାରେ ପଡ଼ିଗଲେ । କୀରବାଣୀର କଥା ଯଦି ସତ ହୋଇଥାଏ ତାହେଲେ ଦୁର୍ଯ୍ୟୋଧନ ଆହୁରି ଶକ୍ତିଶାଳୀ ହୋଇଯିବ । ତା'ପରେ କେବଳ ପାଣ୍ଡବଙ୍କର ନୁହେଁ, ବରଂ ଯାଦବଙ୍କ ଆଧିପତ୍ୟକୁ କ୍ଷୀଣ କରିଦେବ ।

ସତ୍ୟଭାମା ବି ଏହାଭାବି କହିଲେ, “ହେ ସ୍ୱାମୀ ! ମୁଁ ଏହା କଦାପି ଚାହୁଁନି

କି ଯାଦବ ଶକ୍ତିହୀନ ହୋଇଯାନ୍ତୁ। ଆପଣ ଯାଇ ଆପଣଙ୍କ ବୀରତା ପ୍ରଦର୍ଶନ କରି ମିତ୍ରବିନ୍ଦାଙ୍କୁ ନିଜର ପତ୍ନୀ ରୂପରେ ସ୍ୱୀକାର କରନ୍ତୁ।"

ଶ୍ରୀକୃଷ୍ଣ ହସି କହିଲେ, "ତୁମର ଆଦେଶ ପାଳନ କରିବା ମୋର ଧର୍ମ।"

"ମୋର ଏହା ଇଚ୍ଛା ନୁହେଁ ମିତ୍ରବିନ୍ଦାଙ୍କୁ ବାହୁରେ ବନ୍ଦୀ କରି ସେଠାରେ ରହିଯାନ୍ତୁ।" ଏହା କହି ସତ୍ୟଭାମା ନିଜର କ୍ରୋଧ ପ୍ରକାଶ କଲେ।

"ପ୍ରତ୍ୟେକ ଛୋଟକଥାକୁ ନେଇ ଆଶଙ୍କା ଏବଂ ଭୟ ବ୍ୟକ୍ତ କରିବା ଅଭ୍ୟାସ ତୁମେ ତ୍ୟାଗ କରୁନାହଁ କାହିଁକି ?" କହି ଶ୍ରୀକୃଷ୍ଣ ଛିଡ଼ାହେଲେ।

କୀରବାଣୀଙ୍କୁ ଦେଇଥିବା ପ୍ରତିଶ୍ରୁତି ଅନୁସାରେ ଶ୍ରୀକୃଷ୍ଣ ସେଇ ସ୍ୱୟମ୍ୱରରେ ଭାଗ ନେଲେ। ଦୁର୍ଯ୍ୟୋଧନ ଏବଂ ଅନ୍ୟ ରାଜାମାନେ ତାଙ୍କୁ ଦେଖି ଆଶ୍ଚର୍ଯ୍ୟ ହୋଇଗଲେ। ମିତ୍ରବିନ୍ଦାଙ୍କ ଭାଇ କୃଷ୍ଣଙ୍କ ସାଙ୍ଗରେ ତାଙ୍କ ଭଉଣୀର ବିବାହ ସପକ୍ଷରେ ନଥିଲେ। ଭରା ରାଜସଭାରେ ରାଜାମାନଙ୍କର ଗର୍ବକୁ ଭାଙ୍ଗି ଶ୍ରୀକୃଷ୍ଣ ମିତ୍ରବିନ୍ଦାଙ୍କୁ ହରଣ କରିନେଲେ। ଦୁର୍ଯ୍ୟୋଧନ ଏବଂ ରାଜାମାନେ ଶ୍ରୀକୃଷ୍ଣଙ୍କୁ ସାମ୍ନା କରିବାକୁ ସାହସ କରିପାରିଲେନି। ମିତ୍ରବିନ୍ଦାଙ୍କୁ ଦ୍ୱାରକା ନେଇଯାଇ ସେଠାରେ ବନ୍ଧୁ ପରିଜନଙ୍କ ସାମ୍ନାରେ ତାଙ୍କୁ ପତ୍ନୀ ରୂପରେ ସ୍ୱୀକାର କରିନେଲେ।

ଯାଦବ ସାମ୍ରାଜ୍ୟର ବିସ୍ତାର ଚେଷ୍ଟାରେ ଯଦିଓ ଶ୍ରୀକୃଷ୍ଣଙ୍କର ଆହୁରି ତିନୋଟି ବିବାହ ହେଲା କିନ୍ତୁ ସତ୍ୟଭାମା କୌଣସି ଆପତ୍ତି ଉଠେଇ ନାହାନ୍ତି। ରାଜ୍ୟବିସ୍ତାର ଚେଷ୍ଟାରେ ରାଜାମାନଙ୍କ ସହିତ ଚକ୍ରାନ୍ତ କରିବା କୌଣସି ଦୋଷାବହ ନୁହେଁ। ଏହି ବ୍ୟୁହ ରଚନା କରି କୋଶଳ ଏବଂ କେକୟ ରାଜପରିବାରର କନ୍ୟାମାନଙ୍କ ସହିତ ବି ସେ ବିବାହ କଲେ।

କୋଶଳର ରାଜା ନଗ୍ରାଜିତ୍ ତାଙ୍କ କନ୍ୟା ନାଗ୍ରାଜିତୀଙ୍କ ବିବାହ କରିବାକୁ ସଂକଳ୍ପ କଲେ। ସେ ତୀକ୍ଷ୍ଣଶିଙ୍ଗବାଲା ସାତଟି ବୃଷଭଙ୍କୁ ପାଳିଥିଲେ। ଏହି ଉନ୍ନତ ବୃଷଭଙ୍କୁ ପରାସ୍ତ କରିପାରିବା ବୀରଙ୍କ ସହିତ ନିଜ କନ୍ୟାର ବିବାହ କରିବାକୁ ଘୋଷଣା କଲେ। ଅନେକ ଶୂରବୀର ରାଜା ଆସିଲେ ଏବଂ ଏହି ଚେଷ୍ଟାରେ ବିଫଳ ହେଲେ। ଲୋକମାନଙ୍କର ଏହି ଧାରଣା ଥିଲା ଯେ ଏହି ପ୍ରତିଯୋଗିତାକୁ ଜିତି ନାଗ୍ରାଜିତୀଙ୍କ ହାତ ଧରିବାକୁ ଯୋଗ୍ୟ ଶୂରବୀର ଏହି ସଂସାରରେ ନାହାଁନ୍ତି।

ଏହି ସମାଚାର ପାଇବାପରେ ଶ୍ରୀକୃଷ୍ଣ ତାଙ୍କ ସେନାଙ୍କୁ ନେଇ ଅଯୋଧ୍ୟା ଗଲେ। କୋଶିଲାଧୀଶ ଶ୍ରୀକୃଷ୍ଣଙ୍କର ଭବ୍ୟ ସ୍ୱାଗତ କଲେ ଏବଂ ପୂଜାର୍ଚ୍ଚନା କରି ଶ୍ରୀକୃଷ୍ଣଙ୍କୁ ସମ୍ମାନିତ କଲେ। ଶ୍ରୀକୃଷ୍ଣ ତାଙ୍କ ସାମ୍ନାରେ ଏହି ଇଚ୍ଛାପ୍ରକାଶ କଲେ ଯେ ସେ ନାଗ୍ରାଜିତୀଙ୍କୁ ବିବାହ କରିବାକୁ ଚାହୁଁଛନ୍ତି।

ଶ୍ରୀକୃଷ୍ଣଙ୍କ କଥା ଶୁଣି ନଗ୍ରାଜିତ୍ କହିଲେ, "ହେ ଲୋକେଶ୍ୱର ! ତୁମେ ସର୍ବଗୁଣ ସଂପନ୍ନ ଅଟ । ସାକ୍ଷାତ୍ ଶ୍ରୀଦେବୀ ଆପଣଙ୍କୁ ଚାହିଁ ଆପଣଙ୍କ ହୃଦୟରେ ପ୍ରତିଷ୍ଠିତ ହୋଇଛନ୍ତି । ଆପଣଙ୍କଠାରୁ ଯୋଗ୍ୟ ବର ମୋ କନ୍ୟାକୁ କୋଉଠୁ ମିଳିବ ? କିନ୍ତୁ ମୁଁ ପୂର୍ବରୁ ମୋ କନ୍ୟାକୁ ପତ୍ନୀରୂପରେ ସ୍ୱୀକାର କରିବାବାଲା ବରର ଯୋଗ୍ୟତା ଏବଂ ବୀରତାର ପରୀକ୍ଷା କରିବାପାଇଁ ଏକ ପ୍ରତିଯୋଗିତା ରଖିଛି । ଯଦି ମୁଁ ଆପଣଙ୍କ ପାଇଁ ଏହି ପ୍ରତିଯୋଗିତା ରଦ କରିବି ତାହେଲେ ଏହା ଆପଣଙ୍କର ଅବମାନନା ହେବ ।"

ଶ୍ରୀକୃଷ୍ଣ କହିଲେ, "ମୁଁ ନିଜ ବୀରତାର ପ୍ରଦର୍ଶନ କରି ଏହି ସଂସାରକୁ ଏହା ଦେଖେଇବାକୁ ଏଠାକୁ ଆସିଛି ।"

ପ୍ରତିଯୋଗିତା ଆରମ୍ଭ ହେଲା । ନିଜଠାରୁ ତେଜରେ ଆସୁଥିବା ସାତ ବୃଷଭକୁ ଶ୍ରୀକୃଷ୍ଣ ସାତରୂପରେ ଦେଖାଗଲା । ଶ୍ରୀକୃଷ୍ଣ ସାହସର ସହିତ ତାଙ୍କୁ ଭିଡ଼ି ନେଲେ ଏବଂ ପିଲାଙ୍କ ହାତର ଖେଳନା ଭଳି ସେମାନଙ୍କୁ ଧରି ଦୂରକୁ ଫିଙ୍ଗିଦେଲେ । ସେମାନେ ଶାନ୍ତ ହୋଇ ଶ୍ରୀକୃଷ୍ଣଙ୍କର ବଶ ହୋଇଗଲେ । ଏହି ଦୃଶ୍ୟକୁ ଦେଖି କୋଶଳାଧୀଶ ଆଶ୍ଚର୍ଯ୍ୟ ହୋଇଗଲେ । ତା'ପରେ ତାଙ୍କ କନ୍ୟାକୁ ଶ୍ରୀକୃଷ୍ଣଙ୍କ ହାତରେ ସମର୍ପି ଦେଲେ । ନଗ୍ରାଜିତଙ୍କ ପତ୍ନୀ ଏକଥା ଭାବି ଆନନ୍ଦିତ ହେଲେ କି ନାଗ୍ରାଜିତୀ ପାଇଁ ଯୋଗ୍ୟ ବର ମିଳିଗଲା ।

ତା'ପରେ କୋଶଳାଧୀଶ ଭେଟି ରୂପରେ ବିଶେଷ ଭାବେ ଅଲଙ୍କୃତ ତିନି ହଜାର ଯୁବତୀ, ନଅ ହଜାର ହାତୀ, ନବେ ହଜାର ରଥ, ନଅ ଲକ୍ଷ ଅଶ୍ୱ ଏବଂ ନବେ ଲକ୍ଷ ପଦାତି ଦଳଙ୍କୁ ଦେଇ ତାଙ୍କ କନ୍ୟା ଏବଂ ଜାମାତାଙ୍କ ସହିତ ଦ୍ୱାରିକା ପଠେଇଦେଲେ ।

ନାଗ୍ରାଜିତୀଙ୍କୁ ନେଇ ଦ୍ୱାରିକା ଆଡ଼କୁ ଯିବା ସମୟରେ ରାଜାମାନେ ରାସ୍ତାରେ ଶ୍ରୀକୃଷ୍ଣଙ୍କ ସହିତ ଯୁଦ୍ଧ କଲେ, ଯେଉଁମାନେ ବୃଷଭଙ୍କ ଠାରୁ ପରାସ୍ତ ହୋଇଥିଲେ ।

ଏକ ବାଘ ଭଳି ଶ୍ରୀକୃଷ୍ଣ ତାଙ୍କ ଉପରେ ୫ପଟି ପଡ଼ିଲେ ଏବଂ ସେମାନଙ୍କୁ ଭଗେଇଦେଲେ । ନାଗ୍ରାଜିତୀଙ୍କୁ ଦ୍ୱାରିକା ନେଇଯାଇ ଖୁସିରେ ଜୀବନ ବିତେଇଲେ ।

ଏହି ବିବାହ ପରେ କୌଣସି ରାଜା ଶ୍ରୀକୃଷ୍ଣଙ୍କୁ ସାମନା କରିବାକୁ ସାହସ କଲେନି । ସତ୍ୟଭାମା ତାଙ୍କ ସ୍ୱାମୀଙ୍କ ବୀରତାକୁ ଦେଖି ପ୍ରଫୁଲ୍ଲିତ ହେଉଥିଲେ ।

ତା'ପରେ କେକୟ ରାଜାଙ୍କ କନ୍ୟା ଭଦ୍ରା ଏବଂ ମଦ୍ରରାଜାଙ୍କ ଦ୍ୱାରା ଘୋଷିତ ସ୍ୱୟମ୍ୱରରେ ଭାଗ ନେଇ ସମସ୍ତ ଦେଶର ରାଜାମାନଙ୍କ ସାମନାରେ ଶ୍ରୀକୃଷ୍ଣ ସେଇ ପ୍ରକାର ଲକ୍ଷ୍ମୀଙ୍କୁ ହରଣ କରିନେଲେ, ଯେଉଁ ପ୍ରକାର ତାଙ୍କ ମାତାଙ୍କୁ ଦାସ୍ୟ ବୃତ୍ତିରୁ ମୁକ୍ତ କରିବାକୁ ଗରୁଡ଼ ଅମୃତକୁ ନେଇଗଲା ।

ସତ୍ୟଭାମା କହିଲେ, "ଏବେ ପର୍ଯ୍ୟନ୍ତ ଆପଣଙ୍କର ଆଠଜଣ କନ୍ୟାଙ୍କ ସହିତ ବିବାହ ହୋଇଗଲା। ଆଗକୁ ଏହା ବନ୍ଦ କରନ୍ତୁ।"

ଶ୍ରୀକୃଷ୍ଣ କହିଲେ, "ଯଦି ତୁମେ କହିବ, ତାହେଲେ ଆଉ ସେମିତି କରିବିନି। କାରଣ ଏବେ ପର୍ଯ୍ୟନ୍ତ ଯୋଉ ବିବାହ ହେଇଛି ସେଇ କାରଣରୁ ଯାଦବ ସାମ୍ରାଜ୍ୟ ବହୁତ ଶକ୍ତିଶାଳୀ ହେଇଯାଇଛି।"

ସତ୍ୟଭାମା ଗର୍ବ ଅନୁଭବ କରି କହିଲେ, "ମୁଁ ବି ଏହା ଚାହୁଁଛି।"

ଶ୍ରୀକୃଷ୍ଣଙ୍କ ବୀରତାର ସମାଚାର ଦେବଲୋକ ପର୍ଯ୍ୟନ୍ତ ପହଞ୍ଚିଗଲା। ଦିନେ ଶ୍ରୀକୃଷ୍ଣ ଏବଂ ସତ୍ୟଭାମା ତାଙ୍କ ବାସଭବନରେ କଥାବାର୍ତ୍ତା କରିବାକୁ ଲାଗିଥିଲେ। ଏହି ସମୟରେ ଖବର ଆସିଲା, ଦେବେନ୍ଦ୍ର ଶ୍ରୀକୃଷ୍ଣଙ୍କୁ ସାକ୍ଷାତ କରିବାକୁ ଆସିଛନ୍ତି।

'ଦେବେନ୍ଦ୍ର !' କହି ସତ୍ୟଭାମା ଆଶ୍ଚର୍ଯ୍ୟ ହେଲେ।

ଶ୍ରୀକୃଷ୍ଣ କହିଲେ, "ଯଦି କୌଣସି ସମସ୍ୟା ନଥିବ, ତାହେଲେ ଦେବେନ୍ଦ୍ର ମୋତେ କାହିଁକି ସ୍ମରଣ କରିବେ ?"

"ଦେବେନ୍ଦ୍ର ଆପଣଙ୍କଠାରୁ କାହିଁକି ସାହାଯ୍ୟ ଚାହୁଁଛନ୍ତି ?"

"ହଁ ! ବର୍ତ୍ତମାନ ନରକାସୁରର ସାମନା କରିବାକୁ ଦେବେନ୍ଦ୍ର ବିଫଳ ହେଇଯାଇଛନ୍ତି। ହୋଇପାରେ ଏହି ବିଷୟରେ ମୋ ସହିତ କଥା ହେବାପାଇଁ ଆସିଥିବେ।"

ଶ୍ରୀକୃଷ୍ଣ ଯାହା ଭାବିଥିଲେ ତାହା ଠିକ୍ ପ୍ରମାଣିତ ହେଲା। ଦେବେନ୍ଦ୍ର ତାଙ୍କୁ ସାକ୍ଷାତ୍ କରି ଏହି ଅନୁରୋଧ କଲେ, "ହେ ପରମାତ୍ମା ! ପ୍ରାକ୍ ଜ୍ୟୋତିଷର ରାଜା ନରକାସୁରର ଅତ୍ୟାଚାରର କୌଣସି ସୀମା ନାହିଁ। ବରୁଣଙ୍କ ଛତ୍ରକୁ ସେ ହରଣ କରିଥିଲେ। ଦେବ ମାତା ଅଦିତିଙ୍କ କୁଣ୍ଡଳୀକୁ ନରକାସୁର ଚୋରି କରିନେଲେ। ମେରୁପର୍ବତ ଉପରେ ଚଢ଼ି ସେ ମଣିପର୍ବତକୁ ଲୁଟିନେଲା। ଯଦି ଆପଣ ଅନୁଗ୍ରହ ନକରିବେ, ତାହେଲେ ଆମେ ସ୍ୱର୍ଗଲୋକକୁ ବି ହରେଇବା।"

"ଠିକ୍ ଅଛି। ଆମେ ତୁରନ୍ତ ନରକାସୁରର ବଧ କରିବାକୁ ପ୍ରସ୍ଥାନ କରିବା।" ଶ୍ରୀକୃଷ୍ଣ ଇନ୍ଦ୍ରଙ୍କୁ ବଚନ ଦେଲେ। ଦେବେନ୍ଦ୍ର ଚାଲିଯିବାପରେ ଶ୍ରୀକୃଷ୍ଣଙ୍କୁ ସତ୍ୟଭାମା ପଚାରିଲେ, "ହେ ସ୍ୱାମୀ ! ନରକାସୁର କ'ଣ ଏତେ ପରାକ୍ରମୀ ? ତାଙ୍କୁ ଇନ୍ଦ୍ରଙ୍କୁ ପରାସ୍ତ କରିବାପାଇଁ ଶକ୍ତି କେମିତି ପ୍ରାପ୍ତ ହେଲା ?"

ଶ୍ରୀକୃଷ୍ଣ ହସି କହିଲେ, "ନରକାସୁର ତପୋସଂପନ୍ନ ଅସୁର। ବରାହାବତାରରେ ଭଗବାନଙ୍କ ଦ୍ୱାରା ଭୂମିର ଉଦ୍ଧାର ସମୟରେ ତାର ଜନ୍ମ ହେଇଥିଲା। ତା'ର କଠୋର ତପସ୍ୟାରେ ପ୍ରସନ୍ନ ହୋଇ ବ୍ରହ୍ମା ଏହି ବରଦାନ ଦେଲେ, ତୁମେ କାହାକୁ ବି ପରାସ୍ତ କରିପାରିବ। ଏହି ବରଦାନ ଇନ୍ଦ୍ରଙ୍କ ପାଇଁ ଅଭିଶାପ ହେଇଗଲା। ସତ୍ୟା! ନରକାସୁର ବୁଲିଲା ସେ ବିଶ୍ୱବିଜେତା ହେଇଗଲା। ସେ ଅନେକ ଦେଶର ସମ୍ପତ୍ତି ଲୁଟିଛି। ସେ ସ୍ତ୍ରୀ ଲୋଲୁପ ଅଟେ। ଅନେକ ସୁନ୍ଦରୀ ସ୍ତ୍ରୀଙ୍କୁ ନିଜ ବଶରେ ନେଇଗଲା। ସେ ଥରେ ହାତୀରୂପ ଧାରଣ କରିଥିଲା। ଏହା କେବଳ ନୁହେଁ, ଷୋହଳ ହଜାର ରାଜକନ୍ୟାଙ୍କୁ ଅପହରଣ କରି ନରକାସୁର ସେ ନିଜ ଦୁର୍ଗରେ ବନ୍ଦ କରି ଦେଇଥିଲା। ତାଙ୍କୁ ଅଟକେଇବାକୁ ଆସିଥିବା ସେଇ କନ୍ୟାମାନଙ୍କ ମାତାପିତା ଏବଂ ବନ୍ଧୁପରିଜନଙ୍କୁ ବି ସେ ବଧ କରିଦେଇଥିଲା।"

ଏହା ଶୁଣି ସତ୍ୟଭାମା କ୍ରୋଧିତ ହୋଇ କହିଲେ, "ହେ ସ୍ୱାମୀ! ମୁଁ ପୂର୍ବରୁ କେବେ ବି ଶୁଣିନି ଏମିତି ଦୁଷ୍ଟ ଏବଂ କାମୁକ ଲୋକ ଅଛନ୍ତି। ଏହି ଦୁଷ୍ଟ ଅସୁରର ବଧ କରି ଲୋକଙ୍କ କଲ୍ୟାଣ କରିବା ଉଚିତ। ମୋତେ ଲାଗୁଛି ଶୀଘ୍ର ତା'ଉପରେ ପ୍ରହାର କରି ତାକୁ ବଧ କରିବି। ତା'ଦୁର୍ଗରୁ କନ୍ୟାମାନଙ୍କୁ ମୁକ୍ତି ଦେବାପରେ ହିଁ ତାଙ୍କ ମାତାପିତା ଏବଂ ବନ୍ଧୁପରିଜନଙ୍କ ଆତ୍ମାକୁ ପ୍ରକୃତ ଶାନ୍ତି ମିଳିବ।"

"ତୁମେ ଠିକ୍ କଥା କହିଛ ସତ୍ୟା। ମୋ ମନରେ ବି ଏହି ଭାବନା ଅଛି। ଦେବଲୋକର ସୁନ୍ଦରୀ ସ୍ତ୍ରୀଲୋକମାନଙ୍କ ଉପରେ ବି ନରକାସୁରର ଦୃଷ୍ଟି ପଡ଼ିଛି। ସ୍ୱର୍ଗଲୋକ ଉପରେ ପ୍ରହାର କରି ନରକାସୁର ଅନେକ କନ୍ୟାଙ୍କ ଉପରେ ଅତ୍ୟାଚାର କଲା। ଦେବ ମାତା ଅଦିତିଙ୍କ କୁଣ୍ଡଳୀକୁ ଛଡ଼େଇ ସେ ମହାଅପରାଧ କରିଥିଲା। ତୁମେ ଜାଣିଛ ଅଦିତି କେତେ ପବିତ୍ର ନାରୀ ଶିରୋମଣୀ।"

ସତ୍ୟଭାମା କହିଲେ, "ମୁଁ ଜାଣିନି, ଆପଣ କୁହନ୍ତୁ।"

"ହେ ସତ୍ୟା! ଅଦିତିର ଅର୍ଥ ହେଉଛି ଯାହାର ଆଦି ଓ ଅନ୍ତ ନାହିଁ। ଦକ୍ଷ ପ୍ରଜାପତିଙ୍କ କନ୍ୟା ତଥା କଶ୍ୟପ ପ୍ରଜାପତିଙ୍କ ପତ୍ନୀ। କଶ୍ୟପ ପ୍ରଜାପତି ସପ୍ତରଷିଙ୍କ ମଧ୍ୟରୁ ଜଣେ। ଅଦିତିଙ୍କୁ ଦାକ୍ଷାୟଣୀ ବି କୁହନ୍ତି। ସମସ୍ତ ଦେବତାଙ୍କ ମାତାରୂପରେ ସେ ପ୍ରସିଦ୍ଧ। ଅଗ୍ନି ଏବଂ ସୂର୍ଯ୍ୟ ବି ତାଙ୍କ ପୁତ୍ର। ସେ ମହାମାୟା। ସେ କେତେ ଶକ୍ତିରୂପରେ ଭାସିତ। ତାଙ୍କ ଆରାଧନା କରିବାବାଲାଙ୍କୁ ସମ୍ପୂର୍ଣ୍ଣ ସୁରକ୍ଷା ମିଳେ। ତାଙ୍କ ଶକ୍ତି ଏବଂ ଦିବ୍ୟଚରିତରେ ଅପରିଚିତ ହେବା କାରଣରୁ ଅଜ୍ଞାନବଶତଃ ନରକାସୁର ତାଙ୍କ କୁଣ୍ଡଳୀକୁ ଅପହରଣ କଲା। ଅତ୍ୟନ୍ତ ତେଜମୟ ତାଙ୍କ କୁଣ୍ଡଳୀକୁ ଛଡ଼େଇ ତାଙ୍କ ସାଙ୍ଗରେ ନରକାସୁର କ୍ରୂର ବ୍ୟବହାର କରିଥିଲା।"

ଏହା ଶୁଣି ସତ୍ୟଭାମା ବିଚଳିତ ହୋଇଗଲେ ଏବଂ ଶ୍ରୀକୃଷ୍ଣଙ୍କୁ ସେ ପଚାରିଲେ, "ଦେବମାତା ଅଦିତି କ'ଣ ତାଙ୍କୁ ଛାଡ଼ିଦେଲେ ?"

ଶ୍ରୀକୃଷ୍ଣ ଉତ୍ତର ଦେଲେ, "କ'ଣ କରି ପାରିବେ ? ସେ ତ ପ୍ରଶାନ୍ତର ପ୍ରତିମୂର୍ତ୍ତି ଏବଂ ସହନଶୀଳ ଅଟନ୍ତି । ଦୁଷ୍ଟ ହେଇଥିଲେ ବି ନିଜ ପୁତ୍ର ଉପରେ ସେଇ ମାତା କ୍ରୋଧ ପ୍ରକାଶ କରିପାରିବେ ନାହିଁ । ଏହା ବି କାରଣ ନରକାସୁରକୁ ବ୍ରହ୍ମାଙ୍କ ବରଦାନ ପ୍ରାପ୍ତ ହୋଇଛି ।"

"ମୋ ଦୃଷ୍ଟିରେ ନରକାସୁର ଅକ୍ଷମ ଅପରାଧ କରିଛି । ସେଇ ଅପରାଧୀକୁ ଏହି ଧରିତ୍ରୀ ଉପରେ ବଞ୍ଚିବା ଅଧିକାର ନାହିଁ । ତା'ର ବଧ ହେବା ଦରକାର ।" କ୍ରୋଧିତ ହୋଇ ସତ୍ୟଭାମା କହିଲେ । ତା'ପରେ ଶ୍ରୀକୃଷ୍ଣ ତାଙ୍କୁ ପଚାରିଲେ, "ହେ ସତ୍ୟା ! ଯଦି ତୁମର ପୁତ୍ର ବି ନରକାସୁର ଭଳି ଦୁଷ୍ଟ ହେବ, ତାହେଲେ ତୁମେ କ'ଣ କ୍ଷମା କରିବନି ?"

ଶ୍ରୀକୃଷ୍ଣଙ୍କ କଥା ଶୁଣି ସତ୍ୟଭାମା ବିଚଳିତ ହୋଇଗଲେ । ସେ ବୁଝିପାରିଲେନି ସେ ଏମିତି ପ୍ରଶ୍ନ କାହିଁକି ପଚାରିଲେ ? "ହେ କୃଷ୍ଣ ! ଆପଣ ଏମିତି ପ୍ରଶ୍ନ କାହିଁକି ପଚାରିଲେ ? ନିଃସହାୟ ମାତା ଏବଂ ସୁନ୍ଦରୀ ଲଳନାମାନଙ୍କ ଉପରେ ପ୍ରହାର କରିବାବାଲା ଏମିତି ଦୁଷ୍ଟ ଏବଂ କାମୁକ ବ୍ୟକ୍ତିକୁ ମୁଁ କେବଳ ନୁହେଁ, କୌଣସି ମାଆ ମଧ କ୍ଷମା ଦେବେନି । ଯଦି ମୁଁ ଏମିତି ଦୁଷ୍ଟପୁତ୍ରର ମାତା ହେଇଥାନ୍ତି ତାହେଲେ ମୁଁ ଲୋକକଲ୍ୟାଣ ପାଇଁ ତା'ର ସଂହାର ଅବଶ୍ୟ କରନ୍ତି । କିନ୍ତୁ ଆପଣ ଏମିତି ପ୍ରଶ୍ନ କାହିଁକି ପଚାରିଲେ ।"

"ଏମିତି… ମୁଁ ଏହା ଜାଣିବାକୁ ଚାହୁଁଛି କି ତୁମ କ୍ରୋଧରେ କେତେ ଶକ୍ତି ।" କହି ଶ୍ରୀକୃଷ୍ଣ ହସିଲେ ।

ସତ୍ୟଭାମା ଏକଥା ଭଲଭାବେ ଜାଣନ୍ତି ଯେ ବିନା କୌଣସି କାରଣରେ ଶ୍ରୀକୃଷ୍ଣ କୌଣସି ପ୍ରଶ୍ନ ପଚାରିବେନି । କିନ୍ତୁ ଏକଥା ସେ ବୁଝିପାରୁ ନଥିଲେ ଶ୍ରୀକୃଷ୍ଣଙ୍କ କଥାର ଗୂଢ଼ରହସ୍ୟ କ'ଣ ?

ଦେବେନ୍ଦ୍ରଙ୍କୁ ଦେଇଥିବା ପ୍ରତିଶ୍ରୁତିକୁ ପାଳନ କରିବାକୁ ଶ୍ରୀକୃଷ୍ଣ ପ୍ରାକ୍ ଜ୍ୟୋତିଷପୁର ଉପରେ ଆକ୍ରମଣ କରିବାକୁ ସ୍ଥିର କଲେ । ଶ୍ରୀକୃଷ୍ଣ ସତ୍ୟଭାମାଙ୍କୁ କହିଲେ, 'ସତ୍ୟା ! ନରକାସୁରକୁ ବଧ କରିବା ସହଜ କାମ ନୁହେଁ । ନରକାସୁରକୁ ସାମନା କରିବା ପୂର୍ବରୁ ତାର ଭାଇ ସୁରାସୁର ଏବଂ କେତେକ ଅସୁରଙ୍କୁ ସଂହାର କରିବାକୁ ପଡ଼ିବ । ମୁଁ ଏକଥା ଜାଣିନି, ଏଇ ଯୁଦ୍ଧ କେବେ ପର୍ଯ୍ୟନ୍ତ ଚାଲିବ ଏବଂ ମୁଁ ଫେରିପାରିବି ନା ନାହିଁ ? କୃଷ୍ଣଙ୍କ ମୁହଁରୁ ଏମିତି କଥା କେବେ ବାହାରେନି । ତାଙ୍କ କଥା ଶୁଣି ସତ୍ୟଭାମା ବିଚଳିତ ହୋଇପଡ଼ିଲେ ।

“ଆପଣ କ’ଣ କହୁଛନ୍ତି ? ଆପଣ ତ ଅତ୍ୟନ୍ତ ପରାକ୍ରମୀ ଯୋଦ୍ଧା। ଆପଣ ନରକାସୁରକୁ ଦେଖି ଏତେ ଭୟ କରୁଛନ୍ତି କାହିଁକି ? ମୋର ବିଶ୍ୱାସ ଅଛି ନରକାସୁରକୁ ବଧ କରି ଆପଣ ଫେରିଆସିବେ।”

“ନରକାସୁର ସାଧାରଣ ବ୍ୟକ୍ତି ନୁହେଁ। ସେ ଭୂଦେବୀଙ୍କ ପୁତ୍ର। ବ୍ରହ୍ମା ତାକୁ ବରଦାନ ଦେଇଛନ୍ତି। ତାକୁ ସଂହାର କରିବା ସହଜ କଥା ନୁହେଁ।”

ଭୂଦେବୀଙ୍କ ନାଁ ଶୁଣିବା ମାତ୍ରେ ସତ୍ୟଭାମାଙ୍କ ଶରୀର ପୁଲକିତ ହୋଇଗଲା। ସେ ଅବ୍ୟକ୍ତ ପୁଲକ ଅନୁଭବ କଲେ।

ସତ୍ୟଭାମା କହିଲେ, “ସ୍ୱାମୀ! ନରକାସୁରକୁ ସଂହାର କରିବାକୁ ମୁଁ ବି ଆପଣଙ୍କ ସାଙ୍ଗରେ ଯିବି। ଅସ୍ତ୍ରଶସ୍ତ୍ର ପ୍ରୟୋଗ ବି ମୁଁ ଜାଣିଛି।”

ଶ୍ରୀକୃଷ୍ଣ କହିଲେ, “କ’ଣ ତୁମେ ଯିବ ? ତୁମେ କ’ଣ ଏହାକୁ ଯୁଦ୍ଧକ୍ଷେତ୍ର ଭାବୁଛ ନା ନନ୍ଦନ ବନ ? ସେଇ ଭୟଙ୍କର ଯୁଦ୍ଧକ୍ଷେତ୍ରରେ ତୁମେ କ୍ଷଣେ ମାତ୍ର ମଧ ରହି ପାରିବନି। ନରକାସୁର ନା କେବଳ ଇନ୍ଦ୍ରଲୋକ ଉପରେ ଆକ୍ରମଣ କରି ବିଜୟ ପ୍ରାପ୍ତ କରିନି ଅଦିତିଙ୍କ କୁଣ୍ଡଳୀକୁ ବି ଛଡ଼େଇନେଲା। ଷୋଳ ହଜାର ରାଜ କନ୍ୟାଙ୍କୁ ନିଜ ଦୁର୍ଗରେ ସେଇ ଦୁଷ୍ଟ ବନ୍ଦୀ କରି ରଖିଛି।”

ସତ୍ୟଭାମା ପଚାରିଲେ, “ସ୍ୱାମୀ! ଏକଥା ଜାଣିବା ପରେ ମୋ ରକ୍ତ ଗରମ ହେଇଯାଉଛି ସେଇ ଦୁଷ୍ଟ ଅନେକ କନ୍ୟାଙ୍କ ଉପରେ ଅତ୍ୟାଚାର କରିଛି ଏବଂ ଦେବମାତା ଅଦିତିଙ୍କ କୁଣ୍ଡଳୀକୁ ହରଣ କରିନେଲା। ଏମିତି ଦୁଷ୍ଟ ଅସୁରକୁ କ୍ଷମା ଦେବା ଉଚିତ ନୁହେଁ। ସମସ୍ତଙ୍କୁ ଏହା ଜାଣିବା ଆବଶ୍ୟକ ବି ଅଛି ସ୍ତ୍ରୀ ଶକ୍ତି ସ୍ୱରୂପିଣୀ। ମୁଁ ଯାଦବ ପରିବାରର ନାରୀ। ବୀରତା ମୋର ଜନ୍ମଗତ ଗୁଣ ଅଟେ। ଯୁଦ୍ଧକ୍ଷେତ୍ରକୁ ଦେଖି ମୁଁ କଦାପି ଡରିବାବାଲି ନୁହେଁ। ଆପଣଙ୍କ ସାଙ୍ଗରେ ରହିଲେ ମୋତେ ଡର କ’ଣ ?”

ତାଙ୍କ କଥା ଶୁଣି ଶ୍ରୀକୃଷ୍ଣ ହସିଲେ। ସେ କହିଲେ, “ହଁ! ନରକାସୁରକୁ ଏହା ଜଣାପଡ଼ିବା ଦରକାର କି ସ୍ତ୍ରୀଲୋକମାନେ କେତେ ଶକ୍ତିଶାଳୀ। ନରକାସୁର ଏବଂ ତାଙ୍କ ଅନୁଚରମାନଙ୍କୁ ସଂହାର କରି ଆମେ ଦୁହେଁ ଏହି ସଂସାରକୁ ଜଣେଇବା ଆବଶ୍ୟକ, ମହିଲାମାନଙ୍କ ଉପରେ ଅତ୍ୟାଚାର କରିବାବାଲାଙ୍କର କଦାପି ଏହି ଧରିତ୍ରୀ ଉପରେ ବଞ୍ଚିବାର ଯୋଗ୍ୟତା ନାହିଁ।”

ଶ୍ରୀକୃଷ୍ଣ ଏବଂ ସତ୍ୟଭାମା ଯୁଦ୍ଧକ୍ଷେତ୍ରକୁ ଯିବା ସମୟରେ ଦ୍ୱାରକାବାସୀ ସେମାନଙ୍କୁ ସମ୍ମାନପୂର୍ବକ ବିଦାୟ ଦେଲେ। ଅସ୍ତ୍ରଶସ୍ତ୍ର ଏବଂ କବଚ କୁଣ୍ଡଳକୁ ଧାରଣ କରି ବୀର ବନିତା ଭଳି ତାଙ୍କ ପତି ଶ୍ରୀକୃଷ୍ଣଙ୍କ ସାଙ୍ଗରେ ଯାଉଥିବା ସତ୍ୟଭାମାଙ୍କୁ

ଦେଖି ନଗରବାସୀ ପୁଲକିତ ହୋଇଗଲେ। ସମସ୍ତ ଯାଦବ ସମାଜ ତାଙ୍କ ବୀରତାକୁ ପ୍ରଶଂସା କଲେ। ଶ୍ରୀକୃଷ୍ଣଙ୍କର ଅନ୍ୟ ପତ୍ନୀମାନଙ୍କ ଆଖିରେ ଈର୍ଷାଭାବ ପ୍ରକଟ ହେଲା। ଯୁଦ୍ଧକ୍ଷେତ୍ର ଆଡ଼କୁ ଯିବାପୂର୍ବରୁ ଶ୍ରୀକୃଷ୍ଣଙ୍କ ଆଦେଶ ପାଇବା ମାତ୍ରେ ଗରୁଡ଼ବାହନ ପ୍ରସ୍ତୁତ ହୋଇଗଲା। ଗରୁଡ଼ବାହନ ଉପରେ ଆରୋହଣ କରି ଶ୍ରୀକୃଷ୍ଣ ଏବଂ ସତ୍ୟଭାମା ପ୍ରାକ୍‌ଜ୍ୟୋତିଷପୁର ଆଡ଼କୁ ବାହାରି ପଡ଼ିଲେ। ରାସ୍ତାରେ ତାଙ୍କୁ କେତେକ ଅସୁବିଧାର ସମ୍ମୁଖୀନ ହେବାକୁ ପଡ଼ିଲା। ପ୍ରାକ୍‌ଜ୍ୟୋତିଷପୁରକୁ ଘେରି ଗିରିଦୁର୍ଗ, ଶସ୍ତ୍ରଦୁର୍ଗ, ଜଳଦୁର୍ଗ, ବହ୍ନିଦୁର୍ଗ, ବାୟୁଦୁର୍ଗ ଇତ୍ୟାଦି ଥିବା ଯୋଗୁ ତାହା ଦୁର୍ଗମ ହେଇଯାଇଛି।

ଶ୍ରୀକୃଷ୍ଣ ତାଙ୍କ ଗଦାୟୁଦ୍ଧରେ ଗିରିଦୁର୍ଗକୁ ଛେଦନ କଲେ। ଅସ୍ତ୍ରେ ଶସ୍ତ୍ରଦୁର୍ଗକୁ ଧ୍ୱଂସ କଲେ। ଚକ୍ରାୟୁଦ୍ଧ ପ୍ରୟୋଗ କରି ଅନ୍ୟ ଦୁର୍ଗମାନଙ୍କୁ ମୂଳରୁ ଧ୍ୱଂସ କରିଦେଲେ। ପ୍ରାକ୍‌ଜ୍ୟୋତିଷପୁରରେ ପହଞ୍ଚିବା ମାତ୍ରେ ଶ୍ରୀକୃଷ୍ଣ ପାଞ୍ଚଜନ୍ୟକୁ ଫୁଙ୍କିଲେ। ତାଙ୍କ ସ୍ୱାମୀଙ୍କ ବୀରତାକୁ ନିଜ ଆଖିରେ ଦେଖି ନିଜ ଭାଗ୍ୟ ଉପରେ ସେ ଗର୍ବ କଲେ।

ଏହି ସମୟରେ ତାଙ୍କ ଆଖି ସାମନାରେ ଅତ୍ୟନ୍ତ ଭୟାନକ ରୂପରେ ସୁରାସୁର ପ୍ରକଟ ହେଲା। ସେ ସେପର୍ଯ୍ୟନ୍ତ ପାଣିରେ ଶୋଇଥିଲା। ଶ୍ରୀକୃଷ୍ଣଙ୍କ ଶଂଖନାଦ ଶୁଣି ଚମକି ପଡ଼ିଲା ଏବଂ ତୁରନ୍ତ ଉଠି ଶ୍ରୀକୃଷ୍ଣଙ୍କ ସାମନାରେ ପ୍ରକଟ ହେଲା। ସେ ପଞ୍ଚମୁଖ ବି ଅଟେ। ତା'ର ଶୂଳକୁ ଗରୁଡ଼ ଉପରେ ଫିଙ୍ଗି ସେଇ ଅସୁର ଭୟଙ୍କର ରୂପରେ ହସିବାକୁ ଲାଗିଲା। ତା'ର ବିକଟାଳ ହସ ଦଶ ଦିଗକୁ ଗୁଞ୍ଜରି ଉଠିଲା।

ତଥାପି ଶ୍ରୀକୃଷ୍ଣ ବିଚଳିତ ହେଲେନି। ନିଜର ତୀର ଦ୍ୱାରା ସୁରାସୁର ଫିଙ୍ଗିଥିବା ଶୂଳକୁ ସେ ମଝିରେ ନଷ୍ଟ କରିଦେଲେ। ସୁରାସୁରର ପଞ୍ଚମୁଖରେ ତୀର ବର୍ଷା ହେବାକୁ ଲାଗିଲା। କ୍ରୋଧାନ୍ୱିତ ହୋଇ ସୁରାସୁର ଶ୍ରୀକୃଷ୍ଣଙ୍କ ଉପରେ ଗଦାୟୁଦ୍ଧ ପ୍ରୟୋଗ କଲା। ଶ୍ରୀକୃଷ୍ଣ ନିଜର ଗଦା ଯୁଦ୍ଧ ପ୍ରୟୋଗ କରି ତାକୁ ନିରସ୍ତ କରିଦେଲେ। ନିଜର ସମସ୍ତ ଅସ୍ତ୍ର ବିଫଳ ହୋଇଯିବା ପରେ ସିଂହନାଦ କରି ନିଜର ଶକ୍ତିଶାଳୀ ହାତକୁ ଲମ୍ବେଇ ସୁରାସୁର ଶ୍ରୀକୃଷ୍ଣଙ୍କ ଆଡ଼କୁ ମାଡ଼ିଆସିଲା।

ତା'ପରେ ଅଚ୍ୟୁତ ଚକ୍ରାୟୁଦ୍ଧରେ ସୁରାସୁରର ପଞ୍ଚମୁଖକୁ କାଟିଦେଲେ। ପାଞ୍ଚ ଖଣ୍ଡରେ ଖଣ୍ଡିତ ହେବାପରେ ପର୍ବତ ଭଳି ସୁରାସୁର ମାଟି ଉପରେ ଗଡ଼ିପଡ଼ିଲା ଏବଂ ତା' ଜୀବନ ଚାଲିଗଲା। ସୁରାସୁର ବଧ ପରେ ଯୁଦ୍ଧ ଭୀଷଣ ରୂପ ଧାରଣ କଲା। ସୁରାସୁରର ପୁତ୍ର ତାମ୍ର, ଅନ୍ତରୀକ୍ଷ, ଶବଳ, ବିଭାବସୁ, ବସୁ, ନଭସ୍ୱନ୍ତ, ଅରୁଣ ଇତ୍ୟାଦି ଶୋକ ଏବଂ ପ୍ରତିଶୋଧର ଭାବନାର ବଶ ହୋଇଗଲେ। ନରକାସୁର ସେମାନଙ୍କୁ ଡାକି ପୀଠ ନାମକ ଅସୁରକୁ ସେନାପତି ରୂପରେ ନିଯୁକ୍ତ କରି ଶ୍ରୀକୃଷ୍ଣଙ୍କ ସହିତ ଯୁଦ୍ଧ କରିବାକୁ ପଠେଇଲା। ସେମାନେ ଶ୍ରୀକୃଷ୍ଣଙ୍କ ଉପରେ ଅତ୍ୟନ୍ତ ଶକ୍ତିଶାଳୀ ଅସ୍ତ୍ର ପ୍ରୟୋଗ

କଲେ। କୃଷ୍ଣ ତାଙ୍କ ଶରରେ ସେମାନଙ୍କୁ ସାମନା କଲେ। ଶତ୍ରୁମାନଙ୍କ ଦ୍ୱାରା ଛଡ଼ା ଯାଇଥିବା ସମସ୍ତ ଅସ୍ତ୍ର ନିରସ୍ତ ହେଲା। ସୁରାସୁରର ସମସ୍ତ ପୁତ୍ର ଶ୍ରୀକୃଷ୍ଣଙ୍କ ଦ୍ୱାରା ନିହତ ହେଲେ। ମୁର ତଥା ତାଙ୍କ ପୁତ୍ରମାନଙ୍କୁ ସୁଦର୍ଶନ ଚକ୍ରର ଜ୍ୱାଳାରେ ଶ୍ରୀକୃଷ୍ଣ ଭସ୍ମ କରିଦେଲେ। ସେବେଠାରୁ ସେ ମୁରାରି, ମୁରବିରୀ, ମୁରମଥନ ଇତ୍ୟାଦି ନାମରେ ପ୍ରସିଦ୍ଧ ହେଲେ। ଶତ୍ରୁ ସେନାଙ୍କର ଅନେକ ଯୋଦ୍ଧା ଅତ୍ୟନ୍ତ ଭାବେ ଘାଇଲା ହୋଇଗଲେ। କେତେ ଶହ ଯୋଦ୍ଧାଙ୍କ ମୁଣ୍ଡକୁ ତାଙ୍କ ଶରୀରରୁ ଅଲଗା କରିଦେବାରେ ଶ୍ରୀକୃଷ୍ଣ ସଫଳ ହେଲେ। କେତେକ ବିପକ୍ଷ ଯୋଦ୍ଧାଙ୍କ ହାତ କଟିଗଲା ତ କେତେକଙ୍କର ଜଙ୍ଘ କଟିଗଲା। ଅନେକ ସୈନିକ ଯୁଦ୍ଧକ୍ଷେତ୍ରରୁ ପଲାୟନ କରିଥିଲେ।

ନିଜ ସେନାଙ୍କ ବିନାଶ ଦେଖି ନରକାସୁର କ୍ରୋଧିତ ହେଲା ଏବଂ ମସ୍ତ ହାତୀଙ୍କ ସହିତ ଭାରୀ ସେନାଙ୍କୁ ନେଇ ଶ୍ରୀକୃଷ୍ଣଙ୍କ ଉପରେ ଝପଟି ପଡ଼ିଲା। ଗରୁଡ଼ ବାହନ ଉପରେ ସତ୍ୟଭାମାଙ୍କ ସହିତ ଅଧିଷ୍ଠିତ ହୋଇ ଶ୍ରୀକୃଷ୍ଣ ଶାର୍ଙ୍ଗର ପ୍ରୟୋଗ କଲେ। ନରକାସୁରର ସୈନିକଙ୍କ ଉପରେ ଅନେକ ଅସ୍ତ୍ର ପ୍ରୟୋଗ କଲେ। ଅନେକ ଦିନ ପର୍ଯ୍ୟନ୍ତ ଯୁଦ୍ଧ ଚାଲିଲା। ଶ୍ରୀକୃଷ୍ଣ ଥକିଗଲେ। ତାଙ୍କ ଶରୀର ଅବଶ ହୋଇଗଲା। ନୀଳମେଘଶ୍ୟାମଙ୍କ ଶରୀର ଉପରେ ଆଘାତକୁ ଦେଖି ସତ୍ୟଭାମା ଦୁଃଖୀ ହୋଇଗଲେ। କହିଲେ, "ସ୍ୱାମୀ! ଆପଣ ଥକି ଗଲେଣି। ମୋତେ ଯୁଦ୍ଧ କରିବାକୁ ଦିଅନ୍ତୁ।" ପଚାରି ସତ୍ୟା ଅନୁମତି ନେଲେ। ଶ୍ରୀକୃଷ୍ଣ ନିଜର ଧନୁକୁ ସତ୍ୟଭାମାଙ୍କୁ ଦେଲେ। ସତ୍ୟଭାମାଙ୍କୁ ଧନୁ ଧାରଣ କରିବା ଦେଖି ନରକାସୁର ଭାବିଲା ଶତ୍ରୁ ହାରିଗଲା। ଉଗ୍ରରୂପ ଧାରଣ କରି ନରକାସୁର କେତେକ ଅସ୍ତ୍ର ପ୍ରୟୋଗ କଲା। କିନ୍ତୁ ସତ୍ୟଭାମାଙ୍କ ବୀରତା ଅନୁମାନ କରିବାରେ ସେ ଅସଫଳ ହେଲା। ସତ୍ୟଭାମା ନିଜର ଜୁଡ଼ା ବାନ୍ଧିଲେ ଏବଂ ନିଜର ପଣତକୁ ଅଣ୍ଟାରେ ଭିଡ଼ିଦେଲେ। ସେ ନିଜର ଆଭୂଷଣ ଉପରେ ପଣତକୁ ଘୋଡ଼େଇଲେ। ତାଙ୍କ ମୁଖମଣ୍ଡଳ ତେଜମୟ ହେଉଉଠିଲା। ନରକାସୁର ଉପରେ ତୀର ବର୍ଷା କଲେ! ସତ୍ୟଭାମାଙ୍କ ସାହସକୁ ଦେଖି ଶ୍ରୀକୃଷ୍ଣ ଆଶ୍ଚର୍ଯ୍ୟ ହେଲେ। ନିଜ ଉପରେ ପ୍ରହାର କରିବାକୁ ଆସୁଥିବା ନିଶୁମ୍ଭାସୁର ଉପରେ ତୀର ବର୍ଷା କରି ସତ୍ୟା ତାକୁ ସଂହାର କଲେ।

ବୀର ଏବଂ ଶୃଙ୍ଗାର ରସନିଧି ରୂପରେ ଉଭାସିତ ସତ୍ୟଭାମା କୋଧିତ ହୋଇ ନରକାସୁର ଉପରେ ଆକ୍ରମଣ କଲେ ଏବଂ ତାଙ୍କ ଧନୁକୁ ଭାଙ୍ଗିଦେଲେ। ନରକାସୁରର ରଥକୁ ଭାଙ୍ଗି ପକେଇଦେଲେ। ନରକାସୁର ଆଉ ଏକ ଧନୁକୁ ଉଠେଇ ମାରିବାକୁ ଚେଷ୍ଟା କଲାବେଲେ, ସେଇ ଧନୁକୁ ଅନ୍ୟ ଏକ ଶର ପ୍ରୟୋଗ କରି ତାକୁ ବି ଭାଙ୍ଗିଦେଲେ। ନରକାସୁର ଶ୍ରୀକୃଷ୍ଣଙ୍କ ଉପରେ ଗଦା ଯୁଦ୍ଧର ପ୍ରୟୋଗ କଲା, ତାକୁ ବି

ସତ୍ୟା ନିଜ ବାଣରେ ଭାଙ୍ଗିଦେଲେ। ଶକ୍ତ୍ତି ପରିଘ ନାମକ ମହାୟୁଦ୍ଧର ନରକାସୁର ପ୍ରୟୋଗ କଲା। ତାକୁ ବି ସତ୍ୟା ଆସିବା ପୂର୍ବରୁ ରାସ୍ତାରେ ନିରସ୍ତ କରିଦେଲେ। ସତ୍ୟଭାମାଙ୍କ ଯୁଦ୍ଧକୌଶଳକୁ ଦେଖି ନରକାସୁର ବି ଆଶ୍ଚର୍ଯ୍ୟ ହୋଇଗଲା।

ନିଜ ପତ୍ନୀଙ୍କ ଯୁଦ୍ଧକୌଶଳ ଦେଖି ଶ୍ରୀକୃଷ୍ଣ ତାଙ୍କ ପ୍ରତି ଅନୁରାଗ ପ୍ରକଟ କରି ହସିଲେ। ନରକାସୁର ଆଡ଼କୁ ତୀକ୍ଷ୍ଣ ଦୃଷ୍ଟିରେ ଚାହିଁ ତା' ଉପରେ ଅସ୍ତ୍ର ପ୍ରୟୋଗ କରିବା ସତ୍ୟାକୁ ଦେଖି ଶ୍ରୀକୃଷ୍ଣଙ୍କ ଶରୀର ପୁଲକିତ ହୋଇଗଲା। ଯୁଦ୍ଧକ୍ଷେତ୍ରରେ ବି ଶ୍ରୀକୃଷ୍ଣଙ୍କ ଆଡ଼କୁ ଅମୃତତୁଲ୍ୟ ଦୃଷ୍ଟି ପକେଇ ହସି ସତ୍ୟା ସେଇ ସମୟରେ ଶତ୍ରୁଙ୍କ ଉପରେ ତାଙ୍କ ଅସ୍ତ୍ର ପ୍ରୟୋଗ କରିବାକୁ ଲାଗିଲେ। ଶ୍ରୀକୃଷ୍ଣ ଭାବିଲେ ଏହି ଦୃଶ୍ୟ ନିଆରା।

ଯୋଉ ସ୍ତ୍ରୀ କଣେଇମାନଙ୍କ ବିବାହରେ ଭାଗ ନେବାକୁ ଅସମର୍ଥ, ସିଏ ଯୁଦ୍ଧକ୍ଷେତ୍ରରେ ଭାଗ ନେବାକୁ କେମିତି ନିର୍ଣ୍ଣୟ କଲେ? ପରପୁରୁଷଙ୍କ ସାମନାକୁ ନ ଆସିବା ଏକ ଅବଳା କେମିତି ଭାବିଲେ ଯେ ଯୋଦ୍ଧାମାନଙ୍କୁ ସେ ସହଜରେ ପରାସ୍ତ କରିଦେବେ। ଯେଉଁ କନ୍ୟାସୁନାର ଝୁଲାରେ ବସିବାକୁ ବି ଡରୁଥିଲେ ଆଜି ସେ ଗରୁଡ଼ ଉପରେ କେମିତି ଚଢ଼ିଗଲେ? ନିଜ ସଖୀମାନଙ୍କ କୋଲାହଲକୁ ବି ଯିଏ ବିରକ୍ତ୍ତି ପ୍ରକାଶ କରନ୍ତି ସେଇ ଲଲନା ଆଜି ଯୁଦ୍ଧକ୍ଷେତ୍ରରେ ରଥର ଚକମାନଙ୍କର ଭୟାନକ ଶବ୍ଦ କେମିତି ଶୁଣିପାରୁଛନ୍ତି? ଯାହାର କୋମଳ ଅଙ୍ଗୁଲି ବୀଣାବାଦନ କଲେ ଥକିଯାଏ ଆଜି କେମିତି ଶର ବର୍ଷା କରିପାରୁଛନ୍ତି? ମୋତିଗୁଡ଼ିକୁ ସୂତାରେ ପୁରେଇବାକୁ ଅସମର୍ଥ ସେଇ ଆଙ୍ଗୁଲି ଆଜି ନରକାସୁର ଉପରେ ଅସ୍ତ୍ରଶସ୍ତ୍ର ପ୍ରୟୋଗ କେମିତି କରୁଛନ୍ତି? ଶୁଆକୁ କଥା ଶିଖୋଉଥିବା ତାଙ୍କ ମୁହଁ ଅସ୍ତ୍ରଶସ୍ତ୍ର ମନ୍ତ୍ର କେମିତି ଶିଖିଲେ? ଲକ୍ଷେ ଅନୁରୋଧ କରିବା ପରେ ବି କେବେ ମୁହଁ ଖୋଲୁନଥିବା ଲଲନା ଆଜି ରଣକ୍ଷେତ୍ରରେ ସିଂହନାଦ କେମିତି କରିପାରିଲେ? ଏହି ମୁଦ୍ରାରେ ସତ୍ୟଭାମାଙ୍କୁ ଦେଖି ଶ୍ରୀକୃଷ୍ଣ ଆଶ୍ଚର୍ଯ୍ୟ ହୋଇଗଲେ।

ନରକାସୁର ସିଂହନାଦ କଲା। କିନ୍ତୁ ସତ୍ୟା ଭୟ କଲେନି। ହାତରେ ଧନୁ ଉଠେଇ କେତେ ଯେ ଶର ମାରିଲେ। ନରକାସୁର ତାଙ୍କ କମରରେ ଛଅ ଏବଂ ପାର୍ଶ୍ୱରେ ସାତଟା ବାଣ ଛାଡ଼ି ତାଙ୍କୁ ଆଘାତ କଲା। କିନ୍ତୁ ସତ୍ୟା ନିଜର ଧେର୍ଯ୍ୟ ହରେଇଲେନି। ଆଘାତ ଅବସ୍ଥାରେ ବି ତାଙ୍କ ମୁହଁ ଆହୁରି ଉଜ୍ଜ୍ୱଲ ହେଇଉଠିଲା। ମଣି ଭଳି ତାଙ୍କ ମୁହଁ ଆହୁରି ଦୀପ୍ତିମୟ ହେଇ ଉଠିଲା। ତାଙ୍କ ଅଧରରେ ହସ ଦେଖାଗଲା। ଶତ୍ରୁଙ୍କ ରଥକୁ ତାଙ୍କ ଶରରେ ଖଣ୍ଡ ଖଣ୍ଡ କରିଦେଲେ। ଶତ୍ରୁ ସୈନିକ ଭୀଷଣ ଭାବେ ଘାୟଲା ହୋଇଗଲେ। ହାତୀମାନେ ଛିନ୍ନଭିନ୍ନ ହୋଇ ପ୍ରାକ୍‌ଜ୍ୟୋତିଷପୁର ଆଡ଼କୁ ଧାଇଁ ଚାଲିଗଲେ।

ଧନୁଷ-ଟଙ୍କାର ହିଁ ମେଘ ଗର୍ଜନ ବନ, ଦେବତା ହିଁ ଚାତକ ବନ, ଧନୁଷ ହିଁ ଇନ୍ଦ୍ର ଚାପ ବନ, ଶ୍ରୀକୃଷ୍ଣ ହିଁ ମେଘ ବନ, ସତ୍ୟା ହିଁ ବିଦ୍ୟୁଲ୍ଲତା ବନ, ଶର ସମୂହ ହିଁ ବର୍ଷାର ବୁନ୍ଦା ହେଇ ଦେବୀ ସତ୍ୟଭାମା ରାକ୍ଷସ ରୂପୀ ଅଗ୍ନିକୁ ଲିଭେଇବାକୁ ଯୁଦ୍ଧକ୍ଷେତ୍ରରେ ବର୍ଷା ରତୁ ସୃଷ୍ଟି କଲେ ।

ସେହି ସମର କ୍ଷେତ୍ରରେ ସତ୍ୟଭାମାଙ୍କ ସୁନ୍ଦର ମୁହଁ ନନ୍ଦନନ୍ଦନଙ୍କୁ ଚନ୍ଦ୍ରମା ଭଳି ଏବଂ ନରକାସୁରକୁ ସୂର୍ଯ୍ୟ ବିମ୍ବ ଭଳି ଦେଖାଗଲା । ସତ୍ୟାଙ୍କ ଶାଢ଼ିର ପଣତ ମୁରାରିଙ୍କୁ ମନ୍ମଥର ଧ୍ୱଜା ଭଳି ଦେଖାଗଲା, ସେଇ ନରକାସୁରକୁ ଧୂମକେତୁ ଭଳି ଦେଖାଗଲା । ସେଇ ସୁନ୍ଦରୀ ସ୍ତ୍ରୀଙ୍କ ଧନୁକୁ ମନ୍ମଥର ପ୍ରଭାମଣ୍ଡଳ ଭଳି ଦେଖାଗଲା । ତେଣୁ ଅସୁରକୁ ତାହା ପ୍ରଳୟଭାନୁର ଆଲୋକ ବୃତ୍ତ ଭଳି ଲାଗିଲା । ଅସୁରସେନାଙ୍କ ଉପରେ ତୀର ବର୍ଷା କରୁଥିବା ସତ୍ୟା ଅମୃତଧାରା ଭଳି ଶ୍ରୀକୃଷ୍ଣଙ୍କୁ ଦେଖାଗଲା । ଶତ୍ରୁଙ୍କୁ ଅଗ୍ନିଜ୍ୱାଳା ଭଳି । ସତ୍ୟାଙ୍କୁ ଦେଖି ଶ୍ରୀକୃଷ୍ଣ ପ୍ରସନ୍ନ ହେଲେ ଏବଂ ନରକାସୁର କ୍ରୋଧିତ ହେଲା । ଶ୍ରୀକୃଷ୍ଣଙ୍କ ଠାରେ ଶୃଙ୍ଗାର ରସ ଏବଂ ନରକାସୁରଠାରେ ବୀର ରସର ବ୍ୟାପ୍ତି ହେଲା । ବିଦ୍ୟୁଲ୍ଲତା ଭଳି ପ୍ରଭାସିତ ସତ୍ୟାଙ୍କ ଶରର ସାମ୍ନା କରିବାକୁ ରାକ୍ଷସ ସେନା ବିଫଳ ହେଲେ ।

ଶେଷରେ ନରକାସୁର ଗରୁଡ଼ ଉପରକୁ ଆଉ ଏକ ଅସ୍ତ୍ର ପ୍ରୟୋଗ କଲା । ଗରୁଡ଼ ତାକୁ ନିରସ୍ତ କରିଦେଲା । ଅତ୍ୟନ୍ତ ଶକ୍ତିଶାଳୀ ଏବଂ ଅଗ୍ନି ଜ୍ୱାଳାକୁ ଫୁଙ୍କୁଥିବା ଶୂଳକୁ ନରକାସୁର ପ୍ରୟୋଗ କଲା । ସେତେବେଳେ ଶ୍ରୀକୃଷ୍ଣଙ୍କ ଦ୍ୱାରା ଦେଇଥିବା ଦିବ୍ୟାସ୍ତ୍ର ପ୍ରୟୋଗ କରି ସତ୍ୟଭାମା ନରକାସୁରର ମୁଣ୍ଡକୁ ତା' ଶରୀରରୁ ଅଲଗା କରିଦେଲେ । ମୁକୁଟ ଏବଂ କୁଣ୍ଡଳରେ ଯୁକ୍ତ, ରୁଧିର ଧାରାରେ ମଣ୍ଡିତ ନରକାସୁରର ମୁଣ୍ଡ ମାଟି ଉପରେ ଗଡ଼ି ପଡ଼ିଲା । ନରକାସୁରର ସୈନିକ ହାହାକାର କରି ଧାଇଁ ପଳେଇଲେ । ସ୍ୱର୍ଗରୁ ଦେବେନ୍ଦ୍ର ଏବଂ ଅନ୍ୟ ଦେବତାମାନେ ସତ୍ୟଭାମା ଏବଂ ଶ୍ରୀକୃଷ୍ଣଙ୍କ ଉପରେ ପୁଷ୍ପ ବୃଷ୍ଟି କଲେ ।

ନରକାସୁରର ସଂହାର ପରେ ନାରଦ ଏବଂ ଅନ୍ୟ ରଷି ଗଣ ପ୍ରାକ୍ଜ୍ୟୋତିଷପୁରରେ ପହଞ୍ଚିଲେ । "ଝିଅ! ତୁମେ ଭୂଦେବୀର ଅଂଶ । ତୁମ ହାତରେ ତା'ର ବଧ ହୋଇଯିବା ତା'ର ସୌଭାଗ୍ୟ ।" ଏହା କହି ନାରଦ ତାଙ୍କୁ ପ୍ରଶଂସା କଲେ ।

ନାରଦଙ୍କ କଥା ଶୁଣି ସତ୍ୟଭାମା ଆଶ୍ଚର୍ଯ୍ୟ ହେଲେ । "ମୁଁ କ'ଣ ସତରେ ଭୂମାତାଙ୍କ ଅଂଶ ଅଟେ ?" ସେ ଶ୍ରୀକୃଷ୍ଣଙ୍କୁ ପଚାରିଲେ ।

ଦେବତାଙ୍କ ଦ୍ୱାରା ହୋଇଥିବା ଫୁଲ ବର୍ଷାରେ ଭିଜିଯାଇ ଅତ୍ୟନ୍ତ ସୁନ୍ଦର ଶରୀରରେ ଭାସିତ ହୋଇଥିବା ଶ୍ରୀକୃଷ୍ଣ ତାଙ୍କୁ ଶ୍ରୀମହାବିଷ୍ଣଙ୍କ ଭଳି ଦେଖାଗଲା ।

"ଦେବୀ! ମହର୍ଷ ନାରଦ ଠିକ୍ କହିଲେ। ତୁମେ ଭୂଦେବୀ। ନରକ ତୁମ ପୁତ୍ର ଏବଂ ମୁଁ ତାକୁ ବରଦାନ ଦେଇଥିଲି।" ଶ୍ରୀକୃଷ୍ଣ କହିଲେ। ତାଙ୍କ କଥା ଶୁଣି ସତ୍ୟଭାମା ଆଶ୍ଚର୍ଯ୍ୟ ହୋଇଗଲେ।

"କ'ଣ ନରକ ଆମ ପୁତ୍ର?"

"ହେ ସତ୍ୟା! ଯେବେ ମୁଁ ବରାହ ଅବତାର ଧାରଣ କରିଥିଲି, ସେତେବେଳେ ହିରଣାକ୍ଷର ଦୁଷ୍କର୍ମରେ ସଂସାର ଆତଙ୍କିତ ହୋଇ ଉଠିଲା। ପୃଥ୍ବୀବାସୀଙ୍କ ଯଜ୍ଞରେ ଦେବତାଙ୍କର ଶକ୍ତି ବଢ଼ିପାରିଲାନି, ଏହା ଭାବି ହିରଣାକ୍ଷ ପୃଥ୍ବୀକୁ ନେଇ ଏକାର୍ଣ୍ଣବ ଜଳରେ ପଶିଗଲା ଏବଂ ରସାତଳକୁ ଚାଲିଗଲା। ସେତେବେଳେ ପୃଥ୍ବୀକୁ ଉଦ୍ଧାର କରିବାକୁ ତଥା ହିରଣାକ୍ଷକୁ ବଧ କରିବାପାଇଁ ବ୍ରହ୍ମାଙ୍କ ନାକରୁ ମୁଁ ବରାହ ରୂପରେ ଅବତାର ନେଲି ଏବଂ ସମୁଦ୍ର ଭିତରକୁ ଯାଇ ପୃଥ୍ବୀକୁ ନିଜ ଦାନ୍ତରେ ଉପରକୁ ଉଠେଇନେଲି ଏବଂ ହିରଣାକ୍ଷକୁ ସଂହାର କରି ମୁଁ ତୁମକୁ ରକ୍ଷା କଲି। ତା'ପରେ ଆମ ପୁତ୍ର ରୂପରେ ନରକା ଜନ୍ମ ହେଲା।" ଶ୍ରୀକୃଷ୍ଣଙ୍କ କଥା ଶୁଣି ସତ୍ୟାଙ୍କ ଯୁଦ୍ଧାବେଶ ଏବଂ ବିଜୟୋଲ୍ଲାସ ଅଦୃଶ୍ୟ ହୋଇଗଲା। ସେ ବହୁତ କାନ୍ଦିଲେ। ତାଙ୍କ ଶରୀର ଝାଳରେ ଭିଜିଗଲା। ନରକାସୁରର ମୃତ ଶରୀରକୁ ଦେଖ ସେ ଅସୀମ ବେଦନାର ଶିକାର ହେଲେ।

ସତ୍ୟଭାମା ଶ୍ରୀକୃଷ୍ଣଙ୍କୁ ପଚାରିଲେ, "ସ୍ୱାମୀ! ସବୁକିଛି ଜାଣି ବି ଆପଣ ମୋତେ ସେଦିନ ପଚାରିଲେ ଯଦି ନରକାସୁର ତୁମର ପୁତ୍ର ହୋଇଥାନ୍ତା... ତା'ହେଲେ ତୁମେ କ'ଣ କରିଥାନ୍ତ?" ଶ୍ରୀକୃଷ୍ଣଙ୍କ ମୁହଁରେ ଚିନ୍ତାର ରେଖା ଦେଖାଗଲାନି। ସେ ହସୁଥିଲେ।

ଶ୍ରୀକୃଷ୍ଣ ତାଙ୍କୁ ସାନ୍ତ୍ୱନା ଦେଇ କହିଲେ, "ହେ ଦେବୀ! ନରକାସୁର ଆମର ଭୂଦେବୀ ରୂପରେ ତୁମେ ହିଁ ମୋତେ ବର ମାଗିଥିଲ ତାକୁ ସର୍ବଶକ୍ତିମାନ କରିବେ। ତା'ପରେ ବ୍ରହ୍ମା ତାକୁ ବରଦାନ ଦେଲେ ତୁମ ମାଆଙ୍କ ହାତ ବ୍ୟତୀତ ତୁମର କାହା ହାତରେ ବଧ ହେବନାହିଁ। ମୁଁ ବି ନରକାସୁରକୁ ବଧ କରିପାରି ନଥାନ୍ତି।" ଏକଥା ଶୁଣି ସତ୍ୟଭାମାଙ୍କ ସ୍ୱର ରୁଦ୍ଧ ହୋଇଗଲା। କହିଲେ, "ହେ ସ୍ୱାମୀ! ଆପଣ କ'ଣ କଲେ? ଆପଣ ମୋତେ ପୂର୍ବରୁ ଏକଥା କହିଲେନି କାହିଁକି? ଆପଣ ମୋତେ ଅପରାଧ କରେଇଲେ। ମୁଁ ମୋ ନିଜ ହାତରେ ନିଜ ପୁତ୍ର ବଧ କଲି।" ଏହା କହି ସତ୍ୟଭାମା କାନ୍ଦି ଉଠିଲେ।

ଶ୍ରୀକୃଷ୍ଣ କହିଲେ, "ହେ ସତ୍ୟା! ତୁମେ ଅସାଧାରଣ କାମ କଲ ଏବଂ ତାହା ପୁଣି ଲୋକଙ୍କ କଲ୍ୟାଣ ପାଇଁ। ତୁମେ ବାସ୍ତବରେ ତୁମ ପୁତ୍ର ସଂହାର କରିନ। ସେ ଦୁଷ୍ଟ ଏବଂ କାମୁକ ଅସୁର, ଯିଏ ଅନେକ କନ୍ୟାକୁ ନିଜ ଦୁର୍ଗରେ ବନ୍ଦୀ କରିଛି ଏବଂ

ଦେବମାତାଙ୍କ କୁଣ୍ଡଳୀକୁ ବି ଛଡ଼େଇ ନେଲା। ଆଜି ସେଇ ଦୁଷ୍ଟ ଅସୁରକୁ ସଂହାର କରି ତୁମେ ସମସ୍ତ ଲୋକରୁ ଦୁଃଖକୁ ଶେଷ କରିଦେଇଛ। ଅତ୍ୟନ୍ତ କ୍ରୂର ଅସୁରକୁ ସଂହାର କରି ଲୋକଙ୍କୁ ମୁକ୍ତି ଦେଇଛ। ଏହି ଖୁସିରେ ସବୁ ଲୋକମାନେ ଦୀପ ଜଳେଇ ଉତ୍ସବ ପାଳନ କରୁଛନ୍ତି। ଏବେ ଖୁସି ମନେଇବା ସମୟ। ଆମେ ପ୍ରାକ୍‌ଜ୍ୟୋତିଷପୁରର ନାଗରିକଙ୍କୁ ଅଭୟଦାନ ଦେବାକୁ ହେବ। ନରକାସୁରର ଦୁର୍ଗରେ ବନ୍ଦୀ ହୋଇଥିବା କନ୍ୟାମାନଙ୍କୁ ମୁକ୍ତି ଦେବାକୁ ହେବ।” ଶ୍ରୀକୃଷ୍ଣଙ୍କ କଥା ଶୁଣି ସତ୍ୟଭାମାଙ୍କ ବେଦନା ଦୂର ହୋଇଗଲା। ଏବେ ପର୍ଯ୍ୟନ୍ତ ଯାହା ବି ହେଲା, ତାହା ଦୁଃସ୍ୱପ୍ନ ଭଳି ତାଙ୍କୁ ଲାଗିଲା। ତାଙ୍କ ମୁହଁ ଉଜ୍ଜ୍ୱଳ ଦେଖାଗଲା। ତା’ପରେ ସେ ଶ୍ରୀକୃଷ୍ଣଙ୍କ ସାଙ୍ଗରେ ଆଗକୁ ବଢ଼ିଲେ।

ନରକାସୁରର ପୁତ୍ର ଭଗଦତ ସତ୍ୟା ଏବଂ ଶ୍ରୀକୃଷ୍ଣଙ୍କ ପାଖକୁ ଆସିଲେ ଏବଂ ଦେବଲୋକରୁ ନରକାସୁର ଦ୍ୱାରା ଅଣାଯାଇଥିବା ବରୁଣ ଛତ୍ର, ଅଦିତିଙ୍କ କୁଣ୍ଡଳୀ, ମହାମଣି, ବୈଜୟନ୍ତୀମାଲା ଏବଂ ମେରୁଶିଖରକୁ ତାଙ୍କୁ ଦେଇ ତାଙ୍କ ପ୍ରଶଂସା କଲା। ଶ୍ରୀକୃଷ୍ଣ ଏବଂ ସତ୍ୟା ତାକୁ ସ୍ନେହ ଭାବ ପ୍ରକାଶ କରି ତାକୁ ଅଭୟଦାନ ଦେଲେ। ନରକାସୁରର ଦୁର୍ଗରେ ବନ୍ଦୀ ହୋଇଥିବା ରାଜକନ୍ୟାମାନଙ୍କୁ ଶ୍ରୀକୃଷ୍ଣ ମୁକ୍ତି ପ୍ରଦାନ କଲେ। ସେମାନେ ସମସ୍ତେ ସତ୍ୟଭାମାଙ୍କୁ ସାକ୍ଷାତ କରି ତାଙ୍କ ସାମନାରେ କାନ୍ଦିଲେ। ସତ୍ୟଭାମାଙ୍କ ଚରଣରେ ସେମାନେ ଏଥିପାଇଁ ପ୍ରଣାମ କଲେ, ସତ୍ୟା ସେମାନଙ୍କ ପ୍ରାଣ ଏବଂ ମାନ ରକ୍ଷା କଲେ। ସେମାନେ ତାଙ୍କ ନିଜ ନିଜ ରାଜ୍ୟକୁ ଯିବାକୁ ଚାହୁଁନଥିଲେ। ସର୍ବଦା ଶ୍ରୀକୃଷ୍ଣ ଏବଂ ସତ୍ୟାଙ୍କ ପାଖରେ ରହିବାକୁ ଅନୁମତି ମାଗିଲେ। ଶ୍ରୀକୃଷ୍ଣଙ୍କୁ ଦେଖିବା ମାତ୍ରେ ସେଇ ରାଜକନ୍ୟାମାନେ ଆକୃଷ୍ଟ ହୋଇଗଲେ। ଶ୍ରୀକୃଷ୍ଣଙ୍କ ସୌନ୍ଦର୍ଯ୍ୟ, ଚାତୁର୍ଯ୍ୟ, ଗମ୍ଭୀରତା ଏବଂ ସତ୍‌ଗୁଣ ସଂପନ୍ନତାକୁ ଦେଖି ତାଙ୍କ ମନ ବିଚଳିତ ହୋଇଗଲା ଏବଂ ସେମାନେ ଶ୍ରୀକୃଷ୍ଣଙ୍କୁ ହିଁ ‘ପ୍ରାଣବଲ୍ଲଭ’ ଭାବିଲେ।

“ଆମେ ଏହା ଭାବିଲୁ ଦୁଷ୍ଟ ଏବଂ କାମୁକ ରାକ୍ଷସ ଆମକୁ ବନ୍ଦୀ କରିଥିଲା, କିନ୍ତୁ ସେଇ ଅସୁରର କୁକୃତ୍ୟ ପାଇଁ ଆଜି ଆମେ ଏହି ପଦ୍ମାକ୍ଷଙ୍କ ଦର୍ଶନ କରିବାରେ ସଫଳ ହେଲୁ। ପୂର୍ବଜନ୍ମରେ ଆମେ କୌଣସି ମହାନ ବ୍ରତ କରିଥିବୁ, ସେଇ ଫଳ ସ୍ୱରୂପ ଆଜି ଆମକୁ ଶ୍ରୀକୃଷ୍ଣଙ୍କ ଦର୍ଶନ କରିବାର ସୌଭାଗ୍ୟ ପ୍ରାପ୍ତ ହେଲା।” ସେଇ କନ୍ୟାମାନେ ଈଶ୍ୱରଙ୍କ ପ୍ରତି ବି କୃତଜ୍ଞତା ପ୍ରକଟ କଲେ, ଯାହାଙ୍କ କୃପାରୁ ଆଜି ସେମାନଙ୍କୁ ଶ୍ରୀକୃଷ୍ଣଙ୍କ ଦର୍ଶନର ଭାଗ୍ୟ ମିଳିଲା।

ଜଣେ କନ୍ୟା କହିଲା, “ଏହି କମଳାକ୍ଷଙ୍କ ବାହୁରେ ବନ୍ଦୀହେବାକୁ ଏହି ଲଳନା ପୂର୍ବଜନ୍ମରେ କଠୋର ତପସ୍ୟା କରିଥିବେ।” ଆଉଜଣେ କନ୍ୟା କହିଲା,

"ଯଦି ମୁଁ 'ବୈଜୟନ୍ତୀ' ହୁଅନ୍ତି ତାହେଲେ ଏହି ଦିବ୍ୟପୁରୁଷଙ୍କ ଗଳାରେ ସୁଶୋଭିତ ହୁଅନ୍ତି।" "ଯଦି ମୁଁ ପୀତାମ୍ବର ହୁଅନ୍ତି ତାହେଲେ ତାଙ୍କ ଶରୀର ଉପରେ ଢଳି ପଡ଼ନ୍ତି।" ଆଉ ଜଣେ କନ୍ୟା କହିଲା। ଜଣେ କୋମଳାଙ୍ଗୀ କହିଲା, "ଯଦି ମୁଁ ପାଞ୍ଚଜନ୍ୟ ହୁଅନ୍ତି ତାହେଲେ ତାଙ୍କ ଅଧରକୁ ଛୁଇଁ ବଶ ହୋଇଯାନ୍ତି।" ଏଇ ପ୍ରକାର ଷୋଳ ହଜାର ରାଜକନ୍ୟାମାନେ ନିଜ ନିଜ ଢଙ୍ଗରେ ଭାବି ହେଲେ। ତାଙ୍କ ମଧ୍ୟରୁ ପ୍ରତ୍ୟେକ କନ୍ୟା ଏହା ଭାବି ବଶ ହୋଇଗଲେ କି ଶ୍ରୀକୃଷ୍ଣ ମୋ ଆଡ଼କୁ ଚାହିଁ ହସିଲେ, ମୋ ସୌନ୍ଦର୍ଯ୍ୟକୁ ଚାହିଁଲେ ଏବଂ ବର୍ଣ୍ଣନା କଲେ, ସ୍ନେହରେ ମୋ ସହିତ କଥା ହେଲେ, ମୋ ନାଁ ସେ ପଚାରିଲେ, ମୋତେ ଅବଶ୍ୟ ସେ ବିବାହ କରିବେ। ଏମିତି ସମସ୍ତେ ଭାବିଲେ।

ସେମାନଙ୍କ ପରିସ୍ଥିତିକୁ ଦେଖି ସତ୍ୟଭାମାଙ୍କ ମନ ଦ୍ରବୀଭୂତ ହେଇଗଲା। ଏବଂ ତାଙ୍କ ସାଙ୍ଗରେ ଦ୍ୱାରକା ଆସିବାକୁ ଅନୁମତି ଦେଇଦେଲେ। ସେଇ କନ୍ୟାମାନେ ସୁସଜ୍ଜିତ ହେଲେ। ଶ୍ରୀକୃଷ୍ଣ ରଥାଶ୍ୱ ଏବଂ ଐଶ୍ୱର୍ଯ୍ୟବତ ବଂଶସମ୍ଭୂତ ଦନ୍ତାହାତୀ ଦଳ ସହିତ ସେମାନଙ୍କୁ ଦ୍ୱାରକା ପଠେଇଦେଲେ।

ଅଦିତିଙ୍କ କୁଣ୍ଡଳୀ, ବରୁଣ ଛତ୍ର ଏବଂ ବୈଜୟନ୍ତୀମାଲାଙ୍କୁ ନେଇ ଶ୍ରୀକୃଷ୍ଣ ଦ୍ୱାରକାରେ ପହଞ୍ଚିଲେ। ଯାଦବମାନେ ସତ୍ୟଭାମାଙ୍କୁ ଭବ୍ୟ ସ୍ୱାଗତ କଲେ। ଯେତେବେଳେ ଶ୍ରୀକୃଷ୍ଣ ଯୁଦ୍ଧରେ ଆହତ ହୋଇଥିଲେ, ସେତେବେଳେ ସତ୍ୟଭାମା ପରାକ୍ରମର ସହିତ ଯେଉଁ ଭୀଷଣ ଯୁଦ୍ଧ କଲେ ଏବଂ ନରକାସୁରକୁ ଯେଉଁ ପ୍ରକାର ସଂହାର କଲେ... ଏହି ବିଷୟରେ ନିଜ ନିଜ ଭିତରେ ଚର୍ଚ୍ଚା କରି ସେମାନେ ସତ୍ୟଭାମାଙ୍କୁ ବହୁତ ପ୍ରଶଂସା କଲେ। ନରକାସୁରକୁ ସଂହାର କରି ସତ୍ୟଭାମା ଯାଦବ ଜାତିର ପ୍ରତିଷ୍ଠାକୁ ବଢ଼େଇଲେ। ଏହି ଶୁଭ ଅବସରରେ ଦ୍ୱାରକାବାସୀମାନେ 'ଦୀପାବଳି' ପର୍ବ ପାଳନ କଲେ।

ବଳରାମ ଅତ୍ୟନ୍ତ ପ୍ରସନ୍ନ ହେଲେ। ତାଙ୍କ ଦ୍ୱାରା ସେଇ ରାତିରେ ଆୟୋଜିତ ସଭାରେ ଦୂରଦୂରାନ୍ତରୁ ଆସିଥିବା ଯାଦବମାନେ ଭାଗ ନେଲେ। ସତ୍ୟଭାମାଙ୍କ ପରାକ୍ରମର ସେମାନେ ବହୁତ ପ୍ରଶଂସା କଲେ।

ସତ୍ୟଭାମା ନରକାସୁରକୁ ବଧ କରି ସମଗ୍ର ଯାଦବ ବଂଶର ପ୍ରତିଷ୍ଠା ବଢ଼େଇଲେ। ବଳରାମ କହିଲେ, "ଏବେ ସଂସାରକୁ ଏହା ଜଣାପଡ଼ିଯିବ ଯେ ଯାଦବମାନେ କେତେ ଶକ୍ତିଶାଳୀ।"

ସାତ୍ୟକି କହିଲେ, "ଆପଣ ଠିକ୍ କହିଛନ୍ତି। ଯାଦବମାନେ କୌଣସିଥିରେ କମ୍ ନୁହେଁ। ଏବେ ଯାଦବ ବୀରମାନଙ୍କ ନାଁ ଶୁଣିବା ମାତ୍ରେ ସମସ୍ତ କ୍ଷତ୍ରିୟ ଲୋକ କମ୍ପିତ ହେଉଛନ୍ତି।"

ସାତ୍ୟକିଙ୍କ କଥା ଶୁଣି ବଳରାମ କ୍ରୋଧିତ ହୋଇ କହିଲେ, "ରେ ମୂର୍ଖ! ତୁ ମୋ କଥା ଶୁଣିନୁ। ମାତ୍ର କ୍ଷତ୍ରିୟ ଲୋକ କାହିଁକି କହୁଛ? ମୁଁ କହିଲି, ସମସ୍ତ ଲୋକ ଏବେ ଯାଦବ ବୀରଙ୍କୁ ଦେଖି କମ୍ପିତ ହେଉଛନ୍ତି।"

ସାତ୍ୟକି ନିଜର ଭୁଲକୁ ସ୍ୱୀକାର କରି କହିଲେ, "ବଳରାମ! କ୍ଷମା କରନ୍ତୁ। ମୁଁ ଭୁଲ କରିଛି" କହି ବଳରାମଙ୍କ ଚରଣ ସ୍ପର୍ଶ କରିବାକୁ ଚେଷ୍ଟା କଲେ।

"ମୋ କଥା ମାନି ପ୍ରକୃତ ରାସ୍ତାରେ ଆସିଯାଅ" କହି ବଳରାମ ଜୋରରେ ହସିଲେ। ତାଙ୍କ ବିକଟାଳ ହସରେ ପରିସର ଗୁଞ୍ଜରି ଉଠିଲା। ତାଙ୍କ ହସରେ ବିଜୟୀ ଯାଦବଙ୍କ ଗର୍ବଭାବନାର ଝଲକ ମିଳିଲା।

ଅନେକ ସମୟ ଯାଏ ହସି ବଳରାମ ଥକିଗଲେ। ସେ କହିଲେ, "କହନ୍ତି ତାଙ୍କୁ ଦେବେନ୍ଦ୍ର। ମାନନ୍ତି ତାଙ୍କୁ ଦେବଙ୍କ ଅଧିପତି। ଆମ ଶ୍ରୀକୃଷ୍ଣର ଚରଣ ଧରି ନିଜର ରକ୍ଷା କରିବାକୁ ସେଇ ଦେବେନ୍ଦ୍ର ପ୍ରାର୍ଥନା କଲେ। ଆମ ଶ୍ରୀକୃଷ୍ଣ ପତ୍ନୀକୁ ସାଙ୍ଗରେ ଧରି ସେଠାକୁ ଗଲେ। ଅସୁରମାନଙ୍କର ସଂହାର କଲେ। ଆମ ସତ୍ୟା ଶ୍ରୀକୃଷ୍ଣଙ୍କୁ ଯୁଦ୍ଧ କରିବାକୁ ସୁଯୋଗ ଦେଲେନି। ଶ୍ରୀକୃଷ୍ଣଙ୍କୁ ଏହା କହିଲେ କି ମୁଁ ସବୁ ବୁଝିଦେବି। ଆମ ସତ୍ୟା ହିଁ ନରକାସୁର ଉପରେ ପ୍ରହାର କଲେ। ଆମ ଝିଅକୁ ସାମନା କରିବାକୁ ସେ ବିଫଳ ହେଲେ। ଦେବତାମାନେ ଆମ ଝିଅର ଚରଣ ସ୍ପର୍ଶ କଲେ। ବାସ୍ତବରେ ଏହା ହିଁ ହେଲା। କିନ୍ତୁ ଏହି ସାତ୍ୟକି କହିବାକୁ ଲାଗିଲା ଯାଦବବୀରଙ୍କୁ ଦେଖି କ୍ଷତ୍ରିୟ ଡରିବାକୁ ଲାଗିଲେ।" ବଳରାମଙ୍କର ଏହି କଥା ଶୁଣି ସମସ୍ତେ ହସିବାକୁ ଲାଗିଲେ।

ସାତ୍ୟକି କହିଲେ, "ଆପଣ ଯାହା କିଛି କହିଲେ ସବୁ ଠିକ୍। ଏବେ ଆମକୁ ଦେଖି ଦେବତାମାନେ ବି ଡରିବାକୁ ଲାଗିଲେ, ସମ୍ପୂର୍ଣ୍ଣ ବିଶ୍ୱରେ ଯାଦବ ସାମ୍ରାଜ୍ୟ ସ୍ଥାପନାର ଦିନ ପାଖେଇ ଆସିଲା।"

"ଏବେ ତୁମେ ଠିକ କଥା କହିଲ।" ବଳରାମ କହିଲେ। ସେଇ ରାତିସାରା ସତ୍ୟଭାମାଙ୍କର ଧୈର୍ଯ୍ୟ, ସାହସ ଏବଂ ପରାକ୍ରମର ପ୍ରଶଂସା କଲେ, ଏହା ଭାବି ସେମାନେ ସମସ୍ତେ ଖୁସି ପାଳନ କରିବାକୁ ଲାଗିଲେ କି ଏବେ ଯାଦବବୀରଙ୍କୁ ସାମନା କରିବାବାଲା ଏହି ଦୁନିଆରେ ନାହାନ୍ତି। ସତ୍ୟଭାମା ଯାଦବ ଜାତିର ଆରାଧ୍ୟ ହୋଇଗଲେ। ଶ୍ରୀକୃଷ୍ଣଙ୍କୁ ବଳରାମ ଆଦେଶ ଦେଲେ, "ଭବିଷ୍ୟତରେ ସତ୍ୟଭାମାଙ୍କୁ ଛାଡ଼ି କ୍ଷଣେକେ ପାଇଁ ମଧ କୁଆଡ଼େ ଯିବା ଉଚିତ ନୁହେଁ। ଯାଦବ ଜାତିଙ୍କ ଶିରୋମଣି ସତ୍ୟଭାମା, ତାଙ୍କ ସାଙ୍ଗରେ ସମ୍ମାନପୂର୍ବକ ବ୍ୟବହାର କରିବା ଆମର କର୍ତ୍ତବ୍ୟ।"

ଯୁଦ୍ଧ ସରିବାପରେ ଶ୍ରୀକୃଷ୍ଣ ବି ସତ୍ୟଭାମାଙ୍କ ମନ୍ଦିରରେ ସବୁ ସମୟ କଟେଇଲେ ଏବଂ ଦେବଲୋକ ଯାଇ ଅଦିତିଙ୍କ କୁଣ୍ଡଳୀକୁ ଫେରେଇବା କଥା ଭୁଲିଗଲେ। ଯୁଦ୍ଧ କ୍ଷେତ୍ରରୁ ଫେରିବାପରେ ସତ୍ୟଭାମା ଶ୍ରୀକୃଷ୍ଣଙ୍କ ନିକଟତର ଅନୁଭବ କଲେ। ସତ୍ୟାଙ୍କ ମନ୍ଦିରରେ ହିଁ ଶ୍ରୀକୃଷ୍ଣ ରହିଯିବା କାରଣରୁ ରୁକ୍ମିଣୀ ତଥା ଅନ୍ୟ ପତ୍ନୀମାନଙ୍କ ଠାରେ ଦ୍ୱେଷ ଭାବନା ଉତ୍ପନ୍ନ ହେଲା।

ରୁକ୍ମିଣୀଙ୍କୁ ଏହା ଅସହ୍ୟବୋଧ ହେଲା । ଦିନେ ସେ ତାଙ୍କ ସଖୀଙ୍କ ଦ୍ୱାରା ଶ୍ରୀକୃଷ୍ଣଙ୍କୁ ସମାଚାର ପଠେଇଲେ ସେ ଅସୁସ୍ଥ ଅଛନ୍ତି । ଏହି ସମାଚାର ପାଇ ଶ୍ରୀକୃଷ୍ଣ ବ୍ୟସ୍ତହୋଇ ପଡ଼ିଲେ ଏବଂ ରୁକ୍ମିଣୀଙ୍କ ପାଖକୁ ଗଲେ ।

ଶ୍ରୀକୃଷ୍ଣ ପଚାରିଲେ, "ହେ ରୁକ୍ମିଣୀ ! ତୁମେ ଠିକ୍ ଅଛ ?"

"ହେ ପ୍ରାଣେଶ୍ୱର ! ଆପଣଙ୍କୁ ମୋ କଥା ମନେ ଅଛି ? ନା ଦେଖିବାକୁ ଆସିଛନ୍ତି ମୁଁ ଜୀବିତ ଅଛି ନା ନାହିଁ ?" କହି ରୁକ୍ମିଣୀ କାନ୍ଦି ଉଠିଲେ । ତାଙ୍କ କଥା ଶୁଣି ଶ୍ରୀକୃଷ୍ଣ ଦୁଃଖ କଲେ । ସେ ଭାବିଲେ, "ସତ୍ୟଭାମାଙ୍କ ସାଙ୍ଗରେ ଏତେ ଦିନ ରହି ଅନ୍ୟ ପତ୍ନୀମାନଙ୍କୁ ଉପେକ୍ଷା କରିବା ତାଙ୍କର ଭୁଲ । କିନ୍ତୁ ସତ୍ୟାଙ୍କ ପ୍ରତି ଅଯଥାରେ ଆକୃଷ୍ଟ ହେଇନାହାନ୍ତି । ସତ୍ୟା ମୋ ପ୍ରତି ଏମିତି ପ୍ରଣୟ ଭାବ ପ୍ରକାଶ କରି ନିଜ ଆଡ଼କୁ ଆକୃଷ୍ଟ କରିଛନ୍ତି । ନରକାସୁରକୁ ସଂହାର କରି ମୋ ମନକୁ ଜିତିଛନ୍ତି ।" ଯୁଦ୍ଧରୁ ଫେରିବା ପରେ ଶ୍ରୀକୃଷ୍ଣ ଏକଥା ବି ଭୁଲିଗଲେ ତାଙ୍କୁ ଅଦିତିଙ୍କ କୁଣ୍ଡଳୀକୁ ଦେବାକୁ ସ୍ୱର୍ଗକୁ ଯିବାକୁ ହେବ ।

ବାସ୍ତବରେ ରୁକ୍ମିଣୀ ସାମ୍ରାଜ୍ଞୀ । ରୁକ୍ମିଣୀ ଏବଂ ସତ୍ୟଭାମାଙ୍କ ମଧ୍ୟରେ ବଡ଼ ଅନ୍ତର । ରୁକ୍ମିଣୀ ଜଣେ ଆରାଧିକା ହେଇ ଶ୍ରୀକୃଷ୍ଣଙ୍କୁ ନିଜ ପତି ରୂପରେ ପ୍ରାପ୍ତ କରିଛନ୍ତି । କିନ୍ତୁ ସତ୍ୟା ମନୋବାକ୍ୟରେ କର୍ମିଣା ଶ୍ରୀକୃଷ୍ଣଙ୍କୁ ଚାହାଁନ୍ତି । ରୁକ୍ମିଣୀ ପ୍ରଶାନ୍ତ ରୂପରେ ବହୁଥିବା ନଦୀ, ସତ୍ୟଭାମା ତରଙ୍ଗାୟିତ ସମୁଦ୍ର । ପ୍ରକୃତରେ ରୁକ୍ମିଣୀ ଶ୍ରୀକୃଷ୍ଣଙ୍କୁ ବହୁତ ଚାହାଁନ୍ତି । ରାଜକୁମାରୀ ରୁକ୍ମିଣୀଙ୍କୁ ବିବାହ କରିବାପାଇଁ ଅନେକ ରାଜକୁମାର ଚାହୁଁଥିଲେ । କିନ୍ତୁ ସେମାନଙ୍କୁ ଡରି ରୁକ୍ମିଣୀ ଦ୍ୱାରକାରେ ରହି ଶ୍ରୀକୃଷ୍ଣଙ୍କ ଆରାଧନା କରୁଥିଲେ । ସେତେବେଳେ ଶ୍ରୀକୃଷ୍ଣ ଜଣେ ସାଧାରଣ ବ୍ୟକ୍ତି ଥିଲେ, ଆଜି ଭଳି ସେ ଅନ୍ୟ ଦେଶର ରାଜାମାନଙ୍କ ପାଇଁ ସିଂହସ୍ୱରୂପ ନଥିଲେ । ରୁକ୍ମିଣୀଙ୍କ ସହିତ ଶ୍ରୀକୃଷ୍ଣଙ୍କର ବିବାହ ହେବାଯୋଗୁ ଅନ୍ୟ ରାଜାମାନଙ୍କ ସହିତ ଶତୃତା ବଢ଼ିଗଲା । ବାସ୍ତବରେ ସେଇ ରାଜାମାନଙ୍କ ଗର୍ବ ଭାଙ୍ଗିବାକୁ ଶ୍ରୀକୃଷ୍ଣ ରୁକ୍ମିଣୀଙ୍କୁ ହରଣ କରିନେଲେ ଏବଂ ତାଙ୍କୁ ବିବାହ କରିନେଲେ । ସେବେଠାରୁ ନିଷ୍ଠାପୂର୍ବକ ଶ୍ରୀକୃଷ୍ଣଙ୍କ ଆରାଧନା କରିବାକୁ ଲାଗିଲେ ଏବଂ ତାଙ୍କ ପରିବାର ଲୋକଙ୍କ ପ୍ରତି ଆଦରଭାବକୁ ପ୍ରକାଶ କରି ସମସ୍ତଙ୍କ ପ୍ରଶଂସାର ପାତ୍ର ହେଲେ । ତାଙ୍କୁ ଉପେକ୍ଷା କରିବା ଉଚିତ ହେବନି । ଶ୍ରୀକୃଷ୍ଣ ରୁକ୍ମିଣୀଙ୍କୁ ଏହା ବୁଝେଇବାରେ ସଫଳ ହେଲେ ଯେ ସେ ରୁକ୍ମିଣୀଙ୍କୁ ଭୁଲିନାହାନ୍ତି । ତାଙ୍କ କଥା ଶୁଣି ରୁକ୍ମିଣୀ ଶାନ୍ତ ହୋଇଗଲେ । କିଛିଦିନ ରୁକ୍ମିଣୀଙ୍କ ମନ୍ଦିରରେ ରହି ଶ୍ରୀକୃଷ୍ଣ ତାଙ୍କୁ ସୁଖ ଏବଂ ସାନ୍ତ୍ବନା ଦେଲେ । ରୁକ୍ମିଣୀଙ୍କ କୁଶଳ ପଚାରିବାକୁ ଯାଇ ନ ଫେରିବା କଥାକୁ ନେଇ ସତ୍ୟଭାମା ଦୁଃଖୀ ହୋଇଗଲେ । ତାଙ୍କ ମନରେ ଏହି ଆଶଙ୍କା ଉତ୍ପନ୍ନ

ହେଲା ଯେ ତାଙ୍କ ପାଖରେ ଶ୍ରୀକୃଷ୍ଣ ବେଶୀ ଦିନ ରହିଯିବା ଦ୍ୱାରା ରୁକ୍ମିଣୀ ବାହାନା କରି ତାଙ୍କୁ ଡାକି ନେଇଯାଇଥିବେ। ଶ୍ରୀକୃଷ୍ଣଙ୍କୁ କେମିତି ନିଜ ମନ୍ଦିରକୁ ଡାକି ଆଣିହେବ ସେକଥା ସତ୍ୟଭାମାଙ୍କୁ ଭଲଭାବେ ଜଣାଅଛି। ସେ ଏକଥା ବି ଜାଣନ୍ତି କି ଶ୍ରୀକୃଷ୍ଣଙ୍କ ମନ ଏଠାରେ ଥିବ। ସେ ତାଙ୍କ ବିଷୟରେ ଭାବୁଥିବେ। ସତ୍ୟା ତାଙ୍କ ସଖୀମାନଙ୍କୁ ଏହି ଆଦେଶ ଦେଲେ ସେମାନେ ରୁକ୍ମିଣୀଙ୍କ ମନ୍ଦିରକୁ ଯାଇ ପତା ଲଗାନ୍ତୁ ସେଠାରେ କ'ଣ ହେଉଛି। ଯୁଦ୍ଧପରେ ଶ୍ରୀକୃଷ୍ଣଙ୍କ ସାଙ୍ଗରେ ବିତେଇଥିବା ସମୟକୁ ଭାବିହେଇ ବିରହ ବେଦନାରେ ସତ୍ୟା ବ୍ୟଥିତ ହେଲେ। ରୁକ୍ମିଣୀଙ୍କୁ ଏହି ଆଶ୍ୱାସନା ଦେବାକୁ ଶ୍ରୀକୃଷ୍ଣ ତାଙ୍କ ସହିତ ନିତ୍ୟ ବିହାର କଲେ ସେ କେବେ ବି ରୁକ୍ମିଣୀଙ୍କୁ ଉପେକ୍ଷା କରନ୍ତିନି। ତାଙ୍କ ପସନ୍ଦର ଧୂତକେଲି ଖେଲି ଶ୍ରୀକୃଷ୍ଣ ରୁକ୍ମିଣୀଙ୍କ ମନକୁ ରଞ୍ଜିତ କଲେ। ଦିନେ ସେ ଏମିତି ଭାବେ ରୁକ୍ମିଣୀଙ୍କ ସହିତ ଧୂତକେଲି ଖେଲୁଥିଲେ, ଏହି ସମୟରେ ଇନ୍ଦ୍ରଲୋକରୁ ନାରଦ ଆସିଲେ।

"ମହର୍ଷି ନାରଦ! ଆପଣ କେମିତି ଅଛନ୍ତି ?" ପଚାରି ଶ୍ରୀକୃଷ୍ଣ ତାଙ୍କର ସମ୍ମାନପୂର୍ବକ ସ୍ୱାଗତ କଲେ।

"ମୁଁ ଭଲ ଅଛି। ଇନ୍ଦ୍ର ମୋତେ ଆପଣ କୁଶଳ ଅଛନ୍ତି ନା ନାହିଁ ଜାଣିବାକୁ ପଠେଇଛନ୍ତି। ନରକାସୁର ବଧ ପରେ ଦେବ ଲୋକ ଅତ୍ୟନ୍ତ ଖୁସି ଅନୁଭବ କରୁଥିଲେ। ମୋତେ ଏହି ସମାଚାର ମିଳିଲା ଯେ ଆପଣ ଦେବମାତାଙ୍କ ଦର୍ଶନ ପାଇଁ ଆସିବା କଥା। ଆପଣଙ୍କ ଆଗମନକୁ ଦେବେନ୍ଦ୍ର ଏବଂ ସମସ୍ତ ଦିଗପାଳକ ପ୍ରତୀକ୍ଷା କରିଛନ୍ତି।"

ଶ୍ରୀକୃଷ୍ଣ ନାରଦଙ୍କୁ କହିଲେ, "ମୁଁ ଏକଥା ଭଲଭାବେ ଜାଣେ। ଥକ୍ଆପଣ ଦୂରହେବା ପରେ ମୁଁ ଏବଂ ସତ୍ୟଭାମା ଦେବଲୋକ ଯିବା କଥା ଭାବୁଥିଲୁ। ଏହି ସମୟରେ ରୁକ୍ମିଣୀଙ୍କ ଅସୁସ୍ଥତା ଖବର ପାଇ ଏଠାକୁ ଆସିବାକୁ ପଡ଼ିଲା।"

ଶ୍ରୀକୃଷ୍ଣଙ୍କୁ ନାରଦ କହିଲେ, "ହେ ପରମାତ୍ମା! ଆପଣ ଏହି ସଂସାରରେ କାହାର ଅସୁସ୍ଥତାକୁ ସହ୍ୟ କରିପାରନ୍ତି ନାହିଁ। ଆପଣଙ୍କ ପରମ ଭକ୍ତ, ରୁକ୍ମିଣୀଙ୍କ ଅସୁସ୍ଥତା ଆପଣ କେମିତି ସହ୍ୟ କରିଥାନ୍ତେ।"

ମହର୍ଷି ନାରଦଙ୍କ କଥା ଶୁଣି ଶ୍ରୀକୃଷ୍ଣ ରୁକ୍ମିଣୀଙ୍କ ଆଡ଼କୁ ଚାହିଁଲେ। ରୁକ୍ମିଣୀ ଲଜ୍ଜିତ ହେଲେ।

"ଆପଣଙ୍କ ପାଇଁ ଦେବେନ୍ଦ୍ର ଭେଟି ରୂପରେ ଏହି ଦିବ୍ୟ ପୁଷ୍ପକୁ ପଠେଇଛନ୍ତି। ଏହା ପାରିଜାତ ପୁଷ୍ପ, ଯିଏ କେବେ ବି ଝାଉଁଳେନି ଏବଂ ନିରନ୍ତର ସୁଗନ୍ଧ ଖେଲେଇ ହେଉଥାଏ। ଏହି ପୁଷ୍ପ ସୌଭାଗ୍ୟର ପ୍ରତୀକ। ଏହି ପୁଷ୍ପକୁ ପାଖରେ ରଖିଥିବା ନାରୀ ସବୁବେଲେ ଲାବଣ୍ୟବତୀ ହୋଇଥାଏ। ଏହି ପୁଷ୍ପକୁ ପାଖରେ ରଖିଥିବା ଲୋକ

ରୋଗମୁକ୍ତ ହୋଇଥାଏ।" ଏହା କହି ନାରଦ ସେଇ ପୁଷ୍ପକୁ ଶ୍ରୀକୃଷ୍ଣଙ୍କୁ ଦେଲେ। ସେଇ ପୁଷ୍ପର ସୁଗନ୍ଧକୁ ଆଘ୍ରାଣ କରି ସେଠାରେ ଉପସ୍ଥିତ ଲୋକ ମନ୍ତ୍ରମୁଗ୍ଧ ହୋଇଗଲେ। ଶ୍ରୀକୃଷ୍ଣଙ୍କ ହାତରୁ ସେଇ ପୁଷ୍ପକୁ ରୁକ୍ମିଣୀ ନେଇଗଲେ।

"ଏହି ପୁଷ୍ପ କେତେ ଅଦ୍‌ଭୁତ। ମହର୍ଷି ନାରଦ ଏହା ଭଲଭାବେ ଜାଣନ୍ତି କି ସେ ଏହି ପୁଷ୍ପକୁ ମୋତେ ହିଁ ଦେବେ।" କହି ରୁକ୍ମିଣୀ ପୁଷ୍ପକୁ ମୁଣ୍ଡରେ ଲଗେଇଲେ। ସେଇ ପୁଷ୍ପକୁ ତାଙ୍କ ଜୁଡ଼ାରେ ଲଗେଇବା ମାତ୍ରେ ରୁକ୍ମିଣୀ ଅତି ସୌନ୍ଦର୍ଯ୍ୟବତୀ ଦେଖାଗଲେ। ତାଙ୍କ ସୌନ୍ଦର୍ଯ୍ୟ ଦ୍ୱିଗୁଣୀତ ହୋଇଗଲା।

କୃଷ୍ଣ ସେଇ ଦୃଶ୍ୟକୁ ଦେଖି ଆଶ୍ଚର୍ଯ୍ୟ ହୋଇଗଲେ। ବାସ୍ତବରେ ଏହି ପାରିଜାତ ପୁଷ୍ପରେ ସତ୍ୟଭାମାଙ୍କର ଅଧିକାର। ନରକାସୁର ସାଙ୍ଗରେ ଭୀଷଣ ସଂଗ୍ରାମ କରି ସେଇ ବୀର ନାରୀ ତାକୁ ସଂହାର କଲେ। ଏହି ପୁଷ୍ପକୁ ରୁକ୍ମିଣୀଙ୍କୁ ଦେଲେ ଅବଶ୍ୟ ସତ୍ୟଭାମା ରାଗିଯିବେ। ପୁଷ୍ପକୁ ସତ୍ୟଭାମାଙ୍କୁ ଦେଲେ ଅବଶ୍ୟ ତାକୁ ରୁକ୍ମିଣୀ ନିଜର ଅପମାନ ବୋଲି ଭାବିବେ। ସେତେବେଳେ ରୁକ୍ମିଣୀ ଏହା ଭାବିବେ ତାଙ୍କୁ ଉପେକ୍ଷା କରାଯାଉଛି।

ଶ୍ରୀକୃଷ୍ଣ କହିଲେ, "ରୁକ୍ମିଣୀ! ଏହି ପୁଷ୍ପକୁ ତୁମ ପାଖରେ ରହିବା ଶ୍ରେୟସ୍କର, କାରଣ ଏଥିରେ ତୁମର ସୌନ୍ଦର୍ଯ୍ୟ ଦ୍ୱିଗୁଣୀତ ହେବ ଏବଂ ଆମ ରାଜ୍ୟ ବି ସମୃଦ୍ଧ ହେବ।"

ଶ୍ରୀକୃଷ୍ଣଙ୍କ କଥା ଶୁଣି ରୁକ୍ମିଣୀ ଆନନ୍ଦ ଅନୁଭବ କଲେ।

କିନ୍ତୁ ମହର୍ଷି ନାରଦ ଚୁପ୍ ରହିଲେନି। ସେ ଏହା ଭାବିଲେ ଶ୍ରୀକୃଷ୍ଣ ନିଶ୍ଚୟ ସତ୍ୟଭାମାଙ୍କୁ ଦେବେ। କିନ୍ତୁ ମହର୍ଷି ନାରଦ ଆସିବା ସମୟରେ ଶ୍ରୀକୃଷ୍ଣ ରୁକ୍ମିଣୀଙ୍କ ମନ୍ଦିରରେ ଥିବାରୁ ଏହା ରୁକ୍ମିଣୀଙ୍କୁ ପ୍ରାପ୍ତ ହେଲା। ଦେବର୍ଷି ନାରଦ କଳହପ୍ରିୟ ବୋଲି କୁହାଯାଏ। ସେ ତାଙ୍କ ମନର କଥାକୁ ସ୍ପଷ୍ଟ କରିଦେଲେ। "ରୁକ୍ମିଣୀ ଦେବୀ! ଏହି ପାରିଜାତ ପୁଷ୍ପର ମହିମା ବର୍ଣ୍ଣନା କରିବା କାହାର ଅଧୀନରେ ନାହିଁ। ଆପଣଙ୍କ ପାଖରେ ଏହି ପୁଷ୍ପଥିବାରୁ ଆପଣଙ୍କ ସୌନ୍ଦର୍ଯ୍ୟ ଦ୍ୱିଗୁଣୀତ ହୋଇଗଲା। ଲୋକପ୍ରଚଳିତ ଧାରଣା ଏହାକି ଶ୍ରୀକୃଷ୍ଣ ସତ୍ୟା-ବିଧେୟ ଅଟନ୍ତି। ନରକାସୁରର ସଂହାର ପରେ ଏହି ଧାରଣା ଆହୁରି ଦୃଢ଼ ହୋଇଗଲା। କିନ୍ତୁ ଆଜି ମୁଁ ଜାଣିଲି ଶ୍ରୀକୃଷ୍ଣଙ୍କ ହୃଦୟ ମନ୍ଦିରରେ ପ୍ରତିଷ୍ଠିତ ଦେବୀ ତୁମେ। ଏହି ଅମୂଲ୍ୟ ପୁଷ୍ପକୁ ଶ୍ରୀକୃଷ୍ଣ ତୁମ ବ୍ୟତିତ ଆଉ କାହାକୁ ଦେବେ?"

"ସମସ୍ତ ରାଣୀମାନଙ୍କ ମଧ୍ୟରେ ନିଜକୁ ଅତ୍ୟନ୍ତ ସୁନ୍ଦରୀ ଭାବୁଥିବା ଏବଂ ସ୍ୱାମୀଙ୍କୁ ନିଜ ଇସାରାର ଅଧୀନ ରହିବା କଥାକୁ ନେଇ ଗର୍ବ କରୁଥିବା ସତ୍ୟଭାମା ଏବେ ଏହି କଥାକୁ ନେଇ କ'ଣ କହିବେ?" ଦେବର୍ଷି ନାରଦ କହିଲେ। ତାଙ୍କ କଥା ଶୁଣି ରୁକ୍ମିଣୀ ଅତ୍ୟନ୍ତ ପ୍ରସନ୍ନ ହେଲେ।

ଶ୍ରୀକୃଷ୍ଣ ମଧ ମହର୍ଷି ନାରଦଙ୍କ କଥା ଶୁଣି ହସି କହିଲେ, "ହେ ରୁକ୍ମିଣୀ! ତୁମେ ଏକଥା ଜାଣିଛ କି ତୁମେ ହିଁ ପ୍ରଥମ ରାଜକନ୍ୟା ଯିଏ ପ୍ରଥମେ ମୋ ହୃଦୟକୁ ଚୋରି କରିଥିଲେ।"

ଶ୍ରୀକୃଷ୍ଣଙ୍କ କଥା ଶୁଣି ରୁକ୍ମିଣୀ ଆହୁରି ଲଜ୍ଜିତ ହୋଇଗଲେ। ମହର୍ଷି ବୁଝିଲେ ତାଙ୍କ କାମ ପୂରା ହୋଇଗଲା। ସେ ରୁକ୍ମିଣୀଙ୍କୁ ଆଶୀର୍ବାଦ ଦେଇ ସେଠାରୁ ଚାଲିଗଲେ। ଶ୍ରୀକୃଷ୍ଣ ଏହି କଥାକୁ ନେଇ ଚିନ୍ତିତ ରହିଲେ ଯେ "ସତ୍ୟଭାମାଙ୍କୁ ଏହି କଥା ଜଣାପଡ଼ିଲେ କ'ଣ ପରିଣାମ ହେବ ?"

ଶ୍ରୀକୃଷ୍ଣଙ୍କ ବିଷୟରେ କୌଣସି ସମାଚାର ନପାଇ ସତ୍ୟଭାମା ବିରହ ଭାବନାରେ ବ୍ୟଥିତ ହେଲେ। ଦିନକୁ ଦିନ ତାଙ୍କ ବେଦନା ବଢ଼ିଗଲା। ଉଦ୍ୟାନବନରେ ଚନ୍ଦ୍ରକାନ୍ତ ଶିଲାବେଦୀ ଉପରେ ବସି ଏହା ଭାବି ହେଲେ ଶ୍ରୀକୃଷ୍ଣ କେବେ ଫେରିବେ ? ଏକଲାପଣର ସେ ଶିକାର ହେଲେ। କୌଣସି ଅନିଷ୍ଟର ଆଶଙ୍କା କରି ସତ୍ୟଭାମାଙ୍କ ବାମ ଆଖି ଫରିକିଲା।

ଶ୍ରୀକୃଷ୍ଣ କ'ଣ ରୁକ୍ମିଣୀଙ୍କ ପାଖକୁ ଯାଇଛନ୍ତି ? ନା ଅନ୍ୟ ସାତପତ୍ନୀଙ୍କ ପାଖକୁ ଯାଇଛନ୍ତି ନା ପ୍ରାକ୍‍ଜ୍ୟୋତିଷପୁରରୁ ଆଣିଥିବା ଷୋହଳ ହଜାର କନ୍ୟାମାନଙ୍କ ପାଖକୁ ଯାଇଛନ୍ତି ? ଏହି ଆଶଙ୍କାକୁ ନେଇ ସେ ବ୍ୟଥିତ ହେଲେ। ଶ୍ରୀକୃଷ୍ଣଙ୍କୁ ଦେଖିବାପରେ ସେଇ ଷୋହଳହଜାର କନ୍ୟାମାନେ ନିଜ ନିଜ ରାଜ୍ୟକୁ ଯାଇନାହାନ୍ତି। ଶ୍ରୀକୃଷ୍ଣଙ୍କ ପିଛା କରି ଏଠାକୁ ଆସିଛନ୍ତି। ନରକାସୁର ଦୁର୍ଗରେ ସେମାନେ କେତେ ଯାତନା ସହିଲେ। ଏହି ଅନୁକମ୍ପା ପାଇଁ ସତ୍ୟଭାମା ସେମାନଙ୍କୁ ସାଙ୍ଗରେ ଆଣିବାକୁ ଅନୁମତି ଦେଲେ। ନରକାସୁର କାରାଗୃହରୁ ସେମାନଙ୍କୁ ମୁକ୍ତ କଲେ। ସେଇସବୁ କନ୍ୟାମାନେ ଶ୍ରୀକୃଷ୍ଣଙ୍କୁ ଦେଖିବାପରେ ତାଙ୍କ ଆଡ଼କୁ ଆକୃଷ୍ଟ ହୋଇଗଲେ। ସେଇ କନ୍ୟାମାନେ ଜଣେ ଜଣେ ସୌନ୍ଦର୍ଯ୍ୟର ପ୍ରତିମା। ଏହି କାରଣରୁ ନରକାସୁର ସେମାନଙ୍କୁ ଅପହରଣ କଲା। "ସେମାନଙ୍କୁ କ'ଣ ଶ୍ରୀକୃଷ୍ଣ ଛାଡ଼ିଦେବେ ? ଜଣେ ଜଣେ କନ୍ୟା ପାଖରେ କିଛି ସମୟ ବିତେଇବାପରେ, ତାଙ୍କୁ ମୋ ମନ୍ଦିରକୁ ଆସିବାପାଇଁ ବହୁତ ସମୟ ଲାଗିବ। ଶ୍ରୀକୃଷ୍ଣ ମୋର ଧ୍ୟାନ ରଖିବେ ?" ସେ ଭାବିବାକୁ ଲାଗିଲେ।

ସତ କ'ଣ ପତା ଲଗେଇବାକୁ ତାଙ୍କ ସଖୀମାନେ ରୁକ୍ମିଣୀଙ୍କ ମନ୍ଦିରକୁ ଯାଇଥିଲେ, ଏପର୍ଯ୍ୟନ୍ତ ସେମାନେ ଫେରିନାହାନ୍ତି। ସେ ଭାବିବାକୁ ଲାଗିଲେ ସେମାନେ କାହିଁକି ଫେରିନାହାନ୍ତି ? ରୁକ୍ମିଣୀ

କ'ଣ ସେମାନଙ୍କୁ ବି ବଶ କରିଦେଲେ? ନା ଶ୍ରୀକୃଷ୍ଣଙ୍କ ପଛରେ ସେମାନେ ବି ଚାଲିଗଲେ?

ସତ୍ୟଭାମାଙ୍କ ଶରୀର ବିରହାଗ୍ନିରେ ଦଗ୍ଧ ହେଲା। ଏବଂ ତାଙ୍କ ମୁଣ୍ଡ ବୁଲେଇବାକୁ ଲାଗିଲା। ଏହି ସମୟରେ ରୁକ୍ମିଣୀଙ୍କ ପାଖକୁ ଯାଇଥିବା ସଖୀମାନେ ଫେରିଆସିଲେ। ସତ୍ୟଭାମା ସେମାନଙ୍କୁ ରାଗି ପଚାରିଲେ, "ଏତେ ଦିନ ପର୍ଯ୍ୟନ୍ତ ତୁମେମାନେ କୋଉଠି ଥିଲ?"

ଜଣେ ସଖୀ କହିଲା, "ରାଣୀ କ'ଣ କହିବି? ସେଠାକାର ସାମ୍ରାଜ୍ଞୀ ରୁକ୍ମିଣୀ ଦେବୀଙ୍କ ମନ୍ଦିରରେ ବହୁତ କିଛି ହେଉଥିଲା।"

"କିଏ ତୋ ସାମ୍ରାଜ୍ଞୀ? ମୁଁ ହିଁ ସାମ୍ରାଜ୍ଞୀ। ଏହା ଯାଦବଙ୍କର ସାମ୍ରାଜ୍ୟ। ତୁ କ'ଣ ଏକଥା ଜାଣିନୁ?" କହି ସତ୍ୟଭାମା କ୍ରୋଧ ପ୍ରକାଶ କଲେ।

"ରାଣୀ କ୍ଷମା କରନ୍ତୁ। ସେଠାରେ ଯାହାକିଛି ହେଉଛି ତାହା ଆପଣଙ୍କ ଅନୁକୂଳ ନୁହେଁ।"

ସତ୍ୟଭାମା ଆଶ୍ଚର୍ଯ୍ୟ ହୋଇଗଲେ। ନିଜକୁ ସମ୍ଭାଳି ପଚାରିଲେ, "କ'ଣ ହେଉଛି?"

"ସତ୍ୟା ଦେବୀ! କେମିତି କହିବି? ସେଠାକୁ ଯିବାପରେ ଶ୍ରୀକୃଷ୍ଣଙ୍କ ମନର ପରିସ୍ଥିତି ସମ୍ପୂର୍ଣ୍ଣ ବଦଳିଯାଇଛି। ସେ ଆପଣଙ୍କୁ ସମ୍ପୂର୍ଣ୍ଣ ଭୁଲି ଯାଇଛନ୍ତି। ଏହି ମନ୍ଦିରରେ ରହିବା ସମୟରେ ଆପଣଙ୍କ ସହିତ ତାଙ୍କର ଅନ୍ତରଙ୍ଗତା ଦେଖି ଆମେ ଭାବୁଥିଲୁ ସେ ସମ୍ପୂର୍ଣ୍ଣ ଆପଣଙ୍କ ଅଧୀନରେ ଅଛନ୍ତି କିନ୍ତୁ ..." କହି ରହିଗଲେ।

"ଅଟକିଗଲ କାହିଁକି?" ସତ୍ୟଭାମା ତାଙ୍କୁ ରାଗିଲେ।

ବାସ୍ତବରେ.... ଆମକୁ ଲାଗିଲା ଆପଣଙ୍କ ତୁଳନାରେ ରୁକ୍ମିଣୀ ଦେବୀଙ୍କୁ ଶ୍ରୀକୃଷ୍ଣ ବେଶୀ ଚାହୁଁଛନ୍ତି। ଦେବୀ ରୁକ୍ମିଣୀଙ୍କ ଅସୁସ୍ଥତା ଖବର ପାଇବାକ୍ଷଣି ଶ୍ରୀକୃଷ୍ଣ ବ୍ୟସ୍ତହୋଇ ଚାଲିଗଲେ। ଶ୍ରୀକୃଷ୍ଣ ରୁକ୍ମିଣୀ ଦେବୀଙ୍କ ନାମ ଜପିବାକୁ ଲାଗିଲେ ଏବଂ ତାଙ୍କ ହସରେ ହସ ମିଳେଇବାକୁ ଲାଗିଲେ। ତାଙ୍କର କେତେପ୍ରକାର ସେବା କରିବାକୁ ଲାଗିଲେ। ଦେବୀ ରୁକ୍ମିଣୀଙ୍କୁ ଖୁସି କରିବାପାଇଁ ସେ କେତେ ଚେଷ୍ଟା କଲେ। ମୁରଲୀ ବଜାଇ ଦେବୀଙ୍କୁ ସମ୍ମୋହନ କରିବାକୁ ସଫଳ ହେଲେ। ଚୌସର ଖେଳ ଖେଳିଲେ। ଦେବର୍ଷି ନାରଦ ଯେଉଁ ମହିମାନ୍ବିତ ପୁଷ୍ପ ଦେଲେ, ତାକୁ ବି ସେ ଦେବୀ ରୁକ୍ମିଣୀଙ୍କୁ ଦେଇଦେଲେ।

ତାଙ୍କ କଥା ଶୁଣି ସତ୍ୟାଙ୍କ ମନ ଜଳି ଉଠିଲା! "ମହର୍ଷି ନାରଦ କ'ଣ ଦେବଲୋକରୁ ଆସିଥିଲେ? ପାରିଜାତ ପୁଷ୍ପ କ'ଣ ସେ ଆଣିଥିଲେ?" ସତ୍ୟା ବ୍ୟଗ୍ରତାର ସହ ପଚାରିଲେ।

ସଖୀ କହିଲା, "ହଁ ରାଣୀ। ପ୍ରକୃତରେ ଆପଣଙ୍କୁ ଦେବାପାଇଁ ଦେବର୍ଷ ପାରିଜାତ ପୁଷ୍ପ ଆଣିଥିଲେ। କିନ୍ତୁ ଏହା ଜାଣି ଶ୍ରୀକୃଷ୍ଣ ଦେବୀ ରୁକ୍ମିଣୀଙ୍କ ମନ୍ଦିରରେ ଥିଲେ, ଦେବର୍ଷ ସେଠାକୁ ଗଲେ। ଇନ୍ଦ୍ରଙ୍କ ଦ୍ୱାରା ଭେଟି କରାଯାଇଥିବା ପୁଷ୍ପକୁ ଶ୍ରୀକୃଷ୍ଣଙ୍କୁ ଦେବର୍ଷ ଦେଲେ। ଶ୍ରୀକୃଷ୍ଣ ତୁରନ୍ତ ତାକୁ ଦେବୀ ରୁକ୍ମିଣୀଙ୍କୁ ଦେଇଦେଲେ। ବାଃ! ସେଇ ପୁଷ୍ପ କେତେ ସୁନ୍ଦର ଏବଂ ସୁଗନ୍ଧଯୁକ୍ତ। ଏହା ସତକଥା, ଏବେ ପର୍ଯ୍ୟନ୍ତ ଏହି ଧରିତ୍ରୀ ଉପରେ କୌଣସି ଏମିତି ବ୍ୟକ୍ତି ନାହିଁ ଯିଏ ଏହି ପୁଷ୍ପକୁ ଆଘ୍ରାଣ କରିଥିବ।"

"ବେକାର କଥା ବନ୍ଦ କର।" କହି ସତ୍ୟଭାମା ତାକୁ ରାଗିଲେ। "ପ୍ରଥମେ କହ ମୋ ବିଷୟରେ ସେଠାରେ ଚର୍ଚ୍ଚା ହେଇଛି ନା ନାହିଁ?"

"ଆପଣଙ୍କ ବିଷୟରେ କହିବାବାଲା ସେଠାରେ କିଏ ଅଛି? ସେଇ ପୁଷ୍ପକୁ ଦେବୀ ରୁକ୍ମିଣୀଙ୍କ ହାତରେ ରଖିବାପରେ ସ୍ୱୟଂ ଦେବର୍ଷ ନାରଦ ଆଶ୍ଚର୍ଯ୍ୟ ହୋଇଗଲେ। ସେ ଏକଥା ବି କହିଲେ "ମୁଁ ଭାବିଥିଲି ଆପଣ ଏହି ପୁଷ୍ପକୁ ସତ୍ୟଭାମାଙ୍କୁ ଦେବେ।"

"ଦେବୀ ରୁକ୍ମିଣୀ କ'ଣ କିଛି କହିଲେନି? ସେ ଏକଥା କ'ଣ କହିଲେନି ଏଇ ପୁଷ୍ପକୁ ସତ୍ୟଭାମାଙ୍କୁ ଦେବା ଉଚିତ୍ ହେବ।"

ଦେବୀ! ସେଇ ପୁଷ୍ପକୁ ଦେଖି ଦେବୀ ରୁକ୍ମିଣୀ ମୋହିତ ହୋଇଗଲେ। ସେ ତୁରନ୍ତ ତାଙ୍କ ଜୁଡ଼ାରେ ଲଗେଇଦେଲେ। ଦେବର୍ଷ କହିଲେ, "ଏଥରୁ ଜଣାପଡୁଛି ସତ୍ୟଭାମାଙ୍କ ତୁଳନାରେ ଶ୍ରୀକୃଷ୍ଣ ତୁମକୁ ବେଶୀ ଭଲ ପାଇବାକୁ ଲାଗିଲେଣି।" ଦେବର୍ଷଙ୍କ କଥା ଶୁଣି ଦେବୀ ରୁକ୍ମିଣୀ ଅତ୍ୟନ୍ତ ଆନନ୍ଦିତ ହେବାର ଜଣାଗଲା। ତାଙ୍କ ଖୁସିର କୌଣସି ସୀମା ନାହିଁ। ତାଙ୍କ ସପତ୍ନୀମାନଙ୍କୁ ଡାକି ଦେବୀ ରୁକ୍ମିଣୀ ସେଇ ପାରିଜାତ ପୁଷ୍ପକୁ ଦେଖେଇଲେ ଏବଂ ତା'ର ଉଚ୍ଚପ୍ରଶଂସା କଲେ।"

"ସେତେବେଳେ ଶ୍ରୀକୃଷ୍ଣ କ'ଣ କହିଲେ?"

"ଦେବୀ ସତ୍ୟା! ସେ କିଛି ବି କହିଲେନି। ହଁ! ସେ ଏହା କହି ଦେବୀ ରୁକ୍ମିଣୀଙ୍କର ପ୍ରଶଂସା କଲେ "ଦେବୀ ରୁକ୍ମିଣୀ ପ୍ରଥମ ରାଜକନ୍ୟା ଯିଏ ପ୍ରଥମେ ମୋ ହୃଦୟକୁ ଚୋରି କରି ନେଇଥିଲେ।" ପାରିଜାତ ପୁଷ୍ପକୁ ଜୁଡ଼ାରେ ଲଗେଇବାପରେ ଦେବୀ ରୁକ୍ମିଣୀଙ୍କର ସୌନ୍ଦର୍ଯ୍ୟ ବହୁଗୁଣାରେ ବଢିଗଲା। ଅସୂର୍ଯ୍ୟପଶ୍ୟା ଦେବୀ ରୁକ୍ମିଣୀ ସେଇ ପାରିଜାତ ପୁଷ୍ପକୁ ଜୁଡ଼ାରେ ଲଗେଇବାପରେ ଅତ୍ୟନ୍ତ ତେଜ ମନ୍ମଥାସ୍ତ୍ର ଭଳି ଦେଖାଗଲେ।" ଆଉଜଣେ ସଖୀ ମୋହିତ ହୋଇ କହିଲା।

ତାଙ୍କ କଥା ଶୁଣି ସତ୍ୟଭାମା ଆହୁରି ରାଗି ଉଠିଲେ, "ବନ୍ଦ କର ବେକାର କଥା, ମୁଁ ତାଙ୍କ ସୌନ୍ଦର୍ଯ୍ୟର ପ୍ରଶଂସା କରିବାକୁ କହୁନି।" ତାଙ୍କ କ୍ରୋଧ ଦୁଃଖରେ ପରିବର୍ତ୍ତିତ ହେଲା। ସେ ତାଙ୍କ ପ୍ରିୟ ସଖୀକୁ ଧରି କାନ୍ଦିବାକୁ ଲାଗିଲେ।

"ଓହୋ। ରୁକ୍ମିଣୀଙ୍କ ପାଖକୁ ଯିବାପରେ ଶ୍ରୀକୃଷ୍ଣଙ୍କର କେତେ ପରିବର୍ତ୍ତନ ହେଲା। ସ୍ୱପ୍ନରେ ବି ସେ ମୋ ଆଦେଶକୁ ଅବଜ୍ଞା କରୁନଥିଲେ। ହସମଜାରେ ବି ସେ କେବେ ମୋତେ ଅପମାନିତ କରିନାହାଁନ୍ତି। ସେଇ ଚତୁର ଏବଂ କପଟି ନାରୀ ଶ୍ରୀକୃଷ୍ଣଙ୍କୁ ନିଜ ବଶରେ ରଖିଦେଲା। ଯାଦବ ପରିବାରରେ ଏହି କଥାକୁ ନେଇ ମୋର ବହୁତ ପ୍ରଶଂସା ହେଲା ମୁଁ ହିଁ ଯଦୁଭୂଷଣଙ୍କର ଆରାଧା। କିନ୍ତୁ ଆଜି ହେଲା କ'ଣ? ଏହା ମୁଁ କେମିତି ସହି ପାରିବି। ସମସ୍ତେ ଏହା କହି କ'ଣ ମୋ ନିନ୍ଦା କରିବେନି ଏହି ପରିସ୍ଥିତିର କାରଣ ମୁଁ ଅଟେ।" ଏହା କହି ସତ୍ୟଭାମା ବିଳାପ କରିବାକୁ ଲାଗିଲେ।

ଏହି ଘଟଣା ବିଷୟରେ ବେଶୀ ଭାବିବାରୁ ତାଙ୍କ ବେଦନା ଆହୁରି ବଢ଼ିବାକୁ ଲାଗିଲା। ସଖୀମାନଙ୍କ କଥା ତାଙ୍କୁ ତୀର ଭଳି ଭେଦିଲା। "ଶ୍ୟାମବର୍ଣ୍ଣ ଶ୍ରୀକୃଷ୍ଣ ମୋ ଉପରେ ଯେଉଁ ପ୍ରେମ ଦେଖେଇଲେ ତାହା କ'ଣ ମିଛ ଥିଲା? ରାଜକନ୍ୟା ଦେବୀ ରୁକ୍ମିଣୀ କ'ଣ ସତରେ ତାଙ୍କ ହୃଦୟକୁ ଚୋରିକରି ନେଇଗଲେ? ଯାଦବକୁଳରେ ଜନ୍ମହେଇ ତାଙ୍କୁ ପସନ୍ଦ କରି ତାଙ୍କ ସହିତ ବିବାହ କଲି। ଏବେ ପର୍ଯ୍ୟନ୍ତ ସେ ମୋତେ ଯେଉଁ ପ୍ରେମ ଦେଖେଇଲେ, ତାହା କ'ଣ ନାଟକ ଥିଲା?"

ଏହି ଭାବନା ମନଭିତରେ ଆସିବାକ୍ଷଣି ସତ୍ୟଭାମା ବିଚଳିତ ହୋଇଗଲେ। ତାଙ୍କ ପ୍ରିୟ ସଖୀ କହିଲା, ଶ୍ରୀକୃଷ୍ଣ ରୁକ୍ମିଣୀଙ୍କୁ ଅଧିକ ଚାହାଁନ୍ତି। ଅନ୍ୟ ରାଣୀମାନେ ବି ଦେବୀ ରୁକ୍ମିଣୀଙ୍କ ପାଖକୁ ଯାଇ ତାଙ୍କ ପ୍ରତି ନିଜର ଭକ୍ତି ଭାବନାକୁ ପ୍ରକାଶ କରିବାକୁ ଲାଗିଲେ। ଏହି କଥା ଶୁଣି ବିରହ ବ୍ୟଥିତ ସତ୍ୟଭାମାଙ୍କ ନୟନରୁ ଅଶ୍ରୁଧାରା ବହିବାକୁ ଲାଗିଲା।

ଏହି ଖବର ପାଇ ସତ୍ୟଭାମା କ୍ରୋଧାଗ୍ନିରେ ଜଳିବାକୁ ଲାଗିଲେ ଦେବର୍ଷି ଆଣିଥିବା ପାରିଜାତ ପୁଷ୍ପକୁ ଶ୍ରୀକୃଷ୍ଣ ଦେବୀ ରୁକ୍ମିଣୀଙ୍କୁ ଦେଇଦେଲେ। ସେ ଭାବିଲେ, ନରକାସୁରକୁ ସଂହାର କରି ମୁଁ ଦେବେନ୍ଦ୍ରଙ୍କୁ ରକ୍ଷା କଲି। ନିଜର କୃତଜ୍ଞତାକୁ ପ୍ରକାଶ କରିବାକୁ ଦେବେନ୍ଦ୍ର ମୋତେ ଦେବାପାଇଁ ପୁଷ୍ପକୁ ପଠେଇଥିବେ। ରୁକ୍ମିଣୀ ମାଗିଲା ବେଳେ ଶ୍ରୀକୃଷ୍ଣ ତାଙ୍କୁ କାହିଁକି କହିଲେନି 'ଏହି ପୁଷ୍ପକୁ ସତ୍ୟଭାମାଙ୍କୁ ଦେବାକୁ ଚାହୁଁଛି ଏବଂ ଏହା ଉପରେ ତାଙ୍କର କେବଳ ଅଧିକାର ଅଛି।' ଦେବୀ ରୁକ୍ମିଣୀଙ୍କୁ ତାହା ଦେବାପରେ ଦେବର୍ଷି ନାରଦ କହିଲେ, "ଶ୍ରୀକୃଷ୍ଣ ସତ୍ୟଭାମାଙ୍କ ଠାରୁ ରୁକ୍ମିଣୀଙ୍କୁ ବେଶୀ ଚାହୁଁଛନ୍ତି, ଶ୍ରୀକୃଷ୍ଣ ଏକଥାକୁ କାହିଁକି ଖଣ୍ଡନ କଲେନି? ମୁଁ ଶୁଣିଛି ପାରିଜାତ ପୁଷ୍ପକୁ ନିଜ ପାଖରେ ରଖିବାବାଲୀ ନାରୀ ଚିର ଯୌବନପ୍ରାପ୍ତ ହୁଅନ୍ତି। ଶ୍ରୀକୃଷ୍ଣ ସେଇ ପୁଷ୍ପକୁ ଦେବୀ ରୁକ୍ମିଣୀଙ୍କୁ ଦେବାର ଉଦ୍ଦେଶ୍ୟ ଏହା କି ରୁକ୍ମିଣୀଙ୍କର ସର୍ବଦା ଯୌବନ

ଥାଉ। ନିଜର ସମ୍ମୋହନ ଶକ୍ତିକୁ ହଜାରେ ଗୁଣା ବଢ଼େଇବାବାଲୀ ଦେବୀ ରୁକ୍ମିଣୀଙ୍କୁ ଛାଡ଼ି ଶ୍ରୀକୃଷ୍ଣ କ'ଣ ମୋ ପାଖକୁ ଆସିବେ? ମୋ ଜୀବନ କ'ଣ ନିରର୍ଥକ ହୋଇଗଲା?"

ସତ୍ୟଭାମାଙ୍କୁ ଲାଗିଲା ଶ୍ରୀକୃଷ୍ଣ ତାଙ୍କ ପ୍ରତି ଅନ୍ୟାୟ କରୁଛନ୍ତି। ତାଙ୍କ ତନ ମନ ଜଳିଉଠିଲା। ଯଜ୍ଞରେ ଢଳା ଯାଇଥିବା ଘୃତ ଭଳି ଏବଂ ଲାଞ୍ଜ ଉପରେ ପାଦ ରଖିଦେଲେ ଫଣା ଟେକି ଫୁ ଫୁ କରୁଥିବା ନାଗୁଣୀ ଭଳି ସତ୍ୟଭାମା ଭଡ଼କି ଉଠିଲେ। ନିଜ ଜାତିର ଶ୍ରୀକୃଷ୍ଣଙ୍କ ଉପରେ ବିଶେଷ ଅଧିକାର କଥାକୁ ନେଇ ସେ କାମନା କରୁଥିଲେ। ସେ ସର୍ବଦା ନିଜ ସ୍ୱାମୀଙ୍କୁ ପରମେଶ୍ୱର ମାନନ୍ତି ଏବଂ ତାଙ୍କୁ ନିଜର ଜୀବନ ଭଳି ଭାବନ୍ତି। ଯେତେ ବି କନ୍ୟାଙ୍କ ସାଙ୍ଗରେ ତାଙ୍କର ବିବାହ ହେଉ, ସେ ସର୍ବଦା ଏହା ଭାବନ୍ତି, ସତ୍ୟାଙ୍କ ଆଦେଶକୁ କେବେ ବି ଅବଜ୍ଞା କରିବେନି। ବାସ୍ତବରେ ଯାଦବ ସାମ୍ରାଜ୍ୟର ବିସ୍ତାର ପାଇଁ ସତ୍ୟଭାମା ହିଁ ଶ୍ରୀକୃଷ୍ଣଙ୍କୁ ଅନେକ କନ୍ୟାଙ୍କୁ ବିବାହ କରିବାକୁ ପ୍ରୋତ୍ସାହିତ କରିଥିଲେ। ପତି, ତାଙ୍କ କଲ୍ୟାଣ ଏବଂ ରାଜ୍ୟ ବିସ୍ତାରକୁ ହିଁ ସେ ସର୍ବଦା ପ୍ରାଥମିକତା ଦେଇ ଆସିଛନ୍ତି। କିନ୍ତୁ ଆଜି ତାଙ୍କୁ କ'ଣ ମିଳିଲା? କୌଣସି ସାମନ୍ତ ରାଜା କ'ଣ ଶ୍ରୀକୃଷ୍ଣଙ୍କ ପ୍ରତି ଆଦର ଭାବ ପ୍ରକାଶ କଲେ? "ମୁଁ ସର୍ବଦା ମୋ ପତିଙ୍କୁ ହିଁ ନିଜର ସଂସାର ଭାବିଛି। ଯଦି ସେ ନଥାନ୍ତେ ତାହେଲେ ମୋ ଜୀବନର ଅର୍ଥ କ'ଣ?" ଏକଥା ଭାବି ସତ୍ୟଭାମା ବହୁତ ଦୁଃଖୀ ହୋଇଗଲେ।

କ୍ରୋଧାବେଶ ହୋଇ ସତ୍ୟଭାମା ନିଜ ଅନ୍ତଃପୁରକୁ ଚାଲିଗଲେ ଏବଂ କୋପ ଗୃହକୁ ପ୍ରବେଶ କଲେ। ଦର୍ପଣରେ ନିଜ ମୁହଁକୁ ଚାହିଁଲେ। ତାଙ୍କ କ୍ରୋଧ ଆହୁରି ବଢ଼ିଗଲା। "ରୁକ୍ମିଣୀ କ'ଣ ମୋଠାରୁ ଆହୁରି ରୂପବତୀ?" ଦେବୀ ରୁକ୍ମିଣୀ ନବଯୌବନା ହେବାକୁ ଚାହୁଁଛନ୍ତି? ଏକଥା ଭାବି ସତ୍ୟଭାମା ନଖରେ ମୁହଁକୁ ଆମ୍ପୁଡ଼ିଲେ। ସୁନ୍ଦର ବସ୍ତ୍ରକୁ ଓହ୍ଲେଇ ମଇଳା ବସ୍ତ୍ରକୁ ପିନ୍ଧିଲେ। କୋପ ଭବନରେ ସତ୍ୟଭାମା ଜଳଦ ପଛରେ ପ୍ରକାଶିତ ନକ୍ଷତ୍ର ଭଳି ଦେଖାଗଲେ। ତାଙ୍କ ମସ୍ତକରେ ଚନ୍ଦନ ଲେପନ କରି ସେ ଓଢ଼ଣୀ ଘୋଡ଼େଇ ଶୋଇଗଲେ।

ଦେ ବର୍ଷ ନାରଦ ଚାଲିଯିବାପରେ ଭବିଷ୍ୟତ ଆଶଙ୍କାକୁ ନେଇ ଶ୍ରୀକୃଷ୍ଣ ବ୍ୟଥିତ ହେଲେ। ରୁକ୍ମିଣୀ ଶ୍ରୀକୃଷ୍ଣଙ୍କ ହାତରୁ ନିଜେ ପାରିଜାତ ପୁଷ୍ପ ନେଇଗଲେ। ଏମିତି ଅବସ୍ଥାରେ ଶ୍ରୀକୃଷ୍ଣ କୌଣସି ଆପତ୍ତି ଉଠେଇଲେନି, କାରଣ ରୁକ୍ମିଣୀ ଦୁଃଖୀ ହୋଇଯିବେ। ଶ୍ରୀକୃଷ୍ଣ ଏକଥା ବି ଭଲଭାବେ ଜାଣନ୍ତି, ସତ୍ୟଭାମା ଏକଥା ଜାଣିଲେ ତାଙ୍କୁ କେତେ ଦୁଃଖ ହେବ। ଏହା ଭାବି ନିଜକୁ ଆଶ୍ୱାସନା ଦେଲେ ଯେ ସତ୍ୟଭାମାଙ୍କୁ ଏ ବିଷୟରେ ଜଣା ପଡ଼ିବନି।

ପ୍ରକୃତରେ କେତେଦିନ ହେଲାଣି ସତ୍ୟଭାମାଙ୍କୁ ଦେଖିବାପାଇଁ ତାଙ୍କ ମନରେ ଉକ୍ରଟ ଲାଳସା ହେଲାଣି। ଯୁଦ୍ଧକ୍ଷେତ୍ରରୁ ଫେରିବାପରେ ସତ୍ୟଭାମାଙ୍କ ସହିତ ସେ ଯୋଉ ଶୃଙ୍ଗାର କଲେ ତାକୁ ସେ ଭୁଲିନାହାଁନ୍ତି। ସେଇ ଦିନମାନଙ୍କର ମଧୁର ଘଟଣା ମନେ ପଡ଼ିବାକ୍ଷଣି ସେ ଅତ୍ୟନ୍ତ ପ୍ରସନ୍ନ ହେଇ ଯାଉଛନ୍ତି। ସେଇ ସମୟରେ ଦେବୀ ରୁକ୍ମିଣୀ ପଚାରିଲେ, 'କ'ଣ ହେଲା ? ଏତେ ହର୍ଷୋଲ୍ଲାସ କାହିଁକି ?'

ଶ୍ରୀକୃଷ୍ଣ କହିଲେ, "ଦେବୀ ! ତୁମ ସୌନ୍ଦର୍ଯ୍ୟକୁ ଦେଖି ମୁଁ ନିଜକୁ ନିୟନ୍ତ୍ରଣରେ ରଖିପାରୁନି।" କିନ୍ତୁ ସେ ସତ୍ୟଭାମାଙ୍କ ଅଧରାମୃତରୁ, ତାଙ୍କ ବାହୁରେ ପ୍ରାପ୍ତ ସୁଖରୁ ଏବଂ ଅତିକମ୍‌ରେ ତାଙ୍କୁ ଦେଖିବା ଭାଗ୍ୟରୁ ବଞ୍ଚିତ ହେବା କାରଣରୁ କେତେଦିନରୁ ବ୍ୟଥିତ ରହୁଛନ୍ତି ଏବଂ ନିଜ ଉପରେ ରାଗୁଛନ୍ତି।

ରୁକ୍ମିଣୀ ପାରିଜାତ ପୁଷ୍ପକୁ ଦେଖି ତନ୍ମୟତା ଅନୁଭବ କରିବାକୁ ଲାଗିଲେ। ପ୍ରଶାସନ ସମ୍ପର୍କୀୟ କୌଣସି କାର୍ଯ୍ୟରେ ଭାଗ ନେବା ବାହାନାକୁ ନେଇ ଶ୍ରୀକୃଷ୍ଣ ସତ୍ୟଭାମାଙ୍କ ମନ୍ଦିର ଆଡ଼କୁ ଗଲେ। ଏହି ବିଶ୍ୱାସ କାରଣରୁ ଦେବୀ ରୁକ୍ମିଣୀ ତାଙ୍କୁ ଯିବାକୁ ଅନୁମତି ଦେଲେ, ଶ୍ରୀକୃଷ୍ଣ ତାଙ୍କୁ କେବେ ବି ଉପେକ୍ଷା କରିବେନି ଏବଂ ତାଙ୍କ ଅନ୍ୟ ପତ୍ନୀମାନଙ୍କ ମଧ୍ୟରେ ତାଙ୍କର ଗୌରବପୂର୍ଣ୍ଣ ସ୍ଥାନ ଅଛି।

ଶ୍ରୀକୃଷ୍ଣ ସତ୍ୟଭାମାଙ୍କ ମନ୍ଦିରରେ ପ୍ରବେଶ କଲେ। ସେଠାକାର ବାତାବରଣ ତେଜହୀନ ଦେଖାଗଲା। ଉପବନର ଫୁଲଗୁଡ଼ିକ ମଉଳି ଯାଇଛନ୍ତି। ଚଢ଼େଇମାନଙ୍କର କିଚିର ମିଚିର ଶବ୍ଦ ଶୁଣାଯାଉନି। ସଖୀମାନେ ତାଙ୍କୁ ସ୍ୱାଗତ କଲେନି। ନିଜ ପଦଧ୍ୱନି ନିଜକୁ ସ୍ୱଷ୍ଟ ଶୁଣା ଯାଉଥିଲା। ସବୁଆଡ଼େ ନିରବତା ଛାଇଯାଇଥିଲା। ତାଙ୍କ ପଦଧ୍ୱନି ସତ୍ୟଭାମାଙ୍କୁ ସ୍ୱଷ୍ଟ ଶୁଣା ଯାଉଥିଲା।

ମନ୍ଦିରରେ ପାଦ ରଖିବାପରେ ବିଷଣ୍ଣବଦନା ସଖୀମାନେ ତାଙ୍କୁ ପ୍ରଣାମ କରି ସେଠାରୁ ବାହାରକୁ ଚାଲିଗଲେ। କାହିଁକି କେଜାଣି ଏପର୍ଯ୍ୟନ୍ତ ମନ୍ଦିରରେ ଦୀପ ଜଳାଯାଇନି।

ଶ୍ରୀକୃଷ୍ଣ ପଚାରିଲେ, "ଦେବୀ କାହାନ୍ତି ?"

ସଖୀମାନେ ସେଇ ମନ୍ଦିର ଆଡ଼କୁ ଇସାରା କଲେ ଯେଉଁଠି ସତ୍ୟଭାମା ଥିଲେ।

ଶ୍ରୀକୃଷ୍ଣ ଭିତରକୁ ଗଲେ। ସେଠାକାର ପରିସ୍ଥିତିକୁ ଦେଖି ସେ ଆଶ୍ଚର୍ଯ୍ୟ ହୋଇଗଲେ। ସେଇ ଶୟନକକ୍ଷରେ ବସ୍ତ୍ର ଏବଂ ଆଭୂଷଣ ଅସ୍ତବ୍ୟସ୍ତ ହେଇ ପଡ଼ିଥିବାର ଦେଖାଗଲା। ବିଛଣା ଚଟାଣରେ ଅସ୍ତବ୍ୟସ୍ତ ହେଇ ପଡ଼ିଥିଲା। ସତ୍ୟଭାମା ସାପ ଭଳି ଫୁଙ୍କାର କରିବାକୁ ଲାଗିଲେ। ଈର୍ଷା ଏବଂ ଅନୁତାପରେ ବିଦଗ୍ଧ ସତ୍ୟଭାମାଙ୍କୁ ଦେଖିବାମାତ୍ରେ ଶ୍ରୀକୃଷ୍ଣ ଜାଣିପାରିଲେ ପରିସ୍ଥିତି କେତେ ବିଗିଡ଼ି ଯାଇଛି।

ଶ୍ରୀକୃଷ୍ଣ ଏପର୍ଯ୍ୟନ୍ତ କେବଳ ଅସୀମ ପ୍ରେମର ପ୍ରତିମୂର୍ତ୍ତି ରୂପରେ ସତ୍ୟଭାମାଙ୍କୁ ଦେଖି ଆସିଛନ୍ତି। କ୍ରୋଧାଗ୍ନିରେ ଜଳୁଥିବା ସତ୍ୟାଙ୍କ ମୁହଁକୁ ସେ କେବେ ବି ଦେଖିନଥିଲେ। ନରକାସୁରକୁ ସଂହାର କରିବା ସମୟରେ ରୁଦ୍ରରୂପ ଧାରଣ କରିଥିବା ସତ୍ୟଭାମାଙ୍କୁ ଦେଖି କିଛିକ୍ଷଣ ପାଇଁ ଶ୍ରୀକୃଷ୍ଣ ବି କମ୍ପିତ ହୋଇଗଲେ। ନରକାସୁର ସାଙ୍ଗରେ ଯୁଦ୍ଧ କରିବା ସମୟରେ ମଝିରେ ମଝିରେ ପ୍ରସନ୍ନ ବଦନରେ ଶ୍ରୀକୃଷ୍ଣଙ୍କ ଆଡ଼କୁ ସେ ଚାହୁଁଥିଲେ, ସେତେବେଳେ ଶ୍ରୀକୃଷ୍ଣ ତାଙ୍କ ପ୍ରତି ଅସୀମପ୍ରେମ ପ୍ରକଟ କରୁଥିଲେ। ସତ୍ୟାଙ୍କ ସଖୀମାନଙ୍କୁ ବାହାରକୁ ପଠେଇ ଜଣେ ସଖୀ ହାତରୁ ତାଳପତ୍ର ପଙ୍ଖା ନେଇ ଠିଆ ହୋଇ ଚଳେଇଲେ। ଶ୍ରୀକୃଷ୍ଣଙ୍କ ଶରୀରରୁ ଆସୁଥିବା ସୁଗନ୍ଧ ଏବଂ ପାରିଜାତ ପୁଷ୍ପର ସୁଗନ୍ଧକୁ ଆଘ୍ରାଣ କରି, ସତ୍ୟା ଏହା ଭାବିଲେ ଏହି ସୁଗନ୍ଧ କୁଆଡ଼ୁ ଆସିଲା, ସତ୍ୟଭାମା ପଛକୁ ହଟେଇ ଚାହିଁଲେ ଏବଂ ସାମନାରେ ଶ୍ରୀକୃଷ୍ଣଙ୍କୁ ଦେଖି ଆଶ୍ଚର୍ଯ୍ୟ ହୋଇଗଲେ। ପାରିଜାତ ପୁଷ୍ପର ମତୁଆଲା ସୁବାସକୁ ଆଘ୍ରାଣ କରି ତାଙ୍କ କ୍ରୋଧ ଆହୁରି ବଢ଼ିଗଲା। ଶ୍ରୀକୃଷ୍ଣଙ୍କୁ ଦେଖିବାମାତ୍ରେ ତାଙ୍କ ବେଦନା ବି ବଢ଼ିଗଲା।

"ଦେବୀ ! କ'ଣ ହେଲା ?" ଶ୍ରୀକୃଷ୍ଣ ତାଙ୍କ ପାଖରେ ବସି ତାଙ୍କ ବାହୁଉପରେ ହାତ ରଖିଲେ।

ସତ୍ୟଭାମା ଶ୍ରୀକୃଷ୍ଣଙ୍କ ହାତକୁ ଝଟ କରି ଉଠେଇଦେଲେ ।

ଶ୍ରୀକୃଷ୍ଣ ସ୍ତବ୍ଧ ହେଇ ରହିଗଲେ । ସତ୍ୟା ତାଙ୍କ ସାଙ୍ଗରେ କେବେ ଏମିତି ବ୍ୟବହାର କରିନଥିଲେ । ସେ ପୁଣିଥରେ ସତ୍ୟଭାମାଙ୍କୁ ନିଜ ହାତରେ ନେବାକୁ ଚେଷ୍ଟାକଲେ ।

ସତ୍ୟଭାମା ଶ୍ରୀକୃଷ୍ଣଙ୍କ ହାତରୁ ନିଜକୁ ଛଡ଼େଇ 'ମୋତେ ଛୁଅଁନି' କହି ପୁଣି ପଣତ ମୁଣ୍ଡରେ ଘୋଡ଼େଇ ଶୋଇଗଲେ ।

ସତ୍ୟଭାମା ! ତୁମେ ମୋର ପ୍ରିୟ ପତ୍ନୀ । ତୁମେ ମୋର ହୃଦୟେଶ୍ୱରୀ । ଏହି ବିଲାପ କାହିଁକି ? ମୋ ଉପରେ ରାଗିଲ କାହିଁକି ? ରୁକ୍ମିଣୀଙ୍କ ପାଖରେ ଏତେଦିନଯାଏ ରହିଥିବାରୁ ଏକଥା ଭାବି କ'ଣ ରାଗିଛ ମୁଁ ତୁମକୁ ଭୁଲିଗଲି । ଏହା କହି ଶ୍ରୀକୃଷ୍ଣ ତାଙ୍କୁ ସାନ୍ତ୍ୱନା ଦେବାକୁ ଚେଷ୍ଟା କଲେ ।

ଦେବୀ ରୁକ୍ମିଣୀଙ୍କ ନାଁ ଶୁଣିବା ମାତ୍ରେ ସତ୍ୟଭାମା ଆହୁରି କ୍ରୋଧିତ ହୋଇଗଲେ । "ତାଙ୍କ ପାଖରୁ କାହିଁକି ଆସିଲ ? ସେଠାରେ ରହିଗଲନି ?"

ଶ୍ରୀକୃଷ୍ଣ କହିଲେ, "ସତ୍ୟା ! ଏମିତି କଥା ନୁହେଁ, ମୁଁ ତୁମର ଦାସ । ସେଠାରେ ସମସ୍ତେ ମୋତେ 'ସତ୍ୟାପତି' କହି ଅବହେଳା କରିବାକୁ ଲାଗିଲେ । ଏଠାରେ ତୁମେ ମୋ ଉପରେ ରାଗୁଛ । ମୁଁ କ'ଣ କରିବି ?" ଏହା କହି ଶ୍ରୀକୃଷ୍ଣ ନିଜ ଦୁଃଖ ପ୍ରକାଶ କଲେ ।

ସତ୍ୟଭାମା ତାଙ୍କୁ ନିନ୍ଦା କରି କହିଲେ, "ଆପଣ ଏମିତି କଥା କୁହନ୍ତି । ଆପଣଙ୍କର ମୋ ଉପରେ ପ୍ରେମ କେବଳ କଥାରେ, କିନ୍ତୁ ଆପଣଙ୍କର ମନ ସବୁବେଳେ ଦେବୀ ରୁକ୍ମିଣୀଙ୍କ ପାଖରେ ।"

"କ'ଣ ? କିଏ ଏମିତି କଥା କହିଲା ? ତୁମେ ଜାଣିଛ ରୁକ୍ମିଣୀଙ୍କ ଅସୁସ୍ଥତା ଖବର ପାଇ ମୁଁ ସେଠାକୁ ଯାଇଥିଲି । ସେ ସୁସ୍ଥହେବା ପର୍ଯ୍ୟନ୍ତ ମୋତେ ସେଠାରେ ରହିବାକୁ ପଡ଼ିଲା । ଏହି ଛୋଟକଥାକୁ ନେଇ ତୁମେ ଏତେ କ୍ରୋଧିତ କାହିଁକି ?"

"ଏହା କ'ଣ ସତ ? ଦେବର୍ଷି ନାରଦ ଆପଣଙ୍କୁ ପାରିଜାତ ପୁଷ୍ପ ଦେଇନାହାଁନ୍ତି ? ତାକୁ ଆପଣ କାହାକୁ ଦେଲେ ? ଏକଥା କହି ଆପଣ ରୁକ୍ମିଣୀଙ୍କୁ ଆପଣଙ୍କର ଅସୀମ ପ୍ରେମ ପ୍ରକାଶ କରିନାହାଁନ୍ତି କି ସତ୍ୟଭାମାଙ୍କ ଅପେକ୍ଷା ତୁମକୁ ମୁଁ ବେଶୀ ଚାହୁଁଛି ।" ଏହା କହି ସତ୍ୟଭାମା ଶ୍ରୀକୃଷ୍ଣଙ୍କ ଉପରେ କ୍ରୋଧ ପ୍ରକାଶ କଲେ ।

ଶ୍ରୀକୃଷ୍ଣଙ୍କୁ ଏକଥା ଜଣାପଡ଼ିଲା କି ଦେବର୍ଷି ନାରଦଙ୍କ ପାଖରେ ଯେଉଁ ଘଟଣା ହେଲା ତାହା ସତ୍ୟଭାମାଙ୍କ ପାଖରେ ପହଞ୍ଚ ଯାଇଛି । ସେଥିପାଇଁ ସତ୍ୟଭାମାଙ୍କର ଏହା କ୍ରୋଧର କାରଣ ।

ଶ୍ରୀକୃଷ୍ଣ ଅନୁନୟ କରି କହିଲେ, "ତାଙ୍କ କଥା କହୁଛ ସତ୍ୟା ! ତୁମେ ସବୁକିଛି ଜାଣିଛ । ଦେବୀ ରୁକ୍ମିଣୀଙ୍କ ସ୍ଥିତି ସହିତ ବି ତୁମେ ପରିଚିତ । ଏହି ଭାବନାକୁ ନେଇ ସେ ଚିନ୍ତିତ ଅଛନ୍ତି, ସମସ୍ତ ରାଣୀମାନଙ୍କ ମଧ୍ୟରେ ବଡ଼ ହେଇଥିଲେ ବି ତାଙ୍କୁ ଉଚିତ ଗୌରବ ମିଳୁନି । ଦେବର୍ଷି ନାରଦଙ୍କ ଦ୍ୱାରା ଦିଆଯାଇଥିବା ପୁଷ୍ପକୁ ସେ ମୋ ହାତରୁ ନେଇଗଲେ । ସେଇ କାରଣରୁ ମୁଁ କୌଣସି ଆପତ୍ତି କରିନଥିଲି । କାଲି ପଅରଦିନ ପର୍ଯ୍ୟନ୍ତ ସେ ଅସୁସ୍ଥ ଥିଲେ । ତାଙ୍କ ମନକୁ କାହିଁକି ଦୁଃଖ ଦେବି ? ଏକଥା ଭାବି ମୁଁ ଚୁପ୍ ରହିଲି । ଦେବର୍ଷି ନାରଦ ତୁମକଥା କହୁଥିଲେ । ସେ ଏକଥା ବି କହିଲେ ଦେବଲୋକକୁ ବି ଏହା ଜଣାପଡ଼ିଲା ଶ୍ରୀକୃଷ୍ଣ ସତ୍ୟାଧୀନ ହୋଇଗଲେ । ଏହାର ଅର୍ଥ ଏହାକି ଆମର ପ୍ରେମ ଅମର ହୋଇଗଲା ।"

"ଯାହା ବି ହେଉ, ଦେବୀ ରୁକ୍ମିଣୀଙ୍କୁ ପାରିଜାତ ପୁଷ୍ପ ଦେବା ଏବଂ ନାରଦଙ୍କ ସାମନାରେ ତାଙ୍କୁ ପ୍ରଶଂସା କରିବା କ'ଣ ଭୁଲ ନୁହେଁ ? ରୁକ୍ମିଣୀଙ୍କ ସାମନାରେ ଯଦି ନାରଦ ମୋର ନିନ୍ଦା କଲେ ତାହେଲେ ଆପଣ ତାକୁ କାହିଁକି ଖଣ୍ଡନ କଲେନି ? ଆପଣ ବି ବଡ଼ ଆଗ୍ରହରେ ତାଙ୍କ କଥା ଶୁଣିଥିବେ । ରୁକ୍ମିଣୀ ଏବଂ ଦେବର୍ଷି ନାରଦଙ୍କୁ ମୁଁ କାହିଁକି ନିନ୍ଦା କରିବି ? ଆପଣ ଅପରାଧ କରିଛନ୍ତି । ଯଦି ନିଜଲୋକର ଦୋଷ ଅଛି, ତାହେଲେ ଅନ୍ୟକୁ କାହିଁକି ଦୋଷ ଦେବି ? ମୁଁ ସର୍ବଦା ଭାବେ ଯେ ଆପଣ କେବଳ ମୋର । କିନ୍ତୁ ଆଜି ଜାଣିଲି ମୁଁ କେବଳ ଆପଣଙ୍କର ଜଣେ ସଖୀ ମାତ୍ର । ସମୟ ଏବଂ ପରିସ୍ଥିତିର ସ୍ୱଭାବ ବିରୁଦ୍ଧରେ ଭାବି ମୁଁ ଭୁଲ କରିଛି । ସଂସାରର ରୀତି ଓ ନୀତିରେ ମୁଁ ଅବଗତ ହେଇଗଲି । ଆପଣ ମୋ ସଂସାର । ମୁଁ ଭାବିଥିଲି ଆପଣ ବି ସେଇ ଭାବନାକୁ ମୋ ପ୍ରତି ବ୍ୟକ୍ତ କରିବେ । ମୁଁ ନିଷ୍କପଟ । ଆପଣଙ୍କର ପରମ ଭକ୍ତ ଏହା ଜାଣି ବି ଆପଣ ମୋତେ ଉପେକ୍ଷା କଲେ ।" ଏହା କହି ସତ୍ୟା ତାଙ୍କର ନିନ୍ଦା କଲେ ।

ଶ୍ରୀକୃଷ୍ଣ କହିଲେ, "ସତ୍ୟା ! ମୁଁ ରୁକ୍ମିଣୀଙ୍କ ସାଙ୍ଗରେ ଏମିତି ବ୍ୟବହାର କଲି, କାରଣ ତାଙ୍କୁ କୌଣସି ଦୁଃଖ ନହେଉ । ମୁଁ କେବେ ବି ଏହା କହିନି କି ତୁମଠାରୁ ତାଙ୍କୁ ମୁଁ ବେଶୀ ଚାହୁଁଛି । ମୁଁ କେବେ ଏକଥା ଭାବିନି ପାରିଜାତ ପୁଷ୍ପକୁ ନେଇ ଦେବର୍ଷି ନାରଦ ସେଠାକୁ ଆସିବେ ।"

"ନରକାସୁରର ସଂହାର କିଏ କଲା ? ମୁଁ କରିଛି ନା ରୁକ୍ମିଣୀ ? ବାସ୍ତବରେ ପାରିଜାତ ପୁଷ୍ପର ଅଧିକାର କାହାର ଅଛି ? ସେଇ ପୁଷ୍ପର ସୁଗନ୍ଧକୁ ଆଘ୍ରାଣ କରି ସେ କ'ଣ ନିତ୍ୟଯୌବନା ରହିବେ ? ମୁଁ କ'ଣ ବୁଢ଼ୀ ହେଇଯିବି ? ଯାଆନ୍ତୁ ସେଇ ନିତ୍ୟ ଯୌବନା ପାଖରେ ରହିବେ । ମୁଁ କୁଆଡ଼େ ଯିବି ? ମୋ ବାପା ବି ନାହାଁନ୍ତି । ମୋତେ

ତପସ୍ୟା କରିବାକୁ ଅନୁମତି ଦିଅନ୍ତୁ। ଆପଣଙ୍କ ଭଳି ବ୍ୟକ୍ତିଙ୍କୁ ବିଶ୍ୱାସ କରି ମୁଁ ଭୁଲ କରିଛି। ମୋ ଭଳି ସ୍ତ୍ରୀଙ୍କୁ ସନ୍ୟାସିନୀବେଶ ହିଁ ଅନ୍ତିମ ବିକଳ୍ପ ହେବ” କହି ସତ୍ୟଭାମା କାନ୍ଦି ଉଠିଲେ। କିଛି ସମୟପରେ ନିଜେ ନିଜକୁ ସମ୍ଭାଳିଲେ ଏବଂ ଅନ୍ତର୍ବାଷ୍ପ ହୋଇଗଲେ। ଅପମାନିତ ହୋଇ ସେ ଅନ୍ୟଆଡ଼କୁ ମୁହଁ କରି ରାଗି ବସିରହିଲେ। ଶ୍ରୀକୃଷ୍ଣଙ୍କ ଆଡ଼କୁ ଚାହିଁବାକୁ ତାଙ୍କୁ ଇଚ୍ଛା ହେଲାନି।

ସତ୍ୟଭାମାଙ୍କ ବ୍ୟବହାରରେ ଶ୍ରୀକୃଷ୍ଣ ବି ଦୁଃଖୀ ହୋଇଗଲେ। ସତ୍ୟଭାମାଙ୍କ ଆଖିରେ ଅଶ୍ରୁ ଦେଖି ସେ ବିଚଳିତ ହେଇଗଲେ ଏବଂ ତାଙ୍କ ଅଶ୍ରୁପୋଛି ତାଙ୍କୁ ଆଲିଙ୍ଗନ କଲେ।

“ସତ୍ୟା! ମୁଁ ଅପରାଧ କରିଛି। ମୋତେ କ୍ଷମା କର।” କହି ଶ୍ରୀକୃଷ୍ଣ ତାଙ୍କର ଦୁଇ ହାତକୁ ଧରି ତାଙ୍କୁ ବୁଝେଇଲେ। ତା’ପରେ ସେ ତାଙ୍କ ପାଦଉପରେ ନିଜ ହାତରଖି କହିଲେ, “ସତ୍ୟା! ମୋ ଉପରେ ରାଗୁଛ କାହିଁକି? ମୁଁ କ’ଣ କଲି?”

ସେଇ ଉଦ୍‌ବିଗ୍ନ ଅବସ୍ଥାରେ ସତ୍ୟଭାମାଙ୍କୁ ଏକଥା ଜଣାନାହିଁ ସେ କ’ଣ କରୁଛନ୍ତି। ନିଜପାଦକୁ ଶ୍ରୀକୃଷ୍ଣଙ୍କ ହାତରୁ ଛଡ଼େଇବାକୁ ପ୍ରଚେଷ୍ଟା କଲେ। ଏହି ଚେଷ୍ଟା କଲାବେଳେ ତାଙ୍କ ପାଦ ଶ୍ରୀକୃଷ୍ଣଙ୍କ ମୁହଁରେ ବାଜିଲା ଏବଂ ତାଙ୍କ ମୁକୁଟ ବାହାରି ଗଡ଼ିପଡ଼ିଲା।

ସତ୍ୟଭାମା ଏକଥା ଜାଣିବାପରେ ଭୟବିହ୍ୱଳିତ ହୋଇଗଲେ ଏବଂ ସେ ଜାଣିଗଲେ ସେ କେତେ ଜଘନ୍ୟ ଅପରାଧ କରିଛନ୍ତି। ପଶ୍ଚାତାପ ଭାବନାରେ ସେ ବୁଡ଼ିଗଲେ। ଛିଡ଼ାହେଇପଡ଼ି ସେ ଦୁଇହାତକୁ ମୁହଁରେ ଢାଙ୍କି ବହୁତ ଜୋରରେ କାନ୍ଦିଲେ।

ସତ୍ୟଭାମାଙ୍କ ଚରଣ ସ୍ପର୍ଶରେ କ୍ଷଣକପାଇଁ ଶ୍ରୀକୃଷ୍ଣ ମୋହିତ ହୋଇଗଲେ ଏବଂ ତୁରନ୍ତ ସେ ନିଜକୁ ସମ୍ଭାଳିନେଲେ। ସେ ଏହା ବି ଦେଖିଲେ ତାଙ୍କ ଚରଣ ସ୍ପର୍ଶରେ ମୁକୁଟ ଗଳିପଡ଼ିବା କାରଣରୁ ସତ୍ୟଭାମା କେମିତି ଭୟବିହ୍ୱଳିତ ହୋଇଗଲେ। ଶ୍ରୀକୃଷ୍ଣ ବୁଝିଗଲେ ତାଙ୍କୁ ବୁଝେଇବାକୁ ଏହା ପ୍ରକୃତ ସମୟ। ତାପରେ ସେ ପୁଣି ସତ୍ୟାଙ୍କ ପାଦ ଉପରେ ହାତରଖି କହିଲେ, “ଆରେ ମୋ ମୁକୁଟ ତୁମ ପାଦରେ ଲାଗି ତୁମ ପାଦରେ ଆଘାତ ହେଇନି ତ? ଏହା ସତ୍ୟ ଯେ ତୁମ ଚରଣର ସ୍ପର୍ଶ ପାଇ ମୁଁ ଧନ୍ୟ ହୋଇଗଲି।” ଏହା କହି ଶ୍ରୀକୃଷ୍ଣ ତାଙ୍କ ଲାଲ ଏବଂ କୋମଳ ଚରଣକୁ ନିଜ କୋଳରେ ରଖି ପାଦ ଦୁଇଟିକୁ ସାଉଁଳିଲେ।

ସତ୍ୟଭାମା ବ୍ୟସ୍ତ ହୋଇପଡ଼ିଲେ। ଶ୍ରୀକୃଷ୍ଣ ଯେଉଁ କାମ କଲେ ତାଙ୍କ ବେଦନା ଆହୁରି ବଢ଼ିଗଲା। ତାଙ୍କ ହାତରୁ ନିଜ ପାଦକୁ ପଛକୁ ହଟେଇନେଲେ। ଶ୍ରୀକୃଷ୍ଣଙ୍କ ବିଶାଳ ବାହୁ ଉପରେ ନିଜ ମୁଣ୍ଡକୁ ରଖି କରୁଣ କଇଁକଇଁ ହେଇ କାନ୍ଦି ଉଠିଲେ। କିଛି ସମୟପରେ ସେ ସ୍ୱାଭାବିକ ହେଲେ।

ଶ୍ରୀକୃଷ୍ଣ କହିଲେ, "ହେ ସତ୍ୟା! ରୁକ୍ମିଣୀଙ୍କୁ କେବଳ ପୁଷ୍ପ ମିଳିଲା। ତୁମେ ଯଦି ଚାହିଁବ, ତାହେଲେ ସେଇ ପାରିଜାତ ବୃକ୍ଷକୁ ଆଣି ତୁମ ଅଗଣାରେ ରୋପିଦେବି।"

ତାଙ୍କ କଥା ଶୁଣି ସତ୍ୟା ଆନନ୍ଦିତ ହେଲେ। "ମୁଁ ଜାଣିଛି ଆପଣ ଏମିତି କରିପାରିବେ, କିନ୍ତୁ ଦେବେନ୍ଦ୍ର କ'ଣ ଏଥିପାଇଁ ସମ୍ମତି ପ୍ରକାଶ କରିବେ?"

ଶ୍ରୀକୃଷ୍ଣ ଅନୁନୟପୂର୍ବକ କହିଲେ, "ନରକାସୁରର ସଂହାର କରି ତୁମେ ଦେବେନ୍ଦ୍ରଙ୍କୁ ବଞ୍ଚେଇଥିଲ। ଆମର ଏହି ପ୍ରସ୍ତାବକୁ ସେ ଅସ୍ୱୀକାର କରିବାକୁ ସାହସ କରିବେନି। ଦେବମାତା ଅଦିତିଙ୍କ କୁଣ୍ଡଳୀକୁ ଦେବାପାଇଁ ଆମକୁ ସ୍ୱର୍ଗଲୋକ ଯିବାକୁ ହେବ। ସେତେବେଳେ ଆମେ ପାରିଜାତ ବୃକ୍ଷକୁ ଏଠାକୁ ନେଇଆସିବା। ରାଗିବା ଛାଡ଼ିଦିଅ।"

ସତ୍ୟା ତାଙ୍କ କଥା ଶୁଣି ଖୁସି ହେଲେ। ତା'ପରେ ସେ କେଶକୁ ଏକାଠି କରି ଜୁଡ଼ା ବାନ୍ଧିଦେଲେ ଏବଂ ପଣତକୁ ମୁଣ୍ଡ ଉପରେ ଢାଙ୍କିଦେଲେ। ସେ ହସି ଶ୍ରୀକୃଷ୍ଣଙ୍କ ମଥା ଉପରେ ନିଜ ମୁହଁକୁ ରଖିଲେ। ମିଠା ମିଠା କଥା କହି ଶ୍ରୀକୃଷ୍ଣଙ୍କ ହୃଦୟକୁ ଜିତିବାକୁ ଚେଷ୍ଟାକଲେ। ତାଙ୍କ କଥା ଶୁଣି ଶ୍ରୀକୃଷ୍ଣ ପ୍ରସନ୍ନ ହେଇଗଲେ। ବାଦଲ ଛାଇଗଲା। ସବୁଜ ଛାଇଗଲା। ନଦୀରେ ସ୍ୱଚ୍ଛ ପାଣି ବହିବାକୁ ଲାଗିଲା। ଉଚ୍ଚଙ୍ଗ ତରଙ୍ଗରେ ସମୁଦ୍ର ଶୋଭାମୟ ଦେଖାଗଲା। ଫୁଲର ସୁଗନ୍ଧ ଚାରିଆଡ଼େ ଆହୁରି ପରିବ୍ୟାପ୍ତ ହେଇଗଲା। ସରୋବରରେ ହଂସ ବିଭିନ୍ନ ପ୍ରକାର କ୍ରୀଡ଼ା କରିବାକୁ ଲାଗିଲେ। ଏହି ନେପଥ୍ୟରେ ଶ୍ରୀକୃଷ୍ଣ ସତ୍ୟଭାମାଙ୍କୁ ନିଜ ବାହୁବନ୍ଧନରେ ଆବଦ୍ଧ କଲେ।

ସତ୍ୟଭାମାଙ୍କୁ ଦେଇଥିବା ପ୍ରତିଶ୍ରୁତି ଅନୁସାରେ ଶ୍ରୀକୃଷ୍ଣ ସତ୍ୟଭାମାଙ୍କୁ ନେଇ ବିନତାସୁତ ବାହନ ଉପରେ ବସି ସ୍ୱର୍ଗଦ୍ୱାର ପାଖରେ ପହଞ୍ଚି ଶଙ୍ଖନାଦ କଲେ। ସେଇ ଶଙ୍ଖନାଦକୁ ଶୁଣିବାମାତ୍ରେ ଇନ୍ଦ୍ର ଏବଂ ସମସ୍ତ ଦେବଲୋକବାସୀ ପୁଷ୍ପ ବର୍ଷା କରି ବିପୁଳ ଭାବେ ତାଙ୍କୁ ସ୍ୱାଗତ କଲେ।

ଇନ୍ଦ୍ରଙ୍କ ସହିତ ଶ୍ରୀକୃଷ୍ଣ ଏବଂ ସତ୍ୟା ଦେବ ମାତା ଅଦିତିଙ୍କୁ ଦର୍ଶନ କଲେ। ଅତ୍ୟନ୍ତ ତେଜମୟ ଢଙ୍ଗରେ ପ୍ରକାଶିତ ଦେବମାତାଙ୍କୁ ଦେଖି ସତ୍ୟଭାମା ଆଶ୍ଚର୍ଯ୍ୟ ହୋଇଗଲେ। ତାଙ୍କୁ ଲାଗିଲା ତାଙ୍କ ମାତା ହିଁ ଦିବ୍ୟରୂପରେ ଦର୍ଶନ ଦେଉଛନ୍ତି। ସତ୍ୟା ଏବଂ ଶ୍ରୀକୃଷ୍ଣ ତାଙ୍କୁ ପ୍ରଣାମ କଲେ। ଅତ୍ୟନ୍ତ ତେଜୋମୟ କୁଣ୍ଡଳୀକୁ ସେମାନେ ଦେଇଦେଲେ। ସେମାନଙ୍କୁ ଦେଖି ଦେବମାତା ପ୍ରସନ୍ନ ହୋଇଗଲେ। ଦେବମାତା ଶ୍ରୀକୃଷ୍ଣଙ୍କୁ ପ୍ରଶଂସା କଲେ।

ତାଙ୍କୁ ପ୍ରଶଂସା କରୁଥିବା ଦେବମାତାଙ୍କୁ ଶ୍ରୀକୃଷ୍ଣ କହିଲେ, "ହେ ମାତା! ତୁମେ ଦେବ ମାତା, ଆମର ବି ମାତା। ତୁମେ ଆମକୁ ଆଶୀର୍ବାଦ ଦେବା ଉଚିତ। ମୋର ପ୍ରଶଂସା କରିବା ଉଚିତ ନୁହେଁ। ତୁମେ ଆମକୁ ବରଦାନ ଦିଅ।" ଏହା କହି ଶ୍ରୀକୃଷ୍ଣ ତାଙ୍କୁ ପ୍ରାର୍ଥନା କଲେ।

ଦେବମାତା କହିଲେ, "ହେ ପୁତ୍ର! ତୁମେ ଅଜୟ। ସମସ୍ତ ପ୍ରାଣୀଙ୍କର ତୁମେ ରକ୍ଷାକର୍ତ୍ତା। ମୁଁ ତୁମକୁ କି ବରଦାନ ଦେଇପାରିବି? ତୁମେ ସୁରାସୁରଙ୍କୁ ପରାସ୍ତ କରିପାରିବ। ନରକାସୁରକୁ ବଧ କରି ମୋ କନ୍ୟା ସମସ୍ତ ଲୋକଙ୍କୁ ରକ୍ଷା କଲେ। ମୁଁ ତୁମ ପ୍ରିୟ ପତ୍ନୀ ସତ୍ୟଭାମାଙ୍କୁ ବରଦାନ ଦେଉଛି।"

ତାଙ୍କ କଥା ଶୁଣି ସତ୍ୟଭାମା ପୁଣିଥରେ ତାଙ୍କୁ ପ୍ରଣାମ କଲେ। ତା'ପରେ ଅଦିତି ସତ୍ୟାଙ୍କୁ ବରଦାନ ଦେଲେ, "ବାର୍ଦ୍ଧକ୍ୟ

ଏବଂ ରୂପ-ବିକାରରୁ ଦୂରରେ ରହି ଦେବ କନ୍ୟା ଭଳି ତୁମେ ନିତ୍ୟ ଯୌବନା ରହିବ ।"

ଏହି ବରଦାନକୁ ପାଇ ସତ୍ୟଭାମା ବହୁତ ଆନନ୍ଦିତ ହେଲେ । ଅଦିତିଙ୍କ ବରଦାନ ପାଇବାପରେ ସତ୍ୟଭାମାଙ୍କ ସୌନ୍ଦର୍ୟ୍ୟ ହଜାରେ ଗୁଣା ବଢ଼ିଗଲା । ତାଙ୍କ ସୌନ୍ଦର୍ୟ୍ୟକୁ ଦେଖ଼ି ଦେବକନ୍ୟାମାନେ ମଧ ଈର୍ଷ୍ୟାପ୍ରକଟ କଲେ ।

ଅଦିତି ଆଦେଶ ଦେଲେ, "ଇନ୍ଦ୍ର ! ଶ୍ରୀକୃଷ୍ଣ ଏବଂ ସତ୍ୟଭାମା ଆମକୁ ନରକାସୁରଠାରୁ ବଞ୍ଚେଇଛନ୍ତି । ତାଙ୍କର ପୂଜା କରିବା ଆମର କର୍ତ୍ତବ୍ୟ ଅଟେ । ତୁମେ ଏବଂ ଦେବୀ ସଚୀ ତାଙ୍କୁ ପ୍ରାର୍ଥନା କର । ତାଙ୍କ ସମ୍ମାନ ଭବ୍ୟରୀତିରେ କରନ୍ତୁ ।"

"ହେ ମାତା ! ଆପଣଙ୍କ ଆଦେଶ ମୋପାଇଁ ଶିରୋଧାର୍ୟ୍ୟ ।" ଏହା କହି ଇନ୍ଦ୍ର ତାଙ୍କୁ ପ୍ରଣାମ କଲେ ।

ଭାରୀ ସଭାରେ ଶ୍ରୀକୃଷ୍ଣ ଏବଂ ସତ୍ୟଭାମାଙ୍କୁ ଭବ୍ୟ ସମ୍ମାନ କରିବାକୁ ଇନ୍ଦ୍ର ଆବଶ୍ୟକ ପ୍ରବନ୍ଧ କରେଇଲେ । ତାଙ୍କ ପତ୍ନୀ ସଚୀ ଦେବୀ ଏହି କାରଣରୁ ଆୟୋଜନକୁ ସମର୍ଥନ କଲେନି ଯେ ଅଦିତି ସତ୍ୟଭାମାଙ୍କୁ ନିତ୍ୟଯୌବନ ରହିବାକୁ ବରଦାନ ଦେଲେ ।

ସଚୀ ଦେବୀ ଇନ୍ଦ୍ରଙ୍କୁ କହିଲେ, "ନରକାସୁରର ସଂହାର ସେ କରିଥିବେ । କିନ୍ତୁ ସେ ମାନବ ମାତ୍ର । ତାଙ୍କୁ ପୂଜାକରିବା ଦେବତାଙ୍କୁ ଶୋଭା ଦେଉନି ।"

ଇନ୍ଦ୍ର କହିଲେ, "ହେ ସଚୀ ! ମାତାଙ୍କ ଆଦେଶକୁ ଆମେ ଉଲ୍ଲଂଘନ କରିବା ଉଚିତ ନୁହେଁ । ତୁମେ ଜାଣିଛ ତ ଶ୍ରୀକୃଷ୍ଣ ବିଷ୍ଣୁଙ୍କ ଅବତାର । ତାଙ୍କୁ ପୂଜା କରିବା ଆମକୁ ଅବଶ୍ୟ ଶୋଭା ଦେଉଛି ।"

"ମୋତେ ତ ଏହା ଭଲ ଲାଗୁନି । ସୌନ୍ଦର୍ୟ୍ୟର ପ୍ରତିମୂର୍ତ୍ତି ହେଇ କେବଳ ଦେବ କନ୍ୟାମାନେ ଉଦ୍‌ଭାସିତ ହୁଅନ୍ତି । ଏହି କାରଣରୁ ସ୍ୱର୍ଗରେ ପ୍ରବେଶ କରି ଏଠାକାର ସୁନ୍ଦର ଲଳନାମାନଙ୍କ ସହିତ ବିହାର କରିବାକୁ ମାନବମାନେ ସ୍ୱପ୍ନ ଦେଖନ୍ତି । କିନ୍ତୁ ଦେବମାତା ଜଣେ ମାନବ କନ୍ୟାକୁ ନିତ୍ୟଯୌବନା ରହିବାକୁ ବରଦାନ କାହିଁକି ଦେଲେ ? ସତ୍ୟଭାମା ସୁନ୍ଦରୀ ସ୍ତ୍ରୀ । ଦେବୀ ଅଦିତିଙ୍କ ବରଦାନ ପାଇବାପରେ, ମୁଁ ଶୁଣିଲି ତାଙ୍କ ସୌନ୍ଦର୍ୟ୍ୟ ହଜାରେ ଗୁଣା ବଢ଼ିଗଲା ।" ଏହା କହି ସଚୀ ଦେବୀ ତାଙ୍କ ପ୍ରତି ନିଜର ଦ୍ୱେଷ ପ୍ରକାଶ କଲେ ।

"ତାହା ତ ସତକଥା । ସତ୍ୟଭାମାଙ୍କ ସୌନ୍ଦର୍ୟ୍ୟକୁ ଦେଖ଼ି ରମ୍ଭା ଏବଂ ଉର୍ବଶୀ ମଧ ଆଶ୍ଚର୍ୟ୍ୟ ହୋଇଗଲେ । ଶ୍ରୀକୃଷ୍ଣଙ୍କ ସୌନ୍ଦର୍ୟ୍ୟରେ ମୋହିତ ହୋଇ ଆମ ଅପସରାମାନେ ତାଙ୍କୁ ନିଜ ଆଡ଼କୁ ଆକର୍ଷିତ କରିବାପାଇଁ କ'ଣ କେତେ ଚେଷ୍ଟା

କରିଥିବେ, କିନ୍ତୁ ଆଜି ସତ୍ୟଭାମାଙ୍କ ସୌନ୍ଦର୍ଯ୍ୟକୁ ଦେଖି ମୌନ ଧାରଣ କରିଛନ୍ତି।" କହି ଇନ୍ଦ୍ର ସଚୀଦେବୀଙ୍କୁ ଉସକାଇଲେ।

ଅଦିତିଙ୍କ ଆଦେଶ ପାଳନ କରିବାର ବିବଶତା କାରଣରୁ ଇନ୍ଦ୍ର ଏବଂ ଅନ୍ୟ ଦିଗପାଳକମାନେ ଦେବସ୍ଥାନରେ ଶ୍ରୀକୃଷ୍ଣ ଏବଂ ସତ୍ୟାଙ୍କ ଭବ୍ୟସମ୍ମାନ କରିବାର ଆୟୋଜନ କଲେ। ରଷିଗଣ ବେଦ ମନ୍ତ୍ର ଉଚ୍ଚାରଣ କରିବାକୁ ଲାଗିଲେ। ଇନ୍ଦ୍ର ଅମୂଲ୍ୟ ରତ୍ନଭେଟି ରୂପରେ ଦେଇ ଦୁହିଁଙ୍କୁ ସମ୍ମାନିତ କଲେ।

ସତ୍ୟଭାମା ଏକଥା ବୁଝିପାରିଲେ ଯେ ଶ୍ରୀକୃଷ୍ଣ ଯେଉଁଠି ରୁହନ୍ତି ସେଠାରେ ଶୃଙ୍ଗାରର ସଂସାର ରୂପାୟିତ ହୁଏ। ସତ୍ୟଭାମା ଏହି ଦୃଶ୍ୟକୁ ଦେଖିଲେ, ଶ୍ରୀକୃଷ୍ଣଙ୍କୁ ଦେଖିବାକୁ ରମ୍ଭା, ଉର୍ବଶୀ, ମେନକା, ହରିଣୀ, ଘୃତାଚୀ, ତିଲୋତମା, ମଞ୍ଜୁଘୋଷ ଇତ୍ୟାଦି ଅପସରାମାନେ ଜଣେ ଜଣକୁ ଧକ୍କାଦେଇ ଆଗକୁ ଆସିବାକୁ ଲାଗିଲେ। "ବାଃ! ଏହି ମାନବ କେତେ ସୁନ୍ଦର" କହି ସେମାନେ ତାଙ୍କ ସୌନ୍ଦର୍ଯ୍ୟର ପ୍ରଶଂସାକରି ସେମାନେ ନିଜ ନିଜ ଭିତରେ କଥା ହେବାକୁ ଲାଗିଲେ। ଗୋଟିଏ ପଟେ ସତ୍ୟଭାମା ଗର୍ବ ଅନୁଭବ କରୁଥାନ୍ତି ତ ଅନ୍ୟପଟେ ଅପସରାମାନଙ୍କ ପ୍ରତି ଘୃଣାଭାବ ଉତ୍ପନ ହେଉଥାଏ। ଏହା ପୂର୍ବରୁ ଅପସରାମାନେ ଶ୍ରୀକୃଷ୍ଣଙ୍କ ସୌନ୍ଦର୍ଯ୍ୟ ଏବଂ ତାଙ୍କ ବୀରତ୍ୱ ବିଷୟରେ ଶୁଣିଥିଲେ। ସୁନ୍ଦରୀ କନ୍ୟାମାନେ ସୁଗନ୍ଧ ଦ୍ରବ୍ୟ ଶ୍ରୀକୃଷ୍ଣଙ୍କ ଶରୀରରେ ଲେପନ କରି ନିଜେ ପୁଲକିତ ହେବାକୁ ଲାଗିଲେ। ଶ୍ରୀକୃଷ୍ଣଙ୍କୁ ପାଖରେ ଦେଖି ଜଣେ ଦେବକନ୍ୟା ତାଙ୍କ ଶରୀରର ସ୍ପର୍ଶ ସୁଖ ପାଇ ପୁଲକିତ ହୋଇଗଲେ। ଅନ୍ୟଜଣେ ଦେବ କନ୍ୟା ନିଜର କଳା ଏବଂ ଲମ୍ବା ବେଣୀକୁ ସମ୍ଭାଳିବା ବାହାନାରେ ଫୁଲକୁ ଶ୍ରୀକୃଷ୍ଣଙ୍କ ମୁଣ୍ଡ ଉପରେ ରଖି ଏହା ଭାବି ସନ୍ତୁଷ୍ଟ ହୋଇଗଲେ ଯେ ସେ ଶ୍ରୀକୃଷ୍ଣଙ୍କୁ ବିଧିବଦ୍ଧ ଭାବେ ପୂଜା କଲେ। ଆଉଜଣେ କୋମଳାଙ୍ଗୀ ସୁଗନ୍ଧକୁ ତାଙ୍କ ଉପରେ ଛିଞ୍ଚାଡ଼ିବା ସମୟରେ ନିଜ ହାତରେ ଶ୍ରୀକୃଷ୍ଣଙ୍କ ଶରୀରକୁ ସ୍ପର୍ଶକରି ଅସୀମ ଆନନ୍ଦ ଅନୁଭବ କରିବାକୁ ଲାଗିଲେ।

ଏହି ଦୃଶ୍ୟକୁ ଦେଖି ସତ୍ୟଭାମା ଦୁଃଖୀ ହୋଇଗଲେ। ସପତ୍ନୀମାନଙ୍କଠାରୁ ଜୀବନ ନେଇ ଧରିତ୍ରୀ ଛାଡ଼ି ସେ ତାଙ୍କ ପତିଙ୍କ ସହିତ ଦେବଲୋକକୁ ଆସିଲେ, କିନ୍ତୁ ଏଠାରେ ବି ଅପସରାମାନେ ସପତ୍ନୀଙ୍କ ଭଳି ବ୍ୟବହାର କରି ସତ୍ୟାଙ୍କୁ କଦୋଉଛନ୍ତି...
"ମୋ ଭାଗ୍ୟରେ ଏହା ଲେଖା ହୋଇଛି।" ଏକଥା ଭାବି ସେ ଲମ୍ବା ନିଃଶ୍ୱାସ ନେଲେ।

ଅପସରାମାନଙ୍କ ମଧ୍ୟରେ ବସି ବି ଶ୍ରୀକୃଷ୍ଣ ସତ୍ୟାଙ୍କ ଆଡ଼କୁ ଚାହିଁ ରହିଲେ ଏବଂ ତାଙ୍କ ମୁହଁରେ ପ୍ରକାଶ ପାଉଥିବା ହାବଭାବକୁ ଚାହୁଁଥିଲେ। ବାସ୍ତବରେ ସତ୍ୟାଙ୍କୁ ଖୁସି କରିବାପାଇଁ ସେ ତାଙ୍କୁ ଦେବଲୋକକୁ ନେଇ ଆସିଥିଲେ। କିନ୍ତୁ ଏଠାରେ ମଧ୍ୟ

ସତ୍ୟଭାମାଙ୍କୁ ଚିନ୍ତିତ ମୁଦ୍ରାରେ ଦେଖି ସେ ଦୁଃଖୀ ହୋଇଗଲେ। ଶ୍ରୀକୃଷ୍ଣ ସତ୍ୟାଙ୍କ କାନରେ ଫୁସଫୁସ ହେଇ କହିଲେ, "ସତ୍ୟା! ଦେଖ, ଦେବଲୋକର ଅପସରାମାନେ ମୋ ଉପରେ କେତେ ଭଲପାଇବା ଢାଳିଲେଣି। ସେମାନେ ଏକଥା ଜାଣିନାହାନ୍ତି କି ମୁଁ କେବଳ ତୁମର।"

ତାଙ୍କ କଥା ଶୁଣି ସତ୍ୟା ଆନନ୍ଦିତ ହେଇଉଠିଲେ।

ନବରତ୍ନ ଖଚିତ ମଣିମାଣିକ୍ୟ ବଜ୍ର ବୈଦୁର୍ଯ୍ୟରେ ଦିବ୍ୟରୂପରେ ପ୍ରଭାସିତ ଦେବେନ୍ଦ୍ରଙ୍କ ସଭାସ୍ଥାନର ଶୋଭାକୁ ଦେଖି ସତ୍ୟଭାମା ଆଶ୍ଚର୍ଯ୍ୟ ହୋଇଗଲେ।

ସତ୍ୟଭାମା ଏହା ବି ଦେଖିଲେ ଶ୍ରୀକୃଷ୍ଣ ଏବଂ ସତ୍ୟାଙ୍କୁ ସମ୍ମାନ କରିବା ସମୟରେ ଦେବେନ୍ଦ୍ରଙ୍କ ପତ୍ନୀ ଶଚୀଦେବୀ ଉଦାସ ଥିଲେ ଏବଂ ଯନ୍ତ୍ରବତ୍ କାମ କରୁଥିଲେ।

ସତ୍ୟଭାମା ଏହା ନଭାବି ରହିପାରିଲେନି ସଚୀଦେବୀଙ୍କ ସୌନ୍ଦର୍ଯ୍ୟରେ କ'ଣ ବିଶେଷତା ଅଛି। ସେ ବୁଝିପାରିଲେ ଯେ ସଚୀଦେବୀଙ୍କୁ ଅନନ୍ୟ ପ୍ରତିମା କାହିଁକି କୁହନ୍ତି। ସତ୍ୟା ଏବଂ ଶଚୀଦେବୀ ଦୁହେଁ ପରସ୍ପରର ସୌନ୍ଦର୍ଯ୍ୟକୁ ଦେଖି ଈର୍ଷାଗ୍ରସ୍ତ ହେଲେ। କନ୍ଦତରୁର ପୁଷ୍ପରେ ଶଚୀଦେବୀ ସଜ୍ଜିତ ହୋଇଥିଲେ। ତାଙ୍କ ଜୁଡ଼ାରେ ପାରିଜାତ ପୁଷ୍ପକୁ ସତ୍ୟା ଦେଖିଲେ। ତାଙ୍କୁ ଲାଗିଲା ପାରିଜାତ ପୁଷ୍ପର ଅଦ୍ଭୁତ ସୁଗନ୍ଧ କାରଣରୁ ସେଠାକାର ବାତାବରଣ ସୁରଭିତ ହୋଇଉଠିଲା। ସମ୍ମାନକୁ ଗ୍ରହଣ କରିବା ସମୟରେ ସତ୍ୟା ଶଚୀଦେବୀଙ୍କ ଜୁଡ଼ାରେ ଲଗାଯାଇଥିବା ପାରିଜାତ ପୁଷ୍ପକୁ ଆଘ୍ରାଣିତ କରି ମନ୍ତ୍ରମୁଗ୍ଧ ହୋଇଗଲେ।

ସତ୍ୟଭାମା ଏବଂ ଶ୍ରୀକୃଷ୍ଣଙ୍କୁ ଶଚୀଦେବୀ ଏବଂ ଇନ୍ଦ୍ର ପ୍ରଣାମ କଲେ।

ସତ୍ୟଭାମା ସଚୀଦେବୀଙ୍କୁ ପଚାରିଲେ, "ଆପଣଙ୍କ ବେଣୀରେ ଲଗାଯାଇଥିବା ଏହି ପୁଷ୍ପ କେତେ ସୁନ୍ଦର? ଏହା କ'ଣ ପାରିଜାତ ପୁଷ୍ପ?"

ସଚୀଦେବୀ ତୁରନ୍ତ ତାଙ୍କୁ କହିଲେ, "ହଁ! ଆପଣଙ୍କ ପାଇଁ ଦେବର୍ଷି ନାରଦଙ୍କ ହାତରେ ଭେଟିରୂପରେ ପଠେଇଥିଲି ନା?"

"ହଁ, ତାହା ଆମକୁ ମିଳିଛି। ରୁକ୍ମିଣୀ ଦେବୀ ତାକୁ ସଂରକ୍ଷିତ କରି ରଖିଛନ୍ତି। ଏହି ପାରିଜାତ ପାଇଁ ଆପଣଙ୍କ ସୌନ୍ଦର୍ଯ୍ୟ ଦ୍ବିଗୁଣିତ ହେଇଯାଇଛି।" ଏହାକହି ତାଙ୍କର ପ୍ରଶଂସା କଲେ। ସତ୍ୟା ଏକଥା ଭାବିଲେ, ତାଙ୍କୁ କ'ଣ ସେ ପାରିଜାତ ବୃକ୍ଷ ଭେଟି ରୂପରେ ଦେବେ ନା ଶ୍ରୀକୃଷ୍ଣ ତାଙ୍କଠାରୁ ମାଗିକି ନେବେ?

ସଚୀଦେବୀ ଗର୍ବର ସହ କହିଲେ, "ଏହି ପୁଷ୍ପ ଆମପାଇଁ ଅତି ସାଧାରଣ କଥା। କାରଣ ଆମେ ଅପସରା ନା?"

ତାଙ୍କ କଥା ଶୁଣି ସତ୍ୟାଙ୍କ ମନ ମଉଳି ଗଲା। ଏ କଥାକୁ ନେଇ ସେ ଦୁଃଖୀ ହୋଇଗଲେ। ସେଇ ପାରିଜାତ ପୁଷ୍ପ ବିଷୟରେ ପଚାରିଲେ ବି ସତୀଦେବୀ ଜୁଡ଼ାରେ ଲଗେଇବାକୁ ତାଙ୍କୁ ପାରିଜାତ ପୁଷ୍ପ ଦେଲେନି। ଏହି କଥାକୁ ନେଇ ସତ୍ୟା ଦୁଃଖୀ ହୋଇଗଲେ ତାଙ୍କୁ 'ମାନବ କାନ୍ତା' କହି ପରୋକ୍ଷ ଭାବେ ସତୀଦେବୀ ତାଙ୍କୁ ଅବମାନନା କଲେ।

ବିଶ୍ରାମ ଭବନରେ ସତ୍ୟା ଏ କଥା ଶ୍ରୀକୃଷ୍ଣଙ୍କୁ କହିଲେ। ଏକଥା ଶୁଣି ଶ୍ରୀକୃଷ୍ଣଙ୍କର ଭ୍ରୂଲତା ଟେକି ହେଇଗଲା। କହିଲେ, "ସତ୍ୟା! ତୁମେ ଚିନ୍ତା କରନା। ମୁଁ ତୁମକୁ ବଚନ ଦେଉଛି ଆମ ଘର ପଛପଟେ ଏହି ବୃକ୍ଷକୁ ରୋପଣ କରିଦେବା। ଏବେ ସେଇ ସମୟ ପାଖେଇ ଆସିଲାଣି। କାଲି ସକାଳୁ ଉପବନରେ ଆମ ବିହାର ପାଇଁ ଦେବେନ୍ଦ୍ର ଆୟୋଜନ କରିଛନ୍ତି।"

ଏହି କଥା ଶୁଣି ସତ୍ୟା ସନ୍ତୁଷ୍ଟ ହେଲେ। ସେଇ ରାତିରେ ଇନ୍ଦ୍ରଙ୍କ ସଭା ଛାଡ଼ି ଶ୍ରୀକୃଷ୍ଣ ଏବଂ ସତ୍ୟଭାମା ବୈଜୟନ୍ତରେ କ୍ରୀଡ଼ାମଗ୍ନ ହେଲେ।

ପରଦିନ ସକାଳୁ ଦୁହେଁ ବିହାର କରିବାକୁ ଉପବନକୁ ବାହାରି ପଡ଼ିଲେ। ରାସ୍ତାରେ ଅତ୍ୟନ୍ତ ଶୋଭାମୟ ଢଙ୍ଗରେ ପ୍ରକାଶିତ ହେଉଥିବା ମେରୁପର୍ବତକୁ ଦେଖି ସତ୍ୟଭାମା ଆଶ୍ଚର୍ଯ୍ୟ ହେଲେ। ଶ୍ରୀକୃଷ୍ଣ ତାଙ୍କୁ ମେରୁପର୍ବତର ବୈଶିଷ୍ଟ୍ୟତା ବର୍ଣ୍ଣନା କଲେ। ଉପବନର ସୌନ୍ଦର୍ଯ୍ୟ ଅବର୍ଣ୍ଣନୀୟ। କୋଇଲିର କୁହୁ.. କୁହୁ ମଧୁରଗାନ ମନକୁ ମୋହିତ କଲା। ବିରହ ବିଦଗ୍ଧ ବନ କନ୍ୟାମାନେ ଶ୍ରୀକୃଷ୍ଣଙ୍କୁ ସ୍ୱାଗତ କଲେ। ପଶ୍ଚିମ ଆକାଶରେ ଚନ୍ଦ୍ର ଦେଖାଯାଉଥିଲା ଏବଂ ତାରାମାନଙ୍କ ସମାଗମ ପାଇଁ ପ୍ରସ୍ତୁତ ହେଉଥିଲା। ପ୍ରଭାତକାଳୀନ ସୂର୍ଯ୍ୟକିରଣର କୋମଳ ସ୍ପର୍ଶରେ ଶୃଙ୍ଗାର ଅଧିଦେବତାର ଅଙ୍କରେ ବିଶ୍ରାମ ନେଉଥିବା ଉଷ୍ମତାର ଅନୁଭବ କରିବାକୁ ଲାଗିଲେ। ଜଳପ୍ରପାତ ମଧ୍ୟରେ ଅବସ୍ଥିତ ନଦୀରେ ସେ ଦୁହେଁ ଜଳକ୍ରୀଡ଼ା କରିବାକୁ ଲାଗିଲେ। ତାଙ୍କ ଜଳକ୍ରୀଡ଼ା ରାସକ୍ରୀଡ଼ା ରୂପରେ ପରିବର୍ତ୍ତିତ ହେଲା। ଶ୍ରୀକୃଷ୍ଣଙ୍କ ସ୍ପର୍ଶପାଇ ସୁରଗଙ୍ଗା ବି ପୁଲକିତ ହୋଇଗଲେ। ତା'ପରେ ଦୁହେଁ ଉପବନ ଦର୍ଶନ କରିବାକୁ ଆଗକୁ ବଢ଼ିଲେ।

ରଙ୍ଗାବେରଙ୍ଗୀରେ ସୁସଜ୍ଜିତ ସେଇ ବନକନ୍ୟାଙ୍କ ଶୋଭାକୁ ଦେଖି ସତ୍ୟଭାମା ଆଶ୍ଚର୍ଯ୍ୟ ହୋଇଗଲେ। ସେଇ ପୁଷ୍ପର ରଙ୍ଗ ତାଙ୍କ କପାଳ ଉପରେ ପ୍ରତିବିମ୍ବିତ ହେବା ଯୋଗୁ ତାଙ୍କ ଶୋଭା ଆହୁରି ବଢ଼ିଗଲା। ମୁଗ୍ଧମନୋହର ପରିମଳଯୁକ୍ତ ପବନର ସ୍ପର୍ଶରେ ସେମାନେ ଦୁହେଁ ମୋହିତ ହୋଇଗଲେ। ଷଡ଼ରତୁର ଦର୍ଶନ ହେବା ଅନୁଭବ ତାଙ୍କୁ ପ୍ରାପ୍ତ ହେଲା। ଶୃଙ୍ଗାର ରସୋଦୀପ୍ତ ବାତାବରଣ ଛାଇଗଲା। ରାସ୍ତାରେ ପୁଷ୍ପର ଶଯ୍ୟା ଉପରେ ତାଙ୍କ ଦୁହିଁଙ୍କୁ ବିଶ୍ରାମ ନେବାକୁ ଆମନ୍ତ୍ରଣ କଲେ। ରଙ୍ଗାବେରଙ୍ଗୀ ପୁଷ୍ପ ଏବଂ

ମିଠା ଫଳରେ ଲଦି ହେଇଥିବା ବୃକ୍ଷରେ ସେଇ ଉପବନ ସୁଶୋଭିତ ହେଲା ଏବଂ ମନୁଷ୍ୟର ବିହାରସ୍ଥଳ ଭଳି ଦେଖାଗଲା ।

ସେଇ ସମୟରେ ଆଖି ସାମ୍ନାରେ ପାରିଜାତ ବୃକ୍ଷକୁ ଦେଖି ସତ୍ୟଭାମା ଆଶ୍ଚର୍ଯ୍ୟ ହୋଇଗଲେ ।

“ଦେବୀ ! ଏହାକୁ ଏପର୍ଯ୍ୟନ୍ତ ପୌଲମ୍ୀ, ପାର୍ବତୀ ଇତ୍ୟାଦି ଦେବତାମାନେ ଧାରଣ କଲେ । ତାହା ସ୍ୱେଦରହିତ । ବାସ୍ତବରେ ଦେବତାମାନଙ୍କ ଅପେକ୍ଷା ମନୁଷ୍ୟ ହିଁ ପାରିଜାତ ପୁଷ୍ପ ଦ୍ୱାରା ପ୍ରଦତ୍ତ ସୁଖର ଅନୁଭବ କରିପାରିବେ... ବାସ୍ତବରେ ଆମ ଶୃଙ୍ଗାରର ଉଦ୍ଦୀପନରେ ଏହି ପାରିଜାତ ପୁଷ୍ପ ଔଷଧ ଭଳି କାମ କରିଥାଏ । ତା’ର ସୁଗନ୍ଧକୁ ଆଘ୍ରାଣ କରି ଯଦି ଆମେ ସୁଖକୁ ପ୍ରାପ୍ତ କରିବା ତାହେଲେ ଏହା ହୃଦୟକୁ ଉଲ୍ଲାସ କରିଥାଏ । ଏହି କାରଣରୁ ରତି ଶ୍ରମକୁ ଭୁଲିଯାଆନ୍ତି । ଆମର କାମୋଦ୍ଗକୁ କ୍ଷୀଣ ହେବାକୁ ଦିଏନାହିଁ ।” ଏହା କହି ଶ୍ରୀକୃଷ୍ଣ ସତ୍ୟାଙ୍କ ଆଡ଼କୁ ଚାହିଁଲେ ।

ତାଙ୍କ ଦୃଷ୍ଟିର ସ୍ପର୍ଶ ପାଇ ସତ୍ୟାଙ୍କ କପାଳ ରାଗ ରଂଜିତ ହେଇଗଲା ।

ତା’ପରେ ଶ୍ରୀକୃଷ୍ଣ ଦେବୀ ସତ୍ୟା ଏବଂ ତାଙ୍କପାଇଁ ପ୍ରିୟ ପାରିଜାତ ପୁଷ୍ପର ସ୍ତବକ ବିଷୟରେ ଭାବୁଥିଲେ ।

ପୃଥିବୀ ବୃକ୍ଷ ପାଇଁ ସୁନ୍ଦର ହୋଇଥାଏ । ପାରିଜାତ ଭଳି ଅଦ୍ଭୁତ ବୃକ୍ଷରେ ସୁଶୋଭିତ ହେବାର କାମନା ତାର କାହିଁକି ହେଉନାହିଁ । ସତ୍ୟା ଆଉ କେହି ନୁହେଁ, ସ୍ୱୟଂ ଭୂଦେବୀ । ପାରିଜାତ ବୃକ୍ଷକୁ ପାଇବାପାଇଁ ତାଙ୍କର ଅଦମ୍ୟ କାମନା ବିଷୟରେ ଅବଗତ ହେବା କାରଣରୁ ଶ୍ରୀକୃଷ୍ଣ ପାରିଜାତ ଫୁଲର ଶୋଭାକୁ ବିଶଦ୍ ଭାବେ ବର୍ଣ୍ଣନା କରିଥିଲେ ।

“ଏହା ନୁହେଁ ସତ୍ୟା ! ଯଦି ଏହି ବୃକ୍ଷ ଆମ ପାଖରେ ଥାନ୍ତା, ତାହେଲେ ମୂଲ୍ୟବାନ ବସ୍ତୁକୁ ଚାହିଁଲେ ତାହା ଆମକୁ ମିଳିଯାନ୍ତା । ଯଦି ତୁମେ ଏହି ପୁଷ୍ପକୁ ନିଜ ଜୁଡ଼ାରେ ଲଗେଇବ, ତାହେଲେ ତୁମ ସପତ୍ନୀମାନେ ଅବଶ୍ୟ ତୁମ ଚରଣଦ୍ୱୟରେ ଆଶ୍ରିତ ହେବେ । ଏହି ପୁଷ୍ପ ଗ୍ରୀଷ୍ମରେ ଶୀତଳତା ଏବଂ ଶୀତରେ ଉଷ୍ଣତା ଦିଏ ।” ଏହା କହି ଶ୍ରୀକୃଷ୍ଣ ପାରିଜାତ ପୁଷ୍ପର ବୈଭବକୁ ବର୍ଣ୍ଣନା କଲେ । ତା’ପରେ ସତ୍ୟଭାମାଙ୍କ ଆଗ୍ରହ ବଢ଼ିଗଲା ।

“ଏତେ ବିଳମ୍ବ କାହିଁକି ? ଏହି ବୃକ୍ଷକୁ ମୋ ଉପବନରେ ରୋପଣ କରିବାକୁ ଆପଣ ମୋତେ ଯେଉ ବଚନ ଦେଇଥିଲେ, ତାହା ପାଳନ କରନ୍ତୁ” କହି ସତ୍ୟା ଶ୍ରୀକୃଷ୍ଣଙ୍କ ଉପରେ ଚାପ ପକେଇଲେ ।

‘ଏହି ବୃକ୍ଷଟି ଆମର’ କହି ଶ୍ରୀକୃଷ୍ଣ ଚେରରୁ ଉପାଡ଼ି ଦେଲେ । ସେତେବେଳେ

ଶ୍ରୀକୃଷ୍ଣ ଏବଂ ସତ୍ୟାଙ୍କୁ ଉପବନରେ ସାହାଯ୍ୟ କରିବାପାଇଁ ଦୂରରେ ଛିଡ଼ାହୋଇ ଦେଖୁଥିବା ବନ ସଂରକ୍ଷକ ଏହି ଦୃଶ୍ୟକୁ ଦେଖି ଭୟ ବିହ୍ୱଳିତ ହେଇଗଲେ।

ସେ ଶ୍ରୀକୃଷ୍ଣଙ୍କୁ ଅଟକେଇବାକୁ ଚେଷ୍ଟାକରି କହିଲା, 'ସ୍ୱାମୀ! ଆପଣ ଯେଉଁ କାମ କଲେ ଏହା ଆପଣଙ୍କୁ ଶୋଭା ଦେଉନି। ମୁଁ ବନର ସଂରକ୍ଷକ। ଏହି ଉପବନକୁ ରକ୍ଷା କରିବା ମୋର କର୍ତ୍ତବ୍ୟ। ଏହି ପାରିଜାତ ବୃକ୍ଷର ସଂରକ୍ଷଣରେ ଟିକେ ବି ଭୁଲ୍‌କୁ ଇନ୍ଦ୍ରାଣୀ ସହିପାରନ୍ତି ନାହିଁ।'

ତାଙ୍କ କଥା ଶୁଣି ସତ୍ୟା କ୍ରୋଧିତ ହୋଇଗଲେ। 'କ'ଣ ଆପଣ କହିଲେ? ଆପଣ କ'ଣ ଏହି ଉପବନର ସଂରକ୍ଷକ? ଆପଣ କ'ଣ ଜାଣନ୍ତି ଆମେ କିଏ? ଆମେ ହେଉଛୁ ଦେବେନ୍ଦ୍ରଙ୍କ ସଂରକ୍ଷକ। ଏହି ବୃକ୍ଷକୁ ଯଦି ଆମେ ନେବାକୁ ଚାହିଁବୁ ତାହେଲେ ଆପଣଙ୍କ ଇନ୍ଦ୍ରାଣୀ ଆମକୁ ଅଟକେଇବାକୁ କିଏ? ଆମେ ଆପଣଙ୍କ ଇନ୍ଦ୍ରଲୋକକୁ ବଞ୍ଚେଇଥିଲୁ। ଏହି ବୃକ୍ଷକୁ ଏଠାରୁ ନେଇଯିବାକୁ ଆମର ସମ୍ପୂର୍ଣ୍ଣ ଅଧିକାର ଅଛି।'

"ପାରିଜାତ ସମୁଦ୍ର ମନ୍ଥନରୁ ଉତ୍ପନ ଚଉଦ ରତ୍ନରୁ ଗୋଟିଏ। ଏହି ବୃକ୍ଷ ସମସ୍ତଙ୍କର ସମ୍ପତ୍ତି। ଯେଉଁ ପ୍ରକାରେ ସୂର, ଚନ୍ଦ୍ରମା ଏବଂ ଲକ୍ଷ୍ମୀଙ୍କ ଉପରେ ସମସ୍ତଙ୍କର ସମାନ ଅଧିକାର ଅଛି, ସେମିତି ଏହି ପାରିଜାତ ପୁଷ୍ପ ଉପରେ ସମସ୍ତଙ୍କର ସମାନ ଅଧିକାର ରହିବା ଉଚିତ୍। ଆପଣମାନେ ଏହାକୁ ସ୍ୱର୍ଗଲୋକରେ ରଖିଲେ। ଭୂଲୋକବାସୀ କ'ଣ ପାପ କରିଥିଲେ ସେମାନେ ଏହାଠାରୁ ସବୁବେଳପାଇଁ ବଞ୍ଚିତ ରହିବେ? ଆମେ ଏବେ ଏହାକୁ ଭୂଲୋକକୁ ନେଇଯିବୁ। ଯଦି ଆପଣଙ୍କ ସତୀ ଦେବୀ ବୀର ପତ୍ନୀ ହୋଇଥିବେ, ଯଦି ସେ ନିଜ ପତି ଦେବେନ୍ଦ୍ରଙ୍କ ବୀରତା ଉପରେ ଗର୍ବ ଅନୁଭବ କରୁଛନ୍ତି, ତାହେଲେ କୁହନ୍ତୁ ତାଙ୍କ ପତିଙ୍କୁ ପଠେଇ, ଯଦି ହେବ ତ ତାହେଲେ ମୋ ସ୍ୱାମୀଙ୍କୁ ପରାସ୍ତ କରି, ଏହି ବୃକ୍ଷକୁ ନେଇଯିବାକୁ ଆମକୁ ଅଟକେଇବେ।' ସତ୍ୟଭାମାଙ୍କ କଥାରେ ନିଜର ଶକ୍ତି ଉପରେ ଗର୍ବର ଭାବନା ପ୍ରକାଶ ପାଇଲା।

ଦେବୀ ସତ୍ୟାଙ୍କ କଥା ଶୁଣି ବନ ସଂରକ୍ଷକ ତୁରନ୍ତ ଦେବେନ୍ଦ୍ରଙ୍କ ମନ୍ଦିର ଆଡ଼କୁ ଗଲେ। ତାଙ୍କ କଥା ଶୁଣି ସତୀଦେବୀ ଏବଂ ଦେବେନ୍ଦ୍ର କ୍ରୋଧିତ ଏବଂ ଆଶ୍ଚର୍ଯ୍ୟ ହୋଇଗଲେ।

ସତୀଦେବୀ କହିଲେ, "ଦେବେନ୍ଦ୍ର! ଏହା କ'ଣ ହେଉଛି...? ଯିଏ ଆମ ଅତିଥି ରୂପରେ ଆସିଥିଲେ, ସେମାନେ ଅତିଥିର ମର୍ଯ୍ୟାଦାର ଉଲ୍ଲଂଘନ କରୁଛନ୍ତି। ସେମାନେ ଆମର ସାମ୍ରାଜ୍ୟର ଅଧିପତି ରୂପରେ ବ୍ୟବହାର କରିବାକୁ ଲାଗିଲେଣି। ଆମେ ଚାହିଁଲେ ଯେକୌଣସି ବସ୍ତୁ ଭେଟି ରୂପରେ ଦେଇପାରିବା। ଯାହା ଚାହିଁଲେ

ଏଠାରୁ ସେମାନେ କେମିତି ନେଇପାରିବେ ? ମୋ ଜୁଡ଼ାରେ ଲଗେଇଥିବା ପାରିଜାତକୁ ଦେଖିବା ବେଳେ କାଲି ସତ୍ୟାର ଆଖିରେ ମୁଁ ଈର୍ଷାର ଭାବ ଦେଖିଥିଲି। ଯଦି ସେ ଅନୁରୋଧ କରି ମାଗିଥାନ୍ତେ ଆମେ ଯେତେ ଚାହିଁଲେ ସେତେ ପୁଷ୍ପ ଦେଇଥାନ୍ତେ ନା ?"

"ତୁମେ ଠିକ କହିଛ ସଚୀ, କିନ୍ତୁ ସେମାନେ ନରକାସୁରଠାରୁ ଆମକୁ ବଞ୍ଚେଇଥିଲେ। ଏବେ ଆମେ କ'ଣ କରିପାରିବା ?" ଏହା କହି ଦେବେନ୍ଦ୍ର ଚିନ୍ତାରେ ପଡ଼ିଗଲେ।

"ହଁ ! ସେମାନେ ନରକାସୁରର ବଧ କରିଥିଲେ, ମୁଁ ମାନୁଛି। କିନ୍ତୁ ଆମେ ତ ତାଙ୍କର ଗୋଲାମ ନଥିଲେ। ଆମେ ତ ସ୍ୱର୍ଗଲୋକର ଅଧିପତି। ସେମାନେ ଭୂଲୋକରୁ ଆସିଛନ୍ତି। ନରକାସୁରର ତପ ଶକ୍ତି କାରଣରୁ ଆମେ ତାଙ୍କୁ ପରାସ୍ତ କରିପାରିଲେନି। କିନ୍ତୁ ଆମେ ବି ଶୂରବୀର।"

ଇନ୍ଦ୍ର ପଚାରିଲେ, "ତାହେଲେ ମୁଁ କ'ଣ କରିବି ? ତୁମେ କ'ଣ ଶ୍ରୀକୃଷ୍ଣଙ୍କ ସହିତ ଯୁଦ୍ଧ କରିବା କଥା କହିବାକୁ ଲାଗିଲଣି ?"

ସଚୀଦେବୀ ତାଙ୍କ ପତିଙ୍କୁ ଉସକେଇ କହିଲେ, "ଆପଣ ଶ୍ରୀକୃଷ୍ଣଙ୍କୁ କୁହନ୍ତୁ ଆପଣ ମର୍ଯ୍ୟାଦାର ଉଲ୍ଲଂଘନ କରୁଛନ୍ତି। ଯଦି ସେ ଆପଣଙ୍କ କଥା ନ ଶୁଣିବେ, ତାହେଲେ ଆପଣ ବଜ୍ରାୟୁଧର ପ୍ରୟୋଗ କରନ୍ତୁ। ସୂର୍ଯ୍ୟ, ଚନ୍ଦ୍ର, ବରୁଣ, ବାୟୁ, ଯମ ଆଦି ଦିଗପାଳକ ଏବଂ ସପ୍ତ ରଷି ଆପଣଙ୍କ ପକ୍ଷରେ, ତାହେଲେ ଡର କାହିଁକି ? ସେଇ ସତ୍ୟା ଆପଣଙ୍କୁ ଯୁଦ୍ଧକ୍ଷେତ୍ରକୁ ଆସିବାକୁ ଆହ୍ୱାନ ଦେଇଛନ୍ତି। ଯଦି ଆପଣ ଏହି ଆହ୍ୱାନକୁ ସ୍ୱୀକାର ନକରିବେ, ତାହେଲେ ସମସ୍ତ ଲୋକ ଆପଣଙ୍କୁ ଭୀରୁ ବୋଲି ଭାବିବେନି ?"

ଜଣେ ସ୍ତ୍ରୀ, ସେ ବି ଜଣେ ମାନବ ସ୍ତ୍ରୀ ଦେବେନ୍ଦ୍ରଙ୍କୁ ଅପମାନିତ କଲେ। ଏହାର ସୂଚନା ତାଙ୍କ ପତ୍ନୀ ସଚୀଦେବୀଙ୍କ ସମ୍ମୁଖରେ ସେବକ ଦେଲେ। ଏହି ଘଟଣାରେ ଦେବେନ୍ଦ୍ର ଅପମାନିତ ହେଲେ। ସଚୀଦେବୀ ତାଙ୍କୁ ଉସକେଇଲେ। ଦେବେନ୍ଦ୍ର କ୍ରୋଧିତ ହେଲେ। ତାଙ୍କ ହଜାରେ ଆଖିରେ ଲାଲିମା ଚଢ଼ିଗଲା।

"ଦେବୀ ତୁମେ ଯାହା କହିଲ ତାହା ସତ। ମୁଁ ଏବେ ଯାଇ ସତ୍ୟାଙ୍କ ଗର୍ବ ଭଙ୍ଗ କରି ସେହି ଦିବ୍ୟ ପାରିଜାତ ବୃକ୍ଷକୁ ତାଙ୍କ ପାଖରୁ ଛଡ଼େଇ ଆଣିବି।" ଏହା କହି ସୁରେନ୍ଦ୍ର ନିଜ ଦିଗପାଳକ ଏବଂ ସେନାଙ୍କୁ ନେଇ ଶ୍ରୀକୃଷ୍ଣ ଏବଂ ସତ୍ୟାଙ୍କ ଉପରେ ଆକ୍ରମଣ କଲେ। ସେତେବେଳେ ଶ୍ରୀକୃଷ୍ଣ ଗରୁଡ଼ ବାହନ ଉପରେ ବସି ପାରିଜାତ ବୃକ୍ଷକୁ ନିଜ ସାଙ୍ଗରେ ନେଇଯିବା ପାଇଁ ସ୍ଥିର କରି ସାରିଥିଲେ।

"ହେ କୃଷ୍ଣ ! ଆପଣ କ'ଣ କରୁଛନ୍ତି ? ଆମ ଅନୁମତି ବିନା ଆମ ଉପବନରୁ ପାରିଜାତ ବୃକ୍ଷକୁ ନେଇଯିବା କ'ଣ ନ୍ୟାୟ ସଙ୍ଗତ ?"

ଏହି କଥାର ସମାଧାନ କରିବାକୁ ଯାଇ ସତ୍ୟଭାମା କହିଲେ, "ହେ ଦେବେନ୍ଦ୍ର ! ଆମେ ଆପଣଙ୍କ ଜୀବନକୁ ବଞ୍ଚେଇଥିଲୁ। ଆମେ ଯୋଉ ସାହସ କଲୁ ସେଇ କାରଣରୁ ଇନ୍ଦ୍ରଲୋକ ହିଁ ଆପଣଙ୍କୁ ପୁଣିଥରେ ପ୍ରାପ୍ତ ହେଲା। ଯଦି ମୁଁ ନରକାସୁରର ସଂହାର କରିନଥାନ୍ତି, ତାହେଲେ କ'ଣ ଇନ୍ଦ୍ରଲୋକ ଏବଂ ପାରିଜାତ ବୃକ୍ଷ ଏବେ ଆପଣଙ୍କ ଅଧୀନରେ ଥାଆନ୍ତା ? ଏହା କ'ଣ ଆପଣ ଜାଣିନାହାନ୍ତି ଶ୍ରୀକୃଷ୍ଣ କିଏ ? ସେ ସମସ୍ତ ଲୋକଙ୍କ ପାଇଁ ଆରାଧ୍ୟ ଅଟନ୍ତି।"

ଇନ୍ଦ୍ର କହିଲେ, "କୃଷ୍ଣ ! ମୁଁ ଆପଣଙ୍କ ସାଙ୍ଗରେ କଥା ହେଉଛି।"

ଶ୍ରୀକୃଷ୍ଣ ପଚାରିଲେ, "ସତ୍ୟା ଯାହା ବି କହିଲେ, ଏହା କ'ଣ ସତ୍ୟ ନୁହେଁ ?"

"ଏହାର ଅର୍ଥ ଏହା ଯେ ଆପଣ ଆପଣଙ୍କ ସାଙ୍ଗରେ ପାରିଜାତ ବୃକ୍ଷକୁ ନେଇଯିବାକୁ ଚାହୁଁଛନ୍ତି ?"

"ଏହା ପୁଣି କହିବା କ'ଣ ଆବଶ୍ୟକତା ଅଛି ? ମୋ ପତ୍ନୀ ଏବଂ ଆପଣଙ୍କ ପ୍ରାଣଦାତା ଏହାକୁ ଚାହିଁଲେ। ତାଙ୍କର ଏତିକି ଛୋଟ ଇଚ୍ଛାଟିକୁ କ'ଣ ମୁଁ ପୂରଣ କରିପାରିବି ନାହିଁ ? ଆମ ରାସ୍ତାରୁ ହଟିଯାଆନ୍ତୁ। ଆପଣଙ୍କ ପାଖରେ ଦ୍ୱିତୀୟ ବିକଳ୍ପ ନାହିଁ।" କହି ଶ୍ରୀକୃଷ୍ଣ ହସି ଉଠିଲେ।

"ତା'ହେଲେ ଆପଣଙ୍କ ସହିତ ଯୁଦ୍ଧ କରିବାକୁ ପଡୁଛି। କୌଣସି ଦ୍ୱିତୀୟ ଉପାୟ ନାହିଁ। ଆପଣଙ୍କୁ ଅତିଥି ଭାବି ଏପର୍ଯ୍ୟନ୍ତ ମୁଁ ଆପଣଙ୍କୁ ସମ୍ମାନ ଦେଉଥିଲି।" ଏହା କହି ଦେବେନ୍ଦ୍ର ଶ୍ରୀକୃଷ୍ଣଙ୍କ ଉପରେ ଆକ୍ରମଣ କଲେ। ଦୁହିଁଙ୍କ ପକ୍ଷରୁ ବିଭିନ୍ନ ପ୍ରକାର ଅସ୍ତ୍ର ପ୍ରୟୋଗ ହେଲା।

ଶ୍ରୀକୃଷ୍ଣ ପାଞ୍ଚଜନ୍ୟକୁ ଫୁଙ୍କି ଯୁଦ୍ଧ ଆରମ୍ଭ କଲେ। ସତ୍ୟଭାମା ଏବଂ ଶ୍ରୀକୃଷ୍ଣ ଦୁହେଁ ଧନୁ ଉଠେଇ ଅଙ୍ଗରକ୍ଷୀମାନଙ୍କ ଉପରେ ଶର ପ୍ରୟୋଗ କଲେ। ତାଙ୍କ ଶରକୁ ସାମନା କରିବାରେ ସେମାନେ ବିଫଳ ହେଇଗଲେ। ଦେବତାମାନଙ୍କ ଅସ୍ତ୍ରକୁ ସେମାନେ ନିରସ୍ତ କରିଦେଲେ। କିଛି ସମୟ ପରେ ଶ୍ରୀକୃଷ୍ଣ କହିଲେ, "ସତ୍ୟା ! ନରକାସୁର ସହିତ ତୁମେ ଯୁଦ୍ଧ କରିଥିଲ, ଏବେ କିଛି ସମୟ ବିଶ୍ରାମ ନିଅ, ମୋତେ ନିଜର ପରାକ୍ରମର ପ୍ରଦର୍ଶନ କରିବାକୁ ଅବସର ଦିଅ।" ତାଙ୍କ କଥା ଶୁଣି ସତ୍ୟଭାମା 'ହଁ' କରିଦେଲେ।

ତା'ପରେ ଭୀଷଣ ଯୁଦ୍ଧ ହେଲା। ଯେଉଁଭଳି ଭାବେ ଗରୁଡ଼ ନଖରେ ସାପକୁ ଖଣ୍ଡ ଖଣ୍ଡ କରିଦିଏ, ସେମିତି ସେ ବରୁଣାସ୍ତ୍ରକୁ ଧ୍ୱଂସ କରିଦେଲେ। ଯମ ବାହନ

ମହିଷିର ଶିଙ୍ଗ ଉପରେ ଗଭୀର ଆଘାତ ଲାଗିଲା । ତାପରେ ଯମ ରଣକ୍ଷେତ୍ରରୁ ପଲାୟନ କଲା । କୁବେରଙ୍କ ଶିବିକାକୁ ଶ୍ରୀକୃଷ୍ଣ ଧ୍ୱଂସ କରିଦେଲେ । ଶ୍ରୀକୃଷ୍ଣ ଏବଂ ସତ୍ୟଭାମାଙ୍କ ତୀକ୍ଷ୍ଣ ଦୃଷ୍ଟି ସାମନାରେ ସୂର୍ଯ୍ୟ ଏବଂ ଚନ୍ଦ୍ର ନିସ୍ତେଜ ହୋଇଗଲେ । ଅଗ୍ନିକୁ ଶ୍ରୀକୃଷ୍ଣ ବିଚ୍ଛିନ୍ନ କରିଦେଲେ । ଇନ୍ଦ୍ରଙ୍କ ଆଗ୍ନେୟାସ୍ତ୍ର ଶ୍ରୀକୃଷ୍ଣଙ୍କ ତେଜରେ ବିଲୀନ ହେଇଗଲା । ଅନିଳାସ୍ତ୍ର ଶ୍ରୀକୃଷ୍ଣଙ୍କ ଶ୍ୱାସରେ ବିଲୀନ ହୋଇଗଲା । ଅଷ୍ଟ ଦିଗପାଳକ ଛିନ୍ନଛତ୍ର ହେଇଗଲେ । ଏକାଦଶ ଇନ୍ଦ୍ରଙ୍କ ତ୍ରିଶୂଳକୁ ସେ ନିଜ ଚକ୍ରାୟୁଧରେ ନିରସ୍ତ କରିଦେଲେ । ତାଙ୍କ ତୀର ସାଧ, ବିଶ୍ୱେଦେବାଦି ଗଣକୁ ଦହନ କରିଦେଲା । ଆକାଶରେ ବିହାର କରୁଥିବା ବେଲେ ଗରୁଡ଼ ନିଜ ତୀକ୍ଷ୍ଣ ନଖରେ ଦେବଗଣଙ୍କୁ ଭୀଷଣଭାବେ ଆଘାତ କରିଦେଲା ଏବଂ ୈରାବତର ସାମନା କଲା ।

ଇନ୍ଦ୍ର ମହୋଗ୍ର ରୂପ ଧାରଣ କଲେ ଏବଂ ଶ୍ରୀକୃଷ୍ଣଙ୍କ ଉପରେ ବ୍ରହ୍ମାସ୍ତ୍ର ପ୍ରୟୋଗ କଲେ । ବୈକୁଣ୍ଠର କ୍ଷୀର ସାଗରରେ ଶେଷ ଶୟ୍ୟା ଉପରେ ବିରାଜମାନ ବିଷ୍ଣୁଙ୍କ ନାଭି କମଲରୁ ବ୍ରହ୍ମା ଉତ୍ପନ୍ନ ହେଲେ । ସେଇ କାରଣରୁ ବ୍ରହ୍ମାସ୍ତ୍ର ଶ୍ରୀକୃଷ୍ଣଙ୍କ ନାଭିରେ ପଶିଗଲା । ଇନ୍ଦ୍ର ତାଙ୍କ ଉପରେ ପାଶୁପତାସ୍ତ୍ର ପ୍ରୟୋଗ କଲେ । ଶିବ ଏବଂ କେଶବ ଅଭିନ୍ନ ଥିଲେ । ଏହି କାରଣରୁ ପାଶୁପତାସ୍ତ୍ର ଶ୍ରୀକୃଷ୍ଣଙ୍କ ଅର୍ଦ୍ଧାଙ୍ଗରେ ମିଶିଗଲା । ସତ୍ୟଭାମା କେବେ ବି ଏମିତି ଯୁଦ୍ଧ ଦେଖିନଥିଲେ । ତାଙ୍କ ସ୍ୱାମୀଙ୍କ ପରାକ୍ରମକୁ ନିର୍ନିମେଷ ନୟନରେ ଦେଖି ସେ ମୁଗ୍ଧ ହୋଇଗଲେ । ତାଙ୍କୁ ଲାଗୁଥିଲା ସମସ୍ତ ଦେବଗଣ ଙ୍କ ସାଥିରେ ଶ୍ରୀକୃଷ୍ଣ ହିଁ କେତେକ ରଥ ଉପରେ ଆହୋରଣ କରି ଭାଷଣ ଯୁଦ୍ଧ କରୁଥିଲେ ।

"ସତ୍ୟା ! ଦେଖ, ଏବେ ମୁଁ ଯୁଦ୍ଧକୁ ସମାପ୍ତ କରିଦେବି ।" ଏହା କହି ଶ୍ରୀକୃଷ୍ଣ ଇନ୍ଦ୍ରଙ୍କ ରଥ ଉପରେ ଉଡ଼ୁଥିବା ପତାକାକୁ ପକେଇଦେଲେ ।

ଇନ୍ଦ୍ର ବୁଝିପାରିଲେ ସେ ପରାସ୍ତ ହେବା ନିର୍ଣ୍ଣିତ । "କୃଷ୍ଣ ! ଏବେ ମୁଁ ଜାଣିଛି ଆପଣ ସାଧାରଣ ଅସ୍ତ୍ରକୁ ଡରନ୍ତିନି । ଯଦି ସାହସ ଅଛି ତାହେଲେ ଏହି ବଜ୍ରାୟୁଧକୁ ସାମନା କର ।" ଏହାକହି ଇନ୍ଦ୍ର ଶ୍ରୀକୃଷ୍ଣଙ୍କ ଉପରେ ବଜ୍ରାୟୁଧର ପ୍ରୟୋଗ କଲେ ।

ଶ୍ରୀକୃଷ୍ଣ ତାକୁ ଏକ ଫୁଲ ପାଖୁଡ଼ା ଭଳି ହାତରେ ଧରିଦେଲେ ଏବଂ ତାକୁ ଗନ୍ଧର୍ବଙ୍କ ଉପରେ ଫିଙ୍ଗିଦେଲେ । ଏହା ଦେଖି ସେ ଭୟ ବିହ୍ୱଳିତ ହୋଇ ପଲେଇଲେ । ଶ୍ରୀକୃଷ୍ଣଙ୍କ ରୌଦ୍ର ରୂପକୁ ଦେଖି ସପ୍ତ ରୁଷି ଶାନ୍ତି ମନ୍ତ୍ର ପାଠ କରି ତାଙ୍କୁ ଶାନ୍ତ କରିବାକୁ ଚେଷ୍ଟା କଲେ ।

ଏହି ଦୃଶ୍ୟକୁ ଦେଖି ଇନ୍ଦ୍ର ଶ୍ରୀକୃଷ୍ଣଙ୍କ ଚରଣ ଉପରେ ପଡ଼ିଗଲେ ଏବଂ ନିଜର ପରାଜୟକୁ ସ୍ୱୀକାର କଲେ । "ହେ ମହାତ୍ମା ! ମୋତେ କ୍ଷମା କରନ୍ତୁ । ମୁଁ ମୋ ପତ୍ନୀଙ୍କ

କଥା ଶୁଣି ଆପଣଙ୍କ ସହିତ ଯୁଦ୍ଧ କରିବାକୁ ସାହସ କଲି।" ଏହା କହି ଦେବେନ୍ଦ୍ର ତାଙ୍କୁ ପ୍ରାର୍ଥନା କଲେ।

ଶ୍ରୀକୃଷ୍ଣ ତାଙ୍କୁ ଦୁଇ ହାତରେ ଉଠେଇ ଦେଲେ। "ହେ ଇନ୍ଦ୍ର! ତୁମେ ଦେବ ଲୋକର ଅଧିପତି, ମୁଁ ହେଉଛି ମନୁଷ୍ୟ। ଏମିତି ମୋ ପାଖରେ ଗିଡ଼ଗିଡ଼େଇବା ତୁମ ପକ୍ଷେ ଶୋଭା ଦେଉନି। ଏହି ବଜ୍ରାୟୁଧକୁ ନିଜ ପାଖରେ ରଖ। ଏହି ପାରିଜାତକୁ ବି ନିଜ ପାଖରେ ରଖ।" କହି ଶ୍ରୀକୃଷ୍ଣ ଦେବେନ୍ଦ୍ରଙ୍କୁ ବାହୁବନ୍ଧନରେ ଆବଦ୍ଧ କଲେ। ଏହି ଦୃଶ୍ୟକୁ ଦେଖି ସତ୍ୟଭାମା ଖୁସି ହୋଇଗଲେ।

ସତ୍ୟଭାମା କହିଲେ, "ହେ ଦେବେନ୍ଦ୍ର! ଆପଣଙ୍କୁ ଅପମାନିତ କରିବା ଆମର ଉଦ୍ଦେଶ୍ୟ ନୁହେଁ। ଆପଣ କୌଣସି ଅପରାଧ କରିନାହାନ୍ତି। ଏହି ପାରିଜାତ ବୃକ୍ଷକୁ ଆପଣ ନିଜ ପାଖରେ ରଖନ୍ତୁ। ପାରିଜାତ ପୁଷ୍ପରେ ସୁସଜ୍ଜିତ ସଚୀଦେବୀଙ୍କୁ ଦେଖିବାର ସୌଭାଗ୍ୟରୁ ବଞ୍ଚିତ ହେବାପରେ ଆପଣ ରାଜ୍ୟାଧିକାରର ସୁଖରୁ ବି ବଞ୍ଚିତ ହେବେ। ଏହି କଥାକୁ ନେଇ ଦୁଃଖୀ ହୁଅନ୍ତୁନି। ମୁଁ ବି ଜଣେ ସ୍ତ୍ରୀ। ଆପଣଙ୍କ ବୀରତା ଉପରେ ଗର୍ବ କରିବାବାଲୀ ଆପଣଙ୍କ ପତ୍ନୀ ଆପଣଙ୍କ ଘରେ ମୋ ସାଙ୍ଗରେ ଆଦରପୂର୍ବକ ବ୍ୟବହାର କଲେନି। ମୋ ପତିଙ୍କ ପ୍ରତିଷ୍ଠା ପାଇଁ ମୁଁ ଆପଣଙ୍କୁ ଯୁଦ୍ଧ ପାଇଁ ଆହ୍ୱାନ କଲି, ଏହି ବୃକ୍ଷକୁ ପାଇବାପାଇଁ ନୁହେଁ। ଏହା ଆମର ଦରକାର ନାହିଁ।"

"ମା! ମୋତେ କ୍ଷମା କରନ୍ତୁ। ଏହିପ୍ରକାର କଥା କହି ମୋର ନିନ୍ଦା କରନ୍ତୁନି। ଶ୍ରୀକୃଷ୍ଣ ତ ସୃଷ୍ଟି, ସ୍ଥିତି ଏବଂ ଲୟକାରକ ପରାତ୍ପର। ତାଙ୍କ ସୃଷ୍ଟ୍ୟାଂଶରେ ଜଗତ୍ ରଚନା ହୋଇଛି। ନିଜ ଇଚ୍ଛାରେ, ଲୋକ କଲ୍ୟାଣ ହେତୁ ମାନବ ରୂପ ଧାରଣ କରିଥିବା ପରମେଶ୍ୱର ଅଜୟ। ତାଙ୍କ ହାତରୁ ପରାଜୟ ହେବା ମୋପାଇଁ ଲଜ୍ଜାକର କଥା ନୁହେଁ। ମୋ ପତ୍ନୀ ଶଚୀଦେବୀ ତାଙ୍କ ସ୍ୱର୍ଗ ଲୋକବାସୀ ହେବା ଗର୍ବରୁ ପରିଚାଳିତ ହୋଇ ଆପଣଙ୍କ ବିରୁଦ୍ଧରେ ମୋତେ ଉସକେଇଲେ। ଆପଣ ଆମର ପ୍ରାଣଦାତା। ଏହି ସମସ୍ତ ସଂସାର ଆପଣଙ୍କର। ଏହି ପାରିଜାତ ବୃକ୍ଷକୁ ଆପଣ ନିଜ ସାଙ୍ଗରେ ନେଇ ଆମକୁ ଚରିତାର୍ଥ କରନ୍ତୁ। ଯେ ପର୍ଯ୍ୟନ୍ତ ଆପଣ ପୃଥିବୀ ପୃଷ୍ଠରେ ରହିବେ, ସେ ପର୍ଯ୍ୟନ୍ତ ଏହି ପାରିଜାତ ବୃକ୍ଷ ଆପଣଙ୍କ ପାଖରେ ରହିବ।" ଏହା କହି ଇନ୍ଦ୍ର ତାଙ୍କୁ ଅନୁରୋଧ କଲେ। ଶଚୀଦେବୀ ମଧ୍ୟ ସତ୍ୟଭାମାଙ୍କ ପାଖକୁ ଯାଇ ସେ ଯାହା ଅପରାଧ କରିଛନ୍ତି, ସେଥିପାଇଁ ତାଙ୍କୁ କ୍ଷମା ମାଗିଲେ।

ତା'ପରେ ପାରିଜାତ ବୃକ୍ଷକୁ ଧରି ଶ୍ରୀକୃଷ୍ଣ ଏବଂ ସତ୍ୟଭାମା ଦ୍ୱାରକାରେ ପହଞ୍ଚିଲେ। ତାଙ୍କର ଦେଇଥିବା ବଚନ ଅନୁସାରେ ଶ୍ରୀକୃଷ୍ଣ ସେଇ ବୃକ୍ଷକୁ ସତ୍ୟଭାମାଙ୍କ ମନ୍ଦିର ନିକଟସ୍ଥ ଉପବନରେ ରୋପଣ କଲେ। ଏହି ବୃକ୍ଷର ମହିମା ଯୋଗୁ ଦ୍ୱାରକାର

ବୃଦ୍ଧ ପୁଣି ଯୌବନ ପ୍ରାପ୍ତ କଲେ। ଗରିବ ଲୋକ ଧନୀ ହୋଇଗଲେ। ଅପଙ୍ଗମାନଙ୍କର ବିକଳାଙ୍ଗତା ଦୂର ହୋଇଗଲା। ସେଇ ବୃକ୍ଷ ପାଖଦେଇ ଯାଉଥିବାବାଳାଙ୍କର ପୂର୍ବଜନ୍ମର ସ୍ମୃତି ତାଜା ହୋଇଗଲା। ସୁନ୍ଦରୀ ଲଳନା ମାନଙ୍କର ସୌନ୍ଦର୍ଯ୍ୟ ଦ୍ବିଗୁଣିତ ହୋଇଗଲା। ସତ୍ୟଭାମା ନିତ୍ୟଯୌବନା ହେଇ ପାରିଜାତ ପୁଷ୍ପରେ ଶ୍ରୀକୃଷ୍ଣଙ୍କ ଆରାଧନା କଲେ।

ଦିନେ ଦେବର୍ଷି ନାରଦ ସତ୍ୟଭାମାଙ୍କ ସୌଧରେ ପ୍ରବେଶ କଲେ। ତାଙ୍କ ସୌଭାଗ୍ୟକୁ ସେ ଭୂରି ଭୂରି ପ୍ରଶଂସା କଲେ।

ନାରଦ କହିଲେ, "ହେ ସତ୍ୟା ଦେବୀ! ପାରିଜାତାପହରଣ ଏହାର ଦୃଷ୍ଟାନ୍ତ ଏହାକି ଆପଣଙ୍କ ପତି ଶ୍ରୀକୃଷ୍ଣ ଆପଣଙ୍କୁ କେତେ ପ୍ରେମ କରୁଛନ୍ତି। କିନ୍ତୁ ଏହା ବି ସତ୍ୟ ଯେ ପତ୍ନୀ ଉପରେ ପତିର ପ୍ରେମ ନଶ୍ବର ହୋଇଥାଏ। ଏହା କେହି ବି କହିପାରିବେନି ଆପଣଙ୍କ ପତି ଶ୍ରୀକୃଷ୍ଣଙ୍କୁ କେଜାଣି କେବେ ଦେବୀ ରୁକ୍ମିଣୀ ଏବଂ ଅନ୍ୟ ପତ୍ନୀମାନେ ମନେପଡ଼େ ଏବଂ କେବେ ଆପଣଙ୍କଠାରୁ ଦୂର ହୋଇଯାଆନ୍ତି।"

ତାଙ୍କ କଥା ଶୁଣି ସତ୍ୟଭାମା ଭୟଭୀତ ହୋଇଗଲେ। ସେ ସର୍ବଦା ଶ୍ରୀକୃଷ୍ଣଙ୍କ ଆରାଧନା କରିବାକୁ ଲାଗିଲେ ଏବଂ ଏହିକଥାକୁ ଧ୍ୟାନ ରଖିବାକୁ ଲାଗିଲେ, ତାଙ୍କ ବ୍ୟବହାରରେ ଶ୍ରୀକୃଷ୍ଣଙ୍କ ହୃଦୟକୁ ଆଘାତ ନ ପହଞ୍ଚୁ ଏବଂ ସେ ତାଙ୍କୁ ଛାଡ଼ି ଚାଲି ନ ଯାଆନ୍ତୁ। ଶ୍ରୀକୃଷ୍ଣଙ୍କ ମୁକୁଟ ତାଙ୍କ ଚରଣ ସ୍ପର୍ଶରେ ପଡ଼ିଯିବା ଘଟଣା ମନେ ପଡ଼ିଯିବାକ୍ଷଣି ସତ୍ୟା ବିଚଳିତ ହୋଇଯାନ୍ତି। ଏହି ଘଟଣାକୁ ସବୁଦିନପାଇଁ ଭୁଲିଯିବାକୁ ଚେଷ୍ଟାକରି ସେ ଶ୍ରୀକୃଷ୍ଣଙ୍କୁ ନିତ୍ୟ ଆରାଧନାରେ ତଲ୍ଲୀନ ହୋଇଗଲେ।

ସତ୍ୟଭାମାଙ୍କ ଆରାଧନାରେ ଶ୍ରୀକୃଷ୍ଣ ଅତ୍ୟନ୍ତ ପ୍ରସନ୍ନ ହୋଇଗଲେ ଏବଂ ସତ୍ୟଭାମାଙ୍କ ବାହୁବନ୍ଧନରେ ସେ ସ୍ବର୍ଗସୁଖ ଅନୁଭବ କଲେ। ତାଙ୍କ ଅଧରାମୃତ ପାନ କରିବାରେ ସନ୍ତୁଷ୍ଟ ହେବା କାରଣରୁ ସେ ସମୟ ଜାଣି ପାରିଲେନି। ନିଜ ପାଖରୁ ଶ୍ରୀକୃଷ୍ଣ ଦୂରକୁ ଚାଲିଯିବା କଥା କଳ୍ପନା ବି ସତ୍ୟଭାମାଙ୍କୁ ଦୁର୍ବିସହ ଲାଗିଲା। ସେ ପଚାରିଲେ, "ହେ ମହର୍ଷି ନାରଦ! ସେ ସର୍ବଦା ମୋ ସାଙ୍ଗରେ ରହିବାକୁ କ'ଣ କିଛି ଉପାୟ ନାହିଁ ?"

"କାହିଁକି ନାହିଁ। ପୁଣ୍ୟକବ୍ରତ ନାମକ ଏକ ବ୍ରତ ଅଛି। ସେଇ ବ୍ରତ କଲେ ଶ୍ରୀକୃଷ୍ଣ ସବୁବେଳେ ଆପଣଙ୍କ ଅଧୀନରେ ରହିବେ।" ଏହା କହି ଦେବର୍ଷି ନାରଦ ପୁଣ୍ୟକ ବ୍ରତ ବିଧିର ରୀତି ନୀତି ବୁଝେଇଦେଲେ। ସେଇ ବ୍ରତର ଅନ୍ତିମ ଦିନ ପତିଙ୍କୁ ଏକ ବୃକ୍ଷରେ ବାନ୍ଧି ଜଣେ ବ୍ରାହ୍ମଣଙ୍କୁ ଦାନ ରୂପରେ ଦେବାକୁ ହେବ। ତା'ପରେ ସମସ୍ତ ଆଭୂଷଣକୁ ସେଇ ବ୍ରାହ୍ମଣଙ୍କୁ ସମର୍ପିତ କରି ପତିଙ୍କୁ ପୁଣି ସ୍ବୀକାର କରିବାକୁ ହେବ। ଏହା ଶୁଣି ସତ୍ୟଭାମା ଦେବର୍ଷି ନାରଦଙ୍କୁ ଅନୁରୋଧ କଲେ ଆପଣ ହିଁ

ବ୍ରାହ୍ମଣର ଭୂମିକା ପାଳନ କରି ଦାନକୁ ସ୍ୱୀକାର କରନ୍ତୁ।" ଏଥିପାଇଁ ନାରଦ ତାଙ୍କର ସମ୍ମତି ପ୍ରକାଶ କଲେ।

ତାଙ୍କ ପତିଙ୍କ ଉପରେ ବଶୀକରଣ ମନ୍ତ୍ର ପ୍ରୟୋଗ କରି ତାଙ୍କୁ ସର୍ବଦା ନିଜ ପାଖରେ ରଖିବାକୁ ସତ୍ୟଭାମା କାମନା କଲେ। ସେ ଶ୍ରୀକୃଷ୍ଣଙ୍କ ପରମ ଉପାସିକା।

ତାଙ୍କ ପତିଙ୍କ ଅନୁମତିରେ ସତ୍ୟଭାମା ସେଇ ବ୍ରତକୁ ଆରମ୍ଭ କଲେ। ମିତ୍ର, ବନ୍ଧୁବାନ୍ଧବ ଏବଂ କେତେଜଣ ମହୀପତି ଏହି ବ୍ରତକୁ ଦେଖିବାକୁ ଆସିଲେ। ଶ୍ରୀକୃଷ୍ଣଙ୍କ ଆଦେଶ ଅନୁସାରେ ଐରାବତ ପର୍ବତ ପାଖରେ ବିଶ୍ୱକର୍ମା ଏକ ଅଦ୍ଭୁତ ମନ୍ଦିରର ନିର୍ମାଣ କଲେ। ଏକ ଶୁଭ ମୁହୂର୍ତ୍ତରେ ସତ୍ୟାସମେତ ହୋଇ ଶ୍ରୀକୃଷ୍ଣ ବ୍ରତ ଦୀକ୍ଷାକୁ ଗ୍ରହଣ କଲେ ଏବଂ ବ୍ରତୋଚିତ ଦାନକୁ ଗ୍ରହଣ କରିବାକୁ ଦେବର୍ଷି ନାରଦଙ୍କୁ ସେମାନେ ଆମନ୍ତ୍ରିତ କଲେ।

ଧୌମ୍ୟାଦି ରଷ୍ଟିମାନେ ରୁତ୍ଵିକ ହୋଇ ଏହି ବ୍ରତ ଆରମ୍ଭ କଲେ। ମହର୍ଷି ନାରଦଙ୍କ କହିବା ଅନୁସାରେ ପ୍ରାତଃ କାଳରେ ସ୍ନାନ କରି ସତ୍ୟଭାମା ତାଙ୍କ ପତି ଏବଂ ଶାଶୁ ଶ୍ୱଶୁରଙ୍କୁ ପ୍ରଣାମ କଲେ। ତା'ପରେ ତାଙ୍କ ସପତ୍ନୀ ମାନଙ୍କ ଘରକୁ ଯାଇ ସେମାନଙ୍କୁ ବ୍ରତରେ ଭାଗ ନେବାକୁ ଆମନ୍ତ୍ରିତ କଲେ। ପ୍ରତ୍ୟେକ ଦିନ ଦଶ ହଜାର ସଧବାଙ୍କୁ ବି ସେ ପୂଜା କଲେ। ଚୈତ୍ରଶୁଦ୍ଧ ନବମୀ ଦିନରୁ ଗୋଟିଏ ମାସ ପର୍ଯ୍ୟନ୍ତ ବ୍ରତ ପାଳନ କଲେ।

ଏହି ବ୍ରତକୁ ଦେଖିବାପାଇଁ ଦେବୀ ରୁକ୍ମିଣୀ ତାଙ୍କ ଷୋହଳ ହଜାର ସପତ୍ନୀ ମାନଙ୍କ ସହିତ ଆସିଲେ। ସତ୍ୟଭାମା ଗୋଟିଏ ପଟେ, ଦେବୀ ରୁକ୍ମିଣୀ ଏବଂ ଅନ୍ୟ ସପତ୍ନୀମାନେ ଅନ୍ୟପଟେ। ଦୁଇ ଭାଗରେ ବିଭକ୍ତ ହେଲେ। ଶ୍ରୀକୃଷ୍ଣ ସର୍ବଦା ସତ୍ୟଭାମାଙ୍କ ମନ୍ଦିରରେ ରହିବା ଯୋଗୁ ସେମାନେ ଈର୍ଷା ପ୍ରକଟ କରୁଥିଲେ। ଶ୍ରୀକୃଷ୍ଣଙ୍କୁ ଦେଖିବାପାଇଁ ସେମାନେ ସମସ୍ତେ ଐରାବତ ପର୍ବତ ପାଖରେ ନିର୍ମିତ ସଦନ ପର୍ଯ୍ୟନ୍ତ ପହଞ୍ଚିଲେ। ପାଣ୍ଡବ ଏବଂ ଦ୍ରୌପଦୀ ମଧ ସେଠାକୁ ଆସିଲେ।

ବ୍ରତର ସମାପ୍ତି ସମୟ ଆସିଗଲା। ଶେଷ ଦିନ ଦ୍ରୌପଦୀ ଏବଂ ସୁଭଦ୍ରାଙ୍କ ସାଙ୍ଗରେ ଆସିଥିବା ଅନ୍ୟ ନାରୀମାନେ ପ୍ରାର୍ଥନା କରିବାପରେ, ସଧବାମାନଙ୍କ ଆଗରେ ଚାଲିବା ପରେ ମୋତିରେ ସଜ୍ଜିତ ପାଲିଙ୍କି ପାଖରେ ପହଞ୍ଚ ସତ୍ୟଭାମା ପାରିଜାତ ବୃକ୍ଷକୁ ପ୍ରଣାମ କଲେ। ପୀତବର୍ଣ୍ଣରେ ସୁସଜ୍ଜିତ ଶ୍ରୀକୃଷ୍ଣଙ୍କୁ ପାରିଜାତ ବୃକ୍ଷରେ ବାନ୍ଧିଦେଲେ। ଗର୍ଗ ମୁନି ମନ୍ତ୍ର ଉଚ୍ଚାରଣ କଲେ। ଦକ୍ଷିଣା ଭାବରେ ପାରିଜାତ ବୃକ୍ଷ ଏବଂ ସ୍ୱାମୀ ଶ୍ରୀକୃଷ୍ଣଙ୍କୁ ବି ସେ ଦେବର୍ଷି ନାରଦଙ୍କୁ ଦାନ ରୂପରେ ଦେଇଦେଲେ। ତା'ପରେ ନିଜର ସମସ୍ତ ଆଭୂଷଣକୁ ଦେଇ ନାରଦଙ୍କଠାରୁ ନିଜ ସ୍ୱାମୀଙ୍କୁ ଗ୍ରହଣ

କଲେ। ତାଙ୍କ ସପତ୍ନୀଙ୍କୁ ପ୍ରସାଦ ଦେଇ ସତ୍ୟଭାମା ତାଙ୍କର ସମ୍ମାନ କଲେ। ଶ୍ରୀକୃଷ୍ଣଙ୍କ ପ୍ରଶଂସା କରିବାପରେ ମହର୍ଷି ନାରଦ ସେଠାରୁ ଚାଲିଗଲେ।

ଏହି ଘଟଣା ପରେ ସତ୍ୟଭାମାଙ୍କ ପତିବ୍ରତ୍ୟ ଏବଂ ସ୍ୱାଭିମାନ ସହିତ ସମସ୍ତେ ପରିଚିତ ହୋଇଗଲେ। ତାଙ୍କ ପତିଙ୍କୁ ପ୍ରାପ୍ତ କରିବା ରୀତିକୁ ନେଇ ଯାଦବ ସମାଜ ସତ୍ୟଭାମାଙ୍କର ପ୍ରଶଂସା କଲେ ଏବଂ ଆନନ୍ଦ ଅନୁଭବ କଲେ। ବଳରାମ ଏହା କହି ନିଜର ଖୁସି ପ୍ରକାଶ କଲେ, ଦେବର୍ଷି ଦେବୀ ରୁକ୍ମିଣୀଙ୍କୁ ପାରିଜାତ ପୁଷ୍ପ ଦେଲେ...ତା'ପରେ ଆମ ଝିଅ ପାରିଜାତ ବୃକ୍ଷକୁ ଆସି ନିଜ ଉପବନରେ ରୋପଣ କରିଦେଲେ। ଇନ୍ଦ୍ରଙ୍କ ସହିତ ଯୁଦ୍ଧ କରିବାକୁ ଶ୍ରୀକୃଷ୍ଣଙ୍କୁ ପ୍ରୋତ୍ସାହିତ କରି ସେ ନିଜ ପତିଙ୍କ ବୀରତା ସହିତ ସମସ୍ତଙ୍କୁ ପରିଚିତ କରେଇଲେ। ଭାଇଙ୍କୁ ଡାକି ବଳରାମ କହିଲେ, "ତୁମେ ଏମିତି କୌଣସି କାମ କରିବନି, ଯାହା ସତ୍ୟାଙ୍କ ହୃଦୟକୁ ଆଘାତ ହେବ।"

ରିଜାତ ବୃକ୍ଷକୁ ନିଜ ଉପବନରେ ରୋପଣ ଏବଂ ପୁଣ୍ୟକ ବ୍ରତର ବିଧି କରିବାପରେ ଶ୍ରୀକୃଷ୍ଣଙ୍କ ପ୍ରିୟ ପତ୍ନୀ ରୂପରେ ସତ୍ୟଭାମାଙ୍କୁ ପରିଚୟ ମିଳିଲା। ଦେବେନ୍ଦ୍ରଙ୍କୁ ପରାସ୍ତ କରିବାପରେ ଶ୍ରୀକୃଷ୍ଣଙ୍କୁ ଦେଖି ତାଙ୍କ ଶତ୍ରୁ କମ୍ପିତ ହେଲେ। ଶ୍ରୀକୃଷ୍ଣ ନିଜ ସାମ୍ରାଜ୍ୟ ବିସ୍ତାର କରିବା କାର୍ଯ୍ୟକ୍ରମରେ ବ୍ୟସ୍ତ ରହିଲେ। ଅନେକ ରାଜାମାନଙ୍କ ସହିତ ଯୁଦ୍ଧ କରି ସେମାନଙ୍କୁ ପରାସ୍ତ କଲେ ଏବଂ ମଝିରେ ମଝିରେ ସତ୍ୟାଙ୍କୁ ଦେଖିବାକୁ ଆସିବାକୁ ଲାଗିଲେ। ବଳରାମ ରାଜ୍ୟ ବିସ୍ତାରରେ ଶ୍ରୀକୃଷ୍ଣଙ୍କୁ ସାହାଯ୍ୟ କଲେ। ସମସ୍ତ ପୃଥ୍ବୀ ଉପରେ ଯାଦବ ସାମ୍ରାଜ୍ୟ ବିସ୍ତାରିତ ହେଇଗଲା। ଏଥିରେ ସତ୍ୟଭାମା ଖୁସି ହୋଇଗଲେ।

କାଳ-ଚକ୍ର ନିରନ୍ତର ଘୁରୁଛି। ତାକୁ କେହି ବି ଅଟକେଇ ପାରିବେନି। ସତ୍ୟଭାମା ମା' ହୋଇଗଲେ। ତାଙ୍କ ତେଜ ସମ୍ପନ୍ନ ପୁତ୍ରକୁ ସେ 'ଭାନୁ' ନାଁ ଦେଲେ। ଯାଦବ ସମାଜ ଏହା କହି ସତ୍ୟାଙ୍କୁ ପ୍ରଶଂସା କଲେ କି 'ସୂର୍ଯ୍ୟ ଭଗବାନଙ୍କୁ ଆରାଧନା କରି ସ୍ୟମନ୍ତକ ମଣିକୁ ପ୍ରାପ୍ତ କରିବାରେ ସଫଳ ହେଇଥିବା ତାଙ୍କ ପିତା ସତ୍ରାଜିତ୍ଙ୍କ ଠାରୁ ତାଙ୍କ ବଂଶର ପ୍ରତିଷ୍ଠାରେ ସତ୍ୟଭାମା ଚାରି ଚାନ୍ଦ ଲଗେଇଲେ।' ତାଠାରୁ ବହୁତ ପୂର୍ବରୁ ରୁକ୍ମିଣୀଙ୍କ ଗର୍ଭରୁ ପ୍ରଦ୍ୟୁମ୍ନଙ୍କ ଜନ୍ମ ହେଇଥିଲା।

ଆଉ ଏକ ଯାଦବ ସାମ୍ରାଜ୍ୟକୁ ବିସ୍ତାରିତ କରିବାକୁ ବଳରାମ ଏବଂ ଶ୍ରୀକୃଷ୍ଣ ଲାଗିଥିଲେ। ଅନ୍ୟପଟେ ସତ୍ୟଭାମାଙ୍କ ଠାରୁ ଆଗକୁ ବଢ଼ିବାକୁ ବାଜି ଲଗେଇ ଦେବୀ ରୁକ୍ମିଣୀ ତାଙ୍କ ସମର୍ଥକଙ୍କୁ ଏକାଠି କରି ଏବଂ ତାଙ୍କ ଭାଇଙ୍କ ସାହାଯ୍ୟ ପାଇଁ ଚେଷ୍ଟାରେ ବ୍ୟସ୍ତ ରହିଲେ। ଶ୍ରୀକୃଷ୍ଣଙ୍କ ପାଖରୁ ଅପମାନିତ ରୁକ୍ମିଙ୍କ କନ୍ୟା ଚାରୁମତି ସହିତ ବିବାହ ଦେବାପାଇଁ ରୁକ୍ମିଣୀ ତାଙ୍କ ପୁତ୍ର ପ୍ରଦ୍ୟୁମ୍ନଙ୍କୁ ପ୍ରୋତ୍ସାହିତ କଲେ। ରାଜ ପରିବାରର କନ୍ୟା ହେବାଯୋଗୁ ଦେବୀ ରୁକ୍ମିଣୀ ନିଜର ଆଖି ବନ୍ଦ କରି ଚୁପଚାପ ବସି ପାରିଲେନି। ପ୍ରଦ୍ୟୁମ୍ନର ପୁତ୍ର ଅନିରୁଦ୍ଧ ଜନ୍ମହେଲା।

ଅନିରୁଦ୍ଧ ବଡ଼ ହୋଇଗଲା । ସେତେବେଳେ ରୁକ୍ମୀଙ୍କ ପୁତ୍ର କନ୍ୟା ରୋଚନା ସହିତ ତାର ବିବାହ କରିବାକୁ ରୁକ୍ମିଣୀ ପ୍ରୋତ୍ସାହିତ କଲେ ।

ଏହି ବିବାହ ପରେ ଏହା ସ୍ପଷ୍ଟ ହୋଇଗଲା ଯେ କ୍ଷତ୍ରିୟ ଏବଂ ଯାଦବ ଶାସକଙ୍କ ମଧ୍ୟରେ ବୁଝାମଣା ଲମ୍ବା ସମୟ ପର୍ଯ୍ୟନ୍ତ ରହିବନି । ଏହି ବିବାହରେ ଭାଗ ନେବାକୁ ଆସିଥିବା ଯାଦବ ଲୋକଙ୍କୁ କ୍ଷତ୍ରିୟ ଲୋକ ଅବହେଲା କଲେ । ସତ୍ୟଭାମାଙ୍କ ସହିତ ଆଦରପୂର୍ବକ ବ୍ୟବହାର କରାଗଲାନି । କାଳିଙ୍ଗର ରାଜାମାନେ ରୁକ୍ମୀଙ୍କୁ ବଲରାମଙ୍କ ସହିତ ଦ୍ୟୁତ-କ୍ରୀଡ଼ାରେ ଭାଗ ନେବାକୁ ଉସୁକାଇଲେ ।

କ୍ରୀଡ଼ା ଆରମ୍ଭ ହେଲା । ବଲରାମ ପ୍ରଥମେ ଏକ ଲକ୍ଷ ଦଶ ହଜାର ସ୍ୱର୍ଣ୍ଣ ମୁଦ୍ରା ବାଜି ଲଗେଇଲେ । ରୁକ୍ମୀ ଜିତିଗଲେ । ବଲରାମଙ୍କୁ ପରାଜିତ ହେବା ଦେଖି କାଳିଙ୍ଗ ତାଙ୍କୁ ଠଙ୍ଗା କରି ହସିବାକୁ ଲାଗିଲେ । ଦ୍ୟୁତ-କ୍ରୀଡ଼ାକୁ ଦେଖୁଥିବା ସତ୍ୟଭାମା ଏବଂ ଅନ୍ୟ ଯାଦବ ସ୍ତ୍ରୀମାନଙ୍କୁ ଦେଖି ବିଦର୍ଭ ଏବଂ କାଳିଙ୍ଗ ଦେଶର ରାଜ ପରିବାରର ମହିଳା ମାନେ ତାଙ୍କର ଅବଜ୍ଞା କଲେ । "କ୍ଷୀର ବିକିବାବାଲା ଯାଦବ ଦ୍ୟୁତ-କ୍ରୀଡ଼ା କ'ଣ ଜାଣିବେ ? କ୍ଷତ୍ରିୟ ଏହା କେବଳ ଜାଣିବେ ।" ସେମାନେ କହିଲେ । ରୋଚି-ବେଟିର ସମ୍ପର୍କ ଯୋଡ଼ିବା କାରଣରୁ ଏହି ଅପମାନକୁ ସତ୍ୟଭାମା ସହିନେଲେ । ଶ୍ରୀକୃଷ୍ଣ ବି ହସି ମୌନ ରହିଲେ ।

ତା'ପରେ ରୁକ୍ମିଣୀ ଏକ ଲକ୍ଷ ସ୍ୱର୍ଣ୍ଣ ମୁଦ୍ରା ବାଜି ଲଗେଇଲେ । ଏବେ ବଲରାମ ଜିତିଲେ । ଯାଦବମାନେ କ୍ଷତ୍ରିୟଙ୍କର ଅବଜ୍ଞା କଲେ । ଦେବୀ ରୁକ୍ମିଣୀଙ୍କ ଆଡ଼କୁ ଦେଖି ସତ୍ୟଭାମା ହସିଲେ । କିନ୍ତୁ କ୍ଷତ୍ରିୟମାନେ ଏହି ପରାଜୟକୁ ସ୍ୱୀକାର କଲେନି । ନିଜ ସମର୍ଥକଙ୍କ ସଂଖ୍ୟା ଅଧିକ ହେବାଯୋଗୁ ସେମାନେ ଏହା ଘୋଷଣା କଲେ କି ସେମାନେ ବି ଜିତିଗଲେ । 'ମୁଁ ଜିତିଗଲି, ମୁଁ ଜିତିଗଲି' ରୁକ୍ମିଣୀ ହସି କହିଲେ । ଯାଦବମାନେ କ୍ରୋଧିତ ହେଲେ, ବଲରାମ ଏହା କହି ସେମାନଙ୍କୁ ମନେଇଲେ "ଛାଡ଼ି ଦିଅନ୍ତୁ । ସେମାନେ କହିବାକୁ ଲାଗିଲେ ତାଙ୍କର ଜୟ ହୋଇଛି । ଏବେ ଆଗକୁ ଖେଳିବେ ।" ତା'ପରେ ଦଶ କୋଟି ବାଜି ଲଗେଇ ସେମାନେ ଖେଳିଲେ ଏବଂ ଏଥରେ ମଧ ସେମାନେ ବିଜୟୀ ହେଲେ । କ୍ଷତ୍ରିୟ ଖ୍ତ ହୋଇଗଲେ ଏବଂ ଯାଦବକୁ ଅପମାନିତ କରିବାକୁ ନିର୍ଣ୍ଣୟ ନେଇ ସେମାନେ ବଲରାମଙ୍କୁ ପଚାରିଲେ "ରୁକ୍ମୀଙ୍କର ବିଜୟ ହେଲା । ଆପଣ କେମିତି କହିପାରୁଛନ୍ତି ଆପଣଙ୍କର ବିଜୟ ହେଇଛି ।" ଏକଥା ଶୁଣି ବି ବଲରାମ ମୌନ ଧାରଣ କଲେ । ଏହାକୁ ବଲରାମଙ୍କର ଅସହାୟତା ଭାବି ବିଦର୍ଭ ଏବଂ କାଳିଙ୍ଗ ଦେଶର ରାଜାମାନେ ନିଜର ଦର୍ପ ପ୍ରଦର୍ଶନ କଲେ । ଦୁଷ୍ଟ ରାଜାମାନଙ୍କ ଦ୍ୱାରା ପ୍ରେରିତ ହୋଇ ରୁକ୍ମୀ ବଲରାମଙ୍କ ଆଡ଼କୁ ଚାହିଁ

ଏହା କହି ତାଙ୍କୁ ଅବଜ୍ଞା କଲେ, "ଯାଦବ ଲୋକ କେବେ ବି କ୍ଷତ୍ରିୟମାନଙ୍କର ସମକକ୍ଷ ନୁହେଁ। ଜଙ୍ଗଲରେ ଗାଇ ଚରେଇବା ନୁହେଁ, ସମସ୍ତ ଶାସ୍ତ୍ର ଅଧ୍ୟୟନ କରିବା ଏବଂ ଯୁଦ୍ଧ କଳାରେ ପାରଙ୍ଗମ ହେବା ସହଜ କଥା ନୁହେଁ।" ଏକଥା ଶୁଣି ସବୁ ରାଜାମାନେ ହସି ଉଠିଲେ। ଏକଥା ଶୁଣି ସତ୍ୟଭାମା କେବଳ ନୁହେଁ, ଶ୍ରୀକୃଷ୍ଣ ବି କ୍ରୋଧିତ ହୋଇଗଲେ। ବନ୍ଧୁ ପରିଜନଙ୍କ ହାସ୍ୟ ପରିହାସ ଭାବି ତାହାକୁ ଏବେ ପର୍ଯ୍ୟନ୍ତ ଉପେକ୍ଷା କରୁଥିଲେ। ଯାଦବ କୁପିତ ହୋଇଗଲେ।

ବଳରାମ ଏକ ପରିଘକୁ ହାତରେ ନେଇ ରୁକ୍ମୀ ଉପରେ ପ୍ରହାର କଲେ ଏବଂ ତାଙ୍କର ସଂହାର କରିଦେଲେ। ତାଙ୍କୁ ଅଟକେଇବାକୁ ଆସିଥିବା କ୍ଷତ୍ରିୟଙ୍କୁ ବି ବଳରାମ ବଧ କରିଦେଲେ। ରୁକ୍ମୀଙ୍କ ଦଶା ଦେଖି ବାକି କାଳିଙ୍ଗ ଇତ୍ୟାଦି ରାଜାମାନେ ପଳାୟନ କଲେ। ବଳରାମ କାଳିଙ୍ଗର ପିଛା କଲେ ଏବଂ ତାଙ୍କୁ ଧରି "କ'ଣ ରେ! ଏହା ପୂର୍ବରୁ ମୋତେ ଦେଖି ତୁ ଦାନ୍ତ କାହିଁକି ଦେଖେଇଲୁ। ଏବେ ଦେଖା।" କହି ତାଙ୍କ ମୁହଁ ଉପରେ ନିଜ ମୁଠିରେ ପ୍ରହାର କଲେ ତ ତାଙ୍କ ଦାନ୍ତ ଉପୁଡ଼ି ତଳେ ପଡ଼ିଲା। ତା'ପରେ ତାଙ୍କ ହଳାୟୁଧରେ କେତେକ ରାଜାଙ୍କ ମୁଣ୍ଡ ଫଟେଇ ଦେଲେ। କିଛି ରାଜାଙ୍କ ଭୀଷଣ ଭାବରେ ଆଘାତ କରିଦେଲେ। ସମସ୍ତେ ଛିନ୍ନଛତ୍ର ହୋଇଗଲେ। ବିବାହ ମଣ୍ଡପ ଶ୍ମଶାନ ରୂପରେ ବଦଳିଗଲା।

ଏହି ଘଟଣାକୁ ଦେଖି ସତ୍ୟଭାମା ଉଦ୍‍ବିଗ୍ନ ହୋଇଗଲେ। ରୁକ୍ମିଣୀ ଶୋକସଂତପ୍ତ ହୋଇଗଲେ। ରୁକ୍ମିଣୀ ଏହା ଜାଣିଥିଲେ ଯେ ତାଙ୍କ ବନ୍ଧୁ ପରିଜନଙ୍କର ଭୁଲ। ଏହି କାରଣରୁ ସେ ମୌନ ଧାରଣ କଲେ। କିନ୍ତୁ ତାଙ୍କ ହୃଦୟ ଦଗ୍ଧ ହୋଇଗଲା। ଏହି କଥାକୁ ନେଇ ସେ ଅଧିକ ଚିନ୍ତିତ ହେଲେ ଯେ ନିଜ ଭାଇ ଏବଂ ସମ୍ପର୍କୀୟମାନଙ୍କ ଉପରେ ପ୍ରହାର କଲାବେଲେ ବଳରାମଙ୍କୁ ଶ୍ରୀକୃଷ୍ଣ ଅଟକେଇବାକୁ ଚେଷ୍ଟା କଲେନି। ପରିସ୍ଥିତି ଟିକେ ସ୍ୱାଭାବିକ ହେବାପରେ ଅନିରୁଦ୍ଧ ଏବଂ ତାଙ୍କ ପତ୍ନୀଙ୍କୁ ରଥରେ ବସେଇ ଯାଦବ ଦ୍ୱାରକାରେ ପହଞ୍ଚିଲେ।

ବିଷ୍ଣୁଙ୍କ ଅବତାର ଭାବି ସମସ୍ତ ଲୋକ ଶ୍ରୀକୃଷ୍ଣଙ୍କ ଆରାଧନା କରିବାକୁ ଲାଗିଲେ। କ୍ଷତ୍ରିୟ ଏହା ସହି ପାରିଲେନି।

ପାଣ୍ଡବ, ଭୀଷ୍ମ, କୁରୁବୃଦ୍ଧଙ୍କୁ ଛାଡ଼ି ବାକି ସବୁ କ୍ଷତ୍ରିୟମାନେ ଏହା ପ୍ରଚାର କଲେ କି ଶ୍ରୀକୃଷ୍ଣ ବିଷ୍ଣୁଙ୍କ ଅବତାର ନୁହେଁ, ଯାହା କିଛି ତାଙ୍କ ପକ୍ଷରେ ପ୍ରଚାର ହେଇଛି ତାହା ଅସତ୍ୟ, କାରୁଶ ଦେଶର ରାଜା ପୌଣ୍ଡ୍ରକ ବାସୁଦେବ କ୍ଷତ୍ରିୟ। କିଛି ଲୋକ ତାଙ୍କୁ ଏହା କହିଲେ, "ରାଜା! ବାସୁଦେବ କେବଳ ଜଣେ। ସେ ହେଉଛନ୍ତି ଆପଣ। ଜଣେ ଗାୟାଳ ଆପଣଙ୍କ ନାଁ ରଖି ଦୁରାଚାର କରିବାକୁ ଲାଗିଛି। ଏହା କ'ଣ

ଆପଣଙ୍କ ପାଇଁ ଅପମାନ କଥା ନୁହେଁ ?” ତାଙ୍କ କଥା ଶୁଣି ପୌଣ୍ଡ୍ରକ ବାସୁଦେବ ଶ୍ରୀକୃଷ୍ଣଙ୍କ ଭଳି ପୀତାମ୍ବର ଧାରଣ କଲେ । ନିଜର ଗରୁଡ଼ଧ୍ୱଜ ତିଆରି କଲେ । କାନରେ ମକରାକୃତ କୁଣ୍ଡଳ ତଥା ଗଳାରେ ବନମାଳା ପିନ୍ଧିଦେଲେ । ସେ ଶ୍ରୀକୃଷ୍ଣଙ୍କ ପାଖକୁ ଏହି ସନ୍ଦେଶ ପଠେଇଲେ “ମୁଁ ସଂସାରର ରକ୍ଷାପାଇଁ ପୃଥିବୀ ଉପରେ ଅବତୀର୍ଣ୍ଣ ହେଇଛି । ତୁମେ ନିଜର ମିଛ ‘ବାସୁଦେବ’ ନାମ ତ୍ୟାଗକରି ମୋ ଶରଣରେ ଆସ ।”

ଦିନେ ଶ୍ରୀକୃଷ୍ଣ ସତ୍ୟାଙ୍କ ମନ୍ଦିରରେ ରହିବା ସମୟରେ ପୌଣ୍ଡ୍ରକଙ୍କ ଦୂତ ସେଠାକୁ ଆସିଲା । ସେତେବେଳେ ଶ୍ରୀକୃଷ୍ଣ କହିଲେ, “ସତ୍ୟା ! ତୁମେ ଏକ ବିଚିତ୍ର କଥା ଏବେ ଶୁଣିବ । ପୌଣ୍ଡ୍ରକଙ୍କ ଦୂତକୁ ମୁଁ ଡକେଇବି ।”

ସେଇ ଦୂତର କଥା ବଡ଼ ସାବଧାନରେ ସତ୍ୟଭାମା ଶୁଣିଲେ ।

ପୌଣ୍ଡ୍ରକଙ୍କ ଦୂତ କହିଲା, “ସ୍ୱାମୀ ! ମୁଁ କାରୁଷପତିଙ୍କ ଦୂତ । ତାଙ୍କ ଆଦେଶାନୁସାରେ ମୁଁ ଆପଣଙ୍କୁ ତାଙ୍କ କଥା ଶୁଣୋଉଛି ।” “ଏହି ଧରିତ୍ରୀର କଲ୍ୟାଣପାଇଁ ମୁଁ ପୃଥିବୀରେ ବାସୁଦେବ ହେଇ ଅବତୀର୍ଣ୍ଣ ହେଇଛି । ମୁଁ ଶୁଣିଛି କି ଆପଣ ମୋ ନାମ ରଖି ଅତ୍ୟାଚାର କରୁଛନ୍ତି । ଆପଣ ନିଜକୁ, ଶଂଖ ଏବଂ ଚକ୍ରକୁ ତ୍ୟାଗକରି ମୋ ଶରଣରେ ଆସନ୍ତୁ ।” ଏହା କହି ଦୂତ ପୁଣି କହିଲା, “ଯଦି ଆପଣ ପୌଣ୍ଡ୍ରକ ବାସୁଦେବଙ୍କ ବିଚାରରେ ସହମତ ହେବେନି ତାହେଲେ ଆପଣଙ୍କୁ ଯୁଦ୍ଧକ୍ଷେତ୍ରକୁ ଆସିବାକୁ ଆମନ୍ତ୍ରିତ କଲି । ସେ ଏହା ବି କହିଲେ କି ତାଙ୍କ ହାତରେ ମରିବାକୁ ଆପଣଙ୍କୁ ବୀରଗତି ପ୍ରାପ୍ତ ହେବ ।”

ତା’ର କଥା ଶୁଣି ସତ୍ୟଭାମା କ୍ରୋଧିତ ହୋଇ କହିଲେ, “ଏହି ପୌଣ୍ଡ୍ରକ କିଏ ? ତାଙ୍କର ସଂହାର କରନ୍ତୁ ।”

ଶ୍ରୀକୃଷ୍ଣ ହସିଲେ । “ଦୂତାଗ୍ରଣୀ ! ଆପଣଙ୍କ ରାଜାଙ୍କ କଥା ଶୁଣି ମୁଁ ପ୍ରସନ୍ନ ହେଲି । ତାଙ୍କୁ କହିଦିଅ କି ମୁଁ ସେଇ ବାସୁଦେବଙ୍କ ପାଖକୁ ଯିବି ଏବଂ ଯୁଦ୍ଧକ୍ଷେତ୍ରରେ ଜଣାପଡ଼ିଯିବ ଯେ ବାସୁଦେବ କିଏ ? ସେଠାରେ ନିଜର ଅସ୍ତ୍ର ତ୍ୟାଗ କରିଦେବି ।” ସେ କହିଲେ ।

ଦୂତ ଚାଲିଯିବାପରେ ସତ୍ୟଭାମା ପଚାରିଲେ, “ସ୍ୱାମୀ ! କ’ଣ ହେଉଛି ?”

ଶ୍ରୀକୃଷ୍ଣ କହିଲେ, “ସତ୍ୟା ! ଏହା କ୍ଷତ୍ରିୟଙ୍କ ଷଡ଼ଯନ୍ତ୍ର । ବିଦର୍ଭ ଏବଂ କଳିଙ୍ଗାଧୀଶ ମାନଙ୍କ ସଂହାର ହେବାପରେ ସେମାନେ ପ୍ରତିଶୋଧ ନେବାପାଇଁ ତତ୍ପର । ମୋତେ ପରାସ୍ତ କରିବାପାଇଁ ସେମାନେ ବହୁପ୍ରକାର ଚେଷ୍ଟା କରୁଥିଲେ । ପୌଣ୍ଡ୍ରକଙ୍କ ପଛରେ କେତେକ କ୍ଷତ୍ରିୟ ଥିଲେ । ସେମାନଙ୍କୁ ବି ଉଚିତ ଶିକ୍ଷା ଦେବାକୁ ସମୟ ଆସିଗଲାଣି ।”

ପରଦିନ ଶ୍ରୀକୃଷ୍ଣ କାରୂଷ ଦେଶ ଉପରେ ଆକ୍ରମଣ କଲେ। ପୌଣ୍ଡ୍ରକଙ୍କ ଅକ୍ଷୌହିଣୀଦ୍ୱୟକୁ ସାଙ୍ଗରେ ନିଜର ତିନି ଅକ୍ଷୌହିଣୀ ସେନାକୁ ନେଇ କାଶୀ ରାଜା ଶ୍ରୀକୃଷ୍ଣଙ୍କ ସହିତ ଭୀଷଣ ଯୁଦ୍ଧ କଲେ। ପୌଣ୍ଡ୍ରକ ନିଜର ଗଦା, ଶୂଳ ତଥା କେତେ ଅସ୍ତ୍ର ଶସ୍ତ୍ର ଶ୍ରୀକୃଷ୍ଣଙ୍କ ଉପରେ ପ୍ରୟୋଗ କଲେ। ପୌଣ୍ଡ୍ରକ ସେନାଙ୍କ ଯୋଦ୍ଧା ବି ଶ୍ରୀକୃଷ୍ଣଙ୍କ ଉପରେ ଝାମ୍ପ ଦେଲେ। ପୌଣ୍ଡ୍ରକ ଏବଂ କାଶୀନାଥଙ୍କ ସେନାକୁ ଶ୍ରୀକୃଷ୍ଣ ପରାସ୍ତ କଲେ। ସମସ୍ତ ଯୁଦ୍ଧକ୍ଷେତ୍ର ଶତ୍ରୁ ପକ୍ଷର ଯୋଦ୍ଧାଙ୍କ ଶବରେ ପୂରିଗଲା ଏବଂ ସେଇ ଦୃଶ୍ୟ ଯମପୁରୀ ଭଳି ଦେଖାଗଲା।

ପୌଣ୍ଡ୍ରକଙ୍କ ଆଡ଼କୁ ଚାହିଁ ଶ୍ରୀକୃଷ୍ଣ କହିଲେ, "ରେ ମୂର୍ଖ! ମୋତେ ତୁ ମୋ ଅସ୍ତ୍ର ପ୍ରୟୋଗ କରିବାପାଇଁ ଆହ୍ୱାନ କରୁଛୁ? ଏବେ ମୋ ଅସ୍ତ୍ର ସାମନା କରି ଦେଖ। ଆଜି ତୁମର ଏବଂ ତୁମ ମିଥ୍ୟା ନାମର ବି ଅନ୍ତ ହେବ।" ଏହା କହି ଶ୍ରୀକୃଷ୍ଣ ଚକ୍ରାୟୁଧର ପ୍ରୟୋଗ କଲେ। ପୌଣ୍ଡ୍ରକ ଏବଂ କାଶୀନାଥର ମୁଣ୍ଡକୁ ଚକ୍ରାୟୁଧ କାଟିଦେଲା। କାଶୀନାଥର ମୁଣ୍ଡ କାଶୀ ରାଜ୍ୟରେ ପ୍ରବେଶ କରି ତାଙ୍କ ଦୁର୍ଗରେ ପଡ଼ିଲା। ତାଙ୍କ ନରେଶଙ୍କ ଖଣ୍ଡିତ ମସ୍ତକକୁ ଦେଖି ରାଣୀମାନେ ଚିତ୍କାର କରିଉଠିଲେ। କାଶୀନାଥଙ୍କ ପୁତ୍ର ସୁଦକ୍ଷିଣକୁ ମହେଶ୍ୱରଙ୍କ ବରଦାନ ପ୍ରାପ୍ତ ହୋଇଥିଲା। ସେ ଏହି ଦୃଶ୍ୟକୁ ଦେଖି କ୍ରୋଧିତ ହେଲା ଏବଂ ଅଗ୍ନିଦେବଙ୍କ ଉପାସନା କଲେ। ସେ ହୋମ ଦ୍ୱାରା ବିକୃତ କୃତ୍ୟାକୁ ଉତ୍ପନ୍ନ କରି କୃଷ୍ଣଙ୍କୁ ବଧ କରିବାକୁ ଚାହିଁଲା। ସେଇ ବିକୃତ କୃତ୍ୟା ଦାବାଗ୍ନି ଭଳି ଦ୍ୱାରକା ନଗରୀ ଉପରେ ଛାଇଗଲା। ଶ୍ରୀକୃଷ୍ଣ ତାଙ୍କ ସୁଦର୍ଶନରେ ସୁଦକ୍ଷିଣ ତଥା କୃତ୍ୟାର ସଂହାର କଲେ।

ଏହି ଘଟଣା ପରେ ଯାଦବ ଯୋଦ୍ଧାଙ୍କ ନାଁ ଶୁଣିବାମାତ୍ରେ କ୍ଷତ୍ରିୟ ଥରିଲେ। କେତେକ କ୍ଷତ୍ରିୟ ଶ୍ରୀକୃଷ୍ଣଙ୍କ ଶରଣକୁ ଆସିଲେ। କ୍ଷତ୍ରିୟଙ୍କୁ ଡରିବା ଛାଡ଼ି ଯାଦବ ଯୋଦ୍ଧା ମାନେ ନିଜର ପ୍ରଭୁତାର ପ୍ରଦର୍ଶନ କଲେ।

ଦୁର୍ଯ୍ୟୋଧନ ନିଜ ଝିଅ ଲକ୍ଷଣାର ବିବାହ ଘୋଷଣା କରି ସମସ୍ତ ରାଜାମାନଙ୍କୁ ନିମନ୍ତ୍ରଣ କଲେ, କିନ୍ତୁ ଯାଦବଙ୍କୁ ନିମନ୍ତ୍ରଣ କଲେନି। ଏହି କଥାକୁ ନେଇ ଯାଦବ କ୍ରୋଧିତ ହୋଇଗଲେ। ଶ୍ରୀକୃଷ୍ଣ ସତ୍ୟଭାମାଙ୍କୁ କହିଲେ, "ଦେବୀ! ମୁଁ କ'ଣ କରିପାରିବି। ମୋତେ ପାଣ୍ଡବଙ୍କ ସମର୍ଥକ ଭାବି ଦୁର୍ଯ୍ୟୋଧନ ମୋ ଉପରେ କ୍ରୋଧିତ ହେଇଛନ୍ତି।"

ସତ୍ୟଭାମା ହସି କହିଲେ, "ସ୍ୱାମୀ! ଆପଣ ଶୂରବୀର। ଏହା ଜାଣି ବି ଏକ ଜାତି ନାଁରେ ଆମକୁ ଅପମାନିତ କରିବା ଉଚିତ ନୁହେଁ, ଆମକୁ ଆମନ୍ତ୍ରିତ ନକରି ସେମାନେ ଆମକୁ ଅପମାନିତ କରିଛନ୍ତି। ଆପଣଙ୍କ ପୁତ୍ରଙ୍କ ମଧ୍ୟରୁ କାହାକୁ ଆପଣ ହସ୍ତିନାପୁର ପଠାନ୍ତୁ। ଏହି କଳାରେ ଆପଣ ଭଲଭାବେ ପରିଚିତ ଥିଲେ।"

“ଏହାହିଁ କରିବି ।” କହି ଶ୍ରୀକୃଷ୍ଣ ଜାମ୍ବବତୀ ପୁତ୍ର ଶାମ୍ବକୁ ହସ୍ତିନାପୁର ପଠେଇଲେ । ଶାମ୍ବ ରଥୀମାନଙ୍କରେ ଶ୍ରେଷ୍ଠ ଏବଂ ଅତ୍ୟନ୍ତ ସୁନ୍ଦର ମଧ୍ୟ । ଶାମ୍ବ ହସ୍ତିନାପୁର ଯାଇ ଅନ୍ତଃପୁରକୁ ପ୍ରବେଶ କଲା ଏବଂ ଦୁର୍ଯ୍ୟୋଧନର କନ୍ୟା ଲକ୍ଷଣାକୁ ଉଠେଇ ନେଇଆସିଲା । ତାକୁ ଅଟକେଇବାକୁ ଚେଷ୍ଟା କରୁଥିବା ଯୋଦ୍ଧାମାନଙ୍କୁ ସଂହାର କରିଦେଲା ।

ଲକ୍ଷଣାର ଅପହରଣର ସୂଚନା ପାଇ କୌରବ କ୍ରୋଧିତ ହୋଇଗଲେ । ଦୁର୍ଯ୍ୟୋଧନ କହିଲେ, “ଏହି ଆତତାୟୀକୁ ଉଚିତ ଶିକ୍ଷା ଦେବା ଦରକାର । ଯାଦବ ଯୋଦ୍ଧା ଘମଣ୍ଡି ହେଇଗଲେଣି । ଏତେ ସଂଖ୍ୟାରେ ଯୋଦ୍ଧାମାନଙ୍କ ଉପସ୍ଥିତିରେ ବି ଉପେକ୍ଷା କରି ଶାମ୍ବ ଲକ୍ଷଣାକୁ ଅପହରଣ କଲା । ଆମେ ସେଇ ଆତତାୟୀର ସଂହାର କରି ଆମ କନ୍ୟାକୁ ଛଡ଼େଇ ଆଣିବାରେ ଯଦି ଅସଫଳ ହେବୁ ତାହେଲେ କ୍ଷତ୍ରିୟମାନଙ୍କ ପାଖରେ ଆମକୁ ମୁଣ୍ଡ ନୀଇଁବାକୁ ପଡ଼ିବ । ଶାମ୍ବକୁ ବଧ କରିବାପରେ ଯାଦବ ଏବଂ ବୃଷ୍ଣି ବଂଶର ଯୋଦ୍ଧା ନିଶ୍ଚୟ ଆମ ଉପରେ ଆକ୍ରମଣ କରିବେ । ସେମାନଙ୍କୁ ବି ଆମ ଶକ୍ତିର ପରିଚୟ ଦେବାକୁ ପଡ଼ିବ ।” ସେ କର୍ଣ୍ଣ, ଶଲ୍ୟ, ଭୂରୀ ଏବଂ ଯକେଡୁକୁ ସାଙ୍ଗରେ ନେଇ ଶାମ୍ବକୁ ରାସ୍ତାରେ ହିଁ ଅଟକେଇବାକୁ ଚେଷ୍ଟା କଲେ ।

ଶାମ୍ବ ନିର୍ଭୀକତାରେ ଦୁର୍ଯ୍ୟୋଧନ ଇତ୍ୟାଦି ଯୋଦ୍ଧାମାନଙ୍କ ସହିତ ଯୁଦ୍ଧ କଲା । କର୍ଣ୍ଣକୁ ଆଗରେ ରଖି କୌରବ ସେନାର ପାଞ୍ଚ ପ୍ରମୁଖ ଶାମ୍ବ ଉପରେ ତୀର ବର୍ଷା କଲେ । ଶାମ୍ବ ତାଙ୍କ ଅସ୍ତ୍ରକୁ ନିରସ୍ତ କରିଦେଲା ଏବଂ କୌରବ ଯୋଦ୍ଧାଙ୍କ ରଥାଶ୍ୱକୁ ନିଜ ତୀରରେ ଘାୟଲ କରିଦେଲା । ତା’ର ଧନୁର୍ବିଦ୍ୟା କୌଶଳ ଦେଖି ମହାରଥୀ କର୍ଣ୍ଣ ଏବଂ କୌରବ ସେନା ଆଶ୍ଚର୍ଯ୍ୟ ହୋଇଗଲେ । ତା’ପରେ ସେମାନେ ଶାମ୍ବକୁ ଉପେକ୍ଷା ନକରିବାକୁ ନିର୍ଣ୍ଣୟ କରି ଏକା ସାଙ୍ଗରେ ଅସ୍ତ୍ରରେ ତା’ ଉପରେ ପ୍ରହାର କଲେ ଏବଂ ତା’ର ଚାରି ରଥାଶ୍ୱକୁ ବଧ କଲେ । ଶାମ୍ବର ରଥ ସାରଥୀ ସୁୟୋଧନର ବି ସେମାନେ ସଂହାର କଲେ । କର୍ଣ୍ଣ ଶାମ୍ବର ଧନୁକୁ ଭାଙ୍ଗିଦେଲେ । ଶାମ୍ବକୁ ବନ୍ଦୀ କରି ଲକ୍ଷଣା ସହିତ ହସ୍ତିନାପୁରକୁ ନେଇଆସିଲେ ।

ଏହି ସମାଚାରକୁ ପାଇ ଯାଦବ କ୍ରୋଧିତ ହେଲେ । ଉଗ୍ରସେନଙ୍କ ଅନୁମତି ପାଇ ସେମାନେ ହସ୍ତିନାପୁର ଉପରେ ଆକ୍ରମଣ କରିବାକୁ ସ୍ଥିର କଲେ । ବଳରାମଙ୍କୁ ଏହାର ସୂଚନା ମିଳିଗଲା । କ୍ଷତ୍ରିୟ ଏବଂ ଯାଦବ ବଂଶ ମଧ୍ୟରେ ଶତ୍ରୁତା ବଢ଼ିଯିବା ତାଙ୍କୁ ପସନ୍ଦ ନୁହେଁ । ତାଙ୍କ ହାତରେ ରୁକ୍ମିଙ୍କ ବଧ ହେବାପରେ ତାଙ୍କ ସ୍ୱଭାବରେ ପରିବର୍ତ୍ତନ ଆସିଲା । ସେବେଠାରୁ ଶାନ୍ତ ହେବାକୁ ନିର୍ଣ୍ଣୟ ନେଇ ରହିଲେ । ନିଜକୁ ଶାନ୍ତ ରଖିବାପାଇଁ କିଛି ଦିନ ପର୍ଯ୍ୟନ୍ତ ନିଜ ପରିବାରମାନଙ୍କ ସହିତ ସମୟ ବିତେଇ

ସେ ଫେରିଲେ। ସେ ଫେରି ଆସିବାମାତ୍ରେ ଏହି ଖବର ପାଇ ଆଶ୍ଚର୍ଯ୍ୟ ହେଇ ରହିଗଲେ ଶାମ୍ବ ଲକ୍ଷଣାର ଅପହରଣ କରିବାକୁ ହସ୍ତିନାପୁର ଯାଇଥିଲା।

ଶ୍ରୀକୃଷ୍ଣ ବଲରାମଙ୍କୁ ପଚାରିଲେ, "ଅଗ୍ରଜ! ଆମକୁ କ'ଣ କରିବାକୁ ହେବ? କ୍ଷତ୍ରିୟ ସର୍ବଦା ଯାଦବଙ୍କୁ ଅପମାନିତ କରିଆସୁଛନ୍ତି। ଲକ୍ଷଣାର ସ୍ୱୟୟଂବରକୁ ଯଦି ସେମାନେ ଆମକୁ ଆମନ୍ତିତ କରିଥାନ୍ତେ ତାହେଲେ ଏହି ସମସ୍ୟା ଉତ୍ପନ୍ନ ହେଇନଥାନ୍ତା।"

ତଥାପି ତାଙ୍କ ପ୍ରିୟ ଶିଷ୍ୟ ସୁୟୋଧନ ସହିତ ଶତ୍ରୁତା କରିବା ବଲରାମ ପସନ୍ଦ କଲେନି। କିଛି ବୃଦ୍ଧ ବ୍ରାହ୍ମଣଙ୍କୁ ସାଙ୍ଗରେ ନେଇ ସେ ହସ୍ତିନାପୁର ଗଲେ। ସେଠାକାର ବାହ୍ୟ ଉପବନରେ ସେ ବିଚରଣ କଲେ। ଉଦ୍ଧବଙ୍କ ଦ୍ୱାରା ସେ ଖବର ପଠେଇଲେ, "ସେ ଧୃତରାଷ୍ଟ୍ରଙ୍କ ସହିତ ସାକ୍ଷାତ୍ କରିବାକୁ ଆସିଛନ୍ତି।" ତାଙ୍କୁ ଏମିତି କୁହ।

ଧୃତରାଷ୍ଟ୍ର, ଭୀଷ୍ମ, ଦ୍ରୋଣ, ବାହ୍ଲିକ ଏବଂ ଦୁର୍ଯ୍ୟୋଧନଙ୍କ ସହିତ ଦେଖାକରି ଉଦ୍ଧବ ତାଙ୍କୁ ବଲରାମଙ୍କ ଆଗମନର ସୂଚନା ଦେଲେ। ନିଜ ଗୁରୁଦେବଙ୍କ ଆସିବା ସୂଚନା ପାଇ ଦୁର୍ଯ୍ୟୋଧନ ଖୁସି ହୋଇଗଲେ ଏବଂ ତାଙ୍କ ଭାଇମାନଙ୍କ ସହିତ ତାଙ୍କ ପାଖକୁ ଯାଇ ସମ୍ମାନପୂର୍ବକ ବଲରାମଙ୍କୁ ସ୍ୱାଗତ କଲେ। ପୀତାମ୍ବରକୁ ସମର୍ପିତ କରି ଆଦରପୂର୍ବକ ତାଙ୍କୁ ରାଜଭବନ ଆଡ଼କୁ ନେଇଗଲେ।

ତାଙ୍କ କୁଶଳ କଥା ପଚାରିବାପରେ ବଲରାମ ତାଙ୍କୁ କହିଲେ, "ହେ ମିତ୍ର! ମୋର ଏହି କାମନା ଅଛି, ପାଣ୍ଡବ ଏବଂ କୌରବଙ୍କ ମଧ୍ୟରେ ସ୍ନେହପୂର୍ଣ୍ଣ ସମ୍ପର୍କ ରହୁ। ଆମେ ପରସ୍ପରର ଶତ୍ରୁ ନୁହେଁ। ମୁଁ ଉଗ୍ରସେନଙ୍କ ଆଜ୍ଞାବଚନ ଶୁଣୋଉଛି। ଯାଦବ ଯୋଦ୍ଧା ଶାମ୍ବକୁ ଏକୁଟିଆ ପାଇ ଆପଣମାନେ ସମସ୍ତେ ଏକାସାଙ୍ଗରେ ପ୍ରହାର କଲେ ଏବଂ ତାକୁ ବନ୍ଦୀ କଲେ। ଏହା ଯୁଦ୍ଧ ନୀତିର ବିରୁଦ୍ଧ। ବିଜ୍ଞ ଲୋକଙ୍କୁ ଅଧର୍ମର ରାସ୍ତା ଆପଣେଇବା ଶୋଭା ଦେଉନି। ଶାମ୍ବକୁ ବନ୍ଦୀ କରିବା ଚେଷ୍ଟାରେ ଆପଣ ନିୟମର ଉଲ୍ଲଂଘନ କରିଛନ୍ତି। ତଥାପି ଆମର ବନ୍ଧୁତାକୁ ଦୃଷ୍ଟିରେ ରଖି ମୁଁ ଏଠାକୁ ଆସିଲି। ଆପଣଙ୍କ ଏହି ଅକୃତ୍ୟକୁ ମୁଁ ସହିନେଲି। ଅନ୍ୟଥା ଯାଦବ ଏବଂ ପାଣ୍ଡବଙ୍କ ମଧ୍ୟରେ ଭୀଷଣ ଯୁଦ୍ଧ ଅନିବାର୍ଯ୍ୟ ହୋଇଥାନ୍ତା। ଆପଣ ନିଜର ଭୁଲକୁ ସ୍ୱୀକାର କରି ଶାମ୍ବକୁ ଛାଡ଼ିଦିଅନ୍ତୁ। ଲକ୍ଷଣା ଏବଂ ଶାମ୍ବର ଶାସ୍ତ୍ରନୁସାରେ ବିବାହ କରାନ୍ତୁ। ଏଥିରେ ଆମର ବନ୍ଧୁତା ଆହୁରି ଦୃଢ଼ ହୋଇଯିବ।"

ବଲରାମଙ୍କ କଥା କୌରବମାନଙ୍କୁ ଅପ୍ରିୟ ଲାଗିଲା। ତାଙ୍କ ଗୁରୁଦେବ ବଲରାମଙ୍କ ପ୍ରସ୍ତାବକୁ ସୁୟୋଧନ ସ୍ୱୀକାର କଲେନାହିଁ। ଦୁର୍ଯ୍ୟୋଧନ ଏହା କହି ବଲରାମଙ୍କ ନିନ୍ଦା କଲେ, 'ଆପଣଙ୍କ ପ୍ରତି ମୋ ମନରେ ଅପାର ଗୌରବ। ପର୍ଶୁରାମଙ୍କ ଶିଷ୍ୟ ହେବାଯୋଗୁ ଆପଣଙ୍କୁ ଗୁରୁ ଭାବି ମୁଁ ଆପଣଙ୍କଠାରୁ ଯୁଦ୍ଧ ବିଦ୍ୟା ଶିଖିଛି। କିନ୍ତୁ ଯାଦବଙ୍କ ଔଦ୍ଧତ୍ୟକୁ ମୁଁ

ସହିପାରୁନି । ଯାଦବଙ୍କ ଆଖି ମୁଣ୍ଡରେ ବସିଲାଣି । ସେମାନେ କେବେ ବି ଆମର ସମାୟକ୍ଷ ହେବେନି । ଆମକୁ ଆଦେଶ ଦେବା କଥା ସେମାନେ କେବେଠାରୁ ଶିଖିଲେଣି ? ଉଗ୍ରସେନ କ'ଣ କୌଣସି ରାଜା ? ତାଙ୍କ ଆଦେଶ ପାଳନ ଆମେ କାହିଁକି କରିବୁ ? ତାଙ୍କୁ ସମ୍ମାନ କାହିଁକି ଦେବୁ ? ଏହା ଲାଗୁଛି ଯେମିତି କୌଣସି ଛେଲି ସିଂହର ମାଂସ ଖାଇବାକୁ କାମନା କରୁଛି । ଆପଣ ଏହା ଜାଣିଥାନ୍ତୁ ଆମ କୃପା ଯୋଗୁ ଆପଣ ଏପର୍ଯ୍ୟନ୍ତ ଜୀବିତ ଅଛନ୍ତି ।" ଏହା କହି ଦୁର୍ଯ୍ୟୋଧନ ସେଠାରୁ ଚାଲିଗଲେ ।

ବଳରାମ କ୍ରୋଧିତ ହୋଇଗଲେ । ତାଙ୍କ ଆଖି ଲାଲ ହୋଇଗଲା । କୌରବଙ୍କୁ ଉଚିତ ଶିକ୍ଷା ଦେବା ବିନା ତାଙ୍କ କ୍ରୋଧାଗ୍ନି ଲିଭିବନି । ଏହି ଗର୍ବୀମାନଙ୍କୁ ଦଣ୍ଡ ଦେବା ଉଚିତ ହେବ । ବଳରାମ ଭାବିଲେ କୌରବ ତାଙ୍କୁ ଅପମାନିତ କରି ଯୁଦ୍ଧକୁ ଆମନ୍ତ୍ରଣ କରିଛନ୍ତି । ଏହା କହି ଦୁର୍ଯ୍ୟୋଧନ ନିଜର ଅହଙ୍କାର ପ୍ରଦର୍ଶନ କରିଛନ୍ତି ଉଗ୍ରସେନ ରାଜା ହେବାକୁ ଉପଯୁକ୍ତ ? ଯାଦବଙ୍କ ତୁଳନା ଯୋତା ସହିତ କରି ଅପରାଧ କରିଛନ୍ତି । ଏହା ଭାବି ବଳରାମ ତ୍ରୈଲୋକ୍ୟଦହନ ମୂର୍ତ୍ତି ହୋଇ ହଳାୟୁଧକୁ ଉଠେଇ କ୍ଷଣକରେ ହସ୍ତିନାପୁରକୁ ଉପାଡ଼ି ଗଙ୍ଗାନଦୀରେ ଫିଙ୍ଗିବାକୁ ଚେଷ୍ଟା କଲେ । ହସ୍ତିନାପୁରର ଏକ ଭାଗ ପାଣିରେ ବୁଡ଼ିଗଲା । ହସ୍ତିନାପୁର ଜଳମଗ୍ନ ହୋଇଯାଇଥିଲା । ନଗରବାସୀ ଥରିଉଠିଲେ । କୌରବ ନିଶ୍ଚେଷ୍ଟ ହୋଇଗଲେ । ତୁରନ୍ତ ଶାମ୍ବ ଏବଂ ଲକ୍ଷଣାକୁ ନେଇଆସି ବଳରାମଙ୍କ ଚରଣରେ ପଡ଼ିଗଲେ । "ହେ ବଳରାମ ! ଆପଣଙ୍କ ଶକ୍ତିରେ ଅପରିଚିତ ହେବାଯୋଗୁ ଆମେ ଏହି ଜଘନ୍ୟ ଅପରାଧ କରିଛୁ । ବିଶ୍ୱ ସୃଷ୍ଟିରେ ତୁମେ କାରକ । ଯଦି ତୁମେ କ୍ରୋଧିତ ହୋଇଯିବ ଆମେ ଅଗ୍ନିରେ ପଡ଼ିଥିବା ପତଙ୍ଗ ଭଳି ଦଗ୍ଧ ହୋଇଯିବୁ । ଆପଣ ହିଁ ଆମକୁ ରକ୍ଷା କରିପାରିବେ ।" ଏହା କହି କୌରବମାନେ ତାଙ୍କୁ ପ୍ରାର୍ଥନା କଲେ ।

ବଳରାମ ତାଙ୍କ କଥା ଶୁଣି ପ୍ରସନ୍ନ ହେଲେ । ନିଜ ହଳାୟୁଧକୁ ଅପସାରିତ କରି ସେମାନଙ୍କୁ ଅଭୟଦାନ ଦେଲେ । ଲକ୍ଷଣା ଏବଂ ଶାମ୍ବର ବିବାହ ହୋଇଗଲା । ଦୁର୍ଯ୍ୟୋଧନ ଭେଟି ରୂପରେ ଛଅ ବର୍ଷୀୟ ଏକ ହଜାର ହାତୀ, ଦଶ ହଜାର ଅଶ୍ୱ, ଛଅ ହଜାର ସୁବର୍ଣ୍ଣ ରଥ ଏବଂ ହଜାରେ ସଂଖ୍ୟାରେ ସୁସଜ୍ଜିତ ଦାସୀମାନଙ୍କୁ ଦେଲେ । ଦ୍ୱାରକାରେ ପହଞ୍ଚ ବଳରାମ ଯାଦବଙ୍କ ସଭାରେ ସବୁ ବୃତ୍ତାନ୍ତ ଶୁଣେଇଲେ । ଯାଦବମାନେ ଖୁସି ପ୍ରକାଶ କଲେ । ସତ୍ୟଭାମାଙ୍କ ଆନନ୍ଦର କୌଣସି ସୀମା ରହିଲାନି । ଯାଦବମାନେ ଆନନ୍ଦଉତ୍ସବ ପାଳନ କଲେ ।

କିନ୍ତୁ ଯାଦବଙ୍କ ମନରେ ଏବେ ବି କ୍ଷତ୍ରିୟଙ୍କ ପ୍ରତି ଅଶାନ୍ତିର ଭାବନା ରହିଲା । ଶାମ୍ବର ବିବାହ ପରେ ପୁଣି କ୍ଷତ୍ରିୟମାନଙ୍କ ସହିତ ସମ୍ପର୍କ ସ୍ଥାପନ କରିବା ଉଚିତ ନୁହେଁ, ଏହି ଭାବନା ଯାଦବମାନଙ୍କ ମନରେ ଥିଲା ।

ଦିନେ ଶ୍ରୀକୃଷ୍ଣ ବି ଦେବୀ ରୁକ୍ମିଣୀଙ୍କ ସମ୍ମୁଖରେ ଏହି କଥା ବ୍ୟକ୍ତ କଲେ।
“ହେ ରାଜପୁତ୍ରୀ! ତୁମକୁ ବିବାହ କରି ମୁଁ ଭୁଲ କରିଥିବି। ମୋ ଯୋଗୁ ତୁମ ଭାଇର
ବଧ ହେଲା। କେତେକ ରାଜ୍ୟର ଅତ୍ୟନ୍ତ ସମ୍ପନ୍ନ ଏବଂ ଶକ୍ତିଶାଳୀ ଯୋଦ୍ଧା, ରୂପ
ସମ୍ପନ୍ନ, ଗୁଣ ସମ୍ପନ୍ନ ଏବଂ ଉଦାର ସ୍ୱଭାବର ରାଜକୁମାର ସେତେବେଲେ ତୁମକୁ
ପାଇବାକୁ ଆଶାବାଦୀ ଥିଲେ। ତୁମ ବାପା ଏବଂ ଭାଇ ବି ଯୋଗ୍ୟ ରାଜକୁମାର
ସାଙ୍ଗରେ ତୁମର ବିବାହ କରିବାକୁ ଚାହୁଁଥିଲେ। ତୁମକୁ ଚାହୁଁଥିବା ଶିଶୁପାଳ ଭଳି
ଯୋଦ୍ଧା ବି ସ୍ୱୟମ୍ବରରେ ଭାଗ ନେଲେ। ତୁମେ ମୋତେ କାହିଁକି ଭଲ ପାଇଲ?
କୌଣସି ଦୃଷ୍ଟିରୁ ମୁଁ ସେମାନଙ୍କ ସମାସ୍କନ୍ଦ ନୁହେଁ। ମୁଁ କ୍ଷତ୍ରିୟ ବି ନଥିଲି। ରାଜ
ସିଂହାସନରେ ବସିବାକୁ ମୋର ଯୋଗ୍ୟତା ନାହିଁ। ପରାକ୍ରମ କଥା କହିଲେ...ତୁମେ
ଜାଣିଛ ଯେ ରାଜା ମାନଙ୍କୁ ଡରି ଆମେ ସମୁଦ୍ର ଗର୍ଭରେ ଲୁଚି ରହିଥିଲୁ। ପରାକ୍ରମୀ
ଯୋଦ୍ଧା ମାନଙ୍କୁ ଅସ୍ୱୀକାର କରି ମୋ ଭଳି ଜଣେ ସାମାନ୍ୟ ବ୍ୟକ୍ତି ସହିତ ବିବାହ
କରି ତୁମ ଭଳି ରାଜକନ୍ୟାକୁ ଶୋଭା ଦେଉନି। ମୁଁ ଏହା ଜାଣିଛି କି ଅନ୍ୟର ରୀତିନୀତି
ସହିତ ଅପରିଚିତ ହେବାଯୋଗୁ ସେଇ ପରିବାରକୁ ଯିବାପରେ ସ୍ତ୍ରୀମାନଙ୍କୁ କେତେ
କଠିନ କାର୍ଯ୍ୟକୁ ସାମନା କରିବାକୁ ପଡ଼ିଥାଏ। ରୁକ୍ମିଣୀ ତୁମେ ଭାବୁଥିବ ପରାକ୍ରମୀ
ରାଜକୁମାରମାନଙ୍କୁ ଅସ୍ୱୀକାର କରି ୟାଙ୍କ ସାଙ୍ଗରେ ମୁଁ କାହିଁକି ବିବାହ କଲି? ମୁଁ
କ୍ଷତ୍ରିୟମାନଙ୍କ ଗର୍ବ ଭାଙ୍ଗିବାକୁ ଏହା କଲି, ସ୍ତ୍ରୀ, ପୁତ୍ର ଏବଂ ଅର୍ଥକୁ କାମନା କରି ଏହା
କରିନି।”

ଶ୍ରୀକୃଷ୍ଣଙ୍କ କଥା ଶୁଣି ରୁକ୍ମିଣୀ ଆଶ୍ଚର୍ଯ୍ୟ ହେଲେ। ଏହା ପୂର୍ବରୁ ଶ୍ରୀକୃଷ୍ଣ ଏମିତି
କଥା କେବେ କହିନଥିଲେ। “ମୁଁ କ’ଣ କେବେ ନିଜକୁ କ୍ଷତ୍ରିୟ ସ୍ତ୍ରୀ ଭାବି ଗର୍ବର
ସହିତ ଶ୍ରୀକୃଷ୍ଣ ଏବଂ ତାଙ୍କ ବନ୍ଧୁବାନ୍ଧବଙ୍କୁ ଅପମାନିତ କରିଛି? ନାଇଁ, ମୋର
ସମ୍ପର୍କୀୟମାନଙ୍କ ଦୁର୍ବ୍ୟବହାରରେ ଦୁଃଖ ହୋଇ କ’ଣ ଶ୍ରୀକୃଷ୍ଣ ମୋତେ ଅପମାନିତ
କରୁଛନ୍ତି? ଏକଥା ସତ ଯେ ମୁଁ ଜଣେ କ୍ଷତ୍ରିୟ ସ୍ତ୍ରୀ ହିସାବରେ ସତ୍ୟଭାମାଙ୍କୁ ଅପମାନିତ
କଲି। ନିଜ ଲୋକ ଏବଂ ଯାଦବ ପରିବାରର ସମ୍ପର୍କକୁ ସୁଦୃଢ଼ କରିବାପାଇଁ ମୁଁ
ଚେଷ୍ଟା କରିଛି। ଅନିରୁଦ୍ଧର ବିବାହ ସମ୍ପର୍କରେ ମୁଁ ନିଜ ଦର୍ପର ପ୍ରଦର୍ଶନ କରିଛି। କିନ୍ତୁ
ମୁଁ ପୂର୍ବରୁ ଏକଥା ଭାବିନଥିଲି ଏହା ବିଧ୍ୱଂସର କାରଣ ହେବ ଏବଂ ଏଥରେ ଯାଦବ
ଏବଂ କ୍ଷତ୍ରିୟଙ୍କ ମଧ୍ୟରେ ଶତ୍ରୁତା ବଢ଼ିବ। ଏ କଥା ସତ ଯେ ମୁଁ ଶ୍ରୀକୃଷ୍ଣଙ୍କୁ ଭଲ
ପାଇଛି ଏବଂ ତାଙ୍କୁ ନିଜ ହୃଦୟରେ ପ୍ରତିଷ୍ଠିତ କରିଛି। ତାଙ୍କ ବ୍ୟତୀତ ମୋର ଆଉ
କିଏ ଅଛି?” ରୁକ୍ମିଣୀ ଏସବୁ ଭାବି ବସିଲେ।

ରୁକ୍ମିଣୀ ଦୁଃଖ ହୋଇଗଲେ। ତାଙ୍କ ଶରୀର କମ୍ପି ଉଠିଲା। ତାଙ୍କ ଆଖିରୁ ଅଶ୍ରୁ

ନିଗିଡ଼ି ପଡ଼ିଲା। ସେ ଅବାକ୍ ହୋଇ ରହିଲେ। ପ୍ରବଳ ତୋଫାନରେ କଦଳୀ ଗଛ ଭାଙ୍ଗି ପଡ଼ିଲା ଭଳି ଦେବୀ ରୁକ୍ମିଣୀ ତଳେ ପଡ଼ିଗଲେ। ଶ୍ରୀକୃଷ୍ଣ ଏହି ଦୃଶ୍ୟକୁ ଦେଖି ଦୁଃଖୀ ହୋଇଗଲେ ଏବଂ ତୁରନ୍ତ ତାଙ୍କୁ ଉଠେଇ ତାଙ୍କ କେଶକୁ ଆଉଁସିଲେ। ସେ ନିଜ ହାତରେ ଦେବୀ ରୁକ୍ମିଣୀଙ୍କ ଆଖି ପୋଛିଦେଲେ ଏବଂ କହିଲେ, "ବୈଦର୍ଭି! ମୁଁ ଏମିତି ମଜାରେ କହିଲି। ତୁମେ ରାଗନି। ମୋତେ ଏମିତି ଲାଗିଲା ଯେଉ ଘଟଣା ଘଟିଲା, ତାର ପରିଣାମ ସ୍ୱରୂପ ଯାଦବ ଏବଂ କ୍ଷତ୍ରିୟଙ୍କ ମଧ୍ୟରେ ଶତ୍ରୁତା ଆହୁରି ଗଭୀର ହେଇଯାଉଛି। ମୋତେ ଭଲଭାବେ ଜଣାଅଛି, ତୁମେ ମୋର ଆରାଧନା କରୁଛ ଏବଂ ମୋପାଇଁ ନିଜ ପରିବାରକୁ ତ୍ୟାଗକରି ମୋ ସାଙ୍ଗରେ ଆସିଛ। କିନ୍ତୁ ମୁଁ ଏହା ଜାଣିନଥିଲି ଯେ ତୁମେ ଏତେ ଦୁର୍ବଳ" ଏହା କହି ଶ୍ରୀକୃଷ୍ଣ ତାଙ୍କୁ ସାନ୍ତ୍ୱନା ଦେଲେ।

ଶ୍ରୀକୃଷ୍ଣଙ୍କ କଥା ଶୁଣି ଦେବୀ ରୁକ୍ମିଣୀ ଖୁସି ହୋଇଗଲେ। ରୁକ୍ମିଣୀ କହିଲେ, "ହେ ପୁରୁଷତମ! ଯଦି ମୁଁ କୌଣସି ଅପରାଧ କରିଛି, ତାହେଲେ କ୍ଷମା କରନ୍ତୁ। ବାସ୍ତବରେ ମୁଁ ଆପଣଙ୍କ ପତ୍ନୀ ହେବାକୁ ଯୋଗ୍ୟ ନୁହେଁ। ଯେ କୌଣସି ଦୃଷ୍ଟିରୁ ଆପଣ ମୋଠାରୁ ମହାନ। ରଜୋଗୁଣ ସମ୍ପନ୍ନ ରାଜାଙ୍କ ଦୁଷ୍ଟ କର୍ମକୁ ମୁଁ ସମର୍ଥନ କରୁନି। ଏହି କାରଣରୁ ସମସ୍ତ ପୁରୁଷାର୍ଥ ସ୍ୱରୂପ ଏବଂ ପରାତ୍ମାଙ୍କ ଅବତାର ଭାବି ଆପଣଙ୍କୁ ମୁଁ ଆରାଧନା କଲି। ଆପଣ ମୋ ଉପରେ କୃପା ରସ ବୃଷ୍ଟି କଲେ। ଏହା ମୋପାଇଁ ସୌଭାଗ୍ୟର କଥା। ମୋର ସ୍ୱୟମ୍ବର ଘୋଷଣା ହେବାପରେ ମୁଁ ସେଦିନ ବିପ୍ର ଦ୍ୱାରା ଆପଣଙ୍କ ପାଖକୁ ଏହି ସମାଚାର ପଠେଇଲି "ଯଦି ଆପଣ ମୋତେ ସ୍ୱୀକାର ନକରିବେ, ତାହେଲେ ପ୍ରାଣତ୍ୟାଗ କରିବା ବ୍ୟତୀତ ମୋ ପାଖରେ ଆଉ ବିକଳ୍ପ କିଛି ନାହିଁ। ଯଦି ଆପଣ ଏବେ ମୋତେ ତ୍ୟାଗ କରିବେ, ତାହେଲେ ପ୍ରାଣ ତ୍ୟାଗ କରିବା ବ୍ୟତିତ ମୋ ପାଖରେ ଆଉକିଛି ରାସ୍ତା ନାହିଁ।"

ଦେବୀ ରୁକ୍ମିଣୀଙ୍କ କଥା ଶୁଣି ଶ୍ରୀକୃଷ୍ଣ ପ୍ରସନ୍ନ ହୋଇ ତାଙ୍କୁ ବାହୁପାଶରେ ଆବଦ୍ଧ କଲେ। ଶ୍ରୀକୃଷ୍ଣ କହିଲେ, "ରୁକ୍ମିଣୀ! ସର୍ବପ୍ରଥମେ ତୁମେ ମୋର ଆରାଧନା କଲ। ପାଟରାଣୀଙ୍କ ମଧ୍ୟରେ ତୁମେ ବଡ଼। ତୁମ ସପତ୍ନୀମାନେ ବି ମୋ ହୃଦୟକୁ ଚୋରୀ କରିଛନ୍ତି। କିନ୍ତୁ ତୁମ ସ୍ଥାନ ବିଶିଷ୍ଟ।"

ଶ୍ରୀକୃଷ୍ଣଙ୍କ କହିଥିବା ଅର୍ଥକୁ ରୁକ୍ମିଣୀ ଗ୍ରହଣ କଲେ। ସେ କହିଲେ, "ହେ ନାଥ! ଯଦି ମୁଁ ମୋ ସପତ୍ନୀମାନଙ୍କ ସହିତ ଦୁର୍ବ୍ୟବହାର କରିଛି, ତାହେଲେ ମୁଁ ନିଜକୁ ସୁଧାରି ନେବି। ସତ୍ୟଭାମାଙ୍କୁ ମୁଁ ମୋ ନିଜର ଭଉଣୀ ଭାବିବି।"

ରୁକ୍ମିଣୀଙ୍କ କଥା ଶୁଣି ଶ୍ରୀକୃଷ୍ଣ ପ୍ରସନ୍ନ ହୋଇଗଲେ। ତା'ପରେ ସେ ମାୟାମନିଷ

ବେଶଧାରୀ ହୋଇ, ନିଜର ଗୃହସ୍ଥ ଧର୍ମର ପାଳନ କରି ସମସ୍ତଙ୍କ ପ୍ରତି ନିଜର ପ୍ରେମ ପ୍ରକାଶ କରିବାକୁ ଲାଗିଲେ । ଶ୍ରୀକୃଷ୍ଣଙ୍କ ଅବତାରର ମନୁଷ୍ୟ ତତ୍ତ୍ୱକୁ ବୁଝିବାରେ ବିଫଳ ହୋଇ ତାଙ୍କ ପତ୍ନୀମାନେ ଏହା ଭାବିବାକୁ ଲାଗିଲେ କି ଶ୍ରୀକୃଷ୍ଣ ତାଙ୍କ ଅଧୀନରେ ହୋଇଗଲେ । ଶ୍ରୀକୃଷ୍ଣଙ୍କ ମୁଖାରବିନ୍ଦର ଦର୍ଶନ ଭାଗ୍ୟକୁ ପାଇ ସେମାନେ ପୁଲକିତ ହେଲେ । ଶ୍ରୀକୃଷ୍ଣଙ୍କ ବାହୁରେ ବନ୍ଦୀ ହେବାର ସୁଖକୁ ସେମାନେ ଅନୁଭବ କରିବାକୁ ଲାଗିଲେ । ଶ୍ରୀକୃଷ୍ଣ ସେମାନଙ୍କ ପ୍ରତି ଅପାର ପ୍ରେମକୁ ବ୍ୟକ୍ତ କରିବାକୁ ଲାଗିଲେ ଏବଂ ସେମାନଙ୍କୁ ସରସ ସଂଲାପ କହି ସମ୍ମୋହିତ କରି ଦେଉଥିଲେ । ଦେବେନ୍ଦ୍ରଙ୍କ ଭଳି ଅତ୍ୟନ୍ତ ବୈଭବପୂର୍ଣ୍ଣ ଢଙ୍ଗରେ ଶ୍ରୀକୃଷ୍ଣ ଦ୍ୱାରକା ନଗରୀରେ ଶାସନ କରିବାକୁ ଲାଗିଲେ । ମକରନ୍ଦ ପାନ କରି ନିଶାରେ ଝୁମୁଥିବା ଭ୍ରମରମାନଙ୍କର ଝଙ୍କାର ଶୁଣାଯାଉଥିଲା । କୋଇଲିର କୁହୁ କୁହୁ ତାନ ମଧୁର ଢଙ୍ଗରେ ଶୁଣାଗଲା । ଶୁଆ ଏବଂ ଶାରୀ ଆମ୍ବ ରସ ପାନ କରି ମନୋଜ୍ଞ ଢଙ୍ଗରେ ରାବିବାକୁ ଲାଗିଲେ । ମଲୟ ସମୀର ବହିବାକୁ ଲାଗିଲା । ଦ୍ୱାରକା ନଗରୀର ସ୍ତ୍ରୀ ମାନଙ୍କର ବକ୍ଷୋଜ ଉପରେ ଲେପନ ଥିବା କେଶରର ସୌରଭକୁ ଆଘ୍ରାଣିତ କରି ଶ୍ରୀକୃଷ୍ଣ ପ୍ରସନ୍ନ ହୋଇଗଲେ । ମଲୟ ପର୍ବତର ପ୍ରାନ୍ତରେ ବିହାର କରିବାବାଲା ଶବର କାନ୍ତାଙ୍କ କେଶରେ ଲଗାଯାଇଥିବା ପୁଷ୍ପର ସୁଗନ୍ଧକୁ ଆଘ୍ରାଣିତ କରି ଶ୍ରୀକୃଷ୍ଣ ମୋହିତ ହେବାକୁ ଲାଗିଲେ । ମୟୂର ପର ଖୋଲି ନାଚିବାକୁ ଲାଗିଲେ । ପର୍ବତ ପ୍ରାନ୍ତରେ, ବାଲି ପଡ଼ିଆରେ, ମଣି ମନ୍ଦିରରେ ଏବଂ ଜଳପ୍ରପାତରେ ଶୋଭିତ ଘାଟିମାନଙ୍କରେ ବିହାର କରି ଶ୍ରୀକୃଷ୍ଣ ନିଜ ପସନ୍ଦର ସ୍ତ୍ରୀମାନଙ୍କ ସହିତ ସଂଭୋଗ ସୁଖ ପ୍ରାପ୍ତ କରୁଥିଲେ । ଷୋହଳ ହଜାର ସୁନ୍ଦର ସ୍ତ୍ରୀମାନଙ୍କୁ ବିଭିନ୍ନ ରୂପରେ ଦର୍ଶନ ଦେଇ ଶ୍ରୀକୃଷ୍ଣ ସେମାନଙ୍କୁ ସୁଖ ପ୍ରଦାନ କଲେ । ଅନ୍ତଃପୁରରେ ମୁରଲୀ ସ୍ୱନ ଏବଂ ବୀଣାର ସ୍ୱର ଶୁଣି ମଧୁର ଗାନାମୃତର ସେବନ କରି, ନର୍ତ୍ତକୀମାନଙ୍କର ବିନ୍ୟାସ ଦେଖି, କବିମାନେ, ଗାୟକମାନେ ଏବଂ ଭାଟମାନଙ୍କର ସ୍ତୁତି ବଚନ ଶୁଣି ଶ୍ରୀକୃଷ୍ଣ ଆନନ୍ଦ ରସ ସାଗରରେ ଭାସିବାକୁ ଲାଗିଲେ । ଏହି ସମୟରେ ସତ୍ୟଭାମାଙ୍କର ନଅ ପୁତ୍ର ଜନ୍ମଲାଭ କରିଥିଲେ । ସୂର୍ଯ୍ୟ ଭଗବାନଙ୍କର ପରମ ଉପାସିକା ହେବାଯୋଗୁ ସତ୍ୟଭାମା ନିଜ ପୁତ୍ରଙ୍କର ସୁଭାନ, ସ୍ୱଭାନ, ପ୍ରଭାନ, ଭାନୁମାନ, ଚନ୍ଦ୍ରମାନ, ବୃହଭାନ, ଅତିଭାନ, ଶ୍ରୀଭାନ, ପ୍ରତିଭାନ ଇତ୍ୟାଦି ନାମ ଦେଇଥିଲେ । ଅଷ୍ଟମହିୟସୀମାନଙ୍କୁ ଜଣ ଜଣଙ୍କୁ ଦଶ ଦଶ ସନ୍ତାନ ଦେଇ ଶ୍ରୀକୃଷ୍ଣ ତାଙ୍କ ପ୍ରତି ନିଜର ଅନୁରାଗକୁ ସମାନ ରୂପରେ ପ୍ରକାଶ କଲେ ।

କାରୁଷ୍ମ ଏବଂ କାଶ୍ମୀର ରାଜାମାନଙ୍କୁ ସଂହାର କରିବାପରେ ଶ୍ରୀକୃଷ୍ଣଙ୍କ ପରାକ୍ରମରେ ସମସ୍ତେ ପରିଚିତ ହୋଇଗଲେ। ପରାକ୍ରମୀ ଦୁର୍ଯ୍ୟୋଧନର ରାଜଧାନୀ ହସ୍ତିନାପୁରକୁ ଜମିରୁ ଉପାଡ଼ି ନଦୀରେ ଫିଙ୍ଗିବାକୁ ବଳରାମ ଯୋଉ ଚେଷ୍ଟା କଲେ, ସେଥିରେ ଜଣେ ମହାନ ଯୋଦ୍ଧା ରୂପରେ ବଳରାମଙ୍କର ପ୍ରତିଷ୍ଠା ବଢ଼ିଗଲା। ଯାଦବ ଜାତିଙ୍କ ଯୋଦ୍ଧାଙ୍କ ପ୍ରତି ଭକ୍ତି ପ୍ରକଟ କରିବାବାଲାଙ୍କ ସଂଖ୍ୟା ବି ବଢ଼ିଗଲା। ଜଣେ ଯାଦବ ହେବାଯୋଗୁ ଶ୍ରୀକୃଷ୍ଣଙ୍କୁ ଅପମାନିତ କରିବାକୁ କ୍ଷତ୍ରିୟ ଯେଉଁ ଚେଷ୍ଟା କରିବାକୁ ଲାଗିଲେ, ତାଙ୍କୁ ଅଟକେଇବାକୁ ପାଣ୍ଡବମାନେ ଶ୍ରୀକୃଷ୍ଣଙ୍କୁ ଜଣେ ରାଜାଙ୍କ ମାନ ପ୍ରତିଷ୍ଠା ଦେଇ ତାଙ୍କୁ ସମ୍ମାନିତ କରିବାକୁ ସ୍ଥିର କଲେ। ସେତେବେଳକୁ କେତେକ ରାଜାମାନେ ଶ୍ରୀକୃଷ୍ଣଙ୍କ ଆଗରେ ନିଜକୁ ସମର୍ପଣ କରି ଦେଇ ସାରିଥିଲେ। ଜରାସନ୍ଧ କେତେକ ରାଜାଙ୍କ ଉପରେ ବିଜୟଲାଭ କରିଥିଲା ଏବଂ ପ୍ରାୟ ଦୁଇ ହଜାର ଆଠ ଶହ ରାଜା ମାନଙ୍କୁ ସେ ନିଜ କାରାଗୃହରେ ବନ୍ଦୀ କରି ରଖିଥିଲେ। କୃଷ୍ଣଙ୍କ ସହିତ ବି ଅଠର ଥର ସେ ଯୁଦ୍ଧ କଲେ। ଜରାସନ୍ଧର କାରାଗୃହରେ ବନ୍ଦୀ ହୋଇଥିବା ରାଜାମାନେ ତାଙ୍କୁ ବାହାର କରିବାକୁ ଶ୍ରୀକୃଷ୍ଣଙ୍କୁ ପ୍ରାର୍ଥନା କରି ତାଙ୍କୁ ଗୋପନୀୟ ଢଙ୍ଗରେ ସମାଚାର ପଠେଇଲେ। ଶ୍ରୀକୃଷ୍ଣ ଭାବିଲେ ଏବେ ଜରାସନ୍ଧକୁ ବଧ କରିବା ସମୟ ଆସିଗଲା। ଦ୍ୱାରକାରେ ରହୁଥିବା ଯାଦବ ବୀର ବି ଜରାସନ୍ଧ ସହିତ ଯୁଦ୍ଧ କରିବାକୁ ଏବଂ ତାକୁ ପରାସ୍ତ କରିବାକୁ ଉଚ୍ଛନ୍ନ ହେଉଥିଲେ।

ସତ୍ୟଭାମା ଶ୍ରୀକୃଷ୍ଣଙ୍କୁ ପଚାରିଲେ, "ଆପଣ କେତେ ରାଜାଙ୍କୁ ପରାସ୍ତ କରି ଏହା ପ୍ରମାଣ କଲେ ଯେ 'ଯାଦବ ଅଜୟ'। କିନ୍ତୁ ଏବେ ପର୍ଯ୍ୟନ୍ତ ଆପଣ ଏହି କଳଙ୍କରୁ ମୁକ୍ତ ହୋଇପାରି ନାହାଁନ୍ତି

ଯେ ଜରାସନ୍ଧକୁ ଡରି ଆପଣ ଦ୍ୱାରକାରେ ଲୁଚିଛନ୍ତି। ଏବେ ଜରାସନ୍ଧର ସଂହାର କାହିଁକି କରୁନାହାନ୍ତି?'

ଶ୍ରୀକୃଷ୍ଣ ଉତ୍ତର ଦେଲେ, "ସତ୍ୟା! ଜରାସନ୍ଧର ବଧ ଭୀମ ହିଁ କରିପାରିବେ, ଆଉ କେହି ନୁହେଁ। ଜରାସନ୍ଧ, ଭୀମ, ଦୁର୍ଯ୍ୟୋଧନ, କୀଚକ ଏବଂ ବକାସୁର ଏହି ପାନ୍ଚଙ୍କ ମଧ୍ୟରେ ପ୍ରଥମେ ଯୋଉ ଯୋଦ୍ଧାର ହାତରେ କୌଣସି ଅନ୍ୟର ବଧ ହୁଏ, ତାହେଲେ ତାଙ୍କ ହାତରେ ବାକି ଯୋଦ୍ଧା ବି ମରିଯିବେ। ଭୀମ ବକାସୁରର ବଧ କରିଥିଲେ। ଏହାର ଅର୍ଥ ଏହା ଯେ ଭୀମର ହାତରେ ଜରାସନ୍ଧ, ଦୁର୍ଯ୍ୟୋଧନ ଏବଂ କୀଚକ ବି ମରିଯିବେ। ଜରାସନ୍ଧ ନାଗାୟୁତ ବଳ ସମ୍ପନ୍ନ ଅଟେ। ଦ୍ୱନ୍ଦ୍ୱ ଯୁଦ୍ଧରେ ତାକୁ ସଂହାର କରିବାକୁ ଏକ ଯୋଜନା କରିବାକୁ ହେବ। ପାଣ୍ଡବମାନେ ଆମକୁ ରାଜସୂୟ ଯଜ୍ଞରେ ଭାଗ ନେବାକୁ ନିମନ୍ତ୍ରିତ କରିଛନ୍ତି। ଆମେ ପ୍ରଥମେ ସେଠାକୁ ଯାଇ ଏହା ସଂସାରକୁ କହିବାକୁ ହେବ ଯେ ଆମେ ରାଜାମାନଙ୍କ ପାଇଁ ବି ପୂଜନୀୟ। ତା'ପରେ ଭୀମଙ୍କ ସହିତ ସାକ୍ଷାତ୍ କରି ଜରାସନ୍ଧ ବଧର ଯୋଜନା କରିବାକୁ ହେବ। କଣ୍ଟାକୁ କଣ୍ଟାରେ ବାହାର କରିବାକୁ ହେବ। ଏହି ରାଜାମାନଙ୍କୁ ନିଜର ଦୁଷ୍କର୍ମର ଫଳ ଭୋଗିବାର ସମୟ ଆସିଗଲାଣି। ଏହି କାରଣରୁ ଜରାସନ୍ଧର ମୃତ୍ୟୁ ନିଶ୍ଚିତ ହୋଇଗଲାଣି। ରାଜସୂୟ ଯଜ୍ଞ ଏହାର ଏକ କାରଣ ହେବାକୁ ଯାଉଛି।"

"ଏବେ ମୋତେ ଏହି କଥା ଅଧିକ ସ୍ୱଷ୍ଟ ହେବାକୁ ଲାଗିଲା, ଆପଣ ପାଣ୍ଡବ ମାନଙ୍କ ସହିତ ମିତ୍ରତା କାହିଁକି କରୁଛନ୍ତି? ଆପଣଙ୍କ ରାଜନୀତିଜ୍ଞତା ଆଦରଣୀୟ।" ଏହା କହି ସତ୍ୟଭାମା ଶ୍ରୀକୃଷ୍ଣଙ୍କୁ ପ୍ରଶଂସା କଲେ।

ଶ୍ରୀକୃଷ୍ଣ କହିଲେ, "ଦେବୀ! ତୁମେ ଏହା ଭଲଭାବେ ଜାଣିଛ ଯେ ପାଣ୍ଡବ ମାନଙ୍କଠାରେ ଯାଦବମାନଙ୍କ ରକ୍ତ ବହୁଛି।"

ସତ୍ୟଭାମା କହିଲେ, "ସ୍ୱାମୀ ମୁଁ ଜାଣିଛି, ପାଣ୍ଡବଙ୍କ ମାତା ଦେବୀ କୁନ୍ତୀ ଆପଣଙ୍କ ପିତା ବସୁଦେବଙ୍କ ଜଉଣୀ ଥିଲେ।"

ଶ୍ରୀକୃଷ୍ଣ ହସିଲେ।

ଏହି କଥାକୁ ନେଇ ଯାଦବ ପ୍ରସନ୍ନ ହେଲେ, ରାଜସୂୟ ଯଜ୍ଞରେ ଭାଗ ନେଇ ଶ୍ରୀକୃଷ୍ଣ ରାଜାମାନଙ୍କ ଠାରୁ ସମ୍ମାନିତ ହେବାକୁ ଥିଲେ। ସେଇ ଦୃଶ୍ୟକୁ ଦେଖିବାକୁ କେତେକ ଯାଦବ ଯୋଦ୍ଧା ଇନ୍ଦ୍ରପ୍ରସ୍ଥ ଗଲେ। ଚତୁର୍ଦିଗରେ ସେନାମାନଙ୍କୁ ରଖିଲେ। ଶାହାନାଇ ବଜାଗଲା। ଶ୍ରୀକୃଷ୍ଣ ଗରୁଡ ଧ୍ୱଜଯୁକ୍ତ ରଥର ଅଧିରୋହଣ କଲେ। ଦେବୀ ରୁକ୍ମିଣୀ, ସତ୍ୟଭାମା ଏବଂ ଅନ୍ୟ ପାଟରାଣୀମାନେ ସୁସଜ୍ଜିତ ହୋଇ ପାଲିଙ୍କିରେ ବସିଲେ। ଅଶ୍ୱାରୂଢ ହୋଇ ଯାଦବ ଯୋଦ୍ଧା ବି ବାହାରି ପଡିଲେ। ଶ୍ରୀକୃଷ୍ଣଙ୍କ ନେତୃତ୍ୱରେ

ବାହାରିଥିବା ଯଦୁ ସେନାଙ୍କୁ ରାସ୍ତାରେ କେତେକ ସମ୍ରାଟ୍‌, ନିଜ ନିଜ ରାଜ୍ୟ ସୀମାରେ ପ୍ରବେଶ କରିବା ସମୟରେ ଭବ୍ୟ ସ୍ୱାଗତ କଲେ। ଆବର୍ତ, ସୌବୀର, କୁରୁ, ସତ୍ୟ ଏବଂ ପାଞ୍ଚାଳ ଦେଶ ହୋଇ ସେମାନେ ଇନ୍ଦ୍ରପ୍ରସ୍ଥରେ ପହଞ୍ଚିଗଲେ।

ଶ୍ରୀକୃଷ୍ଣଙ୍କ ଆସିବା ସମାଚାର ପାଇ ନିଜର ଗୁରୁଜନ, ଭାଇମାନଙ୍କ ଏବଂ ବନ୍ଧୁ ପରିଜନଙ୍କ ସହିତ ଯୁଧିଷ୍ଠିର ନଗରର ସୀମାରେ ଶ୍ରୀକୃଷ୍ଣଙ୍କର ଜୋରଦାର ସ୍ୱାଗତ କଲେ। ଛଳଛଳ ନେତ୍ରରେ ସେମାନେ ଶ୍ରୀକୃଷ୍ଣଙ୍କୁ ଆଲିଙ୍ଗନ କଲେ। ଶ୍ରୀକୃଷ୍ଣଙ୍କୁ ଆଲିଙ୍ଗନ କରିବା ବେଳେ ଗାୟକମାନେ ଗୀତାଳାପ କଲେ। ଚାରଣମାନେ ତାଙ୍କର ସ୍ତୁତି କଲେ, ନର୍ତ୍ତକୀମାନେ ନିଜର ବିନ୍ୟାସରେ ତାଙ୍କୁ ମନ୍ତ୍ରମୁଗ୍ଧ କରିଦେଲେ। ପୂର୍ଣ୍ଣକୁମ୍ଭ, ଚିତ୍ରକେତନ ତୋରଣାଳଙ୍କୃତ ଏବଂ ସ୍ତମ୍ଭାଲଙ୍କୃତ ନଗରୀରେ ସେମାନେ ପ୍ରବେଶ କଲେ। ଦୀପାଲଙ୍କୃତ ଏବଂ ସୁଗନ୍ଧଯୁକ୍ତ ପୁଷ୍ପରେ ସଜ୍ଜାୟାଇଥିବା ରାଜପଥ ଆଡ଼କୁ ଅଗ୍ରସର ହେଲେ। ନଗରର ମହିଳାମାନେ ଗବାକ୍ଷରୁ ଫୁଲ ବର୍ଷା କଲେ। ଶ୍ରୀକୃଷ୍ଣଙ୍କ ଦର୍ଶନ କରି ସେମାନେ ନିଜକୁ ଧନ୍ୟ ମନେ କରୁଥିଲେ।

ଶ୍ରୀକୃଷ୍ଣ ତାଙ୍କ ପିଉସୀ ଦେବୀ କୁନ୍ତୀଙ୍କ ସହିତ ସାକ୍ଷାତ କରି ତାଙ୍କୁ ପ୍ରଣାମ କଲେ। କୁନ୍ତୀ ତାଙ୍କୁ ବାହୁ ପାସରେ ଆବଦ୍ଧ କଲେ। ଦ୍ରୌପଦୀ ତାଙ୍କୁ ପ୍ରଣାମ କରି ଆଶୀର୍ବାଦ ନେଲେ। ପାଞ୍ଚାଳୀକୁ ନିଜ ପାଖକୁ ଡାକି କହିଲେ ଶ୍ରୀକୃଷ୍ଣଙ୍କ ପତ୍ନୀମାନେ ଏବଂ ସୁଭଦ୍ରା ଆସିଛନ୍ତି। ତା'ପରେ ଦ୍ରୌପଦୀ ଆଗକୁ ବଢ଼ି ସତ୍ୟଭାମା, ରୁକ୍ମିଣୀ, ଜାମ୍ବବତୀ, ଭଦ୍ରା, କାଳନ୍ଦୀ, ମିତ୍ରବିନ୍ଦା, ଲକ୍ଷଣା, ନାଗ୍ରାଜିତୀଙ୍କ ସହିତ ସୁଭଦ୍ରାଙ୍କ ପାଖକୁ ଯାଇ ସେମାନଙ୍କ କୁଶଳ କଥା ପଚାରିଲେ। ସେମାନଙ୍କ ସହିତ ଆସିଥିବା ସଖବାମାନଙ୍କୁ ପୁଷ୍ପ, ଚନ୍ଦନ, ତାମ୍ବୁଳ, ବସ୍ତ୍ର ସମର୍ପିତ କରି ସେମାନଙ୍କୁ ସମ୍ମାନିତ କଲେ। ଇନ୍ଦ୍ରପ୍ରସ୍ଥରେ ରହିବା ସମୟରେ ପାଣ୍ଡବ ଏବଂ ଗୁରୁଜନଙ୍କ ଆଦରକୁ ପ୍ରାପ୍ତ କରି ତାଙ୍କ ପତ୍ନୀ ଏବଂ ସମ୍ପର୍କୀୟଙ୍କ ସହିତ ଶ୍ରୀକୃଷ୍ଣ ସେଠାରେ କିଛିଦିନ ରହିଗଲେ।

ଶ୍ରୀକୃଷ୍ଣଙ୍କ ଭଉଣୀ ସୁଭଦ୍ରା ଇନ୍ଦ୍ରପ୍ରସ୍ଥରେ ଅର୍ଜୁନଙ୍କୁ ଦେଖିଲେ ଏବଂ ତାଙ୍କ ପ୍ରତି ଆକର୍ଷିତ ହେଲେ। ଅର୍ଜୁନଙ୍କୁ ଦେଖିବାମାତ୍ରେ ସୁଭଦ୍ରାଙ୍କ ମନରେ ଏହି ଭାବନା ଉତ୍ପନ୍ନ ହେଲା "ବାଃ! କି ସୁନ୍ଦର ଏହି ରାଜକୁମାର।" ତାଙ୍କୁ ଦେଖିବାମାତ୍ରେ ସୁଭଦ୍ରାଙ୍କ ଶରୀର ପୁଲକିତ ହେଇଗଲା। ସେ ରୋମାଞ୍ଚିତ ହେଇ ଉଠିଲେ। ସୁଭଦ୍ରାଙ୍କୁ ଦେଖିବାପରେ ଅର୍ଜୁନଙ୍କ ମନରେ ବି ଏମିତି ଭାବନା ଉତ୍ପନ୍ନ ହେଲା। ଅର୍ଜୁନ ଏବଂ ସୁଭଦ୍ରା ପରସ୍ପରଙ୍କ ଆଡ଼କୁ ମନ୍ତ୍ର ମୁଗ୍ଧ ହୋଇ ଚାହିଁବାକୁ ଲାଗିଲେ। ସତ୍ୟଭାମା ଏସବୁ ଦେଖିଦେଲେ।

ସୁଭଦ୍ରା କହିଲେ, "ଭାଉଜ, ସେଇ ସୁନ୍ଦର ରାଜକୁମାରଙ୍କ ଠାରୁ ଆଖି ଫେରେଇ ନେବାକୁ ମୁଁ ଅସମର୍ଥ।"

ସତ୍ୟଭାମା ପଚାରିଲେ, "ତୁମେ କ'ଣ ଜାଣିନ ସେ ବିବାହିତ ? ଦ୍ରୌପଦୀଙ୍କୁ ତୁମେ ଦେଖ୍ନ ?"

"ତାହେଲେ କ'ଣ ହେଲା ? ସେ ମୋ ହୃଦୟକୁ ଚୋରେଇ ନେଇଗଲେ। ତୁମେ ହିଁ ମୋତେ ରକ୍ଷା କରିପାରିବ।" ଏହା କହି ସୁଭଦ୍ରା ତାଙ୍କୁ ଅନୁରୋଧ କଲେ।

ଦ୍ରୌପଦୀ ସେଠାକୁ ପଶିଆସି ପଚାରିଲେ, "ସୁଭଦ୍ରା କ'ଣ କହୁଛନ୍ତି।"

ଅର୍ଜୁନ ସେଠାରୁ ଖସି ଚାଲିଗଲେ।

ସତ୍ୟଭାମା କହିଲେ, "କିଛି ନୁହେଁ। କହୁଥିଲେ ଆପଣଙ୍କ ଅନ୍ତଃପୁର କେତେ ସୁନ୍ଦର।"

"ମୋ ସାଙ୍ଗରେ ଆସନ୍ତୁ। ମୁଁ ଆପଣମାନଙ୍କୁ ପୁରା ଅନ୍ତଃପୁର ଦେଖେଇବି।" ଏହା କହି ଦ୍ରୌପଦୀ ତାଙ୍କୁ ସାଙ୍ଗରେ ନେଇଗଲେ।

ଯୁଧିଷ୍ଠିରଙ୍କ ଦ୍ୱାରା ରାଜସୂୟ ଯଜ୍ଞ କରିବା ସମୟ ପାଖେଇ ଆସିଲା। ରାଜ ସଭାରେ ଦିନେ ସେ ଏହି ପ୍ରସ୍ତାବ ଦେଲେ "ହେ ନନ୍ଦନନ୍ଦନ ! ପ୍ରତ୍ୟେକ ଯଜ୍ଞରେ ଦେବତାମାନଙ୍କ ପୂଜା ଶାସ୍ତ୍ରାନୁସାରେ କରାଯାଏ। ମୋର ଧାରଣା ଏହା ଯେ, ଆପଣ ଦେବେନ୍ଦ୍ରଙ୍କୁ ପରାସ୍ତ କରିଛନ୍ତି, ଏଥିପାଇଁ ଆପଣଙ୍କୁ ପୂଜା କରିବା ସମସ୍ତ ଦେବତାଙ୍କ ପୂଜା କରିବା ସହିତ ସମାନ। ଯିଏ ମନୋବାକ୍ୟାୟ କର୍ମିଣା ଆପଣଙ୍କ ଚରଣ ପଦ୍ମର ପୂଜାର୍ଚ୍ଚନା କରନ୍ତି, ସେଇମାନେ ମୁକ୍ତି ପାଆନ୍ତି। ଯିଏ ଏହା ନ କରନ୍ତି, ସେ ସମ୍ରାଟ ହୋଇଥାନ୍ତୁ ପଛେ, ମୋ ଦୃଷ୍ଟିରେ ସେ ସାଧାରଣ ବ୍ୟକ୍ତି। ଆମ ମାତା ପୃଥାଦେବୀ ଯଦୁ ବଂଶୀ ରାଜା ଶୂରଙ୍କ କନ୍ୟା ଥିଲେ। ଆପଣଙ୍କ ପିତା ବସୁଦେବଙ୍କ ଭଉଣୀ ଥିଲେ। ତାଙ୍କୁ ରାଜା କୁନ୍ତିଭୋଜଙ୍କୁ ଦତ କନ୍ୟା ରୂପରେ ଦିଆଯାଇଥିଲା। ଆପଣ ଏହା ଜାଣିଛନ୍ତି ଯେ ପାଣ୍ଡବଙ୍କଠାରେ ଯାଦବଙ୍କ ରକ୍ତ ବହୁଛି। ଆମେ ଆପଣଙ୍କୁ ଅନ୍ୟ ବଂଶଜ ରୂପରେ କଦାପି ମାନିନୁ। ଆପଣଙ୍କ ଚରଣ ଦ୍ୱୟର ମହିମାରେ ସମସ୍ତ ଲୋକଙ୍କୁ ଅବଗତ କରିବାର ସମୟ ଆସିଗଲାଣି। ଆମ ଭାଇ କୌରବ ଆପଣଙ୍କୁ ଅପମାନିତ କଲେ। ରାଜସୂୟ ଯଜ୍ଞ ଆରମ୍ଭ କରି ଆପଣଙ୍କୁ ସମ୍ମାନିତ କରିବାକୁ ଆମକୁ ଅନୁମତି ଦିଅନ୍ତୁ।" ଏହା କହି ଯୁଧିଷ୍ଠିର ଶ୍ରୀକୃଷ୍ଣଙ୍କୁ ଅନୁରୋଧ କଲେ।

ତାଙ୍କ କଥା ଶୁଣି ସତ୍ୟଭାମା ଏବଂ ସଭାରେ ଉପସ୍ଥିତ ଯଦୁ ବଂଶଜ ପ୍ରସନ୍ନ ହୋଇଗଲେ। ଶ୍ରୀକୃଷ୍ଣ ଯୁଧିଷ୍ଠିରଙ୍କୁ କହିଲେ, "ହେ ଧର୍ମନନ୍ଦନ ! ଆପଣଙ୍କ ସଙ୍କଳ୍ପ ମହାନ। ସମସ୍ତ ରାଜାମାନଙ୍କୁ ନିଜ ଅଧୀନରେ କରିବାପରେ ହିଁ ଆପଣଙ୍କୁ ରାଜସୂୟ ଯଜ୍ଞ କରିବା ସମୀଚୀନ ହେବ।" ତା'ପରେ ଯୁଧିଷ୍ଠିର ତାଙ୍କ ଭାଇମାନଙ୍କୁ ଡାକି ବିଜୟ ଯାତ୍ରା କରିବାକୁ ଆଦେଶ ଦେଲେ। ସହଦେବ ଦକ୍ଷିଣ ଦିଗ ଆଡ଼କୁ, ନକୁଲ

ପଶ୍ଚିମ ଦିଗ ଆଡ଼କୁ, ଧନଞ୍ଜୟ ଉତ୍ତର ଦିଗ ଆଡ଼କୁ ଏବଂ ଭୀମ ପୂର୍ବ ଦିଗ ଆଡ଼କୁ ଦିଗ୍‌ବିଜୟ ଯାତ୍ରା ପାଇଁ ବାହାରି ପଡ଼ିଲେ। ବହୁତ କମ୍‌ ସମୟରେ ସମସ୍ତ ରାଜାମାନଙ୍କୁ ପରାସ୍ତ କରି ଯୁଧିଷ୍ଠିରଙ୍କ ଦ୍ୱାରା ଯଜ୍ଞର ନିର୍ବାହ କରିବାପାଇଁ ଉପେକ୍ଷିତ ସମ୍ପତ୍ତିକୁ ସେମାନେ ଅର୍ଜନ କରିନେଲେ। ମାତ୍ର ଜରାସନ୍ଧ ବଞ୍ଚିଗଲା। ଏହା ଭାବି ଯୁଧିଷ୍ଠିର ଚିନ୍ତାଗ୍ରସ୍ତ ହୋଇଗଲେ କି ଜରାସନ୍ଧ ଅଜୟ।

ଜରାସନ୍ଧ ବିଷୟରେ କହି ଶ୍ରୀକୃଷ୍ଣ ଯୁଧିଷ୍ଠିରଙ୍କୁ ଆଶ୍ୱାସନା ଦେଲେ, "ହେ ଯୁଧିଷ୍ଠିର! ଚିନ୍ତା କରନାହିଁ। ଜରାସନ୍ଧକୁ ବଧ କରିବା ଉପାୟ ମୁଁ କହିବି। ଭୀମସେନର ହାତରେ ଦ୍ୱନ୍ଦ୍ୱ ଯୁଦ୍ଧରେ ତାକୁ ମରାଯିବ। ତାଙ୍କ ଦାତୃତ୍ୱ ଗୁଣର ଲାଭ ଉଠେଇ ଆମେ ତାଙ୍କୁ ଦ୍ୱନ୍ଦ୍ୱ ଯୁଦ୍ଧ ପାଇଁ ଆମନ୍ତ୍ରିତ କରିପାରିବା।"

ଶ୍ରୀକୃଷ୍ଣ ଭୀମ ଏବଂ ଅର୍ଜୁନଙ୍କ ସହିତ ବ୍ରାହ୍ମଣ ବେଶ ଧାରଣ କରି ଗିରିବ୍ରଜପୁରରେ ପହଞ୍ଚିଲେ। ଜରାସନ୍ଧ ଅତିଥିମାନଙ୍କର ସମ୍ମାନ କଲେ। ଶ୍ରୀକୃଷ୍ଣ ଜରାସନ୍ଧକୁ କହିଲେ, "ହେ ରାଜ ପ୍ରମୁଖ! ଆମେ ଆପଣଙ୍କ ଅତିଥି। ଦୂର ଦେଶରୁ ଆସିଛୁ। ଆମେ ଯାହା ଚାହିଁବୁ ଆପଣ ଦେଲେ ଆପଣଙ୍କର କଲ୍ୟାଣ ହେବ। ଆପଣ ତ ମହାନ୍‌ ଦାତା। କୌଣସି ଏମିତି ବସ୍ତୁ ଏହି ଦୁନିଆରେ ନାହିଁ ଯାହା ଆପଣ ଦାନ ଦେବାକୁ ଯୋଗ୍ୟ ନୁହେଁ। ଏହି ଶରୀର ଅନିତ୍ୟ। ଏହି ଅନିତ୍ୟ ଶରୀରକୁ ଧାରଣ କରିବା ସମୟରେ ହିଁ ଆମକୁ ଚିରନ୍ତନ କୀର୍ତ୍ତି ସମୁପାର୍ଜନ କରିବା ଉଚିତ୍।"

ତାଙ୍କ କଥା ଶୁଣି ଜରାସନ୍ଧ ତାଙ୍କ ଆଡ଼କୁ ଚାହିଁ କହିଲେ, "ଆପଣଙ୍କ ସ୍ୱର ଏବଂ ଆପଣଙ୍କ ଆକୃତିକୁ ଦେଖିବାପରେ ମୋତେ ଲାଗୁଛି ଆପଣ ରାଜନ୍ୟ। ଆପଣ ବଳିଷ୍ଠ ମଧ। ବିପ୍ରର ବେଶ ଧାରଣ କରି ଆସିଛନ୍ତି, କିନ୍ତୁ ଆପଣ ବିପ୍ର ନୁହେଁ। ତଥାପି ଆପଣ ମୋତେ ମାଗୁଛନ୍ତି। ଆପଣ ଯାହା ବି ମାଗିବେ ମୁଁ ଦେବାପାଇଁ ପ୍ରସ୍ତୁତ ଅଛି। ମାଗନ୍ତୁ। ଆପଣ ଜାଣିଛନ୍ତି ଭଗବାନ ଜଣେ ବ୍ରାହ୍ମଣ ବେଶରେ କୁରୁକ୍ଷେତ୍ରରେ ସମ୍ପନ୍ନ ବଳିଙ୍କ ଯଜ୍ଞରେ ଭାଗ ନେଇ ଦୈତେଶ୍ୱର ବଳିଙ୍କଠାରୁ ଅଗ୍ନିହୋତ୍ର ପାଇଁ ତିନି ପାଦ ଭୂମି ମାଗିଲେ। ବଳିଙ୍କ ସ୍ୱୀକୃତି ମିଳିବାପରେ ଭଗବାନ ସମସ୍ତ ଲୋକକୁ ଦୁଇ ପାଦରେ ମାପିନେଲେ ଏବଂ ତୃତୀୟ ପାଦ ବଳିର ମୁଣ୍ଡ ଉପରେ ରଖି ତାଙ୍କୁ ପାତାଳକୁ ପଠେଇଦେଲେ। ବଳି ଚକ୍ରବର୍ତ୍ତୀର ଶରୀର ମିଶିଗଲା, କିନ୍ତୁ ତାଙ୍କ ଯଶ ଲୋକୋତ୍ତର ରହିଲା। ଏହି ଶରୀର ନଶ୍ୱର। ଆପଣ ଠିକ୍‌ କହିଲେ କୀର୍ତ୍ତି ହିଁ ଶାଶ୍ୱତ। ଆପଣଙ୍କୁ କ'ଣ ଦରକାର। ମୁଁ ମୋ ମୁଣ୍ଡ ବି ଦେବାକୁ ପ୍ରସ୍ତୁତ।" ଏହା କହି ଜରାସନ୍ଧ ତାଙ୍କୁ ବଚନ ଦେଲେ।

ଶ୍ରୀକୃଷ୍ଣ ହସିଉଠିଲେ।

ଶ୍ରୀକୃଷ୍ଣ କହିଲେ, "ହେ ରାଜେନ୍ଦ୍ର! ଆପଣ ଠିକ୍ ଅନୁମାନ କରିଛନ୍ତି। ଆମେ ବିପ୍ର ନୁହେଁ। ମୁଁ ଆପଣଙ୍କ ପିଉସୀଙ୍କ ପୁତ୍ର ଶ୍ରୀକୃଷ୍ଣ। ଆପଣ ଏହା ବି ଜାଣିଥିବେ ମୁଁ ଆପଣଙ୍କ ଶତ୍ରୁ। ଏମାନଙ୍କ ମଧ୍ୟରୁ ଇଏ ଭୀମସେନ ଏବଂ ଇଏ ଅର୍ଜୁନ। ଆମେ ଯୁଦ୍ଧ କରିବାକୁ ଆସିଛୁ। ଆମେ ପ୍ରାର୍ଥନା କରୁଛୁ ଆମ ମଧ୍ୟରୁ ଜଣଙ୍କ ସହିତ ଆପଣ ଯୁଦ୍ଧ କରନ୍ତୁ।"

ତାଙ୍କ କଥା ଶୁଣି ଜରାସନ୍ଧ ବହୁତ ଜୋରରେ ହସିବାକୁ ଲାଗିଲେ। ତା'ପରେ କହିଲେ, "ଏଇ କଥା ! ଆପଣ ଯାହା ଚାହୁଁଛନ୍ତି ତାହା ହିଁ ହେବ। ମୋ ହାତରେ କେତେଥର ପରାସ୍ତ ହୋଇ ତୁମେ ସମୁଦ୍ର ଗର୍ଭରେ ଛପିଥିବା ଭୀରୁ। ତୁମ ସହିତ ଯୁଦ୍ଧ କରିବା ମୋପାଇଁ ଅପମାନର କଥା। ଅର୍ଜୁନ ମୋଠାରୁ ବହୁତ ସାନ ଏବଂ ଦୁର୍ବଳ। ତାଙ୍କ ସହିତ ଯୁଦ୍ଧ କରିବା ଅଧର୍ମ ହେବ। ସମ୍ପର୍କ ବଢେଇବାକୁ ବା ଶତ୍ରୁତା କରିବାକୁ ଅନ୍ୟ ପକ୍ଷର ସମକକ୍ଷ ହେବା ଅନିର୍ବାଯ୍ୟ। ମୋ ସହିତ ଯୁଦ୍ଧ କରିବାକୁ ଭୀମସେନ କେବଳ ଯୋଗ୍ୟ।"

ଏହା କହି ଜରାସନ୍ଧ ଭୀମସେନଙ୍କୁ ଗୋଟିଏ ଗଦା ଦେଲେ ଏବଂ ସେ ନିଜେ ଗୋଟିଏ ଗଦା ନେଇ ନଗରର ସୀମାରେ ଏକ ପଡ଼ିଆରେ ଛିଡ଼ାହୋଇ ତାଙ୍କୁ ଯୁଦ୍ଧପାଇଁ ଆହ୍ୱାନ କଲେ। ଭୀମ ସେଇ ଗଦାକୁ ନେଇ ଜରାସନ୍ଧ ସାମନାରେ ଛିଡ଼ା ହୋଇଗଲେ। ଭୀମ ଏବଂ ଜରାସନ୍ଧଙ୍କ ମଧ୍ୟରେ ପ୍ରାୟ ପନ୍ଦର ଦିନଯାଏ ଦ୍ୱନ୍ଦ୍ୱ ଯୁଦ୍ଧ ଚାଲିଲା, ଦୁହେଁ ଦୁହିଁଙ୍କୁ ଆହତ କରିଦେଲେ। ଜରାସନ୍ଧ ଟିକେ ବି ଥକୁନଥିଲେ। ଭୀମ ଅବଶ ହୋଇଗଲେ। ଏହି ଦୃଶ୍ୟକୁ ଦେଖି ଅର୍ଜୁନ ବିଚଳିତ ହୋଇଗଲେ। ସେତେବେଳେ ଶ୍ରୀକୃଷ୍ଣ କହିଲେ, "ହେ ଅର୍ଜୁନ! ଜରାସନ୍ଧ ଶୂରବୀର। ଏହି ଆଘାତରେ ନୁହେଁ, ବଜ୍ରପାତ ପଡିଲେ ବି ସେ ମରିବନି। ମଗଧରାଜ ବୃହଦ୍ରଥଙ୍କ ପୁତ୍ର ଜରାସନ୍ଧ। ଭୃଗୁ ମୁନିଙ୍କ ଦ୍ୱାରା ଦିଆଯାଇଥିବା ଫଳକୁ ଦୁଇ ଖଣ୍ଡ କରି ବୃହଦ୍ରଥ ତାଙ୍କ ଦୁଇ ରାଣୀଙ୍କୁ ଖୁଆଇଲେ, ଯାହାର ଫଳସ୍ୱରୂପ ଦୁହେଁ ଦୁଇ ଅର୍ଦ୍ଧାଂଶ ପୁତ୍ରଙ୍କୁ ଜନ୍ମ ଦେଲେ। ଜରା ନାମକ ରାକ୍ଷସୀ ସେଇ ଦୁହିଁଙ୍କୁ ଗୋଟିଏ ସ୍ଥାନରେ ପରସ୍ପରକୁ ଯୋଡ଼ି ରଖିଲା। ଦୁହେଁ ଯୋଡ଼ି ହୋଇଗଲେ ଏବଂ ଜରାସନ୍ଧ ଜୀବନ ପ୍ରାପ୍ତ କଲା। ତା' ପାଦକୁ ଟାଣି ବିପରୀତ ଦିଗକୁ ତାକୁ ଫିଙ୍ଗିଦେଲେ ସେ ମରିଯିବ।" ତା'ପରେ ଶ୍ରୀକୃଷ୍ଣ ଏକ ଆମ୍ବ ପଲ୍ଲବକୁ ଚିରି ସେଇ ଦୁଇ ଖଣ୍ଡକୁ ଦୂରକୁ ଫିଙ୍ଗି ତାକୁ ମାରିବାପାଇଁ ଭୀମକୁ ଇସାରା ଦେଲେ। ତା'ପରେ ଭୀମସେନ ଜରାସନ୍ଧର ପାଦକୁ ଟାଣି ତାର ଶରୀରକୁ ଦୁଇ ଖଣ୍ଡ କରି ଦୂରକୁ ଫିଙ୍ଗିଦେଲେ। ତା'ପରେ ଜରାସନ୍ଧର ମୃତ୍ୟୁ ହୋଇଗଲା।

ଶ୍ରୀକୃଷ୍ଣ ଏବଂ ଅର୍ଜୁନ ଭୀମଙ୍କୁ ଆଲିଙ୍ଗନ କରି ତାଙ୍କର ପ୍ରଶଂସା କଲେ।

ଜରାସନ୍ଧର ପୁତ୍ର ସହଦେବକୁ ଡାକି ଗିରିବ୍ରଜର ଶାସକ ରୂପରେ ଶ୍ରୀକୃଷ୍ଣ ତାଙ୍କର ରାଜ୍ୟାଭିଷେକ କଲେ । ଜରାସନ୍ଧଙ୍କ କାରାଗାରରେ ବନ୍ଦୀ ହୋଇଥିବା ରାଜାମାନଙ୍କୁ ଖଲାସ କଲେ । କେତେ ଦିନରୁ ଭୋକ ଉପାସରେ ରହିଥିବା ରାଜାମାନେ କଙ୍କାଳସାର ଦେଖାଯାଉଥିଲେ । ସେମାନେ ଶ୍ରୀକୃଷ୍ଣଙ୍କ ପାଦ ତଳେ ପଡ଼ିଗଲେ ଏବଂ ତାଙ୍କ ସ୍ତୁତି ଗାନ କଲେ, "ହେ ଦେବ! ହେ ଜଗତ୍ ଈଶ୍ୱର! ଆମକୁ ଆପଣଙ୍କ ଦର୍ଶନ କରିବାର ସୌଭାଗ୍ୟ ମିଳିଲା । ଏହି କଥାକୁ ନେଇ ଜରାସନ୍ଧ ଉପରେ ରାଗୁନୁ ସେ ଆମକୁ ବନ୍ଦୀ କଲେ । ସେ ଆମର ଉପକାର କଲେ । ଆମେବି ତ କାମାନ୍ଧ ଏବଂ ମଦୋନ୍ନତ ହୋଇ ବ୍ୟବହାର କଲୁ । ଅନିତ୍ୟ ଭୋଗ ଲାଳସାକୁ ନିତ୍ୟ ଭାବି ଆମେ କେତେ ଅତ୍ୟାଚାର କଲୁ । ଆପଣଙ୍କ ଅନୁଗ୍ରହ ବ୍ୟତୀତ ଏହା ଆଉକିଛି ନୁହେଁ । ହେ ଭଗବାନ! ଶରୀର ନଶ୍ୱର । ଆମକୁ ରାଜ୍ୟ ସୁଖ ଦରକାର ନାହିଁ । ଏହି ଭୋଗମୟ ଜୀବନରୁ ଆମେ ବିରକ୍ତ ହେଇଗଲୁଣି । ଏସବୁ ଆମକୁ ଦରକାର ନାହିଁ । କେବଳ ଆପଣଙ୍କ ଚରଣ ସେବା କରିବାକୁ ଚାହୁଁଛୁ ।"

ଶ୍ରୀକୃଷ୍ଣ ସେମାନଙ୍କୁ ବୁଝେଇବାକୁ ଯାଇ କହିଲେ, "ହେ ରାଜାଗଣ! ଏହା ସତ୍ୟ ଯେ ଐଶ୍ୱର୍ଯ୍ୟ ମଣିଷଙ୍କୁ ମଦୋନ୍ନତ କରିଦିଏ । କେବଳ ମଣିଷ ନୁହେଁ, ଦେବତା ବି ଏହା ଅଧୀନରେ ଆସିଯାନ୍ତି ଏବଂ ଅନୁଚିତ ବ୍ୟବହାର କରନ୍ତି । କାଳ ପ୍ରାପ୍ତି ଯୋଗୁ ଆପଣମାନେ କେବେ ଏହି ଦୁଃଖର ଅଧୀନରେ ହୁଅନ୍ତି ଏବଂ କେବେ ସେଥରୁ ମୁକ୍ତ ବି ହୁଅନ୍ତି । ନଚାହିଁଲେ ବି ତାହା ଦୂର ହୁଏନି । ସେଇ ଚିନ୍ତା କରନ୍ତୁନି । ଆପଣମାନେ ନିଜ ନିଜ କର୍ତ୍ତବ୍ୟକୁ ପାଳନ କରନ୍ତୁ । ଯଜ୍ଞକୁ ସମ୍ପନ୍ନ କରି ଧର୍ମବଧ ଶାସନ କରନ୍ତୁ ।"

ସେମାନେ ଶ୍ରୀକୃଷ୍ଣଙ୍କ ଆଦେଶକୁ ସ୍ୱୀକାର କଲେ । ସହଦେବ ରାଜୋଚିତ ଢଙ୍ଗରେ ତାଙ୍କୁ ସମ୍ମାନ କଲେ । ନୂତନ ବସ୍ତ୍ର ଏବଂ ଆଭୂଷଣ ମଧ ଦେଲେ । ସେମାନେ ଶ୍ରୀକୃଷ୍ଣଙ୍କୁ ପ୍ରଣାମ କରି ମଣିରତ୍ନ ଖଚିତ ସୁବର୍ଣ୍ଣ ରଥ ଉପରେ ଆହୋରଣ କରି ନିଜ ନିଜ ଦେଶ ଆଡ଼କୁ ବାହାରି ପଡ଼ିଲେ ।

ଜରାସନ୍ଧର ବଧ ହେବାପରେ ଭୀମ ଏବଂ ଅର୍ଜୁନଙ୍କ ସହିତ ଶ୍ରୀକୃଷ୍ଣ ଇନ୍ଦ୍ରପ୍ରସ୍ତରେ ପହଞ୍ଚିଲେ ଏବଂ ଶଂଖନାଦ କଲେ । ତାହା ଶୁଣି ନଗରବାସୀ ଜାଣିଗଲେ ଜରାସନ୍ଧର ସଂହାର ହେଲା । ସେମାନେ ତାଙ୍କର ଖୁସି ପ୍ରକାଶ କଲେ । ଯୁଧିଷ୍ଠିର ଏକଥା ଭାବି ପ୍ରସନ୍ନ ହେଲେ ଯେ ତାଙ୍କ ମନୋବାଞ୍ଛା ପୂରଣ ହେଲା । ଅତ୍ୟନ୍ତ ଖୁସିହୋଇ ସେ ଶ୍ରୀକୃଷ୍ଣଙ୍କୁ ଆଲିଙ୍ଗନ କଲେ ।

ଜରାସନ୍ଧର ବଧ ହେବାପରେ ଯୁଧିଷ୍ଠିର ବୁଝିଗଲେ ସେ ଅଜୟ । ରାଜସୂୟ ଯଜ୍ଞ ସେ ଆରମ୍ଭ କଲେ । ରାଜସୂୟ ଯଜ୍ଞରେ ରତ୍ଵିକ ହୋଇ ବ୍ୟାସ, ଭରଦ୍ୱାଜ,

ଚ୍ୟବନ, କଣ୍ଡ, ମୈତ୍ରେୟ, କବଷ, ତ୍ରିତ, ବିଶ୍ୱାମିତ୍ର, ବାସୁଦେବ, ସୁମତି, ଜୈମିନି, କ୍ରତ, ସୈଲ, ପରାଶର, ଗର୍ଗ, ବିଂଶପାୟନ, ଦୁର୍ବାସା, ଧୌମ୍ୟ, ଭାର୍ଗବରାମ, ଆସୁରି, ନୀତିହୋତ୍ର, ମଧୁଛନ୍ଦ, ବୀରସେନ, ଅକୃତବର୍ଣ୍ଡଙ୍କ ଭଳି ବ୍ରହ୍ମର୍ଷିମାନେ ଭାଗ ନେଲେ।

ଭୀଷ୍ମ, ଦ୍ରୋଣ, କୃପାଚାର୍ଯ୍ୟ ଏବଂ ବିଦୁରଙ୍କୁ ନିମନ୍ତ୍ରଣ ପତ୍ର ମିଳିଲା। ଧୃତରାଷ୍ଟ୍ରଙ୍କ ପୁତ୍ରମାନଙ୍କୁ ଯଜ୍ଞରେ ଭାଗ ନେବାକୁ ନିମନ୍ତ୍ରଣ କରାଗଲା। ସେମାନେ ସମସ୍ତେ ଆସିଲେ। ସମସ୍ତ ରାଜ ପରିବାର ସପରିବାର ସହିତ ଭାଗ ନେଲେ। ସେଇ ମହାନ ଯଜ୍ଞକୁ ଦେଖିବାକୁ ସବୁ ବର୍ଷର ଲୋକ ଆସିଲେ। ଜନପଥ ଅତିଥିମାନଙ୍କରେ ପୁରି ଉଠିଲା। ଇନ୍ଦ୍ରପ୍ରସ୍ଥ ଶୋଭାମୟ ଦେଖାଗଲା। ସୁବର୍ଣ୍ଣ ହଳରେ ରଥିକମାନେ ଧରିତ୍ରୀକୁ ଚିରି ଯଜ୍ଞବେଦୀକୁ ସଂସ୍କରିତ କଲେ। ଯୁଧିଷ୍ଠିର ଯଜ୍ଞ ଦୀକ୍ଷା ଗ୍ରହଣ କଲେ। ଶାସ୍ତ୍ରସମ୍ମତ ଢଙ୍ଗରେ ଯଜ୍ଞ ନିର୍ବାହ କରାଗଲା। ଅଧର୍ବ ପ୍ରୟୋଜନର ମୁକ୍ତ କଣ୍ଠରେ ସମସ୍ତେ ପ୍ରଶଂସା କଲେ। କୌରବ ଏବଂ ପାଣ୍ଡବମାନେ ନିଜ ନିଜ ମତଭେଦକୁ ଭୁଲି ଯଜ୍ଞ ନିର୍ବାହର ଦାୟିତ୍ୱକୁ ସ୍ୱୀକାର କଲେ। ଧନାଧ୍ୟକ୍ଷର ଭୂମିକା ଦୁର୍ଯ୍ୟୋଧନ ପାଳନ କଲେ। ପାକଶାଳାର ଦାୟିତ୍ୱକୁ ଭୀମସେନ ସ୍ୱୀକାର କଲେ। ସମସ୍ତ ବସ୍ତୁକୁ ରକ୍ଷାଣବେକ୍ଷଣର ଦାୟିତ୍ୱ ନକୁଲକୁ ଦିଆଗଲା। ଯଜ୍ଞରେ ଭାଗ ନେବାକୁ ଆସିଥିବା ଅତିଥିମାନଙ୍କୁ ଯଥାରୀତି ସମ୍ମାନ ସହଦେବ କରିବାକୁ ଲାଗିଲେ। ସାଧୁ, ବ୍ରହ୍ମର୍ଷି ଏବଂ ଶ୍ରୀକୃଷ୍ଣଙ୍କ ଚରଣ ସେବା ଅର୍ଜୁନ କରିବାକୁ ଲାଗିଲେ। ଦାନ, ଧର୍ମ ଦେବା କାର୍ଯ୍ୟକୁ କର୍ଣ୍ଣ ସମ୍ଭାଳିଲେ। ସାତ୍ୟକୀ, ବିକର୍ଣ୍ଣ, ବିଦୁର, ବାହ୍ଲିକପୁତ୍ର, ସଂବର୍ଦ୍ଧନ ଇତ୍ୟାଦି ଯଜ୍ଞ ନିର୍ବାହ ସମ୍ପର୍କୀୟ କେତେକ କାର୍ଯ୍ୟରେ ନିମଗ୍ନ ହେଲେ।

ଯଜ୍ଞ ସମାପ୍ତିର ଦିନ ନିକଟତର ହେଲା। ପ୍ରଥମେ ଅଗ୍ରପୂଜା ସମ୍ପନ୍ନ କରି ତା'ପରେ ଅନ୍ୟର ପୂଜା ବିଧିପୂର୍ବକ କରିବାକୁ ପଡ଼ିଲା। ଯୁଧିଷ୍ଠିର ଛିଡ଼ା ହୋଇଗଲେ ଏବଂ ସେ ସଦସ୍ୟମାନଙ୍କୁ ପ୍ରଣାମ କରି ତାଙ୍କୁ ପଚାରିଲେ, "ହେ ଆର୍ଯ୍ୟ! ଆପଣ କୁହନ୍ତୁ ଅଗ୍ର ଦେବତାଙ୍କ ପୂଜାର ଯୋଗ୍ୟତା କେଉଁଠାରେ?"

ସେଇ ସଭାରେ ବିଭିନ୍ନ ଧର୍ମର ଲୋକମାନେ ଉପସ୍ଥିତ ଥିଲେ। ଜଣେ ଜଣଙ୍କ ମୁହଁକୁ ଚାହିଁ ରହିଲେ।

ଏହା ଦେଖି ସହଦେବ କହିଲେ, "ହେ ସଦସ୍ୟ ଗଣ! ଏଥିପାଇଁ ଭାବିବା କି ଆବଶ୍ୟକତା ଅଛି? ଯିଏ ସର୍ବଦେବତାମୟ, ଦେଶ କାଳ ଧନାତ୍ମକ, ଏମିତି ଅଦ୍ୱୈତାଦ୍ୱିତୟ ପରମପୁରୁଷ ବାସୁଦେବ। ତାଙ୍କୁ ପୂଜା କରିବା ଆମର ଧର୍ମ। ତାଙ୍କ ପୂଜା ସର୍ବଭୂତର ପୂଜା କରିବା ସହିତ ସମାନ ହୋଇଥାଏ। ଏଥିରେ କୌଣସି ଅତିଶୟୋକ୍ତି ନାହିଁ।"

ସଭାରେ ଉପସ୍ଥିତ ସମସ୍ତଙ୍କୁ ସହଦେବଙ୍କ କଥା ଠିକ୍ ଲାଗିଲା। ସେମାନେ ଖୁସି

ପ୍ରକାଶ କରି ଜୟ ଜୟକାର କଲେ। ଯାଦବଙ୍କ ଶକ୍ତିରେ ଅବଗତ ହୋଇ କୌରବ ମୌନ ଧାରଣ କଲେ। ପୂଜା ଦ୍ରବ୍ୟକୁ ହାତରେ ନେଇ ଯୁଧିଷ୍ଠିର ଶ୍ରୀକୃଷ୍ଣଙ୍କ ପାଦ ଧୌତ କଲେ ଏବଂ ସେଇ ଜଳକୁ ନିଜର ଏବଂ ପରିବାରର ଅନ୍ୟ ସଦସ୍ୟଙ୍କ ମୁଣ୍ଡରେ ଛିଞ୍ଚିଲେ। ଶ୍ରୀକୃଷ୍ଣଙ୍କୁ ପୀତାମ୍ବର ଏବଂ ଆଭୂଷଣ ସମର୍ପିତ କରି ସମ୍ମାନିତ କଲେ। ସଭାରେ ଉପସ୍ଥିତ ରାଜାମାନେ ଜଣେ ଜଣେ ହେଇ ଶ୍ରୀକୃଷ୍ଣଙ୍କୁ ପ୍ରଣାମ କଲେ। ସମସ୍ତ ସଦସ୍ୟଙ୍କ ଜୟ ଜୟକାର ଧ୍ୱନିରେ ସଭା ପ୍ରତିଧ୍ୱନିତ ହେଲା। ଫୁଲ ବର୍ଷା କରାଗଲା। ଏହି ଦୃଶ୍ୟକୁ ଦେଖି ସତ୍ୟଭାମା, ଶ୍ରୀକୃଷ୍ଣଙ୍କ ଅନ୍ୟ ପତ୍ନୀମାନେ ଏବଂ ସମସ୍ତ ଯାଦବ ବୀର ଆନନ୍ଦରେ ଅଧୀର ହେଲେ। ସତ୍ୟଭାମା ବୁଝିଲେ ଏହି ପୃଥିବୀ ଉପରେ ଯାଦବ ଅଜୟ। କିନ୍ତୁ ତାଙ୍କ ଆନନ୍ଦକୁ ଭଗ୍ନ କରି ରାଜା ଶିଶୁପାଳ ଉଠି ଛିଡ଼ାହେଲେ।

ଶ୍ରୀକୃଷ୍ଣଙ୍କ ବିଷୟରେ ସହଦେବଙ୍କ ଦ୍ୱାରା କଥା ଶିଶୁପାଳକୁ କଣ୍ଟା ଭଳି ଲାଗିଲା। ରାଜାମାନେ ଶ୍ରୀକୃଷ୍ଣଙ୍କୁ ପ୍ରଣାମ କରିବା ନିଜକୁ ସେ ଅପମାନ ଭାବିଲେ। ସେ କହିଲେ, "ହେ ସଭାସଦ! ଏହି କଥା ଆଜି ସତ ହେଲା ଯେ ସମୟ ଅନୁସାରେ ଲୋକଙ୍କ ରୀତି ବଦଳିଯାଏ। ନୁହେଁ ତ ଆଉ କ'ଣ? ଜଣେ ବାଳକ କିଛି କହିଲା ଯେ ଆପଣମାନେ ସମସ୍ତେ ତାକୁ ସମର୍ଥନ କଲେ। ହେ ବିଜ୍ଞ ସଦସ୍ୟ! ଆପଣମାନେ କୁହନ୍ତୁ ଏହି ବ୍ୟକ୍ତି ଅଗ୍ରପୂଜ୍ୟ ରୂପରେ ପୂଜା କରିବାକୁ ଯୋଗ୍ୟ କେମିତି ହେଲେ? ଧର୍ମବନ୍ଧ ଅନୁସାରେ ଆପଣମାନେ ଭାବନ୍ତୁ। ଏହି ବ୍ୟକ୍ତିକୁ ଏହି ବିଶିଷ୍ଟ ସମ୍ମାନ ପାଇବାର ଅଧିକାର କେମିତି ପ୍ରାପ୍ତ ହେଲା? ତପୋସମ୍ପନ୍ନ, ବିଦ୍ୟାସମ୍ପନ୍ନ, ଜ୍ଞାନସମ୍ପନ୍ନ କେତେ ମହର୍ଷି ଏଠାରେ ଉପସ୍ଥିତ ଅଛନ୍ତି। ତାଙ୍କୁ ଉପେକ୍ଷା ଆମେ କେମିତି କରିପାରିବା? ଏହି ଗାୟାଳର ପୂଜା କେମିତି କରିପାରିବା? ଇଏ ଅଗ୍ରପୂଜା ପାଇଁ ଯୋଗ୍ୟ ନୁହେଁ। ୟାଙ୍କଠାରେ ଗୋଟିଏ ବି ବିଶିଷ୍ଟ ଗୁଣ ନାହିଁ। ବର୍ଣ୍ଣାଶ୍ରମଧର୍ମର ଇଏ ପାଳନ କରୁନାହାନ୍ତି। ଇଏ ସମସ୍ତ ଧର୍ମକୁ ଅତିକ୍ରମ କରି ନିଜ ଇଚ୍ଛାନୁସାରେ ବ୍ୟବହାର କରନ୍ତି। ଯଯାତି ଯେଉଁ ଅଭିଶାପ ଦେଇଛନ୍ତି, ସେଇ କାରଣରୁ ୟାଙ୍କ ବଂଶ ଜାତି ବହିଷ୍କାରକୁ ପ୍ରାପ୍ତ କରିଛନ୍ତି। ଯାଦବ ଚୋର। ସେଥିପାଇଁ ସେ ସମୁଦ୍ରରେ ଲୁଚିଥିଲେ। ସେ ପ୍ରଜାକଣ୍ଟକ। ସେ ନୀତି ବାହ୍ୟ। ଏହି ଶ୍ରୀକୃଷ୍ଣ ଅଗ୍ରପୂଜ୍ୟ ନୁହେଁ।" ଏହା କହି ଶିଶୁପାଳ ଶ୍ରୀକୃଷ୍ଣଙ୍କର ବହୁତ ନିନ୍ଦା କଲେ।

ଶିଶୁପାଳର ନିନ୍ଦାପୂର୍ବକ କଥା ଶୁଣି ଯାଦବ ବଂଶର ଯୋଦ୍ଧା ଏବଂ ଶ୍ରୀକୃଷ୍ଣଙ୍କ ସମର୍ଥକ ରାଜାମାନେ ବି କ୍ରୋଧିତ ହୋଇଗଲେ। ଶିଶୁପାଳ ଏବଂ ତାଙ୍କ ସମର୍ଥକ ରାଜା ମାନେ ଖଡ୍ଗଧାରୀ ହୋଇ ଛିଡ଼ା ହୋଇଗଲେ। ଶ୍ରୀକୃଷ୍ଣ ଚକ୍ରାୟୁଧରେ ଶିଶୁପାଳର

ମୁଣ୍ଡ କାଟିଦେଲେ । ସଭାରେ ହା ହାକାର ଖେଳିଗଲା । ଶିଶୁପାଳର ସମର୍ଥକ ରାଜାମାନେ ପଳାୟନ କଲେ ।

ତା'ପରେ ଅତ୍ୟନ୍ତ ବୈଭବପୂର୍ଣ୍ଣ ଢଙ୍ଗରେ ଯୁଧିଷ୍ଠିର ରାଜସୂୟ ଯଜ୍ଞକୁ ସମାପ୍ତ କଲେ । ମଧୁପ୍ର ଏବଂ ଶାମ୍ବକୁ ଦ୍ୱାରକା ଯିବାପାଇଁ ଆଦେଶ ଦେଇ ପାଣ୍ଡବଙ୍କ ଅନୁରୋଧକୁ ସ୍ୱୀକାର କରି ଶ୍ରୀକୃଷ୍ଣ ତାଙ୍କ ପତ୍ନୀମାନଙ୍କ ସହିତ କିଛି ମାସ ଇନ୍ଦ୍ରପ୍ରସ୍ଥରେ ରହିଗଲେ ।

ଦୁର୍ଯ୍ୟୋଧନ ଇନ୍ଦ୍ରପ୍ରସ୍ଥରେ ନିର୍ମିତ ମୟସଭାକୁ ଦେଖିବାକୁ ସେଥିରେ ପ୍ରବେଶ କଲେ । ସେଥିରେ ଜଳରେ ସ୍ଥଳ ଏବଂ ସ୍ଥଳରେ ଜଳର ଭ୍ରମ ସୃଷ୍ଟି ହେଲା । ଦୁର୍ଯ୍ୟୋଧନର ପାଦ ଖସିଗଲା । ତେଣୁ ସେ ଦ୍ରୌପଦୀଙ୍କ ପରିହାସର ଶିକାର ହେଲେ । ଅନ୍ୟପଟେ ଦୁର୍ଯ୍ୟୋଧନ ମନରେ ପାଣ୍ଡବଙ୍କ ବୈଭବକୁ ଦେଖିବାପରେ ଈର୍ଷା ହେଲା, ତା'ପରେ ଏହି ଅପମାନ ଯୋଗୁ ସେ କ୍ରୋଧିତ ହୋଇଗଲେ । ନିଜକୁ ଅପମାନିତ ଭାବି ଦୁର୍ଯ୍ୟୋଧନ ହସ୍ତିନାପୁରକୁ ବାହାରିଗଲେ ।

ଶ୍ରୀକୃଷ୍ଣ କହିଲେ, "ସତ୍ୟା ! ମୟସଭାରେ ଦୁର୍ଯ୍ୟୋଧନ ଅପମାନିତ ହେବା ଏକ ସାଧାରଣ ଘଟଣା ନୁହେଁ । ଏହା ଭୀଷଣ ମହାଭାରତ ଯୁଦ୍ଧର ଏବଂ କ୍ଷତ୍ରିୟ ବଂଶର ବିନାଶର କାରଣ ହେବ ।"

ସତ୍ୟଭାମା ପଚାରିଲେ, "ସ୍ୱାମୀ ! ଆପଣ କ'ଣ ଏହାର ନିବାରଣ କରିପାରିବେନି ? ହଜାର ହଜାର ସଂଖ୍ୟାରେ ଯୋଦ୍ଧାଙ୍କ ମୃତ୍ୟୁର କାରଣ ହେବ, ତା'ହେଲେ ଆପଣ ଏହାକୁ ରୋକି ପାରିବେନି ?"

ଶ୍ରୀକୃଷ୍ଣ କହିଲେ, "ସତ୍ୟା ! ଯେବେ ବି ଏହି ଧରିତ୍ରୀରେ ଜନସଂଖ୍ୟା ବଢ଼ିଯାଏ ତା'ହେଲେ ସହଜରେ ଏମିତି ମହୋଦ୍ରବ ହୋଇଥାଏ । ଦ୍ୱାପର ଯୁଗର ସମାପ୍ତି ହେବାକୁ ଯାଉଛି ଏବଂ କଳିଯୁଗର ଆରମ୍ଭ ହେବାକୁ ଯାଉଛି । ଏହି ଯୁଦ୍ଧର ନିବାରଣ କେହି କରିପାରିବେନି । ଦ୍ୱାପର ଯୁଗର ଅନ୍ତ ପର୍ଯ୍ୟନ୍ତ ପାଣ୍ଡବମାନେ ଏହି ଧରିତ୍ରୀ ଉପରେ ଶାସନ କରିବେ, ତା'ପରେ କଳିଯୁଗରେ ସେମାନେ ମୁକ୍ତିକୁ ପ୍ରାପ୍ତ କରିବେ ।'

"ତା'ହେଲେ ଆମର କ'ଣ ହେବ ?" ସତ୍ୟା ପଚାରିବାକୁ ଚାହିଁଲେ । ସେଥିରେ ନିହିତ ଭୂଦେବୀଙ୍କ ଅଂଶର କାଲ୍ଲୋନିତ ହେବା ପ୍ରାରମ୍ଭ ହେଲା ।

ଇନ୍ଦ୍ରପ୍ରସ୍ଥରେ ରାଜସୂୟ ଯଜ୍ଞ ସମାପ୍ତି ପରେ ଅର୍ଜୁନ ଏବଂ ସୁଭଦ୍ରାଙ୍କର ନଜର ପରସ୍ପର ସହିତ ମିଶିଗଲା । କୌଣସି ନା କୌଣସି ବାହାନାରେ ଅର୍ଜୁନ ଶ୍ରୀକୃଷ୍ଣଙ୍କ ପାଖକୁ ଆସିବାକୁ ଲାଗିଲେ ଏବଂ ସୁଭଦ୍ରାଙ୍କ ଉପରେ ମନ୍ତ୍ରାସ୍ତ୍ର ପ୍ରୟୋଗ କରିବାକୁ ଲାଗିଲେ । ଅର୍ଜୁନ ଆସିବାମାତ୍ରେ ତାଙ୍କ ଦୃଷ୍ଟି ସାମନାକୁ ଆସିବାକୁ ସୁଭଦ୍ରା ଚେଷ୍ଟା କରିବାକୁ ଲାଗିଲେ ।

ତାଙ୍କ ସ୍ଥିତିକୁ ଦେଖି ସତ୍ୟଭାମା ତାଙ୍କ ପତି ଶ୍ରୀକୃଷ୍ଣଙ୍କ ପାଖରେ ଏହି ପ୍ରସ୍ତାବ ରଖିଲେ, "ହେ କୃଷ୍ଣ! ଅର୍ଜୁନଙ୍କ ସହିତ ଆମ ସୁଭଦ୍ରାଙ୍କର ବିବାହ କଲେ କେମିତି ହୁଅନ୍ତା ?"

ଶ୍ରୀକୃଷ୍ଣ କହିଲେ, "ଭଲ ହେବ। କିନ୍ତୁ ମୋ ଅଗ୍ରଜ ବଳରାମ ତା'ର ବିବାହ ଦୁର୍ଯୋଧନ ସହିତ କରେଇବାକୁ ଚାହୁଁଛନ୍ତି। କୌରବଙ୍କଠାରୁ ଆମେ କେତେଥର ଅପମାନିତ ହୋଇଛନ୍ତି। କିନ୍ତୁ ତାଙ୍କ ସହିତ ସମ୍ପର୍କ ଯୋଡ଼ିଲେ ସ୍ଥିତି ସାମାନ୍ୟ ହେବ, ଏମିତି ସେ ଭାବୁଛନ୍ତି।"

ସତ୍ୟଭାମା ପଚାରିଲେ, "କିନ୍ତୁ ସୁଭଦ୍ରା ଅର୍ଜୁନଙ୍କୁ ଭଲ ପାଇବାକୁ ଲାଗିଲେଣି। ପରସ୍ପରକୁ ଦୁହେଁ ବହୁତ ଚାହୁଁଛନ୍ତି। ରାଜସୂୟ ଯଜ୍ଞରେ ଯେଉଁ ପାଣ୍ଡବମାନେ ଅଗ୍ରପୂଜ୍ୟ ରୂପରେ ଆପଣଙ୍କ ଆରାଧନା କଲେ, ତାଙ୍କୁ ଉପେକ୍ଷା କରି ଆମେ କୌରବଙ୍କ ସାଙ୍ଗରେ କେମିତି ସମ୍ପର୍କ ଯୋଡ଼ିପାରିବା ? ଏହା କ'ଣ ଉଚିତ ହେବ ?"

"ତୁମେ ଠିକ୍ କହିଛ। କିନ୍ତୁ ମୁଁ ମୋ ଅଗ୍ରଜଙ୍କ ପ୍ରସ୍ତାବକୁ କେମିତି ଅସ୍ୱୀକାର କରିପାରିବି ? କୌଣସି ଉପାୟ ଖୋଜିବାକୁ ପଡ଼ିବ।"

ସତ୍ୟା କହିଲେ, "ଆପଣ ହିଁ ସୁଭଦ୍ରା ଏବଂ ଅର୍ଜୁନଙ୍କ ବିବାହ ସମ୍ପନ୍ନ କରିପାରିବେ। ଏହା ହିଁ ମୋର ପ୍ରାର୍ଥନା।"

ଶ୍ରୀକୃଷ୍ଣ କହିଲେ, "ମୁଁ ସତ୍ୟା ବିଧେୟ। ତୁମ କଥାକୁ ନ ମାନିବାର ସାହସ କ'ଣ ଏହି ଶ୍ରୀକୃଷ୍ଣ କରିପାରିବେ ?"

ସତ୍ୟଭାମା ଲଜ୍ଜିତ ହେଲେ। ସେ ସୁଭଦ୍ରାଙ୍କୁ ଏହି ସମାଚାର ଶୁଣେଇଲେ। ସୁଭଦ୍ରା ତାଙ୍କ ଭାଉଜଙ୍କୁ ଆଲିଙ୍ଗନ କରି ତାଙ୍କୁ ରୁମା ଦେଲେ।

ସତ୍ୟା କହିଲେ, "ରୁହ ସୁଭଦ୍ରା, ମୁଁ ଅର୍ଜୁନ ନୁହେଁ।" ତାଙ୍କ କଥା ଶୁଣି ସୁଭଦ୍ରା ଭିତରକୁ ଧାଇଁ ଚାଲିଗଲେ। ସତ୍ୟା ହସିଲେ।

ସତ୍ୟଭାମା ସୁଭଦ୍ରା ଏବଂ ଅର୍ଜୁନଙ୍କର ବିବାହ କରିବାକୁ ଚାହାଁନ୍ତି। ଏହାର ଆଉ ଏକ କାରଣ ବି ଅଛି। ପାଣ୍ଡବଙ୍କର ଦ୍ରୌପଦୀଙ୍କ ସନ୍ନିକଟତା ଏବଂ ଦ୍ରୌପଦୀଙ୍କ ପ୍ରତି ପାଣ୍ଡବମାନେ ଯେଉଁ ପ୍ରେମ ଓ ଆଦର ଦେଖେଇବାକୁ ଲାଗିଲେ, ତାକୁ ଦେଖି ସତ୍ୟଭାମା ଆଶ୍ଚର୍ଯ୍ୟ ହେଲେ। ସୁଭଦ୍ରାଙ୍କ ଭଳି ସୁନ୍ଦର ନାରୀଙ୍କ ସହିତ ଅର୍ଜୁନଙ୍କ ବିବାହ ହୋଇଯିବାପରେ ବି କ'ଣ ତାଙ୍କ ମଧ୍ୟରେ ପ୍ରେମ ଭାବନା ଦୃଢ ରହିବ ? ଦେଖାଯିବ। ଏମିତି ସତ୍ୟା ଭାବିଲେ। ସୁଭଦ୍ରା ଏବଂ ଅର୍ଜୁନଙ୍କ ବିବାହକୁ ସେ ଅର୍ଜୁନ ଏବଂ ଦ୍ରୌପଦୀଙ୍କ ପ୍ରେମବନ୍ଧନ ପାଇଁ ଏକ ପରୀକ୍ଷା ରୂପରେ ମାନିନେଲେ।

ଭାରୀ ସଭାରେ କ୍ଷତ୍ରିୟ ଯୋଦ୍ଧାଙ୍କ ଉପସ୍ଥିତିରେ ଶ୍ରୀକୃଷ୍ଣଙ୍କ ଦ୍ୱାରା ଶିଶୁପାଳର ସଂହାର ହେବାପରେ କ୍ଷତ୍ରିୟ ଲୋକଙ୍କଠାରେ ହଇଚଇ ସୃଷ୍ଟି ହେଲା। ଶ୍ରୀକୃଷ୍ଣଙ୍କ ପରାକ୍ରମରେ ଅବଗତ ହେବାପରେ କେତେକ କ୍ଷତ୍ରିୟ ଯୋଦ୍ଧା ଶ୍ରୀକୃଷ୍ଣଙ୍କ ଶରଣକୁ ଆସିଲେ। ପାଣ୍ଡବମାନେ ଶ୍ରୀକୃଷ୍ଣଙ୍କୁ ଅଗ୍ରପୂଜ୍ୟ ରୂପରେ ସମ୍ମାନିତ କଲେ। କିନ୍ତୁ ଜାତ୍ୟଅହଙ୍କାର ଯୋଗୁ କିଛି କ୍ଷତ୍ରିୟ ନିଜର ପରାଜୟକୁ ସ୍ୱୀକାର କଲେନି। ସେମାନେ ଭାବିଲେ, କ୍ଷତ୍ରିୟ ବଂଶକୁ ବିଚ୍ଛିନ୍ନ କରିବାପାଇଁ ହିଁ ଶ୍ରୀକୃଷ୍ଣଙ୍କର ଜନ୍ମ ହୋଇଛି। ସେମାନେ ଏହା ବି ଭାବନ୍ତି, ଶ୍ରୀକୃଷ୍ଣଙ୍କ ବଧ ହେବା ବିନା ଆମେ ଏହି ସଂସାରରେ ପ୍ରାଣ ଧରି ବଞ୍ଚ ପାରିବାନି।

ରୁକ୍ମିଣୀଙ୍କ ବିବାହ ଅବସରରେ ଶ୍ରୀକୃଷ୍ଣଙ୍କ ସାମନା କରି ଶିଶୁପାଳ ପରାଜିତ ହେଲା। ସେତେବେଳେ ଶିଶୁପାଳଙ୍କ ମିତ୍ର ଶାଲ୍ୱ ଯାଦବ ଜାତିର ପ୍ରତିଶୋଧ ନେବାକୁ ଏବଂ ସମସ୍ତ ଯାଦବ ବଂଶର ନିର୍ମୂଳ କରିବାକୁ କ୍ଷତ୍ରିୟ ରାଜାମାନଙ୍କ ସମ୍ମୁଖରେ ଶପଥ ନେଲେ। ନିଜର ଦେଇଥିବା ବଚନକୁ ପାଳନ କରିବାକୁ ସେ ଈଶ୍ୱରଙ୍କ ଅନୁଗ୍ରହକୁ ପାଇବାକୁ କଠୋର ତପସ୍ୟା କଲେ। ସେ ପ୍ରତିଦିନ ମୁଠାଏ ବାଲି ଖାଇ ଦେହ ଯାତ୍ରାର ନିର୍ବାହ କରି କଠୋର ତପସ୍ୟା କଲେ। ତାଙ୍କ ତପସ୍ୟାରେ ପ୍ରସନ୍ନ ହୋଇ ପରମେଶ୍ୱର ତାଙ୍କୁ ବର ମାଗିବାକୁ କହିଲେ। ତା'ପରେ ଶାଲ୍ୱ ପ୍ରଣାମ କରି କହିଲେ, "ହେ ମହାଦେବ! ମୋତେ ଏମିତି ବିମାନ ଦିଅନ୍ତୁ, ଯିଏ ଦେବ, ଦାନବ ଏବଂ ଗନ୍ଧର୍ବଙ୍କ ପାଇଁ ଅଭେଦ୍ୟ ହେବ ଏବଂ ଅଦୃଶ୍ୟ ରୂପରେ ଗମନ କରିପାରିବ।" ଗୌରୀପତି ବିଶ୍ୱକର୍ମାଙ୍କୁ ଏହି ବିମାନକୁ ତିଆରି କରିବାକୁ ଆଦେଶ ଦେଲେ। ବିଶ୍ୱକର୍ମା ସୌଭକ ନାମକ ବିମାନକୁ ତିଆରି କରି ତାକୁ ଶାଲ୍ୱକୁ ଦେଲେ।

ଶିଶୁପାଳର ବଧ ହେବା ଖବର ପାଇ ସାଲ୍ବ କ୍ରୋଧିତ ହେଲେ ଏବଂ ନିଜର ଚତୁରଙ୍ଗ ସେନାକୁ ସାଙ୍ଗରେ ନେଇ ସେଇ ବିମାନ ଉପରେ ବସି ଦ୍ୱାରକାକୁ ଆସି ତୁମୁଳତୋଫାନ କଲେ। ସେଇ ସମୟରେ ଶ୍ରୀକୃଷ୍ଣ ଇନ୍ଦ୍ରପ୍ରସ୍ଥରେ ଥିଲେ। ଶାଲ୍ବଙ୍କ ସେନା ଦ୍ୱାରକାରେ ଉପବନକୁ ଧ୍ୱଂସ କଲେ, ମନ୍ଦିରକୁ ଭାଙ୍ଗିଦେଲେ, ପ୍ରାସାଦକୁ ଗଡ଼େଇ ଦେଲେ ଏବଂ ଦ୍ୱାରକାପୁରରେ ହଲଚଲ କରିଦେଲେ। ସୌଭ ନାମକ ବିମାନ ଉପରେ ବସିଥିବା ଶାଲ୍ବ ବଡ଼ ବଡ଼ ଶିଳା ଏବଂ ଅସ୍ତ୍ରଶସ୍ତ୍ରରେ ପ୍ରହାର କରି ଦ୍ୱାରକାପୁରୀକୁ ଧ୍ୱଂସ କରିଦେଲେ।

ପ୍ରଦ୍ୟୁମ୍ନ ଯାଦବଙ୍କୁ ଆଶ୍ୱାସନା ଦେଲେ ଏବଂ ସାତ୍ୟକୀ, ଚାରୁଦେଷ୍ଣ, ଶାମ୍ବ, ଅକ୍ରୁର, ଭାନୁବିନ୍ଦ ଏବଂ ଅନ୍ୟ ଯୋଦ୍ଧାଙ୍କ ସହିତ ନିଜର ଚତୁରଙ୍ଗ ସେନାକୁ ସାଙ୍ଗରେ ନେଇ ଯୁଦ୍ଧ ପାଇଁ ପ୍ରସ୍ତୁତ ହେଲେ। ଶାଲ୍ବ ଏବଂ ଯାଦବ ସେନାଙ୍କ ମଧ୍ୟରେ ଦେବ ଦାନବ ଯୁଦ୍ଧ ଭଳି ଭୀଷଣ ଯୁଦ୍ଧ ହେଲା। ଶାଲ୍ବଙ୍କ ମାୟା ଶକ୍ତିକୁ ନିବାରଣ କରିବାକୁ ପ୍ରଦ୍ୟୁମ୍ନ ନିଜର ତୀକ୍ଷ୍ଣ ବାଣରେ ଶାଲ୍ବର ପ୍ରଧାନ ସେନାପତି ଏବଂ ଅନ୍ୟ ମୁଖ୍ୟ ସେନା ମାନଙ୍କୁ ଆଘାତ କରିଦେଲେ।

ତା'ପରେ ଶାଲ୍ବ ନିଜର ମାୟା ଶକ୍ତିର ପ୍ରଦର୍ଶନ କଲେ। ସୌଭକ ବିମାନ ଗୋଟିଏ ଦିଗରେ କେତେ ବିମାନ ରୂପରେ ଦେଖାଗଲା ଏବଂ ଅଦୃଶ୍ୟ ହୋଇଗଲା ପୁଣି ଅନ୍ୟ ଦିଗରେ ଦେଖାଗଲା। କେତେବେଳେ ତଳକୁ ଓହ୍ଲେଇବା ଏବଂ କେତେବେଳେ ଆକାଶରେ ଗମନ କରିବାର ଭ୍ରମ ସୃଷ୍ଟି ହେଲା। କେତେବେଳେ ଜଳଯାନ ଭଳି ଦେଖାଗଲା ଏବଂ କେତେବେଳେ ଚକ୍ର କାଟି ଦିହୁଡ଼ି ଭଳି ଜଳି ଉପରକୁ ଚାଲିଯାଉଥିଲା। ଯଦୁବଂଶର ଯୋଦ୍ଧାମାନେ ତା'ଉପରେ ସୂର୍ଯ୍ୟାଗ୍ନି ଅସ୍ତର ପ୍ରୟୋଗ କଲେ। ଶାଲ୍ବର ସୈନ୍ୟମାନେ ତାକୁ ସାହସର ସହ ସାମନା କଲେ। ଶାଲ୍ବର ମନ୍ତ୍ରୀ ଘୁମନ୍ତ ପ୍ରଦ୍ୟୁମ୍ନଙ୍କ ଗଦାୟୁଦ୍ଧକୁ ଗଡ଼େଇଦେଇ ତାଙ୍କ ମୁଣ୍ଡରେ ପ୍ରହାର କଲା। ପ୍ରଦ୍ୟୁମ୍ନ ବେହୋସ ହୋଇଗଲେ। ତାଙ୍କ ରଥର ସାରଥୀ ରଥକୁ ସେଠାରୁ ନେଇଯାଇ ପ୍ରଦ୍ୟୁମ୍ନଙ୍କୁ ରକ୍ଷାକଲେ। ତା'ପରେ ପ୍ରଦ୍ୟୁମ୍ନଙ୍କର ହୋସ ଆସିଲା ଏବଂ ଯୁଦ୍ଧକ୍ଷେତ୍ରରୁ ନିଜକୁ ଦୂରକୁ ନେଇଯିବା ଯୋଗୁ ତାଙ୍କ ସାରଥୀଙ୍କୁ ସେ ନିନ୍ଦା କଲେ। କବଚ ଧାରଣ କରି ପୁଣି ରଣ କ୍ଷେତ୍ରରେ ପହଞ୍ଚିଗଲେ। ଏଥର ଘୁମନ୍ତ ସହିତ ଯୁଦ୍ଧ କରି ସେ ନିଜ ତୀରରେ ତାଙ୍କୁ ଘାୟଲ କରିଦେଲେ। ଘୁମନ୍ତଙ୍କ ସାରଥୀର ବଧ କରି ଧ୍ୱଜାକୁ ପକେଇଦେଲେ। ତା'ପରେ ତାଙ୍କ ଶତ୍ରୁର ଧନୁକୁ ଭାଙ୍ଗିଦେଲେ ଏବଂ ଶେଷରେ ଘୁମନ୍ତର ମୁଣ୍ଡକୁ କାଟିଦେଲେ। ଗଦ, ସାତ୍ୟକୀ, ଶାମ୍ବଙ୍କ ଭଳି ଯାଦବ ବୀରମାନେ ତୀର ବର୍ଷା କରି ନିଜର ପରାକ୍ରମ ପ୍ରଦର୍ଶନ କଲେ। ଶାଲ୍ବ ସେନାଙ୍କ ଯୋଦ୍ଧା ମାନଙ୍କ ମୁଣ୍ଡ କାଟି ସମୁଦ୍ରରେ ପକେଇଦେଲେ।

ସେଇ ସମୟରେ ଇନ୍ଦ୍ରପ୍ରସ୍ଥରେ ପାଣ୍ଡବଙ୍କୁ ବିଦାୟ ଦେଇ ଶ୍ରୀକୃଷ୍ଣ ଦ୍ୱାରକା ଆଡ଼କୁ ବାହାରି ପଡ଼ିଲେ। ଦ୍ୱାରକାରେ ପହଞ୍ଚିବା ପୂର୍ବରୁ ରଣ କ୍ଷେତ୍ରରେ ଶାଲ୍ୱ ଏବଂ ଯାଦବ ବୀରଙ୍କ ମଧ୍ୟରେ ଯୁଦ୍ଧର ସୂଚନା ପାଇ ସତ୍ୟଭାମାଙ୍କୁ ସେ କହିଲେ, "ସତ୍ୟା ! ରାଜସୂୟ ଯଜ୍ଞରେ ଯାଦବଙ୍କ ସାମନାରେ କ୍ଷତ୍ରିୟଙ୍କ ନତମସ୍ତକ ହେବା ଘଟଣାରୁ କ୍ଷତ୍ରିୟ ନିଜକୁ ଅପମାନିତ ହେବା ଭାବନାକୁ ନେଇ ଯୁଦ୍ଧକ୍ଷେତ୍ରକୁ ବାହାରି ପଡ଼ିଲେ। ଯାଦବ ବୀରମାନଙ୍କ ଭିତରେ କିଛି ଆମର ଶତ୍ରୁ ବି ଥିଲେ, ସେମାନେ କ୍ଷତ୍ରିୟଙ୍କୁ ସମର୍ଥନ କଲେ। ତୁମେ ଅନ୍ୟ ସ୍ତ୍ରୀ ଏବଂ ପରିବାର ଜନଙ୍କୁ ସାଙ୍ଗରେ ନେଇ ଦ୍ୱାରକା ଚାଲିଯାଅ। ମୁଁ ଶାଲ୍ୱକୁ ଦେଖୁଛି।" ଏହା କହି ଶ୍ରୀକୃଷ୍ଣ ସେମାନଙ୍କୁ ପଠେଇଦେଲେ।

ତା'ପରେ ଶ୍ରୀକୃଷ୍ଣଙ୍କ ସାରଥୀ ବାୟୁବେଗରେ ରଥକୁ ନେଇଗଲେ ଏବଂ ଶାଲ୍ୱଙ୍କ ସାମନାରେ ତାକୁ ଅଟକେଇ ଦେଲେ। ଗରୁଡ଼ ଧ୍ୱଜାକୁ ଉଡ଼େଇ ଆସୁଥିବା ବାସୁଦେବଙ୍କ ରଥକୁ ଦେଖି ଦୁଇ ପକ୍ଷର ସେନାଙ୍କ ମଧ୍ୟରେ ହଇଚଇ ସୃଷ୍ଟି ହେଲା। ଶ୍ରୀକୃଷ୍ଣଙ୍କୁ ଦେଖିବାମାତ୍ରେ ଶାଲ୍ୱଙ୍କ ଶକ୍ତି କ୍ଷୀଣ ହୋଇଗଲା। ଶ୍ରୀକୃଷ୍ଣଙ୍କ ସାରଥୀ ଉପରେ ମହାଶକ୍ତି ପ୍ରୟୋଗ କଲେ। ଆକାଶରେ ଜଳୁଥିବା ଦିହୁଡ଼ି ଭଳି ନିଜ ଆଡ଼କୁ ଆସୁଥିବା ସେଇ ଆୟୁଧକୁ ନିଜ ଶରରେ ଶ୍ରୀକୃଷ୍ଣ ରାସ୍ତାରେ ଖଣ୍ଡ ଖଣ୍ଡ କରିଦେଲେ। ଶ୍ରୀକୃଷ୍ଣ ଷୋଳ ବାଣରେ ଶାଲ୍ୱକୁ ଘାୟଲ କରିଦେଲେ। ଶରର ବର୍ଷାରେ ଶାଲ୍ୱର ବିମାନକୁ ଢାଙ୍କିଦେଲେ। ଅତ୍ୟଧିକ ଆଘାତ ହେଇଥିଲେ ବି ଶାଲ୍ୱ ବ୍ୟର୍ଥ ପ୍ରଳାପ କରି ଶ୍ରୀକୃଷ୍ଣଙ୍କୁ ଧମକ ଦେଲେ "ରେ ଯାଦବ', ରେ ମନ୍ଦବୁଦ୍ଧିବାନ! ଆମ ଆଖି ସାମନାରେ ମୋ ମିତ୍ରର ହେବାକୁ ଯାଉଥିବା ପତ୍ନୀକୁ ଅପହରଣ କରି ମୋ ମିତ୍ରକୁ ବି ତୁ ବଧ କଲୁ। ମୁଁ ତତେ ଶିକ୍ଷା ଦେବି।"

ତାଙ୍କ କଥା ଶୁଣି ଶ୍ରୀକୃଷ୍ଣ କହିଲେ, "ବ୍ୟର୍ଥ ପ୍ରଳାପ କାହିଁକି ? ଯୁଦ୍ଧ ସମାପ୍ତ ହେବା ଭ୍ରମ ସୃଷ୍ଟି କରନା।" ଶ୍ରୀକୃଷ୍ଣ ଶାଲ୍ୱର ମାୟା ଶକ୍ତିକୁ ନଷ୍ଟ କରିଦେଲେ ଏବଂ ଶାଲ୍ୱର ବିମାନକୁ ନିଜ ଗଦାୟୁଧରେ ଖଣ୍ଡିତ କରି ସମୁଦ୍ରରେ ଫିଙ୍ଗିଦେଲେ। ଶାଲ୍ୱ ବି ଗଦାୟୁଧକୁ ନେଇ ଶ୍ରୀକୃଷ୍ଣଙ୍କ ଉପରେ ପ୍ରହାର କରିବାକୁ ଆଗକୁ ଆସିଲେ। ଚକ୍ରାୟୁଧ ପ୍ରୟୋଗ କରି ଶ୍ରୀକୃଷ୍ଣ ତାଙ୍କ ମୁଣ୍ଡକୁ କାଟିଦେଲେ।

ଶାଲ୍ୱଙ୍କ ବଧ ହେବାପରେ ଦନ୍ତବକ୍ତ କ୍ରୋଧିତ ହୋଇ ଶ୍ରୀକୃଷ୍ଣଙ୍କୁ ଗଦା ଯୁଦ୍ଧ ପାଇଁ ଆମନ୍ତ୍ରଣ କଲେ! "କୃଷ୍ଣ! ମୋ ମାମୁଙ୍କ ପୁତ୍ର ହେବା କାରଣରୁ ଏ ପର୍ଯ୍ୟନ୍ତ ମୁଁ ତୁମକୁ ଉପେକ୍ଷା କରୁଥିଲି। ତୁମେ ବଞ୍ଚିବାର ଯୋଗ୍ୟ ନୁହଁ। ଶରୀରରେ ଉତ୍ପନ୍ନ ହେଇଥିବା ବ୍ୟାଧି ଯେମିତି ସମ୍ପୂର୍ଣ୍ଣ ଶରୀର ପାଇଁ ହାନିକାରକ ହୋଇଥାଏ, ସେମିତି ଯାଦବ ଜାତିରେ ଜନ୍ମ ହେଇ ତୁମେ ସମସ୍ତ ଯାଦବ ଜାତି ପାଇଁ ବିନାଶକାରୀ ଅଟ।

ତୁମ ଭଳି ଦୁଷ୍ଟକୁ କ୍ଷମା କରିବା ଉଚିତ ନୁହେଁ।" ଏହା କହି ସେ ଗଦାଯୁଦ୍ଧରେ ବାସୁଦେବଙ୍କ ମୁଣ୍ଡ ଉପରେ ପ୍ରହାର କରିବାକୁ ଚେଷ୍ଟା କଲେ। ତାଙ୍କ ଗଦା ପ୍ରହାରରେ ଅବିଚଳିତ ହୋଇ ଶ୍ରୀକୃଷ୍ଣ ନିଜର କୌମୋଦକୀ ଗଦାରେ ଦନ୍ତବକ୍ରଙ୍କ ବକ୍ଷସ୍ଥଳରେ ପ୍ରହାର କଲେ। ସେଇ ପ୍ରହାରରେ ଦନ୍ତବକ୍ର ନିଜର ଜୀବନ ହରେଇଲେ। ଦନ୍ତବକ୍ରର ଭାଇ ବିଦୂରଥ, ଶ୍ରୀକୃଷ୍ଣଙ୍କ ହାତରେ ଦନ୍ତବକ୍ରଙ୍କ ବଧ ହେବା ଦେଖି କୃଷ୍ଣଙ୍କ ସହିତ ଲଢ଼ିବାକୁ ଆସଲେ। କୃଷ୍ଣ ନିଜର ଚକ୍ରାୟୁଦ୍ଧରେ ବିଦୂରଥର ମୁଣ୍ଡ କାଟିଦେଲେ।

ଶାଲ୍ବ, ଦନ୍ତବକ୍ର ଏବଂ ବିଦୂରଥର ସଂହାର କରିବାପରେ ତାଙ୍କ ସେନାଙ୍କୁ ବିପରାସ୍ତ କରି ଶ୍ରୀକୃଷ୍ଣ ଦ୍ୱାରକାରେ ପହଞ୍ଚିଲେ। ଦ୍ୱାରକାବାସୀ ନିଜର ଖୁସି ପ୍ରକାଶ କଲେ। କ୍ଷତ୍ରିୟ ଏବଂ ଯାଦବ ସମାଜରେ ଶ୍ରୀକୃଷ୍ଣଙ୍କ ପ୍ରତିଷ୍ଠା ବଢ଼ିଗଲା। ଏହି କଥାକୁ ନେଇ ଯାଦବ ଜାତିର ପ୍ରମୁଖ ପ୍ରସନ୍ନ ହୋଇଗଲେ। ସତ୍ୟଭାମା ଅତ୍ୟନ୍ତ ଖୁସି ଅନୁଭବ କଲେ।

ଦ୍ୱାରକା ନଗରୀକୁ ଜଣେ ମୁନିଶ୍ୱର ଆସିବା ଖବର ପାଇ ସତ୍ୟଭାମା ଶ୍ରୀକୃଷ୍ଣଙ୍କ ପାଖରେ ଦର୍ଶନ କରିବାକୁ ଇଚ୍ଛା ପ୍ରକାଶ କଲେ।

ଶ୍ରୀକୃଷ୍ଣ କହିଲେ, "ଆମେ ଯିବା କ'ଣ ଦରକାର ? ସେଇ ମୁନିଶ୍ୱରଙ୍କ ସେବା କରିବାପାଇଁ ସୁଭଦ୍ରାକୁ ପଠାଅ।"

ସତ୍ୟଭାମା ପଚାରିଲେ, "ସୁଭଦ୍ରାକୁ କାହିଁକି ?"

"ସେଇ ମୁନିଶ୍ୱର ସୁଭଦ୍ରା ପାଇଁ ଯୋଗ୍ୟ ବର। ସୁଭଦ୍ରା ଦ୍ୱାରା ସେଇ ମୁନିଶ୍ୱରଙ୍କୁ ସେବା କରି ତାଙ୍କୁ ନିଜ ଅଧୀନରେ ରଖିବାକୁ କୁହ।"

ଶ୍ରୀକୃଷ୍ଣଙ୍କ କଥା ଶୁଣି ସତ୍ୟାଙ୍କ ମୁଣ୍ଡ ଘୂରେଇଦେଲା। ସେ ପଚାରିଲେ, "ଆପଣ କ'ଣ କହୁଛନ୍ତି ? ଜଣେ ମୁନିଶ୍ୱରଙ୍କୁ ସୁଭଦ୍ରା କେମିତି ପ୍ରେମ କରିପାରିବେ ? ଜଣେ ଭାଇ ହୋଇ ଆପଣ ଏମିତି କଥା କାହିଁକି କହୁଛନ୍ତି ? ମୁଁ ବୁଝିପାରୁନି।"

ଶ୍ରୀକୃଷ୍ଣ କହିଲେ, "ଏହି ମୁନିଶ୍ୱର ଆଉ କେହି ନୁହେଁ, ଆମ ଅର୍ଜୁନ।"

ସତ୍ୟା ଆଶ୍ଚର୍ଯ୍ୟ ହୋଇଗଲେ। ପଚାରିଲେ, "ଅର୍ଜୁନ ମୁନିଶ୍ୱର ବେଶ ହୋଇ କାହିଁକି ଆସିଛନ୍ତି ?"

ଶ୍ରୀକୃଷ୍ଣ କହିଲେ, "ସିଧା ଆସି ସୁଭଦ୍ରାକୁ ସାକ୍ଷାତ କରି ମୋ ଭାଇ ସାମନାରେ ବିବାହ ପ୍ରସ୍ତାବ କେମିତି କରିପାରିବେ ? ମୋ ଭାଇ ଏହି ପ୍ରସ୍ତାବକୁ ସ୍ୱୀକାର କରିବେନି। କାରଣ ସେ ସୁଭଦ୍ରାର ବିବାହ ଦୁର୍ଯ୍ୟୋଧନ ସହିତ କରିବାପାଇଁ କଥା ଦେଇଛନ୍ତି। ଅର୍ଜୁନ ଏବଂ ସୁଭଦ୍ରାର ବିବାହ ତୁମେ ପ୍ରଥମେ ସମର୍ଥନ କରିଥିଲ ନା ?"

"ଏମିତି କଥା। ଏହାର ଅର୍ଥ ଏହା କି ଅର୍ଜୁନ ସୁଭଦ୍ରାଙ୍କୁ ଅପହରଣ କରିବାପାଇଁ ଆସିଛନ୍ତି ?"

“ତୁମେ ଠିକ କଥା କହିଛ।”

“ଆମ ଯାଦବ ଯୋଦ୍ଧା କ’ଣ ଅର୍ଜୁନଙ୍କୁ ଅଟକେଇବେନି? ଆପଣଙ୍କ ଭାଇ କ’ଣ କ୍ରୋଧିତ ହେବେନି?”

“ପ୍ରଥମେ ଯାହା ହେବାର ଅଛି ହେବାକୁ ଦିଅ, ପରିସ୍ଥିତିକୁ ସମ୍ଭାଳିବାକୁ ମୁଁ ଅଛି ନା?”

“ଏହା ତ ଠିକ୍। ଆପଣ ତ ଜଗନାଟକ ସୂତ୍ରଧାରୀ। କନ୍ୟାମାନଙ୍କୁ ଅପହରଣ କରିବା କଳାରେ ଆପଣ ନିପୁଣ। ବିଚିତ୍ର କଥା ଏହା ଯେ, ଆପଣ ଆପଣଙ୍କ ଭଉଣୀର ଅପହରଣ ପାଇଁ ବି କ’ଣ ଶିକ୍ଷା ଦେଉଛନ୍ତି?”

ଶ୍ରୀକୃଷ୍ଣ ହସିଉଠିଲେ। କିଛି ସମୟ ଗମ୍ଭୀର ମୁଦ୍ରା ଧାରଣ କଲେ।

“ଏହା ହସ ପରିହାସର କଥା ନୁହେଁ। ଯେମିତି ତୁମେ କହିଲ, ସୁଭଦ୍ରା ଏବଂ ଅର୍ଜୁନଙ୍କ ବିବାହ ହେବା ଏକ ଐତିହାସିକ ଆବଶ୍ୟକତା ଅଛି। ଯେବେ ତୁମେ ମୋ ସମ୍ମୁଖରେ ଏହି ବିବାହ ପ୍ରସ୍ତାବ ରଖିଲ, ସେବେଠାରୁ ମୁଁ ଏହି ବିଷୟରେ ଗଭୀର ଭାବେ ଭାବିଲି। ବାସ୍ତବରେ ତୁମେ ‘କରଣେଷୁ’ ମନ୍ତ୍ରୀଙ୍କ ଭଳି ବ୍ୟବହାର କଲ। ଯାଦବ ସାମ୍ରାଜ୍ୟ ବିସ୍ତାର କରିବାକୁ ଏବଂ ଦୁଷ୍ଟ ଲୋକଙ୍କୁ ଦଣ୍ଡ ଦେବାର ପ୍ରକ୍ରିୟାରେ ଏହି ବିବାହ ଏକ ମୁଖ୍ୟ ଘଟଣା ପ୍ରମାଣିତ ହେବ।”

“ହଁ! ମୋତେ ବି ଏମିତି ଲାଗୁଛି।”

“କୌଣସି ବିନା ଅପରାଧରେ ଅର୍ଜୁନଙ୍କୁ ଗୋଟିଏ ବର୍ଷଯାଏ ଦୂରରେ ରହିବାକୁ ପଡ଼ିଲା। ସୁଭଦ୍ରା ତାଙ୍କ ନିକଟତର ହେବା ଏହା ଏକ ଭଲ ସୁଯୋଗ।”

“ଦ୍ରୌପଦୀଙ୍କ ଠାରୁ ତାଙ୍କୁ ଦୂରରେ କାହିଁକି ରହିବାକୁ ପଡ଼ିଲା? ମୁଁ ଏକଥା ଭାବିନି। ଅର୍ଜୁନ ଏବଂ ଦ୍ରୌପଦୀଙ୍କର ଏକ ବର୍ଷ ବିଚ୍ଛିନ୍ନ?”

“ହଁ ସତ୍ୟା! ଯେବେ ଆମେ ରାଜସୂୟ ଯଜ୍ଞରେ ଭାଗନେଇ ଇନ୍ଦ୍ରପ୍ରସ୍ଥ ଫେରିଆସିଲେ, ସେତେବେଳେ ଦିନେ ଦ୍ରୌପଦୀ ଏବଂ ଯୁଧିଷ୍ଠିରଙ୍କ ମିଳନ ବେଳେ ତାଙ୍କ ଶୟନ କକ୍ଷକୁ ଅର୍ଜୁନ ଚାଲିଗଲେ। ଏମିତି ଯିବା ତାଙ୍କ ଦ୍ୱାରା ପୂର୍ବନିର୍ଦ୍ଧାରିତ ନିୟମ ବିରୁଦ୍ଧ। ସେଇ ଭାଇମାନେ ଏହି ନିୟମ ରଖିଥିଲେ ଯେ ଜଣେ ଜଣଙ୍କ ସାଙ୍ଗରେ ଦ୍ରୌପଦୀ ବର୍ଷେ ବର୍ଷେ ରହିବେ ଏବଂ ତାଙ୍କୁ ସୁଖ ପ୍ରାପ୍ତ କରିବେ। ଯଦି କିଏ ଏହି ନିୟମ ଉଲ୍ଲଙ୍ଘନ କରିବେ, ତାହେଲେ ତାଙ୍କୁ ବର୍ଷେପାଇଁ ତୀର୍ଥ ଯାତ୍ରା କରିବାକୁ ପଡ଼ିବ।”

ଏ କଥା ଶୁଣି ସତ୍ୟଭାମା ଆଶ୍ଚର୍ଯ୍ୟ ହୋଇଗଲେ। କହିଲେ, “ମୁଁ ଏହା ଭାବୁଥିଲି, କୌଣସି ମତଭେଦ ବିନା, ଦ୍ରୌପଦୀଙ୍କ ସାଙ୍ଗରେ ପାଣ୍ଡବ କେମିତି

ବୈବାହିକ ଜୀବନ ବିତୋଉଛନ୍ତି ? କିନ୍ତୁ ଏବେ ମୁଁ ଜାଣିଲି, ଏହା ପଛରେ ଏକ ଲମ୍ବା କାହାଣୀ ଅଛି। ନିୟମ ଏତେ କଠୋର ଅଛି ତାହେଲେ ମତଭେଦ କାହିଁକି ହେଉଛି ?"

ଶ୍ରୀକୃଷ୍ଣ କହିଲେ, "ହଁ! ସୁନ୍ଦ ଏବଂ ଉପସୁନ୍ଦଙ୍କ କାହାଣୀ ତୁମେ ଶୁଣିଥିବ। ଦୁଇ ଭାଇ ତିଲୋଉମାଙ୍କ ଉପରେ କାମାତୁର ହୋଇଉଠିଲେ ଏବଂ ଦୁହେଁ ନିଜ ପାଇଁ ତାଙ୍କୁ ଚାହୁଁଥିଲେ। ଫଳସ୍ୱରୂପ ସେମାନେ ନିଜ ନିଜ ମଧ୍ୟରେ ଲଢ଼ି ମରିଥିଲେ। ଦ୍ରୌପଦୀ ପାଣ୍ଡବଙ୍କ ମଧ୍ୟରେ ଏକ ଅନ୍ତଃସୂତ୍ର ହୋଇ ତାଙ୍କୁ ଗୋଟିଏ ସୂତ୍ରରେ ଏକତ୍ର ରଖିପାରିଥିଲେ। ପାଣ୍ଡବଙ୍କ ଅନୁପସ୍ଥିତିରେ ଦ୍ରୌପଦୀଙ୍କ ଅସ୍ତିତ୍ୱ ନାହିଁ ଏବଂ ଦ୍ରୌପଦୀଙ୍କ ଅନୁପସ୍ଥିତିରେ ପାଣ୍ଡବଙ୍କର ମଧ୍ୟ। ତାଙ୍କ ମଧ୍ୟରେ ଏହି ପ୍ରକାର ନିୟମ ରଖିବା କଥା ନାରଦଙ୍କ ଦ୍ୱାରା କୁହାଯାଇଛି।"

ପାଣ୍ଡବଙ୍କ ମଧ୍ୟରେ ଜ୍ୟେଷ୍ଠ ହେବାଯୋଗୁ ଯୁଧିଷ୍ଠିରଙ୍କ ଦ୍ୱାରା ଅଧିକାଂଶ ସମୟଯାଏ ଦ୍ରୌପଦୀଙ୍କୁ ନିଜ ଭବନରେ ରଖି ତାଙ୍କ ସାଙ୍ଗରେ ସୁଖ ପ୍ରାପ୍ତ କରିବା କାରଣରୁ ତାଙ୍କ ପ୍ରତି ତାଙ୍କର ଅନ୍ୟ ଭାଇମାନେ ଅସନ୍ତୁଷ୍ଟ ରହିଲେ, "ଏହା ମୁଁ ଦେଖିଛି। ମୁଁ ମହର୍ଷି ନାରଦଙ୍କ ଦ୍ୱାରା ଏଥିପାଇଁ ଏହି ନିୟମ କରେଇଲି ଭବିଷ୍ୟତରେ ପାଣ୍ଡବଙ୍କ ମଧ୍ୟରେ କୌଣସି ମତଭେଦ ନରହୁ।"

ସତ୍ୟଭାମା ପଚାରିଲେ, "ଏହା ସତ୍ୟ ହୋଇପାରେ। ମୁଁ ଏହା ଜାଣିବାକୁ ଚାହୁଁଛି ଯେ ନିଜର ଜ୍ୟେଷ୍ଠ ଭାଇଙ୍କ ସାଙ୍ଗରେ ଦ୍ରୌପଦୀଙ୍କ ପ୍ରଣୟ ଲୀଳା ଦେଖିବାକୁ ଅର୍ଜୁନ କାହିଁକି ସେଠାକୁ ଗଲେ ?"

"ସତ୍ୟା! ତୁମେ ଦୁଷ୍ଟାମୀ କରିବାକୁ ଯାଉଛ। କିଏ କ'ଣ ଏହା ଦେଖିବାକୁ ଯାଏ ? ଯୁଧିଷ୍ଠିର ଏବଂ ଦ୍ରୌପଦୀ ଆୟୁଧ ଶାଲାରେ ଥିଲେ। ସେତେବେଳେ ଅର୍ଜୁନ ଅସ୍ତ୍ର ପାଇଁ ସେଠାକୁ ଗଲେ। ସେତେବେଳେ ସେମାନଙ୍କର ପ୍ରଣୟ ମୁଦ୍ରାରେ ଅର୍ଜୁନ ଦେଖିଦେଲେ।"

"ବିଚରା ଅର୍ଜୁନଙ୍କର ଏହି ଛୋଟ ଗୋଟିଏ ଭୁଲ ପାଇଁ ଗୋଟିଏ ବର୍ଷପାଇଁ ଦ୍ରୌପଦୀଙ୍କଠାରୁ ତାଙ୍କୁ ଦୂରରେ ରହିବାକୁ ପଡ଼ିଲା।"

"ଏଥିରେ ଏକ ଭଲ କାମ ହେଲା। ପୂର୍ବ ଭାରତକୁ ଯାତ୍ରା କରି ନାଗଲୋକ ଏବଂ ମଣିପୁରୀରେ ଉଲୁପି ଓ ଚିତ୍ରାଙ୍ଗଦାକୁ ସେ ନିଜ ପତ୍ନୀ ରୂପରେ ସ୍ୱୀକାର କଲେ। ତା'ପରେ ପାଣ୍ଡବଙ୍କ ରାଜ୍ୟକୁ ବିସ୍ତାର କଲେ। ଏବେ ଯାଦବଙ୍କ ସହିତ ସମ୍ପର୍କ ଯୋଡ଼ି ଦ୍ୱାରକାରେ ପହଞ୍ଚଗଲେ।"

"ତା'ହେଲେ ଏହା ଆପଣଙ୍କ ଯୋଜନା। ଆପଣ କ'ଣ ସର୍ବଦା ରାଜନୀତି

ବିଷୟରେ ଭାବୁଛନ୍ତି ? ଅନ୍ୟର ମନକୁ ଚିହ୍ନିବାକୁ ଆପଣ କେବେ ଚେଷ୍ଟା କରୁନାହାନ୍ତି ?"

ଶ୍ରୀକୃଷ୍ଣ କହିଲେ, "କାହିଁକି ନୁହେଁ ? ଆମ ଶରୀର ଏବଂ ମନ ଏକ ହୋଇଗଲାଣି ନା ?" ପୂର୍ବ ନିର୍ଦ୍ଧାରିତ ଯୋଜନା ଅନୁସାରେ ରୈବତକାଦ୍ରି ଆଶ୍ରମରେ ମୁନିଶ୍ୱର ବେଶରେ ବିଶ୍ରାମ କରୁଥିବା ଅର୍ଜୁନଙ୍କ ସେବା କରିବାକୁ ଶ୍ରୀକୃଷ୍ଣ ତାଙ୍କ ଭଉଣୀ ସୁଭଦ୍ରାଙ୍କୁ ପଠେଇଲେ । ବଲରାମ ମଧ୍ୟ ଏହାକୁ ସମର୍ଥନ କଲେ । ନବଯୌବନା ସୁଭଦ୍ରାଙ୍କୁ ଦେଖି ଅର୍ଜୁନ ତାଙ୍କର ନିୟନ୍ତ୍ରଣ ହରେଇଲେ । ଦିନେ ତାଙ୍କୁ ଆଶୀର୍ବାଦ ଦେବା ବାହାନାରେ ତାଙ୍କୁ ମୁଣ୍ଡରେ ଲଗେଇବାକୁ ଚେଷ୍ଟା କଲେ ।

ସୁଭଦ୍ରା ଆଶ୍ଚର୍ଯ୍ୟ ହେଇ ତାଙ୍କୁ ଧକ୍କା ଦେଲେ । ତା'ପରେ ନିଜ ଅନ୍ତଃପୁର ଆଡ଼କୁ ଶୀଘ୍ର ଚାଲିଗଲେ । ସେ ତାଙ୍କ ଭାଉଜ ସତ୍ୟଭାମାଙ୍କୁ ସମସ୍ତ କଥା କହି କାନ୍ଦିଲେ । ସତ୍ୟଭାମା ମନ ଭିତରେ ହସୁଥିଲେ ।

"ସୁଭଦ୍ରା ! ମୁଁ ଶୁଣିଛି ସେ ତପନିଷ୍ଠ ସାଧୁ । ଏମିତି ମୁନିଶ୍ୱରଙ୍କୁ ତୁମେ ପାଇବା ତୁମର ଭାଗ୍ୟ । ସେ ସୁନ୍ଦର ମଧ୍ୟ ।"

ସୁଭଦ୍ରା ରାଗିକି କହିଲେ, "ଛିଃ ଭାଉଜ ଆପଣ ଏମିତି କଥା କାହିଁକି କହୁଛନ୍ତି ? ଆପଣ ଏକଥା ଜାଣିଛନ୍ତି ଯେ ମୁଁ ଅର୍ଜୁନଙ୍କୁ ବହୁତ ଚାହୁଁଛି । ମୁଁ ଏବେ ବଲରାମ ଭାଇଙ୍କ ପାଖକୁ ଯାଇ ସେଇ ମୁନିଙ୍କ କୁକର୍ମ ବିଷୟରେ କହିବି ।"

"କୁହ ! ଯଦି ଏମିତି କରିବ ତୁମର କ୍ଷତି ହେବ । ତୁମେ କ'ଣ ଅର୍ଜୁନ ଏବଂ ବଲରାମଙ୍କ ମଧ୍ୟରେ ଯୁଦ୍ଧ ହେବା ପସନ୍ଦ କରୁଛ ?"

ସୁଭଦ୍ରା ସ୍ତବ୍ଧ ହେଇଗଲେ । "ଭାଉଜ ଆପଣ କ'ଣ କହୁଛନ୍ତି ?"

"ହଁ ସୁଭଦ୍ରା ! ସେଇ ମୁନିଶ୍ୱର ଆଉ କେହି ନୁହନ୍ତି, ସେ ଅର୍ଜୁନ । ତୁମପାଇଁ ଆସିଛନ୍ତି । ତୁମ ସହିତ ବିବାହ କରିବା ପ୍ରସ୍ତାବକୁ ତୁମ ବଡ଼ ଭାଇ ସ୍ୱୀକାର କରିବେନି । ଏଥିପାଇଁ ମୁନି ବେଶ ଧାରଣ କରି ଆସିଛନ୍ତି । ମୋ ସ୍ୱାମୀ ତୁମକୁ କାହିଁକି ତାଙ୍କ ସେବା କରିବାପାଇଁ ପଠେଇଛନ୍ତି ତୁମେ କ'ଣ ବୁଝିପାରୁନ ? ତାଙ୍କୁ ତୁମେ ଧକ୍କା ଦେଇ ଚାଲିଆସିଲ, ତାଙ୍କୁ ଖରାପ ଲାଗିନଥିବ ?"

ସତ୍ୟଭାମାଙ୍କ କଥା ଶୁଣି ସୁଭଦ୍ରା ଭୟରେ ଥରିଲେ । "ମୁଁ କେତେ ଭୁଲ କରିଦେଲି । ମୁନି ବେଶଧାରୀ ଅର୍ଜୁନଙ୍କୁ ଚିହ୍ନିବାରେ ଅସମର୍ଥ ହେଲି । ଯଦି ମୁଁ କିଛି ସମୟଯାଏ ସେଠାରେ ରହିଥାନ୍ତି, ହୁଏତ ସେ କହିଥାନ୍ତେ ମୁଁ ଅର୍ଜୁନ ।" ଏକଥା ଭାବି ସୁଭ୍ରଦା ସେଠାରୁ ଧାଇଁ ଚାଲିଗଲେ ।

"କୁଆଡ଼େ ଯାଉଛ ସୁଭଦ୍ରା ?' ସତ୍ୟଭାମା ତାଙ୍କୁ ଏମିତି ପଚାରିଲେ ଯେମିତି ସେ କିଛି ଜାଣିନାହାନ୍ତି ।

"ଏମିତି କାହିଁକି ପଚାରୁଛ ଯେମିତି ତୁମେ କିଛି ଜାଣନି । ଆପଣ ଯଦି ମୋତେ ପ୍ରଥମରୁ କହିଦେଇଥାନ୍ତେ ତା'ହେଲେ ମୋର ଏମିତି ଭୁଲ ହେଇନଥାନ୍ତା ।" ଏହା କହି ସୁଭଦ୍ରା ଚାଲିଗଲେ ।

"ରୁହ ସୁଭଦ୍ରା । କିଛି ନଭାବି ଚିନ୍ତି କୁଆଡେ ଯାଉଛ ? ଅର୍ଜୁନ ରାଗି ଯାଇଥିବେ । ତାଙ୍କୁ କେମିତି ମନେଇ ହେବ, ତାହା ଜାଣିବାପରେ ତୁମେ ସେଠାକୁ ଯାଇପାର ।"

ସୁଭଦ୍ରା ଅଟକିଗଲେ । ସତ୍ୟା ତାଙ୍କୁ ଶୃଙ୍ଗାର ପାଠ ଶିଖେଇଲେ । ସତ୍ୟା ଶୃଙ୍ଗାର ରସର ସାମ୍ରାଜ୍ଞୀ । ସେ ସୁଭଦ୍ରାଙ୍କ ହାତକୁ ନିଜ ହାତରେ ନେଇ ତାଙ୍କୁ ଶୃଙ୍ଗାର କଥା ଶିଖେଇବାକୁ ଲାଗିଲେ । ତା'ପରେ ସୁଭଦ୍ରାଙ୍କ ଶରୀରରେ ଉଷ୍ଣ ରକ୍ତ ପ୍ରବାହିତ ହେଲା । ତାଙ୍କ ମୁହଁରେ ଉଷ୍ଣ ସ୍ୱେଦ ବିନ୍ଦୁ ପ୍ରକାଶ ହେଲା ଏବଂ ସେ ଶଂଖ ଭଳି ତାଙ୍କ କଂଠ ଉପରୁ ତାଙ୍କ ସ୍ତନ ଦ୍ୱୟ ମଧ୍ୟ ଦେଇ ପ୍ରବାହିତ ହୋଇ ନାଭି ସରୋବରକୁ ଭରିଦେଲା । ସୁଭଦ୍ରାଙ୍କ ଅଧର କମ୍ପିତ ହୋଇଉଠିଲା । ଭାରୀ ନିତମ୍ୱବାଲୀ ସୁଭଦ୍ରାଙ୍କ ଚାଲି ଧୀର ହୋଇଗଲା ।

ସୁଭଦ୍ରାଙ୍କୁ ମନୋହର ଢଙ୍ଗରେ ସୁସଜ୍ଜିତ କରି ସତ୍ୟଭାମା ତାଙ୍କୁ ଅର୍ଜୁନଙ୍କ ପାଖକୁ ପଠେଇଲେ । ସେତେବେଳ ପର୍ଯ୍ୟନ୍ତ ଅର୍ଜୁନ ଏକଥା ଭାବୁଥିଲେ ଯେ ତାଙ୍କୁ ଧକ୍କାଦେଇ ଚାଲିଯିବାପରେ ସୁଭଦ୍ରା ବଳରାମଙ୍କୁ ଏହି ଘଟଣା ବିଷୟରେ ନିଶ୍ଚୟ କହିଦେଇଥିବେ ଏବଂ ବଳରାମଙ୍କୁ ତାଙ୍କ ଉପରେ ପ୍ରହାର କରିବାପାଇଁ ପଠେଇବେ । କିନ୍ତୁ ଦିବ୍ୟ ମନୋହର ରୂପରେ ସୁଭଦ୍ରା ଆସିଲେ । ତାଙ୍କୁ ଦେଖି ସେ ଆଶ୍ଚର୍ଯ୍ୟ ହୋଇଗଲେ । "ସେ କ'ଣ ମୋତେ ଅର୍ଜୁନ ବୋଲି ଚିହ୍ନିଗଲେ ନା ମୁନି ରୂପରେ ମୋ ଉପରେ ମୋହିତ ହୋଇଗଲେ ?" ଏହି ଆଶଙ୍କା ତାଙ୍କ ମନ ଭିତରେ ଉଠିଲା ।

"ଦେବୀ ସୁଭଦ୍ରା ! ମୁଁ ତୁମ ସହିତ ଅନୁଚିତ ବ୍ୟବହାର କରିଛି । ତୁମ ମନରେ ମୁଁ କ'ଣ ଦୁଃଖ ଦେଲି ?"

"ସ୍ୱାମୀ ! ଭୁଲ ମୋର । ଆପଣଙ୍କୁ ଧକ୍କାଦେଇ ମୁଁ ଭୁଲ କରିଛି । ଆପଣଙ୍କ ମନକୁ ଜାଣିବାପାଇଁ ମୁଁ ବିଫଳ ହେଲି ।"

ଅର୍ଜୁନ ସଙ୍କୋଚବୋଧ କଲେ ଏବଂ ଭାବିଲେ, ଏହି କନ୍ୟା କେମିତି ଜାଣିଲେ ତାଙ୍କ ଉପରେ ମୋହିତ ହେଇଛି ବୋଲି ?

ସୁଭଦ୍ରା ତାଙ୍କ ସ୍ତୁତିକୁ ଜାଣି ହସିବାକୁ ଲାଗିଲେ। ତାଙ୍କ ସୌନ୍ଦର୍ଯ୍ୟକୁ ଦେଖ ଅର୍ଜୁନ ମୋହିତ ହୋଇଗଲେ। ସୁଭଦ୍ରା ତାଙ୍କ ପାଖକୁ ଗଲେ ଏବଂ ନିଜର କୋମଳ କର କମଳରେ ତାଙ୍କ ପାଦ ପୂଜା କରିବାକୁ ଲାଗିଲେ।

ସୁଭଦ୍ରା କହିଲେ, "ସ୍ୱାମୀ ଗୋଟିଏ କଥା ପଚାରିବି ?"

ଅର୍ଜୁନ ଆଶଙ୍କାରେ ପଡ଼ିଗଲେ।

ସୁଭଦ୍ରା ପଚାରିଲେ, "ଆପଣ କେତେ ପ୍ରାନ୍ତରକୁ ଭ୍ରମଣ କରିଥିବେ। ମୁଁ ଶୁଣିଛି ମୋ ପିଉସୀଙ୍କ ପୁଅ ଅର୍ଜୁନ ତୀର୍ଥ ଯାତ୍ରାରେ ଯାଇଛନ୍ତି। ଆପଣ କ'ଣ ତାଙ୍କୁ କେଉଁଠି ଦେଖିଛନ୍ତି ? ଆପଣଙ୍କ ଭଳି ସେ ବି କ'ଣ ସୁନ୍ଦର ?"

ଅର୍ଜୁନ କହିଲେ, "ଏମିତି କଥା କାହିଁକି ପଚାରୁଛ ?"

"କାରଣ ମୁଁ ପ୍ରଥମେ ଅର୍ଜୁନଙ୍କୁ ବିବାହ କରିବାକୁ ଚାହିଁଥିଲି। କିନ୍ତୁ ଆପଣଙ୍କୁ ଦେଖିବାପରେ ମୋ ବିଚାର ବଦଳିଗଲା। ଆପଣ ତ ବହୁତ ସୁନ୍ଦର। ମୁଁ ଯାହା ସବୁ କହିଲି ତାହା କ'ଣ ଠିକ୍ ନୁହେଁ ?"

କଥାଟା ଅର୍ଜୁନ ବୁଝିପାରିଲେ। ସେ ତୁରନ୍ତ ନିଜର ଦାଢ଼ି ଏବଂ ନିଶ ବାହାରକରି ପଚାରିଲେ, "ଏବେ କୁହ ଅର୍ଜୁନଙ୍କ ଠାରୁ କ'ଣ ମୁଁ ସୁନ୍ଦର ?"

ସୁଭଦ୍ରା ଜୋରରେ ହସିଲେ। ତା'ପରେ କହିଲେ, "ନାଇଁ ଆପଣ ମୁନି ବେଶ ଧାରଣ କରି ଆହୁରି ବି ସୁନ୍ଦର ଲାଗୁଛନ୍ତି।"

'ସୁଭଦ୍ରା' କହି ଅର୍ଜୁନ ତାଙ୍କୁ ନିଜ ବାହୁରେ ନେଇଗଲେ। ସେ ସୁଭଦ୍ରାଙ୍କୁ ଚୁମା ଦେଲେ। ଦୁହେଁ କିଛି ସମୟଯାଏ ତନ୍ମୟତା ଅନୁଭବ କଲେ।

ତାଙ୍କ କେଶକୁ ସାଉଁଳେଇ ଅର୍ଜୁନ ପଚାରିଲେ, "ତୁମକୁ କିଏ କହିଲା ମୁଁ ଅର୍ଜୁନ।"

ସୁଭଦ୍ରା କହିଲେ, "ମୋ ଭାଉଜ ସତ୍ୟା କହିଲେ।"

'ହଁ'।

"ତା'ହେଲେ ଡେରି କାହିଁକି ? ମୋତେ ଅପହରଣ କରି ନେଇଯାଆନ୍ତୁ।"

ପରଦିନ ସୁଭଦ୍ରାକୁ ସାଙ୍ଗରେ ନେଇ ସତ୍ୟଭାମା ଏବଂ ଶ୍ରୀକୃଷ୍ଣ ରୈବତକାଦ୍ରିରେ ପହଞ୍ଚିଲେ। ତାଙ୍କ ସାଙ୍ଗରେ ଦେବକୀ ଏବଂ ବସୁଦେବ ବି ଆସିଲେ। ସେମାନେ ନିଜ ସାଙ୍ଗରେ ସୁଭଦ୍ରାର ଆଭୂଷଣ ମଧ ଆଣିଥିଲେ।

ଶ୍ରୀକୃଷ୍ଣ କହିଲେ, "ଅର୍ଜୁନ ! ମୁଁ ମୋ ପିତା ମାତା ଦେବକୀ ଏବଂ ବସୁଦେବଙ୍କୁ ଆପଣଙ୍କ ବିବାହ ବିଷୟରେ କହିଲି। ସେମାନେ ସମ୍ମତି ପ୍ରକାଶ କଲେ। ମୋ ଅଗ୍ରଜ ବଳରାମ ତ ଏହାର ବିରୋଧ କରିବେ। ତେଣୁ ଆପଣ ଶାସ୍ତ୍ରାନୁସାରେ ଏଠାରେ

ସୁଭଦ୍ରାକୁ ବିବାହ କରି ତାଙ୍କୁ ନିଜ ସାଙ୍ଗରେ ନେଇଯାଆନ୍ତୁ । ଅନ୍ତର ଦ୍ୱୀପରେ ପରମେଶ୍ୱରଙ୍କ ଉସ୍ବ ହେଉଛି । ସମସ୍ତ ଯାଦବ ସେଠାରେ ପରମଶିବଙ୍କ ଆରାଧନା କରୁଛନ୍ତି । ଏହା ବିବାହ ପାଇଁ ଉପଯୁକ୍ତ ସମୟ । ମୁଁ ବି ସେଠାକୁ ବାହାନା କରି ଯିବି । ଆପଣମାନେ ସେଠାକୁ ଯିବାକୁ ମୁଁ ଇନ୍ଦ୍ରଙ୍କୁ ମାଗି ସ୍ୱର୍ଣ୍ଣ ରଥର ବ୍ୟବସ୍ଥା କରିଛି ।”

ରୈବତକାଦ୍ରିରେ ଶାସ୍ତ୍ରାନୁସାରେ ସୁଭଦ୍ରା ଏବଂ ଅର୍ଜୁନଙ୍କର ବିବାହ ହୋଇଗଲା । ଦେବକୀ ଏବଂ ବସୁଦେବ, ସତ୍ୟା, ଶ୍ରୀକୃଷ୍ଣ ଏବଂ କେତେକ ଯାଦବ ମିତ୍ର ଏହି ବିବାହରେ ଭାଗ ନେଲେ । ବିବାହ ପରେ ସତ୍ୟା ଏବଂ ଶ୍ରୀକୃଷ୍ଣ ଅନ୍ତରଦ୍ୱୀପ ଆଡକୁ ଗଲେ ।

ସ୍ୱର୍ଣ୍ଣ ରଥ ଉପରେ ବସି ସୁଭଦ୍ରା ଏବଂ ଅର୍ଜୁନଙ୍କୁ ଦ୍ୱାରକା ନଗରୀର ସରଂଷକ ଦେଖିଦେଲା ଏବଂ ସେ ଅର୍ଜୁନଙ୍କ ସହିତ ଯୁଦ୍ଧ କଲେ । ଅର୍ଜୁନ ତାକୁ ସଂହାର କଲେ । ବଲରାମଙ୍କୁ ଏହି ଖବର ମିଳିଗଲା, ଅର୍ଜୁନ ସୁଭଦ୍ରାର ଅପହରଣ କରି ନେଇ ଯାଉଛନ୍ତି । ଶ୍ରୀକୃଷ୍ଣ ଏବଂ ଯାଦବ ବଂଶର ପ୍ରମୁଖଙ୍କ ସହିତ ସେ କଥା ହେଲେ । ବଲରାମ କହିଲେ, “ସେଇ ଅର୍ଜୁନର କେତେ ମନ୍ଦ ଉଦ୍ଦେଶ୍ୟ ? ମୁନି ବେଶ ଧାରଣ କରି ଦ୍ୱାରକା ଆସି ଆମ କନ୍ୟାକୁ ଅପହରଣ କରିବାକୁ ଦୁଃସାହସ କଲେ । ମୋ ରକ୍ତ ଗରମ ହେଇଯାଉଛି । ତାଙ୍କୁ ଉଚିତ ଶିକ୍ଷା ଦେବା ଦରକାର ।”

ଆଉଜଣେ ଯାଦବ ବୀର କହିଲେ, “ହଁ ! ତାଙ୍କୁ ଉଚିତ ଶିକ୍ଷା ଦରକାର । ଇନ୍ଦ୍ରପ୍ରସ୍ଥ ଆକ୍ରମଣ କରି ସେଇ ପାଣ୍ଡବଙ୍କୁ ପ୍ରକୃତ ଦଣ୍ଡ ଦେଇ, ଆମ କନ୍ୟାକୁ ଫେରେଇ ଆଣିବା ଦରକାର ।”

ବଲରାମ ଶ୍ରୀକୃଷ୍ଣଙ୍କ ଆଡକୁ ଚାହିଁଲେ । ଶ୍ରୀକୃଷ୍ଣ ହସୁଥିଲେ । ବଲରାମଙ୍କ ମନରେ ସନ୍ଦେହ ଆସିଲା । ଶ୍ରୀକୃଷ୍ଣଙ୍କ ଆଡକୁ ଚାହିଁ ପଚାରିଲେ, “କୃଷ୍ଣ ! ସତ କଥା କୁହ, ଅର୍ଜୁନ ତୁମର ମିତ୍ର । ତୁମକୁ ନକହି କ’ଣ ଅର୍ଜୁନ ଆମ ସୁଭଦ୍ରାକୁ ନେଇଯାଇ ପାରିବେ ? ତୁମେ ପାଣ୍ଡବଙ୍କର ପକ୍ଷରେ । ତୁମକୁ ଏହାର ପୂର୍ବ ସୂଚନା ମିଳିଥିବ ।”

ଶ୍ରୀକୃଷ୍ଣ କହିଲେ, “ହେ ଅଗ୍ରଜ ! ଅର୍ଜୁନ କ’ଣ ପର ଘରର କନ୍ୟାକୁ ନେଇଗଲେ । ସୁଭଦ୍ରା ତ ତାଙ୍କ ପିଉସୀଙ୍କ କନ୍ୟା ନା ? ଅର୍ଜୁନ କ’ଣ ଜଣେ ସାଧାରଣ ବ୍ୟକ୍ତି ? ସେ ଗୁରୁ ଦ୍ରୋଣଙ୍କ ଶିଷ୍ୟ । ଦ୍ରୌପଦୀଙ୍କ ସ୍ୱୟୟରରେ ଆପଣ ତାଙ୍କ ପରାକ୍ରମକୁ ଦେଖିଛନ୍ତି । ଅର୍ଜୁନଙ୍କ ଭଳି ଯୋଧାଙ୍କ ସାଙ୍ଗରେ ଅକାରଣଟାରେ ଝଗଡ଼ା ମୋଡ଼ ନେବା ଉଚିତ ନୁହେଁ । ରାଜସୂୟ ଯଜ୍ଞରେ ସୁଭଦ୍ରା ଏବଂ ଅର୍ଜୁନ ପରସ୍ପରଙ୍କୁ ଦେଖିଦେଲେ ଏବଂ ଦୁହେଁ ପରସ୍ପରଙ୍କୁ ବହୁତ ଭଲ ପାଉଛନ୍ତି । ଅର୍ଜୁନ ଜାଣିଥିଲେ ଆପଣ ଏହାକୁ

ବିରୋଧ କରିବେ। ଏକଥା ଭାବି ମୁନି ବେଶ ଧାରଣ କରି ସୁଭଦ୍ରାକୁ ଅପହରଣ କରିଥିବେ।”

ବଳରାମ ଚୁପ୍‌ ରହିଲେ। ତାଙ୍କ ସାନ ଭାଇ ପ୍ରତି କ୍ରୋଧ ପ୍ରକାଶ କରି ପାରିବେନି। ତା’ପରେ ଶ୍ରୀକୃଷ୍ଣ ତାଙ୍କ ଅଗ୍ରଜଙ୍କୁ ବୁଝେଇବାକୁ ଯାଇ କହିଲେ, “ଅଗ୍ରଜ! ସୁଭଦ୍ରା ତା’ର ମନର କଥା ପୂର୍ବରୁ ସତ୍ୟାଙ୍କୁ କହିଥିଲା। ସତ୍ୟା ବି ଏହା ଭାବିଲେ, ଅର୍ଜୁନଙ୍କ ଭଳି ପରାକ୍ରମୀଙ୍କ ସହିତ ଆମ ପରିବାରର କନ୍ୟା ବିବାହ ହେବା ଯାଦବଙ୍କ ପାଇଁ କଲ୍ୟାଣକାରୀ ହେବ।”

ସତ୍ୟଭାମାଙ୍କ ନାଁ ଶୁଣିବା ମାତ୍ରେ ବଳରାମ ଶାନ୍ତ ହୋଇଗଲେ। ଯାଦବ ବଂଶର ପ୍ରତିଷ୍ଠାକୁ ସତ୍ୟା ରକ୍ଷା କରିଛନ୍ତି। ଏହି କାରଣରୁ ବଳରାମ ସତ୍ୟାଙ୍କ ପ୍ରତି ଅପାର ଅନୁରାଗ ଏବଂ ଆଦର ଭାବ ରଖନ୍ତି। “ସତ୍ୟା କ’ଣ ଏମିତି ଭାବିଲେ। ସତ୍ୟା ତ ଭାବିଚିନ୍ତି ନିର୍ଣ୍ଣୟ ନିଅନ୍ତି। ତୁମ ଭଳି ନୁହେଁ।” ଏହା କହି ବଳରାମ ହସିଲେ।

କାଳଚକ୍ର ଘୂରି ଚାଲିଲା। କେତେ ଘଟଣା ଘଟିଗଲା। ତା'ପରେ ମଣିଷ ମାନେ ଏହି ସତ୍ୟ ବିଷୟରେ ଅବଗତ ହେଲେ ଯେ ବିତିଯାଇଥିବା ପ୍ରତ୍ୟେକ ଘଟଣା ଭବିଷ୍ୟତରେ ଏକ ସୋପାନ ହୋଇଯାଏ। କିଏ ବି ଏହାର ପୂର୍ବାନୁମାନ ଲଗେଇ ପାରିଲେନି କି ଦ୍ରୌପଦୀଙ୍କ ପରିହାସ, ଦୁର୍ଯ୍ୟୋଧନଙ୍କ ମୟସଭାରେ ଅପମାନିତ ହେବା ଇତ୍ୟାଦି ମହାଭାରତ ଯୁଦ୍ଧର ପ୍ରବଳ କାରଣ ହେବ। ଇନ୍ଦ୍ରପ୍ରସ୍ଥରେ ଅତ୍ୟନ୍ତ ବୈଭବ ସହିତ ଜୀବନ ବିତୋଉଥିବା ପାଣ୍ଡବଙ୍କୁ ତାଙ୍କ ପତ୍ନୀ ଦ୍ରୌପଦୀଙ୍କ ସମେତ ହସ୍ତିନାପୁରକୁ ନିମନ୍ତ୍ରିତ କରି ଦୁର୍ଯ୍ୟୋଧନ ଯୁଧିଷ୍ଠିରଙ୍କୁ ଦ୍ୟୁତ କ୍ରୀଡ଼ାରେ ପରାଜିତ କଲେ। ଯୁଧିଷ୍ଠିର ନିଜ ଭ୍ରାତାମାନଙ୍କୁ ଏବଂ ଦ୍ରୌପଦୀଙ୍କୁ ବାଜି ରଖ୍ଧିବାକୁ ଏକ ରକମ ବାଧ୍ୟ କଲେ। ଦ୍ରୌପଦୀଙ୍କୁ କୌରବମାନେ ଭାରୀ ସଭାରେ ତାଙ୍କ ବସ୍ତ୍ରହରଣ କରି ତାଙ୍କୁ ଅପମାନିତ କଲେ। ଧୃତରାଷ୍ଟ୍ର ପାଣ୍ଡବଙ୍କୁ ଦାସତ୍ଵରୁ ମୁକ୍ତି ପ୍ରଦାନ କଲେ। ଏହାପରେ ଯୁଧିଷ୍ଠିର ନିଜ ଭ୍ରାତା ମାନଙ୍କ ସହିତ ବାର ବର୍ଷଯାଏ ବନବାସ ଏବଂ ଏକ ବର୍ଷ ଅଜ୍ଞାତବାସ କରିବାପାଇଁ ବାହାରି ପଡ଼ିଲେ। ସେମାନେ ବନବାସ ଯିବାରୁ ସୁଭଦ୍ରା ଦ୍ରୌପଦୀଙ୍କ ପୁତ୍ରମାନଙ୍କୁ ସାଙ୍ଗରେ ନେଇ ଦ୍ୱାରକାରେ ପହଞ୍ଚିଲେ। ଦ୍ରୌପଦୀଙ୍କ ପୁତ୍ରମାନଙ୍କ ଲାଳନ ପାଳନର ଦାୟିତ୍ଵ ସୁଭଦ୍ରା ସ୍ୱୀକାର କଲେ। ତା'ପରେ ସୁଭଦ୍ରା ଏବଂ ଅର୍ଜୁନଙ୍କ ପୁତ୍ର ଅଭିମନ୍ୟୁର ଜନ୍ମ ହେଲା।

ଦୁର୍ଯ୍ୟୋଧନଙ୍କ ସଭାରେ ହୋଇଥିବା ଘଟଣା ଏବଂ ତା'ପରେ ଯୋଉ ପରିଣାମ ହେଲା, ସେଇ ଖବର ପାଇ ସତ୍ୟଭାମା କ୍ରୋଧିତ ହୋଇ ଶ୍ରୀକୃଷ୍ଣଙ୍କୁ ପଚାରିଲେ, "ସ୍ୱାମୀ! ଏହା ନ୍ୟାୟସଙ୍ଗତ ଥିଲା? ଦ୍ରୌପଦୀଙ୍କୁ କେମିତି ସେ ବାଜି ଲଗେଇ ପାରିଲେ? ଦ୍ରୌପଦୀଙ୍କ

ବସ୍ତ୍ରହରଣ କରିବା ଏକ କୁକାର୍ଯ୍ୟ । ଏମିତି ଜଣେ ନାରୀଙ୍କ ସହିତ ବ୍ୟବହାର କରି ଅପମାନିତ କରିପାରିଲେ ?”

ଶ୍ରୀକୃଷ୍ଣ ଦୁଃଖ ପ୍ରକାଶ କରି କହିଲେ, “ସତ୍ୟା ଯାହା କିଛି ହେଲା ତାହା ଜଘନ୍ୟ ଅପରାଧ । ଏଥିପାଇଁ ଆହୁରି ବି ବିନାଶକାରୀ ପରିଣାମ ହେବ । ସ୍ତ୍ରୀଙ୍କୁ ଅପମାନିତ କରିବାବାଲାଙ୍କର ନିଶ୍ଚିତ ବିନାଶ ହେବ । ସୀତାଙ୍କୁ ଅପମାନିତ କରିବା ଯୋଗୁ ରାବଣକୁ ଏବଂ ଅଦିତିଙ୍କୁ ଅପମାନ କରିବା ଯୋଗୁ ନରକାସୁରକୁ ଦଣ୍ଡ ଭୋଗିବାକୁ ପଡ଼ିଲା । କୌରବଙ୍କର ବି ବିନାଶ ସୁନିଶ୍ଚିତ । ନିଜର ଭାଇମାନଙ୍କୁ କପଟ କରି ଦ୍ୟୁତ କ୍ରୀଡ଼ାରେ ପରାଜିତ କରି ତାଙ୍କ ପତ୍ନୀଙ୍କୁ ଅପମାନିତ କରି କୌରବମାନେ ଜଘନ୍ୟ ଅପରାଧ କରିଛନ୍ତି ।

ସତ୍ୟା କହିଲେ, “ମୁଁ ପାଣ୍ଡବ ଏବଂ ଦ୍ରୌପଦୀଙ୍କୁ ଦେଖିବାକୁ ଚାହୁଁଛି ।”

ଶ୍ରୀକୃଷ୍ଣ କହିଲେ, “ସେମାନେ କୁଶଳରେ ଅଛନ୍ତି । ପାଣ୍ଡବ ଅତ୍ୟନ୍ତ ପରାକ୍ରମୀ । ଦ୍ରୌପଦୀ ପାଣ୍ଡବଙ୍କୁ ଗୋଟିଏ ସୂତ୍ରରେ ବାନ୍ଧି ରଖିବାର କ୍ଷମତା ରଖନ୍ତି । ତାଙ୍କ ସାଥିରେ ରଖିଥିବା ପାଣ୍ଡବଙ୍କୁ କୌଣସି କ୍ଷତି ହେବନି । ସେମାନଙ୍କୁ ଦେଖିବାପାଇଁ ଆମେ ଅତିଶୀଘ୍ର ସେଠାକୁ ଯିବା ।”

କିଛି ଦିନପରେ ଦ୍ରୌପଦୀ ଏବଂ ପାଣ୍ଡବଙ୍କୁ ଦେଖିବା ଲାଗି ଶ୍ରୀକୃଷ୍ଣ ଏବଂ ସତ୍ୟଭାମା ଗଲେ । ବର୍ଷା ଋତୁ ପରେ ଶରତ ଋତୁ ପ୍ରବେଶ କଲା । ଅରଣ୍ୟର ବାତାବରଣ ଅତ୍ୟନ୍ତ ମନୋହର ଲାଗିଲା । ଦ୍ରୌପଦୀ ଏବଂ ପାଣ୍ଡବ ସେଠାରେ ସୁଖରେ ଜୀବନ ଅତିବାହିତ କରୁଥିଲେ । ଆଶ୍ରମବାସୀ ହୋଇ ଅରଣ୍ୟରେ ରହିବା ପରେ ବି ସେମାନେ ଅତ୍ୟନ୍ତ ସନ୍ତୁଷ୍ଟ ଦେଖାଯାଉଥିଲେ । ସୁଗନ୍ଧ ପୁଷ୍ପର ପରିମଳ ମଧ୍ୟରେ ଦ୍ରୌପଦୀଙ୍କର ସୌନ୍ଦର୍ଯ୍ୟ ଦ୍ୱିଗୁଣିତ ହୋଇଗଲା । ଦ୍ରୌପଦୀଙ୍କ ସାହଚର୍ଯ୍ୟରେ ପାଣ୍ଡବମାନେ ଅତ୍ୟନ୍ତ ଆନନ୍ଦ ପ୍ରାପ୍ତ ହେଉଥିଲେ । ନିଜର ଅପମାନକୁ ଭୁଲି ଦ୍ରୌପଦୀ ପାଣ୍ଡବଙ୍କ ଜୀବନରେ ଛାଇଯାଇଥିବା ଅନ୍ଧକାରକୁ ଦୂର କରିବାରେ ସଫଳ ହେଲେ ।

ସତ୍ୟଭାମାଙ୍କୁ ଦେଖିବା ମାତ୍ରେ ଦ୍ରୌପଦୀ ବହୁତ କାନ୍ଦିଲେ । ଜଣେ ସ୍ତୀର ମନକୁ ଆଉ ଜଣେ ସ୍ତ୍ରୀ ଭଲଭାବେ ବୁଝିପାରେ ।

“ଦ୍ରୌପଦୀ ! ତୁମ ସାଙ୍ଗରେ ଯେଉ ଅନ୍ୟାୟ ହେଲା, ତାହା ସାଧାରଣ କଥା ନୁହେଁ । ଦୁର୍ଯ୍ୟୋଧନ ଏବଂ ତାଙ୍କ ଭାଇମାନେ ତୁମକୁ ଅପମାନିତ କରି ବହୁତ ଦୁଃଖ ଦେଇଛନ୍ତି । ମୋ ସ୍ୱାମୀ କହିଲେ, ସେମାନଙ୍କର ବିନାଶ ସୁନିଶ୍ଚିତ ।” ସତ୍ୟଭାମାଙ୍କର ଏହି କଥା ଶୁଣି ଦ୍ରୌପଦୀ ପ୍ରସନ୍ନ ହେଲେ । ସେ କହିଲେ, “ପ୍ରକୃତରେ ଶ୍ରୀକୃଷ୍ଣ

ଏକଥା କହିଲେ ! ଦାୟାଦମାନଙ୍କ ସହିତ ସନ୍ଧି କରିବା ପକ୍ଷରେ ପାଣ୍ଡବ କଥା ହେବାକୁ ଲାଗିଲେ । ତାହା ଶୁଣି ମୁଁ ଆହୁରି ଦୁଃଖିତ ହେଲି ।"

"ଏତେ ଅପମାନ ସହିବା ପରେ ସନ୍ଧିର ପ୍ରସ୍ତାବ କେମିତି କରିପାରିବେ ? ଦୁଃଶାସନ ତୁମକୁ ଛୁଇଁ ଅପରାଧ କଲେ । ତାଙ୍କ ହାତକୁ ଖଣ୍ଡିତ କରି ତାଙ୍କୁ ଦଣ୍ଡ ଦେବାକୁ ହେବ । ଦୁର୍ଯ୍ୟୋଧନର ଜଂଘରେ ପ୍ରହାର କରି ତାଙ୍କୁ ବଧ କରିବାକୁ ପଡ଼ିବ ।" ସତ୍ୟଭାମା ଅଭିଶାପ ଦେଲେ ।

"ତୁମ କଥା ଶୁଣିବାପରେ ମୁଁ ଆଶ୍ୱସ୍ତ ହେଲି । ତୁମେ ଅସାମାନ୍ୟ । ତୁମେ ନରକାସୁରର ବଧ କରିଥିଲ ।"

ସତ୍ୟା କହିଲେ, "ଦ୍ରୌପଦୀ ! କିନ୍ତୁ ତୁମ ଭଳି ଏତେ ନିର୍ଯ୍ୟାତନା ସହିବା ପରେ ବି ଧୈର୍ଯ୍ୟର ସହିତ ଜୀବିତ ରହିବାର ଶକ୍ତି ମୋଠାରେ ତ ନାହିଁ ।"

ତାଙ୍କ ପୁତ୍ରମାନଙ୍କର କୁଶଳ କଥା ଦ୍ରୌପଦୀ ପଚାରିଲେ । ତା'ପରେ ସତ୍ୟା କହିଲେ, "ଦ୍ରୌପଦୀ! ତୁମେ ତୁମ ପୁତ୍ରମାନଙ୍କ ଲାଳନପାଳନର ଦାୟିତ୍ୱ କେମିତି ଦେଲ ? ତୁମ ଭଉଣୀ ସୁଭଦ୍ରା ତାଙ୍କ ଲାଳନପାଳନ କରିବାକୁ ଲାଗିଲେ । ନିଜ ପୁଅ ଅଭିମନ୍ୟୁ ଠାରୁ ତୁମ ପୁଅମାନଙ୍କୁ ଅଧିକ ସ୍ନେହ ଶ୍ରଦ୍ଧା ଦେଖୋଉଛନ୍ତି । ତୁମର ଅନୁପସ୍ଥିତିକୁ ଅନୁଭବ କରିବାକୁ ସେ ତାଙ୍କୁ କେବେ ସୁଯୋଗ ଦେଉନାହାନ୍ତି । ମୋ ପୁତ୍ର ସାଙ୍ଗରେ ସେମାନେ ବି ଅସ୍ତ୍ରଶସ୍ତ୍ର ବିଦ୍ୟା ଶିଖିବାକୁ ଲାଗିଛନ୍ତି ।"

କାମ୍ୟକ ବଣ ସତ୍ୟାଙ୍କୁ ବହୁତ ମନୋହର ଲାଗିଲା । ଦ୍ରୌପଦୀ ଏବଂ ପାଣ୍ଡବଙ୍କ ଅନୁରାଗପୂର୍ଣ୍ଣ ସମ୍ପର୍କକୁ ଦେଖି ସେ ଆଶ୍ଚର୍ଯ୍ୟ ହୋଇଗଲେ । ତାଙ୍କ ପାଞ୍ଚ ପତିଙ୍କ ସାଙ୍ଗରେ ସମ୍ପର୍କର କୁଶଳ ନିର୍ବାହ କରିବାବାଲୀ ଦ୍ରୌପଦୀଙ୍କ କ୍ଷମତାକୁ ଦେଖି ସେ ଆଶ୍ଚର୍ଯ୍ୟ ହୋଇଗଲେ । ତାଙ୍କର ତ ଜଣେ ସ୍ୱାମୀ, ସେ ହେଉଛନ୍ତି ଶ୍ରୀକୃଷ୍ଣ । କିନ୍ତୁ ଜଣାପଡ଼େନି ଯେ ସେ କେବେ କୋଉଠି ଥାଆନ୍ତି । ନିଜ ସାଙ୍ଗରେ ଅନ୍ୟ ଆଠ ରାଣୀମାନେ ଏବଂ ନରକାସୁରର କାରାଗାରରୁ ମୁକ୍ତହୋଇ ଷୋହଳ ହଜାର ଲଳନାମାନେ ବି ଶ୍ରୀକୃଷ୍ଣଙ୍କ ଆରାଧନା କରୁଛନ୍ତି । ସେଥି ମଧ୍ୟରୁ ପ୍ରତ୍ୟେକ ଲଳନା ଏକଥା ଭାବନ୍ତି କି ଶ୍ରୀକୃଷ୍ଣ କେବଳ ତାଙ୍କର । ତାଙ୍କ ସାଙ୍ଗରେ ବହୁତ କମ୍ ସମୟ ରହିଲେ ବି ତାଙ୍କ ମୁହଁରେ ଅସନ୍ତୁଷ୍ଟର ଭାବ କେବେ ବି ନଥାଏ । ସେମାନଙ୍କୁ ଦେଖି ସତ୍ୟଭାମା କେବଳ ଆଶ୍ଚର୍ଯ୍ୟ ହୁଅନ୍ତିନି ବରଂ ତାଙ୍କ ପ୍ରତି ଈର୍ଷା ପ୍ରକାଶ ମଧ୍ୟ କରନ୍ତି । ଏକଥା ବି ଭାବନ୍ତି ପ୍ରକୃତରେ କ'ଣ ଶ୍ରୀକୃଷ୍ଣ ତାଙ୍କର ? ନା ତାଙ୍କୁ ଖୁସି କରିବାପାଇଁ ଏମିତି ଅଭିନୟ କରୁଛନ୍ତି ?

ଏପଟେ ଦ୍ରୌପଦୀ ନିଜର ପାଞ୍ଚ ପତିଙ୍କୁ ଗୋଟିଏ ସୂତ୍ରରେ ବାନ୍ଧି ତାଙ୍କ ଉପରେ ନିଜ ଅଧିକାରକୁ ପ୍ରକାଶ କରୁଛନ୍ତି । କିନ୍ତୁ ମୋର ଏକମାତ୍ର ସ୍ୱାମୀଙ୍କ ଉପରେ ସମ୍ପୂର୍ଣ୍ଣ

ଅଧିକାର ସାବ୍ୟସ୍ତ କରିବାରେ କାହିଁକି ବିଫଳ ହେଉଛି ? ପାରିଜାତ ପୁଷ୍ପ ତ ମୋ ପାଖରେ ଅଛି, କିନ୍ତୁ ମୋଠାରୁ ଦ୍ରୌପଦୀ କାହିଁକି ଅଧିକ ସୁନ୍ଦର ଲାଗୁଛନ୍ତି ? ଏହାର ରହସ୍ୟ କ'ଣ ?

ଆଉଏକ କଥା ସତ୍ୟାଙ୍କ ଦୃଷ୍ଟିକୁ ଆସିଯାଉଛି । ଦ୍ରୌପଦୀ ଯେବେ ବି ଶ୍ରୀକୃଷ୍ଣଙ୍କୁ ଦେଖୁଛନ୍ତି, ନିଜ ପରକୁ ଖୋଲି ନାଚୁଥିବା ମୟୂର ଭଳି ଖୁସି ଜଣା ପଡ଼ୁଛନ୍ତି । ଦ୍ରୌପଦୀ ନୀଳ ଆଖି ବିସ୍ତାରିତ କରି ଶ୍ରୀକୃଷ୍ଣଙ୍କ ଆଡକୁ ଚାହିଁବା, ମଧୁର ସ୍ୱରରେ ତାଙ୍କ ସହିତ କଥା ହେବା ସତ୍ୟଭାମା ଦେଖନ୍ତି । ସତ୍ୟଭାମା ଏହା ବି ଦେଖିଛନ୍ତି, ଶ୍ରୀକୃଷ୍ଣ ଦ୍ରୌପଦୀଙ୍କୁ ଦେଖିବାମାତ୍ରେ ପୂର୍ଣ୍ଣଚନ୍ଦ୍ରକୁ ଦେଖି ପୁଲକିତ ହୋଇ ଆକାଶରେ ଭାସୁଥିବା ମେଘ ଭଳି ବଦଳି ଯାଆନ୍ତି ଏବଂ ସେ ତାଙ୍କ ପ୍ରତି ବିଶେଷ ପ୍ରେମ ଭାବକୁ ପ୍ରକାଶ କରନ୍ତି । ସେ ଭାବନ୍ତି, ପ୍ରକୃତରେ ଶ୍ରୀକୃଷ୍ଣ ଏବଂ ଦ୍ରୌପଦୀଙ୍କ ମଧ୍ୟରେ କ'ଣ ଅଛି ? ସତରେ କ'ଣ ଶ୍ରୀକୃଷ୍ଣ ପାଣ୍ଡବଙ୍କୁ ଦେଖିବାକୁ ଏଠାକୁ ଆସିଛନ୍ତି ? ଏବେ ସତ୍ୟଭାମା ବୁଝିପାରୁଛନ୍ତି, ଦ୍ରୌପଦୀଙ୍କ ବସ୍ତ୍ରହରଣ ସମୟରେ ଶ୍ରୀକୃଷ୍ଣ କାହିଁକି ତାଙ୍କ ମାନ ମର୍ଯ୍ୟାଦା ରକ୍ଷା କରିଥିଲେ ।

କେବେ ନା କେବେ ସେ ଦ୍ରୌପଦୀଙ୍କୁ ଏହି ସବୁକଥା ପଚାରିବାକୁ ସେ ଚାହୁଁଥିଲେ । ଦିନେ ସତ୍ୟଭାମା ଏବଂ ଦ୍ରୌପଦୀ ଏକ ସୁନ୍ଦର ସରୋବର କୂଳରେ ବସି ହାସ ପରିହାସ କରିବାକୁ ଲାଗିଲେ । ସେତେବେଳେ ସେମାନେ ନିଜ ପତି, ଶାଶୂ, ସପତ୍ନୀ ଇତ୍ୟାଦିଙ୍କ ବିଷୟରେ କଥା ହେବାକୁ ଲାଗିଲେ । ସେତେବେଳେ ସତ୍ୟଭାମା ପଚାରିଲେ, "ପାଞ୍ଚାଳୀ ! ତୁମ ସୌନ୍ଦର୍ଯ୍ୟର ରହସ୍ୟ କ'ଣ ?"

ଦ୍ରୌପଦୀ କହିଲେ, "ଯଦି ମନ ନିର୍ମଳ ଅଛି, ତାହେଲେ ରୂପର ସୌନ୍ଦର୍ଯ୍ୟ ବଢ଼ିଯିବ । ମୋ ପତିମାନେ ମୋ ପାଖରେ ଅଛନ୍ତି । ସେମାନେ ମୋତେ ବହୁତ ଭଲ ପାଉଛନ୍ତି ।"

ସତ୍ୟଭାମା କହିଲେ, "ଦ୍ରୌପଦୀ ! ଏହା ଆସକ୍ତିର ବିଷୟ ହୋଇଗଲା । ପାଞ୍ଚ ପତିଙ୍କ ହୃଦୟକୁ ତୁମେ ଶାସନ କେମିତି କରୁଛ ? ଏତେ ବର୍ଷ ଚାଲିଗଲା ପରେବି ଏବଂ ପୁତ୍ରମାନଙ୍କୁ ଜନ୍ମ ଦେବାପରେ ବି ସେମାନେ ତୁମ ପ୍ରତି କେମିତି ଆକୃଷ୍ଟ ହେଉଛନ୍ତି ? ମୁଁ କେବେ ଏହା ଦେଖିନି କି ଶୁଣିନି ସେମାନେ ତୁମକୁ ଖରାପ କଥା ଶୁଣେଇ ଦୁଃଖ ଦେଇଛନ୍ତି । ଏହି ସଂସାରରେ ପୁରୁଷ, ସେ ଏକାଧିକ ବିବାହ କରିଥାନ୍ତୁ ନା କାହିଁକି, ତାଙ୍କ ପତ୍ନୀମାନଙ୍କୁ ଉପେକ୍ଷା କରିଥାନ୍ତି । ଶ୍ରୀକୃଷ୍ଣଙ୍କ ବିଷୟରେ ଭାବେ, ମୁଁ ଏକଥା ଭାବି ବ୍ୟଥିତ ହୁଏ କେବେ କୋଉ ଲଳନା ପ୍ରତି ସେ ଆକୃଷ୍ଟ ହୋଇଯାଆନ୍ତି । ତାଙ୍କୁ ମୁଁ ମୋ ଅଧୀନରେ ରଖିବାପାଇଁ ପୁଣ୍ୟକ ବ୍ରତ ବି କଲି । କିନ୍ତୁ ମୁଁ ସର୍ବଦା ଏହି

କଥାକୁ ନେଇ ଚିନ୍ତିତ ରହୁଛି କି ସେ କେବେ ମୋଠାରୁ ଦୂର ହୋଇଯିବେ। ଆଶ୍ଚର୍ଯ୍ୟର କଥା ଏହି ଯେ ତୁମେ ପାଞ୍ଚ ପତିଙ୍କୁ କେମିତି ନିଜ ଅଧୀନରେ ରଖିପାରିଛ ? ତୁମର ମଧ୍ୟ ସହ ପତ୍ନୀମାନେ ଅଛନ୍ତି। କିନ୍ତୁ ପାଣ୍ଡବମାନେ କେବେ ବି ତାଙ୍କୁ ସ୍ମରଣ ବି କରନ୍ତିନି କାହିଁକି ? ତୁମଠାରେ କ'ଣ ଏମିତି ଆକର୍ଷଣ ଶକ୍ତି ଅଛି ? ତୁମେ କ'ଣ ମନ୍ତ୍ର ବିଦ୍ୟା ଜାଣିଛ ? ତୁମେ କ'ଣ ତୁମ ପତିମାନଙ୍କୁ ଜଡ଼ିବୁଟି ଖୁଆଇଛ ? ତୁମେ କ'ଣ ତପ, ହୋମ ଇତ୍ୟାଦି କରିଛ ? ସେଇ ରହସ୍ୟ ବିଷୟରେ ମୋତେ କୁହ।"

ସତ୍ୟଭାମାଙ୍କ କଥା ଶୁଣି ଦ୍ରୌପଦୀ କ୍ରୋଧିତ ହୋଇଉଠିଲେ। କିନ୍ତୁ ଶ୍ରୀକୃଷ୍ଣଙ୍କ ପ୍ରିୟ ପତ୍ନୀ ହୋଇଥିବାରୁ ତାଙ୍କ ପ୍ରତି କ୍ରୋଧକୁ ପ୍ରକାଶ କଲେନାହିଁ। ସେ କହିଲେ, "ସତ୍ରାଜିତୀ! ଶ୍ରୀକୃଷ୍ଣ ସମସ୍ତ ଲୋକଙ୍କ ପାଇଁ ଆରାଧ୍ୟ। ତାଙ୍କ ପତ୍ନୀ ହୋଇ ତୁମେ ମୋତେ ଏମିତି ପ୍ରଶ୍ନ ପଚାରୁଛ ? ଏଥିରେ କୌଣସି ସନ୍ଦେହ ନାହିଁ କି ତୁମେ ତାଙ୍କର ପ୍ରିୟ ପତ୍ନୀ। ଏଥିପାଇଁ ଯୁଦ୍ଧ ପାଇଁ ଯାଉଛ କିମ୍ବା ଉତ୍ସବରେ ଭାଗନେବାକୁ, ସେ ଅବଶ୍ୟ ତୁମକୁ ସାଙ୍ଗରେ ନେଇକି ଯାଉଛନ୍ତି। ପାଣ୍ଡବଙ୍କୁ ସେ ବହୁତ ଭଲ ପାଆନ୍ତି। ଏଥିପାଇଁ ତୁମକୁ ସାଙ୍ଗରେ ନେଇ ଆସିଛନ୍ତି। ତୁମେ କାହିଁକି ବ୍ୟଥିତ ହେଉଛ ? ତୁମେ ଚାଲାକ ଅଛ। ଜଡ଼ିବୁଟି ଖୁଆଇ ଯଦି କୌଣସି ସ୍ତ୍ରୀ, ପୁରୁଷଙ୍କୁ ନିଜ ବଶରେ ରଖିବାକୁ ଚାହାଁନ୍ତି, ତାହେଲେ ତାଙ୍କ ପ୍ରତି ପ୍ରେମ ନୁହେଁ, ଭୟ ଏବଂ ଦ୍ୱେଷ ଉତ୍ପନ୍ନ ହୋଇଥାଏ।"

ସତ୍ୟଭାମା ପଚାରିଲେ, "ତାହେଲେ ପାଣ୍ଡବମାନେ ତୁମ ବଶରେ କେମିତି ରହିପାରିଲେ ?"

"ସତ୍ୟଭାମା ! ପତି, ପତ୍ନୀଙ୍କ ସମ୍ପର୍କ ବିଶ୍ୱାସ ଉପରେ ନିର୍ଭର କରେ, ନହେଲେ ସେଇ ସମ୍ପର୍କର କୌଣସି ମୂଲ୍ୟ ନଥାଏ। ମୁଁ କେବେ ଏମିତି ବ୍ୟବହାର କରିନି, ଯାହାକି ତାଙ୍କ ବିଶ୍ୱାସ ଭଙ୍ଗ ହୋଇଯିବ। ମୁଁ ସେମାନଙ୍କ ସହିତ ଏକ ମହତ୍ତ୍ୱାକାଂକ୍ଷିଣୀ ନାରୀ ଭଳି ବ୍ୟବହାର କରିନି। ମୁଁ ନ ମାଗିଲେ ବି ସେମାନେ ମୋତେ ଅପାର ଶାରୀରିକ ସୁଖ ଦିଅନ୍ତି। ମୁଁ ବି ସେମାନଙ୍କୁ ସବୁପ୍ରକାର ସୁଖ ଦେବାକୁ ଚେଷ୍ଟା କରିଥାଏ। ମୋର ଏବଂ ମୋ ପତିମାନଙ୍କ ମଧ୍ୟରେ ଏକ ବିଶିଷ୍ଟ ଶାରୀରିକ ଆକର୍ଷଣ ଅଛି। ଏହା କେବଳ କାମନାରୁ ଉତ୍ପନ୍ନ ଆକର୍ଷଣ ନୁହେଁ। ମନକୁ ବୁଝିବା ଅନିବାର୍ଯ୍ୟ ହୋଇଥାଏ। ଏଥିପାଇଁ ପ୍ରଥମେ ଆମ ମନକୁ ନିର୍ମଳ ଏବଂ ଖୁସି ରଖିବାକୁ ପଡ଼ିଥାଏ। ତା'ପାଇଁ ଯୋଗ୍ୟ ବାତାବରଣର ନିର୍ମାଣ କରିବାକୁ ପଡ଼ିଥାଏ। ପରସ୍ପରଙ୍କ ପ୍ରତି ଶଙ୍କାଗ୍ରସ୍ତ ରହିବା ଏବଂ ପରସ୍ପରକୁ ଅପମାନିତ କଲେ ମନ ନିର୍ମଳ ଏବଂ ଖୁସି ଭାବ ହୋଇନଥାଏ। ପରସ୍ପରଙ୍କ ପ୍ରତି ପ୍ରେମ ଏବଂ ଆଦର ଭାବକୁ ପ୍ରକାଶ କରିବାରେ ହିଁ ବୈବାହିକ ଜୀବନ ସୁଖୀ ହୋଇଥାଏ। ମୁଁ କେବେ ମୋ ସପତ୍ନୀମାନଙ୍କ ସହିତ ଈର୍ଷାଭାବ ପ୍ରକାଶ

କରିନି। ମୁଁ ମୋ ହୃଦୟକୁ ପାଣ୍ଡବମାନଙ୍କୁ ସମର୍ପିତ କରିଛି ଏବଂ ମୁଁ ମୋ କର୍ତ୍ତବ୍ୟ ପାଳନ କରୁଛି। ତୁମେ ସର୍ବଦା ଭାବୁଛ କି ତୁମର ପତି ଶ୍ରୀକୃଷ୍ଣଙ୍କ ମନରେ ଆଉ କିଏ ଅଛି। ଯଦି ଶ୍ରୀକୃଷ୍ଣ ତୁମ ବିଷୟରେ ଏମିତି ଭାବିବେ ତା'ହେଲେ ତୁମର କ'ଣ ହେବ? ତାଙ୍କୁ ଏମିତି ଭାବିବାକୁ ତୁମେ ସୁଯୋଗ ଦେବା ଉଚିତ ନୁହେଁ। ତା'ହେଲେ ତୁମ ବିଷୟରେ ସେ ଭାବିବେ।"

ସତ୍ୟଭାମା ପଚାରିଲେ, "ତୁମେ ଏସବୁ କଥା କୋଉଠୁ ଶିଖିଲ?"

"ଏହି କଥା କୌଣସି ପୁସ୍ତକରୁ ପଢ଼ି ଶିଖାଯାଏନି। ଏହା ମନର କଥା। ବାହାରେ ପତି କେତେ କାର୍ଯ୍ୟରେ ନିମଗ୍ନ ହେବାପରେ ବି ପତି ନିଜ ପତ୍ନୀଙ୍କ ପ୍ରତି ବିଶେଷ ଆକର୍ଷିତ ହେବା କାରଣରୁ ଘରେ ସୁଖ ଆସିଥାଏ। ଯଦି ପତ୍ନୀ ନିଜ ପତିଙ୍କ ରୁଚି ଏବଂ ଭାବନାରେ ଅନଭିଜ୍ଞ ରହିଥାଏ, ତାହେଲେ ପତି ଘର ଆଡ଼କୁ କାହିଁକି ଆକର୍ଷିତ ହେବେ? ଯଦି ଦୁହେଁ ପରସ୍ପର ପାଇଁ ଜୀବନ ଜିଅନ୍ତି ତାହେଲେ ତାଙ୍କ ଜୀବନ ସୁଖମୟ ହୋଇଥାଏ। ପତିଙ୍କ ଭାବନା ଅନୁସାରେ ନିଜର ଜୀବନ ବିତେଇବା ଜଣେ ପତ୍ନୀର ଧର୍ମ ଏବଂ କର୍ମ ହୋଇଥାଏ। ମୁଁ ଜାଣିଛି ମୋର କର୍ତ୍ତବ୍ୟ କ'ଣ। ଅତିଥିମାନଙ୍କୁ ସ୍ୱାଗତ ଏବଂ ସମ୍ମାନ କରିବା, ପତିଙ୍କ କାର୍ଯ୍ୟରେ ଆବଶ୍ୟକ ଅନୁସାରେ ସହଯୋଗ କରିବା, ଆୟ ଅନୁସାରେ ବ୍ୟୟକୁ ନିୟନ୍ତ୍ରିତ କରିବା ଇତ୍ୟାଦି କାମରେ ପତ୍ନୀ ଯଦି ସକ୍ଷମ ହୁଏ ତାହେଲେ ପତି କାହିଁକି ସ୍ତ୍ରୀଙ୍କୁ ପସନ୍ଦ କରିବେନି। ସୌନ୍ଦର୍ଯ୍ୟ ସହିତ ସଜେଇ ହେବାରେ ମୃଦୁତା ଏବଂ କୋମଳତାରେ ହିଁ ତ ତା'ର ସୌନ୍ଦର୍ଯ୍ୟ ଦ୍ୱିଗୁଣିତ ହୋଇଯାଏ। ଯଦି ପୁରୁଷ ଜାଣିଥାଏ ତାଙ୍କ ପତ୍ନୀ କୋମଳ ସ୍ୱଭାବ, ତାହେଲେ ସେ କେବେ ତାଙ୍କୁ ଆଘାତ ଦେବାକୁ ଚେଷ୍ଟା କରିନଥାଏ। ସତ୍ୟା! ଯଦି ପୁରୁଷ ସଙ୍ଗୀତପ୍ରିୟ, ତାହେଲେ ପତ୍ନୀକୁ ତାଙ୍କ ପସନ୍ଦର ସ୍ୱର ଗାୟନ କରିବା ଦରକାର। ଯଦି ସେ ପ୍ରକୃତ ପ୍ରେମିକ, ତାହେଲେ କୋମଳ ଏବଂ ସୁଗନ୍ଧଯୁକ୍ତ ସୁମନ ହୋଇ ପତ୍ନୀଙ୍କୁ ନିଜ ଆଡ଼କୁ ଆକୃଷ୍ଟ କରିବା ଦରକାର। ବର୍ଷା ବୁନ୍ଦା ପାଇଁ ଜମି ଛଟପଟ ହୁଏ। ପତ୍ନୀକୁ ଜମି ଉପରେ ପଡ଼ିଯାଇ ନାଚିବାବାଲୀ ବର୍ଷାର ବୁନ୍ଦା ହୋଇଯିବା ଦରକାର। ତାହେଲେ ମାଟିର ଗନ୍ଧ ଚାରିଆଡ଼କୁ ପରିବ୍ୟାପ୍ତ ହେବ। ଜୋରରେ ବହିଯାଉଥିବା ନଦୀ ପ୍ରେମପୂର୍ବକ କୂଳର ସ୍ପର୍ଶ କରିଥାଏ।"

ସରୋବର ପାଣିରେ ନିଜର ଦୁଇ ପାଦ ରଖି ପାଦ ହଲୋଉଥିବା ସତ୍ୟଭାମା ଦ୍ରୌପଦୀଙ୍କ କଥା ଶୁଣୁଥିଲେ। ତାଙ୍କୁ ଜଣାପଡ଼ିଲା ଦ୍ରୌପଦୀଙ୍କ ଠାରୁ ବହୁତ କିଛି ଶିଖିବାର ଅଛି। ସତ୍ୟାଙ୍କ ପାଦର କୋମଳ ସ୍ପର୍ଶ ପାଇ ଲହଡ଼ି ବଶ ହୋଇଗଲେ।

ଦ୍ରୌପଦୀ କହି ଚାଲିଥିଲେ। "ସତ୍ୟା! ପାଣ୍ଡବଙ୍କ ବ୍ୟତୀତ ମୋର କୌଣସି ଦ୍ୱିତୀୟ ସଂସାର ନାହିଁ। ଯୁଧିଷ୍ଠିର ଭାବନ୍ତି ସେ କାମ କ୍ରୀଡ଼ାରେ ନିପୁଣ ଏବଂ ଏହା ବି ଭାବନ୍ତି ମୋତେ ସନ୍ତୁଷ୍ଟ କରିବାରେ ସେ ସଫଳ। ଭୀମସେନ ଅତ୍ୟନ୍ତ ବଳିଷ୍ଠ, ସେ ଅତ୍ୟନ୍ତ ମୃଦୁ ରତିରେ କାମ କ୍ରୀଡ଼ାରେ ଭାଗ ନିଅନ୍ତି। ମୋତେ କୌଣସି କଷ୍ଟ ନହେଉ ସେ ତାକୁ ପ୍ରାଥମିକତା ଦିଅନ୍ତି। ଅର୍ଜୁନ ମୋ ଭିତରର ନାରୀତ୍ୱକୁ ଜଗାନ୍ତି। ରମଣ କରିବା ସମୟରେ ମୋତେ ଲାଗେ ଯେ ଆମ ଦୁହିଁଙ୍କ ଶରୀର ଏକ ହୋଇଯାଉଛି। ନକୁଳ ଏବଂ ସହଦେବ ଶୃଙ୍ଗାର କରିବା ମର୍ମରେ ମୋର ଦାସ ହୋଇଯାଆନ୍ତି। ଯେମିତି ଚାହାଁନ୍ତି ସେମିତି ତାଙ୍କ ଶରୀର ବଦଳିଯାଏ। ସେମାନେ ସର୍ବଦା ମୋ ଆଡ଼କୁ ଆଶାଭରା ଦୃଷ୍ଟିରେ ଦେଖନ୍ତି, କେତେବେଳେ ମୁଁ ତାଙ୍କୁ ଆମନ୍ତ୍ରଣ କରିବି। ତୁମେ ଭାବୁଥିବ ମୁଁ ମୋ ସ୍ୱାମୀ ମାନଙ୍କ ଇସାରାରେ ନାଚୁଛି। କିନ୍ତୁ ସତ କଥା ଏହା ଯେ, ପାଣ୍ଡବମାନେ ଏହି କଥାକୁ ନେଇ ସାବଧାନ ହେଇଯାନ୍ତି କି ମୁଁ ତାଙ୍କ ପ୍ରତି କ୍ରୋଧିତ ହେଇନଯାଏ। କାରଣ ଏହା କି ମୋ ଅନୁପସ୍ଥିତିରେ ସେମାନେ ସୁଖୀ ହୋଇ ପାରିବେନି।"

ସତ୍ୟଭାମା ପଚାରିଲେ, "ସେମାନଙ୍କ ରୁଚି ଏବଂ ଭାବନା ଅନୁସାରେ ବ୍ୟବହାର କରି ଏବଂ ଅଭିନୟ କରି ତୁମେ କ'ଣ ଥକ୍କିଯାଅନ?"

ଦ୍ରୌପଦୀ କହିଲେ, "ଥକ୍କାପଣ? ସେମାନଙ୍କୁ ଖୁସିରେ ରଖିବାପାଇଁ ଯଦି ମୁଁ ଆବଶ୍ୟକତା ଅନୁସାରେ ଅଭିନୟ କରେ, ତାହେଲେ ସେଥିରେ କୌଣସି ଭୁଲ ନାହିଁ। ତାହା ଅଭ୍ୟାସରେ ପରିଣତ ହୋଇଯାଏ। ପତି ପତ୍ନୀଙ୍କ ସମ୍ପର୍କ ଏକ କ୍ରୀଡ଼ା ଭଳି। ଏହି କ୍ରୀଡ଼ାରେ ଭାଗ ନେବା ପୂର୍ବରୁ ସେଇ କ୍ରୀଡ଼ାର ରହସ୍ୟ ବିଷୟରେ ଅବଗତ ହେବା ଦରକାର।"

"ଜଣେ ସ୍ୱାଭିମାନିନୀ ସ୍ତ୍ରୀ କ'ଣ ଏମିତି କରିପାରିବ?"

ଦ୍ରୌପଦୀ କହିଲେ, "ସତ୍ୟା! କରିବାକୁ ପଡ଼ିବ। ଯଦି ମୁଁ ନିଜ ଇଚ୍ଛା ଅନୁସାରେ ବ୍ୟବହାର କରିବି, ତାହେଲେ ଅନ୍ୟ ପତ୍ନୀମାନେ ସେମାନଙ୍କୁ ନିଶ୍ଚୟ ନିଜ ଆଡ଼କୁ ଆକୃଷ୍ଟ କରିବେ। ଯଦି ମୋ ସ୍ୱାମୀ ମୋତି ତାହେଲେ ମୁଁ ତାଙ୍କୁ ଗୋଟିଏ ସୂତ୍ରରେ ବାନ୍ଧି ରଖିବାବାଲା ସୂତା ଅଟେ। ତୁମକୁ ନିଜ ଜୀବନର ପରମାର୍ଥକୁ ଗ୍ରହଣ କରିବାରେ ସହାୟତା କରିବା ମୋର କର୍ତ୍ତବ୍ୟ। ପୁରୁଷର ମନ ସବୁବେଳେ ନିଜ ଅବିବେକକୁ ଗ୍ରହଣ କରେ, କିନ୍ତୁ ତାକୁ ପାର କରିବାର ଚେଷ୍ଟା କରନ୍ତିନି।"

ସତ୍ୟା ପଚାରିଲେ, "ଦ୍ରୌପଦୀ! ମୋର କର୍ତ୍ତବ୍ୟ କ'ଣ?"

"ଏହା ଭୁଲିଯାଆଥିକି ଶ୍ରୀକୃଷ୍ଣ ତୁମର ନୁହେଁ, ଆଉ କାହାର। ସେ ସର୍ବଦା

ତୁମର। ତୁମ ସୌନ୍ଦର୍ଯ୍ୟ ଏବଂ ବ୍ୟକ୍ତିତ୍ୱରେ ଯେଉଁ ବିଶିଷ୍ଟତା ଅଛି ତାହାକୁ ସେ ଆଉ କୌଣସି ସ୍ତ୍ରୀଙ୍କ ଠାରେ ଦେଖି ପାରନ୍ତିନି। ତୁମେ ଏକ ଛୋଟ ପିଲା ଏବଂ ଜଣେ ଯୋଦ୍ଧା ମଧ୍ୟ। ତୁମେ ସୌନ୍ଦର୍ଯ୍ୟର ପ୍ରତିମୂର୍ତ୍ତି। ଯଦି ତୁମେ ତୁମ ପତିଙ୍କୁ ଭଗବାନ ଭାବି ତାଙ୍କ ଆରାଧନା କରିବ, ତାହେଲେ କୌଣସି ନା କୌଣସି ଦିନ ଜଣେ ଦେବତା ଭଲି ସେ ତୁମର ଆରାଧନା କରିବେ।"

ସତ୍ୟା ପଚାରିଲେ, "ତୁମେ ଏତେ ବିଶ୍ୱାସର ସହିତ କେମିତି କହିପାରୁଛ ପାଣ୍ଡବ ତୁମ ବଶରେ ଅଛନ୍ତି ?"

ମୋ ପତି ଭୋଳା ନୁହେଁ। ଯଦି କୌଣସି ସୁନ୍ଦରୀ ସ୍ତ୍ରୀ ଦେଖା ଦିଅନ୍ତି ତାହେଲେ ସେ ନିଜର ଦୃଷ୍ଟି ତାଙ୍କ ଆଡ଼କୁ ଦୌଡ଼େ। ଇନ୍ଦ୍ରପ୍ରସ୍ଥରେ ରହିବା ସମୟରେ କେତେଜଣ ଦାସୀ କନ୍ୟାଙ୍କୁ ସେମାନେ ବଶ କରିଦେଲେ। ଏହା ମୁଁ ଜାଣେ। ଯଦି ମୁଁ ଏହି କଥାକୁ ନେଇ ସେମାନଙ୍କୁ ନିୟନ୍ତ୍ରିତ କରିବାକୁ ଚେଷ୍ଟା କରିବି, ତାହେଲେ ସେମାନେ ଏହି କାର୍ଯ୍ୟକୁ ଗୋପନୀୟ ଭାବେ କରିବେ, ଏହା ମୁଁ ଭଲଭାବେ ଜାଣେ। ମୁଁ ଏହା ଜାଣିବାକୁ ଚେଷ୍ଟା କରେ ସେଇ କନ୍ୟାମାନେ ସେମାନଙ୍କୁ କାହିଁକି ନିଜ ଆଡ଼କୁ ଆକର୍ଷିତ କରିବାରେ ସଫଳ ହେଉଛନ୍ତି। ଏହା ଜାଣିବା ପରେ ମୁଁ ତାହା ପ୍ରୟୋଗ କରି ନିଜ ସ୍ୱାମୀ ମାନଙ୍କୁ ନିଜ ଆଡ଼କୁ ଆକର୍ଷିତ କରେ। ବିଭିନ୍ନ ପ୍ରକାର ପରିମଳ ଏବଂ ସୁଗନ୍ଧ ଲେପନ କରି ତାଙ୍କୁ ଆକର୍ଷିତ କରିବାକୁ ଚେଷ୍ଟା କରେ, ତାହେଲେ ସେ ନା କେବଳ ମୋ ଆଡ଼କୁ ଆକର୍ଷିତ ହୁଅନ୍ତି, ବରଂ ମୋ ପ୍ରତି ବିଶେଷ ଶ୍ରଦ୍ଧାକୁ ବି ପ୍ରକାଶ କରନ୍ତି। ସୁଭଦ୍ରାଙ୍କ ଆଡକୁ ଯେବେ ଅର୍ଜୁନ ଆକର୍ଷିତ ହେଲେ ସେତେବେଳେ ମୁଁ କ'ଣ କଲି ?

କିଛି ସମୟ ଯାଏ ମୁଁ ରାଗିବାର ଅଭିନୟ କଲି। ସେ ମୋତେ ଶାନ୍ତ କରିବାପାଇଁ କେତେ ପ୍ରୟାସ କଲେ। ଯାହା ବି ହେଉ ଅର୍ଜୁନ ଏମିତି ବ୍ୟକ୍ତି, ଯାହା ମୁଁ ତାଙ୍କୁ ସମ୍ପୂର୍ଣ୍ଣ ବୁଝିପାରେନି। ସେ ସର୍ବଦା ନୂଆ ସ୍ୱାଦ ଚାଖିବାକୁ ପସନ୍ଦ କରନ୍ତି।

"ଦ୍ରୌପଦୀ! ସୁଭଦ୍ରା ଏବଂ ଅର୍ଜୁନଙ୍କ ବିବାହକୁ ମୁଁ ହିଁ ସମର୍ଥନ କରିଥିଲି। ତୁମେ ଖରାପ ଭାବନି। ଶ୍ରୀକୃଷ୍ଣ ଏବଂ ମୁଁ ଏହା ଭାବିଲୁ କି ଏହି ବିବାହରେ ଯାଦବ ଏବଂ ପାଣ୍ଡବଙ୍କ ମଧ୍ୟରେ ସମ୍ପର୍କ ଆହୁରି ଦୃଢ଼ ହେବ। ବାସ୍ତବରେ ସୁଭଦ୍ରା ତୁମ ଭଲି ସୁନ୍ଦରୀ ନୁହେଁ। ସେ ସବୁବେଳେ ନଖକୁ ଦାନ୍ତରେ କାମୁଡ଼ୁଥାନ୍ତି। ନାକକୁ ସଫା କରୁଥାନ୍ତି। କେଜାଣି କ'ଣ ଦେଖି ଅର୍ଜୁନ ତାଙ୍କ ପ୍ରତି ଆକୃଷ୍ଟ ହେଲେ ?"

ଦ୍ରୌପଦୀ କହିଲେ, "ସତ୍ୟା ! ତୁମେ ଏକଥା ଭାବନା ଯେ ମୁଁ ଏକଥା ଜାଣିନି ସୁଭଦ୍ରା ଭଲି ସ୍ତ୍ରୀମାନଙ୍କୁ ଦେଖିବାପରେ ଅର୍ଜୁନ ମୋର ବିଶିଷ୍ଟତାକୁ ବୁଝିପାରିବେ।

ଏଥିଯୋଗୁ ମୁଁ କହିବାକୁ ଚାହୁଁଛି କି ଯେ କୌଣସି ସ୍ତ୍ରୀ ସହିତ ସମ୍ପର୍କ ରଖନ୍ତୁ ନା କାହିଁକି, ଏହି ପତିମାନଙ୍କୁ ଏହି ତଥ୍ୟରୁ ଅବଗତ କରିବାକୁ ଆମକୁ ଚେଷ୍ଟା କରିବା ଉଚିତ କି ଆମେ ବିଶିଷ୍ଟ।"

ସତ୍ୟା କହିଲେ. "ଦ୍ରୌପଦୀ ତୁମେ ଖରାପ ଭାବିବନି, ମୁଁ ତୁମକୁ ଗୋଟିଏ ପ୍ରଶ୍ନ ପଚାରିବାକୁ ଚାହୁଁଛି।"

ଦ୍ରୌପଦୀ କହିଲେ, "ପଚାର, ମୁଁ ଖରାପ ଭାବିବିନି।"

"ଶ୍ରୀକୃଷ୍ଣଙ୍କ ସାଙ୍ଗରେ ତୁମର ମିତ୍ରତା ଘନିଷ୍ଠ। ସେ କେବେ କେବେ ସ୍ୱପ୍ନରେ ବି ତୁମ ନାଁ ସ୍ମରଣ କରୁଛନ୍ତି। ତୁମ ସାଙ୍ଗରେ ସେ ଅଧିକ ସମୟ ବିତେଇବାକୁ ପସନ୍ଦ କରନ୍ତି। ଏହାର କାରଣ କ'ଣ?"

"ସତ୍ୟା! ଶ୍ରୀକୃଷ୍ଣ ତ ପ୍ରେମ ତତ୍ତ୍ୱର ସାକ୍ଷାତ ପ୍ରତିରୂପ। ମୁଁ ତାଙ୍କର ଆରାଧନା କରୁଛି। ଆମ ଭିତରେ ଯାହା ବି ଅଛି ତାହା ଅମଳିନ ଶୃଙ୍ଗାର। ଆମ ଦୁହିଁଙ୍କ ମଧ୍ୟରେ ଶାରୀରିକ ଆକର୍ଷଣ ବି ଅଛି, କିନ୍ତୁ ତାହା ମିତ୍ରତା ମଧ୍ୟରେ ସୀମିତ। ସ୍ତ୍ରୀ ଏବଂ ପୁରୁଷଙ୍କ ମଧ୍ୟରେ ଶାରୀରିକ ଆକର୍ଷଣ ରହିବା ପ୍ରକୃତିସିଦ୍ଧ ଗୁଣ ଅଟେ। ଶ୍ରୀକୃଷ୍ଣଙ୍କ ପ୍ରତି ମୋର ପ୍ରେମ ଭାବନାର ସମ୍ପର୍କ କାମରେ ନୁହେଁ। ଯଦି ସେ ଭଗବାନ ତାହେଲେ ମୁଁ ତାଙ୍କ ଭକ୍ତ। ସେ ମୋତେ ଜଣେ ବାନ୍ଧବୀ ରୂପରେ ଦେଖନ୍ତି। ଏହି ବିବରଣୀ ଯଥେଷ୍ଟ ନା ଆଉ କିଛି ଜାଣିବାକୁ ଚାହୁଁଛ?" କହି ଦ୍ରୌପଦୀ ସ୍ନେହରେ ନିଜ ହାତରେ ସତ୍ୟାଙ୍କ ବାହୁକୁ ଧୀରେ ଟେକିଲେ। ସେମାନେ ଦୁହେଁ କିଛି ସମୟଯାଏ ସରୋବରରେ ଥିବା ରାଜହଂସକୁ ଦେଖିବାକୁ ଲାଗିଲେ। ତା'ପରେ ଦୁହେଁ ଆଶ୍ରମକୁ ଫେରିଆସିଲେ। ଶ୍ରୀକୃଷ୍ଣ ପାଣ୍ଡବଙ୍କ ସହିତ ବିଚାର ବିମର୍ଶ କରିବାକୁ ଲାଗିଥିଲେ।

ଶ୍ରୀକୃଷ୍ଣ ହସି ପଚାରିଲେ, "ଦୁଇ ସଖୀ ଏବେ ପର୍ଯ୍ୟନ୍ତ କେଉଁଠି ବିହାର କଲ? ଆମ ବିଷୟରେ କ'ଣ କ'ଣ କଥା ହେଲ?"

ସତ୍ୟଭାମା ପ୍ରଶ୍ନ କଲେ, "ଆପଣ କେମିତି ଜାଣିଲେ ଯେ ଆମେ ଆପଣ ମାନଙ୍କ ବିଷୟରେ କଥା ହେଲୁ?"

ଶ୍ରୀକୃଷ୍ଣ ପୁଣି ଥରେ ହସି ପଚାରିଲେ, "ଦୁଇ ସଖୀଙ୍କ ଭିତରେ କ'ଣ କଥା ହେଲ ମୁଁ ଜାଣିଛି। ନିଜ ନିଜ ଆଶଙ୍କାରୁ ନିବୃତ୍ତ ହେଲ ନା?"

"ବାପ ରେ! ଆପଣ ସବୁ କଥାର ପୂର୍ବାନୁମାନ ଲଗାନ୍ତି। ଆପଣଙ୍କଠାରୁ କିଛି ବି ଲୁଚେଇ ହେବନି।" ଦ୍ରୌପଦୀ କହିଲେ। ଏକଥା ଶୁଣି ସମସ୍ତେ ହସିଲେ।

ଦ୍ରୌପଦୀଙ୍କ ସହିତ ବାର୍ତ୍ତାଳାପ ପରେ ସତ୍ୟଭାମାଙ୍କ ମନରେ ଶ୍ରୀକୃଷ୍ଣଙ୍କ ପ୍ରତି

ପ୍ରେମ ଭାବନା ବଢ଼ିଗଲା । କାମ୍ୟକ ବନରୁ ଦ୍ୱାରକା ଫେରିବାପରେ ଶ୍ରୀକୃଷ୍ଣ ପଚାରିଲେ, "ସତ୍ୟା ! ଦିନକୁ ଦିନ ମୋ ପ୍ରତି ତୁମର ପ୍ରେମ ଭାବନା ବଢ଼ିଯାଉଛି କାହିଁକି ?"

ସତ୍ୟା କହିଲେ, "ସ୍ୱାମୀ ! ଆପଣ ମୋର ସର୍ବସ୍ୱ ।" ଏହି କଥାକୁ ନେଇ ଶ୍ରୀକୃଷ୍ଣ ପ୍ରସନ୍ନ ହେଲେ କାମ୍ୟକ ବନକୁ ଯାତ୍ରା ସଫଳ ହେଲା ।

ଦିନ ବିତି ଚାଲିଲା । ପାଣ୍ଡବ ଅରଣ୍ୟବାସ ଏବଂ ଅଜ୍ଞାତବାସ ସମ୍ପୂର୍ଣ୍ଣ କରି ସାରିଥିଲେ । ଶ୍ରୀକୃଷ୍ଣ ପାଣ୍ଡବଙ୍କ ସମର୍ଥକ ରୂପରେ ବ୍ୟୂହ ରଚନାରେ ନିମଗ୍ନ ରହିଲେ । କୌରବଙ୍କୁ ବିନାଶ କରି ପାଣ୍ଡବ ଏବଂ ଯାଦବଙ୍କ ସାମ୍ରାଜ୍ୟର ସ୍ଥାପନା କରିବା ତାଙ୍କର ଲକ୍ଷ୍ୟ ରହିଲା । ଏହା ସତ୍ୟଭାମା ଭଲଭାବେ ବୁଝିବାକୁ ଲାଗିଲେ । ଦ୍ରୌପଦୀଙ୍କ ଭଳି ସତ୍ୟଭାମା ବି ଯୁଦ୍ଧକୁ ହିଁ ନିଜର ଅନ୍ତିମ ନିର୍ଣ୍ଣୟ ଭାବିଲେ । ସେ ଭଲଭାବେ ଜାଣନ୍ତି, ଶକ୍ତିଶାଳୀ କୌରବଙ୍କୁ ସଂହାର କରିବାପରେ ସମସ୍ତ ସାମ୍ରାଜ୍ୟ ଯାଦବ ଏବଂ ପାଣ୍ଡବଙ୍କ ଅଧୀନରେ ରହିଯିବ ।

ବ୍ୟୂହ ରଚନା ଏବଂ ଯୁଦ୍ଧର ପ୍ରସ୍ତୁତିରେ ନିମଗ୍ନ ହେବାଯୋଗୁ ଶ୍ରୀକୃଷ୍ଣ ସତ୍ୟଭାମାଙ୍କ ଠାରୁ ଦୂର ହୋଇଗଲେ । ଜଣେ ଦୂତ ରୂପରେ ସନ୍ଧି ପ୍ରସ୍ତାବକୁ ନେଇ ଶ୍ରୀକୃଷ୍ଣ ଗଲେ, କିନ୍ତୁ କୌରବଙ୍କୁ ଯୁଦ୍ଧପାଇଁ ପ୍ରେରିତ କରି ଫେରିଲେ । ଅଠର ଦିନରେ କୁରୁକ୍ଷେତ୍ର ଯୁଦ୍ଧ ସମ୍ପନ୍ନ ହେଲା । କୋଟିଏ ସଂଖ୍ୟାରେ କ୍ଷତ୍ରିୟ ଯୋଦ୍ଧାମାନେ ଏଥିରେ ଭାଗ ନେଲେ । ସତ୍ୟଭାମା ଏହି ଖବର ପାଇ ସନ୍ତୁଷ୍ଟ ହେଲେ, ଦୁର୍ଯ୍ୟୋଧନ, ଦୁଃଶାସନ, ସୈନ୍ଧବ, ଶକୁନି, କର୍ଣ୍ଣ, କିଚକ ଇତ୍ୟାଦି ଯେଉଁମାନେ ଦ୍ରୌପଦୀଙ୍କୁ ଅପମାନିତ କରିଥିଲେ, ଜଣେ ଜଣେ କରି ପ୍ରାଣ ହରେଇଲେ । ଯାଦବଙ୍କ ଔଦ୍ଧତ୍ୟକୁ ଦେଖି କୌରବ ଯୁଦ୍ଧ ଆରମ୍ଭ ହେବା ପୂର୍ବରୁ ଶ୍ରୀକୃଷ୍ଣଙ୍କ ସହାୟତା ନେବାକୁ ଚାହିଁଲେ । ଶ୍ରୀକୃଷ୍ଣ କହିଲେ ନିରପେକ୍ଷ ହୋଇ ସେ ଯୁଦ୍ଧରେ ଭାଗ ନେବେ । ଯାଦବଙ୍କ ଭିତରୁ କିଛି ଯୋଦ୍ଧାକୁ କୌରବଙ୍କ ପକ୍ଷରେ ଯୁଦ୍ଧ କରିବାକୁ ସେ ଅନୁମତି ଦେଲେ । ଫଳସ୍ୱରୂପ ସାତ୍ୟକୀ ପାଣ୍ଡବଙ୍କ ପକ୍ଷରେ ଯୁଦ୍ଧ କଲେ, କୃତବର୍ମା ସତ୍ୟଭାମାଙ୍କୁ ପାଇବାରେ ବିଫଳ ହୋଇଥିଲେ । ତେଣୁ ଏହି ଯୁଦ୍ଧରେ ପାଣ୍ଡବଙ୍କୁ ପ୍ରତିଶୋଧ ନେବାକୁ ଭଲ ସୁଯୋଗ ଭାବିଲେ ଏବଂ କୌରବଙ୍କୁ ସାହାଯ୍ୟ କଲେ । କୃତବର୍ମାଙ୍କ ସହାୟତାରେ ଧୃଷ୍ଟଦ୍ୟୁମ୍ନ ଏବଂ ଉପ ପାଣ୍ଡବଙ୍କୁ ଅଶ୍ୱଥାମା ବଧ କଲେ ।

ମହାଭାରତ ଯୁଦ୍ଧରେ ଯାଦବମାନେ ନିଜର ଆଧିପତ୍ୟକୁ ବିସ୍ତାର କଲେ । ଦ୍ୱାରକା, ଇନ୍ଦ୍ରପ୍ରସ୍ଥ ଏବଂ ହସ୍ତିନାପୁର ଏହି ତିନି ନଗରୀ ଉପରେ ଯାଦବଙ୍କର ସ୍ପଷ୍ଟ ପ୍ରଭାବ ଦେଖାଗଲା । କିନ୍ତୁ ମହାଭାରତ ଯୁଦ୍ଧ ପରେ ଶ୍ରୀକୃଷ୍ଣ ନିର୍ଲିପ୍ତ ଦେଖାଗଲେ । ଦୁଷ୍ଟଙ୍କୁ ଦଣ୍ଡ ଦିଆଗଲା ଏବଂ ଭଲ ଲୋକଙ୍କୁ ରକ୍ଷା କରାଗଲା । ଏଥିରୁ ସେ ବୁଝିଲେ

ତାଙ୍କ କର୍ତ୍ତବ୍ୟ ପୂରା ହୋଇଗଲା । ଜଣେ ଦାର୍ଶନିକ ଭଳି ସେ ବ୍ୟବହାର କରିବା ଦେଖାଗଲା । ଶ୍ରୀକୃଷ୍ଣଙ୍କର ଏହି ଗୁଣକୁ ଦେଖି ସତ୍ୟଭାମା ଚିନ୍ତାମଗ୍ନ ହେଲେ ।

ଅନ୍ୟପଟେ ପାଣ୍ଡବ ନିଜର ପ୍ରଭୁତ୍ୱକୁ ବିସ୍ତାର କରିବାପାଇଁ ଚେଷ୍ଟା କରିବାକୁ ଲାଗିଲେ । ସମସ୍ତ ରାଜାମାନଙ୍କ ଉପରେ ନିଜର ପ୍ରଭୁତ୍ୱକୁ ଦେଖେଇବାକୁ ଯୁଧିଷ୍ଠିର ଅଶ୍ୱମେଧ ଯଜ୍ଞ କଲେ । ଯୁଧିଷ୍ଠିରଙ୍କ ବିଜୟ ଯାତ୍ରାରେ ରାଜସୂୟ ଯଜ୍ଞ ଗୋଟିଏ ପାଖରେ ତ ଅଶ୍ୱମେଧ ଯଜ୍ଞ ଗୋଟିଏ ପାଖରେ । ନିଜର ବନ୍ଧୁବାନ୍ଧବଙ୍କୁ ସଂହାର କରି ସଭାକୁ ପ୍ରାପ୍ତ କରି ଯୁଧିଷ୍ଠିର ମହାଭାରତ ଯୁଦ୍ଧ ପରେ ନିଜର ରାଜ୍ୟ ବିସ୍ତାରରେ ନିମଗ୍ନ ହୋଇଗଲେ ।

ରାଜସୂୟ ଯଜ୍ଞରେ ଶ୍ରୀକୃଷ୍ଣ ଯୁଧିଷ୍ଠିରଙ୍କୁ ସହଯୋଗ କରିଥିଲେ । ଅଶ୍ୱମେଧ ଯଜ୍ଞରେ ମଧ୍ୟ ସେଇ ଭୂମିକା ପାଳନ କଲେ । ଅଶ୍ୱମେଧ ଯଜ୍ଞ ଅନ୍ତର୍ଗତ ଛାଡ଼ି ଦିଆଯାଇଥିବା ଯଜ୍ଞ ଅଶ୍ୱକୁ ରକ୍ଷା କରିବା ବିଷୟରେ ଅର୍ଜୁନ ନିଜର ଧନୁର୍ବିଦ୍ୟାର ଶ୍ରେଷ୍ଠ ପ୍ରଦର୍ଶନ କରିବାରେ ବିଫଳ ହେଲେ । ଥରେ ତାଙ୍କ ଧନୁ ତଳେ ପଡ଼ିଗଲା । ବବ୍ରୁବାହନ ଅର୍ଜୁନଙ୍କୁ ସଂହାର କଲା । କିନ୍ତୁ ଉଲୁପି ଅର୍ଜୁନଙ୍କୁ ପୁନର୍ଜୀବିତ କଲେ ।

ଅଶ୍ୱମେଧ ଯଜ୍ଞରେ ଭାଗନେବାକୁ ଯିବା ପୂର୍ବରୁ ଶ୍ରୀକୃଷ୍ଣଙ୍କୁ ସତ୍ୟଭାମା ପଚାରିଲେ, "ସ୍ୱାମୀ! ମହାଭାରତ ଯୁଦ୍ଧ ସମାପ୍ତ ହେଲା । ପାଣ୍ଡବମାନେ ସୁଶାସନ କରିବାକୁ ଲାଗିଲେଣି । ଯାଦବଙ୍କର ବି ଶକ୍ତି ବଢ଼ିଗଲାଣି । ତଥାପି ଆପଣ ପୂର୍ବ ଭଳି ଖୁସି ନାହାନ୍ତି କାହିଁକି ?"

"ସତ୍ୟା ! ଆମେ ନିଜ ଲକ୍ଷ୍ୟକୁ ପ୍ରାପ୍ତ କରିବାପାଇଁ ଯୋଜନା କରନ୍ତି । ଲକ୍ଷ୍ୟ ପ୍ରାପ୍ତି ପାଇଁ ପରିଶ୍ରମ କରନ୍ତି ଏବଂ ଉସ୍ଫାହକୁ ପ୍ରକାଶ କରନ୍ତି । ଲକ୍ଷ୍ୟ ପୂର୍ଣ୍ଣ ହେବାପରେ ଏହା ଭାବି ଚିନ୍ତାଗ୍ରସ୍ତ ହୋଇଯାଆନ୍ତି କି ଆମକୁ ଆଗକୁ କରିବାପାଇଁ କିଛି ବାକି ନାହିଁ । ପ୍ରତ୍ୟେକ ବ୍ୟକ୍ତି ଏକ ନିର୍ଦ୍ଧାରିତ ସମୟ ପର୍ଯ୍ୟନ୍ତ ସକ୍ରିୟ ହୋଇ କାମ କରନ୍ତି । ସେଇ ସମୟ ପରେ ତାଙ୍କର ଆବଶ୍ୟକତା ରହେନି । ମୋ ସମ୍ପର୍କରେ ବି ଏହି ନିୟମ ଲାଗୁ ହେଇଛି । ମୁଁ କେତେ ଜନ୍ମ ନେଲି ଏବଂ କେତେ ବଡ଼ ହେଲି । ନିଜ ଜନ୍ମ କାଳରେ ମୁଁ କେତେ ବିପଦର ସାମନା କଲି । ମୋ ଶତ୍ରୁମାନଙ୍କୁ ସଂହାର କରି ମୁଁ ଅଜୟ ହେଲି । କେତେ ସୁନ୍ଦରୀ ଲଳନାଙ୍କ ମନକୁ ଚୋରେଇ ନେଲି ଏବଂ ସେମାନଙ୍କଠାରୁ ସୁଖ ପାଇଲି । ଧର୍ମର ସାଙ୍ଗ ଦେଲି ଏବଂ ପାଣ୍ଡବଙ୍କୁ ମୁଁ ଜିତେଇଦେଲି । ଆମ ଯାଦବଙ୍କ ଶକ୍ତିକୁ ବଢ଼େଇବାରେ ସହଯୋଗ କଲି । ଏବେ ମୁଁ ଆଉ କ'ଣ କରିବି ?" ଶ୍ରୀକୃଷ୍ଣଙ୍କ କଥା ଶୁଣି ସତ୍ୟା ଚିନ୍ତାରେ ପଡ଼ିଗଲେ ।

ସତ୍ୟଭାମା ପଚାରିଲେ, "ଆଗକୁ ଆଉ କିଛି କରିବାପାଇଁ ବାକି ନାହିଁ ?"

ଶ୍ରୀକୃଷ୍ଣ କହିଲେ, "ଭବିଷ୍ୟତ ବିଷୟରେ ଜାଣିଲେ ତୁମେ ଭୟ ପାଇଯିବ। ପାଣ୍ଡବଙ୍କ ବଂଶକୁ ସୁରକ୍ଷିତ ରଖିବା ଆମର କର୍ତ୍ତବ୍ୟ।"

ସତ୍ୟଭାମା ଆଶ୍ଚର୍ଯ୍ୟ ହୋଇ ପଚାରିଲେ, "ଏହାର ଅର୍ଥ କ'ଣ?"

ଶ୍ରୀକୃଷ୍ଣ କହିଲେ, "ପାଣ୍ଡବଙ୍କର ସବୁ ପୁତ୍ର ରଣକ୍ଷେତ୍ରରେ ମରିଗଲେ। ଦ୍ରୌପଦୀଙ୍କ ସନ୍ତାନ ବି ବଞ୍ଚିଲେନି। ଅଭିମନ୍ୟୁଙ୍କ ପୁତ୍ର ପାଣ୍ଡବଙ୍କ ଉତ୍ତରାଧିକାରୀ। ମହାଭାରତ ଯୁଦ୍ଧରେ ଅଭିମନ୍ୟୁଙ୍କ ମୃତ୍ୟୁ ସମୟରେ ଉତ୍ତରା ଗର୍ଭବତୀ ଥିଲେ। ଗର୍ଭକୁ ଭଙ୍ଗ କରିବାକୁ ଅଶ୍ୱଥାମା ବ୍ରହ୍ମାସ୍ତ୍ର ପ୍ରୟୋଗ କରିବାର ଅଛି। ସେଇ ଅସ୍ତ୍ରରେ ଆମକୁ ଉତ୍ତରାଙ୍କ ଗର୍ଭସ୍ଥ ଶିଶୁକୁ ରକ୍ଷା କରିବାକୁ ହେବ। ଏଥିଯୋଗୁ ଅଶ୍ୱମେଧ ଯଜ୍ଞର ଦୁଇ ମାସ ପୂର୍ବରୁ ଆମେ ହସ୍ତିନାପୁର ଯିବା।"

ଶ୍ରୀକୃଷ୍ଣ ଯାହା କହିଲେ ତାହା ହିଁ ହେଲା। ଉତ୍ତରା ମୃତ ଶିଶୁକୁ ଜନ୍ମ ଦେଲେ। ଶ୍ରୀକୃଷ୍ଣ ସେଠାକୁ ଆସିବା ମାତ୍ରେ ତାଙ୍କୁ ଦେଖି କୁନ୍ତି, ସୁଭଦ୍ରା ଏବଂ ଦ୍ରୌପଦୀ କାନ୍ଦି ଉଠିଲେ ଏବଂ ମୃତ ଶିଶୁକୁ ପୁନର୍ଜୀବିତ କରିବାପାଇଁ ପ୍ରାର୍ଥନା କଲେ। ସତ୍ୟଭାମା ମଧ୍ୟ ଉତ୍ତରାକୁ ଦେଖି ବିଚଳିତ ହୋଇପଡ଼ିଲେ ଏବଂ ସେ ଶ୍ରୀକୃଷ୍ଣଙ୍କୁ ଅନୁରୋଧ କଲେ। ଶ୍ରୀକୃଷ୍ଣ ହସି ସେଇ ଶିଶୁକୁ 'ପରିକ୍ଷିତ' ନାଁ ଦେଲେ ଏବଂ ତାଙ୍କୁ ମୂଲ୍ୟବାନ ଉପହାର ବି ଦେଲେ। ପର ମୁହୂର୍ତ୍ତରେ ପରିକ୍ଷିତ ହସି ଉଠିଲେ ଏବଂ ତାଙ୍କୁ ଦେଖି ସମସ୍ତଙ୍କ ମୁହଁ ଉଜ୍ଜ୍ୱଳ ଦିଶିଲା।

ସତ୍ୟଭାମା ଶ୍ରୀକୃଷ୍ଣଙ୍କୁ ପଚାରିଲେ, "ଉପପାଣ୍ଡବଙ୍କ ବଧ ବି ଅଶ୍ୱଥାମା କରିଥିଲେ ନା? ଆପଣ ଆପଣଙ୍କ ଭଉଣୀଙ୍କ ପୁତ୍ରଙ୍କୁ ଯେମିତି ଭାବେ ରକ୍ଷା କଲେ, ସେମିତି ଦ୍ରୌପଦୀଙ୍କ ପୁତ୍ରମାନଙ୍କୁ ରକ୍ଷା କଲେନି କାହିଁକି? ଦ୍ରୌପଦୀଙ୍କ ପ୍ରତି କ'ଣ ଆପଣଙ୍କ ମନରେ ପ୍ରେମ ଭାବନା ନାହିଁ?"

ଶ୍ରୀକୃଷ୍ଣ ହସି ସତ୍ୟଭାମାଙ୍କୁ ପଚାରିଲେ, "ତୁମକୁ କ'ଣ ଭଲ ଲାଗୁନି ଆମ ସୁଭଦ୍ରାର ପୁତ୍ର ହସ୍ତିନାପୁରକୁ ଶାସନ କରନ୍ତୁ? ଅଭିମନ୍ୟୁ ତୁମ ସଂରକ୍ଷଣରେ ଅସ୍ତ୍ରଶସ୍ତ୍ର ବିଦ୍ୟା ଶିଖିଛି ନା? ତା' ପୁତ୍ରକୁ ପୁନର୍ଜୀବିତ କରିବା ତୁମକୁ ସନ୍ତୋଷ ଦେବା ଭଲି ବିଷୟ ନା?"

ସତ୍ୟଭାମା ହସି ଉଠିଲେ। ଅର୍ଜୁନ ଏବଂ ସୁଭଦ୍ରାଙ୍କ ବିବାହ ଘଟଣା ମନେ ପଡ଼ିଲା। ସେତେବେଳେ ସେ ଭାବିଥିଲେ ସୁଭଦ୍ରା ଏବଂ ଅର୍ଜୁନଙ୍କ ବିବାହରେ ଯାଦବ ଏବଂ ପାଣ୍ଡବଙ୍କ ସମ୍ପର୍କ ସ୍ଥାୟୀ ରୂପରେ ଦୃଢ଼ ହେବ। କିନ୍ତୁ ଶ୍ରୀକୃଷ୍ଣ ସୁଭଦ୍ରାଙ୍କ ନାତିର ଭବିଷ୍ୟତ ପ୍ରଥମେ ଅନୁମାନ କରିଥିଲେ। ତାଙ୍କ ଦୂରଦୃଷ୍ଟି ସତ ହେଲା। ଅଶ୍ୱମେଧ

ଯଜ୍ଞ ସମାପ୍ତ ହୋଇଗଲା। ଦ୍ୱାରକା ଫେରିବାପରେ ଶ୍ରୀକୃଷ୍ଣଙ୍କ ସ୍ୱଭାବରେ ଦାର୍ଶନିକତାର ସ୍ପଷ୍ଟ ଆଭାସ ଦେଖିବାକୁ ମିଳିଲା।

ଅଶ୍ୱମେଧ ଯଜ୍ଞରୁ ଫେରିବା ସମୟରେ ଅର୍ଜୁନଙ୍କୁ ଶ୍ରୀକୃଷ୍ଣ କହିଲେ, "ତୁମକୁ ଉଚିତ ସମୟରେ ଦ୍ୱାରକା ଆସିବାକୁ ପଡ଼ିବ। ମୋ ଅନୁପସ୍ଥିତିରେ ମୋ ଲୋକଙ୍କ ସୁରକ୍ଷାର ଦାୟିତ୍ୱ ତୁମକୁ ସ୍ୱୀକାର କରିବାକୁ ପଡ଼ିବ।"

"ଏତେ ନିର୍ବେଦ କାହିଁକି ? ଆପଣ ନଥିଲେ ଆମେ କ'ଣ ଜୀବିତ ରହିବୁ ?" ଅର୍ଜୁନ ହସି ଶ୍ରୀକୃଷ୍ଣଙ୍କ କଥାକୁ ଟାଳି ଦେଲେ। ଅର୍ଜୁନ ଏବଂ ଶ୍ରୀକୃଷ୍ଣଙ୍କ କଥା ସତ୍ୟଭାମାଙ୍କ ମୁଣ୍ଡରେ ପଶିଲାନି।

ହଠାତ୍ ଦ୍ୱାରକାରେ କେତେ ଉତ୍ପାତ ହେଲା। ମୁନିମାନେ ଅଭିଶାପ ଦେଇଦେଲେ ଯେ ଯାଦବମାନେ ନିଜ ନିଜ ମଧ୍ୟରେ ଲଢ଼େଇ ଝଗଡ଼ା କରି ମରିଯିବେ। ତା'ପରେ ମୁଷଳ ଯୁଦ୍ଧ ହେଲା। ସତ୍ୟଭାମାଙ୍କ ପୁତ୍ରଙ୍କୁ ମଧ୍ୟ ରକ୍ଷା କରିବାକୁ ଶ୍ରୀକୃଷ୍ଣ ବି'ଳ ହେଲେ। ପରସ୍ପରଙ୍କ ମଧ୍ୟରେ ଲଢ଼ି ନିଜର ପ୍ରାଣ ଦେଲେ। ଏହି ଦୃଶ୍ୟକୁ ଦେଖି ଶ୍ରୀକୃଷ୍ଣ ସ୍ତବ୍ଧ ହୋଇଗଲେ। ସେ ମଧ୍ୟ ସେମାନଙ୍କ ଭିତରେ ଜଣେ ହେଇ କେତେ ଲୋକଙ୍କୁ ମାରିଦେଲେ।

"ମୋ ପୁତ୍ର !...ମୋ ପୁତ୍ର !" କହି ସତ୍ୟଭାମା ତାଙ୍କ ପୁତ୍ରମାନଙ୍କର ଶିବକୁ ଦେଖି କାନ୍ଦି ଉଠିଲେ। ଶ୍ରୀକୃଷ୍ଣ ନିର୍ଲିପ୍ତ ଭାବେ ଦେଖୁଥିଲେ।

"ସେମାନଙ୍କୁ ପୁନର୍ଜୀବିତ କରନ୍ତୁ। ଯେମିତି ଉତରାର ପୁତ୍ରଙ୍କୁ ପୁନର୍ଜୀବିତ କରିଥିଲେ, ସେମିତି ଏମାନଙ୍କୁ ବି ପୁନର୍ଜୀବିତ କରନ୍ତୁ।" କହି ସତ୍ୟଭାମା କାନ୍ଦିଲେ। ବହୁତ ସମୟଯାଏ ଶ୍ରୀକୃଷ୍ଣ ତାଙ୍କୁ ଚାହିଁ ରହିଲେ, ତା'ପରେ କହିଲେ, "ସତ୍ୟା ! ଏକ ବିଶିଷ୍ଟ କାରଣ ଯୋଗୁ ଆମ ପୁତ୍ରଙ୍କର ଜନ୍ମ ହେଲା। ଏଥିପାଇଁ ସେମାନେ ଆମ ପୂର୍ବରୁ ମରିଗଲେ। ଏକ ବିଶିଷ୍ଟ କାରଣ ଯୋଗୁ ଆମର ବି ଜନ୍ମ ହୋଇଛି। ଆମର ସମୟ ମଧ୍ୟ ବିତିଗଲା। ଆମେସବୁ ଗୋଟିଏ ସ୍ଥାନରେ ପୁଣି ମିଶିବା। ଏବେ ଯେଉ ବିୟୋଗ ହେଉଛି, ତାହା ତାତ୍କାଳିକ। ଏଥିପାଇଁ କାନ୍ଦିବା ବୃଥା।"

ସତ୍ୟଭାମାଙ୍କୁ ସେ ସାନ୍ତ୍ୱନା ଦେଇ କହିଲେ, "ସତ୍ୟା ! ସମୟ ବଡ଼ ଶକ୍ତିଶାଳୀ। ତା'ର ସାମନା କରିବାର ଶକ୍ତି କାହାର ବି ନାହିଁ। ଭବିଷ୍ୟତରେ ଯାହା ଘଟିବାକୁ ଯାଉଛି, ତାକୁ ପ୍ରତୀକ୍ଷା କରିବା ଆମର କର୍ତ୍ତବ୍ୟ।"

କେହି ବି ଭାବିନଥିଲେ ସେଇ ସମୟ ଏତେ ଶୀଘ୍ର ଆସିବ। ମୁଷଳ ଯୁଦ୍ଧ ପରେ ଶ୍ରୀକୃଷ୍ଣଙ୍କ ଅନୁମତିକୁ ପ୍ରାପ୍ତ କରି ବଳରାମ ଅରଣ୍ୟ ଆଡ଼କୁ ପ୍ରସ୍ଥାନ କଲେ ଏବଂ ଯୋଗ ସମାଧିରେ ନିର୍ବାଣ ପ୍ରାପ୍ତ କଲେ। ଏବେ କୃଷ୍ଣ ଅବତାରର ଉଦ୍ଦେଶ୍ୟ

ସମ୍ପୂର୍ଣ୍ଣ ହୋଇଗଲା । ତାଙ୍କର ପୃଥ୍ବୀ ଛାଡ଼ିଯିବା ବା ସ୍ୱର୍ଗାରୋହଣର ନିକଟ ଆସିଗଲା । ସେ ଗୋଟିଏ ବଟବୃକ୍ଷ ତଳେ ଲୋଟିପଡ଼ିଲେ । ତା'ପରେ ଭ୍ରମରେ ଜାରା ନାମକ ବ୍ୟାଧ ତାଙ୍କ ଉପରେ ତୀର ନିକ୍ଷେପ କଲା । ଦୁଃଖ ବ୍ୟାଧକୁ ସାନ୍ତ୍ୱନା ଦେଇ ଭଗବାନ ଶ୍ରୀକୃଷ୍ଣ ସ୍ୱର୍ଗାରୋହଣ କଲେ । ସତ୍ୟଭାମାଙ୍କୁ ଏହାର ସୂଚନା ମିଳିଲାନି । ସେ କଠୋର ତପସ୍ୟାରେ ନିମଗ୍ନ ହେଲେ । ସେଇ ଅବସ୍ଥାରେ ବି ତାଙ୍କୁ ନ ଜଣେଇ ଶ୍ରୀକୃଷ୍ଣ ଇହଲୋକକୁ ଛାଡ଼ିଯିବା ବିଚାରକୁ ନେଇ ସେ ବିଚଳିତ ହୋଇଗଲେ । ତାଙ୍କ ଆଖି ସଜଳ ହୋଇଗଲା ।

"ସ୍ୱାମୀ ! ମୋତେ ଛାଡ଼ି ଆପଣ ଏକୁଟିଆ କେବେ ଯାଇନାହାନ୍ତି । ଆପଣ ସର୍ବଦା ମୋ ସାଙ୍ଗରେ ଥିଲେ । ଆପଣଙ୍କୁ ମୁଁ ସର୍ବଦା ପାଖରେ ରଖିବାକୁ ଚେଷ୍ଟା କରିଥାଏ । ମୁଁ ମୋ ପିତାଙ୍କୁ ବି ବିରୋଧ କରିଥିଲି । ଦେବୀ ରୁକ୍ମିଣୀଙ୍କ ଉପରେ ରାଗି ଆପଣଙ୍କ ଉପରେ କ୍ରୋଧ ପ୍ରକାଶ କରିଥିଲି । ନରକାସୁର ସହିତ ଯୁଦ୍ଧ କଲି । ଦ୍ରୌପଦୀଙ୍କ ଠାରୁ ସମ୍ବାଦ ପାଇଲି । ପୁତ୍ର ଶୋକ ଯୋଗୁ ମୁଁ ହତାଶ ହେଇଗଲି । ଏମିତି ଅବସ୍ଥାରେ ମୋତେ ଏକୁଟିଆ ଛାଡ଼ି ଚାଲିଯିବାଟା କ'ଣ ନ୍ୟାୟ ସଙ୍ଗତ ? ମୋତେ ବି ଆପଣଙ୍କ ସାଙ୍ଗରେ ନେଇଯାଆନ୍ତୁ ।" ଏହା କହି ସତ୍ୟଭାମା କାନ୍ଦିଲେ ।

ସତ୍ୟଭାମାଙ୍କୁ ସାରା ବିଶ୍ୱ ଶୂନ୍ୟ ଶୂନ୍ୟ ଲାଗିଲା । ତାଙ୍କୁ ଲାଗିଲା ସବୁଆଡ଼େ ଅନ୍ଧକାର ଛାଇଯାଇଛି । ଚାରିଆଡ଼େ ବ୍ୟାପ୍ତ ମହାଶୂନ୍ୟରେ ସତ୍ୟଭାମା ଏକ ପଦାର୍ଥ ଭଳି ଝୁଲିବାକୁ ଲାଗିଲେ । ସେଇ ଶୂନ୍ୟରେ ଆଲୋକ ଖେଳିଗଲା । ପ୍ରକାଶମାନ ଶୂନ୍ୟ, ସ୍ନିଗ୍ଧ ଜ୍ୟୋସ୍ନା, ନିର୍ବିକାର ଓ ନିରାକାର ଶୂନ୍ୟ, ଯେଉଁଥିରେ ଘଟିଗଲା କେତେ ଘଟଣା । ଶ୍ରୀକୃଷ୍ଣଙ୍କ ପାଇଁ ସଜେଇ ହୋଇ ଲେହେଙ୍ଗା ପିନ୍ଧି ପଲଙ୍କ ଉପରେ ସେ ଲୋଟିପଡ଼ିଥିବା ଦୃଶ୍ୟ । ପ୍ରଥମଥର ସେଇ ନୀଳ ମେଘଶ୍ୟାମଙ୍କ ଚରଣକୁ ଦେଖି ଆକୃଷ୍ଟ ହେଇ ଯାଇଥିବା ସମୟ । ପ୍ରଥମ ମିଳନର ଅବସରରେ ଶ୍ରୀକୃଷ୍ଣଙ୍କ ବାହୁରେ ତନ୍ମୟତାର ମୁହୂର୍ତ୍ତ । ସତ୍ୟଭାମାଙ୍କ ଦେହ ଶ୍ରୀକୃଷ୍ଣଙ୍କ ସ୍ପର୍ଶ ପାଇବାପାଇଁ ବିକଳ ହେଲା । ତାଙ୍କ ଆତ୍ମା ଦେହରୁ ଭିଡ଼ିବାକୁ ଲାଗିଲା । ସେଇ ଭିଡ଼ିବାରେ ଶ୍ରୀକୃଷ୍ଣଙ୍କ ଦିବ୍ୟମଙ୍ଗଳ ସ୍ୱରୂପ ପ୍ରକଟ ହେଲା ।

ଶ୍ରୀକୃଷ୍ଣ ଡାକିଲେ, 'ସତ୍ୟା !'

ଶ୍ରୀକୃଷ୍ଣଙ୍କ ଡାକ ଶୁଣିବା ମାତ୍ରେ ସତ୍ୟା ନିଜେ ପ୍ରାଣ ଛାଡ଼ିଦେଲେ ।

ସତ୍ୟଭାମା ଶ୍ରୀକୃଷ୍ଣଙ୍କୁ ସ୍ଥାୟୀ ରୂପରେ ନିଜର ସମ୍ପତ୍ତି ଭାବି ସେ ନିଜ ଗାଢ଼ ଆଲିଙ୍ଗନରେ ଜାବୁଡ଼ି ଧରିଲେ । ବାହୁରେ ନେଇ ଚୁମ୍ବନ ଛାଇଦେଲେ । ତାଙ୍କୁ ଲୋଟେଇ ଦେଇ ଶେଷରେ ନିଜ ଅଧରରେ ତାଙ୍କ ଅଧରକୁ ବାନ୍ଧିଦେଲେ ।

ସେଇ ମଧୁରତାରେ ମୁରଲୀ ସ୍ୱନ ଶୁଣାଗଲା। ଦୁହିଁଙ୍କ ଅଧର ଏକ ହୋଇଗଲା। ଦୁହିଁଙ୍କ ଦୃଷ୍ଟି ମିଶିଗଲା। ଦୁହିଁଙ୍କ ଶରୀର ଏକ ହୋଇଗଲା। ଦୁହିଁଙ୍କ ମନ ବିଲୀନ ହୋଇଗଲା। ଆତ୍ମାର ମିଳନ ହେଇଗଲା।

ଆଲୋକ ପୁଞ୍ଜ ଏକାଠି ହୋଇ ଶୂନ୍ୟରେ ବିଲୀନ ହୋଇଗଲା। ପ୍ରକୃତି ବି ସ୍ତମ୍ୱୀଭୂତ ହୋଇଗଲା। କୋଇଲିମାନେ ନିରବ ହେଇଗଲେ। ବୃକ୍ଷର ପତ୍ର ହଲିବା ବନ୍ଦ ହୋଇଗଲା। ଝରଣା ଅଟକିଗଲା। ପାରିଜାତର ସୁଗନ୍ଧ ମାଟିର ସୁଗନ୍ଧରେ ଲୀନ ହୋଇଗଲା।

ସେଠାରେ ରହିଗଲା କେବଳ ସତ୍ୟଭାମାଙ୍କ ଦେହ। ଏକ ରସରମ୍ୟ ଘଟଣା ସମାପ୍ତ ହୋଇଗଲା। ଏହି ନିରବତାକୁ ଅନୁଭବ କରି ମହର୍ଷି ବ୍ୟାସ ଭୂସୂକ୍ତର ପାଠ କରିବାକୁ ଲାଗିଲେ।

ଈକ୍ଷୁଶାଲି ଯବ ସତ୍ୟ ଫଳୁଢ଼୍ୟୋ
ପାରିଜାତ ତରୁଶୋଭିତ ମୂଲେ
ସ୍ୱର୍ଷ ରତ୍ନ ମଣିମଣ୍ଡପ ମଧେ
ଚିନ୍ତୟେତ୍ସକଳ ଲୋକ ଧରିତ୍ରୀମ୍...
ଶ୍ୟାମାଂ ବିଚିତ୍ରାଂ ନବରତ୍ନ ଭୂଷିତାଂ
ଚତୁର୍ଭୁଜାଂ ତୁଙ୍ଗ ପୟୋଧରାତନ୍ଦିତାମ୍
ଇନ୍ଦୀବରାକ୍ଷୀଂ, ନବଶାଲୀ ମଂଜରୀ
ଶ୍ୁକଂଦଧାନଂ ଶରଣଂ ଭଜାମହେ।

ଲେଖକ ପରିଚିତି

ଆଚାର୍ଯ୍ୟ ଯ୍ଵାର୍ଲଗଡ଼ ଲକ୍ଷ୍ମୀପ୍ରସାଦ ଆନ୍ଧ୍ର ବିଶ୍ୱବିଦ୍ୟାଳୟର ଅଧ୍ୟକ୍ଷ ଏବଂ ସାହିତ୍ୟିକ। ହିନ୍ଦୀ ଏବଂ ତେଲୁଗୁ ଭାଷାରେ ମଧ୍ୟ ଆଲେଖ୍ୟ, ଆଲୋଚନା ଲେଖୁଛନ୍ତି। ସମକାଳୀନ ସାହିତ୍ୟ ଜଗତରେ ଆଚାର୍ଯ୍ୟ ଲକ୍ଷ୍ମୀପ୍ରସାଦଙ୍କର ହିନ୍ଦୀ ଏବଂ ତେଲୁଗୁରେ ପ୍ରକାଶିତ ପୁସ୍ତକ ଏକ ମହତ୍ତ୍ୱପୂର୍ଣ୍ଣ ସ୍ଥାନ ଅର୍ଜନ କରିଛି। ସେ ଅନେକ କବିତା ନାଟକ, ଗଳ୍ପ, ଉପନ୍ୟାସ, ପ୍ରବନ୍ଧ ରଚନା କରିଛନ୍ତି। ପ୍ରଫେସର ଲକ୍ଷ୍ମୀପ୍ରସାଦ ଆମେରିକା, କାନାଡ଼ା, ଫ୍ରାନ୍ସ, ବେଲଜିୟମ, ମାଲେସିୟା, ସିଙ୍ଗାପୁର, ୟୁ.କେ, ୟୁକ୍ରେନ, ଇଜିପ୍ଟ, ଥାଇଲ୍ୟାଣ୍ଡ, ୟୁ.ଏ.ଇ ଇତ୍ୟାଦି ଯାତ୍ରା କରିଛନ୍ତି।

ଦୃଷ୍ଟି ଏବଂ ଲକ୍ଷ୍ୟର ବ୍ୟାପକତା କାରଣରୁ ପ୍ରଫେସର ଲକ୍ଷ୍ମୀପ୍ରସାଦଙ୍କର ଅନେକ ସଂଗଠନ, ସଂସ୍ଥା ଏବଂ ସଭାମାନଙ୍କ ସହିତ ସମ୍ପର୍କ ଅଛି। ୧୯୯୬ରୁ ୨୦୦୨ ପର୍ଯ୍ୟନ୍ତ ରାଜ୍ୟସଭାର ସେ ସଦସ୍ୟ ଥିଲେ। ଏହା ବ୍ୟତିତ କେନ୍ଦ୍ରୀୟ ହିନ୍ଦୀ ସମିତି ସଦସ୍ୟ, ସଂସଦୀୟ ରାଜ୍ୟସଭା ସମିତି ଉପାଧ୍ୟକ୍ଷ, ପ୍ରେସ୍ କାଉନସିଲ ଅଫ୍ ଇଣ୍ଡିଆ ସଦସ୍ୟ, କେତେକ ମନ୍ତ୍ରାଳୟର ହିନ୍ଦୀ ପରାମର୍ଶଦାତା ସମିତିର ସଦସ୍ୟ, ଆନ୍ଧ୍ରପ୍ରଦେଶ ହିନ୍ଦୀ ଏକାଡ଼େମୀ ଇତ୍ୟାଦି ସହିତ ତାଙ୍କର ସମ୍ପୃକ୍ତି ଅଛି। ଆଚାର୍ଯ୍ୟ ଲକ୍ଷ୍ମୀପ୍ରସାଦ ପାଞ୍ଚ ବର୍ଷ ହେଲା 'ଜନଶିକ୍ଷଣ ସଂସ୍ଥା' (ମାନବ ସଂସାଧନ ବିକାଶ ମନ୍ତ୍ରାଳୟ, ନୂଆଦିଲ୍ଲୀ)ର ବିଶାଖାପାଟଣା ଶାଖାର ଅଧ୍ୟକ୍ଷ ଭାବେ କେତେକ

ଶୈକ୍ଷିକ, ସାମାଜିକ ଏବଂ ସାଂସ୍କୃତିକ କାର୍ଯ୍ୟକ୍ରମକୁ ସଫଳତାପୂର୍ବକ ସଂଚାଳନ କରୁଛନ୍ତି । ‘ଲୋକନାୟକ ଫାଉଣ୍ଡେସନ’ର ସ୍ଥାପନା କରି ସେ କେତେକ ସେବା କାର୍ଯ୍ୟକ୍ରମ ତଥା ସାହିତ୍ୟିକ ଗତିବିଧିକୁ ପ୍ରୋତ୍ସାହିତ କରୁଛନ୍ତି । ‘ସଂସଦୀୟ ରାଜଭାଷା ସମିତି’ର ଉପାଧ୍ୟକ୍ଷ ଭାବେ ତାଙ୍କ ଉପଲବ୍ଧି ରାଷ୍ଟ୍ରୀୟ ମହତ୍ତ୍ୱ ।

ଆଚାର୍ଯ୍ୟ ଲକ୍ଷ୍ମୀପ୍ରସାଦ ତାଙ୍କ କୃତି ପାଇଁ ଅନେକ ସମ୍ମାନ ଲାଭ କରିଛନ୍ତି । ୨୦୦୩ ରେ ‘ପଦ୍ମଶ୍ରୀ’ରେ ଅଳଙ୍କୃତ । ଶିକ୍ଷା ମନ୍ତ୍ରାଳୟ, ଭାରତ ସରକାରଙ୍କର ରାଷ୍ଟ୍ରୀୟ ପୁରସ୍କାର, ୟୁ.ଜି.ସି ଦ୍ୱାରା କେରିୟର ଆଓୱାର୍ଡ, ତେଲୁଗୁ ବିଶ୍ୱବିଦ୍ୟାଳୟ ଦ୍ୱାରା ଶ୍ରେଷ୍ଠ ଅନୁବାଦ ପୁରସ୍କାର, ସାହିତ୍ୟ ଏକାଡେମୀ ଅନୁବାଦ ପୁରସ୍କାର, ତାନା ପୁରସ୍କାର, ଉତ୍ତର ପ୍ରଦେଶ ସରକାରଙ୍କ ‘ସୌହାର୍ଦ ସମ୍ମାନ’, ରଷ୍ ଦ୍ୱାରା ପୁଷ୍କିନ ସମ୍ମାନ ଇତ୍ୟାଦି ଲାଭ କରିଛନ୍ତି । ଆନ୍ଧ୍ରପ୍ରଦେଶ ସରକାର ତାଙ୍କୁ ରାଜ୍ୟମନ୍ତ୍ରୀସ୍ତରରେ ‘ଆନ୍ଧ୍ରପ୍ରଦେଶ ହିନ୍ଦୀ ଏକାଡେମୀ’ର ଅଧ୍ୟକ୍ଷ ଭାବେ ନିଯୁକ୍ତ କରିଛନ୍ତି ।

କେନ୍ଦ୍ରୀୟ ହିନ୍ଦୀ ସଂସ୍ଥା, ଆଗ୍ରା, ଉତ୍ତରପ୍ରଦେଶ, ପ୍ରଫେସର ଲକ୍ଷ୍ମୀପ୍ରସାଦଙ୍କୁ ତାଙ୍କ କୃତି ପାଇଁ ୨୦୧୧ ପାଇଁ ‘ଗଙ୍ଗାଶରଣ ସିଂହ ପୁରସ୍କାର’ ଭାରତର ମହାମହିମ ରାଷ୍ଟ୍ରପତି ଶ୍ରୀମତୀ ପ୍ରତିଭା ପାଟିଲଙ୍କ ଦ୍ୱାରା ସମ୍ମାନିତ କରିଛନ୍ତି । ବିଶ୍ୱବିଦ୍ୟାଳୟ ଅନୁଦାନ ଆୟୋଗର ଉଚ୍ଚସ୍ତରୀୟ ହିନ୍ଦୀ ସମିତିର ଅଧ୍ୟକ୍ଷ ଭାବେ ପ୍ରଫେସର ଲକ୍ଷ୍ମୀପ୍ରସାଦ ବର୍ତ୍ତମାନ ସକ୍ରିୟ ଭୂମିକା ପାଳନ କରୁଛନ୍ତି ।

BLACK EAGLE BOOKS

www.blackeaglebooks.org
info@blackeaglebooks.org

Black Eagle Books, an independent publisher, was founded as
a nonprofit organization in April, 2019. It is our mission to
connect and engage the Indian diaspora and the world at large
with the best of works of world literature published on a
collaborative platform, with special emphasis on
foregrounding Contemporary Classics and New Writing.

www.ingramcontent.com/pod-product-compliance
Lightning Source LLC
Chambersburg PA
CBHW050335110726
47899CB00007B/2508